PECADO ORIGINAL

Outros títulos desta série

O inimigo imediato — Ross Macdonald
Um tom cinzento de culpa — John D. MacDonald
Fletch venceu — Gregory MacDonald
A tragédia Blackwell — Ross MacDonald
Continental Op — Dashiell Hammett
A noiva estava de preto — Cornell Woolrich
Dinheiro sujo — Ross Macdonald
Clientes demais — Rex Stout
É sempre noite — Léo Malet
Sexta-feira o rabino acordou tarde — Harry Kemelman
Cozinheiros demais — Rex Stout
Sábado o rabino passou fome — Harry Kemelman
Aranhas de ouro — Rex Stout
O labirinto grego — Manuel Vázques Montalbán
Também se morre assim — Ross Macdonald
Mulheres demais — Rex Stout
Neutralidade suspeita — Jean-Pierre Gattégno
Edições perigosas — John Dunning
O diabo vestia azul — Walter Mosley
A noite do professor — Jean-Pierre Gattégno
Domingo o rabino ficou em casa — Harry Kemelman

P. D. JAMES

PECADO ORIGINAL

Tradução:
THELMA MÉDICI NÓBREGA

1.ª reimpressão

COMPANHIA DAS LETRAS

Título original:
Original sin

Capa:
Ettore Bottini

Foto da capa:
Hilton Ribeiro

Preparação:
Rosemary Cataldi Machado

Revisão:
Carmen S. da Costa
Ana Maria Barbosa
Isabel Cury Santana

Dados Internacionais de Catalogação na Publicação (CIP)
(Câmara Brasileira do Livro, SP, Brasil)

James, P. D., 1920-
Pecado original / P. D. James ; tradução Thelma Médici Nóbrega. — São Paulo : Companhia das Letras, 1996.

Título original: Original sin
ISBN 85-7164-526-4

1. Ficção policial e de mistério 2. Romance inglês I. Título.

96-0034 CDD-823.91

Índices para catálogo sistemático:
1. Romances : Século 20 : Literatura inglesa 823.91
2. Século 20 : Romances : Literatura inglesa 823.91

1996

EDITORA SCHWARCZ LTDA.
Rua Bandeira Paulista, 702, cj. 72
04532-002 — São Paulo — SP
Telefone: (011) 866-0801
Fax: (011) 866-0814

ÍNDICE

NOTA DA AUTORA

Este romance se desenrola às margens do Tâmisa e muitas das cenas e locais serão familiares aos admiradores do rio londrino. A Editora Peverell, bem como todos os protagonistas, existem apenas na imaginação da autora, e não estão relacionados a lugares e pessoas da vida real.

Livro um

PREFÁCIO DO ASSASSINATO

1

Uma estenotipista temporária estar presente por ocasião da descoberta de um cadáver no primeiro dia de um novo emprego pode não ser fato único, mas é suficientemente raro para não ser considerado "ossos do ofício". Mandy Price, de dezenove anos e dois meses, reconhecida estrela da Agência de Empregos Secretariais Inigualável da sra. Crealey, certamente partiu para sua entrevista na Editora Peverell, na manhã de terça-feira, 14 de setembro, apenas com a apreensão que geralmente sentia ao iniciar um novo trabalho — uma apreensão que nunca era intensa e que resultava menos da incerteza sobre se ela satisfaria as exigências do empregador em potencial que sobre se o empregador satisfaria as dela. Soubera do emprego na sexta-feira anterior, ao comparecer à agência às seis horas para receber seu pagamento, após tediosa temporada de duas semanas com um diretor que via a secretária como um símbolo de status mas não tinha a menor idéia de como usar suas habilidades. Estava pronta para algo novo, de preferência excitante; talvez não tão excitante, porém, quanto se revelou mais tarde.

A sra. Crealey, para quem Mandy vinha trabalhando havia três anos, dirigia uma agência instalada em duas salas no alto de uma tabacaria combinada com banca de jornal, numa travessa da Whitechapel Road — uma localização que, como ela gostava de assinalar para as moças e os clientes, ficava no jeito tanto para a cidade quanto para os escritórios nos altos prédios das Docklands. Nenhum dos dois locais, até então, fornecera muito em termos de oportunidades; todavia, enquanto outras agências afundavam nas ondas da recessão, a da sra.

Crealey, pequena e mal aparelhada, continuava à tona, ainda que precariamente. Afora a ajuda de alguma das moças quando não havia trabalho externo, ela administrava a agência sozinha. A sala da frente era o escritório, onde ela acalmava clientes, entrevistava novas secretárias e passava o trabalho para a semana seguinte. A sala de trás era seu santuário particular, mobiliado com um sofá — no qual, às vezes, passava a noite, desafiando os termos do contrato de locação —, um bar, um refrigerador, um guarda-louça que, aberto, revelava uma diminuta cozinha, um grande aparelho de televisão e duas espreguiçadeiras diante de um aquecedor a gás em que pálida luz vermelha girava por trás de lenha artificial. Referia-se à sala como seu "cantinho", e Mandy era uma das poucas moças admitidas em seu interior.

Provavelmente era o cantinho que mantinha a lealdade de Mandy à agência, embora ela jamais reconhecesse, abertamente, uma necessidade que lhe pareceria infantil e constrangedora. Mandy tinha seis anos quando sua mãe abandonou o lar e mal pôde esperar completar dezesseis para livrar-se de um pai cuja idéia de paternidade não ia muito além de fornecer duas refeições por dia, que ela tinha de cozinhar, e as roupas que ela usava. Fazia um ano que alugava um quarto de uma casa com varanda em Stratford East, onde vivia em áspera camaradagem com três jovens amigas, tendo como principal motivo de disputa a insistência de Mandy em estacionar sua moto Yamaha no estreito corredor de entrada. Era, no entanto, o cantinho na Whitechapel Road que — com os aromas combinados de vinho e comida chinesa para viagem, o ruído sibilante do aquecedor a gás, as duas espreguiçadeiras gastas e fundas, em que ela podia se aconchegar e dormir — representava tudo que Mandy jamais conhecera do conforto e segurança de um lar.

A sra. Crealey, com a garrafa de *sherry* numa das mãos e um bloquinho de anotações na outra, mordia a ponta da piteira até acomodá-la no canto da boca onde, como sempre, ela se pendurava desafiando a gravidade e franzia os olhos tentando ler sua letra, quase indecifrável, por trás de imensos óculos de armação de tartaruga.

"É um cliente novo, Mandy, a Editora Peverell. Fiz uma pesquisa no catálogo das editoras. Uma das mais antigas firmas editoriais do país, fundada em 1792. Talvez a mais antiga. Fica à margem do rio. Editora Peverell, Innocent House, Innocent Walk, Wapping. Você deve ter visto a Innocent House se já deu um passeio de barco até Greenwich. Parece um imenso palácio veneziano. Eles têm uma lancha, parece, que recolhe os funcionários no píer de Charing Cross, mas que servirá para você que mora em Stratford. Está no seu lado do Tâmisa, entretanto, o que facilitará seu trajeto. Acho melhor ir de táxi, mas cuide que lhe paguem antes de ir embora."

"Tudo bem, vou de moto."

"Como preferir. Você deve apresentar-se na terça-feira às dez horas."

A sra. Crealey estava a ponto de sugerir que, com o novo e prestigioso cliente, uma certa formalidade no vestir-se seria apropriada, mas desistiu. Mandy aceitava sugestões sobre trabalho ou comportamento, nunca, porém, a respeito das criações excêntricas e às vezes bizarras por intermédio das quais expressava sua personalidade essencialmente segura e exuberante.

"Por que na terça?", perguntou. "Eles não trabalham às segundas?"

"Não me pergunte. Só sei que a moça que me telefonou disse terça-feira. Talvez a srta. Etienne não possa vê-la antes. É uma diretora e quer entrevistá-la pessoalmente. Srta. Claudia Etienne. Anotei tudo para você."

"Mas por que tudo isso?", disse Mandy. "Por que preciso ser entrevistada pela chefe?"

"Uma das chefes. São exigentes ao contratar, imagino. Pediram a melhor e estou mandando a melhor. É claro que podem estar procurando alguém permanente, mas querem fazer uma experiência primeiro. Não deixe que a convençam a ficar, Mandy, está bem?"

"Alguma vez já deixei?"

Aceitando um cálice de *sherry* doce e aconchegando-se numa espreguiçadeira, Mandy examinou as anotações. Certamente era estranho ser entrevistada pelo empregador antes de começar um novo trabalho; mesmo quando o cliente era novo, como no caso. O procedimento de praxe era bem claro para ambas as partes. O empregador assoberbado telefonava para a sra. Crealey pedindo uma estenodatilógrafa temporária, implorando que daquela vez mandasse uma jovem com domínio da língua e cuja velocidade em datilografia fosse, ao menos, próxima do padrão declarado. A sra. Crealey prometia milagres em termos de pontualidade, eficiência e responsabilidade. E despachava qualquer moça que estivesse livre e pudesse ser persuadida a fazer uma tentativa, esperando que, daquela vez, as expectativas do cliente e da secretária efetivamente coincidissem. Queixas posteriores eram recebidas com a resposta, invariavelmente chorosa, da sra. Crealey: "Não entendo. Ela recebeu os maiores elogios dos outros empregadores. Sempre me pedem a Sharon".

O cliente, levado a crer que, de alguma forma, a catástrofe fora culpa sua, desligava o telefone com um suspiro. E instava, pedia, estimulava, suportava, até que a agonia mútua terminasse e a funcionária permanente retribuísse a recepção lisonjeira. A sra. Crealey recebia sua comissão, mais modesta que a cobrada pela maioria das agências (o que provavelmente explicava sua sobrevivência no mercado), e a transação estava encerrada até que a próxima epidemia de gripe ou as férias de verão provocassem outro triunfo da esperança sobre a experiência.

"Pode ficar de folga na segunda-feira, Mandy", disse a sra. Crealey. "Com pagamento integral, é claro. E é melhor redigir suas qualificações e experiência. Escreva *Curriculum Vitae* em cima, isso sempre impressiona."

O *curriculum vitae* de Mandy e a própria Mandy nunca deixavam de impressionar, apesar de sua aparência excêntrica. Por isso, tinha de agradecer sua professora de inglês, a sra. Chilcroft. Esta, encarando o grupo de recalcitrantes crianças de onze anos, dissera: "Vocês aprenderão a escrever sua própria língua com simplicidade, correção e alguma elegância, e a falá-la de modo a não serem prejudicados assim que abrirem a boca. Se algumas de vocês têm outra ambição além de casar aos dezesseis anos e criar filhos num conjunto habitacional, precisarão da língua. Se suas únicas ambições forem ser sustentadas por um homem ou pelo governo, precisarão mais ainda, ao menos para levar a melhor do departamento de Serviço Social e do DHSS. Mas vocês vão aprender".

Mandy nunca conseguiu saber se odiava ou admirava a sra. Chilcroft. Graças ao seu estilo inspirado e pouco convencional de ensinar, no entanto, ela aprendera a falar, escrever, soletrar e usar a língua inglesa com confiança e alguma graça. Na maior parte do tempo, era um dom que ela preferia fingir não possuir. Pensava, embora jamais tivesse articulado a heresia, que de pouco adiantava sentir-se bem no mundo da sra. Chilcroft se deixasse de ser aceita no seu. Seu bom emprego da língua existia para ser usado quando necessário, uma vantagem comercial e às vezes social, ampliada pela datilografia e estenografia velozes e a familiaridade com vários tipos de processadores de texto. Mandy sabia que era altamente empregável, mas continuava leal à sra. Crealey. Além do cantinho, havia vantagens óbvias em ser considerada indispensável: ela podia ter certeza de que ficaria com os melhores trabalhos. Seus empregadores do sexo masculino às vezes tentavam persuadi-la a aceitar um cargo permanente, alguns oferecendo incentivos que pouco tinham a ver com aumentos anuais, vales-refeição ou aposentadorias generosas. Mandy continuava com a Agência Incomparável, sua lealdade enraizada não apenas em considerações de ordem material. Às vezes, sentia por sua empregadora uma compaixão quase adulta. Os problemas da sra. Crealey resultavam, principalmente, de sua certeza da perfídia masculina combinada com a inabilidade para lidar com eles. Além dessa incômoda dicotomia, sua vida era dominada pela luta para manter em seus quadros as poucas moças empregáveis e pela guerra desgastante contra o ex-marido, o agente de impostos, gerente do banco e proprietário de seu escritório. Em todos esses embates, Mandy era sua aliada, confidente e simpatizante. No que dizia respeito à vida amorosa da sra. Crealey, essa simpatia devia-se mais à boa vontade que à compreensão, já que, para a mentalidade de dezenove anos de

Mandy, a possibilidade de sua empregadora realmente desejar sexo com os homens idosos — alguns deviam ter cinqüenta anos — e pouco atrantes que de vez em quando assediavam o escritório era bizarra demais para merecer uma reflexão séria.

Após uma semana de chuva quase ininterrupta, a terça-feira prometia ser um belo dia, com centelhas instáveis de luz filtrando-se pela camada baixa de nuvens. O percurso a partir de Stratford East não era longo, mas Mandy saiu com boa margem de tempo e faltavam quinze para as dez quando dobrou The Highway, desceu a Garnet Street e prosseguiu ao longo da Wapping Wall, virando em seguida à direita na Innocent Walk. Reduzindo a velocidade ao mínimo, ela foi sacolejando sobre uma larga rua sem saída e calçada com pedras, limitada ao norte por uma parede de tijolos cinzentos medindo três metros e ao sul pelas três casas que abrigavam a Editora Peverell.

À primeira vista, ficou decepcionada com a Innocent House. Era uma casa georgiana imponente mas sem nada de extraordinário, com proporções que ela mais sabia que sentia serem graciosas. Não parecia muito diferente das muitas que ela vira nas praças e terraços de Londres. A porta da frente estava fechada e ela não viu movimento nenhum por trás dos quatro andares com janelas de oito vidraças, os dois primeiros ostentando um elegante balcão de ferro fundido. Havia, de cada lado, uma casa menor e menos aparatosa; erguiam-se a uma pequena distância, isoladas como uma dupla de respeitosos parentes pobres. Mandy se encontrava diante de uma delas, a de número 10, embora não pudesse ver sinal dos números de 1 a 9, e viu que era separada do edifício principal pela Innocent Passage, esta isolada da rua por um portão de ferro fundido e, obviamente, usada como estacionamento para os funcionários. Naquele momento, contudo, o portão estava aberto e Mandy viu três homens descendo grandes caixas de papelão de um andar superior, carregando com elas um furgão pequeno. Um deles, um homem baixinho e moreno que usava um chapéu gasto de sertanejo, tirou-o e curvou-se saudando Mandy com ironia. Os outros dois interromperam o trabalho para examiná-la com evidente curiosidade. Mandy levantou a viseira e lançou-lhes um olhar longo e desencorajador.

A segunda casa menor era separada da Innocent House pela Innocent Lane. Lá, segundo as instruções da sra. Crealey, ficava a entrada. Mandy desligou o motor, desceu da moto e a empurrou sobre as pedras arredondadas, procurando estacionar onde não atrapalhasse. Foi então que teve o primeiro vislumbre do rio, uma nesga brilhante da água que se encrespava sob o céu claro. Estacionando a Yamaha, ela tirou o capacete e o substituiu pelo chapéu que apanhou no compartimento lateral. Depois, com o capacete debaixo do braço e a bolsa a tiracolo, andou em direção à água, como se fisicamente atraída pela forte corrente, pelo leve aroma que evocava o mar.

Viu-se num átrio de mármore cintilante, contornado por uma grade baixa de delicado ferro fundido, tendo em cada canto um globo de vidro sustentado por golfinhos entrelaçados de bronze. Um lance de escadas, que saía de uma abertura no meio da grade, levava ao rio. Ela ouvia o movimento rítmico das águas batendo de encontro à pedra. Andou lentamente na direção do rio, em transe, maravilhada como se nunca o tivesse visto antes. Diante dela, as águas cintilavam. Uma ampla extensão de águas caudalosas e pontilhadas de sol que a brisa encrespava em milhões de ondinhas, como um inquieto mar interno; e que, misteriosamente, se aquietavam em fulgurante suavidade quando a brisa diminuía. Voltando-se, Mandy viu, pela primeira vez, a Innocent House em toda sua imponente magnificência — quatro andares de mármore rosado e pedra dourada que, sob as nuances de luz, parecia mudar sutilmente de cor, passando gradativamente do brilhante para um tom profundo de dourado. O grande arco da entrada principal era flanqueado por estreitas janelas também em arco. Acima dele, dois andares com amplos balcões de pedra esculpida, ante uma fileira de esguios pilares de mármore, elevando-se até arcos em forma de trevo. As altas janelas em arco e colunas de mármore estendiam-se até um último andar, sob a balaustrada de um teto baixo. Ela não conhecia nenhum dos detalhes arquitetônicos, mas já vira casas como aquela antes, durante tumultuada e malconduzida viagem escolar a Veneza quando tinha treze anos. A cidade não lhe causara muita impressão, afora o forte mau cheiro do canal durante o verão — que obrigara as crianças a taparem o nariz e dar gritos de nojo afetado — e das galerias de arte superlotadas e palácios, que lhe haviam dito serem fantásticos mas pareciam prestes a desmoronar dentro dos canais. Fora a Veneza quando era nova e despreparada demais. Naquele dia, pela primeira vez, contemplando a exuberante Innocent House, ela reagiu, tardiamente, àquela experiência anterior — um misto de deslumbramento e alegria que a surpreendeu e assustou um pouco.

O transe foi interrompido por uma voz masculina: "Procurando alguém?".

Mandy voltou-se e viu um homem que a olhava por entre a grade, como se, miraculosamente, emergisse do rio. Aproximando-se, percebeu que estava de pé na proa de uma lancha, amarrada aos degraus do lado esquerdo. Usava um boné de iatismo bem para trás, sobre um punhado de cachos negros, e seus olhos eram fendas luminosas no rosto curtido pelo tempo.

"Vim ver um emprego", disse ela. "Estava só olhando o rio."

"Ah, o rio está sempre aqui. A entrada é daquele lado." Apontou com o polegar para Innocent Lane.

"Sim, eu sei."

Para demonstrar independência de ação, Mandy olhou, de relance, o relógio de pulso, virou-se e passou mais dois minutos contemplando a Innocent House. Depois, com um último olhar para o rio, caminhou até a Innocent Lane.

A porta externa exibia uma placa: EDITORA PEVERELL — ENTRE. Mandy empurrou a porta e passou por um vestíbulo cercado de vidro para entrar na recepção. À esquerda, via-se uma escrivaninha e uma central telefônica operada por um homem de cabelos grisalhos e expressão gentil, que a saudou com um sorriso antes de procurar seu nome numa lista. Mandy lhe entregou o capacete e ele o recebeu cuidadosamente em suas pequenas mãos manchadas pela idade, como se se tratasse de uma bomba. Durante alguns momentos, pareceu não saber bem o que fazer com ele; finalmente, deixou-o no balcão.

Anunciou a chegada de Mandy pelo telefone e depois disse: "A srta. Blackett virá para conduzi-la até a sala da srta. Etienne. Gostaria de sentar-se?".

Mandy sentou-se e, ignorando os três jornais diários, as revistas literárias e os catálogos cuidadosamente distribuídos em leque sobre uma mesa baixa, olhou em volta dela. A sala devia ter sido elegante um dia; a lareira de mármore com uma pintura a óleo do Grand Canal pendurada no painel acima, o delicado teto de estuque e a cornija trabalhada contrastavam incongruentemente com a moderna mesa da recepção, as cadeiras confortáveis mas utilitárias, o grande mural de avisos forrado de lã grossa e o elevador com grades à direita da lareira. Nas paredes, pintadas de um verde-escuro e vibrante, uma sucessão de retratos cor de sépia. Mandy imaginou que fossem membros antigos da família Peverell e acabara de levantar-se para olhar de perto quando sua acompanhante apareceu — uma mulher de ar resoluto e aparência ordinária que, presumivelmente, era a srta. Blackett. Saudou Mandy sem sorrir, lançou um olhar surpreso e até chocado para seu chapéu e, sem se apresentar, pediu que a seguisse. Mandy não se preocupou com sua atitude fria. Tratava-se, provavelmente, da secretária particular do presidente da editora, afoita por demonstrar seu status. Já encontrara outras de sua espécie.

Boquiaberta, Mandy maravilhou-se com o corredor. Viu um piso de mármore com desenhos coloridos, ao longo do qual seis esguios pilares, com capitéis intrincadamente trabalhados, erguiam-se até um espantoso teto pintado. Ignorando a ostensiva impaciência da srta. Blackett enquanto se demorava no último degrau da escada, Mandy parou, distraída, e voltou-se lentamente, passeando os olhos pela espetacular cúpula colorida acima dela: palácios, torres com estandartes ao vento, igrejas, casas, pontes, o rio tortuoso enfeitado com as velas de navios e seus altos mastros, além de pequenos querubins de lábios polpudos, soprando brisas prósperas em pequenas nuvens como vapor de uma chaleira. Mandy trabalhara em várias firmas, de torres de vidro, mobiliadas em cromo e couro e as últimas maravilhas da eletrônica, a salas pequenas como armários embutidos, com apenas uma mesa de madeira e uma antiga máquina de escrever. Aprendera, havia muito, que o ambiente da empresa não era um indicador confiável de sua situação financeira. Nunca antes vira, porém, um prédio como a Innocent House.

Subiram a ampla escadaria dupla sem conversar. A sala da srta. Etienne ficava no primeiro andar. Obviamente, já fora uma biblioteca, mas os fundos haviam sido divididos de modo a acomodar um pequeno escritório. Uma jovem de expressão séria, tão magra que parecia anoréxica, trabalhava num microcomputador e lançou apenas um rápido olhar a Mandy. A srta. Blackett abriu a porta intermediária e anunciou: "Esta é Mandy Price, da agência, srta. Claudia", e se retirou.

A sala pareceu muito grande a Mandy depois da maldimensionada sala externa, e ela atravessou o piso de parquete em direção à mesa que ficava à direita da janela mais afastada. Uma mulher alta e morena levantou-se para recebê-la. Apertou sua mão e fez sinal para que sentasse na cadeira à sua frente.

"Trouxe seu *curriculum vitae*?", perguntou.

"Sim, srta. Etienne."

Nunca antes lhe haviam pedido um CV e a sra. Crealey acertara; realmente, fora melhor levá-lo. Mandy enfiou a mão em sua bolsa a tiracolo, ornada com borlas e espalhafatosamente bordada, e estendeu à mulher três folhas datilografadas com esmero. A srta. Etienne as examinou, e Mandy examinou a srta. Etienne.

Concluiu que a diretora não era jovem — certamente, passara dos trinta. O rosto era anguloso e a pele delicada. Os olhos fundos tinham íris escuras, quase negras, emoldurados por cílios espessos. As sobrancelhas haviam sido depiladas, formando um arco. O cabelo curto, escovado até brilhar, era dividido do lado esquerdo, as mechas soltas presas atrás da orelha direita. As mãos que seguravam o CV não tinham anéis ou aliança, os dedos eram longos e esguios, as unhas, sem esmalte.

Sem desviar o olhar, perguntou: "Seu nome é Mandy ou Amanda Price?".

"Mandy, srta. Etienne." Em outras circunstâncias, teria observado que, se seu nome fosse Amanda, o CV o informaria.

"Já trabalhou antes em editoras?"

"Só três vezes nos últimos dois anos. Listei o nome das firmas onde trabalhei na página 3 do meu CV."

A srta. Etienne continuou lendo e depois levantou os olhos luminosos, que brilhavam sob as sobrancelhas curvas. Contemplou Mandy com interesse maior que o demonstrado até então e disse:

"Parece que foi muito bem na escola, mas depois teve uma variedade extraordinária de empregos. Nunca permaneceu em nenhum deles por mais de algumas semanas."

Em três anos de trabalho temporário, Mandy aprendera a reconhecer e driblar a maioria das maquinações do sexo masculino; não sentia, no entanto, a mesma segurança para lidar com as mulheres. Seu instinto, aguçado como as presas de uma doninha, avisou-lhe que a srta. Etienne podia precisar de cuidado especial. Pensou: é assim com empregados temporários, sua anta velha. Hoje aqui, amanhã em outro lugar. Mas o que disse foi: "É por isso que gosto de empregos temporários. Quero ter as mais variadas experiências possíveis antes de me estabelecer num cargo permanente. Daí por diante, quero continuar e fazer de minha carreira um sucesso".

Mandy não estava sendo sincera. Não tinha a menor intenção de aceitar um cargo permanente. Os empregos temporários, com sua liberdade de contratos e condições de trabalho, além da variedade, a certeza de que não estava presa, que até o pior emprego poderia terminar no final da semana, se quisesse, adequavam-se perfeitamente a ela. Seus planos eram bem outros. Mandy economizava para o dia em que, juntamente com sua amiga Naomi, alugaria um ponto na Portobello Road, Naomi confeccionaria suas bijuterias e Mandy criaria e produziria seus chapéus; depois, ambas ascenderiam, rapidamente, à fama e à fortuna.

A srta. Etienne olhou novamente para o *curriculum vitae*. Comentou com azedume: "Se sua ambição é encontrar um emprego permanente e ter sucesso nele, certamente é a única em sua geração".

Devolveu o currículo com um gesto brusco e impaciente, levantou-se e disse: "Muito bem, vamos lhe dar um teste de datilografia. Vejamos se é tão boa quanto afirma. Há um outro computador na sala da srta. Blackett, no andar térreo. É onde irá trabalhar, portanto pode fazer o teste lá mesmo. O sr. Dauntsey, nosso editor de poesia, precisa da transcrição de uma fita. Está na pequena sala de arquivos". Ela se levantou e acrescentou: "Vamos buscá-la juntas, assim poderá adquirir uma noção da estrutura da casa".

"Poesia?", perguntou Mandy. Transcrever uma fita de poesia poderia ser complicado. Sabia, por experiência, que era difícil distinguir onde, na poesia moderna, começavam e terminavam os versos.

"Não é poesia. O sr. Dauntsey está fazendo um levantamento dos arquivos para recomendar quais devem ser conservados e quais destruídos. A Editora Peverell publica desde 1792. Os arquivos antigos estão cheios de material interessante que devem ser adequadamente catalogados."

Mandy desceu as amplas escadas curvas atrás da srta. Etienne. Atravessaram o corredor e chegaram à recepção. Parecia que iam pegar o elevador, que saía somente do andar térreo, o que não era, pensou ela, a melhor maneira de ter uma noção da estrutura da casa. O comentário, todavia, fora promissor — dava a entender que o emprego era dela, caso o quisesse. E, desde aquela primeira visão do Tâmisa, Mandy sabia que o queria.

O elevador era pequeno, pouco mais de um metro e meio quadrado. Enquanto subiam lentamente, Mandy tinha uma percepção aguda da figura alta e silenciosa cujo braço quase encostava no dela. Fixou os olhos na grade do elevador, mas podia sentir o perfume da srta. Etienne, sutil e levemente exótico, tão suave que talvez não fosse perfume nenhum e, sim, apenas um sabonete caro. Tudo na pessoa da srta. Etienne parecia caro — o tecido mole e acetinado da blusa, que só podia ser de seda, o cordão duplo e os brincos de pressão de ouro, o cardigã, casualmente jogado sobre os ombros, cujo tecido tinha a aparência macia de cashmere. A proximidade física de sua acompanhante, porém, e seus sentidos aguçados, estimulados pela novidade e emoção de estar na Innocent House, lhe revelaram outra coisa: que a srta. Etienne não estava à vontade. E era ela, Mandy, quem deveria estar nervosa. Percebeu que a atmosfera claustrofóbica do elevador, que subia aos solavancos com lentidão exasperadora, estava sobrecarregada de tensão.

Pararam de supetão e a srta. Etienne afastou as grades de ferro duplas. Mandy se viu num corredor estreito, que tinha uma porta à frente e outra à esquerda. A porta da frente estava aberta e ela viu uma sala grande e desordenada, com prateleiras de metal do chão ao teto, repletas de pastas e fardos de papel. As estantes corriam das janelas até a porta, deixando espaço apenas suficiente para se andar entre elas. O ar tinha o cheiro forte de papel velho, umidade e bolor. Seguiu a srta. Etienne pelo espaço entre as prateleiras e uma parede até outra porta, menor e fechada.

Fazendo uma pausa, a srta. Etienne disse: "O sr. Dauntsey trabalha nos arquivos guardados aqui. Chamamos de pequena sala de arquivos. Ele disse que deixaria a fita sobre a mesa".

Mandy achou a explicação desnecessária e bastante estranha, e lhe pareceu que a srta. Etienne hesitou por um momento antes de girar a maçaneta. Depois, com um gesto brusco, como se esperasse que algo a obstruísse, escancarou a porta.

O mau cheiro foi ao encontro delas como um espectro maligno — o conhecido odor humano de vômito; não muito forte mas tão inesperado que Mandy recuou instintivamente. Por cima do ombro da srta. Etienne, ela percebeu, de relance, um pequeno cômodo com chão de madeira sem carpete, uma mesa quadrada à direita da porta e uma única janela alta. Sob a janela, uma pequena cama; e, sobre a cama, uma mulher esparramada.

Mandy não teria precisado do cheiro para saber que

estava diante da morte. Não gritou — nunca gritava por medo ou choque —, mas um punho gigantesco envolto em gelo agarrou e espremeu seu coração e estômago, e ela começou a tremer descontroladamente, como uma criança que é retirada do mar gelado. Nenhuma das duas falou uma palavra, mas, Mandy logo atrás da srta. Etienne, aproximaram-se do sofá com passos silenciosos e quase imperceptíveis.

A mulher estava deitada sobre uma manta xadrez mas tirara o único travesseiro debaixo dela para descansar a cabeça, como se precisasse desse conforto final nos últimos momentos de consciência. Ao lado da cama, uma cadeira e, sobre esta, uma garrafa de vinho vazia, um copo manchado e um grande frasco com tampa de rosca. Sob a cadeira, dois sapatos marrons com cadarços, caprichosamente arrumados lado a lado. Talvez, pensou Mandy, ela os tenha tirado porque não quis sujar a manta. A manta, no entanto, estava suja, assim como o travesseiro. Um traço de vômito, como a trilha de um verme gigante, grudava-se no seu rosto e endurecia o travesseiro. Os olhos da mulher estavam semi-abertos, as íris voltadas para cima, o cabelo grisalho, com franja, apenas desarrumado. Usava um blusão marrom de gola alta e uma saia de tweed de onde as pernas magricelas, torcidas de modo curioso, se projetavam como pedaços de pau. Seu braço esquerdo, estendido para fora, quase tocava a cadeira e o direito estava cruzado sobre o peito. A mão direita roçara a lã fina do blusão antes da morte, levantando-a e revelando alguns centímetros da combinação branca. Ao lado do frasco vazio de comprimidos, havia um envelope quadrado endereçado com letra forte em tinta escura.

Mandy sussurrou com respeito, como se estivesse numa igreja: "Quem é ela?".

A voz da srta. Etienne estava calma. "Sonia Clements. Uma de nossas editoras mais antigas."

"Eu ia trabalhar para ela?"

Mandy percebeu que a pergunta era irrelevante no momento em que a fez, mas a srta. Etienne respondeu: "Por algum tempo, sim, mas não muito. Ela ia embora no final do mês".

Apanhou o envelope parecendo pesá-lo nas mãos. Mandy pensou: ela quer abri-lo mas não na minha frente. Após alguns segundos, a srta. Etienne disse: "Foi endereçado ao legista. É bastante óbvio o que aconteceu aqui mesmo sem esta carta. Sinto muito pelo choque, srta. Price. Foi falta de consideração da parte dela. Quem quer se matar deve fazê-lo na própria casa".

Mandy pensou na casinha em Stratford East, na cozinha que compartilhavam e no único banheiro, no seu quartinho numa casa em que seria sorte ter privacidade bastante para engolir os comprimidos, quanto mais para morrer. Forçou-se a olhar novamente o rosto da mulher. Sentiu súbito impulso de cerrar os olhos e fechar a boca levemente aberta. Então era assim a morte, ou melhor, era assim a morte antes que os agentes funerários encostassem na gente. Até então, Mandy só tinha visto uma pessoa morta, sua avó; com mortalha impecável, babados na gola, acondicionada no caixão como uma boneca numa caixa para presentes, curiosamente diminuída e mais tranqüila do que jamais parecera em vida, os olhos brilhantes e inquietos fechados, as mãos, sempre demasiado ocupadas, enfim cruzadas, em paz. Subitamente, a dor a dominou, uma torrente de piedade a invadiu, liberadas, talvez, pelo choque retardado ou pela súbita e intensa lembrança de sua avó amada. Quando os olhos se encheram de lágrimas quentes, ela não sabia se eram por causa da avó ou pela estranha estirada na cama, tão vulnerável em sua deselegância. Raramente chorava, mas, quando acontecia, as lágrimas eram incontroláveis. Temendo passar vergonha, lutou para se controlar e, olhando ao redor, seus olhos deram com algo familiar, seguro, algo com que sabia lidar, uma garantia de que havia um mundo comum que continuava fora daquela câmara da morte. Sobre a mesa, havia um pequeno toca-fitas.

Mandy caminhou até ele e segurou-o como se fosse um ícone sagrado. "É esta a fita? É uma lista? Quer tabulação?"

A srta. Etienne contemplou-a em silêncio por um momento, depois disse: "Sim, quero. E faça duas cópias. Pode usar o computador da sala da srta. Blackett".

Naquele momento, Mandy soube que o emprego era seu.

2

Quinze minutos antes, Gerard Etienne, presidente e diretor executivo da Editora Peverell, saía da sala da diretoria e voltava à sua sala no andar térreo. Repentinamente, parou, recuou para dentro da penumbra, sorrateiro como um gato, e ficou espiando por trás da balaustrada. No corredor do andar de baixo, uma jovem rodopiava lentamente, os olhos fixos no teto. Usava longas botas pretas, uma minissaia justa marrom-claro e uma jaqueta de veludo vermelho-fosco. O braço esguio e delicado segurava, sobre a cabeça, um chapéu incomum. Parecia de feltro vermelho, com abas largas dobradas na frente e decoradas com uma seleção extraordinária de objetos: flores, plumas, retalhos de cetim e seda, até mesmo pequenos cacos de vidro. Enquanto ela girava, o chapéu brilhava, refulgia, cintilava. Ele pensou que sua figura poderia ser ridícula — o rosto fino e infantil semi-oculto por mechas revoltas de cabelos escuros, encimados por artefato tão grotesco. Ao invés disso, sua aparência era encantadora. Ele se percebeu sorrindo, quase rindo, e foi subitamente possuído por uma insensatez que não sentia desde os vinte e um anos, um impulso de descer correndo as largas escadas, arrebatá-la nos braços e dançar com ela sobre o mármore, conduzi-la para fora do prédio até a margem do rio fulgurante. Ela terminara seu lento giro e seguia a srta. Blackett pelo corredor. Ele se demorou alguns momentos, saboreando essa centelha insana que, para ele, nada tinha a ver com sexo, mas com a necessidade de manter destilada uma lembrança da juventude, de amores antigos, de riso, da liberdade de qualquer responsabilidade, de puro e animal deleite no mundo dos sentidos. Tudo isso deixara de fazer parte de sua vida. Continuou sorrindo enquanto esperava que o corredor ficasse livre; depois, desceu lentamente até sua sala.

Dez minutos depois, a porta se abriu e ele reconheceu os passos de sua irmã. Sem olhar para cima, perguntou: "Quem é a garota de chapéu?".

"Chapéu?" A princípio, ela pareceu não entender. Depois disse: "Ah, o chapéu. É Mandy Price, da agência de secretárias".

A nota estranha em sua voz o fez voltar-se e dar-lhe toda atenção. "Claudia, o que aconteceu?"

"Sonia Clements morreu. Suicídio."

"Onde?"

"Aqui, na pequena sala de arquivos. A garota e eu a encontramos. Havíamos ido buscar uma fita de Gabriel."

"A garota a viu?" Ele fez uma pausa e acrescentou: "Onde está ela agora?".

"Já lhe disse, na pequena sala de arquivos. Não tocamos no corpo. Por que tocaríamos?"

"Perguntei onde está a garota."

"Ao lado, com Blackie, transcrevendo a fita. Não desperdice sua piedade. Ela não estava sozinha e não havia sangue. Essa geração é dura. Ela nem piscou. Sua única preocupação era conseguir o emprego."

"Tem certeza de que foi suicídio?"

"É claro. Ela deixou este bilhete. Está aberto, mas não o li."

Claudia entregou o envelope e aproximou-se da janela. Ficou olhando para fora. Após alguns segundos, ele levantou a aba do envelope e retirou, cuidadosamente, o papel que estava dentro. Leu em voz alta: "'Sinto muito pelo transtorno, mas achei melhor usar este cômodo. Provavelmente, será Gabriel quem me encontrará e ele já está tão acostumado com a morte que não ficará chocado. Agora que vivo sozinha, talvez só me descobrissem quando eu começasse a cheirar mal, e creio que é necessário manter um pouco de dignidade, mesmo na morte. Meus assuntos estão em ordem e escrevi para minha irmã. Não tenho obrigação de explicar meu ato, mas, caso alguém esteja interessado, simplesmente preferi a aniquilação à existência prolongada. É uma opção razoável, que todos temos o direito de fazer'."

"O bilhete é bastante claro e a letra é dela", falou ele. "Como foi que se matou?"

"Com drogas e álcool. Como eu disse, não fez muita sujeira."

"Já telefonou para a polícia?"

"Para a polícia? Ainda não tive tempo. Vim direto falar com você. Mas será que é realmente necessário, Gerard? Suicídio não é crime. Por que não ligamos apenas para o dr. Frobisher?"

Ele respondeu bruscamente: "Não sei se é necessário mas, com certeza, é adequado. Não queremos que haja nenhuma dúvida a respeito dessa morte".

"Dúvidas?", repetiu ela. "Dúvidas? Por que deveria haver dúvidas?"

Ela baixara a voz e os dois estavam quase sussurrando. Imperceptivelmente, foram se afastando da porta em direção à janela.

"Fofocas, então, boatos, escândalos. Podemos telefonar para a polícia daqui. Não precisamos passar pela central telefônica. Se a transportarem pelo elevador, pode ser que consigamos tirá-la do prédio antes que os funcionários saibam o que aconteceu. George saberá, é claro. Presumo que é melhor que a polícia entre por aquela porta. Teremos que dizer a George para ficar de bico calado. Onde está a garota da agência agora?"

"Já lhe disse, na sala ao lado, com Blackie, fazendo o teste de datilografia."

"Ou, mais provavelmente, descrevendo a Blackie e a qualquer um que entrar como foi ao andar de cima buscar uma fita e encontrou um cadáver."

"Recomendei às duas que não dissessem nada a ninguém até que contássemos a todos os funcionários. Gerard, se está pensando que vai poder abafar o caso, ainda que por duas horas, esqueça. Haverá uma investigação, publicidade. E terão de trazê-la para baixo pelas escadas. Não é possível acomodar um cadáver dentro de um saco, sobre uma maca, no elevador.

Meu Deus, era só o que nos faltava! Foi acontecer logo depois dos outros problemas. Vai ser ótimo para o estado de espírito do pessoal."

Durante um momento de silêncio, nenhum dos dois fez qualquer gesto em direção ao telefone. Então ela o olhou e quis saber: "Quando você a despediu na quarta-feira passada, como ela reagiu?".

"Ela não se matou porque eu a dispensei. Era uma mulher racional, sabia que precisava ir embora. Já devia saber desde o dia em que assumi a direção. Sempre deixei claro que tínhamos um editor a mais, que poderíamos despachar o serviço para um editor freelance."

"Mas ela tem cinqüenta e três anos. Não lhe teria sido fácil arranjar outro emprego. E ela trabalhou aqui durante vinte e quatro anos."

"Meio período."

"Sim; no entanto, trabalhando quase em período integral. Esta editora era a vida dela."

"Claudia, pare com essa conversa sentimental. Ela tinha uma existência além destas paredes. E que diabo isso tem a ver com a história? Ou ela era necessária aqui, ou não."

"E foi assim que você lhe deu a notícia? Disse que ela não era mais necessária?"

"Não fui rude, se é o que você está insinuando. Contei a ela que havia sugerido empregar um freelance para fazer parte da edição de textos de não-ficção e que, portanto, seu cargo aqui era supérfluo. Observei que, embora ela não tivesse direito legal a aposentadoria integral, chegaríamos a algum arranjo financeiro."

"Arranjo? E o que ela disse?"

"Disse que não seria necessário. Que faria seus próprios arranjos."

"E fez mesmo. Aparentemente com distalgésicos e uma garrafa de *cabernet* búlgaro. Bem, ao menos assim economizamos. Juro por Deus, no entanto, que preferia pagar a ter de passar por isto. Sei que deveria sentir pena dela. Imagino que sentirei, quando superar o choque. No momento, não é fácil."

"Claudia, é inútil retomar todas essas antigas discussões. Foi preciso despedi-la e eu a despedi. O fato não teve a menor relação com a sua morte. Fiz o que era necessário fazer no interesse da empresa, e na época você estava de acordo. Nem você nem eu podemos ser responsabilizados por esse suicídio, e sua morte não tem a menor ligação com os outros problemas que aconteceram por aqui." Ele fez uma pausa, depois acrescentou: "A não ser, evidentemente, que a pessoa responsável fosse ela".

Ela não deixou de registrar a nota de esperança que de repente surgira em sua voz. Então ele estava mais preocupado do que estava disposto a admitir. Ela observou com amargura: "Seria uma bela solução para nossos problemas, não é mesmo? Mas como ela poderia ter sido responsável, Gerard? Ela estava de licença, doente, quando as provas de Stilgoe foram sabotadas, e quando perdemos as ilustrações do livro de Guy Fawkes ela estava em Brighton visitando um autor, então você não se lembra? Não, ela não pode ser incluída entre os suspeitos".

"Claro, claro. É mesmo, eu tinha esquecido. Olhe, vou dar um telefonema para a polícia agora, enquanto você conversa com o pessoal do escritório e explica o que aconteceu. Fica menos dramático que reunir todo mundo numa sala para fazer uma comunicação conjunta. Diga ao pessoal para permanecer em suas salas até o corpo ser removido."

Ela disse, devagar: "Só tem uma coisa. Acho que fui a última pessoa a vê-la com vida".

"Alguém tinha que ter sido."

"Foi ontem à noite, logo depois das sete. Eu estava fazendo serão. Saí do compartimento onde guardamos os casacos e vi quando ela subiu as escadas. Estava levando uma garrafa de vinho e um copo."

"Você não perguntou a ela o que estava fazendo?"

"Claro que não perguntei. Ela não era nenhuma mocinha datilógrafa! Para mim ela estava levando o vinho para a sala dos arquivos para beber em segredo. E, nesse caso, não era da minha conta. Achei esquisito ela ficar trabalhando até tão tarde, só isso."

"Ela viu você?"

"Acho que não. Ela não olhou para os lados."

"E não havia mais ninguém por perto?"

"Não àquela hora. Fui a última."

"Então não toque no assunto. Não é relevante. Não contribui em nada."

"Só que eu tive um pressentimento de que alguma coisa estranha estava acontecendo com ela. O jeito dela era... bem... furtivo. Estava praticamente se esgueirando."

"Você acha isso agora, a posteriori. E antes de ir embora você verificou se ainda havia alguém?"

"Dei uma olhada na sala dela. A luz estava apagada. Não vi casaco, não vi bolsa. Acho que ela tinha trancado as coisas dela no armário. Obviamente, achei que tinha ido embora para casa."

"Você pode declarar isso no inquérito, mas só isso. Não mencione o fato de tê-la visto antes, do contrário vão querer saber por que você não foi olhar se havia alguém no resto do edifício."

"Por que eu ia fazer uma coisa dessas?"

"É, por quê?"

"Mas Gerard, se me perguntarem qual foi a última vez que a vi..."

"Minta! Mas pelo amor de Deus, Claudia, minta direito e não mude de idéia." Ele se aproximou da escrivaninha e ergueu o fone. "Acho que é melhor eu discar 999. Esquisito, esta é a primeira vez, que eu me lembre, que a polícia põe os pés na Innocent House."

Ela se afastou da janela e encarou-o francamente. "Esperemos que seja a última."

3

Na sala ao lado, Mandy e a srta. Blackett trabalhavam. Cada uma em seu processador de texto, digitando, olhos fixos na tela. Nenhuma delas falava. No início, os dedos de Mandy se recusaram a funcionar, tremendo com hesitação sobre as teclas, como se as letras tivessem sido inexplicavelmente trocadas e todo o teclado se tornado uma confusão aleatória de símbolos. Cerrou, porém, as mãos firmemente sobre o colo durante trinta segundos e forçou-se a controlar a tremedeira. Quando conseguiu começar a digitar, o domínio técnico falou mais forte e tudo ficou bem. De vez em quando, lançava uma espiadela para a srta. Blackett. A mulher, obviamente, sofrera um grande choque. O rosto largo, com traços marsupiais e boca pequena e obstinada, estava tão pálido que Mandy temia que, a qualquer momento, ela desfalecesse sobre o teclado.

Fazia mais de meia hora que a srta. Etienne e seu irmão haviam saído. Dez minutos depois, a srta. Etienne passara a cabeça pela porta e dissera: "Pedi à sra. Demery que lhes trouxesse chá. Foi um choque para vocês duas".

O chá chegara minutos depois, levado por uma mulher ruiva, de avental florido, que deixara a bandeja sobre um arquivo com as palavras: "Não é da minha conta, por isso não vou falar nada. Mas também não custa dizer que a polícia acabou de chegar. Não terão muito trabalho. Com certeza, devem estar precisando de um chá". Em seguida, sumiu como se soubesse que muito mais emoções a aguardavam fora dali.

A sala da srta. Blackett não tinha proporções harmoniosas. Era estreita demais para a altura, a discrepância enfatizada pela esplêndida lareira de mármore, seu friso formal desenhado, o pesado console sustentado pelas cabeças de duas esfinges. A divisória, metade de madeira, metade de vidraça, atravessava uma das estreitas janelas em arco e também seccionava um adorno em formato de losango no teto. Na opinião de Mandy, se o espaçoso cômodo precisou ser dividido, deveriam ter respeitado sua arquitetura, sem falar no conforto da srta. Blackett. Do modo que fora feito, dava a impressão de que não lhe concediam sequer espaço adequado para trabalhar.

Outra peculiaridade, embora de ordem diversa, era uma cobra comprida, de veludo verde listrado, enrolada entre os puxadores das duas gavetas superiores do arquivo de aço. Seus brilhantes olhos de botão eram coroados pelo minúsculo chapéu sobre a cabeça, e a língua bifurcada, de flanela vermelha, pendia da macia boca aberta, aparentemente forrada com seda cor-de-rosa. Mandy já vira cobras parecidas; sua avó tivera uma. Eram usadas, estendidas ao longo dos vãos das portas, para vedar a friagem, ou enroladas em maçanetas para manter as portas abertas. De qualquer forma, um objeto ridículo, um brinquedo infantil, que dificilmente esperaria encontrar na Innocent House. Teve vontade de interrogar a srta. Blackett a respeito, mas a srta. Etienne lhes pedira para manter silêncio e, evidentemente, a srta. Blackett interpretara que não podiam falar nada, exceto sobre trabalho.

Os minutos transcorriam em silêncio. Faltava pouco para Mandy terminar a fita. Então a srta. Blackett levantou os olhos e disse: “Pode parar agora. Vou lhe passar um ditado. A srta. Etienne pediu que eu testasse sua estenografia”.

Tirou um catálogo da editora da gaveta da mesa, deu um caderno a Mandy, levou a cadeira até junto dela e começou a ler em voz baixa, praticamente sem mover os lábios descorados. Os dedos de Mandy traçaram, automaticamente, os familiares hieróglifos; sua mente, porém, absorveu poucos detalhes da lista de livros de não-ficção que veio em seguida. Vez por outra, a voz da srta. Blackett vacilava e Mandy percebia que ela também estava atenta aos ruídos que vinham de fora. Após o sinistro silêncio inicial, elas passaram a ouvir passos, murmúrios parcialmente imaginados, depois pisadas mais fortes ecoando sobre o mármore e vozes masculinas e seguras.

A srta. Blackett, olhos fixos na porta, disse sem expressão: "Quer ler de volta agora?".

Mandy reproduziu em voz alta o texto impecavelmente estenografado. De novo, o silêncio. Em seguida a porta se abriu e a srta. Etienne entrou. "A polícia chegou", anunciou. "Estão aguardando o legista para levar embora o corpo da srta. Clements. É melhor que esperem aqui até que tudo esteja resolvido." Olhou para a srta. Blackett. "Terminou o teste?"

"Sim, srta. Claudia."

Mandy entregou as listas que digitara. A srta. Etienne recebeu-as com um olhar distraído e disse: "Certo, o emprego é seu, caso o queira. Comece amanhã, às nove e meia".

4

Dez dias após o suicídio de Sonia Clements e exatamente três semanas antes do primeiro assassinato ocorrido na Innocent House, Adam Dalgliesh almoçou com Conrad Ackroyd no Cadaver Club. Ackroyd convidara, por telefone, com aquele tom conspiratório e levemente misterioso com que permeava todos os seus convites. Até mesmo jantares formais, para retribuir obrigações sociais importantes, prometiam mistérios, cabala, segredos a serem confiados a poucos privilegiados. A data sugerida não era muito conveniente e Dalgliesh reformulou seus compromissos com relutância, enquanto refletia que uma das desvantagens da velhice era o progressivo desinteresse pela vida social, agravado pela incapacidade de reunir a elegância e a energia para se safar dela. A amizade deles — e ele supunha adequado o termo, pois, certamente, eram mais que meros conhecidos — baseava-se no auxílio que um ocasionalmente prestava ao outro. Já que os dois reconheciam o fato, nenhum via necessidade para justificativas ou desculpas. Conrad, um dos fofoqueiros mais notórios e confiáveis de Londres, muitas vezes fora útil a Dalgliesh, sobretudo no caso Berowne. Nas atuais circunstâncias, o correto seria que Dalgliesh fizesse o convite, mas discutir o assunto seria mais irritante que oneroso. Além disso, a comida do Cadaver Club era excelente e Ackroyd, embora tendesse à malícia, raramente era cansativo.

Mais tarde, compreenderia que todos os horrores que se seguiram tiveram origem naquele almoço absolutamente corriqueiro; e pensaria: se isto fosse um romance policial, e eu o autor, aquele momento seria o início de tudo.

O Cadaver Club não está entre os clubes exclusivos mais prestigiosos de Londres, mas seus membros o consideram um dos mais agradáveis. Construído no século XIX, fora, originalmente, a residência de um advogado abastado — ainda que não muito bem-sucedido — que, em 1892, o legou, com todas as formalidades legais, para um clube particular, fundado cerca de cinco anos antes, e que regularmente se reunia em sua sala de visitas. O clube sempre fora, e continuava sendo, exclusivamente masculino, e o pré-requisito mais importante para ser aceito como membro era ter um interesse profissional em assassinatos. Desde sempre, teve entre seus associados alguns policiais aposentados, advogados praticantes e aposentados, praticamente todos entre os mais destacados criminologistas amadores e profissionais, repórteres criminais e alguns poucos destacados autores de romances policiais, todos do sexo masculino e aceitos por especial favor, já que o clube tinha por princípio que, no campo do assassinato, a ficção jamais seria capaz de competir com a realidade. Nos últimos tempos, o clube correra o perigo de mudar da categoria de excêntrico para a de moderno — um risco que a diretoria rebateu prontamente rejeitando os próximos seis candidatos a membros. A mensagem foi recebida. Como protestou um frustrado candidato, ser barrado pelo Garrick era constrangedor, mas ser rejeitado pelo Cadaver era ridículo. O clube se mantinha pequeno e, dentro de seus padrões excêntricos, seleto.

Atravessando a Tavistock Square, sob o sol brando de setembro, Dalgliesh admirava-se de como Ackroyd conseguira tornar-se membro. Lembrou-se do livro que seu anfitrião escrevera cinco anos antes sobre três famosos assassinos: Hawley Harvey Crippen, Norman Thorne e Patrick Mahon. Ackroyd lhe enviara um exemplar e Dalgliesh o lera zelosamente, surpreendendo-se com a pesquisa meticulosa e o estilo ainda mais meticuloso. A tese de Ackroyd, não de todo original, era que os três foram inocentes no sentido de que nenhum tivera a intenção de matar suas vítimas. A argumentação de Ackroyd, com base no exame minucioso dos indícios médicos e forenses, era plausível, embora não muito convincente.

Para Dalgliesh, a mensagem principal do livro era que quem quisesse ser absolvido de assassinato deveria evitar desmembrar suas vítimas, prática pela qual os júris britânicos havia muito demonstravam sua repulsa.

Combinaram encontrar-se na biblioteca para um *sherry* antes do almoço. Ackroyd já estava lá, refestelado em uma poltrona de couro alta. Pôs-se de pé com agilidade surpreendente para alguém de seu tamanho e aproximou-se de Dalgliesh com passos curtos e ligeiramente saltitantes, não aparentando ter um dia a mais que quando o conhecera.

"Foi gentileza sua conceder-me um pouco de seu tempo, Adam", disse ele. "Sei o quanto anda ocupado agora. Conselheiro especial do chefe de polícia, membro do partido trabalhista nos esquadrões criminais regionais e, de vez em quando, uma investigação de homicídio para mantê-lo ocupado. Não deve deixar que o sobrecarreguem de trabalho, meu caro. Vou mandar buscar o *sherry*. Pensei em convidá-lo para meu outro clube, mas sabe como é. Almoçar lá é um modo eficiente de lembrar às pessoas que você ainda está vivo, mas os membros chegam e o cumprimentam por isso. Vamos descer até a sala de estar."

Ackroyd casara-se depois da meia-idade, para surpresa e consternação de seus amigos. Vivia em auto-suficiência conjugal numa aprazível casa de campo de estilo eduardiano em St. John's Wood. Lá, Nelly Ackroyd e ele dedicavam-se à casa e ao jardim, aos dois gatos siameses e às enfermidades, em grande parte imaginárias, de Ackroyd. Além de ser proprietário, editor e financiador — graças a significativa renda particular — da publicação *The Paternoster Review*, um misto iconoclasta de artigos literários, resenhas e fofocas, estas cuidadosamente investigadas, discretas, às vezes, e, quase sempre, tão maliciosas quanto acuradas. Nelly, quando não estava cuidando da hipocondria do marido, era colecionadora fanática de romances para moças das décadas de 20 e 30. O casamento era um sucesso, embora os amigos de Conrad ainda tivessem de lembrar-se de procurar saber como ia Nelly antes de perguntarem sobre os gatos.

A última visita que Dalgliesh fizera à biblioteca fora de caráter profissional, para obter informações. Investigava um caso de homicídio e fora recebido por um outro anfitrião. Parecia ter mudado pouco, porém. A sala dava para o lado sul da praça. A temperatura da manhã estava amena, e os raios solares se filtravam pelas delicadas cortinas brancas, tornando o fogo baixo quase desnecessário. Originalmente, fora o salão, mas passara a servir tanto como sala de visitas quanto como biblioteca. Cobriam as paredes estantes de mogno que continham a que era, provavelmente, a mais completa biblioteca criminal de Londres: incluía todos os volumes da série Processos Famosos e dos Julgamentos Britânicos Notáveis, livros sobre jurisprudência médica, patologia e criminologia forense e as raras primeiras edições, pertencentes ao clube, de Conan Doyle, Poe, Le Fanu e Wilkie Collins — estes numa estante menor, como que para ilustrar a inferioridade intrínseca da ficção comparada à realidade. O grande mostruário de mogno continuava em seu lugar, repleto de artigos colecionados ou doados ao longo dos anos: o livro de orações com a assinatura de Constance Kent na página de rosto; a pistola de pederneira para duelos, supostamente usada pelo reverendo James Hackman para matar Margaret Wray, amante do conde de Sandwich; um frasco de pó branco, supostamente arsênico, encontrado em poder do major Herbert Armstrong. Um item fora acrescentado desde a última visita de Dalgliesh — enrodilhada, sinistra como cobra peçonhenta, em local de honra sob plaqueta informativa, a corda com que Crippen fora enforcado. Dalgliesh, voltando-se para seguir Ackroyd, sugeriu brandamente que exibir ao público objetos tão sinistros era uma atitude bárbara; Ackroyd repudiu com igual brandura o protesto do amigo.

"Um pouco mórbida, talvez, mas seria exagero chamar a exposição de bárbara. Afinal, não se trata do Ateneu. Provavelmente, traz algum benefício aos membros mais antigos ao lembrá-los do fim natural de suas atividades profissionais anteriores. Você continuaria sendo policial se o enforcamento não tivesse sido abolido?"

"Não sei. No que me diz respeito, a abolição não resolve o dilema moral específico, já que preferiria morrer a passar vinte anos na prisão."

"Mas não a morte por enforcamento..."

"Não, isso não."

O enforcamento, para Dalgliesh, sempre inspirara uma repulsa particular. A despeito dos relatórios da Comissão Real concernentes à pena de morte, que considerava esse método humanitário e rápido, além de garantir morte instantânea, ele o considerava um dos meios mais vis de execução judicial, carregado de imagens horripilantes, delineadas com a precisão de um bico de pena: os massacres na esteira de vitórias armadas; os deficientes mentais, vítimas patéticas dos julgamentos do século XVII; os tambores surdos dos tombadilhos dos navios, nos quais a Marinha executava sua vingança e lia suas sentenças; as mulheres condenadas por infanticídio no século XVIII; o ridículo mas sinistro ritual do pequeno quadrado negro formalmente plantado sobre a peruca do juiz; a porta oculta, de aspecto comum, que levava o condenado de sua cela à breve e derradeira travessia. Ainda bem que tudo aquilo pertencia ao passado. Por um momento, o Cadaver Club deixou de ser um lugar agradável para almoçar, suas excentricidades mais repugnantes que engraçadas.

A sala de estar do Cadaver Club fazia jus ao nome. Era um pequeno aposento no subsolo, nos fundos da casa, com duas janelas e portas duplas que se abriam para um estreito pátio ladrilhado, cercado por um muro de três metros coberto de hera. O pátio acomodava folgadamente três mesas, mas os membros do clube não eram adeptos de comer ao ar livre, mesmo nos ocasionais dias quentes do verão inglês. Aparentemente, encaravam esse hábito como excentricidade importada, incompatível com a degustação correta de uma boa refeição ou a privacidade necessária para uma boa conversa. Para dissuadir algum membro que porventura se rendesse a tal tentação, o pátio fora provido de vasos de terracota de vários tamanhos, ostentando gerânios e hera; além disso, a um canto da parede, o espaço fora ainda mais limitado por imensa reprodução em pedra do Apollo Belvedere, presente, segundo diziam, de antigo membro do clube, cuja esposa o excluíra do jardim de sua residência elegante. Os alegres tons de rosa e laranja dos gerânios em pleno viço vibravam atrás dos vidros, acentuando a primeira impressão de aconchego doméstico. O recinto, obviamente, fora outrora a cozinha e uma das paredes ainda conservava a grelha original de ferro, mas as grades e fornos haviam sido polidos até adquirirem o lustre do ébano. Da escurecida haste superior, pendiam artefatos culinários de ferro, além de várias panelas de cobre, gastas mas reluzentes. Um aparador de carvalho cobria toda a extensão da parede oposta e servia de receptáculo e mostruário dos presentes e doações, considerados inadequados ou indignos de figurarem entre as outras relíquias da biblioteca.

Dalgliesh lembrava-se de que o clube tinha uma regra tácita segundo a qual nenhuma dádiva de um associado, por mais imprópria ou bizarra, poderia ser rejeitada, e o aparador, como o conjunto do aposento, era testemunho das preferências e *hobbies* idiossincráticos dos doadores. Delicados pratos Meissen partilhavam incongruente vizinhança com souvenirs vitorianos enfeitados com laços, pinturas de Brighton e Southend-on-Sea; um caneco de cerveja, que parecia prêmio de quermesse, ficava entre um baixo-relevo Staffordshire vitoriano, evidentemente original, mostrando Wesley pregando em um púlpito de dois níveis e um refinado busto do duque de Wellington, esculpido em mármore de Páros. Uma coleção de canecas de cerveja comemorativas e antigos cálices Staffordshire foram suspensos por ganchos em instável arranjo. Ao lado da porta, uma gravura em vidro do enterro da princesa Charlotte; acima dela, uma cabeça empalhada de alce, com um velho chapéu Panamá dependurado no chifre esquerdo, fixava os olhos vítreos, de lúgubre censura, em uma grande e espalhafatosa gravura do Ataque da Brigada Ligeira.

A nova cozinha ficava perto dali. Dalgliesh ouvia um agradável e abafado tilintar de louças e talheres e, de vez em quando, o impacto do elevador da cozinha chegando da sala de jantar no primeiro andar. Só uma das quatro mesas estava posta, com toalha e guardanapos imaculados. Dalgliesh e Ackroyd sentaram-se ao lado da janela.

O cardápio e a carta de vinhos estavam à direita do prato de Ackroyd. Apanhando-os, ele disse: "Os Plant se aposentaram e agora estamos com os Jackson. Ousaria dizer que a comida da sra. Jackson chega a ser melhor. Tivemos sorte de contratá-los. Antes, ela e o marido cuidavam de uma clínica de repouso particular, mas cansaram-se do campo e quiseram voltar a Londres. Não têm necessidade de trabalhar, porém acho que o emprego os satisfaz. Mantêm o sistema de oferecer apenas um prato principal no almoço e no jantar. É muito sensato. O de hoje é salada de feijão e atum, assado de carneiro com legumes frescos e salada verde. De sobremesa, torta de limão com queijo. Os legumes são frescos. Ainda compramos as verduras e ovos no sítio do jovem Plant. Quer ver a carta de vinhos? Tem alguma preferência?".

"Prefiro que você escolha."

Ackroyd cogitou em voz alta, enquanto Dalgliesh, que adorava vinho mas detestava falar a respeito, deixou os olhos passearem com prazer pelo aposento bizarro que, apesar — e talvez por isso mesmo — de sua atmosfera de caos excêntrico mas organizado, era surpreendentemente tranqüilo. Os objetos contrastantes, distribuídos com negligência, com o tempo pareciam ocupar o lugar adequado. Após prolongada discussão sobre os méritos da carta de vinhos, Ackroyd, que, aparentemente, não esperava nenhuma sugestão por parte de seu convidado, decidiu-se por um *chardonnay*. A sra. Jackson apareceu como se respondesse a um sinal secreto, trazendo consigo o aroma de pãezinhos quentes e um ar atarefado e seguro.

"É um prazer conhecê-lo, comissário. A sala de estar é toda sua esta manhã, sr. Ackroyd. O sr. Jackson providenciará o vinho."

Depois que o primeiro prato foi servido, Dalgliesh perguntou: "Por que a sra. Jackson está vestida como enfermeira?".

"Porque é enfermeira, suponho. Costumava ser supervisora. Creio que é parteira também, mas não temos necessidade disso por aqui."

Não é de admirar, pensou Dalgliesh, já que o clube não admitia mulheres. "A touca branca com emblema não é um pouco de exagero?"

"Ah, você acha? Tenho a impressão que estamos acostumados. Não creio que os membros se sentissem em casa se a sra. Jackson parasse de usá-la agora."

Ackroyd não perdeu tempo para abordar o assunto que motivara o encontro. Assim que ficaram a sós, ele disse: "Lord Stilgoe teve uma conversa comigo semana passada no Brooks's. Por acaso, é tio de minha mulher. Conhece-o?".

"Não. Achei que tivesse morrido."

"Não sei de onde tirou essa idéia." Remexeu, irritado, sua salada de feijão, e Dalgliesh lembrou-se de que ele não apreciava qualquer sugestão de que algum conhecido seu pudesse de fato morrer, principalmente sem conhecimento prévio de sua parte. "Nem sequer é tão velho quanto parece. Não tem nem oitenta anos. É surpreendentemente ágil para sua idade. Está publicando suas memórias. A Editora Peverell irá lançá-lo na próxima primavera. É por isso que quis falar comigo. Algo preocupante aconteceu. A esposa dele, ao menos, acha preocupante. Acha que ele recebeu uma ameaça direta de morte."

"E recebeu?"

"Bem, ele recebeu este bilhete."

Levou algum tempo para tirar o pequeno papel retangular da carteira e passá-lo a Dalgliesh. As palavras haviam sido cuidadosamente digitadas num editor de textos e a mensagem não estava assinada.

" 'Acha, mesmo, seguro publicar pela Editora Peverell? Lembre-se de Marcus Seabright, Joan Petrie e agora Sonia Clements. Dois escritores e sua própria editora mortos em menos de doze meses. Quer ser o próximo?' "

"Parece mais maldoso que ameaçador, eu diria, e a insinuação dirigida à editora, e não a Stilgoe. Não há dúvida de que Sonia Clements se suicidou. Deixou um bilhete para o legista e escreveu para a irmã dizendo-lhe que pretendia se matar. Não me lembro de como foram as duas primeiras mortes."

"As causas foram bastante claras, eu diria. Seabright tinha mais de oitenta anos e sofria do coração. Morreu de enfarte, em conseqüência de uma crise de gastroenterite. De qualquer modo, não foi grande perda para a Editora Peverell. Não escrevia um romance havia mais de dez anos. Joan Petrie morreu num acidente de carro a caminho de seu chalé no campo. Morte acidental. Petrie tinha duas paixões: uísque e carros velozes. A única surpresa foi ter se matado antes de matar alguma outra pessoa. É óbvio que o fofoqueiro anônimo usou essas duas mortes para causar impacto. Dorothy Stilgoe, porém, é supersticiosa. Sua opinião é de que não há motivo para publicar com a Peverell quando há outras editoras."

"E quem preside a editora agora?"

"Gerard Etienne. É o dono do poder. O último presidente e diretor-chefe, o velho Henry Peverell, morreu no início de janeiro e deixou suas ações da editora, em partes iguais, para sua filha Frances e para Gerard. Seu sócio inicial, Jean-Philippe Etienne, aposentara-se, e já era tempo, um ano antes. Suas ações também foram para Gerard. Os dois velhos administravam a editora como se fosse um *hobby* particular. O velho Peverell sempre pensou que um cavalheiro deve herdar dinheiro, e não trabalhar para ganhá-lo. Jean-Philippe Etienne não vinha tendo papel ativo na firma havia anos. Seu momento de glória fora durante a última guerra, quando foi herói da resistência em Vichy, França, mas creio que não fez mais nada memorável desde então. Gerard esperava nos bastidores, era o príncipe herdeiro. Está no palco, agora, e, provavelmente, teremos ação, se não melodrama."

"Gabriel Dauntsey ainda é o responsável pelo catálogo de poesia?"

"Sua pergunta me surpreende, Adam. Não deixe que sua paixão por prender assassinos o aliene da vida real. Sim, ele continua lá. Não escreve um poema sequer há mais de vinte anos. Dauntsey é um poeta de antologia. Seus melhores poemas são tão bons que continuam sendo reeditados. Imagino que a maioria dos leitores pensa que ele morreu. Foi piloto de um bombardeiro na última guerra; deve ter mais de setenta anos, portanto. Já está na hora de se aposentar. Tudo o que faz hoje em dia é o catálogo de poesia da Editora Peverell. Os outros três sócios são a irmã de Gerard, Claudia Etienne, James de Witt, que está na empresa desde que se formou pela Oxford, e Frances Peverell, a última descendente dos Peverell. Mas é Gerard quem comanda a editora."

"O que ele está planejando? Você sabe?"

"Segundo boatos, pretende vender a Innocent House e transferir a editora para Docklands. Frances Peverell não ficará feliz. Sua família sempre teve obsessão pela Innocent House. Hoje, a casa pertence à sociedade e não à família, mas todo Peverell a considera o seu lar. Além disso, ele já fez outras mudanças, despediu alguns funcionários, incluindo Sonia Clements. Naturalmente, ele está certo. A empresa precisa ser empurrada para o século XX ou irá afundar. Mas, com isso, certamente fez inimigos. É significativo que nunca tenha havido problemas na editora até Gerard assumir a direção. A coincidência não passou despercebida a Stilgoe, embora sua esposa continue convencida de que a insinuação foi dirigida a seu marido pessoalmente, e não à empresa, e contra suas memórias, em particular."

"A Peverell terá muito prejuízo se a publicação for cancelada?"

"Não muito, suponho. É claro que divulgarão as memórias como se trouxessem revelações capazes de derrubar o governo, desacreditar a oposição e acabar com a democracia parlamentar como a conhecemos. Imagino, no entanto, que, como a maioria das memórias políticas, vai mais prometer que fazer. Duvido muito, porém, que seja cancelado. O livro já está sendo editado, não desistirão dele sem brigar, e Stilgoe preferirá não romper o contrato se tiver de explicar publicamente o motivo. O que Dorothy Stilgoe deseja saber é se a morte de Sonia Clements foi realmente por suicídio e se alguém sabotou o Jaguar de Petris. Creio que não tem dúvida de que o velho Seabright morreu por causas naturais."

"E o que esperam que eu faça?"

"Deve ter havido inquéritos nos últimos dois casos e, presumivelmente, a polícia conduziu uma investigação. Seu pessoal poderia dar uma olhada nos documentos, falar com os oficiais envolvidos, esse tipo de coisa. Então, se garantirmos a Dorothy que um detetive metropolitano veterano examinou todas as evidências e ficou satisfeito, talvez dê um pouco de sossego ao marido e à Editora Peverell."

"É... pode ser que se convença de que Sonia Clements se suicidou, mas dificilmente isso adiantará se for supersticiosa; e não sei o que adiantaria. A essência da superstição é ser impermeável à razão. Provavelmente, pensará que uma editora azarada é tão ruim quanto uma editora assassina. Imagino que ela não esteja sugerindo seriamente que alguém na Editora Peverell colocou um veneno não identificável no vinho de Sonia Clements."

"Não, creio que não chegaria a tanto."

"É bom mesmo, ou o marido teria os lucros podados por um processo de difamação. Estou surpreso por ele não ter procurado direto o comandante de polícia ou a mim."

"É mesmo? Não sei. Teria parecido... bem, digamos, um pouco medroso, exageradamente preocupado. Além disso, eu o conheço e ele não. Entendo por que falou comigo primeiro. E, naturalmente, é impossível imaginá-lo procurando a delegacia local, entrando na fila — junto com gente que perdeu o cachorro, esposas espancadas e motoristas de táxi lesados — e explicando seu dilema para o sargento de plantão. Francamente, creio que não tinha esperanças de ser levado a sério. Seu raciocínio é que, tendo em vista a preocupação da esposa e o bilhete anônimo, ele tem direito de pedir à polícia que verifique o que está se passando na Editora Peverell."

O carneiro chegou, rosado e suculento, e tão macio que podia ser comido com uma colher. Durante os poucos minutos de silêncio que Ackroyd considerava tributo necessário a um prato preparado com perfeição, Dalgliesh lembrou-se da primeira vez que vira a Innocent House.

Seu pai o levara a Londres como presente em seu oitavo

aniversário. O plano era passar dois dias inteiros conhecendo a cidade e passar a noite em casa de um amigo, pastor de uma paróquia em Kensington, onde vivia com a esposa. Lembrava-se de, na noite anterior à viagem, ter dormido um sono inquieto, quase doente de tanta emoção; da imensidão cavernosa e do clamor da velha Liverpool Street Station, seu pavor de se perder do pai, de ser arrebatado e varrido pelo grande exército de pessoas de rostos acinzentados. Durante os dois dias em que seu pai pretendia combinar prazer com educação — para sua mente erudita, os dois eram inseparáveis — talvez tenham tentado fazer demais. A programação fora excessiva para uma criança de oito anos e deixara uma lembrança confusa de igrejas e galerias, restaurantes e comida desconhecida, torres iluminadas e o reflexo da luz dançando sobre a negra superfície rugosa da água, de cavalos luzidios e empertigados, de capacetes prateados, do fascínio e terror da história manifesta em pedra e tijolo. Mas Londres lançou sobre ele seu feitiço, que nenhuma experiência adulta, nenhuma investigação de outras grandes cidades foram capazes de quebrar.

No segundo dia, visitaram a St. Paul's Cathedral e, mais tarde, pegaram um vapor que subiu o rio de Charing Cross até Greenwich. Foi, então, que viu pela primeira vez a Innocent House, reluzindo sob a luz da manhã, parecendo emergir como miragem dourada, da água cintilante. Ele a contemplara, maravilhado. Seu pai lhe explicou que o nome derivava de Innocent Walk, rua que passava por trás da casa e no fim da qual, outrora, funcionara uma antiga corte de magistratura do século XVIII. Réus sob guarda policial, depois da primeira audiência, eram transferidos para a prisão Fleet; os mais afortunados percorriam a alameda coberta de pedras rumo à liberdade. Seu pai começou a lhe contar algo sobre a história arquitetônica da casa, mas sua voz fora sobrepujada pelo comentário retumbante do guia turístico, tão alto que podia ser ouvido por todos os barcos que estavam no rio.

"E aqui, à sua direita, senhoras e senhores, encontra-se uma das construções mais interessantes do Tâmisa: a Innocent House, construída em 1830 por sir Francis Peverell, ilustre editor da época. Sir Francis visitara Veneza e ficara muito impressionado com o Ca'd'Oro, a Golden House do Grande Canal. Quem já passou férias em Veneza provavelmente a conhece. Sendo assim, teve a idéia de construir sua própria casa dourada no Tâmisa. Pena que não lhe foi possível importar o clima de Veneza." Fez uma pequena pausa para os previsíveis risos. "Hoje abriga uma editora, a Editora Peverell; continua, portanto, na família. Contam uma história interessante sobre a Innocent House. Parece que sir Francis ficou tão absorvido pela casa que começou a negligenciar a jovem esposa, cujo dinheiro ajudara a construí-la. Ela se atirou do balcão superior e morreu na hora. Segundo a lenda, ainda é possível ver a mancha de sangue sobre o mármore, pois ela não pôde ser removida. Dizem que sir Francis enlouqueceu de remorso na velhice e costumava sair sozinho, à noite, para tentar limpar essa mancha denunciadora. É o fantasma dele que as pessoas afirmam ver, ainda hoje, esfregando a nódoa. Há marinheiros que não gostam de passar muito perto da Innocent House depois do anoitecer."

Todos os passageiros do convés olhavam docilmente para a casa. Mas agora, intrigados pela história dramática, aproximaram-se da amurada, murmurando e esticando o pescoço como se a lendária mancha ainda pudesse estar visível. A imaginação vívida de Adam, aos oito anos, visualizara uma mulher vestida de branco, os cabelos loiros ao vento, atirando-se do balcão como uma heroína demente de algum conto; e ele ouviu o baque final e viu o filete de sangue formando-se sobre o mármore e escorrendo em direção ao Tâmisa. Durante anos, a casa continuou a fasciná-lo com um poderoso amálgama de beleza e terror.

O guia turístico fora impreciso quanto a um fato; era possível, pois, que a história do suicídio também fosse embelezada ou incorreta. Descobrira, depois, que sir Francis se encantara não pelo Ca'd'Oro, que achara, apesar da complexidade de seus elegantes traçados e entalhes, assimétrico demais para seu gosto — pelo menos, foi o que escrevera ao seu arquiteto —, mas pelo palácio do doge Francesco Foscari.

Fora, portanto, o Ca'Foscari que o arquiteto deveria construir para ele naquele rio frio e agitado por correntes. Ele deveria ter uma aparência incongruente, uma loucura inconfundivelmente veneziana e no estilo de meados do século XV. Parecia, no entanto, que nenhuma outra cidade, nenhum outro local teriam sido apropriados. Dalgliesh ainda achava difícil entender o motivo do sucesso daquele empréstimo descarado de outra era, outro país, outro clima mais quente, mais ameno. As proporções haviam sido mudadas, o que, certamente, teria bastado para tornar o sonho de sir Francis uma presunção impraticável; a redução da escala, todavia, fora brilhantemente executada e a dignidade do original, de alguma forma, mantida. Havia seis grandes arcos centrais ao redor das janelas, em vez de oito, por trás dos balcões finamente esculpidos dos dois primeiros andares, mas as colunas em mármore, com suas pínulas decoradas, eram cópias quase perfeitas do palácio veneziano, e as arcadas centrais, em Londres como em Veneza, eram harmonizadas por janelas altas e isoladas, o que dava à fachada sua unidade e graça. A grande porta curva dava para um pátio de mármore, que levava a uma ponte flutuante e um lance de escadas até o rio. De ambos os lados da casa, dois sobrados de tijolos em estilo regencial, com pequenos balcões, presumivelmente construídos para alojar cocheiros e outros serviçais, eram como sentinelas humildes do magnífico prédio central. Ele vira a casa muitas vezes desde a comemoração de seu oitavo aniversário, mas nunca entrara nela. Lembrava-se de ter lido que havia um refinado teto pintado por Matthew Cotes Wyatt no corredor central, e tinha vontade de conhecer a obra. Seria uma pena se a Innocent House caísse nas mãos de filisteus.

"O que, exatamente, tem acontecido na Editora Peverell? O que preocupa lord Stilgoe além da carta anônima que recebeu?"

"Então você ouviu os rumores. É difícil saber. Estão sendo bastante sigilosos a respeito e não os censuro. Um ou dois pequenos incidentes, porém, vieram a público. Na verdade, não tão pequenos. O mais grave aconteceu pouco antes da

Páscoa, quando perderam as ilustrações do livro de Gregory Maybrick sobre a conspiração de Guy Fawkes. É história popular, sem dúvida, mas Maybrick conhece bem o período. A editora esperava lucrar bastante com o livro. Ele conseguira apoderar-se de gravuras bastante interessantes da época, inéditas, além de outros registros escritos, e todo o pacote foi perdido. Emprestara os documentos de vários proprietários e, de certa forma, lhes garantira que estariam seguros."

"Foi perdido? Desviado? Destruído?"

"O caso é que o autor os entregou em mãos a James de Witt, que editava o livro. É o editor-chefe, geralmente responsável por textos literários, mas o velho Peverell, que editava os textos de não-ficção, morrera cerca de três meses antes e, imagino, não tiveram tempo de procurar um substituto adequado ou queriam economizar. Como a maioria das editoras, estão despedindo mais que contratando. Dizem que não vão se manter de pé por muito tempo. O que não surpreende, tendo de manter aquele palácio veneziano. Seja como for, as ilustrações foram entregues a De Witt em sua sala e ele as trancou em seu armário na presença de Maybrick."

"Não as guardou num cofre?"

"Meu caro, estamos falando de uma editora, não da relojoaria Cartier. Conhecendo Peverell, fico surpreso por De Witt ter se dado ao trabalho de trancar o armário."

"A dele era a única chave?"

"Vamos, Adam, não está investigando agora. Com efeito, era. Guardava-a dentro de uma velha lata de tabaco, na gaveta esquerda da mesa."

Onde mais?, pensou Dalgliesh. E observou: "Onde qualquer funcionário ou visitante desacompanhado pudesse apoderar-se dela".

"Bem, alguém com certeza a pegou. James não precisou abrir o armário durante vários dias. Deveria entregar as ilustrações pessoalmente ao departamento de arte na semana seguinte. Sabia que a Peverell transferiu seu trabalho gráfico para uma firma independente?"

"Não, eu não sabia."

"Suponho que seja mais econômico. É a mesma firma que tem feito as capas durante os últimos cinco anos. E o fazem muito bem, na verdade. A Peverell nunca deixou cair o padrão de suas publicações. Pode-se distinguir um livro da Peverell só de tê-lo nas mãos. Até agora, naturalmente. Gerard Etienne talvez mude isso também. Seja como for, quando De Witt procurou pelo envelope, ele havia desaparecido. Houve grande confusão, é claro. Buscas frenéticas. Pânico geral. Todos foram interrogados. No final, tiveram de confessar o ocorrido a Maybrick e aos proprietários dos documentos. Pode imaginar como receberam a notícia."

"O material foi encontrado?"

"Quando apareceu, era tarde demais. Havia dúvidas sobre se Maybrick desejaria manter a publicação, mas o livro constava do catálogo, e decidiu-se ir em frente, com ilustrações alternativas e algumas mudanças necessárias no texto. Uma semana depois de terminarem a impressão, o envelope com seu conteúdo reapareceu misteriosamente. De Witt encontrou-o em seu armário exatamente no mesmo lugar onde o havia guardado."

"O que sugere que o ladrão tinha algum respeito pela cultura e que em nenhum momento pretendera destruir os documentos."

"Sugere várias possibilidades — rancor contra Maybrick, contra a editora, contra De Witt ou senso de humor um tanto pervertido."

"Os Peverell não comunicaram o roubo à polícia?"

"Não, Adam, eles não depositaram sua confiança nos maravilhosos rapazes de azul. Não quero ser indelicado, mas a polícia não tem uma reputação propriamente impecável no que diz respeito a assaltos domésticos. Os sócios concluíram que teriam as mesmas chances de sucesso, com menor transtorno aos funcionários, se realizassem sua própria investigação."

"E quem a realizaria? Havia alguém livre de qualquer suspeita?"

"Naturalmente, essa foi a dificuldade. Não havia na época e não há agora. Imagino que Etienne tenha adotado a estratégia de Head Beak. Sabe como é: 'Se o rapaz que pegou os documentos vier à minha sala depois do exame, em sigilo, e devolvê-los, não se falará mais do assunto'. Nunca deu certo na escola, imagino que não tenha sido mais eficaz na editora. Obviamente, foi um serviço interno, e eles não têm um grande corpo de empregados, cerca de vinte e cinco pessoas apenas, além dos cinco sócios. Na maioria, são antigos e fiéis, é claro, e os poucos que não o são têm álibis."

"Continua um mistério, portanto."

"E o segundo incidente também. O segundo incidente sério, porque, provavelmente, houve casos menores que conseguiram abafar. Esse diz respeito a Stilgoe, portanto é compreensível que, até agora, tenham conseguido esconder dele e não se tornou de domínio público. Aí, sim, o velho chapa teria algo para alimentar sua paranóia. Parece que, depois que as provas do livro foram revisadas, e chegara-se a um acordo com Stilgoe quanto a uma série de alterações, elas foram empacotadas e deixadas, à noite, sob o balcão da recepção, de onde deveriam ser recolhidas na manhã seguinte. Alguém abriu o pacote e mexeu nas provas, mudando uma série de nomes, alterando a pontuação e apagando algumas sentenças. Felizmente, o gráfico que as recebeu era perspicaz, estranhou algumas alterações e ligou para verificar. Os sócios conseguiram, sabe Deus como, esconder esses contratempos da maioria dos funcionários da Innocent House e, naturalmente, de Stilgoe. Teria sido extremamente prejudicial para a empresa se o caso fosse revelado. Pelo que sei, todos os pacotes e papéis passaram a ser trancados durante a noite; sem dúvida, reforçaram a segurança também de outras maneiras."

Dalgliesh imaginou se o perpetrador da violação planejara, desde o início, que as alterações fossem descobertas. Não parecia ter tomado o cuidado de torná-las imperceptíveis. Certamente não teria sido difícil alterar as provas de modo a prejudicar gravemente o livro sem despertar as suspeitas do gráfico. Também era estranho que a carta anônima não mencionasse as alterações nas provas de Stilgoe. Ou ele não sabia, o que absolveria os cinco sócios, ou o anônimo pretendera amedrontar Stilgoe sem fornecer evidências que lhe permitissem cancelar a publicação do livro. Era um misteriozinho interessante mas não merecia que lhe dedicasse seu tempo de policial veterano.

Não disseram mais nada sobre a Editora Peverell até tomarem café na biblioteca. Ackroyd inclinou-se para a frente e perguntou, um pouco ansioso: "Posso dizer a lord Stilgoe que você tentará tranqüilizar sua esposa?".

"Sinto muito, Conrad, mas não. Vou lhe mandar um bilhete informando que a polícia não tem qualquer motivo para suspeitar de que os casos que lhe dizem respeito foram criminosos. Duvido de que adiantará muito se a esposa dele for supersticiosa; isto, porém, é problema e infelicidade dela."

"E os outros problemas na Innocent House?"

"Se Gerard Etienne avaliar que a lei está sendo violada e quiser que a polícia investigue, deve entrar em contato com a delegacia local."

"Como qualquer um?"

"Exatamente."

"Não estaria disposto a ir até a Innocent House e ter uma conversa informal com ele?"

"Não, Conrad. Nem mesmo para conhecer o teto de Wyatt."

5

Na tarde da cremação de Sonia Clements, Gabriel Dauntsey e Frances Peverell voltaram juntos de táxi para o número 12 da Innocent Walk. Frances ficou silenciosa durante o percurso, sentada um pouco afastada de Dauntsey, olhando pela janela. Não usava chapéu, e os cabelos castanho-claros, brilhantes e sedosos, tinham as pontas viradas para dentro, tocando as abas do casaco cinzento. Usava sapatos, calças justas e bolsa pretos, além de um lenço negro de gaze de seda em torno do pescoço. Lembrava-se Dauntsey de que eram as mesmas roupas que ela usara na cremação de seu pai, um luto discreto e atual, com adequado equilíbrio entre a ostentação e o respeito decoroso. A combinação do negro e do cinza, sua sombria simplicidade, tornava sua aparência muito jovem e realçava o que ele mais apreciava nela — uma suave formalidade antiquada, que lhe lembrava as moças de sua época. Sentava-se distante dele e imóvel, mas suas mãos estavam inquietas. Ele sabia que o anel no dedo médio de sua mão direita — que agora girava obsessivamente sob a luva negra de carmurça — fora a aliança de noivado de sua mãe. Pensou, por um momento, em aproximar-se e tomar sua mão em silêncio; mas resistiu, porém, a um impulso que só poderia embaraçar os dois. Ele dificilmente poderia ficar segurando a mão dela o caminho todo de volta a Innocent Walk.

Gostavam um do outro. Ele sabia que era a única pessoa na Innocent House com quem ela poderia, ocasionalmente, se abrir. Nenhum dos dois, entretanto, demonstrava isso. Apenas um curto lance de escadas separava os respectivos apartamentos, mas só se visitavam mediante convite, ambos ansiosos por não se intrometer ou invadir a vida do outro, e dar início a uma intimidade que o outro poderia achar incômoda ou vir a lamentar. Sendo assim, mesmo gostando um do outro e apreciando a mútua companhia, viam-se com menos freqüência que se vivessem a quilômetros de distância. Quando estavam juntos, falavam, principalmente, de livros, poesia, peças que haviam visto, programas de televisão, raramente sobre pessoas. Frances era delicada demais para fofocar e ele também relutava em envolver-se nas controvérsias sobre a nova administração. Tinha seu emprego, seu apartamento nos últimos dois andares do número 12 da Innocent Walk. Não conservaria nenhum dos dois durante muito tempo, mas, aos setenta e seis anos, era velho demais para lutar. O apartamento dela, estando tão perto, exercia sobre ele uma atração a que a prudência mandava resistir. Sentado na cadeira de costas altas, com as cortinas fechadas protegendo-os do suave e apenas percebido murmúrio do rio, estendendo as pernas diante do fogo da lareira após um dos seus raros jantares juntos, quando ela o deixava para fazer café, ele ouvia seus movimentos tranqüilos na cozinha e sentia-se dominado por uma paz e um contentamento sedutores, sensações que muito facilmente poderiam tornar-se parte constante de sua vida.

A sala de estar de Frances estendia-se por todo o andar. Todos os seus detalhes eram atraentes — as proporções elegantes da original lareira de mármore, a pintura a óleo de um Peverell do século XVIII ao lado da mulher e filhos sobre o console, a pequena escrivaninha estilo Queen Anne, as estantes de mogno que se perfilavam ao lado da lareira, encimadas por um frontão triangular e por duas refinadas cabeças de mármore de uma noiva com véu, a mesa de jantar estilo regencial com seis cadeiras, as cores sutis dos tapetes realçadas pelo piso dourado e lustroso. Como seria simples estabelecer uma intimidade que lhe abriria as portas daquele suave e confortável mundo feminino, tão diferente dos aposentos despidos e descorados que o esperavam embaixo. Às vezes, quando ela telefonava convidando-o para jantar, ele inventava um compromisso qualquer e se arrastava até um *pub* local, esperando longas horas entre a fumaça e o burburinho, preocupado em não voltar muito cedo, já que a porta da frente de seu apartamento, na Innocent Lane, ficava bem debaixo das janelas da cozinha de Frances.

Naquela noite, ele sentiu que ela talvez apreciasse sua companhia, mas que hesitava em requisitá-la. Ele não lamentava. A cremação já fora deprimente o bastante, sem discutir seus particulares; bastava de morte por aquele dia. Quando o táxi parou na Innocent Walk e ela se despediu quase com pressa, abrindo a porta da frente sem olhar para trás, ele sentiu uma onda de alívio. Mas, duas horas depois, quando já havia terminado a sopa e os ovos mexidos com salmão defumado — sua refeição noturna favorita, que preparara com o cuidado de sempre, mantendo o fogo baixo, raspando delicadamente a mistura das bordas da frigideira e adicionando uma colherada final de creme —, ele a imaginou diante de sua refeição solitária e lamentou o próprio egoísmo. Não era uma boa noite para ela ficar sozinha. Telefonou-lhe e disse: "Estava pensando, Frances, se gostaria de jogar uma partida de xadrez".

Notou, pela súbita nota de alegria em sua voz, que a sugestão representara um alívio. "Gostaria sim, Gabriel. Por favor, suba. Sim, eu adoraria jogar."

A mesa de jantar ainda estava posta quando ele chegou. Ela sempre jantava com certa formalidade, mesmo quando sozinha, e ele percebeu que a refeição dela fora tão simples quanto a sua. A tábua de queijos e a cesta de frutas estavam sobre a mesa, e obviamente ela tomara apenas uma sopa. Reparou, também, que ela estivera chorando.

Sorrindo, tentando tornar a voz alegre, ela falou: "Que bom que você subiu. Assim tenho uma desculpa para abrir uma garrafa de vinho. Estranho como não gostamos de beber sozinhos. Deve ser por causa daqueles velhos alertas de que o hábito solitário de beber anuncia a queda no alcoolismo".

Buscou uma garrafa de Château Margaux e ele se aproximou para abri-la. Não voltaram a falar até que estivessem acomodados diante do fogo, cada um com seu copo. Olhando para as chamas, ela comentou: "Ele devia ter comparecido. Gerard deveria ter comparecido".

"Não gosta de funerais."

"Ora, Gabriel, quem gosta? E foi horrível, não acha? A cremação do papai foi desagradável, mas essa foi pior ainda. Aquele clérigo patético fez o melhor que pôde, mas não a conhecia, nem a nenhum de nós, tentando parecer sincero, orando a um Deus em quem ela não acreditava, falando de vida eterna quando ela nem sequer tinha uma vida que valesse a pena viver aqui na terra."

"Não sabemos disso", ponderou ele brandamente. "Não podemos julgar a felicidade ou a infelicidade de outrem."

"Ela quis morrer. Precisa de mais alguma prova? Pelo menos Gerard compareceu ao funeral de papai. Não teve opção, não é? O príncipe herdeiro precisava dizer adeus ao velho rei. Não teria sido bonito se tivesse faltado. Afinal, gente importante estaria presente, escritores, editores, jornalistas, gente que ele queria impressionar. Não havia ninguém importante na cerimônia de hoje, portanto ele não se deu ao trabalho. Mas deveria ter ido. Afinal de contas, ele a matou."

"Frances, não deve dizer isso", Dauntsey advertiu com mais firmeza. "Não há, absolutamente, indício algum de que algo que Gerard tenha dito ou feito provocou a morte de Sonia. Sabe o que ela escreveu antes de se suicidar. Se planejou se matar porque Gerard a havia despedido, creio que o teria revelado. O bilhete era explícito. Nunca diga isso fora desta sala. Esse tipo de comentário pode ser muito prejudicial. Prometa, é importante."

"Está bem, prometo. Não disse a ninguém afora você, mas não sou a única na Innocent House que pensa assim e alguns estão dizendo o mesmo. Ajoelhada naquela terrível capela, tentei rezar por papai, por ela, por todos nós. Mas tudo me parece tão sem sentido, tão fútil. Só conseguia pensar em Gerard, que deveria estar conosco no banco da frente, Gerard, que foi meu amante e que o deixou de ser. Nunca mais será. É tão humilhante. Claro que hoje entendo suas verdadeiras intenções. Gerard pensou: 'Pobre Frances, ainda virgem com vinte e nove anos. Preciso fazer algo a respeito, proporcionar a experiência de sua vida, mostrar o que estava perdendo'.

Sua boa ação do dia. Sua boa ação durante três meses, aliás. Creio que durei mais que a maioria. E o final foi tão sórdido, tão baixo. Mas não é sempre? Gerard sabe muito bem como começar um caso de amor, todavia não sabe como terminá-lo com dignidade. Tampouco eu sei. E me iludi a ponto de pensar que era diferente de suas outras mulheres, que daquela vez era sério, ele estava apaixonado, desejando compromisso, casamento. Pensei que dirigiríamos a Editora Peverell juntos, viveríamos na Innocent House, lá criaríamos nossos filhos, até mudaríamos o nome da empresa. Achei que ficaria satisfeito. Peverell e Etienne. Etienne e Peverell. Costumava testar as alternativas, tentando ver qual soava melhor. Pensei que ele queria o mesmo que eu — casamento, filhos, um verdadeiro lar, compartilhar a vida. Será que isso é tão absurdo? Meu Deus, Gabriel, sinto-me tão idiota, tão envergonhada..."

Era a primeira vez que ela se abria daquela forma com ele, que revelava a extensão de sua angústia. Era quase como se tivesse ensaiado as palavras em silêncio, esperando por esse momento de desafogo quando, enfim, estivesse com alguém confiável com quem pudesse desabafar. Partindo de Frances, no entanto, que era sempre tão sensível, reticente e orgulhosa, essa torrente irrefreada de amargura e autodesprezo o chocou. Talvez fora o funeral, ou a lembrança da cerimônia de cremação anterior, que libertara o ódio e a humilhação contidos. Não sabia ao certo se conseguiria enfrentar aquilo, mas precisava tentar. Dor tão fluente exigia mais que a leve reação de conforto: "Ele não merece, esqueça-o, a dor passará com o tempo". A última afirmação, contudo, era verdadeira. A dor passava mesmo com o tempo, fosse a dor da traição ou a dor do luto. Quem melhor que ele sabia disso? Pensou: a tragédia da dor não é sofrer, mas cessar de sofrer, e então os mortos enfim estão mortos.

Com delicadeza, observou: "Aquilo que você deseja — um lar, filhos, casamento, sexo — é um desejo razoável, alguns diriam até que bastante adequado. Filhos são nossa única esperança de imortalidade. Isso não é algo que mereça vergonha. É sua infelicidade, não sua vergonha, que os desejos de Etienne não coincidam com os seus". Ele fez uma pausa e prosseguiu, imaginando se seria sensato, se ela acharia as palavras grosseiras e insensíveis: "James está apaixonado por você".

"Creio que sim. Pobre James... Nunca confessou e nem precisa, não é? Sabe, acho que eu poderia ter amado James se não fosse por Gerard. E nem sequer gosto de Gerard. Não gostei nem mesmo quando mais o desejava. Isso é que torna o sexo tão terrível; pode existir sem amor, sem afeto, até mesmo sem respeito. Ah, como tentei me enganar. Quando ele agia de modo insensível, egoísta ou grosseiro, eu arranjava desculpas. Lembrava-me de como era brilhante, bonito, divertido, que amante maravilhoso... Ele era tudo isso. Ele é tudo isso. Dizia a mim mesma que era irracional aplicar a Gerard os critérios mesquinhos com que avaliava os outros. E o amava. Quem ama não julga. E hoje o odeio. Não sabia que era capaz de odiar outra pessoa, de odiar de verdade. É diferente de odiar uma coisa, um credo político, uma filosofia, um malefício social. É tão concentrado, tão físico, que chego a me sentir doente. Meu ódio é o último pensamento que me ocorre quando vou dormir e já acordo com ele todas as manhãs. Mas é um erro, um pecado. Só pode ser errado. Sinto que estou vivendo em pecado mortal e que não posso alcançar o perdão porque não consigo parar de odiar."

"Não penso em termos de pecado e absolvição", afirmou Dauntsey. "O ódio, no entanto, é perigoso. Perverte a justiça."

"Ah, a justiça! Nunca esperei muito em termos de justiça. E o ódio me tornou tão entediante. Eu própria me entedio. Sei que o aborreço, caro Gabriel, mas você é o único com quem posso falar e, às vezes, como hoje, sinto que enlouquecerei se não falar. Você é tão sábio. Ao menos, esta é a sua reputação."

"É fácil conseguir a reputação de sábio", disse ele, secamente. "Basta viver bastante, falar pouco e agir menos ainda."

"Quando você fala, porém, vale a pena ouvi-lo. Gabriel, diga-me o que devo fazer."

"Para se livrar dele?"

"Para me livrar desta dor."

"Há os recursos de praxe: bebida, drogas, suicídio. Os

dois primeiros levam ao terceiro; trata-se apenas de uma via mais lenta, dispendiosa e humilhante. Não aconselho. Ou pode matá-lo, mas também não aconselho. Mate-o em fantasia com todos os requintes que desejar; não na realidade, porém. A não ser que queira apodrecer dez anos na prisão."

"Seria capaz de tolerar isso?"

"Dez anos, não. O máximo que eu suportaria seriam três anos. Há maneiras melhores que a morte, a sua ou a dele, de enfrentar a dor. Convença-se de que a dor faz parte da vida, de que sentir dor é estar viva. Eu a invejo. Se fosse capaz de sentir tamanha dor, talvez ainda fosse um poeta. Valorize-se. Não é menos humana porque um homem egoísta, arrogante e insensível não se dignou amá-la. Precisa realmente avaliar-se segundo os critérios de um homem, ainda mais sendo Gerard Etienne esse homem? Lembre-se de que o único poder que ele exerce sobre você é o poder que você lhe concede. Tome-lhe esse poder e acabará com o sofrimento. Não se esqueça, Frances, de que não precisa continuar na empresa. E não venha me dizer que sempre houve um Peverell na Editora Peverell."

"É assim desde 1792, até mesmo antes de nos mudarmos para a Innocent House. Papai não gostaria de que eu fosse a última."

"Alguém terá de ser, alguém será. Quando seu pai vivia, cabia-lhe certo dever, mas ele se encerrou com a morte dele. Não podemos ser escravos dos mortos."

Lamentou as palavras assim que saíram de sua boca. Quase esperou que ela perguntasse "E quanto a você? Não é escravo dos mortos? De sua esposa, dos filhos que perdeu?". Prosseguiu, apressado: "O que gostaria de fazer se pudesse escolher livremente?".

"De trabalhar com crianças, creio. Talvez fazer um treinamento para ser professora primária. Tenho meu diploma, penso que implicaria só mais um ano de especialização. Depois acho que gostaria de trabalhar no campo ou numa cidadezinha do interior."

"Então vá em frente. Você é livre para escolher. Mas não

vá em busca de felicidade. Encontre o emprego certo, o lugar certo, a vida certa. A felicidade virá se tiver sorte. A maioria de nós recebe seu quinhão. Alguns conseguem mais que esse quinhão, ainda que concentrado num curto período de tempo."

"Estou surpresa por não citar Blake, aquele poema que diz 'júbilo e dor são fino tecido, veste para o espírito divino'. Como é mesmo?

'Nascemos para Júbilo e Tormento;
E quando isso logo aprendermos;
Pelo mundo, seguros, andaremos.'

Você não acredita, porém, no espírito divino, não é?"

"Não, seria o cúmulo do auto-engano."

"Mas você anda pelo mundo com segurança. E sabe o que é odiar. Acho que sempre soube que odeia Gerard."

"Engana-se, Frances. Não o odeio. Nada sinto por ele, absolutamente nada. E isso me torna, para ele, muito mais perigoso do que você jamais poderá ser. Não é melhor começarmos a partida?"

Ele tirou o pesado tabuleiro de xadrez do armário, que ficava a um canto da sala, enquanto ela empurrava a mesa entre as duas poltronas. Depois ajudou-o a arrumar as peças. Estendendo-as para que ela escolhesse preto ou branco, ele disse: "Acho que deveria dar-me um pião como tributo da juventude à velhice".

"Nada disso. Você me venceu da última vez. Vamos jogar de igual para igual."

Ela se surpreendeu com seu pequeno gesto de auto-afirmação. Normalmente teria cedido. E viu que ele sorria enquanto começava a distribuir as peças com os dedos rígidos.

6

A srta. Blackett voltava toda noite para sua casa, o Weaver's Cottage, que ficava em West Marling, em Kent. Havia dezenove anos, vivia com sua prima mais velha, Joan Willoughby, que era viúva. Tinham um relacionamento afetuoso mas que nunca fora emocionalmente intenso. A sra. Willoughby casara-se com um clérigo aposentado e quando este morreu, três anos após o casamento — a srta. Blackett particularmente suspeitava que nenhum dos dois teria suportado mais tempo —, pareceu natural à viúva convidar a prima para deixar o insatisfatório apartamento alugado em Bayswater e se mudar para o chalé. Logo no início desse longo período de vida em comum, uma rotina começou a se estabelecer e, sem ter sido planejada, evoluiu de modo a satisfazer a ambas. Joan cuidava da casa e do jardim, e Blackie, aos domingos, preparava a refeição principal — sempre prontamente consumida à uma hora —, responsabilidade que a liberava das matinas mas não das vésperas. Era Blackie que, levantando-se mais cedo, levava o chá matinal para a prima e à noite, às dez e meia, chocolate para ambas. Passavam as férias juntas, na segunda quinzena de julho, geralmente no exterior, porque nenhuma delas tinha parentes a visitar. Esperavam com ansiedade o início do campeonato de tênis de Wimbledon em junho e, ocasionalmente, assistiam a um concerto, a uma peça de teatro ou visitavam uma galeria de arte nos fins de semana. Consideravam-se pessoas de sorte, embora não o dissessem em voz alta.

O Weaver's Cottage ficava no subúrbio ao norte da vila. Fora, originalmente, dois chalés sólidos que, na década de 50, uma família com opinião firme sobre o que era o charme doméstico rural a converteu em uma só moradia. O teto de telhas fora substituído por um telhado de palha, de onde três janelas de água-furtada espiavam como olhos protuberantes; as janelas simples ganharam uma barra vertical entre os vidros e uma varanda fora acrescentada, coberta no verão por trepadeiras de rosas e clematites. A sra. Willoughby adorava o chalé. As janelas com barras tornavam a sala de estar mais escura do que ela teria idealizado e algumas das vigas de carvalho eram menos autênticas que outras; tais defeitos, porém, nunca eram abertamente reconhecidos. O chalé, com seu forro de palha impecável e o jardim, aparecera em tantos calendários e fora fotografado por tantos visitantes que ela desprezava as pequenas incongruências da arquitetura. A parte principal do jardim ficava na frente e era lá que a sra. Willoughby passava a maior parte do tempo livre, cultivando, aguando e cuidando do que, segundo o consenso local, era o jardim mais bonito de West Marling, dando tanto prazer aos transeuntes quanto às moradoras do chalé.

"Procuro algo que desperte interesse durante todo o ano", ela explicava às pessoas que paravam para admirar, e isso certamente ela conseguia. Era uma jardineira nata e cheia de imaginação. As plantas vicejavam sob seus cuidados e ela tinha olho clínico para distribuir cores e volumes. O chalé podia não ser muito autêntico, mas o jardim era indiscutivelmente inglês. Havia um pequeno gramado com uma amoreira que, na primavera, ficava cercada de açafrões, galantos e, mais tarde, das radiantes cornetas de asfódelos e narcisos. No verão, os canteiros abarrotados de flores que precediam a varanda eram uma exuberância de cores e aromas, enquanto a cerca de faia, aparada de modo a não obstruir a visão das flores que se encontravam do outro lado, era um símbolo vivo do passar das estações, desde os primeiros botões, fechados e hesitantes, até os frescos tons dourados e rubros de sua magnífica plenitude.

Ela sempre voltava das reuniões mensais do PCC revigorada e com os olhos brilhantes. Algumas pessoas, refletia

Blackie, achariam as discussões quinzenais com o vigário sobre sua preferência pela nova liturgia em vez da antiga, e suas outras infrações menores, espiritualmente pouco edificantes; Joan, todavia, parecia alimentar-se delas. Sentava-se com as gordas coxas separadas, esticando a saia de tweed, os pés firmemente plantados, diante da mesa desarrumada e enchia dois cálices com *amontillado*. Quebrava um biscoito seco entre os fortes dentes brancos; o cálice de cristal lapidado e haste delicada, parte de um jogo, parecia que se partiria em sua mão.

"A linguagem agora é abrangente, acredita? Ele quer 'Através da noite de dúvidas e pesares' nas vésperas do domingo que vem, mas devemos cantar 'Dêem as mãos uns aos outros, marchando sem medo pela noite'. Dei logo um basta naquilo, com o apoio do sr. Higginson, felizmente. Posso perdoar àquele homem o preço do bacon que come e por deixar seu gato velho e sarnento sentar-se à janela sobre os corn flakes, quando se comporta ajuizadamente nas reuniões, o que geralmente ele faz, preciso reconhecer. A srta. Matlock sugeriu 'Irmã, tome a mão de sua irmã'."

"O que há de errado com isso?"

"Nada, mas não foi o que o autor escreveu. Teve um bom dia?"

"Não, não foi um bom dia."

A sra. Willoughby, no entanto, ainda estava com a cabeça na reunião. "Não gosto muito daquele hino. Nunca o apreciei. Não entendo por que a srta. Matlock gosta tanto dele. Nostalgia, creio eu. Lembranças da infância. Não deve haver muita dúvida e pesar na congregação de St. Margaret. São bem alimentados demais. Abastados demais. Haverá, porém, se o vigário tentar cortar a 'Santa comunhão dos domingos', escrita em 1662, cantada às oito horas. Haverá, então, bastante dúvida e pesar na paróquia."

"Foi o que ele sugeriu?"

"Não com todas as palavras, mas está preocupado com o tamanho da congregação. Nós duas devemos continuar assíduas. Verei se consigo animar alguns moradores do vilarejo. Todas essas novidades vêm de Susan, é claro. O homem seria perfeitamente tratável se não fosse instigado pela mulher. Ela está com uma conversa de estudar para ser diácona. Logo estará sendo ordenada sacerdotisa. Os dois se dariam melhor numa paróquia maior do interior. Poderiam tocar seus banjos e guitarras; diria até que as pessoas gostariam. Como foi sua viagem?"

"Razoável, melhor a da noite que a da manhã. Chegamos dez minutos atrasados em Charing Cross; um mau começo para um mau dia. Foi o funeral de Sonia Clements. O sr. Gerard não compareceu. Disse que estava muito ocupado. Imagino que ela não era suficientemente importante. Sendo assim, naturalmente achei que também deveria ficar."

"Bem, não foi nenhum sacrifício. Cremações sempre são deprimentes. Um funeral bem conduzido pode oferecer alguma satisfação, mas uma cremação, não. Isso me lembra que o pároco chegou a propor usar o Livro de Cerimônias Alternativo para enterrar o velho Merryweather na próxima terça-feira. Fui contra. O sr. Merryweather tinha oitenta e nove anos e você sabe o quanto odiava mudanças. Não acharia seu enterro correto e cristão sem o livro de 1662."

Na terça-feira anterior, quando Blackie voltara para casa com a notícia do suicídio de Sonia Clements, Joan se comportara com notável compostura. Blackie sabia que não havia motivo para surpresa. Sua prima muitas vezes a desconcertava com reação inesperada a notícias e acontecimentos. Enquanto pequenos incômodos domésticos provocavam ira, grandes tragédias eram aceitas com calma estóica. E a tragédia em questão, afinal, não poderia atingi-la. Não conhecera nem nunca vira Sonia Clements.

Ao dar a notícia, Blackie dissera: "Não ouvi as fofocas dos funcionários de segundo escalão, é claro, mas percebi que a impressão geral na empresa é que ela se matou porque o sr. Gerard a despediu. E não creio que o tenha feito com muito tato. Parece que deixou um bilhete, embora sem mencionar a perda do emprego. As pessoas pensam, contudo, que ela ainda estaria entre nós se não fosse o sr. Gerard".

A resposta de Joan fora vigorosa. "Mas isso é ridículo.

Mulheres adultas não se matam porque foram despedidas. Se perder o emprego fosse motivo para suicídio, teríamos de abrir covas em massa. Foi muita desatenção da parte dela, muita falta de consideração. Se queria se matar, podia tê-lo feito em outro lugar. Afinal, *você* poderia tê-la encontrado na pequena sala de arquivos. O que não teria sido nada agradável."

"Não foi muito agradável para Mandy Price, a nova funcionária temporária, mas devo dizer que ela enfrentou o fato com bastante frieza. Outras mocinhas teriam ficado histéricas."

"É inútil ficar histérica por causa de um defunto. Mortos não podem nos fazer mal. Será sorte dela se não vir nada pior nessa vida."

Bebericando seu *sherry*, as pálpebras semicerradas, Blackie lançou um olhar à prima como se a visse pela primeira vez com imparcialidade. O corpo sólido, quase sem cintura, as pernas firmes com princípio de varizes acima dos tornozelos surpreendentemente torneados; os cabelos abundantes, outrora de um castanho vivo, ainda espessos e com poucos fios grisalhos, presos num coque pesado (penteado que não mudara desde o dia em que Blackie a conhecera); o rosto alegre e curtido pelo tempo. Um rosto sensato, muitos diriam. Um rosto sensato para uma mulher sensata, uma das excelentes mulheres de Barbara Pym, mas sem a suavidade ou discrição das heroínas da autora. Tratava com bondade rude os problemas da vila, de mortes a coroinhas teimosos, e sua vida era tão regulada em seus prazeres e deveres quanto o ano litúrgico que lhe dava contorno e foco. Também a vida de Blackie outrora tivera contornos e foco. Parecia-lhe, agora, que não tinha controle sobre nada — sua vida, seu emprego, suas emoções — e que, ao morrer, Henry Peverell levara consigo uma parte essencial dela mesma.

"Joan, creio que não posso continuar na Peverell", disse de repente. "Gerard Etienne está ficando intolerável. Não cuido mais, sequer, de seus telefonemas pessoais. Ele os recebe por uma linha particular em sua sala. O sr. Peverell costumava deixar nossa porta entreaberta, escorada por aquela cobra, a Hissing Sid, para vedar correntes de vento. O sr.

Gerard a deixa fechada, e mandou empurrar um armário alto contra a divisória de vidro para ter mais privacidade. Foi falta de consideração. O armário diminui ainda mais a minha luz. E agora querem que eu aloje a nova secretária temporária, Mandy Price, embora todo o trabalho dela deva passar por Emma Wainwright, a secretária particular da srta. Claudia. Ela deveria ficar na sala de Emma. Depois que o sr. Gerard deslocou a divisória, minha sala é pequena até para mim. O sr. Peverell jamais aceitaria uma divisória que cortasse a sala de jantar entre a janela e o teto de estuque. Ele odiava a divisória e foi contra ela logo que as alterações foram feitas."

"A irmã dele não pode fazer nada? Por que não troca uma palavrinha com ela?"

"Não gosto de reclamar, muito menos para ela. E o que poderia fazer? O sr. Gerard é o diretor executivo e presidente. É ele quem dirige a firma, e ninguém pode desafiá-lo. Nem ao menos sei se querem desafiá-lo, com a exceção, talvez, da srta. Frances, e ele não lhe daria ouvidos."

"Então, saia da empresa. Não precisa trabalhar lá."

"Depois de vinte e sete anos?"

"É tempo demasiado no mesmo emprego. Aposente-se mais cedo. Você entrou para o plano de aposentadoria quando o sr. Peverell o instituiu. Na época, achei muito sensato. Aconselhei-a a entrar, lembra-se? Não receberá pensão integral, é claro, mas de lá sairá sempre um dinheirinho. Ou, então, consiga um bom empreguinho de meio período em Tonbridge. Não seria difícil, com a sua experiência. Mas para que trabalhar? Podemos nos virar. E há muito a fazer na vila. Nunca deixei que o conselho usasse seus serviços estando empregada na Peverell. Expliquei ao pároco que minha prima é secretária particular e passa o dia todo datilografando. Seria injusto pedir que ela fizesse o mesmo também às noites e nos fins de semana. Procurei poupá-la. Será diferente, porém, quando se aposentar. Geoffrey Harding tem reclamado que dar uma de secretário para o conselho é demais para ele. Poderia assumir essa parte para começar. Além disso, há a Sociedade Histórica e Literária. Com certeza precisam da ajuda de uma secretária."

As palavras de Joan, a vida descrita de modo tão sucinto, horrorizaram Blackie. Era como se, com aquelas poucas frases ordinárias, a prima tivesse decretado sua prisão perpétua. Compreendeu, pela primeira vez, o papel desprezível que West Marling desempenhava em sua vida. Não gostava da vila com suas ruas cheias de monótonos chalés, o gramado áspero ao lado de um lago malcheiroso, o *pub* moderno que tentava em vão parecer do século XVII, com uma lareira a gás e vigas pintadas de preto; até mesmo a igrejinha, com sua bonita torre em forma de agulha, não lhe despertava senão aversão. Era lá que ela vivia, comia, dormia. Mas, durante vinte e sete anos, o centro de sua vida estivera em outra parte. Ficava satisfeita em voltar toda noite para o Weaver's Cottage, para seu conforto e ordem, para a companhia pouco exigente da prima, para as boas refeições servidas com elegância, para a lareira e o aroma doce da madeira no inverno, para os aperitivos no jardim nas noites quentes de verão. Gostava do contraste entre essa paz rural e o estímulo e os desafios do escritório, a vida áspera do rio. Precisava morar em algum lugar, já que não podia viver com Henry Peverell. Naquele momento compreendeu, num lapso esmagador de discernimento, que sua vida em West Marling seria insuportável sem o seu emprego.

Via essa vida estendendo-se a sua frente numa série de vívidas imagens desconexas, projetadas na tela da mente em seqüência fotográfica e inexorável: horas, dias, semanas, meses, anos de monotonia previsível e frustrante. Os pequenos afazeres domésticos que lhe dariam a ilusão de ser útil — ajudar a cuidar do jardim sob a direção de Joan, trabalhar como secretária ou datilógrafa para o PCC ou o WI, fazer compras em Tonbridge aos sábados, santa comunhão e vésperas no domingo, o planejamento das excursões que garantiriam os pontos altos do mês... Sem dinheiro bastante para fugir, sem nenhuma justificativa para fugir, sem ter para onde fugir. E por que desejaria partir? Era uma vida que sua prima considerava satisfatória e psicologicamente compensadora: sua posição na hierarquia da vila estava garantida, o chalé era sua propriedade por direito, o jardim sua perene ocupação e alegria. A maioria das pessoas devia pensar que ela, Blackie, tinha sorte por fazer parte daquele mundo, por não pagar aluguel (deviam saber disso na vila, era o tipo de fato que se sabia por instinto), viver numa bela casa, na companhia de sua prima. Seria a menos respeitada das duas, a menos popular, a parente pobre. Seu emprego, insuficientemente compreendido na vila, mas cuja importância fora ampliada por Joan, concedera-lhe dignidade. O trabalho, de fato, conferia dignidade, status, sentido. Não era por isso que as pessoas temiam tanto o desemprego, que a aposentadoria representava tamanho trauma para alguns homens? E seria impossível conseguir o que Joan descrevera como "um bom empreguinho de meio período" em Tonbridge. Sabia o que isso implicaria: trabalhar num escritório ao lado de moças profissionalmente imaturas, recém-saídas da escola ou do curso de secretariado, sexualmente ativas, que invejariam sua eficiência ou sentiriam pena de sua virgindade tão evidente. Como se rebaixaria a um emprego de meio período, ela que, outrora, fora a assistente pessoal e confidente de Henry Peverell?

Sentada, imóvel, com o cálice de *sherry* pela metade diante dela, fitando seu fulgor dourado como que hipnotizada, o coração em tumulto enquanto se lamentava em silêncio: "Ah, meu querido, por que me deixou? Por que tinha de morrer?".

Praticamente nunca o vira fora da editora, nunca fora convidada para o seu apartamento no número 12 e tampouco o convidara a visitar o Weaver's Cottage; sequer conversaram sobre assuntos particulares. Durante vinte e sete anos, entretanto, ele fora o centro de sua existência. Passara mais horas ao lado dele que de qualquer outro ser humano. Para ela, ele fora sempre o sr. Peverell; ele a chamava de srta. Blackett na frente dos outros e de Blackie quando sozinhos. Não se lembrava de suas mãos jamais terem tocado as dele desde aquele primeiro encontro havia vinte e sete anos quando ela, uma adolescente de dezessete anos, recém-saída do curso de secretariado, comparecera à entrevista na Innocent House e ele se levantara sorrindo para recebê-la. Sua datilografia e estenografia já haviam sido testadas pela secretária que estava deixando o emprego para se casar. Naquele momento, olhando para o atraente rosto de estudioso e para os olhos incrivelmente azuis, ela sabia que enfrentava o teste definitivo. Ele falara pouco sobre o emprego — e por que deveria? A srta. Arkwright já lhe expusera, com detalhes intimidadores, quais seriam suas funções —; perguntara, todavia, como fora a viagem e informara: "Temos uma lancha que traz alguns funcionários para o trabalho. Pode apanhá-la no píer de Charing Cross e trazê-la para a empresa pelo Tâmisa. Quer dizer, a não ser que tenha medo de água".

E ela percebeu que aquele era o teste decisivo, que não seria aceita se não gostasse do rio. "Não", respondeu. "Não tenho medo de água."

Em seguida, ela falou pouco, perturbada com a idéia de ir todos os dias para aquele palácio reluzente. No final da entrevista, ele concluiu: "Se acha que poderá ser feliz aqui, vamos nos dar um ao outro um mês de experiência".

No final do mês, ele não dissera nada e ela sabia que não havia nada a dizer. Ficou ao lado dele até o dia de sua morte.

Lembrou-se da manhã do enfarte. Fazia mesmo apenas oito meses? A porta entre as salas, como sempre, estava entreaberta, como ele gostava. A cobra de veludo, com o dorso ricamente desenhado e a língua em forquilha, de flanela, estava enrolada aos pés da porta. Ele emitira apenas um chamado, tão áspero e estrangulado que mal podia ser reconhecido como humano, e ela pensou que ouvira algum barqueiro gritando no rio. Levou alguns segundos para compreender que essa voz incorpórea e bizarra chamava seu nome. Saltara da cadeira, ouvindo-a escorregar pelo chão, e logo estava diante da mesa dele, olhando-o. Ele permanecia sentado, rígido, como se fora acometido por *rigor mortis,* sem se mexer, agarrando os braços da cadeira com os nós dos dedos esbranquiçados, os olhos saltando sob a testa que começava a se cobrir de gotículas brilhantes e espessas como pus. Ele ofegava: "A dor, a dor! Chame um médico!".

Ignorando o telefone sobre a mesa dele, correra para sua sala, como se só naquele ambiente familiar soubesse como agir. Folheou com nervosismo a lista telefônica, depois lembrou-se que o nome e o telefone do médico dele estavam na pequena caderneta preta em sua mesa. Abriu a gaveta bruscamente e meteu a mão dentro dela em busca da agenda, tentando lembrar-se do nome, querendo desesperadamente voltar ao horror da outra sala mas com medo do que pudesse encontrar, sabendo que precisava chamar auxílio e rápido. Então lembrou-se. Claro, a ambulância! Precisava chamar uma ambulância. Apertou com força as teclas do telefone, ouviu uma voz calma e autoritária e deu seu recado. A urgência, o pavor em sua voz devem tê-los convencido. A ambulância já estava a caminho.

Recordou, depois, o que acontecera, não em seqüência, mas numa série de imagens desconexas, porém nítidas. Parada à porta da sala, teve tempo apenas de vislumbrar Frances Peverell impotente, ao lado dele, antes que Gerard Etienne se aproximasse e fechasse firmemente a porta. "Não queremos ninguém aqui", disse. "Ele precisa de ar."

Foi a primeira das várias rejeições que se seguiram. Lembrou-se dos sons que ouvira enquanto os paramédicos cuidavam dele; de que sua cabeça estava virada para o outro lado quando passaram por ela e o retiraram, envolto num cobertor vermelho; de alguém soluçando, alguém que poderia ser ela mesma; do vazio do escritório, vazio como nas manhãs em que chegava antes dele, ou nas noites em que ele se ia primeiro, mas agora eternamente, permanentemente vazio de tudo que lhe dera sentido. Nunca mais voltou a vê-lo. Quis visitá-lo no hospital e perguntou a Frances Peverell sobre a hora mais conveniente, mas ouviu como resposta: "Ele ainda está na UTI. Só os parentes e os sócios podem visitá-lo. Sinto muito, Blackie".

No início, as notícias haviam sido animadoras. Ele estava melhor, bem melhor. Esperavam que logo saísse da unidade de tratamento intensivo. Então, quatro dias após o primeiro, um segundo e fulminante ataque cardíaco o matou. Na cerimônia de cremação, sentara-se na capela ao lado de outros funcionários, no terceiro banco. Ninguém a consolara (por que o fariam?). Oficialmente, não sofrera uma perda, não era membro da família. Fora da capela, enquanto examinava as coroas que haviam sido enviadas, ela não resistiu e sucumbiu à sua dor. Claudia Etienne a olhara brevemente com um misto de espanto e irritação, como se dissesse: "Se a filha dele e seus amigos podem se controlar, por que você não pode?". Seu sofrimento fora visto como algo de mau gosto, tão presunçoso quanto a coroa que mandara, destacando-se junto ao simples maço de flores da família. Lembrava-se do comentário de Gerard Etienne à sua irmã: "Santo Deus, Blackie exagerou. Aquela coroa faria jus a um funeral da máfia nova-iorquina. O que está tentando fazer, dar a impressão de que era sua amante?".

No dia seguinte, durante a pequena cerimônia particular, os cinco sócios atiraram as cinzas dele no Tâmisa, do terraço da Innocent House. Ela não pedira para tomar parte, mas Frances Peverell entrara em sua sala e dissera: "Gostaria de juntar-se a nós no terraço, Blackie? Acho que meu pai gostaria de que você participasse". Postara-se bem para trás, cuidando de não atrapalhar. Eles se colocaram a uma pequena distância um do outro, na extremidade do terraço. Os ossos brancos e moídos, tudo o que restara de Henry Peverell, estavam num recipiente que ela achou, curiosamente, parecido com uma lata de biscoitos. Eles o passaram de mão em mão, apanharam punhados dos grãos e os deixaram cair ou atiraram no Tâmisa. Lembrava-se de que a correnteza estava alta e soprava uma brisa leve. O rio, marrom-ocre, batia contra as paredes do píer, espalhando gotículas de espuma. As mãos de Frances Peverell estavam úmidas; os fragmentos dos ossos ficaram colados nelas; mais tarde, ela as limpara na saia, às escondidas. Aparentava a mais perfeita calma ao declamar, de cor, os versos do *Cymbeline*, que começavam:

Não temas mais o calor do sol,
Nem as furiosas tormentas do inverno;
Com tua missão no mundo cumprida,
Voltaste ao lar e colheste o merecido.

Blackie teve a impressão de que haviam esquecido de decidir a ordem dos falantes. Um curto silêncio se fez antes que James de Witt se aproximasse da beira do terraço e declamasse um trecho dos Livros Apócrifos: "As almas dos justos estão nas mãos de Deus e nenhum tormento haverá de tocá-las". Em seguida, deixou cair sua porção de cinzas como se contasse cada grão.

Gabriel Dauntsey lera um poema de Wilfred Owen, que Blackie não conhecia; depois ela o procurara e estranhara um pouco a escolha:

Sou o fantasma de Shadwell Stair.
Pelos cais junto à caixa d' água
E cruzando o cavernoso matadouro,
Sou a sombra que lá perambula.

Contudo minha carne é firme e fresca,
E os olhos agitados como as gemas
Das luas e lâmpadas do Tâmisa cheio
Quando o ocaso singra e ondula águas adentro.

Claudia Etienne foi a mais breve, dizendo apenas dois versos:

O pior que pode nos acontecer, bem pensado,
É um longo sono e uma longa noite boa.

Ela os declamara em voz alta, mas rápido demais e com intensidade feroz, o que deu a impressão de que desaprovava toda a charada. Depois dela, fora a vez de Jean-Philippe Etienne. Ele não fora visto na Innocent House desde que se aposentara um ano antes; e seu motorista o levara de sua remota residência na costa de Essex, chegando pouco depois da hora marcada para o início da cerimônia e partindo logo em seguida, sem provar do bufê de almoço instalado na sala da diretoria. Sua passagem, no entanto, fora a mais longa e ele a lera em voz monótona, apoiando-se num dos remates da grade. De Witt dissera a Blackie, depois, que era um trecho das *Meditações* de Marco Aurélio. No dia, contudo, apenas uma breve passagem se fixara na sua mente:

> Numa palavra, todas as coisas do corpo são como um rio e as coisas da alma, como um sonho e um vapor; e a vida é um conflito armado e a visita de um peregrino, e a fama após a morte é apenas esquecimento.

Gerard Etienne fora o último. Atirou os ossos moídos para longe como se assim se livrasse de todo o passado, e declamou um trecho do Eclesiastes:

> Para aquele que está unido a todos os seres vivos, há esperança; pois um cachorro vivo é melhor que um leão morto. Pois os vivos sabem que morrerão, mas os mortos nada sabem, tampouco têm uma recompensa a receber; pois sua memória está esquecida. Também seu amor, seu ódio e sua inveja já pereceram; tampouco jamais terão parte, em qualquer coisa feita sob o sol.

Em seguida, eles se voltaram em silêncio e subiram à sala da diretoria, para o almoço frio regado a vinho. E, precisamente às duas horas, Gerard Etienne passou, sem dizer palavra, pela sala de Blackie, entrou na sala seguinte e sentou-se, pela primeira vez, na cadeira de Henry Peverell. O leão estava morto e o cão vivo tomara posse.

7

Após a cerimônia de cremação de Sonia Clements, James de Witt recusou o convite de Frances para tomar o táxi com ela e Gabriel, dizendo que sentia necessidade de andar e que tomaria o metrô na Golders Green Station. A caminhada do crematório até lá era maior do que esperara, mas lhe agradava estar só. Os demais funcionários da Editora Peverell foram levados para casa nos carros da funerária. De Witt não soube decidir o que seria pior: contemplar o rosto tenso e infeliz de Frances, sem esperança de poder confortá-la, ou ficar espremido dentro de um carro superlotado e ostentoso, com um bando ruidoso de funcionários de segundo escalão, que haviam preferido um funeral a uma tarde de trabalho, e cujas línguas, liberadas após a solenidade espúria da cerimônia, teriam sido inibidas por sua presença. Até mesmo a secretária temporária, Mandy Price, comparecera. Era compreensível — afinal, estivera presente quando o corpo fora descoberto.

A cremação fora um evento sombrio, e ele se culpava por isso. Sempre se culpava; às vezes refletia que ter um senso de pecado tão poderoso sem a religião que o abrandasse pela absolvição era uma idiossincrasia desconfortável. A irmã da srta. Clements, que era freira, comparecera ao funeral. Aparecera no último instante como num passe de mágica, ocupara um assento nos fundos e, no final, desaparecera com a mesma pressa, detendo-se, apenas, para apertar as mãos dos funcionários da Editora Peverell que se adiantaram para murmurar suas condolências. Ela escrevera previamente para Claudia, pedindo que a empresa tomasse todas as providências quanto ao funeral, mas não foram muito atenciosos. Ele deveria ter se interessado mais em vez de deixar tudo por conta de Claudia que, na verdade, o delegaria à sua secretária.

Deveria haver uma cerimônia especial para quem não tivesse religião. Provavelmente havia e eles poderiam tê-la descoberto se se tivessem dado ao trabalho. Poderia ser um empreendimento interessante, talvez até lucrativo, publicar um livro de ritos funerários alternativos para humanistas, ateus e agnósticos; uma cerimônia formal em memória do falecido, uma celebração do espírito humano sem qualquer referência à sua possível continuidade. Andando a passos largos rumo à estação, agitando as abas de seu longo casaco, ele se divertiu selecionando passagens em prosa e verso que poderiam ser aproveitadas. O poema de De la Mare, *Olhai pela última vez para tudo que é belo*, para dar um toque de nostálgica melancolia. Talvez o *Non dolet* de Oliver Gogarty, a *Ode ao outono* de Keats, se o falecido fosse idoso, e *A uma cotovia*, de Shelley, se fosse jovem. *Versos escritos sobre a abadia de Tintern*, de Wordsworth, para o amante da natureza. Canções poderiam substituir hinos e o movimento lento do Concerto do Imperador de Beethoven poderia ser uma marcha fúnebre apropriada. E era impossível deixar de lembrar do terceiro capítulo do Eclesiastes:

> Para tudo há uma estação, e um tempo para todo propósito sob os céus:
>
> Um tempo para nascer e um tempo para morrer; um tempo para plantar e um tempo para colher o que foi semeado.
>
> Um tempo para matar e um tempo para curar; um tempo para destruir e um tempo para construir.

Ele poderia ter planejado algo adequado para Sonia, talvez incluindo trechos de um livro que ela tivesse preparado e editado, uma homenagem aos vinte e quatro anos de serviços prestados à empresa, algo que Sonia teria achado apropriado. Curioso, pensou ele, como eram importantes esses ritos de passagem inventados, certamente, para consolar e responder às necessidades dos vivos, já que não poderiam afetar os mortos.

Parou para comprar duas caixas de leite semidesnatado e um frasco de detergente no supermercado de Notting Hill Gate, antes de entrar silenciosamente em sua casa. Era evidente que Rupert tinha companhia; ouvia-se claramente o som de vozes e de música no andar de cima. Torcera para que Rupert estivesse sozinho e perguntou-se, como tantas vezes fazia, como um homem tão doente podia suportar tanto barulho. Verdade que era um barulho alegre e Rupert o suportava apenas durante um breve período. James é quem, posteriormente, lidava com a inevitável reação. De repente sentiu que não poderia encarar nenhum deles. Em vez disso, foi até a cozinha e, sem tirar o casaco, preparou uma caneca de chá, abriu a porta dos fundos e saiu para a quietude e a escuridão do jardim, sentando-se no banco de madeira perto da porta. A noite estava quente para o final de setembro e ali sentado enquanto a escuridão aumentava, distante do ruído e das luzes intensas de Notting Hill Gate por cerca de oitenta metros, pareceu-lhe que aquele pequeno jardim mantinha suspensa no ar sereno toda a saudosa doçura do verão e a margosa opulência do outono.

Durante dez anos, desde que sua madrinha a deixara para ele, a casa era uma fonte inesgotável de prazer e alegria. Nunca pensara que sentiria uma satisfação tão intensa ou luxuriosa em ser proprietário, pois desde a infância se enganara com a convicção de que, afora suas pinturas, os bens materiais não importavam para ele. Agora sabia que um único bem, o mais sólido e permanente, tornara-se essencial em sua vida. Gostava de sua despretensiosa fachada regencial, das janelas com veneziana, da sala de estar dupla no andar térreo, com vista para a rua na frente e uma estufa de plantas nos fundos, que lhe permitia ver seu pequeno jardim e os dos vizinhos. Gostava da mobília do século XVIII que sua madrinha levara consigo para a casa, quando dificuldades financeiras a obrigaram a mudar-se para aquela rua modesta, na época, ainda não valorizada, um pouco miserável até. Ela lhe deixara tudo que possuía, exceto as pinturas, e, como seus gostos divergiam nesse campo, ele não se queixou. A sala de estar tinha estantes de livros de mais de um metro de altura em todas as paredes. Acima delas, ele pendurara suas próprias aquarelas e gravuras. A casa ainda conservava um ar de esmero feminino que ele não desejava mudar. Voltava para ela a cada noite, para o pequeno mas elegante vestíbulo com papel de parede desbotado e a graciosa escada curva, com a sensação de penetrar num mundo privado, seguro, plenamente agradável. Mas isso foi antes de ele abrigar Rupert.

Rupert Farlow publicara seu primeiro romance pela Editora Peverell havia quinze anos. James ainda se lembrava do misto de entusiasmo e admiração com que lera o manuscrito, apresentado não por um agente mas diretamente pelo autor, mal datilografado em papel inadequado e sem nenhuma carta explicativa, apenas com o nome e endereço de Rupert, como se desafiasse o leitor ainda desconhecido a reconhecer a qualidade do trabalho. Seu segundo romance, escrito dois anos depois, fora recebido com menos liberalidade, como costuma acontecer após uma estréia de sucesso espetacular, mas James não ficou desapontado. Confirmara-se um talento superior. Depois silenciara. Rupert deixou de ser visto em Londres, e as cartas e telefonemas não recebiam resposta. Segundo os boatos, ele estava na África do Norte, na Califórnia, na Índia. E então reaparecera brevemente, mas não trouxera nenhum novo trabalho. Nunca houve outro romance, e agora jamais haveria. Frances Peverell comentara com James que ouvira falar que Rupert estava morrendo de AIDS num asilo no oeste de Londres. Ela não o visitou mas James sim, e continuou a visitá-lo. Rupert estava em remissão e o asilo não sabia o que fazer com ele. Seu apartamento era imprestável, o administrador era antipático e Rupert odiava a camaradagem do asilo. Tudo isso emergiu sem queixas. Rupert nunca se queixava, a não ser das coisas triviais da vida. Parecia encarar a doença não como um mal injusto e cruel mas como um fim, estabelecido e inescapável, que deveria suportar sem lamentar-se. Morria com coragem e graça. Continuava, porém, o mesmo velho Rupert: malicioso, travesso, difícil, temperamental, conforme o ponto de vista de quem o conhecesse. Cuidadosamente, temendo que a oferta fosse ofensiva ou mal interpretada, James sugerira que Rupert se mudasse para sua casa em Hillgate Village. A oferta fora aceita e, quatro meses antes, Rupert se mudara.

A paz, a velha ordem, a velha segurança, tudo desaparecera. Rupert tinha dificuldade em subir escadas, então James instalou uma cama para ele na sala de estar; lá, ou na estufa quando fazia sol, passava a maior parte dos dias. Havia um lavatório e um chuveiro no primeiro andar, além de um cômodo pouco maior que um armário que James transformara numa cozinha equipada com chaleira elétrica e torradeira dupla, para que pudesse fazer café e preparar sanduíches quentes. O primeiro andar se tornara, assim, um apartamento pequeno e auto-suficiente de que Rupert se apossara, impondo-lhe sua personalidade desordeira, iconoclasta e travessa. Ironicamente, a casa ficara menos tranqüila depois que se tornara o lar de um moribundo. Recebia um fluxo incessante de telefonemas — os amigos de Rupert, antigos e atuais; seu reflexologista; a massagista que deixava, ao partir, um aroma de óleos exóticos; o padre Michael, que visitava Rupert para ouvir suas confissões, mas cujo sacerdócio era recebido com a mesma indulgência divertida com que aceitava os cuidados físicos de que o seu corpo necessitava. Os amigos raramente apareciam quando James estava em casa, exceto nos fins de semana, embora encontrasse indícios de suas visitas todas as manhãs: flores, revistas, frutas, frascos de óleos de aroma doce. Eles tagarelavam, faziam café, serviam-se de bebida. Certa vez, perguntara a Rupert: “O padre Michael gosta de vinho?”.

“Com certeza sabe que garrafas emborcar.”

“Então, tudo bem.”

James não recusaria seu clarete ao padre Michael desde que o homem soubesse o que estava bebendo.

Fornecera a Rupert uma campainha manual de bronze, estridente como um sino escolar, que encontrara no mercado de Portobello, para que o enfermo pudesse chamá-lo no quarto de cima se precisasse de auxílio durante a noite. Começara a dormir mal, esperando ouvir aquele clamoroso chamado, imaginando, numa semivigília, o estrondo das carroças na Londres infestada pela peste e o chamado lamentoso: "Tragam seus mortos".

Lembrava-se de cada palavra da conversa que tiveram dois meses antes, dos olhos irônicos e atentos de Rupert, do seu rosto sorridente desafiando-o a não acreditar.

"Estou apenas lhe contando os fatos. Gerard Etienne sabia que Eric tinha AIDS e fez com que nós dois nos conhecêssemos. Não estou me queixando, longe disso. Tive poder de escolha. Gerard não nos meteu na cama juntos."

"É uma pena que não tenha exercido esse poder de escolha."

"Mas exerci. Não vou fingir que pensei muito a respeito. Nunca viu Eric, não é? Ele era belo. Poucas pessoas são belas. Podem ser atraentes, bonitas, sexy, charmosas, todos os adjetivos de sempre, mas não belas. Eric era belo. Sempre achei a beleza irresistível."

"E isso é tudo que exigia de um amante? Beleza física?"

Rupert o imitara com os olhos e a voz, zombando gentilmente.

"E isso é tudo que exigia de um amante? Meu caro James, em que mundo está vivendo, que tipo de pessoa você é? Não, não era tudo que eu exigia. Exigia. Tempo passado, eu notei. Teria sido mais atencioso se tomasse cuidado com a conjugação dos verbos. Não, não era tudo. Queria alguém que me quisesse também e que tivesse algumas táticas na cama. Não perguntei a Eric se preferia jazz a música de câmara ou ópera a balé, ou, mais importante, que vinho ele preferia. Estou falando de desejo, estou falando de amor. Meu Deus, é como explicar Mozart para um surdo tonal. Olhe, vamos deixar assim: Gerard Etienne atirou-nos, deliberadamente, nos braços um do outro. Na época, ele sabia que Eric estava com AIDS. Talvez tenha torcido para que nos tornássemos amantes, talvez tenha planejado que nos tornássemos amantes, talvez não tenha dado a mínima para o que acontecesse. Talvez estivesse se divertindo. Não sei o que tinha em mente. Não me importa muito. Sei o que eu tinha em mente."

"E Eric, sabendo que tinha uma doença infecciosa, não lhe disse nada? O que, em nome de Deus, ele tinha em mente?"

"Bem, de início, não. Contou-me mais tarde. Não o culpo e, sendo assim, você pode ficar com seus julgamentos morais. E não sei o que ele tinha em mente. Não me meto na mente de meus amigos. Talvez quisesse uma companhia para a última milha do caminho antes que partisse para explorar o longo silêncio." E acrescentara: "Você não perdoa seus amigos?".

"Perdão não é exatamente a palavra para se usar entre amigos. Por outro lado, nenhum amigo meu me infectou com uma doença fatal."

"Mas, meu caro James, também não lhes deu essa chance, não é?"

Interrogara Rupert com a persistência imparcial de um investigador profissional, precisando arrancar-lhe a verdade, desesperado para saber. "Como tem certeza de que Etienne sabia que Eric estava doente?"

"James, pare de me interrogar. Está parecendo um promotor público. E adora eufemismos, não é mesmo? Sabia porque Eric lhe contou. Etienne lhe perguntou quando poderia esperar outro livro. A Editora Peverell se beneficiara bastante com seu primeiro livro de viagens. Etienne o comprara barato e, provavelmente, esperava que com o segundo acontecesse o mesmo. Eric lhe disse que não haveria outro livro. Não tinha nem energia nem vontade. Tinha outros planos para o restante de sua vida."

"E esses planos incluíam você."

"Acabaram por incluir. Foi duas semanas depois dessa conversa que Etienne organizou o passeio pelo rio. Só isso já é suspeito, não acha? Não é o tipo de diversão de Etienne. Descer aos solavancos o velho Tâmisa para inspecionar a barreira contra enchentes, subir sacolejando com sanduíches de salmão defumado e champanhe... Como você conseguiu escapar dessa, a propósito?"

"Estava na França."

"Então estava lá. Seu segundo lar. É curioso que o velho Etienne tenha ficado tão satisfeito em afastar-se de sua terra natal durante tantos anos. Gerard e Claudia também não vão para lá, não é? Era de se esperar que gostassem, de vez em quando, de ver o lugar onde o pai e seus colegas se divertiram tanto atirando nos alemães escondidos atrás das pedras. Eles nunca vão, e você não sai de lá. O que faz, verifica a vida de Etienne?"

"Por que faria isso?"

"Foi só uma observação, nada de mais. Seja como for, jamais conseguiria culpar o velho Etienne de nada. Não há dúvida alguma de que é um herói genuíno. Já foi oficializado."

"Fale mais sobre o passeio no rio."

"Ah, foi aquilo de sempre. Datilógrafas risonhas, a srta. Blackett um pouco alta, o rosto vermelho e inchado, sua horrível brejeirice virginal. Levara aquela cobra para isolar friagem. Chamam-na de Hissing Sid. Mulher extraordinária. Não tem nenhum senso de humor, eu diria, exceto por aquela cobra. Algumas moças penduraram-na do lado de fora, ameaçando afogá-la, e uma delas fingiu que lhe dava champanhe. No final a penduraram ao redor do pescoço de Eric e ele ficou com ela até voltarmos. Mas isso foi mais tarde. Enquanto subíamos o rio, refugiei-me no convés. Eric estava lá sozinho, perfeitamente imóvel, como uma figura de proa. Virou-se e olhou para mim." Rupert fez uma pausa e depois disse, quase num sussurro: "Ele virou-se e olhou para mim. James, é melhor esquecer o que acabei de lhe dizer".

"Não, não vou esquecer. Está me dizendo a verdade?"

"Claro. Não digo sempre?"

"Não, Rupert, nem sempre."

Subitamente, o devaneio foi rompido. A porta da cozinha se abriu e o amigo de Rupert colocou a cabeça para fora. "Ouvi a porta da frente se abrindo. Vamos embora daqui a pouco. Rupert perguntou se você estava de volta. Geralmente você logo sobe."

"Sim", disse. "Geralmente eu subo."

"Então, o que está fazendo aqui fora?"

A pergunta não era curiosa, mas James respondeu: "Meditando sobre o terceiro capítulo do Eclesiastes".

"Acho que Rupert quer ver você."

"Estou indo", e subiu penosamente, como um velho, para a desordem, o calor, o caos exótico e populoso em que sua sala de estar se convertera.

8

Eram nove horas e, no andar de cima de uma casa com terraço, perto de Westbourne Grove, Claudia Etienne estava deitada com seu amante.

"Por que nos sentimos excitados depois de um funeral? Deve ser a poderosa conjunção da morte com o sexo. Sabia que as prostitutas vitorianas costumavam servir seus clientes nos cemitérios, sobre as lápides das sepulturas?"

"Duro, frio e sinistro. Espero que usassem mantas. Não me excitaria. Não pararia de pensar no corpo apodrecendo debaixo de mim, em todos os vermes inchados arrastando-se para dentro e para fora dos orifícios. Querida, que fatos extraordinários você conhece. Estar ao seu lado é uma aula."

"Sim, eu sei que é." Perguntava-se se ele, assim como ela, tinha mais que fatos históricos em mente. "Estar com você", dissera, e não "amar você".

Virou-se para ela apoiando a cabeça na mão. "O funeral foi terrível?"

"Conseguiu ser maçante e sinistro ao mesmo tempo. Música de fita, um caixão que parecia reciclado, uma liturgia revista para não ofender ninguém, incluindo Deus, e um pároco que fez de tudo para dar a impressão de que estávamos envolvidos em algo com significado."

"Quando chegar minha vez, gostaria de ser queimado numa pira funerária ao lado do mar, como Keats."

"Shelley."

"Aquele poeta, seja quem for. Numa noite quente, o vento soprando, nada de caixão, muita bebida e todos os meus amigos dançando ao redor do fogo, todos alegremente aquecidos por mim. E as cinzas poderiam ser levadas pela próxima maré alta. Acha que se deixar instruções em meu testamento alguém o fará?"

"Eu não contaria com isso. Provavelmente vai acabar em Golders Green como todos nós."

O quarto era pequeno, e o espaço quase totalmente ocupado por ampla cama vitoriana de bronze trabalhado, os altos balaústres encimados por globos. A partir destes, Declan suspendera uma colcha de retalhos vitoriana, esfarrapada em alguns locais. Pendia sobre eles enquanto faziam amor, iluminada pelo abajur ao lado da cama, um vistoso dossel em cintilantes seda e cetim. Algumas tiras da seda estavam soltas e ela sentiu o impulso de puxá-las. Viu que as tiras estavam cobertas de velhas letras, os pontos negros, feitos pela mão morta havia muito, nitidamente visíveis. A história de uma família, as dificuldades e triunfos de uma família estendidos acima deles.

O reino de Declan, e parecia a ela um reino, encontrava-se debaixo deles. A loja e toda a propriedade eram do sr. Simon — ela nunca soubera seu primeiro nome. Ele alugava os dois pisos superiores para Declan por uma soma ridícula e o pagava com igual parcimônia para cuidar da loja. Ele também estava sempre lá, com seu boné negro, para saudar clientes preferidos, sentado a uma escrivaninha dickensoniana próxima à porta, mas participava pouco das compras e das vendas, embora controlasse o fluxo do caixa. A frente da loja era arrumada sob sua supervisão pessoal, e o melhor da mobília, dos quadros e artefatos dispostos proveitosamente. Declan transformara em seu domínio os fundos do andar térreo. Era uma longa estufa de vidro temperado, com duas palmeiras em cada extremidade, os esguios troncos feitos de ferro e as copas, que tremiam quando tocadas, eram feitas de latão pintado de verde vivo. Esse toque de sol mediterrâneo contrastava com o ar levemente eclesiástico da estufa. Alguns painéis inferiores de vidro haviam sido substituídos por pedaços de vitral de formatos curiosos, retirados de igrejas demolidas. Um quebra-cabeça de anjos loiros, santos com auréola e apóstolos lúgubres, fragmentos de uma cena natalina ou da última ceia, vinhetas domésticas de mãos vertendo vinho em jarros ou erguendo pães. Distribuídos em alegre desordem sobre variadas mesas, empilhados sobre cadeiras, estavam os objetos adquiridos por Declan. Era ali que seus clientes pessoais remexiam, admiravam e faziam descobertas.

E havia descobertas a fazer. Declan, Claudia reconhecia, tinha olho para antigüidades. Amava a beleza, a variedade, a originalidade. Tinha um conhecimento extraordinário em campos que ela pouco conhecia. Ficava surpresa tanto pelas coisas que sabia como pelas que não sabia. Às vezes, suas descobertas eram promovidas para a frente da loja e ele perdia imediatamente o interesse por elas; mas seu amor por todas as suas aquisições era fugaz. "Entende, Claudia querida, por que precisava ser meu? Entende agora por que eu não pude deixar de comprar?" Ele acariciava, admirava, pesquisava, deleitava-se com cada aquisição nova, dava-lhe lugar de honra. Três meses depois, porém, ela desaparecia misteriosamente, substituída pelo novo alvo de seu entusiasmo. Não se preocupava em expô-los com ordem; os objetos ficavam todos misturados, os bons e os desprezíveis. Uma estatueta comemorativa, no estilo Staffordshire, de Garibaldi a cavalo, uma molheira rachada Bloor Derby, moedas e medalhas, pássaros empalhados sob redomas de vidro, sentimentais aquarelas vitorianas, bustos de bronze de Disraeli e Gladstone, uma pesada cômoda vitoriana, um par de cadeiras de madeira dourada *art-deco*, um urso empalhado, um boné das forças aéreas alemãs carregado de insígnias.

Examinando o último, ela dissera: "Está vendendo isto como sendo o quê, propriedade do finado marechal de campanha Hermann Goering?".

Claudia não sabia nada sobre seu passado. Certa vez ele dissera com sotaque irlandês pesado e pouco convincente: "Claro, sou apenas um pobre garoto de Tipperary. Minha mãe morreu e meu pai está Deus sabe onde". Ela, contudo, não acreditou. Não havia o menor indício de seu passado ou família em sua voz leve e cuidadosamente cultivada. Quando se casassem — caso se casassem — supunha que ele lhe contaria algo sobre sua vida; caso contrário, ela, provavelmente, perguntaria. No presente, o instinto a alertava de que não seria sensato, melhor não dizer nada. Era difícil imaginá-lo com um passado ortodoxo, pais e irmãos, escola, um primeiro emprego. Às vezes, tinha a impressão de que ele era um exótico mutante, que se materializara espontaneamente naquela apinhada sala dos fundos, estendendo os ávidos dedos para os objetos dos séculos passados mas não tendo, ele próprio, nenhuma realidade exceto a do momento presente.

Conheceram-se seis meses antes, sentados lado a lado no metrô no dia em que houvera uma pane generalizada na Linha Central. Durante a espera aparentemente interminável, antes de serem instruídos a sair do trem e avançar ao longo dos trilhos, ele espiara o exemplar do *Independent* que ela trazia e, quando seus olhares se encontraram, sorrira com constrangimento e dissera: "Desculpe, sei que é indelicadeza, mas é que sofro de uma leve claustrofobia. Sempre enfrento melhor esses atrasos quando tenho algo para ler. Geralmente eu tenho".

"Já terminei de ler", respondera ela. "Fique com ele. Seja como for, tenho um livro na pasta."

Assim, ficaram sentados juntos, lendo, sem dizer uma palavra, ela, no entanto, muito ciente da presença dele. Disse a si mesma que isso era resultado da tensão e de um pouco de medo. Quando, finalmente, ouviram as instruções para deixar o trem, não houve pânico, embora a experiência tivesse sido muito desagradável e, para alguns, bastante amedrontadora. Um ou dois engraçadinhos reagiram à tensão tentando fazer piadas grosseiras e rindo alto; a maioria, porém, suportara em silêncio. Uma mulher idosa, sentada perto deles, estava obviamente perturbada e, praticamente, tiveram que carregá-la entre os dois, ajudando-a ao longo dos trilhos. Dissera-lhes que sofria do coração e de asma e temia que a poeira do túnel desencadeasse um ataque.

Quando chegaram à estação, deixaram-na sob os cuidados de uma enfermeira. Ele se virou para Claudia e falou: "Acho que merecemos um drinque. Eu preciso de um. Vamos procurar um *pub*?".

Ela refletiu que não havia nada como um perigo em comum, seguido de um conforto compartilhado, para promover intimidade, e sabia que seria mais sensato despedir-se e seguir seu caminho. Mas concordara. Quando, finalmente, se separaram, ela sabia como terminaria. Deixou, porém, o tempo passar. Jamais começava um caso amoroso sem a certeza íntima de que estava no controle, que era mais amada do que amava, mais sujeita a causar dor do que a sofrer. Não tinha essa certeza no momento.

Eram amantes havia cerca de um mês quando ele perguntou: "Por que não nos casamos?".

A sugestão — pois se tratava disso e não de um pedido — era tão surpreendente que ela ficou em silêncio por um momento. Ele continuou: "Não acha que seria uma boa idéia?".

Claudia percebeu que considerava seriamente a sugestão, sem saber se para ele era apenas mais uma das idéias que, de vez em quando, lhe apresentava sem esperar que ela acreditasse e, aparentemente, sem se importar se acreditava ou não.

"Se está falando sério", disse lentamente, "então a resposta é que seria uma péssima idéia."

"Certo, vamos ficar noivos. Gosto da idéia de um noivado permanente."

"Isso não tem lógica."

"Por quê? O velho Simon gostaria. Eu poderia dizer 'Estou esperando minha noiva'. Ele ficaria menos chocado quando você passasse a noite aqui."

"Ele nunca deu o menor sinal de estar chocado. Duvido de que se importaria se fornicássemos na sala da frente, desde que não assustássemos os clientes ou estragássemos o estoque."

Mesmo assim, ele passou a referir-se a ela como "minha noiva" quando falava com o velho Simon. Ela sentiu que não poderia negar a alusão sem fazer com que parecessem tolos ou dar à questão uma importância que não merecia. Ele não voltou a falar de casamento, e embaraçava-a perceber que, em alguma parte de sua mente, a idéia começava a se implantar.

Naquela noite, ao chegar do crematório, cumprimentara o sr. Simon e fora direto para a sala dos fundos. Encontrara Declan examinando uma miniatura. Gostava de vê-lo junto ao objeto pelo qual estava momentaneamente apaixonado, por mais transitória fosse a paixão. Era o retrato de uma dama do século XVIII, o corpete decotado e a camisa de babados pintados com grande delicadeza, o rosto, sob a peruca empoada, de uma beleza talvez doce demais.

"Encomenda de um amante rico, imagino", dissera ele. "Parece mais uma cortesã que uma esposa, não acha? Penso que pode ser obra de Richard Corey. Se for, é um achado. Compreende, querida, por que eu tive de comprá-la?"

"Onde a conseguiu?"

"Uma mulher anunciou alguns desenhos que pensava serem originais. Não eram. Este é."

"Quanto pagou?"

"Três e cinqüenta. Ela teria aceito menos. Estava bem desesperada. Gosto de distribuir um pouco de felicidade pagando um tanto a mais que o esperado."

"E vale o triplo, imagino."

"Mais ou menos. Adorável, não acha? A imagem em si, quero dizer. Uma mecha do cabelo dela está enrolada atrás. Não acho que isto deva ir para a sala da frente, seria roubado em pouco tempo. Os olhos do velho Simon não são mais como antes."

"Pareceu-me bastante doente", disse ela. "Não deveria encorajá-lo a ir ao médico?"

"É inútil, já tentei. Ele odeia médicos. Morre de medo de que o mandem para o hospital, e ele odeia hospitais mais ainda. Para ele, hospitais são lugares onde as pessoas morrem e não gosta de pensar na morte. Não admira, sua família toda foi exterminada em Auschwitz."

Naquele momento, virando-se de costas e olhando para a

seda estampada que recebia a luminosidade suave do abajur, disse: "Já falou com Gerard?".

"Não, ainda não. Falarei com ele depois da próxima reunião da diretoria."

"Ouça, Claudia, eu quero esta loja. Preciso dela. Fui eu quem a fez. Tudo que a torna diferente, foi iniciativa minha. O velho Simon não pode vendê-la para outra pessoa."

"Eu sei. Vamos providenciar para que não venda."

Como era estranho, pensou ela, este impulso de dar, de satisfazer todo desejo de seu amante, como se aliviando-o do peso de ser amado. Ou havia uma crença mais profunda e irracional, de que ele merecia receber o que queria e quando queria simplesmente pelo fato de ser adorável? E quando Declan queria alguma coisa, queria com a insistência de uma criança mimada, sem reservas, sem dignidade, sem paciência. Ela ponderou, entretanto, que aquele desejo em particular era adulto e racional. A propriedade — os dois apartamentos e a loja — seria uma pechincha por trezentos e cinqüenta mil libras. Simon queria vender, e vender para ele, mas não podia esperar muito tempo.

"Ele falou com você recentemente?", perguntou ela. "Quanto tempo ainda temos?"

"Quer uma decisão até o final de outubro, porém quanto mais cedo, melhor. Ele anseia por partir e descansar os velhos ossos sob o sol."

"Mas não encontraria outro comprador de uma hora para outra."

"Não, mas quer colocá-la à venda se não lhe dermos uma resposta definitiva até então. Pediria mais do que está pedindo para mim, é claro."

"Vou sugerir a Gerard que compre a minha parte", disse Claudia lentamente.

"Quer dizer, todas as suas ações da Editora Peverell? Ele pode bancar isso?"

"Não sem dificuldade mas, se concordar, conseguirá o dinheiro."

"E não pode conseguir o de que precisamos de outra forma?"

Ela pensou. Poderia vender o apartamento no Barbican e viver com o amante, mas o que isso solucionaria? E respondeu: "Não tenho trezentos e cinqüenta mil libras depositadas no banco, se é o que quer dizer".

Ele insistiu: "Gerard é seu irmão. Com certeza ajudará".

"Não somos próximos. E nem poderíamos ser. Depois que nossa mãe morreu, fomos mandados para escolas diferentes. Mal nos vimos até começar a trabalhar juntos na Innocent House. Comprará minhas ações se for vantajoso para ele. Caso contrário, não o fará."

"Quando irá consultá-lo?"

"Após a reunião da diretoria, em catorze de outubro."

"Por que esperar até lá?"

"Porque será a melhor hora."

Ficaram em silêncio por alguns minutos.

De repente, ela disse: "Ouça, Declan, vamos passear no rio no dia catorze. Procure-me às seis e meia. Tomaremos a lancha até a barreira do Tâmisa. Você nunca a viu depois do anoitecer".

"Nunca a vi de jeito nenhum. Não faz frio lá?"

"Não muito. Use uma roupa quente. Levarei sopa e vinho em garrafas térmicas. Vale a pena ver, Declan, aqueles grandes picos elevando-se da água e se impondo sobre nossas cabeças. Vamos. Podemos parar em Greenwich e jantar num *pub.*"

"Certo", disse ele. "Eu vou, por que não? Não sei por que precisa combinar agora, mas irei desde que não precise conhecer seu irmão."

"Prometo-lhe."

"Então, seis e meia na Innocent House. Podemos marcar mais cedo, se preferir."

"Não pode ser antes de seis e meia. A lancha só fica livre a essa hora."

"Do jeito que fala, parece importante."

"Sim, é importante", disse ela. "Importante para nós dois."

9

Gabriel deixou Frances assim que o jogo terminou, um jogo que ganhou com facilidade. Ela notou, contrita, que ele parecia muito cansado e perguntou-se se ele teria subido por compaixão e não por necessidade própria de companhia. O funeral deveria ter sido pior para ele que para os outros sócios. Era, afinal, o único membro da editora por quem Sonia parecia ter alguma afeição. Suas hesitantes tentativas de fazer amizade haviam sido sutilmente repelidas por Sonia, quase como se ser uma Peverell a desqualificasse como íntima. Talvez só ele, entre os sócios, estava sentindo uma dor secreta.

O jogo a estimulara e ela sabia que ir para a cama naquele estado resultaria, apenas, numa noite de sono e agitação alternados; acordaria pela manhã mais cansada que se não se tivesse deitado. Cedendo a um impulso, apanhou o casaco quente de inverno no armário do corredor e então, apagando a luz, abriu a vidraça e saiu para o balcão. O ar noturno estava limpo e frio, com o familiar e penetrante cheiro do rio. Agarrando-se à grade, sentiu-se incorpórea, como se estivesse suspensa no ar. Uma camada baixa de nuvens pairava sobre Londres, manchada de vermelho como um curativo que tivesse absorvido o sangue da cidade. Então, enquanto olhava, as nuvens se afastaram lentamente e ela viu o negro azulado do céu noturno e uma única estrela. Um helicóptero, como uma libélula metálica ornamentada, voava, com estrondo, rio acima. Era assim que seu pai passara noite após noite antes de ir dormir. Ela ia arrumar a cozinha depois do jantar e, quando voltava para a sala, encontrava-a às escuras, exceto por uma única luz suave; então, via a silhueta escura daquela figura imóvel e silenciosa, de pé no balcão, contemplando a paisagem noturna do rio.

Eles se mudaram para o número 12 em 1983, durante um dos períodos de relativa prosperidade da empresa, quando a Innocent House precisara de mais salas para suas atividades. O número 12 estivera alugado para um antigo inquilino cuja morte, conveniente, liberara a propriedade. Reformada, proporcionava um apartamento superior para ela e o pai e um menor, no térreo, para Gabriel Dauntsey. Seu pai aceitara a mudança serenamente, parecendo até mesmo felicitar-se com ela; desconfiava de que só ao juntar-se a ele depois de deixar Oxford, em 1985, é que ele começou a achar o apartamento limitado, quase claustrofóbico.

Sua mãe, que nunca fora forte, morrera súbita e inesperadamente de uma pneumonia viral quando Frances tinha cinco anos; e ela passara toda a infância com o pai e uma enfermeira na Innocent House. Só na idade adulta compreendeu como aqueles tenros anos haviam sido incomuns, como a casa era inadequada para ser o lar de uma família, ainda que reduzida pela morte a apenas dois, pai e filha. Ela não tivera companheiros de sua idade; apenas alguns quarteirões georgianos, que sobreviveram aos bombardeios, tornaram-se elegantes redutos de classe média. Seu playground fora o vestíbulo de mármore cintilante e o átrio. Lá, apesar da proteção das grades, sempre fora vigiada de perto, e não lhe permitiam andar de bicicleta nem brincar com bola. As ruas não eram seguras para crianças. Na companhia da babá Bostock, atravessava o rio, às vezes com a lancha da empresa, até uma pequena escola particular em Greenwich, que enfatizava o refinamento mais que o desenvolvimento de uma inteligência questionadora, mas onde, ao menos, recebera uma boa formação. Na maioria das vezes, porém, a lancha precisava apanhar funcionários da editora do píer do Tâmisa, e ela e a babá Bostock eram levadas de carro até a passagem de pedestres de Greenwich, sempre acompanhadas pelo motorista ou pelo pai para maior segurança.

Nunca ocorrera aos adultos que ela achava o túnel aterrorizante e que preferiria morrer a lhes confessar isso. Aprendera, desde tenra idade, que a coragem era a virtude que o pai mais admirava. Ela gostava de andar entre eles segurando-lhes as mãos, simulando submissão infantil, tentando não apertar os dedos com muita força, abaixando a cabeça para que não vissem que fechava os olhos, sentindo o característico cheiro do túnel, ouvindo o eco de seus passos e imaginando o imenso peso da água que se agitava acima deles, sua potência aterradora, capaz de, em qualquer tempo, romper o teto do túnel e começar a vazar, no princípio, em pesadas gotas, enquanto os ladrilhos rachavam e, então, de repente, numa onda trovejante, negra e malcheirosa, que os varreria do chão, rodopiando-os e elevando-os, até que não restasse, entre os corpos que se debatiam e as bocas que gritavam, nada a não ser poucos centímetros de espaço e ar. E, depois, nem isso.

Cinco minutos depois, subiriam pela rampa para a luminosidade do dia e a magnificência do Greenwich Naval College, com suas cúpulas gêmeas e ventoinhas douradas. Para Frances, era como sair do inferno e ser ofuscada pela cidade celestial. Via-se, também, o Cutty Sark com seus altos mastros e linhas sinuosas. Seu pai lhe falava do monopólio do comércio sobre o Extremo Oriente exercido pela Companhia das Índias Orientais no século XVIII, e sobre como aquelas grandes e velozes embarcações competiam umas com as outras para trazer ao mercado britânico, em tempo recorde, os valiosos e perecíveis chás indiano e chinês.

Desde que era uma garotinha, seu pai lhe contava histórias do rio que, para ele, fora quase uma obsessão, uma grande artéria, de fascínio eterno, constantemente mudando, levando em sua forte correnteza toda a história da Inglaterra. Contou-lhe sobre as jangadas e os pequenos barcos de vime dos primeiros viajantes do Tâmisa, as velas quadradas dos navios romanos trazendo carga para Londinium, os compridos barcos vikings com suas proas curvas. Ele lhe descrevia o rio no século XVIII, quando Londres era o maior porto do mundo e seus cais e molhes, com os altos mastros dos navios, pareciam uma floresta despida pelo vento. Falou-lhe da vida ruidosa de beira-rio e dos vários comércios que extraíam sua energia vital desse veio fluvial; dos estivadores ou carregadores, barqueiros que operavam as chatas que abasteciam as embarcações presas às âncoras, fornecedores de corda e equipamento, fabricantes de barcos, padeiros, carpinteiros, exterminadores de ratos, zeladores de pensões, agiotas, taberneiros, comerciantes de lojas de produtos navais, tanto ricos como pobres, que extraíam seu sustento do rio. Descrevera-lhe as grandes ocasiões: Henrique VIII na barcaça real encimada de ouro, sendo levado rio acima até Hampton Court, os longos remos elevando-se numa saudação; o corpo de lord Nelson apanhado em Greenwich e transportado rio acima em 1806 na barcaça originalmente construída para Carlos III; as festividades do rio; enchentes e tragédias. Ela ansiava pelo amor e aprovação do pai. Ouvira obedientemente, fizera as perguntas certas, percebera, por instinto, que ele supunha que ela compartilhava do seu interesse. Compreendia, agora, que o engodo servira tão-só para somar a culpa à sua reserva e timidez naturais, que o rio se tornara ainda mais aterrorizante porque não podia reconhecer seus terrores e seu relacionamento com o pai ainda mais distante porque fundado numa mentira.

Criara, todavia, um mundo à parte para si mesma e, acordada, à noite na cama, naquele quarto de menina, resplandecente e pouco aconchegante, encolhia-se, como um feto, sob os lençóis e entrava em sua confortável segurança. Fantasiava que tinha uma irmã e um irmão, e vivia com eles numa grande casa de campo. Havia um jardim, um pomar e um celeiro de frutas; e legumes plantados em fileiras separadas dos amplos gramados verdejantes por bem-cuidadas cercas vivas. Depois do jardim, havia um regato rasinho, que eles podiam saltar, e um velho carvalho com uma cabaninha, escondida e aconchegante, onde eles liam e comiam maçãs. Os três dormiam no quarto infantil, olhando para o gramado, para o roseiral e para a torre da igreja. Não havia vozes estridentes, nem o cheiro do rio, nem imagens de terror e, sim, apenas ternura e paz. Também havia uma mãe, alta, loira, de traços apagados pelo tempo, que andava em sua direção pelo gramado, de braços abertos para recebê-la, pois era a caçula e a mais amada.

Frances sabia que o equivalente adulto desse mundo seguro estava a sua disposição. Poderia casar-se com James de Witt e mudar-se para sua elegante casa em Hillgate Village, e ter seus filhos, os filhos que ela também desejava. Poderia confiar em seu amor, contar com sua bondade, saber que nenhum problema que surgisse no casamento traria crueldade ou rejeição. Poderia ensinar a si mesma não a desejá-lo, já que o desejo não se sujeitava à vontade, mas a encontrar na bondade e na doçura um substituto para o desejo, de modo que, com o tempo, o sexo com ele se tornasse possível, até agradável; na pior das hipóteses, um preço a ser pago pelo amor e, na melhor, um voto de afeição e da fé em que o amor, com o tempo, poderia gerar o amor. Durante três meses, porém, fora amante de Gerard Etienne. Depois daquele maravilhamento, daquela espantosa revelação, percebeu que não poderia sequer suportar que James a tocasse. Gerard, tomando-a com indiferença, descartando-a com igual indiferença, tirara-lhe, até, o consolo de substituí-lo.

E era sempre o terror do rio, não seu romance ou mistério, que tomava conta de sua imaginação. Após a brutal rejeição de Gerard, tais terrores, que ela pensara terem acabado com a infância, voltaram a afirmar-se. O Tâmisa era uma sombria corrente de horror; o encharcado portão, entrelaçado com algas, levando à fortaleza da Torre; o baque do machado; a corrente lambendo Wapping Old Stairs, para onde os piratas eram levados e amarrados aos postes na vazante até que três correntes — a Misericórdia de Wapping — os cobrisse; os cascos apodrecidos deitados em Gravesend com sua carga humana a ferros. Até mesmo os vapores sacolejando rio acima, os conveses cheios de riso e alegremente decorados para os foliões, traziam à mente lembranças espontâneas da maior das tragédias do Tâmisa — em 1878, o vapor a remo *Princess Alice*, que voltava lotado de uma excursão a Sheerness, fora destruído por um navio carvoeiro e seiscentas e quarenta pessoas morreram afogadas. Naquele momento, Frances pensava ouvir seus gritos nos lamentos das gaivotas e olhando, à noite, para o rio escuro, salpicado de luz, ela imaginava os pálidos rostos das crianças afogadas, arrancadas dos braços das mães, flutuando como frágeis pétalas na correnteza escura.

Quando fez quinze anos, seu pai a levou a Veneza pela primeira vez. Dissera que somente aos quinze anos uma criança seria capaz de apreciar a arte e a arquitetura renascentistas. Até mesmo nessa ocasião, porém, ela suspeitara de que ele preferia viajar sozinho e que levá-la era um dever que ele não podia mais adiar, não obstante, um dever que guardava alguma promessa de esperança para os dois.

Foram as primeiras e últimas férias que passaram juntos. Ela contara com sol quente e brilhante, gondoleiros com roupas vistosas sobre a água azul, cintilantes palácios de mármore, jantares íntimos com o pai — estreando um dos novos vestidos que a governanta, a sra. Rawlings, escolhera para a ocasião —, e quando, então, também pela primeira vez, beberia vinho ao jantar. Ela desejara desesperadamente que as férias marcassem um novo início. Mas começara mal. Tiveram de viajar durante as férias escolares e a cidade estava abarrotada. Durante toda a temporada de dez dias, o céu não deixou de verter chuvas intermitentes e as pesadas gotas furavam canais escuros como o Tâmisa. Sua impressão foi de constante barulho, de estridentes vozes estrangeiras, do pavor de perder seu pai na multidão, de velhas igrejas fracamente iluminadas, onde algum funcionário se arrastava para acender a luz e revelar um afresco, uma pintura, um retábulo. O ar pesava com o aroma de incenso e o mofo azedo de roupas úmidas. Seu pai a impelia até a frente da multidão de turistas que se acotovelavam e lhe explicava as pinturas num sussurro, acima do ruído de idiomas discordantes e os chamados distantes dos guias autoritários.

Uma pintura permaneceu vívida na sua memória. Uma mãe amamentando seu bebê sob um céu tempestuoso, ao lado de um observador solitário. Ela sabia que havia algo na cena que deveria despertar-lhe uma reação, algum mistério subjetivo e intencional, e ela ansiava por sentir o mesmo entusiasmo do pai, por dizer algo que, ainda que não perspicaz, ao menos não o fizesse voltar-se com a silenciosa desaprovação a que ela já se acostumara. Nos momentos difíceis, ela sempre ouvia o comentário: "Madame nunca mais foi a mesma depois que a menina nasceu. A gravidez a matou, não há nenhuma dúvida. E, agora, vejam o que sobrou para nós". A mulher que o proferira, seu nome e sua posição na casa estavam, havia muito, esquecidos. Provavelmente, dissera apenas que os empregados ficaram com uma casa imensa e ingovernável, sem o pulso firme de uma ama. Para a menina, todavia, o significado das palavras fora claro, e continuara sendo claro: "Ela matou a mãe e olhe só o que ganhamos em troca".

Outra lembrança daquelas férias permaneceu nítida nos anos seguintes. Foi a da primeira visita que fizeram à Academia. Abraçando gentilmente seus ombros, o pai a conduzira a uma pintura de Vittore Carpaccio, *O sonho de Santa Úrsula*. Estavam, ineditamente, sozinhos, e de pé ao lado dele, ciente do peso de sua mão, ela se viu diante de seu quarto na Innocent House. Lá estavam as janelas duplas e arredondadas, com suas meia-luas superiores cheias de discos de vidrilhos, a porta lateral aberta, os dois vasos no balcão da janela, idênticos aos que tinha em casa, a mesma delicada cama de baldaquino com a cabeceira alta e a franja de borlas. Seu pai dissera: "Está vendo? Você dorme num quarto veneziano do século XV".

Havia uma mulher na cama, descansando a cabeça sobre a mão. Frances perguntou: "A mulher está morta?".

"Morta? Por que estaria?"

Ela detectara na voz dele a rispidez familiar. E não respondera, não dissera mais nada. O silêncio entre os dois se prolongou até que, com a mão ainda sobre seu ombro, mas pesando mais agora, ou pelo menos lhe pareceu, ele a conduziu adiante. De novo, ela o decepcionara. Sempre fora sua sina ser sensível a cada estado de humor do pai, sem a tática ou a confiança, porém, para lidar com esses humores ou responder a suas necessidades.

Até mesmo a religião os dividia. Sua mãe fora católica romana, mas não sabia nem tinha como descobrir o grau de sua devoção. A sra. Rawlings, também católica, empregada um ano antes da morte de sua mãe, com a dupla tarefa de assistir a enferma e cuidar da criança, a levara escrupulosamente, todos os domingos, à missa; afora isso, no entanto, ignorara sua educação religiosa. A menina ficara com a impressão de que religião era algo que seu pai não entendia e mal podia tolerar, um segredo feminino que era melhor não mencionar diante dele. Raramente iam mais de duas vezes à mesma igreja. Era como se a sra. Rawlings fosse uma degustadora de religiões, provando os variados rituais, a arquitetura, a música e os sermões oferecidos, temorosa de se comprometer prematuramente, de ser reconhecida pela congregação, recebida como membro pelo padre à porta, atraída para as atividades da paróquia, talvez até obrigada a receber visitas na Innocent House. À medida que crescia, Frances começou a suspeitar de que descobrir uma nova igreja para cada missa matinal de domingo se tornara um tipo de teste introdutivo e particular para a sra. Rawlings, proporcionando um sentido de aventura e uma dose de variedade para sua monótona rotina semanal, além de animado tema de conversa no caminho para casa.

"O coral não era dos melhores, não acha? Muito abaixo dos padrões do Oratório. Precisamos voltar ao Oratório quando eu me sentir disposta. É muito longe para irmos todos os domingos, mas, ao menos, o sermão foi curto. Não suporto sermões longos. Poucas almas são salvas depois dos primeiros dez minutos, se quer saber o que penso."

"Não gosto do padre O'Brien. É assim que ele chama a si mesmo, parece. Poucos fiéis comparecem. Não admira que nos recebesse com tanta simpatia à porta. No mínimo, queria atrair-nos para a missa da semana que vem."

“Eles têm bonitas estações da via-sacra. Gosto quando são entalhadas em madeira. Aquelas pinturas que vimos na Igreja de São Marcos, semana passada, eram espalhafatosas demais. Ao menos, os coroinhas usavam sobrepelizes limpas; alguém teve o trabalho de passá-las direito.”

Certa manhã de domingo, depois de assistirem à missa em uma igreja especialmente monótona, com a chuva chocando-se como granizo contra o teto provisório de zinco (“Uma gente diferente de nós. Não voltaremos mais lá”), Frances perguntara: “Por que tenho de ir à missa todos os domingos?”.

“Porque sua mãe era católica romana. Foi o acordo que fez com seu pai. Os meninos seriam criados na igreja anglicana, e as meninas seriam católicas romanas. E ele teve você.”

Ele a tivera. O sexo desprezado. A religião desprezada.

A sra. Rawlings prosseguiu: “Há várias religiões no mundo. Todos podem encontrar a que lhes convém. Lembre-se, apenas, de que a nossa religião é a única verdadeira. Não é essencial, porém, pensar muito sobre isso, a não ser quando precise. Acho que voltaremos à catedral semana que vem. Será Corpus Christi. Farão um grande espetáculo por conta disso, tenho certeza”.

Foi um grande alívio para seu pai e para ela quando, ao completar doze anos, mandaram-na para um convento. Ele fora buscá-la pessoalmente no final do primeiro semestre, e ela ouvira as palavras da madre superiora ao se despedir dos dois à porta: “Sr. Peverell, a menina não teve praticamente instrução alguma em sua fé”.

“É a fé de minha esposa. Nesse caso, madre Bridget, sugiro que a senhora a instrua.”

E as freiras, com grande paciência, lhe prestaram esse serviço e muitos outros. Deram-lhe um breve período de segurança, a sensação de que era valorizada, de que podia ser amada. Prepararam-na para a Universidade de Oxford, o que ela pensou ser um privilégio, já que madre Bridget, freqüentemente, lhe dera a entender que a meta de uma educação verdadeiramente católica era preparar para a morte. Para isso também a prepararam. Não estava segura, contudo, de que a houvessem preparado para a vida. E, sem dúvida, não para Gerard Etienne.

Frances voltou para a sala de estar, fechando a vidraça firmemente atrás de si. O som do rio se tornou fraco, um suave sussurro na atmosfera noturna. Gabriel lhe dissera: "O único poder que ele exerce sobre você é aquele que lhe concede". De algum jeito, precisava encontrar a força e a coragem para destruir aquele poder de uma vez por todas.

10

As primeiras quatro semanas de Mandy na Innocent House, que começaram de modo pouco auspicioso com um suicídio e terminariam de modo dramático com um assassinato, pareceram-lhe, retrospectivamente, um dos meses mais felizes de sua vida profissional. Como sempre, adaptara-se rapidamente à rotina diária do escritório e, fora poucas exceções, gostava de seus colegas de trabalho. Davam-lhe bastante o que fazer, o que lhe agradava, e o trabalho era mais variado e interessante do que estava acostumada a receber.

No final da primeira semana, a sra. Crealey lhe perguntara se estava feliz e Mandy lhe respondera que já passara por empregos piores, e que não se importaria de ficar um pouco mais, o que era o máximo que ousava em termos de expressar satisfação por um trabalho. Ela não demorou a ser aceita na Innocent House; juventude e vitalidade, combinadas com alta eficiência, quase sempre são irresistíveis. A srta. Blackett, depois de passar uma semana olhando-a com repressiva severidade, aparentemente concluíra que já se deparara com temporárias piores. Mandy, que nunca demorava a reconhecer seu próprio interesse, tratava a srta. Blackett com um misto lisonjeiro de deferência e confiança: trazia-lhe café da cozinha, pedia-lhe conselhos, embora sem a menor intenção de segui-los, e aceitava as mais maçantes tarefas rotineiras com alegria e boa vontade. Secretamente, achava a pobre coroa patética, impossível não sentir pena dela. Era óbvio que o sr. Gerard, por exemplo, não suportava sequer olhá-la, e não era para menos. A opinião pessoal de Mandy era que a srta. Blackett tinha os dias contados. De qualquer forma, estavam ocupadas demais para perder tempo considerando quão pouco tinham em comum e quanto desprezavam, uma na outra, o modo de vestir, o penteado e a atitude frente aos superiores. Mandy, tampouco, precisava passar todos os dias pela sala da srta. Blackett. Freqüentemente, era chamada para taquigrafar para a srta. Claudia ou o sr. De Witt; e, numa terça-feira, quando George estava doente com violenta dor de estômago, ela assumiu a recepção e enfrentou a central telefônica passando um mínimo de ligações erradas.

Na quarta e quinta-feiras de sua segunda semana de trabalho, passou dois dias no departamento de publicidade ajudando a organizar duas viagens de divulgação e uma sessão de autógrafos, e foi apresentada a Maggie FitzGerald, assistente da srta. Etienne, e às excentricidades dos autores, essas criaturas imprevisíveis e temperamentais das quais, como Maggie relutantemente admitiu, dependia em última instância o destino da Editora Peverell. Havia os medrosos, que era melhor deixar aos cuidados da srta. Claudia; os tímidos e inseguros, que precisavam de constante apoio moral antes de proferir uma só palavra num programa de entrevistas da BBC e para os quais a perspectiva de um almoço literário gerava um misto de terror inarticulado e indigestão. Igualmente difíceis de lidar eram os que sofriam de excessiva e agressiva autoconfiança. Se não fossem refreados, proclamavam independência de seus editores e, invadindo qualquer livraria em seu caminho, ofereciam-se para autografar seus livros, condenando ao caos o esquema publicitário cuidadosamente planejado. Os piores, no entanto, confidenciou Maggie, eram os convencidos, aqueles que vendiam menos livros mas exigiam passagens de primeira classe, hotéis cinco estrelas, uma limusine e um editor para acompanhá-los, e que escreviam cartas furiosas de protesto se suas sessões de autógrafos não atraíssem uma fila ao redor do quarteirão. Mandy gostou de seus dois dias no departamento de publicidade: o entusiasmo juvenil da equipe, as vozes alegres elevando-se acima da ininterrupta e estridente campainha do telefone, os que retornavam de viagem recebidos com alarido, fofocando ou trocando novidades, a atmosfera de urgência e de crise iminente. Foi com relutância que voltou a seu posto na sala da srta. Blackett.

Não recebia com o mesmo entusiasmo os pedidos para anotar ditados do sr. Bartrum, responsável pela contabilidade, que, segundo confiara à sra. Crealey, era chato, na meia-idade, e a tratava como se fosse lixo. O departamento de contabilidade ficava no número 10 e, depois de uma tarefa prestada ao sr. Bartrum, Mandy subia para passar alguns minutos tagarelando, flertando e cumprindo o ritual de troca de insultos com os três empacotadores. Eles habitavam um mundo particular de pisos nus e mesas de cavaletes, de caixas de papelão dobráveis, fitas adesivas e imensos rolos de cordão, em meio ao cheiro característico e empolgante de livros acabados de sair das prensas. Ela gostava dos três. Dave, que usava chapéu de sertanejo e que, apesar de ser baixo, tinha os músculos dos braços do tamanho de bolas de futebol e podia carregar pesos extraordinários; Ken, que era alto, lúgubre e silencioso; e Carl, o gerente do barracão, que estava na empresa desde que era garoto. "Eles não vão se dar bem com este", dizia, batendo a mão numa caixa.

"Ele nunca erra", segredou Dave com admiração. "Ele sabe distinguir um best-seller de um fracasso só pelo cheiro. Nem precisa ler."

Sua boa vontade em fazer café e chá para as duas secretárias particulares e os sócios lhe permitia fofocar duas vezes ao dia com a faxineira, a sra. Demery. O domínio da sra. Demery ficava no centro da grande cozinha e na salinha adjacente, no fundos do andar térreo da casa. A cozinha era mobiliada com mesa retangular de pinho, grande o bastante para acomodar dez pessoas, um fogão a gás e outro elétrico, forno de microondas, pia dupla, enorme geladeira e pequenos armários que cobriam uma parede inteira. Lá, entre meio-dia e duas horas, em meio ao cheiro conflitante de vários pratos diferentes, todos os funcionários, exceto os superiores, comiam seus sanduíches, esquentavam suas embalagens de macarrão com curry pronto para o forno, faziam omeletes, coziam ovos, fritavam bacon para colocar no pão e preparavam café ou chá. Os cinco sócios jamais se juntavam a eles. Frances Peverell e Gabriel Dauntsey iam aos respectivos apartamentos no número 12 e os dois Etiennes e James de Witt tomavam a lancha e subiam até a cidade, ou andavam até o Prospect of Whitby ou um dos *pubs* na Wapping High Street. A cozinha, sem a presença inibidora deles, era o centro da fofoca. Lá, as novidades eram recebidas, infindavelmente discutidas, enfeitadas e propagadas. Mandy sentava-se em silêncio diante de sua embalagem de sanduíche, sabendo que, quando estava presente, os funcionários médios eram excepcionalmente discretos. Não importava o que achassem do novo presidente e do possível futuro da empresa, a lealdade e um senso de seu próprio status os impedia de tecer críticas abertas diante de uma temporária. Quando ela e a sra. Demery estavam a sós, porém, preparando café, de manhã, ou chá, à tarde, a sra. Demery não tinha papas na língua.

"Pensávamos que o sr. Gerard e a srta. Frances fossem se casar. Era o que ela pensava também, pobre menina. E a srta. Claudia não larga seu garoto de programa."

"A srta. Claudia com um garoto de programa! Sem essa, sra. Demery."

"Bem, talvez não seja exatamente um garoto de programa, embora seja jovem o bastante. Mais novo que ela. Vi-o quando veio à festa de noivado do sr. Gerard. É bonito, isso posso dizer. A srta. Claudia sempre teve olho clínico para bonitões. Trabalha com antigüidades, como o Antiques Road Show, você sabe. Dizem que estão noivos, mas notei que ela não usa aliança."

"Mas ela é bem velha, não é? E gente como a srta. Claudia não se importa tanto com aliança."

"Mas lady Lucinda ganhou, não? Uma enorme esmeralda incrustada com brilhantes. O sr. Gerard deve ter pago uma fortuna. Não sei por que ele quer casar com a irmã de um conde. Ela é nova o bastante para ser sua filha. Não acho decente."

"Talvez goste de ter uma esposa com um título, sra. Demery. Sabe como é, lady Lucinda Etienne. Talvez ele goste do som do nome."

"Isso não conta tanto hoje em dia, Mandy. Não do jeito que essas famílias estão se comportando. Não são melhores que nós. Costumava ser diferente quando eu era menina, a gente respeitava eles. Aquele irmão dela não é flor que se cheire, conde ou não, se acreditarmos na metade do que dizem os jornais. Bem, quem viver, verá." Era assim que a sra. Demery, invariavelmente, terminava uma conversa.

Na sua primeira segunda-feira de trabalho, um dia tão ensolarado que parecia que o verão havia voltado, observou com um pouco de inveja a primeira leva de funcionários entrarem na lancha às cinco e meia para ser levada a Charing Cross. Impulsivamente, perguntou a Fred Bowling, o piloto, se podia ir junto. Ele não fez objeção e ela pulou para dentro. No caminho, ele se sentou em silêncio no volante, como ela suspeitava ser seu hábito. Quando, porém, a turma desembarcou e eles viraram para descer o rio até a Innocent House, ela começou a lhe fazer perguntas sobre o rio e ficou surpresa com seus conhecimentos. Era capaz de identificar todos os edifícios, não havia história que não soubesse, nenhum barqueiro que não reconhecesse e poucos barcos que não sabia nomear.

Foi ele quem lhe contou que a Agulha de Cleópatra fora erguida por volta de 1450 a.C., em frente ao Templo de Ísis em Heliópolis, e rebocada para a Inglaterra para ser reerguida na margem do rio em 1878. Era uma dupla de torres, e a outra estava no Central Park, em Nova York. Ela imaginou a barcaça com sua carga de pedras navegando sobre os mares turbulentos da baía de Biscay como um enorme peixe. Apontou para a taberna Doggett's Coat e Badge, perto da Blackfriars Bridge, e lhe falou da corrida de regata de Doggett's Coat e Badge, que acontecia desde 1722, do Old Swan Inn, na London Bridge, até o Old Swan Inn de Chelsea, a primeira e única corrida de regata do mundo. Seu sobrinho participara dela. Enquanto passavam sob os grandes pilares da Tower Bridge, ele lhe informou o comprimento de cada vão e que a High Walk ficava a pouco mais de quarenta e três metros acima d'água. Quando chegaram a Wapping, ele lhe falou de James Lee, um jardineiro de Fulham que, em 1789, notara, na janela de um chalé, uma bela planta florida trazida do Brasil por um marinheiro. James Lee a comprou por oito libras e dela plantou mudas. No ano seguinte, fez fortuna vendendo trezentas plantas a um guinéu cada.

"Diga-me, que planta acha que era?"

"Não sei, sr. Bowling, não entendo de plantas."

"Vamos, Mandy, tente adivinhar."

"Seria uma rosa?"

"Uma rosa? Claro que não! Há rosas na Inglaterra desde sempre. Não, era um brinco-de-princesa."

Mandy o olhou de relance e viu que o rosto moreno e enrugado, ainda voltado para a frente, sorria tranqüilamente. Como os velhos eram estranhos, pensou ela. Nada do que ele lhe contara sobre os esplendores e horrores do rio era tão doce e notável como a descoberta daquela única flor.

Ao se aproximarem da Innocent House, Mandy pôde ver as silhuetas dos últimos passageiros, James de Witt e Emma Wainwright, prontos para embarcar. A noite caíra e o rio se tornara liso e espesso como petróleo, uma correnteza negra que se desfazia numa orla de espuma branca com a proximidade da lancha. Mandy atravessou o pátio até onde estacionara a moto. Não se demorou por ali. Não era supersticiosa ou particularmente nervosa mas, depois que a noite se fechava sobre a Innocent House, o edifício tornava-se mais misterioso e um pouco sinistro, mesmo com os dois globos de luz lançando sobre o mármore sua luminosidade morna e suave. Andou olhando para a frente, concentrando-se para não olhar para baixo e ver, por acaso, a famosa mancha de sangue, nem para cima, para não olhar o balcão de onde a esposa perturbada, havia muito desaparecida, atirara-se para a morte.

E assim passavam-se os dias. Indo de uma sala a outra, disposta, responsável, prontamente aceita, nada escapava aos olhos penetrantes e perspicazes de Mandy: a infelicidade da srta. Blackett, o desprezo negligente com que o sr. Gerard a tratava; o rosto tenso da srta. Frances, estoicamente suportando a dor; o olhar ansioso do sr. George seguindo o sr. Gerard sempre que este passava pela recepção; conversas que ouvia parcialmente, antes que cessassem com seu aparecimento. Mandy sabia que os funcionários estavam preocupados com seu futuro. Pairava sobre a Innocent House uma atmosfera de inquietação, quase agourenta, que às vezes ela percebia e até mesmo apreciava levemente, já que, como sempre se sentia, não passava de espectadora privilegiada, a forasteira que não sofria nenhuma ameaça pessoal, que recolhia seu pagamento no final da semana, não devia lealdade a ninguém e podia ir embora quando quisesse. Às vezes, no final do dia, quando a luz começava a morrer e o rio se tornava uma correnteza negra, e os passos ecoavam sobrenaturalmente sobre o mármore do corredor, ela se lembrava das horas que antecedem uma grande tempestade: a escuridão crescente, o peso e o odor metálico do ar, a certeza de que nada — a não ser o primeiro estrondo do trovão e o violento desmoronar do céu — romperia esta tensão.

11

Era quinta-feira, 14 de outubro. A reunião dos sócios na Innocent House deveria começar às dez horas na sala da diretoria e, às nove e quarenta e cinco, como de hábito, Gerard Etienne já tomara seu lugar à mesa de mogno oval. Sentou-se ao centro, do lado que dava para a janela e o rio. Às dez horas, sua irmã Claudia estaria sentada à sua direita e Frances Peverell à sua esquerda. James de Witt estaria à sua frente, com Gabriel Dauntsey à direita. A ordem das cadeiras não mudara desde aquele dia, nove meses antes, em que ele assumira formalmente a presidência e a diretoria executiva da Editora Peverell. Naquela manhã de quinta-feira, seus quatro colegas demoraram-se do lado de fora da sala, como se cada um temesse entrar sozinho. Juntando-se ao grupo, ele abrira a porta dupla de mogno sem hesitar e, entrando, confiante, na sala, tomara seu lugar na cadeira que pertencera a Henry Peverell. Depois dele, os outros quatro sócios entraram juntos e sentaram-se silenciosamente, como se obedecessem a algum plano preconcebido, que tanto estabelecia quanto reafirmava o status de cada um na empresa. Nove meses antes ele ocupara a cadeira de Henry Peverell como se por direito, e era por direito. Frances, lembrava-se, sentara-se com o rosto pálido e permanecera quase em silêncio durante toda a curta reunião, e depois, puxando-o para o lado, James de Witt dissera: "Precisava ter sentado na cadeira do pai dela? Faz apenas dez dias que ele morreu".

Voltou a sentir aquela mistura de surpresa e leve irritação que a pergunta provocara no dia. Que cadeira queriam que ocupasse? O que James queria? Que os cinco perdessem tempo discutindo quem deveria ou não ter a visão do rio, um concedendo educadamente o privilégio para o outro, fazendo a brincadeira de quem fica com a cadeira ao redor da mesa, só que sem música? A cadeira de braços era a cadeira do diretor executivo, e ele, Gerard Etienne, era o diretor executivo. Que diferença poderia fazer quanto tempo antes o velho Peverell morrera? Henry ocupara aquela cadeira, aquele lugar à mesa quando estava vivo, ocasionalmente levantara os olhos e fixara o rio num de seus momentos irritantes de contemplação particular, enquanto os outros esperavam pacientemente que a reunião fosse retomada. Mas ele morrera. James, por certo, não estava sugerindo que a cadeira devesse ser deixada permanentemente vazia como uma espécie de memorial, nem que uma placa com seu nome fosse pregada no assento.

Considerou o incidente como típico da sensibilidade exagerada e condescendente de James, típico também de algo que achava mais desconcertante e interessante, pois dizia respeito a ele mesmo. Às vezes lhe parecia que os processos mentais das outras pessoas eram tão diferentes dos dele que era como se habitasse uma dimensão diferente da realidade. Fatos que para ele eram auto-evidentes exigiam de seus parceiros raciocínio prolongado e discussão antes de serem aceitos com relutância; as discussões eram dificultadas por emoções confusas e considerações pessoais que lhe pareciam irrelevantes e irracionais. Dizia a si mesmo que, para eles, chegar a uma decisão era como alcançar o orgasmo com uma mulher frígida — requeria uma quantidade tediosa de carícias preliminares e o dispêndio de uma energia desproporcional. Pensou, algumas vezes, em apresentar-lhes a analogia, mas decidiu, sorrindo intimamente, que era melhor guardar aquele humor para si mesmo. Frances, por exemplo, não acharia a menor graça. Seria assim, contudo, também naquela manhã. As escolhas que se impunham eram óbvias e inescapáveis. Poderiam vender a Innocent House e usar o capital para estabelecer e desenvolver a empresa; poderiam negociar um acordo com outra editora, o que, ao menos, conservaria o nome da

Editora Peverell, ou poderiam abrir falência. A segunda opção era apenas uma rota mais longa e tediosa para a última, começando invariavelmente com otimismo público e terminando em extinção vergonhosa. Ele não tinha nenhuma intenção de optar por essa trilha tão conhecida. A casa deveria ser vendida. Frances precisava compreender, todos precisavam, que eles não podiam manter a Innocent House e, ao mesmo tempo, continuar como editores independentes.

Levantou-se da mesa e aproximou-se da janela. Enquanto observava um navio de cruzeiro bloquear sua visão súbita e silenciosamente, tão próximo que, por um instante, pôde olhar dentro de uma escotilha iluminada e ver, no meio círculo luminoso, a cabeça de uma mulher, delicada como um camafeu, os braços pálidos elevados, passando os dedos por uma auréola de cabelos; e imaginou que seus olhos se encontrariam numa intimidade fugaz e surpreendente. Imaginou brevemente, e sem curiosidade real, quem dormia na cabine com ela — marido, amante, amigo? — e que planos teriam para a noite. Ele não tinha nenhum. Segundo seus hábitos, trabalharia até tarde na noite de quinta-feira. Veria Lucinda somente na sexta-feira, quando assistiriam a um concerto no South Bank, seguido de jantar na Bombay Brasserie, já que Lucinda manifestara preferência por comida indiana. Pensou no fim de semana sem entusiasmo mas com uma satisfação tranqüila. Uma das virtudes de Lucinda era ser decidida. Se perguntasse a Frances onde preferiria comer, ela teria respondido: "Onde quiser, querido". E se a refeição não correspondesse às expectativas, ela teria dito, encostando-se nele, tomando-lhe o braço, tentando deixá-lo de bom humor: "Deu para comer, não estava tão mal. E o que importa, querido? Estamos juntos". Lucinda jamais sugerira que sua companhia poderia compensar ou desculpar um jantar mal preparado e mal servido. Às vezes ele se perguntava se, na verdade, compensava.

12

"Esta é uma reunião particular, srta. Blackett", disse Etienne. "Temos alguns assuntos confidenciais a discutir. Eu próprio tomarei notas. Vá se ocupar com o que há para datilografar."

Sua voz autoritária tinha uma ponta de desprezo. A srta. Blackett corou e engoliu em seco. O caderninho escorregou de seus dedos e ela abaixou-se rigidamente para apanhá-lo, levantou-se e caminhou até a porta em patética tentativa de manter a dignidade.

"Não foi muito gentil", disse James de Witt. "Blackie toma notas das reuniões da diretoria há mais de vinte anos. Sempre sentou-se conosco."

"Perdendo seu tempo e o nosso."

"Não precisava ter sugerido que não confiamos nela", disse Frances Peverell.

"Não sugeri. Mesmo assim, quando discutirmos as sabotagens que têm acontecido, ela estará entre os suspeitos. Não sei por que deva ser tratada diferentemente do restante dos funcionários. Ela não tem álibi para nenhum dos incidentes. Teve oportunidades de sobra."

"Eu também tive, assim como qualquer um de nós cinco", disse Gabriel Dauntsey. "E já não discutimos o suficiente o assunto do sabotador? Nunca chegaremos a lugar algum."

"Talvez. Seja como for, isso pode esperar. Primeiro, as notícias importantes. Hector Skolling subiu sua oferta pela Innocent House para mais trezentas mil libras. São quatro milhões e meio de libras. Foi a primeira vez, durante as negociações, que ele usou as palavras 'oferta final', e, quando diz isso, não está brincando. É um milhão a mais do que pensei que receberíamos. Mais do que vale em termos puramente comerciais; uma propriedade vale, contudo, o que o comprador está disposto a pagar, e Hector Skolling gosta da casa. Afinal de contas, seu império fica nas Docklands. Há uma clara distinção entre as casas que ele constrói para alugar e o tipo de casa em que ele moraria. Proponho aceitar verbalmente hoje e pedir aos advogados que cuidem dos detalhes para que possamos nos mudar dentro de um mês."

"Pensei que já havíamos discutido o assunto na reunião anterior, sem chegar a uma decisão", disse James de Witt. "Se consultar as atas..."

"Não preciso disso. Não dirijo esta editora com base no que a srta. Blackett decide colocar nas atas."

"Que, por acaso, você assinou."

"Exatamente. Sugiro que, no futuro, organizemos nossa reunião mensal com uma pauta menos formal. Vocês vivem dizendo que esta é uma sociedade de amigos e colegas e que sou eu quem insiste em procedimentos tediosos e burocracia desnecessária. Então, por que toda essa formalidade, agenda, atas, resoluções, em relação à reunião mensal dos sócios?"

"Já se mostrou útil", disse De Witt. "E eu, por exemplo, não me lembro de jamais ter usado a expressão 'amigos e colegas'."

Frances Peverell sentava-se ereta, com o rosto muito pálido. "Você não pode vender a Innocent House", disse ela.

Etienne não a olhou, mantendo os olhos nos papéis. "Posso. Nós podemos. Temos de vendê-la para que a empresa sobreviva. Não é possível dirigir uma editora eficiente dentro de um palácio veneziano no Tâmisa."

"Minha família fez isso durante cento e sessenta anos."

"Eu disse uma editora eficiente. Sua família não precisava ser eficiente, estava protegida por rendimentos privados. Publicar, nos tempos do seu avô, sequer era uma ocupação e, sim, um hobby para cavalheiros. Hoje em dia, uma editora ganha dinheiro, e de modo eficiente, caso contrário, afunda. É isso que você quer? Eu não proponho falir. Pretendo tornar a Editora Peverell lucrativa e depois expandi-la."

Gabriel Dauntsey questionou tranqüilamente: "Para que possa vendê-la? Ganhar seus milhões e abandonar o barco?".

Etienne o ignorou.

"Para começar, vou despedir Sydney Bartrum. Ele é um contador competente, mas precisamos de alguém que seja bem mais do que competente. Proponho nomear um diretor financeiro com a função de conseguir dinheiro para a criação e o estabelecimento de um sistema financeiro apropriado."

"Temos um sistema financeiro bastante bom", disse James de Witt. "Os auditores nunca reclamaram. Sydney está conosco há dezenove anos. É um contador honesto, responsável e trabalhador."

"Exatamente. E não passa disso. Como afirmei, precisamos de mais. Preciso saber, por exemplo, a margem de lucro sobre os gastos brutos de cada livro que publicamos. Outras editoras têm essas informações. Como poderemos cortar os autores improdutivos se não sabemos quais são? Precisamos de alguém que ganhe dinheiro para nós e não apenas nos diga, a cada ano, como o gastamos. Sei como o gastamos. Se tudo o de que precisamos é um contador competente, eu mesmo posso fazer o serviço. Sabia que o apoiaria, James. Ele é patético, apagado e não muito eficiente. Naturalmente isso exerce um apelo imediato. Precisa amar o inferior quando o encontra. Deveria fazer algo a respeito de sua síndrome de piedoso."

James corou, mas respondeu tranqüilamente: "Não tenho muita simpatia pelo sujeito. Encolho-me cada vez que ele me chama de sr. De Witt. Sugeri que me chamasse De Witt ou James e ele me olhou como se eu estivesse propondo uma indecência. É, no entanto, um contador bastante competente e está conosco há dezenove anos. Conhece a empresa, conhece a nós, sabe como trabalhamos."

"Como trabalhávamos, James."

"E ele se casou faz apenas um ano", disse Frances. "Tiveram um bebê."

"E que diabo isso tem a ver com o fato de ele não ser o homem certo para a função?"

"Tem alguém em mente?", perguntou De Witt.

"Pedi a Patterson Macintosh, o agente, para propor alguns nomes."

"Isso vai nos custar uma soma considerável. Agentes não saem barato. É curioso como hoje em dia não se pode recrutar sem agentes, não se pode aumentar a eficiência sem o estudo de tempo-e-movimento por especialistas e sem chamar consultores administrativos para nos ensinar a administrar. Na metade das vezes, esses supostos especialistas são apenas uma fachada, chamados para dispensar funcionários quando a gerência não tem a coragem de fazê-lo. Já conheceu algum consultor administrativo que não recomendasse demissões? É para o que são pagos e assim conseguem uma posição confortável para si mesmos."

"Deveríamos ter sido consultados", disse Frances.

"Estão sendo consultados."

"Neste caso, podemos parar de conversar sobre isso agora. Não vai acontecer. A Innocent House não será vendida."

"Será, se apenas um de vocês concordar. Só isso. Esquece-se de quantas ações eu possuo. E a casa não é sua, Fran. Sua família a vendeu para a empresa em 1940, lembra-se? Tudo bem, pagaram barato demais, provavelmente não acreditavam que sobreviveria muito tempo depois do bombardeio do East End. O seguro era baixo e, seja como for, não poderia ser substituída. Enfie isso na cabeça, Fran. Não mais uma casa da família Peverell. Por que está tão preocupada? Você não tem filhos. Não há Peverell nenhum para herdá-la."

Frances corou e ameaçou levantar-se, mas De Witt lhe pediu serenamente: "Fique, Frances. Não vá embora. Todos precisamos discutir este assunto".

"Não há o que discutir."

O silêncio que se seguiu foi rompido pela voz tranqüila de Dauntsey. "Minha poesia terá de render os oito e meio por cento líquido ou como será?"

"Seus volumes continuarão sendo publicados, Gabriel. Naturalmente. Teremos de editar alguns livros."

"Espero que meu fardo não seja pesado demais."

"E vender a propriedade significará que terá de sair do número 12. Skolling quer toda a propriedade, as duas casas e o prédio principal. Sinto muito."

"Afinal, tenho vivido no número 12 a um aluguel absurdamente barato há mais de dez anos."

"Bem, foi o acordo que fez com Henry Peverell e, naturalmente, tinha o direito de aceitar o que ele ofereceu." Fez uma pausa e acrescentou: "E de continuar aceitando. Mas veja, as coisas não podem continuar assim".

"Entendo. As coisas não podem continuar."

Etienne prosseguiu como se não tivesse ouvido.

"E é hora de nos livrarmos de George. Deveríamos tê-lo aposentado há anos. O operador da central telefônica é o primeiro contato que as pessoas têm com a empresa. Precisamos de uma jovem, viva e atraente, e não daquele velho de sessenta e oito anos. Não é essa a sua idade? E não me digam que ele está aqui há vinte e dois anos. Sei há quanto tempo trabalha aqui, é esse o problema."

"Ele não é apenas o operador da central telefônica", disse Frances Peverell. "Ele abre a editora, cuida do alarme contra ladrões e é excelente para fazer pequenos consertos."

"E precisa ser. Sempre há alguma coisa errada com a casa. Já é hora de mudarmos para um prédio moderno, prático e administrado com eficiência. E ainda nem começamos a implantar tecnologia moderna. Vocês acharam que estávamos sendo perigosamente inovadores ao trocar algumas máquinas de escrever por processadores de texto. E tenho outra boa notícia. Há uma chance de eu conseguir afastar Sebastian Beacher de sua atual editora. Não está nem um pouco satisfeito."

"Mas é um escritor terrivelmente inferior!", exclamou Frances. "E não é muito melhor como ser humano."

"O ofício de publicar é dar às pessoas o que desejam e não tecer julgamentos morais."

"Fala como se fabricasse cigarros."

"Falaria assim se fabricasse cigarros. Ou uísque, inclusive."

"A analogia não é verdadeira", disse De Witt. "Poderia argumentar que a bebida é benéfica se usada com moderação. Jamais poderá dizer que um romance ruim é alguma coisa além."

"Ruim para quem? E o que você quer dizer com ruim? Beacher desenvolve uma trama forte, mantém o ritmo da ação, proporciona aquela mistura de sexo com violência que, aparentemente, o público deseja. Quem somos nós para dizer aos leitores o que devem ler? Seja como for, vocês não vivem dizendo que o importante é fazer com que as pessoas leiam? Deixemos que comecem com romances baratos e talvez elas se elevem a Jane Austen ou George Eliot. E não sei por que deveriam subir até os clássicos. Esse argumento é de vocês, não meu. O que há de errado com romances baratos se é disso que eles gostam? É uma atitude bastante paternalista dizer que o romance popular só é justificável se levar a obras mais elevadas. Ou seja, o que você e Gabriel pensam ser obras mais elevadas."

"Está dizendo que não se deve fazer julgamentos morais?", aparteou Dauntsey. "É o que fazemos todos os dias de nossas vidas."

"Estou dizendo que não os devemos fazer para outras pessoas. Estou dizendo que não os devo fazer enquanto editor. Além do mais, há um argumento irrefutável: se não posso lucrar com livros populares, bons ou ruins, não terei meios para publicar livros menos populares, para aqueles que vocês vêm como a minoria com poder de crítica."

Frances Peverell virou-se para ele. Seu rosto estava afogueado e controlava a voz com dificuldade. "Por que está sempre dizendo 'eu'? É sempre 'eu farei isso, eu publicarei aquilo'. Você pode ser o presidente mas não é a editora. Nós somos, coletivamente. Nós cinco. E esta reunião não é do Comitê Editorial. Será na semana que vem. Hoje devemos discutir o futuro da Innocent House."

"Estamos discutindo. Proponho que aceitemos a oferta e iniciemos as negociações."

"E propõe que nos mudemos para aonde?"

"Para escritórios nas Docklands, à margem do rio. Possivelmente, no lado inferior. Precisamos discutir se compraremos ou alugaremos por longo período; ambas as opções são possíveis. Os preços nunca estiveram tão baixos. As Docklands nunca foram um negócio melhor. E agora que a ferrovia das Docklands está funcionando e o metrô chegará até lá, o acesso se tornará mais fácil. Não precisaremos da lancha."

"E dispensaremos Fred depois de tantos anos?", disse Frances.

"Minha cara Frances, Fred é um barqueiro experiente. Não terá dificuldade em conseguir outro emprego."

"Está se precipitando, Gerard", disse Claudia. "Concordo que a casa provavelmente terá de ser vendida, mas não precisamos decidi-lo esta manhã. Mostre-nos algo por escrito, os números, por exemplo. Voltaremos a discutir depois que analisarmos com calma."

"E perder a oferta?"

"Acha provável? Ora essa, Gerard. Se Hector Skolling quer a casa, não irá retirar a proposta por ter de esperar mais uma semana pela resposta. Aceite, se assim fica mais feliz. Nada nos impede de voltar atrás se mudarmos de idéia."

James de Witt tomou a palavra: "Quero falar a respeito do novo romance de Esmé Carling. Na última reunião, você falou em rejeitá-lo."

"*Morte na ilha Paraíso*? Já o rejeitei. Pensei que tivéssemos concordado."

De Witt replicou calma e lentamente, como se para uma criança teimosa: "Não, não chegamos a um acordo. Discutimos brevemente e adiamos a questão".

"Como tantas outras decisões que tomamos. Vocês quatro me lembram aquela definição de reunião: um conjunto de pessoas que preferem substituir o prazer de conversar pela responsabilidade da ação ou o ardor da decisão. Algo assim. Falei com a agente de Esmé ontem e lhe dei a notícia. Confirmei por escrito, com uma cópia para Carling. Creio que nenhum de nós afirmaria seriamente que Esmé Carling é uma boa romancista ou, sequer, lucrativa. Pessoalmente, prefiro que o escritor seja um ou outro; de preferência, os dois."

"Já publicamos coisa pior", disse De Witt.

Etienne voltou-se para ele com uma pequena explosão de escárnio. "Deus sabe por que você a apóia, James. É você quem gosta de publicar romances literários, candidatos ao Booker Prize, pequenas obras sensíveis para impressionar a máfia literária. Cinco minutos atrás estava me criticando por tentar conseguir Sebastian Beacher. Por acaso está sugerindo que *Morte na ilha Paraíso* irá elevar a reputação da Editora Peverell ? Quer dizer, creio que não o considera o Whitbread Book of the Year. Por falar nisso, eu sentiria muito mais simpatia pelos seus supostos livros Booker se, de vez em quando, eles entrassem para a lista de indicados ao prêmio Booker."

"Concordo que, provavelmente, é hora de nos separarmos dela. Contesto o meio, não o fim. Sugeri na última reunião, se está lembrado, que deveríamos publicar seu último livro e depois, com tato, dizer que estamos encerrando o catálogo de livros populares de mistério."

"Não convenceria", disse Claudia. "Ela é a única escritora do catálogo."

James prosseguiu, dirigindo-se diretamente a Gerard. "O livro precisará de uma edição cuidadosa, mas ela aceitará se for feito com tato. A trama precisa ser fortalecida, e a parte do meio é deficiente. A descrição da ilha, porém, é boa. Ela é excelente ao evocar uma atmosfera de perigo. E a construção das personagens significa uma melhora em relação ao último livro. Não perderemos com este. Há trinta anos que a publicamos. É uma longa sociedade. Gostaria de encerrá-la com boa vontade e generosidade, só isso."

"Já terminou", disse Gerard Etienne. "E somos uma editora, não uma instituição de caridade. Sinto muito, James, mas ela precisava sair."

"Poderia ter esperado até a reunião do Comitê Editorial", disse De Witt.

"Eu o teria feito se a agente dela não tivesse me telefonado. Carling a pressionava para descobrir se já havíamos fixado a data de publicação e o que sugeriríamos como festa de lançamento. Festa! Um velório teria sido mais apropriado. Era inútil tergiversar. Disse-lhe que o livro estava abaixo dos padrões e que não estávamos dispostos a publicá-lo. Confirmei por escrito ontem."

"Ela não receberá bem a notícia."

"É claro. Autores nunca recebem bem rejeições. Para eles, é uma ofensa equivalente a infanticídio."

"E quanto a seu catálogo?"

"Bem, com ele é capaz que ganhemos algum dinheiro."

Frances Peverell disse de repente: "James tem razão. Concordamos que voltaríamos a discutir. Você não tinha absolutamente nenhuma autoridade para falar com Esmé Carling ou Velma Pitt-Cowley. Poderíamos muito bem publicar seu último livro e lhe dizer delicadamente que precisaria ser o último. Concorda, Gabriel? Não acha que deveríamos ter aceito *Morte na ilha Paraíso?*".

Os quatro sócios olharam para Dauntsey e aguardaram como se ele fosse a corte final de apelação. O ancião estivera examinando seus papéis mas levantou os olhos e sorriu gentilmente para Frances.

"Não creio que isso tivesse suavizado o golpe. Não se pode rejeitar um autor. O que se rejeita é o livro. Se publicássemos o último livro, ela nos apresentaria outro e nos veríamos diante do mesmo dilema. Gerard agiu prematuramente e, imagino, sem muito tato; creio, porém, que a decisão foi correta. Ou um romance merece ser publicado ou não merece."

"Fico feliz por termos resolvido um ponto." Etienne começou a reunir seus papéis.

De Witt disse: "Desde que fique bem claro para você que não resolvemos nada além disso. Chega de conversa sobre vender a Innocent House até nos reunirmos novamente e você nos fornecer os números e um projeto completo."

"Já fiz um projeto. Entreguei no mês passado."

"Só que ninguém entendeu nada. Daqui a uma semana a gente faz outra reunião. Seria prático se você distribuísse os papéis um dia antes. Além disso, precisamos de soluções alternativas. Um projeto que considere a hipótese de venda da Innocent House, outro que não considere."

Etienne disse: "O segundo projeto é muito simples. Ou fechamos negócio com Skolling ou falimos. E Skolling não é um homem paciente".

Claudia disse: "Amanse Skolling com uma promessa. Diga a ele que se resolvermos vender, a opção é dele".

Etienne sorriu. "Não acredito que eu possa fazer esse tipo de promessa. Quando o interesse dele vier a público, talvez a gente consiga umas cinqüenta mil libras mais. Acho improvável, mas nunca se sabe. Dizem que o Greyfriars Museum está procurando um lugar para instalar sua coleção de marítimas."

Frances Peverell disse: "Não vamos vender a Innocent House para Hector Skolling nem para ninguém mais. Só por cima do meu cadáver. Ou do seu".

13

Na sala das secretárias, Mandy levantou os olhos quando Blackie, o rosto rubro, entrou, caminhou para sua mesa, sentou-se diante do processador de texto e começou a digitar. Depois de um minuto, a curiosidade venceu a discrição e Mandy perguntou: "O que houve? Pensei que sempre tomasse notas das reuniões dos sócios".

A voz de Blackie estava estranha, áspera e, ao mesmo tempo, com ligeiro tom de reivindicação: "Não tomo mais, parece".

Foi chutada, pobre infeliz, pensou Mandy. "O que há de tão secreto?", perguntou. "O que estão fazendo lá em cima?"

"Fazendo?" As mãos de Blackie cessaram seu nervoso tamborilar sobre o teclado. "Estão acabando com a empresa, é isto que estão fazendo. Estão arrasando tudo o que o sr. Peverell construiu, cuidou e apoiou durante mais de trinta anos. Estão planejando vender a Innocent House. O sr. Peverell amava esta casa, faz parte da família há mais de cento e sessenta anos. A Innocent House *é* a Editora Peverell. Uma não sobrevive sem a outra. O sr. Gerard vem planejando desfazer-se dela desde que o sr. Etienne se aposentou; e agora, que assumiu a presidência, ninguém o segura. Mas eles não se importam mesmo. A srta. Frances não vai gostar, porém está apaixonada por ele, e ninguém liga muito para ela. A srta. Claudia é irmã dele e o sr. De Witt não tem culhões para impedi-lo. Ninguém tem. O sr. Dauntsey poderia ter, mas está velho demais e não se importa com mais nada. Nenhum deles pode enfrentar o sr. Gerard. Ele sabe o que penso, no entanto.

É por isso que não me quis lá dentro. Sabe que eu discordo. Sabe que eu o impediria se pudesse."

Mandy viu que ela estava à beira das lágrimas, mas eram lágrimas de raiva. Constrangida, ansiosa por consolar e sabendo, com desconforto, que Blackie mais tarde se arrependeria daquela inusitada confissão, disse: "Ele pode ser um verdadeiro canalha. Vi como a trata de vez em quando. Por que não sai daqui e tenta alguns empregos temporários? Peça as contas e diga-lhe onde pode enfiar o emprego".

Blackie, tentando se controlar, procurou recuperar a dignidade. "Não seja ridícula, Mandy. Não tenho a menor intenção de sair. Sou uma secretária executiva senior. Não sou temporária. Nunca fui e nunca serei."

"Há coisas piores que ser temporária. Então, que tal uma xícara de café? Posso fazer agora, não precisamos esperar. E alguns chocolates para acompanhar."

"Está certo, mas não perca tempo fofocando com a sra. Demery. Tenho algumas cópias para você datilografar depois que terminar estas cartas. E, Mandy, o que eu disse é confidencial. Falei mais abertamente do que deveria e gostaria de que ficasse entre estas paredes."

Que esperança, pensou Mandy. Será que a srta. Blackett não percebia que aquilo era objeto de fofoca em toda a editora? "Sei ficar de boca fechada", proclamou. "Não é da minha conta, não é mesmo? Já terei ido embora quando vocês se mudarem daqui."

Mal se levantara quando o telefone de sua mesa tocou e ela ouviu a voz preocupada de George. Falava tão baixo, como se conspirasse, que ela mal pôde entender.

"Mandy, sabe onde está a srta. FitzGerald? Não posso tirar Blackie de uma reunião dos sócios e estou com a sra. Carling aqui. Está exigindo ver o sr. Gerard. Acho que não vou conseguir segurá-la muito mais."

"Tudo bem, a srta. Blackett está aqui." Mandy passou o aparelho para a colega. "É o George. A sra. Carling está na recepção gritando que quer ver o sr. Gerard."

"Mas não pode."

Blackie pegou o aparelho, mas, antes de conseguir falar, a porta se abriu de um só golpe e a sra. Carling invadiu a sala, empurrando Mandy para o lado e indo direto para a sala seguinte. Logo estava de volta, confrontando as duas secretárias.

"Bem, onde está ele? Onde está Gerard Etienne?"

Blackie, tentando assumir um ar digno, abriu a agenda. "Acho que não marcou hora, sra. Carling."

"Claro que não marquei hora, droga! Depois de trinta anos, não preciso marcar hora para ver meu editor. Não sou uma representante comercial tentando vender-lhe espaço promocional. Onde está ele?"

"Está em reunião com os sócios, sra. Carling."

"Pensei que as reuniões fossem na primeira quinta-feira do mês."

"O sr. Gerard mudou para hoje."

"Neste caso, terão de interrompê-la. Estão na sala da diretoria, suponho."

Andou em direção à porta, porém Blackie foi mais rápida e, ultrapassando-a, barrou a passagem.

"Não pode subir, sra. Carling. É proibido interromper reuniões dos sócios. Tenho instruções para não passar nem ligações urgentes."

"Então esperarei até que terminem."

Blackie, ainda de pé, viu sua cadeira ser resolutamente ocupada, mas permaneceu calma.

"Não sei quando terminarão. Talvez eles mandem buscar sanduíches. E a senhora não tem uma sessão de autógrafos em Cambridge na hora do almoço? Direi ao sr. Gerard que a senhora o procurou; sem dúvida, ele entrará em contato quando tiver um momento livre."

Os recentes contratempos e a necessidade de restabelecer seu status diante de Mandy fizeram sua voz soar mais autoritária que diplomática; mesmo assim, a fúria da resposta a surpreendeu. A sra. Carling saltou da cadeira com tal rapidez que a fez girar, e postou-se diante de Blackie de modo a quase tocar seu rosto. Era sete centímetros mais baixa, mas pareceu a Mandy que a diferença a tornava mais assustadora ainda. Os músculos da nuca tensa se destacavam como cordões, os olhos faiscavam e, sob o nariz ligeiramente curvo, a boquinha maldosa, como um ferimento vermelho, cuspiu seu veneno.

"Quando ele tiver um momento livre! Sua cadela estúpida! Sua idiota arrogante e convencida! Com quem pensa que está falando? Foi o meu talento que pagou seu salário durante mais de vinte anos, não se esqueça disso. Já é hora de entender a pouca importância que você tem nesta empresa. Só porque trabalhava para o sr. Peverell, e ele a aturou e tolerou e fez com que se sentisse querida, acha que pode dar uma de superior para cima de quem já fazia parte da Editora Peverell quando você ainda era uma colegial de nariz escorrendo? O velho Henry a mimou, é claro, mas vou lhe dizer o que realmente achava de você. Por quê? Porque ele mesmo me disse, ouviu bem? Já não agüentava mais você cercando-o e contemplando-o como uma vaca lunática. Não suportava mais sua devoção. Queria vê-la longe mas não tinha coragem de despedi-la. Nunca teve coragem para nada, o pobre pateta. Se tivesse, Gerard Etienne não estaria no comando agora. Diga-lhe que quero vê-lo, e que seja quando eu achar melhor, não ele."

Blackie falou através de lábios tão pálidos e rígidos que Mandy teve a impressão de que nem se moveram. "Não é verdade. Está mentindo. Não é verdade."

E Mandy teve medo. Estava acostumada com brigas de escritório. Em mais de três anos como temporária, testemunhara impressionantes tempestades emocionais e, tal como um intrépido barquinho, navegara alegremente entre os destroços dos naufrágios em mares tumultuosos. Mandy bem que gostava de uma boa briga de escritório. Não havia melhor antídoto para o tédio. Esta, todavia, era diferente. Aqui, ela reconheceu o sofrimento genuíno, a verdadeira dor adulta, uma malignidade adulta transbordando de um ódio que era aterrorizador. Aquela dor não podia ser aplacada com café fresco e biscoitos da lata que a sra. Demery reservava apenas para os sócios. Pensou, por um terrível segundo, que Blackie jogaria a cabeça para trás e uivaria de pesar. Queria estender a mão para confortá-la, contudo sabia, por instinto, que não havia consolo que pudesse oferecer, e que o gesto, mais tarde, provocaria ressentimento.

A porta bateu. A sra. Carling saíra como um vendaval.

Blackie repetiu: "É mentira. É tudo mentira. Ela não sabe nada a esse respeito".

"Claro que não sabe", disse Mandy com firmeza. "Claro que está mentindo, qualquer um perceberia. Não passa de uma cadela invejosa. Eu não daria a mínima para ela."

"Vou ao banheiro."

Era óbvio que Blackie estava prestes a vomitar. Mais uma vez, Mandy se perguntou se deveria ir com ela, mas achou melhor não. Blackie saiu da sala rígida como um autômato, quase colidindo com a sra. Demery quando esta entrou trazendo alguns embrulhos.

"Chegaram na segunda remessa e achei melhor trazê-los", disse a mulher. "O que houve com ela?"

"Está nervosa. Os sócios não a quiseram na reunião. Depois, a sra. Carling chegou exigindo ver o sr. Gerard e Blackie a impediu."

A sra. Demery cruzou os braços e encostou-se à mesa de Blackie. "Imagino que recebeu a carta nesta manhã dizendo-lhe que não querem seu romance novo."

"Como é que sabe disso, sra. Demery?"

"Pouca coisa acontece por aqui que eu não fique sabendo. Isso vai dar encrenca, escreva o que estou dizendo."

"Se não saiu bom, por que ela não revisa ou escreve outro?"

"Porque não se sente capaz, só por isso. É o que acontece com os escritores quando se sentem rejeitados. É do que morrem de medo o tempo todo. De perder o talento, de ficarem bloqueados. Por isso é tão complicado lidar com eles. Complicados, é isso que os escritores são. Precisam ouvir sem parar o quanto são maravilhosos ou, então, desmoronam. Já vi acontecer mais de uma vez. O velho sr. Peverell sabia como lidar com eles. Tinha um jeitinho especial com os escritores. Com o sr. Gerard, no entanto, é difícil. Ele é diferente. Não entende por que os autores não podem parar de choramingar e continuar trabalhando."

Era uma opinião com a qual Mandy simpatizava bastante. Podia dizer a Blackie — e acreditar — que o sr. Gerard era um canalha, mas achava difícil antipatizar com ele. Sentia que, se tivesse a chance, poderia lidar com o sr. Gerard. Mas outras confidências foram interrompidas pelo retorno de Blackie, bem mais cedo que Mandy previra. A sra. Demery saiu de fininho e Blackie, sem dizer palavra, sentou-se diante de seu teclado.

Durante a hora seguinte, trabalharam em silêncio opressor, rompido apenas quando Blackie emitia ordens. Mandy foi mandada para a sala de xerox para fazer três cópias de um manuscrito recém-chegado que, a julgar pelos três primeiros parágrafos, dificilmente seria publicado. Foi obrigada a digitar uma pilha de papéis extremamente monótonos e, depois, separar qualquer papel com mais de dois anos da gaveta "Guardar mais um pouquinho", na qual papéis eram guardados algum tempo antes de ir para o lixo. Esse útil recurso era usado por todo o escritório como um depósito de papéis para os quais não se encontrava lugar apropriado mas que se relutava em jogar fora. Quase tudo lá dentro tinha mais de doze anos, e organizar a gaveta era uma tarefa extremamente impopular. Mandy sentiu que estava sendo punida injustamente pelo abalo na segurança de Blackie.

A reunião dos sócios terminou mais cedo que o habitual. Eram apenas onze e meia quando Gerard Etienne, seguido por sua irmã e Gabriel Dauntsey, passou rapidamente pelo escritório e entrou em sua própria sala. Claudia Etienne fez uma pausa para falar com Blackie quando a porta divisória abriu de sopetão e ele reapareceu. Mandy viu que ele se dominava com dificuldade. Disse a Blackie: "Você pegou minha agenda particular?".

"Claro que não, sr. Gerard. Não está na gaveta direita de sua mesa?"

"Se estivesse, eu não perguntaria por ela."

"Atualizei-a na segunda-feira à tarde e a devolvi à gaveta. Não a vi depois."

"Estava lá ontem de manhã. Se não a pegou, é melhor descobrir quem foi. Suponho que concorde que cuidar de minhas agendas é uma de suas responsabilidades. Se não conseguir encontrar a agenda, eu gostaria de receber a caneta de volta. É de ouro e gosto muito dela."

O rosto de Blackie estava escarlate. Claudia Etienne assistia à cena com um arquear divertido e sardônico da sobrancelha. Mandy, pressentindo a tormenta, examinava os símbolos em seu caderno de taquigrafia como se subitamente tivessem se tornado incompreensíveis.

A voz de Blackie beirava a histeria. "Está me acusando de roubo, sr. Gerard? Trabalho nesta firma há vinte e sete anos, mas..." Sua voz vacilou.

Ele retrucou com impaciência. "Não seja tola. Ninguém a está acusando de nada." Seus olhos deram com a cobra, enrolada sobre a alça do arquivo. "E, pelo amor de Deus, dê um fim nessa maldita cobra. Jogue-a no rio. Deixa o escritório com cara de jardim-de-infância."

Entrou em sua sala e a irmã o seguiu. Sem dizer palavra, Blackie pegou a cobra e a guardou na gaveta de sua mesa.

"O que está olhando?", disse a Mandy. "Se não tem mais o que digitar, eu lhe arranjo outro trabalho. Enquanto isso, pode me trazer café."

Mandy, munida com mais essa fofoca para o deleite da sra. Demery, obedeceu alegremente.

14

Declan deveria chegar para o passeio no rio às seis e meia e eram seis e quinze quando Claudia entrou na sala do irmão. Só restavam os dois no prédio. Gerard invariavelmente trabalhava até tarde às quintas-feiras, mas era a noite em que a maioria dos funcionários planejava sair cedo e aproveitava para fazer compras nas lojas que ficavam abertas até tarde nesse dia. Estava sentado à sua mesa, sob o círculo luminoso da lâmpada, e levantou-se quando ela entrou. Suas maneiras perante ela eram sempre formais, sempre impecáveis. Ela costumava perguntar-se se não era um pequeno truque para desestimular uma aproximação maior.

Sentou-se diante dele e disse sem preâmbulos: "Ouça, apoiarei sua proposta de vender a Innocent House. Concordarei com todos os seus outros planos. Com meu apoio, você vencerá facilmente os demais. Porém preciso de dinheiro: trezentos e cinqüenta mil libras. Quero que compre metade de minhas ações. Todas elas, se quiser".

"Não posso."

"Poderá quando a Innocent House for vendida. Quando os contratos forem permutados, poderá levantar um milhão e pouco. Com minhas ações, você terá maioria absoluta permanente, o que lhe dará plenos poderes. Vale a pena pagar por isso. Continuarei na empresa com menos ações, ou nenhuma."

"Certamente vale a pena pensar a respeito, mas não agora", disse ele calmamente. "E não poderei usar o dinheiro da venda, pertence à sociedade. Seja como for, precisarei dele para a mudança e para meus outros planos. Mas você poderia levantar essa soma. Poderia levantar trezentos e cinqüenta mil libras. Se posso, você também pode."

"Não com tanta facilidade. Não sem muito esforço e espera. E preciso do dinheiro com urgência. Preciso até o final do mês."

"Para quê? O que vai fazer?"

"Investir no ramo de antigüidades com Declan Cartwright. Ele tem a chance de comprar a loja do velho Simon: trezentos e cinqüenta mil libras pela propriedade de quatro andares e todo o estoque. O preço é excelente. O velho é muito afeiçoado a ele, e prefere que a loja lhe pertença, mas não vê a hora de vendê-la. Está velho, doente e com pressa."

"Cartwright é um rapaz bonito, mas trezentos e cinqüenta mil libras... Será que ele não está se valorizando demais?"

"Não sou boba. O dinheiro não será entregue em suas mãos. Continuará sendo meu, mas investido numa sociedade. Declan também não é bobo. Sabe o que está fazendo."

"Está pensando em se casar com ele, não é?"

"Talvez. Ficou surpreso?"

"Sim, bastante." Acrescentou: "Acho que gosta mais dele do que ele de você. Isso é sempre um risco".

"Ah, é mais equilibrado do que você pensa. Ele gosta de mim tanto quanto é capaz de gostar, e eu gosto dele tanto quanto sou capaz de gostar. Nossas capacidades de gostar são diferentes, só isso. Cada um dá ao outro o que pode dar."

"Então pretende comprá-lo?"

"Não foi assim que você e eu sempre conseguimos o que queríamos? Comprando? E quanto a você e Lucinda? Tem tanta certeza de que está fazendo o que é correto? Para você, quero dizer? Não estou preocupada com ela. Aquele ar de fragilidade virtuosa não me engana. Ela sabe cuidar de si própria muito bem. Como sua classe sempre faz."

"Quero me casar com ela."

"Bem, não precisa reagir com hostilidade. Ninguém está tentando impedi-lo. Por falar nisso, está pensando em lhe contar a verdade sobre você? Sobre nós? Para ser mais exata, vai contar à família dela?"

"Responderei as perguntas razoáveis. Até agora não me fizeram nenhuma, razoável ou não. Não estamos mais na época, graças a Deus, em que os noivos precisavam pedir consentimento aos pais e apresentar alguma evidência de correção moral e segurança financeira. De qualquer forma, ela tem só o irmão, e este parece pensar que tenho uma casa onde ela possa morar e dinheiro suficiente para que viva com conforto razoável."

"Mas você não tem uma casa, não é mesmo? Não consigo imaginá-la morando no apartamento do Barbican. Nada como bastante espaço."

"Acho que ela gosta muito de Hampshire. De qualquer modo, podemos discutir a questão mais perto da data do casamento. Vou manter o apartamento no Barbican. É mais próximo do trabalho."

"Espero que funcione. Francamente, acho que Declan e eu temos mais chances de dar certo. Não confundimos sexo com amor. E talvez não seja fácil para você sair desse casamento. Provavelmente ela oporá escrúpulos religiosos quanto ao divórcio. De qualquer modo, o divórcio é vulgar, confuso e caro. Certo, ela não poderia evitá-lo após dois anos de separação, mas seriam anos incômodos. Você não gostaria de que o fracasso viesse a público."

"Ainda nem me casei. É um pouco cedo para decidir como irei enfrentar o fracasso. O casamento não fracassará."

"Francamente, Gerard, não sei o que pretende com isso, exceto uma esposa bonita dezoito anos mais nova que você."

"A maioria acharia suficiente."

"Só os ingênuos. É uma receita para o desastre. Você não é membro da realeza, não precisa se casar com uma virgem totalmente incompatível só para perpetuar a dinastia. Ou é essa a grande motivação, fundar uma família? Creio que é. Ficou convencional na meia-idade. Quer uma vida sossegada, filhos..."

"Esse parece um motivo sensato para se casar. Alguns diriam que é o único motivo sensato."

"Já se cansou de farrear e agora procura uma virgem bonita, jovem e de preferência bem-nascida. Francamente, acho que estaria melhor com Frances."

"Essa possibilidade jamais existiu."

"Existiu para ela. Entendo como aconteceu, é claro. Eis uma virgem de quase trinta anos, obviamente desejando ter experiências sexuais, e quem melhor para proporcionar-lhe que meu esperto irmãozinho? Mas foi um erro. Tornou James de Witt seu inimigo e não podia dar-se a esse luxo."

"Ele nunca falou comigo a esse respeito."

"Claro que não. Não é assim que James funciona. Ele prefere agir a falar. Quer um conselho? Não chegue muito perto do balcão do andar superior da Innocent House. Uma morte violenta nesta casa já basta."

Ele retrucou com calma: "Obrigado pelo aviso, não sei, porém, se James de Witt seria o principal suspeito. Afinal, se algo me acontecer antes de me casar e fazer um novo testamento, você ficará com minhas ações, meu apartamento e meu seguro de vida. Daria para comprar muitas antigüidades com dois milhões e meio de libras".

Claudia estava na porta quando ele voltou a falar, com frieza e sem levantar os olhos dos papéis.

"A propósito, o terror da editora atacou de novo."

Claudia virou-se e perguntou bruscamente: "Como assim? De que modo? Quando?".

"Esta tarde, às doze e trinta, para ser preciso. Alguém enviou um fax daqui para a Better Books, em Cambridge, cancelando a sessão de autógrafos de Carling. Ao chegar, ela encontrou os cartazes retirados, a mesa e a cadeira guardadas, alguns leitores bem-intencionados mandados embora e os livros relegados à sala dos fundos. Parece que ficou ardendo de raiva. Gostaria de ter visto."

"Meu Deus! Quando ficou sabendo?"

"A agente dela, Velma Pitt-Cowley, telefonou-me às duas

e quarenta e cinco, quando voltei do almoço. Estava tentando me encontrar desde uma e meia. Carling telefonou para ela da livraria."

"E você não falou nada até agora?"

"Eu tinha coisas mais importantes a fazer esta tarde que circular pela editora pedindo álibis aos funcionários. Certo, isso é sua função, mas não achei que deveria criar caso. Faço idéia, no entanto, de quem foi o responsável. De qualquer modo, não tem importância."

Claudia disse sombriamente: "Tinha importância para Esmé Carling. Você pode sentir antipatia, desprezo ou pena dela, mas não a subestime. Ela pode se revelar uma inimiga muito mais poderosa do que você imagina".

15

O andar de cima da taberna Connaught Arms, perto de Waterloo Road, estava apinhado. Matt Bayliss, o responsável, não duvidava do sucesso da leitura de poesia. Às nove horas, os lugares do bar já estavam repletos para uma noite de quinta-feira. A pequena sala do andar de cima normalmente era usada para o almoço — jantares quentes não eram muito solicitados no Connaught Arms —, mas também se prestava para alguma festa ocasional, e fora seu irmão, que trabalhava para uma organização artística, quem o convencera a patrocinar aquele evento noturno. A idéia era que a leitura de um certo número de poetas publicados fosse intercalada pela intervenção espontânea de poetas amadores que quisessem participar. Fora cobrada uma taxa de uma libra por cabeça e Matt montara um balcão de vinho nos fundos do salão. Nunca imaginara que a poesia era tão popular, ou que tantos clientes seus ambicionavam expressar-se em verso. A venda inicial de ingressos fora satisfatória, mas houve um fluxo contínuo de retardatários e quem estava no bar, sabendo do que ocorria em cima, abria caminho pela estreita escada, munido de seu caneco.

Os interesses de Colin eram variados e vanguardistas: arte negra, arte feminista, arte gay, arte do Mercado Comum, arte acessível, arte inovativa, arte para o povo. Aquele evento era anunciado como Poesia para o Povo. O interesse pessoal de Matt era em cerveja para o povo, mas não via por que as duas paixões não podiam ser combinadas de modo lucrativo. A ambição de Colin era tornar o Connaught Arms um centro reconhecido do verso contemporâneo e uma plataforma pública para novos poetas. Matt, observando o barman extra abrindo alvoroçadamente garrafas de vinho tinto californiano, descobriu em si próprio um insuspeitado interesse pela cultura contemporânea. Emergia do salão de quando em quando para saborear a atração. Os versos eram-lhe basicamente incompreensíveis; certamente poucos rimavam ou apresentavam uma métrica discernível, que era sua definição de poesia, mas todos eram entusiasticamente aplaudidos. Como a maioria dos poetas amadores e do público fumava, o ar estagnado estava carregado com os cheiros de cerveja e tabaco.

O astro anunciado da noite era Gabriel Dauntsey. Pedira para se apresentar mais cedo, mas a maioria dos poetas que o antecederam ultrapassaram seu limite de tempo — principalmente os amadores não foram suscetíveis aos alertas murmurados por Colins —, e eram quase nove e meia quando Dauntsey encaminhou-se lentamente à tribuna. Foi ouvido em silêncio respeitoso e estrondosamente aplaudido, todavia Matt intuiu que os poemas de guerra, que a maioria dos presentes só conhecia pelos livros de história, tinha pouca relevância para os interesses atuais do público. Depois Colin abriu caminho entre a multidão para alcançá-lo.

"Precisa mesmo ir embora? Estamos pensando em sair para jantar depois."

"Desculpe, ficará tarde demais para mim. Onde posso conseguir um táxi?"

"Matt poderia chamar pelo telefone, mas, provavelmente, será mais rápido se andar até a Waterloo Road."

Ele partira quase despercebido ou sem agradecimento, deixando Matt com a sensação de que não haviam agido bem com o ancião.

Dauntsey mal saíra quando um casal idoso se aproximou de Matt no bar. "Gabriel Dauntsey já se foi?", perguntou o homem. "Minha esposa tem a primeira edição de seus poemas e queria muito que ele a autografasse. Não o encontramos lá em cima."

"Vocês têm carro?", perguntou Matt.

"Estacionamos a três quarteirões daqui. Não havia vaga mais perto."

"Bem, ele acabou de sair. Está a pé. Se correrem, podem alcançá-lo. Provavelmente não o conseguirão se forem buscar o carro."

Sairam às pressas, a mulher empunhando o livro, os olhos ansiosos.

Passados três minutos, estavam de volta. Do outro lado do balcão, Matt os viu entrando pela porta, sustentando Gabriel Dauntsey entre eles. Ele apertava um lenço manchado de sangue contra a testa. Matt caminhou até eles.

"O que aconteceu?"

A mulher, obviamente abalada, respondeu: "Ele foi assaltado. Eram três homens, dois negros e um branco. Estavam curvados sobre ele, mas saíram correndo quando nos viram. Levaram, porém, a carteira dele".

O homem procurou uma cadeira vazia ao redor e acomodou Dauntsey nela. "É melhor chamarmos a polícia e uma ambulância."

A voz de Dauntsey estava mais forte do que Matt esperara: "Não, não, estou bem. Não chame nenhum dos dois. Só me arranhei quando caí".

Matt o olhou, indeciso. Parecia mais abalado que ferido. E de que adiantaria chamar a polícia? Não havia a menor possibilidade de pegarem os assaltantes e seria mais um crime menor a figurar nas estatísticas de crimes comunicados e não resolvidos. Matt, que apoiava energicamente a polícia, preferia, de modo geral, não ver policiais com freqüência em seu bar.

A mulher olhou para o marido e disse com firmeza: "Teremos de passar pelo St. Thomas Hospital. Vamos levá-lo até o pronto-socorro. É a medida mais sensata".

Dauntsey, aparentemente, não tinha nenhum poder de decisão.

Queriam livrar-se da responsabilidade o mais rápido possível, pensou Matt, e não podia censurá-los. Depois que partiram, ele subiu até o andar de cima para verificar o estoque de vinho e notou, sobre uma mesa perto da porta, uma pilha de volumes finos. Sentiu uma onda de pena por Gabriel Dauntsey. O pobre-diabo nem esperara para autografar seus livros. Talvez fosse melhor assim. Todos teriam ficado constrangidos se ele não vendesse sequer um livro.

16

Na manhã seguinte, 15 de outubro, Blackie acordou com um peso de apreensão. Seu primeiro pensamento consciente foi pavor do dia e o que ele poderia trazer. Vestiu o penhoar e desceu para preparar o chá matinal, cogitando acordar Joan dizendo que estava com dor de cabeça e que achava melhor não trabalhar naquele dia, pedindo, em seguida, que telefonasse transmitindo suas desculpas e a promessa de que compareceria na segunda-feira. Rejeitou, porém, a tentação. A segunda-feira chegaria muito rápido, trazendo uma ansiedade ainda mais pesada. E não aparecer naquele dia pareceria suspeito. Ela deveria comparecer ao trabalho como se fosse um dia qualquer.

Não conseguiu comer nada no café da manhã. Até a idéia de ovos com bacon lhe dava náuseas, e a primeira colherada de cereal formou um bolo em sua boca. Na estação, comprou um exemplar do *Daily Telegraph*, como sempre, mas segurou-o sem abrir durante o percurso, olhando, sem ver, as luzes dos bairros de Kent que passavam num rápido caleidoscópio.

A lancha atrasou-se cinco minutos para zarpar do píer de Charing Cross. O sr. De Witt, geralmente tão pontual, desceu correndo a rampa no momento em que Fred Bowling decidia que era melhor ir embora.

"Desculpem-me todos, dormi demais", disse De Witt brevemente. "Foi bondade esperar. Pensei que tivesse de pegar o segundo barco."

Os passageiros habituais do primeiro barco estavam a bordo. O sr. De Witt, Blackie, Maggie FitzGerald e Amy Holden do departamento de publicidade, o sr. Elton do departamento jurídico e Ken do armazém. Blackie ocupou seu assento costumeiro na proa. Teria preferido viajar no tombadilho e ficar sozinha, mas isso também poderia parecer suspeito. Parecia estar inusitadamente consciente de cada palavra e gesto seus, como se já estivesse sendo interrogada. Ouviu o sr. De Witt dizer aos outros que a srta. Frances lhe telefonara na noite anterior para lhe contar que o sr. Dauntsey fora assaltado. Acontecera depois de sua leitura de poesia. Fora rapidamente encontrado por duas pessoas que haviam estado no *pub* e que o levaram até o pronto-socorro do St. Thomas Hospital. O pior fora o choque, ele já estava bem. Blackie não fez comentários. Aquilo não passava de mais um pequeno infortúnio, mais uma obra do azar. Parecia desprezível perto do peso esmagador de sua própria ansiedade.

Geralmente, ela gostava da travessia do rio. Havia mais de vinte e cinco anos que a fazia e nunca perdera seu fascínio. Naquele dia, contudo, todos os familiares marcos da paisagem não passavam de estágios em sua jornada para a catástrofe: a cerca de ferro trabalhado da elegante Blackfriars Railway Bridge; Southwark Bridge, com os degraus que davam para Southwark Causeway, de onde Christopher Wren tomava o barco para atravessar o rio quando supervisionava a construção da catedral de São Paulo; a ponte de Londres, em cujas extremidades outrora as cabeças dos traidores eram exibidas na ponta de estacas; Traitor's Gate, com uma camada verde de algas e mato; e Dead Man's Hole, sob a Tower Bridge onde, segundo a tradição, as cinzas dos mortos eram espalhadas fora dos limites da cidade; a própria Tower Bridge, a alta passarela branca e azul-claro com seu reluzente emblema banhado a ouro; HMS Belfast e suas cores atlânticas. Viu tudo isso passar com olhos indiferentes. Tentava convencer-se de que sua angústia era ridícula e desnecessária. Tinha só uma pequena razão para se culpar e que, talvez, não fosse tão importante e censurável assim. Ela só precisava manter a calma e tudo daria certo. Sua angústia, no entanto, que agora beirava o medo real, crescia a cada minuto à medida que se aproximavam da

Innocent House, e teve a impressão de que seu estado de humor contagiou os outros passageiros. O sr. De Witt geralmente ficava em silêncio, muitas vezes lendo, durante o percurso, mas as moças costumavam tagarelar alegremente. Naquela manhã, todos mergulharam em silêncio enquanto a lancha balançava lentamente até sua argola no ancoradouro à direita dos degraus.

De Witt disse subitamente: "Innocent House. Bem, aqui estamos nós...".

Sua voz tinha um tom de falsa jovialidade, como se estivessem voltando de um passeio de barco, mas seu rosto estava sombrio. Ela se perguntou o que havia com ele, em que estaria pensando. Então, devagar, junto com os outros, ela subiu cuidadosamente os degraus molhados pela correnteza até o pátio de mármore, preparando-se para enfrentar o que fosse que o dia lhe reservava.

17

George Copeland, protegido atrás da mesa da recepção, impotente e constrangido, ouviu com alívio o som de passos sobre as pedras do calçamento. Finalmente, a lancha chegara. Lord Stilgoe continha a ira andando de um lado para outro e os dois se voltaram para a porta. O pequeno grupo entrou de modo compacto, com James de Witt à frente. O sr. De Witt deu uma olhada para o rosto preocupado de George e perguntou rapidamente: "Qual é o problema, George?".

Quem respondeu foi lord Stilgoe. Sem cumprimentar De Witt, disse severamente: "Etienne desapareceu. Havia combinado de encontrá-lo em sua sala às nove horas. Quando cheguei, só encontrei o recepcionista e a faxineira. Não é desse modo que espero ser tratado. Meu tempo é valioso ainda que o de Etienne não seja. Tenho hora marcada no hospital esta manhã".

De Witt retrucou tranqüilamente: "Como assim, desaparecido? Deve estar preso no trânsito".

George interrompeu: "Deve estar aqui em algum lugar, sr. De Witt. Seu paletó está sobre a cadeira em sua sala. Fui olhar depois que ele não respondeu quando interfonei. E a porta da frente não estava trancada quando cheguei esta manhã, não com o Banham. Cheguei logo cedo. E o alarme não fora ligado. A srta. Claudia acabou de chegar. Ela está verificando".

Todos avançaram para o vestíbulo como se levados por um impulso comum. Claudia Etienne, com a sra. Demery logo atrás, saía da sala de Blackie.

"George tem razão", disse ela. "Ele deve estar por aqui. Seu paletó está sobre a cadeira e seu molho de chaves na gaveta de cima à direita." Voltou-se para George. "Já procurou no número 10?"

"Sim, srta. Claudia. O sr. Bartrum chegou, mas não há mais ninguém na casa. Ele deu uma olhada e me ligou. Disse que o Jaguar do sr. Gerard está estacionado no mesmo lugar de ontem à noite."

"E quanto às luzes? Estavam acesas quando você chegou?"

"Não, srta. Claudia. Não vi uma luz acesa na sala dele e nem no resto do prédio."

Naquele momento, Frances Peverell e Gabriel Dauntsey chegaram. George viu que o sr. Dauntsey parecia fragilizado. Andava com uma bengala e tinha um pequeno curativo no lado direito da testa. Ninguém fez comentários. George se perguntou se apenas ele havia notado.

"Gerard não estava com vocês no número 12, estava?", perguntou Claudia. "Parece que desapareceu."

"Não estava conosco", respondeu Frances.

Mandy, entrando em seguida e tirando o capacete, relatou: "O carro dele está lá fora. Eu o vi no final da Innocent Passage quando passei".

Claudia falou severamente: "Sim, já sabemos, Mandy. Darei uma olhada lá em cima. Deve estar em algum lugar no prédio. Vocês esperem aqui".

Dirigiu-se rapidamente para a escada com a sra. Demery logo atrás. Blackie, como se não tivesse ouvido as instruções, engoliu em seco e correu desajeitadamente atrás delas. Maggie FitzGerald comentou: "Imagine se a sra. Demery iria perder essa", mas sua voz estava hesitante e, como ninguém redargüiu, ela corou como se desejando engolir suas palavras.

O pequeno grupo formou silenciosamente um semicírculo, quase, pensou George, como se impelido por delicada mão invisível. Ele acendeu as luzes do vestíbulo e o teto pintado brilhou acima deles, parecendo diminuir, com seu esplendor e permanência, suas mesquinhas preocupações e tolas ansiedades. Todos os olhos estavam voltados para cima. George achou-os parecidos com figuras de uma pintura religiosa, olhos voltados para cima aguardando uma visitação sobrenatural. Esperou com eles, sem saber se seu lugar era lá ou atrás do balcão. Não era para ele agir juntando-se à busca. Como sempre, fez o que lhe mandaram, mas estava um pouco surpreso ao ver os sócios esperarem com tanta docilidade. E por que não? Era inútil que todo aquele bando saísse procurando pela casa. Três pessoas em busca era mais que o suficiente. Se o sr. Gerard estivesse no prédio, a srta. Claudia o encontraria. Ninguém falava nem se mexia, exceto James de Witt, que se colocou em silêncio ao lado de Frances Peverell. Parecia a George que esperavam paralisados, como atores sobre o palco, durante horas, embora, de fato, tivesse sido por apenas alguns minutos.

Então Amy, com voz que o medo tornava aguda, disse: "Alguém está gritando. Ouvi um grito". Voltou-se para os outros com olhos frenéticos.

James de Witt não olhou para ela e manteve os olhos fixos nas escadas. Contestou calmamente: "Ninguém gritou. Foi imaginação sua, Amy".

E então aconteceu de novo, dessa vez mais forte e inconfundível, um grito alto e desesperado. Eles avançaram até os pés da escada, mas não além. Era como se ninguém ousasse subir o primeiro degrau. Houve um segundo de silêncio e então o uivo começou; no início, um lamento distante e depois subindo, chegando mais perto. George, paralisado de medo, não conseguiu identificar a voz. Pareceu-lhe tão inumano quanto o uivo de uma sirene ou o grito de um gato no meio da noite.

Maggie Fitzgerald sussurrou: "Meu Deus, o que será isso?".

Então, inesperada e dramaticamente, a sra. Demery surgiu no topo da escadaria. Pareceu a George que havia se materializado do nada. Segurava Blackie, cujos uivos agora aplacavam-se tornando-se arquejantes soluços.

A voz de James de Witt era baixa mas muito clara: "O que houve, sra. Demery? O que aconteceu? Onde está o sr. Gerard?".

"Na pequena sala de arquivos. Morto! Assassinado! Foi o que aconteceu. Está deitado lá em cima, seminu e duro como uma tábua. Algum demônio o estrangulou com aquela cobra desgraçada. Está com Hissing Sid enrolada em seu pescoço e com a cabeça enfiada em sua boca."

Finalmente, James de Witt se mexeu. Precipitou-se para a escada. Frances fez menção de segui-lo, mas ele virou-se e a impediu energicamente: "Não, Frances, não", e empurrou-a com delicadeza para o lado. Lord Stilgoe o seguiu, o deselegante andar gingado de velho, agarrando-se ao corrimão da escada. Gabriel Dauntsey hesitou por um momento e depois os seguiu.

A sra. Demery gritou: "Ninguém vai me ajudar, por favor? Ela é um peso morto".

Frances foi imediatamente até ela e colocou o braço ao redor da cintura de Blackie. Olhando para o trio, George pensou que era a srta. Frances quem precisava de ajuda. Desceram a escada quase carregando Blackie entre elas. Blackie gemia e sussurrava: "Desculpem, desculpem". Transportaram-na pelo corredor até os fundos da casa, enquanto o pequeno grupo as contemplava em silêncio assustado.

George retornou à sua mesa, à sua central telefônica. Era seu lugar. Onde se sentia seguro, no controle. De onde seria capaz de enfrentar aquela situação. Podia ouvir vozes. Os terríveis soluços haviam diminuído mas ouvia as altas exortações da sra. Demery e o rumor de vozes femininas. Isolou-as de sua mente. Tinha um trabalho a fazer e era melhor fazer logo. Tentou destrancar o armário de segurança debaixo do balcão, porém suas mãos tremiam com tanta violência que ele não conseguia inserir a chave na tranca. O telefone tocou; ele deu um salto brusco e procurou pelo fone de ouvido. Era a sra. Velma Pitt-Cowley, agente da sra. Carling, querendo falar com o sr. Gerard. George, inicialmente emudecido pelo choque, conseguiu dizer que o sr. Gerard não podia atender. Até mesmo aos seus ouvidos, sua voz soou alta, rouca, artificial.

"Então a srta. Claudia. Imagino que esteja."

"Não", disse George. "Não."

"Qual é o problema? É você, não é, George? O que houve?"

George, amedrontado, interrompeu a ligação. Imediatamente, o telefone voltou a tocar, mas ele não atendeu; após alguns segundos, o ruído cessou. Fitou o aparelho trêmulo e impotente. Nunca agira daquela forma antes. O tempo passava, os segundos, os minutos. E então lord Stilgoe assomou à sua mesa e ele sentiu sua respiração e o ímpeto de sua ira triunfante.

"Chame a Scotland Yard. Quero falar com o diretor. Se ele não estiver, chame o comandante Adam Dalgliesh."

Livro dois

MORTE DE UM EDITOR

18

A inspetora Kate Miskin, empurrando para o lado um caixote de mudança quase vazio, abriu a porta da varanda de seu novo apartamento nas Docklands e, segurando a grade de carvalho encerado, olhou para o rio cintilante, desde a Limehouse Reach até a grande curva ao redor da Isle of Dogs. Eram apenas nove e quinze da manhã, mas a névoa matinal já havia se dissipado, e o céu, quase sem nuvens, ganhava uma luminosidade alva e opaca, com trechos de um azul-claro muito suave. Nem parecia uma manhã de outono e, sim, de primavera; mas o cheiro do rio era outonal, forte como o cheiro das folhas úmidas e da terra fértil sobrepujava-se ao odor salgado do mar. O rio estava cheio e, sob os pontos de luz, que piscavam e dançavam como libélulas, sobre a superfície crespa da água ela podia imaginar a forte atração da corrente, podia quase sentir seu poder. Com aquele apartamento e aquela vista, realizara mais uma ambição, dera mais um passo para longe da caixa de sapatos que era o apartamento no alto dos Ellison Fairweather Buildings, onde passara os primeiros dezoito anos de sua vida.

Sua mãe morrera dias depois de seu nascimento, seu pai era desconhecido e ela fora criada pela relutante e idosa avó materna, que culpava a criança por tê-la tornado praticamente uma prisioneira no alto daquele prédio. Não ousava mais sair à noite em busca da sociabilidade, das luzes e do calor do *pub* local. Tornou-se cada vez mais amargurada com a inteligência da neta e com a responsabilidade que não lhe cabia por uma questão de idade, saúde e temperamento. Kate compreendera, tarde demais, só no momento da morte da avó, o quanto a amara. Parecia-lhe, agora, que na hora da morte cada uma pagara à outra toda uma vida de amor atrasado. Ela sabia que jamais se libertaria completamente de Ellison Fairweather Buildings. Enquanto subia até o novo apartamento num elevador grande e moderno, cercada pelas pinturas a óleo de sua própria autoria cuidadosamente embaladas, ela se lembrou do elevador de Ellison Fairweather, das paredes manchadas e imundas, cobertas de dizeres, do fedor de urina, das pontas de cigarro, das latas de cerveja vazias. Freqüentemente era quebrado por vândalos, e ela e a avó tinham de rebocar as compras e as roupas lavadas até o sétimo andar, parando depois de cada lance de escada para a avó recuperar o fôlego. Sentada lá, cercada pelas sacolas plásticas, ouvindo o arfar da anciã, ela jurara: "Quando eu crescer, sairei deste lugar. Deixarei os malditos Ellison Fairweather Buildings para sempre. Nunca mais voltarei. Nunca mais serei pobre. Nunca mais terei de sentir este cheiro".

Escolhera a carreira policial como via de escape, resistindo à tentação de prosseguir os estudos e ir para a universidade, ansiosa apenas para começar a se manter, para sair de lá. Aquele primeiro apartamento vitoriano em Holland Park fora o início. Depois da morte da avó, ela continuara no mesmo lugar durante nove meses, sentindo que partir imediatamente seria uma deserção, embora não soubesse bem do quê, talvez de uma realidade que precisava ser enfrentada, consciente, também, de que precisava se purgar, saber mais sobre si mesma, e que deveria ser naquele lugar. Chegaria o momento correto de partir e ela fecharia a porta atrás de si com uma sensação de completude, de deixar para trás um passado que não podia ser alterado mas que podia aceitar com suas misérias, seus horrores — e, sim, suas alegrias — e, assim, torná-lo parte dela mesma. Aquela hora, enfim, chegara.

O apartamento, naturalmente, não era o que ela imaginara de início. Vira-se morando num dos grandes armazéns reformados perto da Tower Bridge, com janelas altas e aposentos enormes, fortes caibros de carvalho e, certamente, uma fragrância de especiarias no ar. Mesmo com o mercado imobiliário em baixa, no entanto, tal sonho ultrapassara seus meios. E aquele apartamento, que escolhera após cuidadosa procura, não ficava muito atrás. Ela aceitara o maior financiamento possível, sabendo que era financeiramente sensato comprar o melhor imóvel que pudesse. Havia uma sala grande, de 6,5 m × 4,5 m, e mais dois quartos menores, um deles com suíte. A cozinha era espaçosa, permitindo que se fizessem as refeições nela, e bem equipada. A varanda, que dava para o sudoeste e percorria toda a extensão da sala de estar, era estreita, mesmo assim, comportava uma pequena mesa e cadeiras. Ela poderia fazer as refeições ao ar livre no verão. E estava contente por não ter comprado mobília ordinária para seu primeiro apartamento. O conjunto de sofá e duas cadeiras de couro legítimo ficaria elegante e correto naquele ambiente moderno. Ainda bem que preferira castanho-claro a preto. A cor preta pareceria arrojada demais. E a mesa simples e as cadeiras de olmo também ficariam bem.

O apartamento tinha uma outra grande vantagem. Ficava no final do prédio e, por isso, tinha vista dupla e duas varandas. Do quarto, ela podia ver o amplo e cintilante panorama do Canary Wharf, a torre parecendo um imenso bastão celular com o alto coberto de luz, a grande curva branca do prédio vizinho, as águas tranqüilas do antigo cais de West India e a Docklands Light Railway acima, com seus trens passando como brinquedos pontuais. Essa cidade de vidro e concreto ficaria mais movimentada quando novas firmas nela se instalassem. Ela poderia, então, contemplar de cima a procissão multicolorida e mutante de meio milhão de pessoas apressadas, levando suas vidas laboriosas. A outra varanda dava para o lado sudoeste do rio e para o lento e imemorável tráfego do Tâmisa; barcaças, barcos de passeio, as lanchas da polícia fluvial e do Port of London Authority, os navios de cruzeiro subindo o rio para ancorar na Tower Bridge. Ela adorava o estímulo do contraste, e em seu novo apartamento poderia passar, quando quisesse, de um mundo a outro, do novo para o antigo, das águas plácidas para a correnteza fluvial que T. S. Eliot chamara de um poderoso deus castanho.

O apartamento era especialmente adequado para uma policial, com um interfone na entrada principal, duas trancas de segurança e uma corrente instaladas na porta da frente. Havia uma garagem no subsolo, e cada morador tinha suas próprias chaves. Isso também era importante. E o percurso até a New Scotland Yard não seria difícil. Afinal, ela estava no mesmo lado do rio. Quem sabe, ocasionalmente, ela viajaria de barco até o Westminster Pier. Ficaria conhecendo o rio, tornar-se-ia parte de sua história e de sua vida. Acordaria de manhã com os gritos das gaivotas e sairia para aquele vazio branco e fresco. Naquele momento, estando entre o cintilar da água e o azul delicado do céu, ela sentiu um impulso extraordinário que já a inundara antes e que imaginava ser o mais próximo que chegaria de uma experiência religiosa. Foi possuída por uma necessidade, de intensidade quase física, de rezar, louvar, agradecer, sem saber a quem, de gritar com alegria maior que a que sentia por seu próprio bem-estar físico, suas conquistas e, até mesmo, a beleza do mundo físico.

Deixara a estante embutida no antigo apartamento, todavia novas prateleiras, que seguiam suas especificações, cobriam toda a parede defronte à janela. Ajoelhado ao lado de um caixote de mudanças, Alan Scully arrumava seus livros. Ficara surpresa com a quantidade que havia adquirido desde que o conhecera. Jamais lera nenhum daqueles autores na escola; sentia-se grata, porém, ao Ancroft Comprehensive. Fizera o que podia por ela. Sabia, agora, que os professores, que um dia arrogantemente desprezara, haviam se dedicado e esforçado para impor disciplina, para manejar classes grandes e uma dúzia de línguas diferentes, para satisfazer necessidades diferentes, para lidar com os terríveis problemas familiares de algumas crianças e prepará-las para os exames que, ao menos, lhes abririam a porta para um futuro melhor. A maior parte de sua instrução, entretanto, se dera fora da escola. Por trás de seus abrigos para bicicletas e seu playground de cimento, ela aprendera tudo que não importava sobre sexo e nada do que importava. Fora Alan quem fizera isso por ela, e muito mais. Ensinara-lhe a apreciar os livros, não com altivez, ou encarnando uma espécie de Pigmaleão, mas querendo compartilhar com quem amava as coisas que amava. E chegara a hora de aquilo também terminar.

Ouviu a voz dele: "Se vamos fazer uma pausa, vou preparar café. Ou você está apenas admirando a vista?".

"Admirando a vista. Envaidecendo-me. O que acha, Alan?"

Era a primeira vez que ele via o apartamento e ela lho mostrara com o orgulho de uma criança que ganhou um brinquedo novo.

"Vou gostar quando você finalmente estiver instalada. Isto é, se eu o vir quando você estiver finalmente instalada. E quanto a estes livros? Quer separar poesia, ficção e não-ficção? No momento, temos Dalgliesh ao lado de Defoe."

"Defoe? Não sabia que tinha um livro de Defoe. Nem sequer gosto dele. Acho que separado, e pelo nome do autor."

"O livro de Dalgliesh é uma primeira edição. Sentiu necessidade de comprar com capa dura porque é seu patrão e trabalha com ele?"

"Não. Li sua poesia para tentar entendê-lo melhor."

"E conseguiu?"

"Na verdade, não. Não consigo relacionar a poesia com o homem. E quando consigo, é amedrontador. Ele é observador demais."

"Estou vendo que não está autografado. Então não lhe pediu."

"Nós dois ficaríamos constrangidos. Deixe-o, Alan. Apenas guarde-o na prateleira."

Aproximou-se e ajoelhou-se a seu lado. Ele não mencionara seus livros profissionais e ela viu que estavam cuidadosamente empilhados ao lado do caixote. Começou a colocá-los, um por um, na prateleira debaixo: uma cópia da última edição de Criminal Statistics, o *Police and criminal evidence act 1984*, o *Guide to criminal justice act 1991* de Blackstone, o

Police law de Butterworth, o *Modern law evidence* de Keane, o *Criminal law* de Clifford Hogan, o *Police training manual* e o Sheehy Report. Ela pensou: a coleção de uma profissional em formação, e imaginou se, ao colocá-los de lado sem mencioná-los, Alan estava fazendo uma espécie de comentário, talvez até um julgamento inconsciente e não só sobre sua biblioteca. Pela primeira vez em anos, ela viu seu relacionamento através das lentes de um observador neutro e crítico. Lá estava uma mulher, profissional bem-sucedida e ambiciosa, que sabia aonde queria chegar. Lidando todo dia com os confusos destroços de vidas indisciplinadas, ela excluíra, cuidadosamente, a confusão da sua. Um equipamento necessário dessa auto-suficiência organizada era um amante, inteligente, apresentável, disponível, habilidoso na cama e pouco exigente fora dela. Durante três anos, Alan Scully satisfizera admiravelmente essa necessidade. Ela sabia que, em troca, dera-lhe afeto, lealdade, compreensão e bondade, o que não fora difícil. Surpreenderia, pois, que, tendo ele assumido um compromisso, desejasse ser mais para ela que o equivalente a um acessório da moda?

Ela moeu os grãos, sentindo com prazer o cheiro de café fresco. Nenhuma bebida tinha um gosto tão bom quanto o aroma de café. Beberam sentados no chão, apoiando as costas contra um caixote ainda fechado. Ela disse: "Qual o seu vôo na quarta-feira que vem?".

"O das onze horas, BA175. Não mudou de idéia?"

Ela quase disse "Não, não posso, Alan. É impossível", mas se conteve. Não era impossível. Ela podia perfeitamente mudar de idéia. A resposta honesta era que ela não queria. Haviam discutido o problema várias vezes antes e ela sabia, agora, que não poderia existir nenhum compromisso. Entendia o que ele sentia e o que desejava. Não estava tentando chantageá-la. Ofereceram-lhe a oportunidade de trabalhar durante três anos em Princeton e estava ansioso por ir. Era importante para sua carreira, para seu futuro. Ele estava disposto, porém, a permanecer em Londres no emprego que tinha na biblioteca se ela assumisse um compromisso, concordasse em se casar com ele ou ao menos em morarem juntos e lhe dar um filho. Não que considerasse a carreira dela menos importante que a sua; se necessário, ele abandonaria temporariamente o emprego e ficaria em casa enquanto ela trabalhava. Ele sempre lhe concedera aquela igualdade essencial. Estava farto, no entanto, de permanecer na periferia da vida dela. Era a mulher que amava, com quem queria passar sua vida. Abriria mão de Princeton, mas não se continuassem como estava, vendo-a apenas quando o trabalho permitia, sabendo que era seu amante e nunca passaria disso.

"Não estou pronta para me casar e ser mãe", disse ela. "Talvez jamais esteja pronta, principalmente para ser mãe. Não seria boa nisso. Nunca tive nenhum treinamento, entende?"

"Não creio que isso exija treinamento."

"Mas exige um compromisso carinhoso. É o que não posso dar. Não se pode dar o que não se teve."

Ele não discutiu nem tentou convencê-la do contrário. O tempo de conversar se acabara.

"Ao menos, temos mais cinco dias, e hoje também", disse ele. "Passaremos a manhã desempacotando e depois almoçaremos num *pub* à beira-rio, quem sabe o Prospect of Whitby. Deve dar tempo para isso. Você precisa comer. A que horas precisa voltar para a Yard?"

"Duas horas. Tenho apenas metade do dia. Daniel Aaron está de folga hoje, logo estamos apertados. Sairei o mais cedo que puder e jantaremos aqui à noite. Uma refeição fora já basta. Podemos encomendar comida chinesa para viagem."

Alan levava as xícaras de café para a cozinha quando o telefone tocou. Gritou: "Seu primeiro telefonema. É isso que dá enviar cartões comunicando mudança de endereço. Seus amigos irão atormentá-la desejando-lhe boa sorte".

A ligação, contudo, foi breve e Kate mal precisou falar. Ao colocar o fone no gancho, voltou-se para Alan.

"Era o esquadrão. Houve uma morte suspeita. Querem que eu vá imediatamente. Foi à margem do rio, portanto AD vem me buscar com a lancha da Divisão do Tâmisa. Desculpe, Alan." Teve a impressão de que passara os últimos três anos dizendo "Desculpe, Alan".

Olharam-se em silêncio por um momento e depois ele disse: "Como foi no início, continua sendo e sempre será. O que quer que eu faça, Kate? Que continue esvaziando os caixotes?".

Subitamente, a idéia de ele ficar ali sozinho era intolerável. "Não", disse ela. "Deixe, faço isso mais tarde. Pode esperar."

Ele continuou abrindo caixotes enquanto ela trocava os jeans e o blusão, apropriados para a poeira da mudança e da limpeza do apartamento, por calças marrom de veludo, um paletó de tweed bem cortado e uma malha creme de lã fina e gola pólo. Arrumou os espessos cabelos atrás numa trança prendendo a ponta com um elástico.

Ao voltar à sala, foi recebida com o costumeiro e rápido olhar de admiração. "Suas roupas de trabalho?", disse ele. "Nunca soube se se veste para Adam Dalgliesh ou para os suspeitos. Obviamente não é para o cadáver."

"O cadáver não está exatamente jogado numa vala."

Esse ciúme de seu patrão era relativamente novo, talvez fosse um sintoma e também a causa da mudança no relacionamento deles.

Saíram juntos em silêncio. Só quando Kate trancava a porta duas vezes, ele tornou a falar. "Voltarei a vê-la antes de partir na quarta-feira?"

"Não sei, Alan. Não sei."

Mas sabia. Se o caso fosse importante como prometia ser, ela trabalharia dezesseis horas por dia, talvez mais. Pensaria naquelas poucas horas que haviam passado juntos no apartamento com prazer, até mesmo com tristeza. O que sentia naquele momento, porém, era algo mais inebriante, como sempre acontecia quando era chamada para um novo caso. Aquele era seu trabalho, um trabalho para o qual fora treinada, que fazia bem, que gostava de fazer. Sabendo que aquela poderia ser a última vez que o via em anos, ela se afastava dele em pensamento, preparando-se mentalmente para a tarefa que lhe aguardava.

Alan estacionara numa das vagas demarcadas à direita da entrada do prédio, mas não entrou. Ficou aguardando ao lado de Kate a chegada da lancha policial. Quando seu contorno esguio e azul-escuro tornou-se visível, ele se afastou sem uma palavra e voltou para o carro. Não deu logo a partida, no entanto. E enquanto a lancha se aproximava e o homem alto e moreno de pé, na proa, estendia a mão para ajudá-la a subir a bordo, Kate sabia que ele ainda olhava.

19

O chamado chegou ao inspetor Daniel Aaron no momento em que se aproximava da Eastern Avenue. Nem precisou parar o carro para receber a mensagem, que fora clara e curta. Uma morte suspeita na Innocent House, Innocent Walk. Deveria seguir para lá imediatamente. Robbins levaria o saco de corpo.

A mensagem não poderia ter vindo em hora melhor. Sua primeira reação foi uma onda de entusiasmo — finalmente, surgira o caso importante pelo qual estivera esperando. Substituíra Massingham no Esquadrão Especial havia apenas três meses e estava ansioso para se colocar à prova. Havia outro motivo, porém. Estava a caminho da casa de seus pais, em The Drive, Ilford. Faziam quarenta anos de casamento, e haveria um almoço comemorativo com a irmã de sua mãe e o marido. Daniel pedira, com bastante antecedência, um dia de folga, sabendo que não poderia ignorar facilmente aquela ocasião familiar, mas não estava louco de vontade de ir. A manhã prometia um almoço pretensioso e maçante no restaurante famoso que sua mãe escolhera, seguido por uma tediosa tarde de conversa familiar. Sabia que sua tia o considerava um filho relapso, um sobrinho negligente e um mau judeu. Devido à ocasião, talvez não expressasse abertamente seu desagrado; essa frágil tolerância, contudo, dificilmente aliviaria a atmosfera.

Dobrou numa rua secundária e parou o carro perto de um telefone. Seria uma ligação difícil e preferia não estar dirigindo ao fazê-la. Enquanto apertava os números, apercebeu-se de uma confusão de emoções: alívio por ter uma desculpa válida para faltar ao almoço, forte aversão a dar a notícia, entusiasmo por estar a caminho de um caso que prometia ser dos bons e a costumeira culpa irracional de desmancha-prazeres. Não tinha a menor intenção em perder tempo com discussões ou explicações prolongadas. Kate Miskin já poderia estar na cena do crime. Seus pais teriam de aceitar que ele tinha um trabalho a fazer.

Foi o pai quem atendeu o telefone. "Daniel, ainda não está a caminho? Disse que viria mais cedo para passar algum tempo tranqüilamente conosco antes que os outros chegassem. Onde está?"

"Estou na Eastern Avenue. Desculpe-me, pai, mas não poderei ir. Acabei de receber um chamado do esquadrão. É um caso urgente, de assassinato. Preciso ir direto para a cena do crime."

Então ouviu a voz da mãe, que pegara o telefone. "O que está dizendo, Daniel? Disse que não virá? Mas precisa vir. Você prometeu. Seus tios estarão aqui. É nosso quadragésimo aniversário de casamento. Não será uma verdadeira comemoração sem meus dois filhos ao meu lado. Você prometeu."

"Sei que prometi. Não estaria na Eastern Avenue agora se não pretendesse ir. Acabei de receber o chamado."

"Mas está de folga. Que adianta ter um dia para descansar se o chamam sem mais nem menos? Outra pessoa não pode resolver? Por que sempre precisa ser você?"

"Não precisa ser sempre eu. Hoje precisa. É um caso urgente, de assassinato."

"Assassinato! E você prefere se envolver com isso a estar com seus pais. Assassinato, morte... Não pode pensar um pouco nos vivos?"

"Sinto muito, preciso ir agora." Acrescentou secamente "Bom almoço" e desligou.

Fora pior do que esperara. Sentou-se por alguns segundos, tentando acalmar-se, combatendo uma irritação que evoluía para a raiva. Depois empurrou o câmbio, encontrou um espaço adequado para manobrar e juntou-se ao fluxo do trânsito. Fazia parte, agora, da correria matinal, embora tais palavras parecessem impróprias para descrever o avanço errático e lento. Não teve sorte com os semáforos. O percurso foi pontuado por sinais passando para o vermelho de modo exasperador e perverso. A cena de uma morte violenta, para onde se dirigia com lentidão tediosa, mal podia ser imaginada ainda; uma vez estando lá, porém, o trabalho tomaria todos os seus pensamentos e energias. Fisicamente, afastava-se da casa em Ilford a cada penoso quilômetro, mas, naquele momento, não conseguia bani-la, ou sua história, de seus pensamentos.

Sua família mudara da casa com terraço em Whitechapel, onde ele nascera, quando tinha dez e David treze anos de idade. Para ele, seu lar continuava no número 27 de Balaclava Terrace. Era uma das poucas ruas não destruídas pelas bombas inimigas, teimosamente de pé enquanto os prédios e casas ao redor eram demolidos, em meio a nuvens de poeira acre, e altos edifícios erguiam-se como uma cidade invasora. Sua rua também teria acabado não fosse a excentricidade e determinação de uma velha senhora de um quarteirão próximo, cujos esforços para preservar um pouco do East End coincidiram com a escassez de fundos das autoridades locais para planos mais audaciosos. Balaclava Terrace ainda existia, portanto, agora elitizado, um refúgio da modernidade ruidosa para jovens executivos, residentes do London Hospital e repúblicas para estudantes de Medicina. Ninguém da família jamais retornara. Para seus pais, a mudança fora a realização de um sonho, um sonho quase amedrontador quando ameaçou tornar-se realidade, um assunto para constantes conversas, parcialmente compreendidas, tarde da noite. Seu pai, após completar seus exames de contabilidade, recebera uma promoção. Seria um libertar-se da pele do passado, uma mudança para outra região que também significava subir na vida, afastar-se mais alguns quilômetros daquele vilarejo polonês, de nome impronunciável, de onde seu tataravô viera. Também significava dívidas, objetos de árdua aritmética e alternativas postas na balança.

Tudo correra bem, entretanto. Seis meses após a mudança, um falecimento inesperado na empresa ocasionara mais uma promoção e, com isso, segurança financeira. A casa em Ilford tinha uma cozinha moderna e equipada, uma sala de estar com mobília requintada. As mulheres que freqüentavam a sinagoga vestiam-se com elegância, e sua mãe se tornou uma das mais elegantes. Daniel suspeitava ser o único membro da família que lamentava ter saído de Balaclava Terrace. Envergonhava-se da casa em Ilford e de si mesmo por desprezar o que fora conquistado com tanta luta. Secretamente, pensava que, se um dia levasse Kate Miskin para conhecer seu lar, preferia que ela visse Balaclava Terrace a The Drive, Ilford. Mas que raio Kate Miskin tinha a ver com onde ou como ele vivera? Não fazia o menor sentido convidá-la. Havia apenas três meses que trabalhavam juntos no esquadrão especial. Que interesse a inspetora Kate Miskin poderia ter na vida de sua família?

Pensou saber de onde brotava seu mal-estar: do ciúmes. Desde tenra infância, percebera que seu irmão mais velho era o preferido de sua mãe. Tinha trinta e cinco anos quando David nascera, depois de quase perder a esperança de ser mãe. O afeto avassalador que sentira pelo primogênito fora uma emoção tão poderosa que quase absorvera todo amor maternal de que dispunha. Daniel foi bem recebido quando nasceu, três anos depois, mas nunca intensamente desejado. Lembrava-se de, aos catorze anos, ter ouvido uma mulher, que olhava para o bebê de uma vizinha, dentro de um carrinho, dizer: "Então ele é o quinto? Mas cada um traz amor consigo, não é mesmo?". Ele nunca sentira ter trazido amor algum.

Aos onze anos, David sofrera um acidente. Daniel ainda se lembrava da reação da mãe, de seu olhar enlouquecido quando se agarrou ao marido, do rosto contorcido pela dor e pelo medo, subitamente o rosto de uma estranha, dos soluços insuportáveis, das horas sem fim à cabeceira de David no London Hospital, enquanto ele próprio ficava aos cuidados de vizinhos. No final, tiveram que amputar a perna esquerda de David abaixo do joelho. Ela trouxera para casa seu filho mais velho mutilado com a ternura exultante de quem vira alguém renascer dos mortos. Daniel sabia que não tinha chance de competir com ele. David sempre fora uma criança corajosa, amável, fácil. Ele fora temperamental, ciumento, difícil. Além disso, inteligente. Suspeitava ser mais dotado que David, mas, desde cedo, desistira de rivalizar academicamente com ele. David foi quem cursou a London University, estudou direito, fora aprovado nos exames do foro e agora trabalhava num escritório de advocacia especializado em casos de homicídio. E Daniel, num gesto de desafio, entrara para a polícia ao terminar os estudos secundários com dezoito anos.

Estava quase convencido de que seus pais se envergonhavam de seu trabalho. Nunca se envaideciam de seu sucesso, só do de David. Lembrava-se de um episódio no último jantar de aniversário de sua mãe. Ao saudá-lo na porta, ela dissera: "Não contei à sra. Forsdyke que você é policial. Naturalmente direi se ela perguntar o que você faz".

Seu pai lembrara calmamente: "E está no esquadrão especial do comandante Dalgliesh, mãe. Cuida de crimes especialmente delicados".

E ele retrucara com um rancor que surpreendera até a si mesmo: "Não sei se ajudará a desinfetar a vergonha. E, seja como for, o que a velhota faria? Desmaiaria em cima do coquetel de camarão? Por que meu trabalho a incomodaria, a não ser que seu marido esteja sonegando?". Droga, pensou ele, comecei tudo de novo. E no dia do aniversário dela. "Relaxe. Seu filho é respeitável. Pode dizer à sra. Forsdyke que David passa o dia mentindo para tirar os criminosos da cadeia e que eu passo o dia mentindo para colocá-los lá dentro."

Bem, naquele dia, poderiam divertir-se criticando-o durante os aperitivos. E Bella também estaria presente, é claro. Era advogada, como David, mas não deixaria de encontrar tempo para o aniversário de casamento dos pais dele. Bella, a perfeita futura nora. Bella, que estudava iídiche, visitava Israel duas vezes por ano e levantava dinheiro para ajudar imigrantes russos e etíopes; que freqüentava Beit Midrash, o centro de estudos talmúdicos na sinagoga, e celebrava o *Sabbath*. Bella, cujos olhos negros o fitavam, reprovadores, e que se preocupava com o estado de sua alma.

De nada adiantaria dizer-lhes: "Já não acredito em nada disso". Até que ponto seu pai ou sua mãe acreditavam? Se comparecessem sob juramento ao banco de testemunhas e lhe perguntassem se realmente acreditavam que Deus entregou o Torá a Moisés no Monte Sinai, e suas vidas dependessem de uma resposta verdadeira, o que diriam? Daniel fizera essa pergunta ao irmão. Ainda se lembrava da resposta, que o surpreendera na época e nunca deixara de surpreendê-lo, revelando a desconcertante possibilidade de que David era capaz de sutilezas que ele nunca entendera.

"Provavelmente, eu mentiria. Certas crenças merecem que morramos por elas, sejam elas estritamente verdadeiras ou não."

Sua mãe, é claro, jamais ousaria dizer "Não me importa se você acredita ou não. Quero que esteja conosco no *Sabbath*. Quero que o vejam na sinagoga com seu pai e seu irmão". E não era desonestidade intelectual, embora ele tentasse convencer-se de que era. Poder-se-ia argumentar que poucos adeptos de qualquer religião acreditam em todos os dogmas professados, exceto os fundamentalistas, e estes, Deus sabia, eram bem mais perigosos que qualquer não-crente. Deus sabia. Como era natural e universal sucumbir à linguagem da fé. E talvez sua mãe estivesse correta, embora nunca ousasse dizer a verdade. A aparência era importante. Praticar a religião não era só uma questão de compromisso intelectual. Ser vista na sinagoga era um ato de afirmação: este é meu lugar, esta é minha gente, são estes valores que norteiam minha vida, isto é o que gerações de meus antepassados me tornaram, isto é o que eu sou. Lembrava-se das palavras de seu avô, após sua cerimônia do *bar mitzvah*: "Que é um judeu sem sua crença? O que Hitler não logrou fazer conosco, haveremos de fazer a nós mesmos?". As velhas mágoas transbordaram. A um judeu não se permitia o ateísmo. Com o fardo de culpa adquirido na infância, ele não podia rejeitar sua fé sem precisar pedir perdão a um Deus em quem deixara de acreditar. Isso estava sempre vivo em sua mente, testemunha silenciosa de sua apostasia, aquele exército de nua humanidade em movimento, jovens, adultos, crianças, fluindo como sinistra correnteza para as câmaras de gás.

Naquele momento, detido por outro farol vermelho, pensando na casa que jamais seria seu lar, a imagem nítida das janelas brilhantes, das cortinas de renda com laço, do jardim da frente imaculado, ele se perguntou: Por que devo me definir pelos males que outros fizeram à minha raça? Se já não bastasse a culpa, também devo carregar o fardo da inocência? Sou judeu, isso já não é suficiente? Preciso representar para mim mesmo e para outros o mal da humanidade?

Finalmente, chegara a The Highway e, misteriosamente como de hábito, o trânsito cessou e ele passou a avançar em bom ritmo. Com sorte, chegaria à Innocent House em cinco minutos. Aquela morte não seria ordinária nem o mistério facilmente resolvido. A equipe não teria sido chamada para um caso de rotina. Para os intimamente envolvidos, talvez nenhuma morte fosse ordinária e nenhuma investigação puramente rotineira. Aquela era, porém, sua chance de provar a Adam Dalgliesh que ele acertara ao escolhê-lo para substituir Massingham, e ele pretendia agarrá-la. Nenhuma prioridade, pessoal ou profissional, a superava.

20

A lancha da polícia subiu pela curva norte do rio, entre Rotherhithe e Narrow Street, contra forte correnteza. A brisa transformava-se em vento leve e a manhã estava mais fria do que parecera a Kate logo ao acordar. Poucas nuvens, finas trilhas de vapor branco, vagavam e dissolviam-se contra o azul claro do céu. Ela já vira a Innocent House a partir do rio, mas quando apareceu, com súbita dramaticidade, após contornarem a curva de Limehouse Reach, ela emitiu uma pequena exclamação de espanto e, olhando para o rosto de Dalgliesh, viu seu breve sorriso. Na luz da manhã, a casa cintilava com intensidade tão irreal que, por um momento, ela pensou ser iluminada por holofotes. Enquanto a lancha policial, com o motor desligado, era habilmente manobrada até a fileira de amortecedores pendurados à direita da escada de desembarque, ela quase poderia crer que a casa era parte do cenário de um filme, um palácio frágil de papelão e cola; e, por trás de suas efêmeras paredes, estariam o diretor, os atores, os iluminadores, que já se movimentavam ao redor do cadáver, enquanto a maquiadora corria para limpar o suor da testa ou aplicar uma última gota de sangue artificial. A imagem a desconcertou; ela não tinha tendência a fantasias ou vôos da imaginação, porém era difícil superar a sensação de penetrar numa trama, de ser ao mesmo tempo observadora e participante, impressão reforçada pela imobilidade pomposa do grupo que os esperava.

Eram dois homens e duas mulheres. Estas, um pouco à frente, com um homem de cada lado. Estavam reunidos no amplo pátio de mármore, imóveis como estátuas, assistindo ao amarrar da lancha com rostos sérios e, aparentemente, críticos. Durante a curta jornada, Dalgliesh lhe expusera brevemente o ocorrido e Kate pôde adivinhar quem eram aquelas pessoas. A mulher alta e morena deveria ser Claudia Etienne, a irmã do morto, e, à sua esquerda, estava a última Peverell, Frances Peverell. O homem mais velho, que parecia ter mais de setenta anos, deveria ser Gabriel Dauntsey, o editor de poesia, e o mais jovem, James de Witt. Pareciam ocupar lugares corretos, como se um diretor os tivesse orientado cuidadosamente de acordo com os ângulos da câmera. Quando Dalgliesh se aproximou, porém, o pequeno grupo se desfez e Claudia Etienne, com a mão estendida, avançou para fazer as apresentações. Ela se virou e os outros a seguiram por uma curta alameda calçada com pedras até a porta lateral da casa.

Um homem idoso estava sentado à central telefônica, atrás da mesa da recepção. Com o rosto pálido e liso, quase perfeitamente oval, as faces borradas com pequenos círculos vermelhos e os olhos suaves, parecia um palhaço idoso. Olhou-os quando entraram e Kate viu, nos olhos luminosos, uma expressão de apelo e apreensão. Já vira antes tal expressão. A polícia podia ser necessária, até mesmo aguardada com impaciência, mas raramente eram recebidos sem ansiedade, mesmo pelos inocentes. Por alguns segundos, ela meditou superficialmente sobre quais profissões eram recebidas sem reserva nos lares das pessoas. Médicos e encanadores encabeçavam a lista, ao lado de parteiras. Imaginou como seria ser recebida com as palavras profundamente sinceras: "Graças a Deus chegou". O telefone tocou e o velho virou-se para atendê-lo. Sua voz era baixa e muito agradável, mas trazia uma nota inconfundível de nervosismo e suas mãos tremiam.

"Editora Peverell, bom dia. Não, infelizmente o sr. Gerard não pode atender. Posso pedir que outra pessoa lhe telefone mais tarde." Levantou os olhos de novo, dessa vez para Claudia Etienne, e disse com desamparo: "É o secretário de Matthew Evans, da Fabers, srta. Etienne. Quer falar com o sr.

Gerard sobre a reunião da próxima quarta-feira sobre pirataria literária".

Claudia apanhou o fone. "Aqui é Claudia Etienne. Por favor, diga ao sr. Evan que lhe telefonarei assim que puder. Vamos fechar a editora até o fim do dia. Infelizmente, houve um acidente. Diga-lhe que Gerard Etienne está morto. Sei que compreenderá por que não posso atendê-lo agora."

Sem esperar resposta, ela desligou o telefone e depois se virou para Dalgliesh. "É inútil manter segredo, não é? Morte é morte e não um contratempo passageiro, uma pequena dificuldade. Não se pode fingir que não aconteceu. E, seja como for, a imprensa ficará sabendo muito em breve."

A voz dela estava rouca, seus olhos escuros, inflexíveis. Parecia uma mulher possuída mais pela raiva que pela dor. Virando-se para o recepcionista, disse com mais delicadeza: "George, grave um recado na secretária eletrônica dizendo que a editora estará fechada hoje. Depois, vá tomar uma xícara de café forte. A sra. Demery está por aí, em algum lugar. Se outros funcionários chegarem, diga-lhes para voltarem para casa".

"Será que voltarão, srta. Claudia?", disse George. "Quer dizer, talvez prefiram ouvir isso de outra pessoa."

Claudia Etienne franziu a testa. "Talvez não. Acho melhor que eu fale com eles. Melhor ainda, vamos chamar o sr. Bartrum. Ele está na editora, não é, George?"

"O sr. Bartrum está em sua sala, no número 10, srta. Claudia. Disse que tem muito trabalho para adiantar e que preferia ficar. Achou que não haveria problema, já que não está na casa principal."

"Ligue para ele, por favor, e peça-lhe para falar comigo. Ele poderá tratar com os retardatários. Alguns talvez tenham trabalho que possam levar para casa. Diga-lhes que falarei com todos na segunda-feira."

Virou-se para Dalgliesh. "Estamos mandando os funcionários de volta. Espero que não se importe. Pareceu-me melhor que não houvesse muita gente no prédio."

"Precisaremos falar com todos na sua devida hora, mas pode esperar. Quem encontrou seu irmão?"

"Fui eu. Blackie — a srta. Blackett, secretária de meu irmão — e a sra. Demery, a faxineira, estavam comigo. Subimos juntas."

"Quem entrou na sala primeiro?"

"Eu."

"Neste caso, poderia mostrar-me o caminho? Seu irmão geralmente subia de elevador ou pela escada?"

"Pela escada, mas normalmente não ia até o último andar. O mais extraordinário é isso, o fato de ele estar na sala dos arquivos."

"Então vamos pelas escadas", disse Dalgliesh.

"Tranquei a sala depois que encontramos o corpo de meu irmão. Lord Stilgoe está com a chave. Ele a pediu e eu a entreguei. Por que não, se lhe agradaria? Imagino que temia que um de nós pudesse voltar e interferir com as evidências."

Lord Stilgoe, porém, já se adiantava. "Achei correto que eu tomasse conta da chave, comandante. Preciso falar com você em particular. Eu lhe avisei. Sabia que haveria uma tragédia aqui mais cedo ou mais tarde."

Estendeu a chave, mas foi Claudia quem a tomou. Dalgliesh perguntou: "Lord Stilgoe, sabe como Gerard Etienne morreu?".

"Claro que não, como saberia?"

"Então conversaremos mais tarde."

"Mas vi o corpo, naturalmente. Achei que não fazia mais que minha obrigação. Abominável. Bem, eu avisei. É óbvio que esse insulto é parte da campanha contra mim e meu livro."

"Mais tarde, lord Stilgoe", disse Dalgliesh.

Como sempre, ele não se apressava em ver o corpo. Kate sabia que, por mais prontamente que atendesse a um chamado de homicídio, sempre se portava com a mesma calma e serenidade. Vira-o, certa vez, refrear com a mão um sargento excessivamente entusiasmado, advertindo-o tranqüilamente: "Fique frio, sargento. Você não é médico e os mortos não podem ser ressuscitados".

Virou-se para Claudia Etienne. "Vamos subir?"

Ela virou-se para os três sócios que, com lord Stilgoe, estavam de pé num grupo silencioso, como se aguardando instruções. "Talvez seja melhor que aguardem na sala da diretoria. Irei ter com vocês assim que puder."

Lord Stilgoe disse numa voz mais razoável do que Kate esperaria: "Infelizmente não posso me demorar mais, comandante. Foi por isso que marquei um encontro tão cedo com o sr. Etienne. Queria discutir com ele detalhes sobre minhas memórias antes de ser internado para uma operação simples. Preciso estar no hospital às onze horas. Não quero correr o risco de perder o leito. Telefonarei para você ou o diretor da Yard do hospital".

Kate intuiu que a sugestão fora recebida com alívio por De Witt e Dauntsey.

O pequeno grupo passou pela porta aberta e entrou no vestíbulo. Kate emitiu um leve suspiro de admiração. Por um segundo seus passos vacilaram, mas resistiu à tentação de passear os olhos pelo recinto. A polícia sempre invadia a privacidade e era ofensivo agir como turista pagante. Pareceu-lhe, não obstante, naquele breve momento de revelação, aperceber-se, simultaneamente, de cada magnífico detalhe do corredor, dos segmentos intrincados do piso de mármore, dos seis pilares de mármore mosqueado com seus capitéis elegantemente trabalhados, da exuberância do teto pintado — um panorama suntuoso da Londres do século XVIII, com pontes, cúspides, torres, casas, mastros de navios, o todo unificado pela expansão azulada do rio —, da elegante escadaria dupla, da balaustrada curvando-se até terminar em estátuas de bronze de meninos sorridentes, montados em golfinhos e segurando no ar os grandes globos luminosos. À medida que subiam, a magnificência tornava-se menos avassaladora, os detalhes da decoração mais discretos; todavia, era em meio à dignidade, proporção e elegância que o grupo subia resolutamente em direção à brutal profanação da morte.

No terceiro andar, passaram por uma porta verde de baeta

que se encontrava aberta. Subiram uma escada estreita, com Claudia Etienne na frente, Dalgliesh logo atrás e Kate por último. A escada virava para a direita até que os últimos degraus os levaram a um estreito corredor, com cerca de três metros de largura, tendo à esquerda as grades de um elevador. A parede da direita não tinha portas, mas havia uma, fechada à esquerda e outra imediatamente à frente, que se encontrava aberta.

Claudia Etienne disse: "Esta é a sala dos arquivos, onde guardamos nossos registros antigos. A sala pequena de arquivos é por aqui".

A sala de arquivos, obviamente, outrora fora duas, mas a parede central fora removida de modo a criar um aposento muito longo, que se estendia por quase toda a extensão da casa. As fileiras de prateleiras para arquivos, em ângulo retos em relação à porta e quase alcançando o teto, eram tão próximas que mal havia espaço para uma pessoa mover-se confortavelmente. Entre as fileiras, pendiam várias lâmpadas sem quebra-luz. A luminosidade natural entrava por seis altas janelas, através das quais Kate podia ver o intrincado trabalho em pedra de uma balaustrada. Viraram à direita, pelo espaço livre de cerca de um metro e meio entre as extremidades das prateleiras e a parede, e chegaram à outra porta.

Claudia Etienne, silenciosamente, estendeu a chave a Dalgliesh. Tomando-a, ele disse: "Se suporta entrar, eu gostaria que confirmasse que a sala e o corpo de seu irmão estão exatamente da forma que os encontrou. Se for muito difícil, não se preocupe. Ajudaria, mas não é essencial".

"Tudo bem", disse ela. "É mais fácil para mim agora do que seria amanhã. Ainda não posso acreditar que seja real. Nada nesse incidente parece real. Suponho que amanhã saberei que é real, e que essa realidade é definitiva."

As palavras dela soavam irreais a Kate. Havia um traço de falsidade, algo de histriônico nas cadências harmoniosas, como se houvessem sido ensaiadas previamente. Sabia, no entanto, que não podia se precipitar. Era fácil interpretar mal a confusão causada pela dor. Ela sabia muito bem como podiam ser curiosas e descabidas as primeiras reações verbais de choque e sofrimento. Lembrava-se da esposa de um motorista de ônibus, morto a facadas num *pub* de Islington, cuja primeira reação fora lamentar que ele não houvesse trocado de camisa de manhã ou enviado os cupons da loteria. E a mulher amava o marido, e genuinamente sofreu com sua morte.

Dalgliesh apanhou a chave que Claudia Etienne lhe entregou. Girou-a facilmente na fechadura e abriu a porta. Um odor gasoso e acre transbordou como brisa maligna. O corpo seminu revelou-se aos seus olhos com a crua dramaticidade da morte e, por um momento, como uma aparição irreal, uma imagem bizarra e contundente violando a atmosfera serena.

Ele estava deitado de costas com os pés voltados para a porta. Usava calças e meias cinzentas. Os finos sapatos de couro negro pareciam novos, as solas praticamente intactas. Era curioso, pensou Kate, como se prestava atenção em tais detalhes. Estava nu da cintura para cima e segurava uma camisa branca amarfanhada na mão direita estendida para o lado. A cobra de veludo fora enrolada duas vezes ao redor do pescoço, a cauda encostada contra seu peito e a cabeça enfiada na boca escancarada. Os olhos dele, abertos e vidrados, inconfundivelmente os olhos da morte, pareceram a Kate expressar uma surpresa indignada. Todas as cores eram fortes, inusitadamente vívidas. O castanho intenso dos cabelos, o rosto e o tronco cobertos de manchas avermelhadas, a brancura impecável da camisa, o verde lívido da cobra. A impressão de que uma força física emanava do corpo era tão forte que Kate, instintivamente, recuou e esbarrou, de leve, em Claudia. Ela disse "sinto muito", e a expressão convencional soou inadequada mesmo referindo-se apenas àquele breve contato físico. Em seguida, a imagem se desfez e a realidade se impôs. O corpo tornou-se o que era, carne nua e morta, grotescamente adornado, exibido como se sobre um palco.

Depois, de relance, estando parada à soleira da porta, ela registrou os detalhes da sala. Era pequena, não devendo ter mais de 4 m × 2,5 m e despojada como uma câmara de execução. Não havia tapete sobre o piso de madeira e as paredes eram nuas. Havia uma janela alta e estreita, fechada com firmeza, e uma única lâmpada com quebra-luz suspensa do meio do teto. Do batente da janela, pendia um cordão de abertura quebrado, com cerca de dez centímetros de comprimento. À esquerda da janela, uma pequena lareira vitoriana, com um mosaico colorido formando flores e frutos. A grade fora removida e substituída por um antiquado fogareiro a gás. Na pequena mesa de madeira encostada à parede oposta, havia uma moderna luminária negra e duas bandejas para documentos, cada uma com surradas pastas. Percebendo a incongruência de alguns pequenos detalhes, Kate procurou pelo pedaço que faltava do cordão da janela e o viu debaixo da mesa, como se tivesse sido indiferentemente chutado ou tirado do caminho. Claudia Etienne continuava atrás dela. Kate percebia sua imobilidade, sua respiração curta e controlada.

Dalgliesh perguntou: "Foi assim que encontrou a sala? Alguma coisa, que não tenha percebido antes, chama sua atenção agora?".

"Nada mudou", disse ela. "E como poderia? Tranquei a porta quando saímos. Não reparei muito na sala quando... quando o encontrei."

"Tocou no corpo?"

"Ajoelhei-me a seu lado e senti a temperatura de seu rosto. Estava muito frio, mas sabia que estava morto antes disso. Fiquei ajoelhada a seu lado. Quando as outras saíram, acho que..." Ela fez uma pausa e continuou resolutamente: "Encostei meu rosto brevemente no dele".

"E a sala?"

"Parece diferente agora. Não costumo subir até aqui. A última vez foi quando encontrei o corpo de Sonia Clements. A sala, porém, está diferente, mais vazia, mais limpa. E algo está faltando. É o gravador. Gabriel — o sr. Dauntsey — usa um gravador para registrar relatórios e costuma deixá-lo sobre a mesa. E não reparei naquele cordão quebrado da janela quando entrei antes. Onde está a ponta? Gerard está deitado em cima?"

"Está debaixo da mesa", disse Kate.

Claudia Etienne observou: "Que estranho. Era de se esperar que estivesse perto da janela".

Ela vacilou e Kate estendeu a mão para apoiá-la, mas a moça afastou o gesto rapidamente.

"Obrigado por subir conosco, srta. Etienne", disse Dalgliesh. "Sei que não foi fácil. Era tudo que precisava perguntar por ora. Kate, você poderia...?"

Antes, porém, que Kate fizesse qualquer movimento, Claudia Etienne disse: "Não me toque. Sou perfeitamente capaz de descer as escadas sozinha. Estarei na sala da diretoria se precisar de mim de novo".

Mas seu caminho pelas escadas estreitas foi impedido. Ouviu-se o som de vozes masculinas, passos rápidos e leves. Segundos depois, Daniel Aaron entrou rapidamente na sala, seguido por dois oficiais, Charles Ferris e seu assistente.

"Desculpe-me pelo atraso, senhor", disse Aaron. "O trânsito estava ruim na Whitechapel Road."

Seu olhar encontrou o de Kate e ele deu de ombros levemente, com um sorriso pesaroso. Ela gostava dele e o respeitava. Não tinha a menor dificuldade em trabalhar a seu lado. Era, em todos os aspectos, um avanço em relação a Massingham, mas, como este, nunca ficava feliz ao vê-la chegar à cena do crime antes dele.

21

Os quatro sócios entraram juntos na sala da diretoria do primeiro andar, menos por intenção deliberada que pela intuição de que era mais sensato ficarem juntos, ouvir as palavras uns dos outros, sentir ao menos o consolo espúrio do companheirismo humano, não se retirar para um isolamento suspeito. Não tinham, porém, com que se ocupar e nenhum estava disposto a mandar buscar pastas, documentos ou qualquer material para não correr o risco de demonstrar indiferença e frieza. A casa parecia curiosamente tranqüila. Sabiam que, em algum lugar, os poucos funcionários que continuavam nas dependências estavam conferenciando, discutindo, especulando. Havia coisas que precisavam discutir, combinar uma redistribuição provisória de funções; fazê-lo, entretanto, naquele momento, parecia tão insensível e brutal como roubar o morto.

A princípio, a espera não foi demorada. Dez minutos depois de sua chegada, o comandante Dalgliesh apareceu com a inspetora Miskin. Quando a figura alta e morena aproximou-se tranqüilamente da mesa, quatro pares de olhos voltaram-se e o contemplaram gravemente como se sua presença, ao mesmo tempo desejada e um pouco temida, fosse uma intromissão na dor sentida em conjunto. Não se moveram quando ele puxou uma cadeira para a policial e depois também sentou-se, descansando as mãos sobre a mesa.

"Desculpem-me por fazê-los esperar. Infelizmente, a espera e o transtorno são inevitáveis após uma morte inexplicada. Precisarei ver vocês em separado e espero entrevistá-los sem grande demora. Há uma sala com telefone que eu possa usar sem causar muito incômodo? Precisarei dela só até o final do dia. A sala de ocorrências será na delegacia de Wapping."

Foi Claudia quem respondeu: "Se vocês ocupassem toda a casa durante um mês, o inconveniente seria pequeno se comparado ao transtorno do assassinato".

De Witt interrompeu tranqüilamente: "Se for assassinato", e pareceu que a sala, já silenciosa, o ficou ainda mais enquanto esperaram por uma resposta.

"Não podemos ter certeza da causa da morte até a autópsia. O legista estará aqui em breve e eu saberei quando terá a resposta. Em seguida, poderá haver alguns exames laboratoriais que também levarão tempo."

"Pode usar a sala de meu irmão", disse Claudia. "Parece apropriada. Fica no andar térreo, a sala da frente, à direita. É preciso passar antes pela sala da secretária particular, mas a srta. Blackett pode sair de lá se for atrapalhar. Precisa de mais alguma coisa?"

"Gostaria, por favor, de uma lista de todos os funcionários atualmente empregados e as respectivas salas, e os nomes de pessoas que já não estejam mais aqui mas estavam durante todo o período em que as sabotagens aconteceram. Creio que já conduziram uma investigação sobre esses incidentes. Preciso saber detalhes sobre eles e se descobriram alguma coisa."

"Então está sabendo?", disse De Witt.

"Informaram à polícia. Também seria útil que me fornecessem uma planta do prédio."

"Temos uma no arquivo", disse Claudia. "Fizemos algumas reformas internas há alguns anos e o arquiteto desenhou novas plantas do interior e do exterior. As plantas originais da casa e sua decoração estão nos arquivos, porém creio que seu interesse não seja propriamente arquitetônico."

"Não no momento. Que medidas tomam para a segurança do prédio? Quem guarda as chaves?"

"Todos os sócios têm um molho de chaves que abre todas as portas. A entrada oficial é no terraço, pelo rio, mas essa porta é usada apenas em grandes ocasiões, quando a maioria dos convidados chega de barco. Hoje em dia, isso é raro. A última vez foi na festa de verão quando também comemoramos o noivado de meu irmão, no dia dez de julho. A porta da Innocent Walk é a principal entrada para quem vem da rua; raramente é usada. Devido à estranha arquitetura da casa, passa pelas dependências dos empregados e pela cozinha. Está sempre trancada a cadeado. E continua assim. Lord Stilgoe inspecionou as portas antes da sua chegada." Pareceu prestes a comentar as ações de lord Stilgoe; conteve-se, no entanto, e prosseguiu: "A entrada que usamos é a porta lateral na Innocent Lane, pela qual entraram. Normalmente, é deixada aberta durante o dia enquanto George Copeland está na recepção. George tem a chave dessa porta mas não a da entrada principal diante do rio. O sistema de alarme contra roubos é acionado em painel ao lado da central telefônica. As portas e janelas dos três pisos estão trancadas. O sistema é bastante rudimentar, acredito, mas nunca tivemos problemas com ladrões. É claro que a casa, em si, é quase inestimável; todavia, poucos quadros, por exemplo, são originais. Há um grande cofre na sala de Gerard e, após o incidente em que as provas do livro de lord Stilgoe foram alteradas, instalamos armários com chave em três salas e sob a mesa da recepção, para que todos os manuscritos e papéis importantes fiquem trancados durante a noite".

"E quem, normalmente, chega primeiro pela manhã e abre o prédio?"

"Geralmente é George Copeland", disse Gabriel Dauntsey. "Seu horário de entrada é nove horas e costuma estar sentado à mesa a essa hora. É muito confiável. Quando acontece de atrasar-se no trânsito — mora ao sul do rio —, pode ser a srta. Peverell ou eu. Tanto ela quanto eu temos apartamentos no número 12, a casa à esquerda da Innocent House. Fica um pouco ao acaso. Quem chega primeiro abre a porta e desliga o sistema de alarme. A porta na Innocent Lane tem chave e cadeado de segurança. Naquela manhã, George chegou mais cedo do que de hábito e viu que o cadeado de segurança não fora usado. Conseguiu abrir a porta só com a chave. O sistema de alarme também estava desligado, portanto ele naturalmente concluiu que um de nós já havia chegado."

"Quem de vocês quatro viu o sr. Etienne pela última vez?", perguntou Dalgliesh.

"Fui eu", respondeu Claudia. "Entrei em sua sala para falar com ele antes de sair, um pouco antes das seis e meia. Costumava trabalhar até tarde nas noites de quinta-feira. Continuava sentado à mesa. Talvez houvesse outras pessoas no prédio na hora, mas creio que todas já tivessem partido. Obviamente, não verifiquei nem fiz uma busca."

"Sabia-se, de modo geral, que seu irmão trabalhava até tarde às quintas-feiras?"

"Sabia-se na editora. Provavelmente, outras pessoas também soubessem."

"Ele parecia normal? Disse-lhe se pretendia trabalhar na pequena sala de arquivos?"

"Parecia perfeitamente normal e sequer mencionou a pequena sala de arquivos. Até onde eu saiba, não costumava visitar essa sala. Não faço a menor idéia de por que ele subiu até lá ou por que morreu lá — se, de fato, foi onde morreu."

Mais uma vez, os quatro pares de olhos fixaram-se intensamente no rosto de Dalgliesh. Ele não fez comentários. Depois de fazer formalmente as perguntas previsíveis, se conheciam alguém que poderia desejar a morte de Etienne, e receber respostas curtas e igualmente previsíveis, ele se levantou e a policial, que não falara, também o fez. Depois ele agradeceu tranqüilamente enquanto ela se afastava um pouco para que ele lhe passasse à frente até a porta.

Depois que ambos saíram, ficaram em silêncio durante meio minuto e, então, De Witt disse: "Ele não é exatamente o tipo de tira para quem perguntamos as horas. Pessoalmente, achei-o aterrorizante para os inocentes, só Deus sabe o que ele faz aos culpados. Você o conhece, Gabriel? Afinal, vocês estão no mesmo ramo".

Dauntsey levantou os olhos e falou: "Conheço seu trabalho, é claro, mas acho que nunca nos conhecemos. É um bom poeta".

"Ora, todos nós sabemos. Só estou surpreso por nunca ter tentado roubá-lo de sua editora. Vamos torcer para que seja igualmente bom como detetive."

"Não é estranho que não nos tenha feito perguntas sobre a cobra?", disse Frances.

"O que tem a cobra?", retrucou Claudia rispidamente.

"Não nos perguntou se sabíamos onde encontrá-la."

"Ah, mas perguntará", disse De Witt. "Acredite que perguntará."

22

Na pequena sala de arquivos, Dalgliesh perguntou: "Conseguiu falar com o dr. Kynaston, Kate?".

"Não, senhor. Ele está na Austrália, visitando o filho. O dr. Wardle está a caminho. Estava em seu laboratório, logo não deve demorar."

Era um início desfavorável. Dalgliesh estava acostumado a trabalhar com Miles Kynaston, de quem gostava como pessoa e respeitava como, provavelmente, o legista mais brilhante do país. Tomara por certo, talvez despropositadamente, que seria Kynaston quem ajoelharia ao lado daquele corpo; que seriam suas mãos, de dedos curtos e grossos, que, com luvas de látex finas como uma segunda pele, mexeriam no cadáver com tanta delicadeza que seria como se os membros rígidos ainda pudessem contrair-se com o seu toque. Reginald Wardle era um legista competente; caso contrário, não teria sido contratado pela polícia municipal. Faria um bom trabalho. Seu relatório seria tão minucioso como o de Kynaston e entregue no prazo. Seria, igualmente, eficiente no banco das testemunhas, se chegasse a tanto, cuidadoso mas conclusivo, inabalável ao ser interrogado. Mas Dalgliesh sempre o achara irritante e suspeitava de que essa leve antipatia — que não era forte o bastante para ser chamada de aversão ou para prejudicar sua colaboração — era mútua.

Quando chamado, Wardle chegava prontamente à cena do crime — ninguém podia afirmar o contrário —, mas, invariavelmente, entrava com passos despreocupados e tranqüilos como se para mostrar que pouca importância tinha a morte violenta, e aquele cadáver em particular, em sua vida privada.

Era capaz de suspirar e balançar a cabeça diante do corpo, como se o problema que apresentava o irritasse em vez de interessar e não justificava que a polícia o arrastasse das atividades mais imediatas de seu laboratório. Fornecia um mínimo de informações na cena do crime, devido, talvez, a uma cautela natural, muitas vezes, porém, dando a impressão de que a polícia o pressionava, de modo insensato, para que fornecesse um julgamento prematuro. Comumente, dizia ao lado do cadáver: "É melhor esperar, é melhor esperar, comandante. Vou colocá-lo sobre a mesa sem demora e, então, saberemos".

Além disso, ele se autopromovia. Na cena do crime, podia dar a impressão de ser um colega tedioso e relutante; surpreendentemente, era um brilhante orador à mesa de jantar. É provável que desfrutasse de mais refeições gratuitas que a maioria dos membros de sua profissão. Dalgliesh, que achava espantoso um homem poder efetivamente desejar comparecer a um jantar demorado e quase sempre pobre num hotel, e ainda apreciá-lo, só pelo prazer de se levantar depois, secretamente, acrescentava esse fato à lista das suaves delinqüências de Wardle. Na sala de autópsias, contudo, o dr. Wardle se tornava outro homem. Nela, talvez porque fosse seu reino por direito, parecia orgulhar-se de demonstrar sua técnica impecável, comunicar suas opiniões e propor teorias.

Dalgliesh já trabalhara com Charlie Ferris e ficou satisfeito em vê-lo. Seu apelido de "Fuinha" raramente era usado na sua frente, embora fosse uma alcunha apropriada demais para se evitar sempre. Tinha olhinhos penetrantes, cílios claros, nariz comprido e sensível a toda variedade de odores e dedos minúsculos e obstinados que podiam apanhar objetos pequenos como se por magnetismo. Quando trabalhava, sua aparência era excêntrica e, por vezes, bizarra, pois suas roupas preferidas para uma investigação eram shorts ou calças justas de algodão, blusão, luvas de látex usadas por cirurgiões e uma touca plástica de natação. Seu credo profissional era que nenhum assassino saía da cena do crime sem deixar alguma evidência física, e seu trabalho era encontrá-la.

"Uma investigação de rotina, Charlie", disse Dalgliesh.

"Mas precisaremos de um técnico em gás para tirar aquele aquecedor a gás e apresentar um relatório. Diga que é urgente. Se houver cascalho bloqueando o fluxo, quero que seja enviado ao laboratório com amostras de quaisquer pedaços soltos do revestimento da chaminé. É um aquecedor a gás de quarto infantil muito antigo, com uma torneira removível. Não sei se conseguiremos dela uma impressão digital utilizável, é quase certo que não. Todas as superfícies do aquecedor precisam ser testadas em busca de digitais. O cordão da janela é importante. Quero saber se se rompeu por desgaste natural ou se foi deliberadamente dilacerado. Duvido de que consiga mais que uma opinião, mas talvez o laboratório possa ajudar."

Deixando-os trabalhar, ele se ajoelhou ao lado do corpo, examinou-o atentamente por um momento e tocou-lhe a face. Seriam sua imaginação e a vermelhidão da pele que a tornavam levemente morna ao toque? Ou o calor de seus próprios dedos teriam, por alguns segundos, emprestado uma vida espúria à carne morta? Deslizou a mão até o maxilar tomando cuidado para não deslocar a cobra. A carne estava mole e o osso se moveu quando o empurrou delicadamente.

Virou-se para Kate e Dan. "Vejam o que acham do maxilar. Tomem cuidado. Quero que a cobra permaneça no lugar até depois da autópsia."

Ajoelharam-se um de cada vez, Kate primeiro. Tocaram o maxilar, olharam o rosto de perto, colocaram as mãos sobre o tronco nu.

"O *rigor mortis* já se instalou na parte superior do corpo, mas a mandíbula está solta", disse Daniel.

"O que significa..."

Kate respondeu: "Que alguém rompeu o *rigor* na mandíbula algumas horas após a morte. Presumivelmente, isso foi necessário para colocar a cobra dentro da boca. Mas por que se dar a esse trabalho? Por que não enrolá-la ao redor do pescoço dele? Produziria o mesmo efeito".

"Mas seria menos dramático", disse Daniel.

"Talvez. O fato de o maxilar ter sido forçado a se abrir prova que alguém visitou o corpo horas após a morte. Pode ter sido o assassino — caso se trate de assassinato. Pode ter sido outra pessoa. Jamais suspeitaríamos de uma segunda visita à cena do crime se a cobra estivesse meramente enrolada em torno do pescoço."

"É possível que seja precisamente isso que o assassino quis que soubéssemos", disse Daniel.

Dalgliesh olhou cuidadosamente para a cobra. Tinha cerca de um metro e meio de comprimento e a função, óbvia, de vedar correntes de vento. A parte superior do corpo era de veludo listrado, a inferior, de um tecido marrom mais resistente. Sob a suavidade do veludo, sentia-se o recheio granulado.

Passos despreocupados se aproximavam da sala dos arquivos. "Parece que o dr. Wardle chegou", disse Daniel.

Ele tinha mais de um metro e oitenta de altura e sua cabeça notável despontava sobre ombros ossudos, de onde o paletó, deselegante e fino, pendia como se de um cabide de arame. Com o nariz pontudo e manchado, a voz trovejante e os olhos atentos e inquietos encimados por sobrancelhas espessas, tão luxuriantes e viçosas que pareciam ter vida própria, ele parecia e soava como o estereótipo de um coronel irascível. Sua altura poderia ter sido uma desvantagem em seu ramo, no qual era preciso examinar corpos incomodamente ocultos em valas, bueiros, armários e covas improvisadas. O legista, entretanto, era capaz de insinuar seu físico alto com surpreendente facilidade, até com graça, nos lugares mais incômodos. Naquele momento, passava os olhos pelo recinto, lamentando seu despojamento e simplicidade e o assunto desagradável que o afastara de seu microscópio. Depois, ajoelhou-se ao lado do corpo e deixou escapar um suspiro lúgubre.

"Você quer o horário aproximado da morte, naturalmente, comandante. É sempre a primeira pergunta depois de 'Ele está morto?'. Sim, está morto. Quanto a este fato, todos podemos concordar. O corpo está frio, o *rigor mortis* se estabeleceu por completo. Com uma interessante exceção, da qual falaremos depois. Sugere que está morto há cerca de treze ou quinze horas. A sala está quente, o que não é comum para esta época do ano. Medi a temperatura, vocês também?

Vinte graus. Isso, mais o fato de o metabolismo ter estado bastante ativo na hora da morte podem ter retardado a manifestação do *rigor*. Sem dúvida, já devem ter discutido essa interessante anomalia. Ainda assim, fale-me a respeito, comandante. Fale-me a respeito. Ou você, inspetora. Vejo que estão ansiosos para isso."

Dalgliesh quase esperou que ele acrescentasse "Seria demais esperar que vocês mantivessem as mãos longe dele". Olhou para Kate, que disse: "O maxilar está solto. O *rigor mortis* começa no rosto, maxilar e pescoço cerca de cinco a sete horas após a morte e se estabelece totalmente depois de doze horas. Extingue-se na mesma seqüência. Já está se extinguindo no maxilar, portanto o que adiantaria o horário da morte aproximadamente seis horas, ou a boca foi aberta à força. Eu optaria, quase com certeza, pela segunda hipótese. Os músculos faciais não estão frouxos".

"Às vezes me pergunto, comandante, por que se dá ao trabalho de chamar um legista", falou Wardle.

Inabalável, Kate prosseguiu: "O que significa que a cabeça da cobra foi colocada dentro da boca não no momento da morte mas, no mínimo, cinco ou sete horas mais tarde. A causa da morte não pode, pois, ser sufocamento, pelo menos não com a cobra. Mas nem chegamos a pensar que fosse".

"As manchas e a posição do corpo sugerem que ele morreu de bruços e posteriormente foi virado para cima", observou Dalgliesh. "Seria interessante saber o porquê."

"Por ser mais fácil de enrolar a cobra e enfiar a cabeça na boca dele", sugeriu Kate.

"Talvez."

Dalgliesh não disse mais nada enquanto o dr. Wardle prosseguiu com seu exame. Já ultrapassara os limites do território do legista mais do que era prudente. Tinha poucas dúvidas quanto à causa da morte e imaginava se o silêncio de Wardle era perversidade, e não cautela. Não era o primeiro caso de envenenamento por monóxido de carbono que ambos viam. A lividez pós-morte, mais pronunciada que o comum devido à liqüidação mais lenta do sangue, e a coloração vermelho-cereja da pele, tão intensa que parecia que o corpo havia sido pintado, eram inconfundíveis e seguramente conclusivas.

"Como no manual, não é?", disse Wardle. "Nem precisaria de um legista e um comandante de polícia para diagnosticar monóxido de carbono. Não nos entusiasmemos, porém. Vamos levá-lo à mesa de autópsia primeiro. Então, as sanguessugas de laboratório poderão tomar suas amostras do sangue e nos dar uma resposta confiável. Prefere que a cobra continue dentro da boca?"

"Creio que sim. Prefiro que não se mexa nela até a autópsia."

"Que, sem dúvida, querem que seja feita imediatamente, senão antes."

"Não o queremos sempre?"

"Posso fazê-la esta noite. Tínhamos um jantar mas a anfitriã o cancelou. Pegou uma gripe súbita, ou é o que afirma. Seis e meia no necrotério de sempre, se puderem. Vou ligar para lá e pedir que nos esperem. O carro funerário já chegou?"

"Deve chegar a qualquer momento", respondeu Kate.

Dalgliesh sabia que a autópsia se daria com ou sem a sua presença, mas é claro que compareceria. Wardle estava sendo inesperadamente cooperativo e ele se lembrou de que, quando a situação apertava, o era invariavelmente.

23

Assim que viu a sra. Demery, Dalgliesh percebeu que não teria o menor problema com ela. Já lidara com aquele tipo antes. As "sras. demerys", segundo sua experiência, não tinham resistências diante da polícia, em geral presumindo que era benéfica e que estava do lado delas; ao mesmo tempo, não viam razão para tratá-la com respeito exagerado ou atribuir aos policiais mais juízo que aos outros homens. Sem dúvida, eram capazes de mentir tanto quanto qualquer testemunha, quando se tratava de proteger seus entes queridos, mas, sendo honestas e livres do fardo da imaginação, preferiam dizer a verdade, por ser mais cômodo. Além do mais, não viam motivo para torturar sua consciência com dúvidas quanto às próprias intenções ou as de outras pessoas. Eram obstinadamente firmes, inabaláveis e, às vezes, irreverentes quando interrogadas. Dalgliesh suspeitava de que achavam os homens levemente ridículos, sobretudo quando usavam togas e perucas, e punham-se a pontificar com voz arrogante nos ouvidos dos outros. Não tinha a menor intenção de levar sermões, críticas ou humilhações daquelas criaturas irritantes.

Naquele momento, o mais recente exemplar daquela excelente espécie acomodava-se à frente dele em franco exame, com os olhos brilhantes e inteligentes. Os cabelos, recentemente pintados, eram de um tom vibrante de alaranjado e arrumado num penteado comum em fotografias eduardianas: penteado para cima nas laterais e na nuca, com uma franja de cachos frisados cobrindo a testa. O nariz pronunciado e os olhos vivazes e levemente exoftálmicos faziam-na parecer um poodle exótico e inteligente.

Sem esperar que ele começasse a conversa, ela disse: "Conheci seu pai, sr. Dalgliesh".

"Conheceu, sra. Demery? Quando foi? Durante a guerra?"

"Sim, isso mesmo. Meu irmão gêmeo e eu fomos evacuados para seu vilarejo. Lembra-se dos gêmeos Carter? Bem, é claro que o senhor não se lembra. Naquela época não era nem um tiquinho de gente. Mas que senhor adorável ele era! Não fomos mandados para a reitoria onde ficavam as mães solteiras. Ficamos com a srta. Pilgrim em seu chalé. Santo Deus, sr. Dalgliesh, aquele vilarejo era um lugar horrível. Não sei como o suportou quando era criança. Nunca mais quis pôr os pés no campo depois de morar lá. Lama, chuva e aquele cheiro horrível que vem do terreiro da fazenda. E que chatice!"

"Não havia muito para uma criança fazer, talvez."

"Não era isso. Havia muitas coisas para fazer, mas era só começar que estávamos enrascados."

"Como fazer uma barragem no regato do vilarejo?"

"Então ouviu dizer? Como podíamos saber que inundaria a cozinha daquela sra. Piggott e afogaria seu gato velho? Mas que engraçado o senhor saber disso." O rosto da sra. Demery expressava a mais intensa gratificação.

"A senhora e seu irmão fazem parte do folclore do vilarejo, sra. Demery."

"É mesmo? Que gentileza! Lembra-se dos porquinhos do sr. Stuart?"

"O sr. Stuart se lembra. E está com mais de oitenta anos. Alguns eventos, contudo, ficam marcados em nossa memória."

"Ia ser uma corrida e tanto. Alinhamos os danadinhos mais ou menos em fileiras, mas, depois, eles começaram a correr para todos os lados. Quer dizer, principalmente pela rua Norwich. Santo Deus! Aquele vilarejo era um lugar horroroso. Aquele silêncio! Ficávamos acordados à noite, prestando atenção no silêncio. Era como ter morrido. E a escuridão! Nunca tinha visto escuridão como aquela. Parecia piche. Era como um cobertor de lã, grande e negro, colocado sobre nós até parecer que íamos sufocar. Billy e eu não suportávamos. Nunca tivemos um pesadelo até sermos evacuados. Quando nossa mãe nos visitava, abríamos o maior berreiro. Lembro-me dessas visitas, mamãe nos arrastando por aquela rua velha e chata, e Billy e eu berrando que queríamos voltar para casa. Dissemos que a srta. Pilgrim não nos alimentava e que vivia ameaçando dar-nos chineladas. Quanto à comida, era verdade, nunca comemos uma refeição decente desde que chegamos lá. No final, mamãe acabou nos trazendo de volta para ter um pouco de paz. Então tudo ficou bem. Foi muito divertido, principalmente depois que os bombardeios começaram. Tínhamos um abrigo Anderson no quintal, e ficávamos encolhidinhos dentro dele com mamãe, vovó a tia Edie e a sra. Powell do número 42, quando explodiram sua casa."

"Não era escuro no abrigo Anderson?", perguntou Dalgliesh.

"Tínhamos tochas, esqueceu-se? E antes de começarem os ataques aéreos, podíamos sair e olhar os holofotes. Faziam lindos ziguezagues no céu. E o barulho! Aqueles canhões de defesa antiaérea eram como um gigante destruindo chapas corrugadas. Bem, como mamãe dizia, quando damos a nossos filhos uma infância feliz, não há muito que a vida possa fazer a eles depois."

Dalgliesh sentiu que seria improdutivo debater aquela otimista visão da criação dos filhos. Estava a ponto de sugerir, delicadamente, que já era hora de cuidarem do que interessava quando a sra. Demery se antecipou.

"Bem, chega de relembrar velhos tempos. O senhor quer me fazer perguntas sobre o assassinato."

"Então, é o que pensa ser, sra. Demery?"

"Faz sentido. Ele não enrolou a cobra em seu pescoço. Foi estrangulado, não foi?"

"Só saberemos como morreu depois do resultado da autópsia."

"Bem, ele estava com cara de quem foi estrangulado, com o rosto todo vermelho e aquela cabeça de cobra enfiada na boca. Por falar nisso, nunca vi um cadáver com aspecto tão saudável. Estava melhor morto do que vivo, e olhe que tinha ótima aparência quando vivo. Era bem bonitão mesmo. Sempre achei que se parecia um pouco com Gregory Peck quando jovem."

Dalgliesh lhe pediu que descrevesse exatamente o que acontecera desde que ela chegara à Innocent House.

"Trabalho todos os dias da semana, a não ser às quartas-feiras, das nove às cinco. Às quartas, eles mandam o prédio inteiro ser totalmente limpo pela Companhia de Limpeza de Escritórios Superior. Pelo menos é assim que eles se batizaram. Companhia de Limpeza Inferior seria mais correto. Devem fazer o melhor que podem, porém nada como ter interesse pessoal pelo lugar. George chega meia hora antes e abre a porta para eles. Geralmente, acabam por volta das dez."

"Quem abre a porta para a senhora? Tem chaves?"

"Não. O velho sr. Etienne sugeriu que eu tivesse, mas eu não quis a responsabilidade. Já tenho chaves demais na minha vida. Quase sempre George é quem abre o prédio. Ou, às vezes, o sr. Dauntsey ou a srta. Frances. Depende de quem chega antes. Nesta manhã, a srta. Peverell e o sr. Dauntsey não estavam aqui, mas George estava e abriu a porta para mim. Continuei tranqüilamente com minha limpeza na cozinha. Nada aconteceu até um pouco antes das nove, quando esse tal de lord Stilgoe apareceu dizendo que tinha hora marcada com o sr. Gerard."

"Estava presente no momento?"

"Por acaso, sim. Estava batendo um papo com George. Lord Stilgoe não gostou nem um pouco de não encontrar ninguém lá a não ser o recepcionista e eu. George ligou para a editora inteira tentando encontrar o sr. Gerard. Estava exatamente sugerindo que lord Stilgoe aguardasse na sala de espera quando a srta. Etienne chegou. Perguntou a George se o sr. Gerard estava em sua sala e George disse que ligara para lá, mas que não houvera resposta. Então ela atravessou o corredor e foi até a sala dele; lord Stilgoe e eu a seguimos. O paletó do sr. Gerard estava sobre a cadeira e esta estava afastada da mesa, o que pareceu um pouco estranho. Aí ela meteu a mão dentro da gaveta do lado direito e encontrou as chaves dele. O sr. Gerard sempre guardava as chaves lá quando estava em sua sala. O molho era um tanto pesado e ele odiava carregá-lo no bolso do paletó. A srta. Claudia disse: 'Ele deve estar aqui, em algum lugar. Talvez no número 10, com o sr. Bartrum'. Voltamos, então, para a recepção e George disse que ligaria para o número 10. O sr. Bartrum já chegara, porém não havia visto o sr. Gerard, apesar de o Jaguar dele estar lá. O sr. Gerard sempre estacionava o carro na Innocent Passage por ser mais seguro. A srta. Claudia falou: 'Ele deve estar aqui, em algum lugar. É melhor começarmos a procurar por ele'. A esta altura, o primeiro barco havia chegado; depois, apareceram a srta. Frances e o sr. Dauntsey."

"A srta. Etienne parecia preocupada?"

"Mais confusa que preocupada, sabe como é. Eu disse que tinha estado em quase toda a parte de trás da casa e no andar térreo, logo, na cozinha ele não estava. E a srta. Claudia comentou qualquer coisa como dificilmente ele estaria lá e começou a subir a escada comigo e com a srta. Blackett logo atrás."

"Não havia dito que a srta. Blackett estava junto."

"Não falei? Bem, ela chegou com a lancha. É claro que tendemos a não prestar atenção nela agora que o velho sr. Peverell morreu. Mas ela estava junto sim e, embora ainda estivesse de casaco, subiu a escada conosco."

"Três pessoas para procurar um homem?"

"Bem, foi assim. Acho que eu fui por curiosidade. Na verdade, foi instintivo. A srta. Blackett não sei por que foi. Precisa perguntar a ela. A srta. Claudia sugeriu: 'Começaremos a procurar no último andar', e foi o que fizemos."

"Quer dizer que ela foi direto para a sala dos arquivos?"

"Isso mesmo, e depois para a salinha que fica atrás. A porta não estava trancada."

"Como ela a abriu, sra. Demery?"

"Como assim? Abriu do mesmo jeito que sempre abrimos portas."

"Ela a escancarou? Abriu cuidadosamente? Parecia um pouco apreensiva?"

"Não que eu tenha notado. Ela simplesmente abriu. E lá

estava ele. Deitado de costas, o rosto todo vermelho e a cobra enrolada em seu pescoço com a cabeça enfiada em sua boca. Seus olhos estavam abertos e arregalados. Foi horrível! Veja bem, notei que estava morto logo de cara, mesmo que nunca estivesse com aspecto melhor, como já disse. A srta. Claudia ajoelhou-se ao lado dele e disse: 'Vão telefonar para a polícia. E saiam daqui, vocês duas'. Foi um pouco ríspida. Mas, afinal, era irmão dela. Sei quando não me querem e fui embora. Não estava louca de vontade de ficar."

"E quanto à srta. Blackett?"

"Ela estava logo atrás de mim. Pensei que fosse gritar mas, em vez disso, soltou um tipo de uivo alto. Passei o braço pelos seus ombros. Ela tremia como vara verde. Eu disse: 'Venha, querida, venha, não há nada que possa fazer aqui'. Então descemos as escadas. Achei que seria mais rápido que o elevador, que vive emperrando. Talvez, contudo, o elevador tivesse sido melhor. Foi difícil descer a escada com ela, de tanto que tremia. Uma ou duas vezes, suas pernas quase dobraram. Cheguei a pensar que teria de largá-la e chamar ajuda. Quando chegamos ao último lance de escada, lá estavam lord Stilgoe e o sr. De Witt e o resto de pé, lá, olhando para nós. Acho que viram, pela minha cara e o estado da srta. Blackett, que algo horrível havia acontecido. Então contei a eles. Parece que, por um momento, não conseguiram entender; depois, o sr. De Witt subiu correndo as escadas com lord Stilgoe e o sr. Dauntsey atrás dele."

"O que aconteceu depois, sra. Demery?"

"Ajudei a srta. Blackett a andar até a sua cadeira e fui buscar um copo d'água para ela."

"Não ligou para a polícia?"

"Achei melhor deixar isso com eles. Afinal, o corpo não ia fugir, certo? Para que a pressa? Seja como for, se tivesse ligado, teria feito tudo errado. Lord Stilgoe voltou. Foi direto até a mesa da recepção e disse a George: 'Ligue para a New Scotland Yard. Quero falar com o comissário. Na ausência dele, chame o comandante Adam Dalgliesh'. Para ele, só daí para cima, é claro. Então, a srta. Claudia me pediu para ir preparar café forte, e foi o que eu fiz. Estava branca como papel. Não é de se admirar, certo?"

"O sr. Gerard Etienne assumiu a presidência e a diretoria executiva há relativamente pouco tempo. Era estimado?"

"Bem, ele não teria sido levado daqui num saco de plástico se fosse um raiozinho de sol iluminando o lugar. Alguém não gostava dele, isso com certeza. É claro que não foi fácil para ele suceder o velho sr. Peverell, que todos respeitavam. Era um homem encantador. Mas eu me dava bem com o sr. Gerard. Não o incomodava e ele não me incomodava. Mas não creio que, aqui na editora, muitos chorarão por ele. Mesmo assim, assassinato é assassinato, e será um choque, sem dúvida. Também não será muito bom para a empresa, imagino. Vou lhe dizer a idéia que tive. Veja o que acha. Talvez ele tenha se matado e esse sabotador que anda por aqui enrolou a cobra em seu pescoço depois, para mostrar o que achava dele. Pode valer a pena pensar nisso."

Dalgliesh não disse que já haviam pensado. "Ficaria surpresa se soubesse que ele se matou?"

"Bem, para dizer a verdade, sim. Era do tipo satisfeito demais consigo mesmo para fazer uma coisa dessas. Seja como for, por que faria? Tudo bem, a empresa está um pouco balançada, mas qual não está? Ele teria se saído bem, não tenha dúvidas. Não consigo ver o sr. Gerard dando uma de Robert Maxwell. Por outro lado, quem teria imaginado que Robert Maxwell faria isso? Não há como saber, não é mesmo? As pessoas são misteriosas, isso sim. Sob esse aspecto, poderia lhe contar cada história..."

Kate interrompeu: "A srta. Etienne deve ter ficado muitíssimo abalada ao encontrá-lo daquele jeito. Era o irmão dela".

A sra. Demery voltou-se para Kate, mas não pareceu nem um pouco feliz diante daquela intrusão em seu *tête-à-tête*. "Faça uma pergunta direta e ouvirá uma resposta direta, inspetora. Se a srta. Etienne estava abalada? É o que quer saber, certo? Precisa perguntar a ela. Eu não sei. Estava ajoelhada ao lado do corpo, inclinada sobre ele, e não virou o rosto para mim nem uma vez enquanto fiquei lá na salinha com a srta.

Blackett; e não foi muito tempo. Não sei o que sentia. Só sei o que disse."

"'Saiam daqui vocês duas.' Bastante áspero, não?"

"Deve ter sido o choque. Tirem vocês as conclusões."

"E a deixou sozinha com o corpo."

"Era o que queria, aparentemente. Seja como for, eu não poderia ter ficado. Alguém precisava ajudar a srta. Blackett a descer a escada."

"Acha um bom lugar para trabalhar, sra. Demery?", perguntou Dalgliesh. "Está contente aqui?"

"Tão feliz como poderia estar. Olhe, sr. Dalgliesh, tenho sessenta e três anos. Tudo bem, não sou tão velha assim, e ainda tenho meus olhos e minhas pernas; sou uma trabalhadora para lá de boa, melhor que muitas que conheço. Mas não se começa a procurar outro emprego nessa idade, e gosto de trabalhar. Morreria de tédio trancada em casa. E estou acostumada a este lugar, trabalho aqui há vinte anos. Não é o sonho de todo mundo mas me convém. E fica na mão... bem, mais ou menos. Continuo morando em Whitechapel, num apartamentozinho bom e moderno agora."

"Como vem até aqui?"

"Pego o metrô até Wapping e depois ando. Não é longe, e não tenho medo das ruas de Londres. O senhor nem sonhava em existir e eu já andava por elas. O velho sr. Peverell disse que mandaria um táxi me buscar na manhã que eu quisesse, se a caminhada me preocupasse. E teria mandado. Era um cavalheiro muito especial o sr. Peverell. Isso mostra a consideração que tinha por mim. É bom quando nos valorizam."

"E é mesmo. Diga-me, sra. Demery, e quanto à limpeza da sala de arquivos, da grande e da salinha onde o sr. Etienne foi encontrado? É de sua responsabilidade ou da companhia de limpeza?"

"Sou eu que limpo. Os faxineiros de fora nunca sobem até o último andar. Isso começou com o velho sr. Peverell. Com toda aquela papelada lá em cima, ele ficou com medo de que fumassem e começassem um incêndio. Além disso, os arquivos são confidenciais. Não me pergunte o motivo. Dei uma espiada em alguns e, pelo que pude ver, tudo que têm são cartas velhas e manuscritos. Não guardam lá os registros dos funcionários ou outros documentos particulares como esses. Mesmo assim, o sr. Peverell dava grande importância aos arquivos. Seja como for, determinou que eu ficasse responsável por aquelas duas salas. Quase ninguém vai até lá em cima, exceto o sr. Dauntsey; logo, não me preocupo muito. Não precisa. Geralmente, uma vez por mês, de segunda-feira, subo lá e dou uma rápida espanada."

"Passa aspirador no chão?"

"Sim, às vezes, quando parece precisar. Como eu disse, só o sr. Dauntsey trabalha lá e não faz muita bagunça. Tenho muito a fazer no resto da casa para ficar arrastando aquele aspirador até lá em cima e gastar tempo onde não é necessário."

"Posso entender. Qual foi a última vez que limpou a salinha?"

"Há três semanas, na segunda-feira. Subirei lá de novo segunda-feira que vem. Ao menos, é o que eu faria normalmente, mas imagino que vão trancar a sala."

"Por enquanto, sra. Demery. Vamos subir?"

Tomaram o elevador, que era lento mas parecia eficiente. A porta da salinha dos arquivos estava aberta. O técnico de aquecedores a gás ainda não havia chegado, porém dois policiais criminais e os fotógrafos continuavam lá. A um sinal de Dalgliesh, deram passagem e ficaram de lado, aguardando.

"Não entre, sra. Demery", disse Dalgliesh. "Apenas fique na porta e diga-me se nota alguma mudança."

A sra. Demery examinou a sala lentamente. Por instantes, seus olhos se fixaram no contorno do corpo ausente desenhado a giz branco, mas não fez nenhum comentário. Após breve pausa, perguntou: "Seu pessoal fez uma limpeza aqui, não foi?".

"Não limpamos nada, sra. Demery."

"Alguém limpou. Aqui não tem poeira de três semanas. Olhe o console da lareira e o chão. Passaram aspirador no chão. Desgraçado! Quer dizer que ele limpou a sala antes de assassinar, e com o meu aspirador Hoover!"

Virou-se para Dalgliesh, e este viu em seus olhos uma mistura de indignação, horror e medo supersticioso. Nenhuma circunstância do crime, até então, a atingira tão profundamente quanto aquela cela que fora limpa e preparada para a morte.

"Como sabe, sra. Demery?"

"O aspirador é guardado na despensa, no andar térreo, ao lado da cozinha. Quando fui buscá-lo esta manhã, disse a mim mesma 'Alguém andou usando isto aqui'."

"Como percebeu?"

"Porque estava regulado para aspirar piso liso e não carpete. Tem dois ajustes, entende? Quando guardei ele, estava regulado para limpar carpete. A última limpeza que fiz foi nos carpetes da sala da diretoria."

"Tem certeza, sra. Demery?"

"Não juraria num tribunal. Tem coisas que a gente pode jurar e tem coisas que a gente não pode. Pode ser que eu tenha mudado o ajuste sem querer. Só sei que, quando peguei ele esta manhã, disse comigo mesma: 'Alguém andou usando isto'."

"Perguntou a alguém se havia usado o aspirador?"

"Tinha alguém aqui na hora para eu perguntar? Além disso, não teria sido nenhum funcionário daqui. Para que eles precisariam do aspirador? É trabalho meu, não deles. Pensei que tivesse sido alguém da companhia de limpeza, mas isso também seria estranho. Eles trazem seu próprio equipamento."

"O aspirador estava no lugar de sempre?"

"Estava, sim. E o cordão amarrado ao redor, igualzinho como eu deixei. Mas o ajuste não era o mesmo."

"Alguma outra coisa nesta sala chama sua atenção?"

"Bem, o cordão da janela sumiu, não foi? Imagino que vocês levaram embora. Estava ficando meio velho e puído. Falei ao sr. Dauntsey, quando enfiei a cabeça pela porta segunda-feira, que precisava ser trocado, e ele disse que avisaria George. George faz todos os consertos por aqui. É muito prestativo. O sr. Dauntsey estava com a janela meio aberta na hora. Geralmente ele a deixa assim. Não me pareceu muito preocupado mas, como eu disse, ficou de falar com George a respeito. E aquela mesa foi afastada. Nunca afasto a mesa quando venho tirar o pó aqui em cima. Veja o senhor mesmo. Está alguns centímetros para a direita. Dá para ver por aquela linha fraca de sujeira na parede no lugar onde costuma ficar. E o gravador do sr. Dauntsey sumiu. Havia uma cama aqui antes, mas levaram ela embora depois que a srta. Clements se matou. Que beleza, não acha? Aconteceram duas mortes nesta sala, sr. Dalgliesh. Acho que está na hora de trancarem ela de uma vez."

Antes de dispensarem a sra. Demery, Dalgliesh lhe pediu para não dizer nada a ninguém sobre como, possivelmente, seu aspirador de pó fora usado, mas sem grande esperança de que ela mantivesse a novidade em sigilo por muito tempo.

Depois que ela saiu, Daniel perguntou: "Até que ponto essa informação é confiável, senhor? Será que ela pode mesmo afirmar que a sala foi limpa recentemente? Pode ser sua imaginação".

"Ela é a especialista, Daniel. E a srta. Etienne fez uma observação quanto à limpeza da sala. Segundo a sra. Demery, ela geralmente não limpa o chão. E está sem um grão de pó, mesmo nos cantos. Alguém o limpou recentemente e não foi a sra. Demery."

24

Na sala da diretoria, os quatro sócios continuavam esperando. Gabriel Dauntsey e Frances Peverell estavam sentados diante da mesa oval de mogno, próximos, mas sem se tocarem. Frances tinha a cabeça inclinada, mas estava completamente imóvel. De Witt estava próximo à janela, apoiando a mão na vidraça como se precisasse se equilibrar. Claudia estava de pé, examinando atentamente uma grande reprodução de um Canaletto do Grand Canal, pendurada ao lado da porta. A magnificência da sala diminuía e também formalizava a carga que cada um sentia de medo, dor, raiva ou culpa. Eram como atores principiantes num espetáculo superdimensionado, em que o cenário era milionário e extravagante, porém a encenação amadorística, com diálogos mal decorados, movimentos rígidos e mal ensaiados. Quando Dalgliesh e Kate saíram da sala, Frances Peverell dissera: "Deixem a porta aberta", e De Witt, sem dizer palavra, levantara-se para abri-la. Precisavam sentir que havia um mundo lá fora, do som de vozes distantes, por mais fracas e ocasionais que fossem. A porta fechada seria como a cadeira vazia no meio da mesa, a primeira esperando a entrada impaciente de Gerard, a segunda, sua presença imponente.

Sem olhar ao redor, Claudia disse: "Gerard nunca apreciou este quadro. Achava Canaletto rebuscado, preciso demais, estático demais. Dizia que podia imaginar os aprendizes pintando as ondas cuidadosamente".

"Não era de Canaletto que ele não gostava e, sim, deste quadro", disse De Witt. "Disse que estava farto de ter que explicar constantemente aos visitantes que é apenas uma gravura."

"Antipatizava com ela", disse Frances, com voz indistinta. "Lembrava-o de que meu avô vendera o original em má hora e por cerca de um quarto de seu valor."

"Não", disse Claudia com firmeza. "Ele não gostava de Canaletto."

De Witt afastou-se lentamente da janela. "A polícia está demorando", disse ele. "A sra. Demery está se divertindo, imagino, interpretando seu papel favorito de uma faxineira *cockney*, de bom gênio e língua afiada. Espero que o comandante aprecie."

Claudia despertou de seu concentrado exame do quadro. "Sendo exatamente o que ela é, não se poderia dizer que está desempenhando um papel. Não obstante, ela costuma ser tagarela quando se entusiasma. Precisamos ter cuidado para não ser tagarelas também e falar demais, dizer à polícia coisas que não precisam saber."

"Que coisas tem em mente?", perguntou De Witt.

"Que não estávamos totalmente de acordo quanto ao futuro da empresa. A polícia pensa em termos de clichês. Deve ser a força dela, já que a maioria dos criminosos age em função de clichês."

Frances Peverell levantou a cabeça. Ninguém a vira chorar, mas seu rosto estava pálido e inchado, os olhos embotados sob as pálpebras intumescidas, e, quando ela falou, seu tom de voz era rouco e um pouco queixoso.

"Que importa se a sra. Demery falar demais? Que importa o que nós dissermos? Ninguém aqui tem nada a esconder. É óbvio o que aconteceu. Gerard morreu devido a causas naturais ou a um acidente e alguém, a mesma pessoa que vem pregando peças nesta editora, encontrou o corpo e decidiu transformar a morte num mistério. Deve ter sido terrível para você, Claudia, encontrá-lo daquele jeito, ver a cobra enrolada em seu pescoço. Com certeza, porém, é tudo absolutamente explicável. Tem de ser."

Claudia virou-se para ela com tanta veemência que era como se estivessem no meio de uma discussão. "Que tipo de acidente? Está sugerindo que Gerard sofreu um acidente? Que tipo de acidente?"

Frances pareceu encolher na cadeira, mas respondeu com voz firme: "Não sei. Não estava lá quando aconteceu, estava? Foi apenas uma sugestão".

"Uma sugestão bem estúpida."

"Claudia", a voz de De Witt continha mais carinho que censura. "Não devemos brigar. Precisamos ficar calmos e nos manter unidos."

"Como podemos nos manter unidos? Dalgliesh vai querer ver-nos separadamente."

"Não unidos fisicamente. Unidos como sócios, como um time."

Como se ele não tivesse falado nada, Frances prosseguiu: "Ou um enfarte. Ou um derrame. Pode ter tido qualquer coisa assim. Acontece com as pessoas mais saudáveis".

"Gerard tinha um coração totalmente saudável", disse Claudia. "Quem tem o coração fraco não escala o Matterhorn. E não consigo imaginar uma vítima menos provável de um derrame."

A voz de De Witt era conciliadora. "Ainda não sabemos como ele morreu. Só poderemos saber depois da autópsia. Enquanto isso, o que vai acontecer aqui?"

"Seguimos em frente", disse Claudia. "É claro que seguimos em frente."

"Desde que tenhamos funcionários. As pessoas talvez não queiram ficar, principalmente se a polícia sugerir que a morte de Gerard não foi natural."

A risada de Claudia foi explosiva como um soluço. "Natural! Claro que não foi natural. Ele foi encontrado morto, seminu, com uma cobra de brinquedo enrolada em seu pescoço e a cabeça enfiada em sua boca. Mesmo o menos desconfiado dos policiais dificilmente chamaria isso de morte natural."

"Quis dizer caso suspeitem de assassinato. Todos estamos com a palavra na cabeça. Por que não dizê-la?"

"Assassinato?", disse Frances. "Por que alguém desejaria

assassiná-lo? E não havia sangue nenhum, havia? Não encontraram armas. E ninguém poderia tê-lo envenenado. Envenená-lo com o quê? Quando poderia ter ingerido algo?"

"Há outras maneiras", disse Claudia.

"Por exemplo, estrangulado com Hissing Sid? Ou sufocado? Mas Gerard era forte. Seria preciso dominá-lo para fazer isso." Em seguida, como ninguém dissesse nada, ela prosseguiu: "Olhe, não sei por que vocês dois fazem tanta questão de sugerir que Gerard foi assassinado".

De Witt sentou-se ao lado dela. Disse delicadamente: "Frances, ninguém está sugerindo isso, estamos apenas encarando a possibilidade. Mas você tem razão, é claro. É bem melhor esperar até que saibamos como foi que ele morreu. O que me espanta é o fato de ter estado na salinha dos arquivos. Não me lembro de ele ter subido uma vez sequer ao último andar. E você, Claudia?".

"Não me lembro. E ele não poderia estar trabalhando lá em cima. Se tivesse decidido fazer isso, não teria deixado suas chaves na gaveta da mesa. Sabe o quanto era escrupuloso no que diz respeito a segurança. Só guardava as chaves na gaveta quando estava trabalhando em sua sala. Se saísse de lá, ainda que brevemente, ele vestia o paletó e guardava o molho de chaves no bolso. Todos o vimos fazer isso várias vezes."

"O fato de ter sido encontrado na sala dos arquivos não significa necessariamente que morreu lá", disse De Witt.

Claudia sentou-se na frente dele e inclinou-se sobre a mesa. "Quer dizer que ele pode ter morrido em sua própria sala?"

"Morrido ou ter sido assassinado lá e depois removido. Pode ter morrido de modo natural em sua mesa, de enfarte ou derrame, como Frances sugeriu, e o corpo levado para cima mais tarde."

"Mas isso teria exigido força considerável."

"Não se usaram um carrinho de transportar livros e levaram o corpo para cima pelo elevador. Quase sempre há um carrinho esperando perto do elevador."

"Mas, certamente, a polícia é capaz de determinar se um corpo foi mudado de lugar após a morte."

“Sim, quando é encontrado ao ar livre. Conseguem indícios no solo, galhos, folhas amassadas, sinais do corpo sendo arrastado. Não sei se é tão fácil quando o corpo é encontrado dentro de um prédio. É uma das possibilidades que levarão em consideração. Imagino que nos concederão alguma informação mais cedo ou mais tarde. Estão demorando lá em cima, sem dúvida.”

Os dois conversavam como se não houvesse mais ninguém na sala. Frances disse subitamente: “Precisam falar como se a morte de Gerard fosse uma espécie de quebra-cabeça, um conto policial, algo que lemos ou vimos na televisão? É de Gerard que estamos falando, não de um estranho, não de uma personagem de uma peça. Gerard está morto. Está lá em cima, com uma cobra horrenda enrolada no pescoço, e estamos aqui agindo como se não nos importássemos”.

Claudia dirigiu-lhe um olhar especulativo, repleto de desprezo. “O que esperava que fizéssemos? Que esperássemos em silêncio? Que lêssemos um bom livro? Que perguntássemos a George se os jornais foram entregues? Acho que conversar ajuda. Ele era meu irmão. Se eu consigo ficar razoavelmente calma, você também pode. Dividiu a cama com ele, pelo menos temporariamente, mas nunca dividiu sua vida.”

De Witt replicou calmamente: “E você dividiu, Claudia? Alguém de nós dividiu?”.

“Não, mas quando essa morte realmente me atingir, quando eu realmente acreditar que é verdade, vou chorar por ele. Não duvide. Chorarei por ele, mas não ainda, não agora ou aqui.”

Gabriel Dauntsey estivera sentado, olhando pela janela, em direção ao rio. Então falou pela primeira vez, e os outros se voltaram para olhá-lo como se lembrassem, subitamente, de que ele estava presente.

Tranqüilo, ele ponderou: “Acho que ele pode ter morrido de intoxicação por gás carbônico. A pele estava muito vermelha — parece que esse é um dos sinais — e a sala estava exageradamente quente. Não lhe pareceu, Claudia, que a sala estava muito quente?”.

Após um momento de silêncio, Claudia afirmou: "Pouca coisa chamou minha atenção, exceto Gerard e a cobra. Está dizendo que ele pode ter sido assassinado dessa forma?".

As palavras sibilaram no ar. Frances perguntou: "Mas o novo gás North Sea não é inofensivo? Pensei que não se pudesse mais cometer suicídio metendo a cabeça dentro de um aquecedor a gás".

Foi De Witt quem explicou: "Não é venenoso quando inalado. É absolutamente seguro quando usado da maneira correta. Mas se ele ligou o aquecedor a gás e a sala não estava adequadamente ventilada, o aparelho pode ter funcionado mal e produzido monóxido de carbono. Gerard pode ter ficado desorientado e desmaiado antes de perceber o que estava acontecendo".

"E mais tarde alguém achou o corpo, desligou o aquecedor e enrolou a cobra em seu pescoço. Como eu disse, foi um acidente."

Dauntsey falou com calma e tranqüilidade: "Não é tão simples assim. Por que ele ligou o aquecedor? Não fazia tanto frio ontem à noite. E se ele realmente o ligou, por que fechou a janela? Estava fechada quando vi seu corpo, e a deixei aberta quando usei a sala pela última vez na segunda-feira".

"E se ele pretendia passar a noite trabalhando nos arquivos tanto tempo, a ponto de precisar de aquecimento, por que deixou o paletó e as chaves em sua sala? Nada disso faz sentido."

No silêncio que se seguiu, Frances falou de repente: "Esquecemos de Lucinda. Alguém precisa lhe contar".

"Meu Deus, é mesmo! Tendemos a nos esquecer de lady Lucinda. Não sei por que, mas não a imagino jogando-se no Tâmisa de tanto sofrimento. Sempre houve algo de estranho nesse noivado."

"Mesmo assim, não podemos deixar que ela saiba pelos jornais de amanhã, ou pelo noticiário na televisão. É melhor que um de nós telefone para lady Norrington. Ela poderá dar a notícia à filha. O mais apropriado é que seja você, Claudia."

"Creio que sim, desde que não precise ir até lá consolar

ninguém. É melhor ir agora. Telefonarei da minha sala, quero dizer, se a polícia não a ocupou. Ter a polícia aqui é como ter ratos na casa. Podemos senti-los escarafunchando mesmo quando não os ouvimos ou vemos e, uma vez que se instalam, sentimos que jamais nos livraremos deles."

Ela se levantou e saiu, a cabeça exageradamente erguida mas os passos incertos. Dauntsey tentou levantar-se, porém seus membros tesos pareciam incapazes de reagir. Foi De Witt quem correu para ampará-la. Mas ela sacudiu a cabeça e afastou delicadamente o braço estendido; depois se retirou.

Voltou em menos de cinco minutos. "Ela não estava", reportou. "Não é bem o tipo de recado que se deixa na secretária eletrônica. Voltarei a tentar mais tarde."

"E seu pai?", disse Frances. "Ele não é mais importante?"

"Claro que ele é mais importante. Viajarei hoje à noite para vê-lo."

A porta se abriu sem pancadas preliminares e o sargento Robbins introduziu a cabeça pela abertura.

"O sr. Dalgliesh sente muito por deixá-los esperando mais tempo do que previa. Ficaria grato se o sr. Dauntsey pudesse ir agora à sala dos arquivos."

Dauntsey levantou-se imediatamente, mas a rigidez dos músculos, depois de tanto tempo sentado, tornou-o estabanado. Sua bengala, que estava atrás da cadeira, caiu no chão com estrépito. Ele e Frances Peverell ajoelharam-se simultaneamente para recuperá-la e, depois do que soou aos ouvidos dos outros como breve escaramuça e alguns sussurros quase conspiratórios, Frances se apoderou dela e, levantando-se corada de sob a mesa, entregou-a a Dauntsey. Ele apoiou-se nela alguns segundos e depois voltou a pendurá-la nas costas da cadeira. Andou até a porta sem auxílio, com passos lentos mas firmes.

Quando ele saiu, Claudia Etienne disse: "Por que será que Gabriel ganhou o privilégio de ir primeiro?".

"Provavelmente, porque usa a salinha de arquivos mais que nós", respondeu James de Witt.

"Acho que nunca a usei", disse Frances. "A última vez em

que estive lá foi quando levaram a cama embora. Você também não sobe até lá, não é, James?"

"Nunca trabalhei lá em cima; ao menos, não mais que meia hora. A última vez foi há cerca de três meses. Subi para procurar o contrato original de Esmé Carling com a editora. Não consegui encontrá-lo."

"Como? Não conseguiu encontrar sua velha pasta?"

"Encontrei a pasta. Levei-a para a salinha de arquivos para examiná-la. O contrato original não estava lá."

Claudia observou, sem muito interesse: "Não é de se espantar. Faz parte dos nossos quadros há trinta anos. Provavelmente, foi colocado na pasta errada há uns vinte anos". Então, com súbita energia: "Olhe, não vejo motivo para perder tempo só porque Adam Dalgliesh quer conversar com nosso poeta. Não precisamos ficar nesta sala".

Frances ficou em dúvida. "Disse que quer ver-nos juntos."

"Bem, ele já falou conosco juntos. Agora está falando conosco separadamente. Quando me chamar, estarei em minha sala. Diga-lhe isso, por favor."

Depois que ela saiu, James de Witt disse: "Ela tem razão. Podemos não estar com vontade de trabalhar, mas é pior esperar sentados, olhando para essa cadeira vazia".

"Todavia, não estamos olhando, não é mesmo? Estivemos evitando isso cuidadosamente, desviando o olhar, quase como se Gerard fosse um embaraço. Não consigo trabalhar. Gostaria, no entanto, de tomar um café."

"Então vamos buscar. A sra. Demery deve estar em alguma parte. Gostaria muito de ouvir sua versão da entrevista com Dalgliesh. Se isto não suavizar a atmosfera, nada mais o fará."

Caminharam juntos até a porta. Quando a alcançaram, Frances virou-se para ele. "James, estou com tanto medo. Deveria estar sentindo dor, choque e horror pelo que aconteceu. Éramos amantes. Amei-o um dia, e agora está morto. Deveria estar pensando nele, na terrível irreversibilidade de sua morte. Deveria estar rezando por ele. Cheguei a tentar, mas as palavras me pareceram sem sentido. O que sinto é totalmente egoísta, totalmente ignóbil. É medo."

"Medo da polícia? Dalgliesh não é um fanfarrão".

"Não, pior ainda. Medo do que está acontecendo aqui. Aquela cobra... Quem fez aquilo com Gerard é uma pessoa maligna. Não sente a presença do mal na Innocent House? Acho que faz meses que a sinto. Isso parece com o final inevitável, algo a que todas as sabotagens mesquinhas estavam conduzindo. Minha mente deveria estar cheia de dor por Gerard; não está, entretanto. Está, sim, cheia de terror e de uma pavorosa sensação de que isto não é o fim."

"Não existem emoções certas ou erradas", disse James carinhosamente. "Sentimos aquilo que sentimos. Duvido de que qualquer um de nós sinta uma dor intensa, mesmo Claudia. Gerard era um homem notável, mas não despertava amor. Tento persuadir-me de que a dor, provavelmente, não passa daquela tristeza universal e impotente que sempre sentimos diante da morte dos jovens, dos talentosos, dos saudáveis. Mesmo esse sentimento é recoberto por uma curiosidade fascinada temperada com apreensão." Virou-se para ela e disse: "Estou aqui, Frances. Quando e se precisar de mim, estarei aqui. Não serei inoportuno. Não vou me atirar sobre você só porque o choque e o medo nos tornaram vulneráveis. Só estou me oferecendo para o que você precisar, quando precisar".

"Eu sei. Obrigada, James."

Ela estendeu a mão e, por um segundo, pousou-a sobre o rosto dele. Era a primeira vez que o tocava voluntariamente. Virou-se, então, para a porta, perdendo, assim, a expressão radiante de alegria e triunfo que se espalhava pelo rosto dele.

25

Vinte anos antes, Dalgliesh ouvira Gabriel Dauntsey lendo sua poesia no Purcell Room, no South Bank. Não tinha a menor intenção de contar o fato a Dauntsey, no entanto, enquanto esperava por ele, o evento retornou a sua memória com tanta clareza que esperou ouvir os passos que se aproximavam pela sala dos arquivos com um pouco da expectativa e entusiasmo da juventude. Das duas guerras mundiais, fora a primeira que produzira a poesia mais grandiosa; às vezes, ele especulava sobre por que tinha sido assim. Seria porque o ano de 1914 vira a morte da inocência e o cataclisma varrera mais de uma geração brilhante? Durante alguns anos, entretanto — haviam sido apenas três? —, parecera que Dauntsey poderia tornar-se o Wilfred Owen de sua época, de sua guerra muito diferente. A promessa daqueles dois primeiros volumes, todavia, nunca se realizara, e ele não publicou mais nada. Dalgliesh disse a si mesmo que a palavra "promessa", com a sugestão de um talento ainda não realizado, não era muito apropriada. Um ou dois daqueles primeiros poemas constituíram uma façanha cujo nível poucos poetas do pós-guerra haviam alcançado.

Depois daquela leitura, Dalgliesh descobrira da história de Dauntsey o tanto que este queria revelar; como, vivendo na França, ele estava na Inglaterra a trabalho quando a guerra foi declarada, deixando a mulher e dois filhos encurralados pela invasão dos alemães; como eles desapareceram totalmente do conhecimento e dos registros oficiais, de modo que somente após anos de procura, depois da guerra, ele descobriu que os três, vivendo sob nome falso para evitar internamento, foram mortos durante um bombardeio britânico na França ocupada. O próprio Dauntsey servira no comando de bombardeiros da RAF, mas fora poupado da última e trágica ironia: não tomara parte daquele raide. Fora sua a poesia da guerra moderna, da dor, da perda e do terror, camaradagem e coragem, covardia e derrota. Os versos fortes, sinuosos e brutais eram iluminados por passagens de beleza lírica, como bombas explodindo na mente. Os grandes Lancasters elevando-se como bestas ponderosas, com a morte em seus ventres; os céus escuros e silenciosos explodindo numa cacofonia de terror; o regimento juvenil pelo qual ele, um pouco mais velho, era responsável, subindo, toscamente equipados, naquela frágil cápsula de metal noite após noite, sabendo a aritmética da sobrevivência que aquela podia ser a noite em que cairiam do céu como tochas ardentes. E sempre a culpa, a sensação de que aquele terror noturno, ao mesmo tempo temido e esperado, era uma expiação, de que havia uma traição que apenas a morte poderia compensar, traição pessoal espelhando uma desolação maior e universal.

E agora lá estava ele, um ancião comum — se é que qualquer ancião pode ser descrito como comum — não curvado mas empertigando-se com esforço disciplinado, como se a resistência e a coragem pudessem vencer com sucesso a devastação do tempo. A velhice ou empresta um ar gorducho e suave, que extingue a personalidade entre rugas impessoais, ou, como era o caso, desnuda a face de modo que os ossos se sobressaem como em uma caveira, temporariamente recoberta pela pele seca e delicada como papel. Mas o cabelo, embora grisalho, ainda era forte, os olhos tão negros e perscrutadores quanto Dalgliesh se lembrava. Naquele momento, fixavam sobre ele um olhar irônico e indagador.

Dalgliesh afastou a cadeira da mesa e a colocou perto da porta. Dauntsey se sentou.

"O senhor subiu com lord Stilgoe e o sr. De Witt", disse Dalgliesh. "Alguma coisa chamou sua atenção nesta sala, além da presença do corpo?"

"Não de início, afora um cheiro desagradável. Um cadáver seminu, grotescamente ornado como era o caso, assalta os sentidos. Após um minuto, talvez menos, reparei em outras coisas, e com clareza incomum. A sala me pareceu diferente, estranha. Parecia vazia, embora não estivesse, extraordinariamente limpa, mais quente que de costume. O corpo parecia... tão desordenado e a sala tão ordenada. A cadeira estava precisamente no lugar, as pastas arrumadas sobre a mesa. Notei, é claro, que o gravador havia sumido."

"As pastas estavam como o senhor as havia deixado?"

"Não como me lembro. As duas bandejas para pastas haviam sido invertidas. A bandeja com menos quantidade delas deveria estar do lado esquerdo. Eu tinha duas pilhas, a da direita mais alta que a esquerda. Trabalho da esquerda para a direita, com seis a dez pastas de cada vez, dependendo do tamanho delas. Quando termino uma pasta, passo-a para a direita. Quando as seis foram examinadas, devolvo-as à sala central de arquivos, inserindo uma régua para saber até onde cheguei."

"Reparamos numa régua num espaço na prateleira de baixo, na segunda fileira. Isso significa que o senhor completou uma fileira apenas?"

"É um trabalho muito lento. Interesso-me por cartas antigas, mesmo quando não vale a pena conservá-las. Encontrei várias que valem — cartas de escritores do século XX e outros que se correspondiam com Henry Peverell e seu pai, independentemente de a editora publicá-los ou não. Há cartas de H. G. Wells, Arnold Bennett, membros do grupo Bloomsbury, alguns ainda mais antigos."

"Qual é o seu sistema?"

"Gravo uma descrição do conteúdo de cada pasta e uma recomendação: Destruir, Verificar, Conservar ou Importante. Uma datilógrafa prepara, então, uma lista e, periodicamente, a diretoria a examina. Nada até agora foi jogado fora. Até sabermos o futuro da editora, não nos pareceu sensato destruir nada."

"Quando usou esta sala pela última vez?"

"Na segunda-feira. Trabalhei aqui o dia todo. A sra. Demery

colocou a cabeça na porta às dez horas, mas disse que não iria me perturbar. A sala só é limpa uma vez por mês e, mesmo assim, superficialmente. Falou-me do cordão roto da janela e eu disse que pediria a George para consertar. Ainda não conversei com ele."

"O senhor mesmo não havia notado?"

"Temo que não. Fazia semanas que a janela estava aberta. Prefiro assim. Imagino que teria notado quando o tempo ficasse mais frio."

"Como o senhor aquece a sala?"

"Sempre com um aquecedor elétrico. Este, na verdade, é meu. Prefiro-o ao aquecedor a gás. Não que julgue perigoso o aquecedor a gás; é que, como não fumo, nunca encontro fósforos quando preciso. Era mais fácil levar o aquecedor elétrico refletor do meu apartamento. É muito leve, e o carrego de volta para o número 12 comigo ou deixo-o aqui se pretendo trabalhar no dia seguinte. Na segunda-feira, levei-o para casa."

"E a porta estava destrancada quando saiu da sala?"

"Sim, nunca tranco a porta. A chave fica na fechadura, geralmente do lado de dentro, mas nunca a usei."

"A fechadura parece comparativamente nova", disse Dalgliesh. "Quem a mandou instalar?"

"Henry Peverell. Gostava de trabalhar aqui em cima ocasionalmente. Não sei por quê, mas era um homem solitário. Creio que instalar uma fechadura o fazia sentir-se mais seguro. Na verdade, porém, não é nova. Bem mais nova que a porta, é claro, mas acho que a chave está ali há, no mínimo, cinco anos."

"Não ficou, no entanto, sem ser usada durante cinco anos. A fechadura foi mantida lubrificada, a chave gira com facilidade."

"É mesmo? Não a uso, portanto não notei. É curioso que tenha sido lubrificada. Pode ter sido a sra. Demery, mas não parece provável."

"O senhor gostava de Gerard Etienne?", perguntou Dalgliesh.

"Não, mas o respeitava. Não por qualidades que necessariamente merecem respeito. Respeitava-o por ser tão diferente de mim. Tinha as virtudes de seus defeitos. E era jovem. Dificilmente poderia reclamar crédito ou responsabilidade por isso, mas lhe dava um entusiasmo que a maioria de nós aqui não temos mais e do qual acho que a editora precisa. Podemos reclamar do que ele fez ou não gostar do que sugeriu, mas, ao menos, ele sabia para onde estava indo. Suspeito de que haveremos de nos sentir sem leme agora."

"Quem irá assumir como diretor executivo?"

"Ah, a irmã dele, Claudia Etienne. Aqui o cargo vai para a pessoa com o maior número de ações. Pelo que sei, ela herdará as dele, o que lhe dará maioria absoluta."

"Para fazer o quê?", perguntou Dalgliesh.

"Não sei. Precisa perguntar a ela. Acho que nem ela mesma sabe. Acabou de perder o irmão. Duvido de que esteja pensando muito no futuro da Editora Peverell."

Em seguida, Dalgliesh perguntou a Dauntsey como ele passara o dia e a noite anteriores. Dauntsey olhou para baixo com um pequeno sorriso astuto. Era inteligente demais para não perceber que estava lhe pedindo um álibi. Ficou em silêncio algum tempo, como se organizasse os pensamentos. Depois disse: "Fiquei na reunião dos sócios das dez horas até onze e meia. Gerard gostava de terminar em duas horas, mas ontem terminamos antes do costume. Após a reunião, ele trocou algumas palavras comigo, enquanto descíamos as escadas, sobre o futuro do catálogo de poesia. Acho que, além disso, estava tentando conquistar meu apoio para seu plano de vender a Innocent House e transferir a editora rio abaixo, até as Docklands".

"Achava isso desejável?"

"Achava necessário." Fez uma pausa e depois comentou: "Infelizmente". Após outra pausa, continuou falando lenta e deliberadamente, mas com pouca ênfase. Ocasionalmente, parava para selecionar uma palavra ou outra; por vezes, franzia a testa, como se a lembrança fosse dolorosa ou imprecisa. Dalgliesh ouviu o monólogo em silêncio.

"Depois que saí da Innocent House, voltei para meu apartamento para me aprontar para um almoço. Quando digo me aprontar, quero dizer passar um pente nos cabelos e lavar as mãos. Não me demorei muito. Levei um jovem poeta, Damien Smith, para almoçar no Ivy. Gerard costumava dizer que James de Witt e eu gastamos dinheiro para distrair os autores na proporção inversa de sua importância para a editora. Achei que o rapaz poderia gostar do Ivy. Tinha marcado à uma hora. Fui de lancha até London Bridge e de lá peguei um táxi até o restaurante. Demoramos duas horas no almoço; voltei ao meu apartamento por volta das três e meia. Preparei um bule de chá e voltei à minha sala às quatro horas. Trabalhei durante uma hora e meia."

"A última vez que vi Gerard foi quando fui ao lavatório do andar térreo. Fica nos fundos da casa, perto do vestiário. As mulheres, geralmente, usam o lavatório no primeiro andar. Gerard estava saindo quando eu entrei. Não conversamos, mas acho que ele acenou com a cabeça ou sorriu. Foi um tipo de saudação de passagem, mais nada. Não tornei a vê-lo. Voltei ao meu apartamento e passei as duas horas seguintes lendo os poemas que selecionara para a noite, pensando neles, fazendo café. Ouvi o noticiário das seis horas da BBC. Pouco depois, Frances Peverell me telefonou para desejar sorte. Ela se oferecera para ir comigo. Acho que pensou que alguém da editora deveria estar presente. Faláramos a respeito alguns dias antes e eu consegui dissuadi-la. Uma das poetisas escaladas para ler era Marigold Riley. Não é má poetisa, mas grande parte de seus poemas são escatológicos. Sabia que Frances não gostaria da poesia, da companhia e da atmosfera. Disse-lhe que preferia ir sozinho, que tê-la por perto me deixaria nervoso. Não era totalmente mentira. Fazia quinze anos que não lia em público. A maioria dos presentes pensava que eu morrera. Já estava desejando não ter aceito o convite. Ter Frances por perto, imaginando se estava descontente, o quanto desgostava de tudo, apenas aumentaria a ansiedade. Chamei o táxi e parti pouco depois das sete e meia."

"Pouco quanto?", perguntou Dalgliesh.

"Pedi que o táxi estivesse na alameda às sete e quarenta e

cinco, e acho que o deixei esperando alguns minutos, não mais." Depois de outra pausa, continuou: "O que aconteceu no Connaught Arms não irá interessá-lo. Lá, havia gente o bastante para confirmar minha presença. Imagino que a leitura tenha sido bem melhor do que eu esperara, mas estava lotado e barulhento demais. Não me havia dado conta de que a poesia se tornara um espetáculo. Todos bebiam e fumavam, e alguns poetas se permitiram tempo em excesso. Tudo se prolongou demais. Quis pedir ao proprietário que ligasse chamando um táxi, porém ele estava ocupado falando com um grupo de pessoas e eu saí de mansinho, mais ou menos despercebido. Achei que poderia pegar um táxi no final da rua; antes que chegasse lá, no entanto, fui assaltado. Foram três homens, creio, dois negros e um branco, mas não serei capaz de identificá-los. Só pude perceber figuras apressadas, o forte empurrão nas costas, mãos agarrando meus bolsos. Não foi sequer um assalto necessário. Se tivessem me pedido, eu teria entregado minha carteira. Que mais poderia fazer?".

"Eles a levaram?"

"Ah, sim, levaram. Ao menos, não estava lá quando a procurei. A queda me desnorteou durante alguns momentos. Quando recobrei os sentidos, um homem e uma mulher inclinavam-se sobre mim. Haviam estado na leitura e tentaram me alcançar. Batera a cabeça ao cair e estava sangrando um pouco. Peguei meu lenço e o apertei contra o ferimento. Pedi que me trouxessem para casa; disseram, todavia, que precisavam passar em frente do St. Thomas Hospital e insistiram em me deixar lá. Sugeriram que eu deveria tirar um raio X. Mal pude insistir em que me levassem para casa ou me conseguissem um táxi. Foram muito gentis mas acho que não queriam sair muito do seu caminho. No hospital, precisei esperar bastante tempo. Havia casos mais urgentes no pronto-socorro. Finalmente, uma enfermeira fez um curativo na minha testa e disse que eu deveria esperar para tirar um raio X. Foi mais uma espera. Apesar do resultado satisfatório, quiseram prender-me lá para ser observado durante a noite. Garanti-lhes que seria bem cuidado em casa e disse que não estava preparado para se internado. Pedi-lhes que ligassem para Frances, informassem-na sobre o ocorrido e chamassem um táxi. Achei que, provavelmente, ela esperava por mim para saber como fora a noite e poderia estar preocupada por eu não ter voltado até as onze horas. Era cerca de uma e meia quando consegui chegar em casa. Liguei para Frances imediatamente. Ela pediu para eu subir até seu apartamento, mas disse-lhe que estava perfeitamente bem e o de que mais precisava era um banho. Assim que o tomei, liguei de novo e ela desceu imediatamente."

"E ela não insistiu em descer até seu apartamento assim que você voltou?"

"Não. Frances nunca é invasiva quando acha que a pessoa deseja ficar sozinha, e eu queria mesmo ficar só ao menos um pouquinho. Ainda não estava pronto para dar explicações, ouvir expressões de simpatia. Precisava mesmo de uma bebida e de um banho. Tomei os dois e telefonei para Frances. Sabia que estava ansiosa e não queria que esperasse até de manhã para saber o que acontecera. Achei que o uísque me faria sentir melhor; em vez disso, senti-me bastante enjoado. Acho que tive um tipo de choque atrasado. No momento em que ela bateu à porta, eu não me sentia muito bem. Sentamo-nos para conversar algum tempo e depois ela insistiu em que eu fosse dormir. Disse que ficaria comigo, para o caso de eu precisar de algo durante a noite. Acho que temia que eu estivesse bem mais doente do que deixei transparecer, e que deveria estar por perto para ligar para o médico se houvesse alguma complicação. Não tentei dissuadi-la, embora soubesse que só precisava de uma noite de descanso. Pensei que fosse dormir no quarto de hóspede mas, em vez disso, cobriu-se com um cobertor e ficou ao lado, na sala de estar. Quando acordei de manhã, ela estava vestida e me levou uma xícara de chá. Insistiu para que eu ficasse em casa, mas eu me sentia bem melhor e decidi ir para a Innocent House. Chegamos juntos ao saguão principal logo depois de a primeira lancha do dia aportar. Foi quando soubemos que Gerard estava desaparecido."

"E foi só então que ficou sabendo?", perguntou Dalgliesh.

"Sim. Ele tinha o hábito de trabalhar até mais tarde que

nós, principalmente às quintas-feiras. Costumava chegar mais tarde pela manhã, exceto nos dias em que tínhamos reunião de diretoria, quando então gostava de começar pontualmente às dez. Imaginei, naturalmente, que ele fora para casa por volta da hora em que parti para a leitura."

"Mas não o viu quando partiu para o Connaught Arms?"

"Não, não o vi."

"Ou viu alguém entrando na Innocent House?"

"Não, não vi ninguém."

"E quando o senhor recebeu a notícia da morte, os três subiram até a salinha de arquivos?"

"Sim, subimos juntos. Stilgoe, De Witt e eu. Foi uma reação natural à notícia, suponho, a necessidade de ver com os próprios olhos. James chegou lá primeiro. Stilgoe e eu não conseguimos acompanhar seu ritmo. Claudia ainda estava ajoelhada ao lado do corpo do irmão quando chegamos. Ela se levantou e nos encarou e estendeu o braço em nossa direção. Foi um gesto curioso. Era como se estivesse exibindo aquela enormidade ao olhar público."

"E durante quanto tempo ficaram na sala?"

"Pode ter sido menos que um minuto. Pareceu mais tempo. Ficamos em grupo logo depois da porta, olhando, olhos arregalados, sem acreditar, chocados. Acho que ninguém disse uma palavra. Sei que não falei. Tudo na sala estava extremamente vívido. O choque pareceu despertar em meus olhos extraordinária acuidade de percepção. Vi todos os detalhes do corpo de Gerard e da sala em si com surpreendente clareza. Então Stilgoe falou: 'Vou telefonar para a polícia. Nada podemos fazer aqui. Esta sala deve ser fechada imediatamente, e eu guardarei a chave'. Ele tomou conta da situação. Saímos juntos e Claudia trancou a porta. Stilgoe tomou a chave. O resto, o senhor sabe."

26

Durante as inúmeras discussões da tragédia, que vieram a ocupar as semanas e meses seguintes, era consenso entre os funcionários da Editora Peverell que a experiência de Marjorie Spenlove fora singular. A srta. Spenlove, editora-chefe, chegara à Innocent House pontualmente em seu horário de sempre: 9h15. Murmurara um "bom dia" a George que, abalado diante da central telefônica, não reparou em sua chegada. Lord Stilgoe, Dauntsey e De Witt estavam na salinha dos arquivos com o corpo, a sra. Demery atendia Blackie no vestiário do andar térreo, cercada pelo resto dos funcionários, e o saguão ficou vazio durante alguns minutos. A srta. Spenlove foi direto para sua sala, tirou o paletó e sentou-se para trabalhar. Quando trabalhava, ela ficava alheia a tudo, exceto ao texto diante dela. Afirmava-se, na Editora Peverell, que obra alguma editada pela srta. Spenlove jamais continha qualquer erro sem detecção. Seu melhor desempenho era em textos não-fictícios; achava difícil, às vezes, distinguir entre erros gramaticais e o estilo natural, tão cultivado e louvado, no caso de novelistas jovens e modernos. Sua perícia ia além de detalhes verbais; nenhum erro geográfico ou histórico deixava de ser verificado, nenhuma inconsistência climática, topográfica ou relacionada ao vestuário passava despercebida. Os autores a estimavam, embora seus encontros com ela para aprovar o texto final os deixasse com a sensação de ter passado por uma sessão especialmente traumática com uma intimidadora diretora de escola à moda antiga.

O sargento Robbins e um policial haviam revistado as dependências logo depois que chegaram. A revista fora um pouco superficial; ninguém poderia seriamente esperar que o assassino ainda se encontrasse no prédio, a menos que ele ou ela fosse um funcionário da casa. Mas o sargento Robbins, compreensivelmente, esquecera-se de olhar o pequeno lavatório no segundo andar. Ao descer para buscar Gabriel Dauntsey, seus ouvidos aguçados detectaram o som de uma tosse na sala vizinha. Ao abrir a porta, deu de cara com uma senhora idosa trabalhando diante de sua mesa. Fitando-o com severidade por cima dos óculos em forma de meia-lua, ela perguntou: "E você, quem é?".

"Sargento Robbins, da polícia metropolitana, madame. Como a senhora entrou?"

"Pela porta. Trabalho aqui. Esta é minha sala. Sou a editora-chefe da Editora Peverell. Como tal, tenho o direito de estar aqui. Duvido muito de que possa dizer o mesmo a seu respeito."

"Estou aqui a serviço, madame. O sr. Gerard Etienne foi encontrado morto em circunstâncias suspeitas."

"Quer dizer que foi assassinado?"

"Ainda não podemos ter certeza."

"Quando ele morreu?"

"Saberemos depois que o legista apresentar seu relatório."

"Como ele morreu?"

"Ainda não sabemos a causa da morte."

"Parece-me, meu jovem, que sabe muito pouco. Talvez seja melhor voltar quando estiver melhor informado."

O sargento Robbins abriu a boca, depois fechou-a firmemente, bem a tempo de evitar dizer: "Sim, senhora. Muito bem, senhora". Apressou-se em sair, fechando a porta atrás de si, e estava no meio da escada quando percebeu que sequer perguntara o nome da mulher. Naturalmente, em breve saberia. Fora uma pequena omissão num rápido encontro que, reconhecia, não tinha ido muito bem. Honesto e levemente especulativo, ele também admitiu que o motivo era, em parte, a curiosa semelhança, em aparência e voz, da mulher com a srta. Addison — sua primeira professora quando saíra da pré-escola —, que tinha por princípio que as crianças vão melhor e são mais felizes quando sabem, de início, quem é que manda.

A srta. Spenlove ficou mais abalada com a notícia do que revelara. Depois de completar a edição da página em que trabalhava, telefonou para a recepção.

"George, poderia localizar a sra. Demery para mim?" Ao buscar informação, ela preferia procurar uma especialista. "Sra. Demery, há um rapaz rondando o prédio que diz ser um sargento da polícia metropolitana. Ele me disse que o sr. Etienne está morto, possivelmente assassinado. Se sabe de alguma coisa a respeito, será que poderia subir até aqui e me esclarecer? E estou pronta para meu café."

A sra. Demery, abandonando a srta. Blackett aos cuidados de Mandy, não ficou nem um pouco contrariada em obedecer.

27

Dalgliesh, ao lado de Kate, conduziu as entrevistas restantes com os sócios na sala de Gerard Etienne. Daniel estava ocupado na salinha de arquivos, onde o técnico de aquecedores a gás já estava desmontando o aparelho. Depois de terminar o serviço e remeter amostras de quaisquer entulhos da chaminé para o laboratório, iria para a delegacia de polícia de Wapping para montar a sala de ocorrências. Dalgliesh prevenira o superintendente da delegacia, que aceitara filosoficamente a necessária intromissão e a ocupação temporária de uma de suas salas. Dalgliesh esperava que não fosse por muito tempo. Se se tratava de assassinato — e ele já não tinha dúvida alguma de que era —, o número de possíveis suspeitos provavelmente não seria grande.

Não tinha a menor vontade de sentar-se à mesa de Etienne, em parte porque era sensível à comoção dos sócios, mas, principalmente, porque um confronto permeado por mais de um metro de carvalho claro investia qualquer entrevista de uma formalidade que só inibiria ou hostilizaria um suspeito, em vez de extrair dele informações úteis. Havia, contudo, uma pequena sala de reuniões, feita da mesma madeira, com seis cadeiras, perto das janelas, e eles se sentaram lá. A longa caminhada da porta até ali intimidaria a todos, exceto os mais seguros, e ele duvidava de que perturbaria Claudia ou James de Witt.

O aposento, evidentemente, fora outrora uma sala de jantar; sua elegância, porém, fora profanada pela divisória que cortava a decoração oval do estuque no teto e seccionava uma das quatro altas janelas que davam para a Innocent Passage. A magnífica lareira de mármore, elegantemente trabalhada, estava na sala da srta. Blackett. E, na sala de Etienne, a mobília — escrivaninha, cadeiras, mesa de reuniões e arquivos — era quase agressivamente moderna. As peças talvez tivessem sido deliberadamente escolhidas para contrastar com as pilastras de mármore e os entablamentos de pórfiro, os dois magníficos lustres — um deles quase tocando a divisória — e o dourado das molduras dos quadros contra o verde-claro das paredes. Os quadros mostravam cenas rurais e convencionais, certamente quase vitorianas. Eram boas, mas um pouco rebuscadas demais, muito sentimentais para seu gosto. Duvidava de que aqueles quadros eram os que originalmente haviam sido dependurados lá, e imaginava que retratos dos Peverell outrora ornaram aquelas paredes. Restava, ainda, uma peça da mobília original, uma mesa de vinhos em mármore e bronze, do período regencial. Então, ao menos uma lembrança das glórias passadas ainda estava em uso. Imaginou o que Frances Peverell achava da profanação da sala e se agora, com Gerard Etienne morto, a divisória seria retirada. Perguntava-se, também, se Gerard Etienne fora insensível a toda arquitetura ou se apenas menosprezara aquela casa em particular. A divisória, a mobília moderna destoante seriam seu comentário sobre a inadequação da sala para seus propósitos, uma rejeição deliberada de um passado que fora dominado por Peverells e não Etiennes?

Claudia Etienne percorreu os três metros até ele com graça segura e sentou-se como se estivesse concedendo um favor. Estava muito pálida mas bem controlada, embora ele suspeitasse de que suas mãos, metidas nos bolsos do cardigã, teriam sido mais reveladoras que o rosto grave e tenso. Ele ofereceu seus pêsames com simplicidade e (esperava) sinceridade, mas ela o interrompeu com secura.

"Está aqui por causa de lord Stilgoe?"

"Não, estou aqui devido à morte de seu irmão. Lord Stilgoe entrou em contato comigo indiretamente, através de um amigo comum. Recebera uma carta anônima que inquietara muito sua esposa; ela a considerava uma ameaça à vida do marido. Pediu por uma garantia oficial de que a polícia não suspeitava de ação criminosa nas três mortes ligadas à Innocent House: dois autores e Sonia Clements."

"O que o senhor, sem dúvida, pôde fornecer."

"O que os departamentos policiais envolvidos puderam fornecer. Ele deve ter recebido essa garantia cerca de três dias atrás."

"Espero que tenha ficado satisfeito. A megalomania de lord Stilgoe chega às raias da paranóia. Ainda assim, ele mal pode acreditar que a morte de Gerard tenha sido uma tentativa deliberada de sabotar suas preciosas memórias. Acho estranho, entretanto, comandante, que o senhor esteja aqui em pessoa, e com uma força policial de peso. Está tratando a morte de meu irmão como assassinato?"

"Como inexplicável e suspeita. É por isso que preciso incomodá-la agora. Agradeceria sua colaboração, não só pessoal, mas também explicando a seus funcionários que certa invasão de privacidade e interferência com o trabalho serão inevitáveis."

"Creio que compreenderão."

"Precisaremos tirar impressões digitais para fins de exclusão. Todas as que não forem necessárias como evidências serão destruídas quando o caso estiver encerrado."

"Será uma experiência nova para nós. Se necessária, é claro que aceitaremos. Suponho que exigirá que todos nós, especialmente os sócios, forneçamos um álibi."

"Preciso saber o que estava fazendo, srta. Etienne, e com quem estava a partir das seis horas da noite de ontem."

"O senhor tem a tarefa pouco invejável, comandante, de expressar simpatia pela morte de meu irmão enquanto me pede um álibi que prove que não o matei. Faz isso com certa elegância. Parabenizo-o; mas já tem bastante prática. Estava passeando no rio com um amigo, Declan Cartwright, ontem à noite. Quando verificar com ele, provavelmente me descreverá como sua noiva. Prefiro usar a palavra amante. Partimos pouco depois das seis e meia, quando a lancha voltou depois de levar os funcionários até Charing Cross Pier. Ficamos no rio até cerca de dez e meia, talvez um pouco mais; então, voltamos para cá e eu o levei de carro até seu apartamento numa travessa de Westbourne Grove. Ele mora no andar superior de uma loja de antigüidades, que administra para o proprietário. Eu lhe darei o endereço, é claro. Fiquei com ele até as duas horas, depois voltei para o Barbican. Tenho um apartamento no andar abaixo do apartamento de meu irmão."

"Ficaram um bom tempo no rio para uma noite de outubro."

"Uma bela noite de outubro. Descemos o rio para ver a barreira do Tâmisa e depois voltamos e atracamos no Greenwich Pier. Jantamos no restaurante Le Papillon, na Greenwich Church Street. Tínhamos reserva para as oito horas e acho que ficamos lá por uma hora e meia. Então subimos o rio até depois da Battersea Bridge e voltamos. Como disse, estávamos de volta pouco depois das dez e meia."

"Alguém os viu, além, naturalmente, dos funcionários e demais freqüentadores do restaurante?"

"O rio não estava muito movimentado. Mesmo assim, muitas pessoas podem ter nos visto, o que não quer dizer que se lembrarão de nós. Fiquei na cabine de comando e Declan ficou comigo a maior parte do tempo. Vimos pelo menos duas lanchas da polícia no rio. Ousaria dizer que repararam em nós. É sua função, certo?"

"Alguém os viu quando embarcaram ou quando retornaram?"

"Não que eu saiba. Não vimos nem ouvimos ninguém."

"E sabe de alguém que poderia desejar a morte de seu irmão?"

"Já fez essa pergunta antes."

"Estou perguntando de novo, agora que estamos a sós."

"Estamos mesmo? Será que algo que se diz à polícia fica mesmo em particular? A resposta é a mesma. Não conheço ninguém que o odiasse a ponto de matá-lo. Provavelmente, haverá pessoas que não sentirão sua morte. Morte alguma é universalmente lamentada. Toda morte traz vantagem para alguém."

"Quem levará vantagem com a morte dele?"

"Eu levarei. Sou a herdeira de Gerard. Naturalmente, isso mudaria depois de seu casamento. Na presente situação, eu herdo suas ações na empresa, seu apartamento no Barbican, os rendimentos de seu seguro de vida. Não o conhecia muito bem, não fomos criados para sermos irmãos chegados. Freqüentamos escolas diferentes, universidades diferentes, vivemos vidas diferentes. Meu apartamento fica sob o dele, mas não tínhamos o hábito de nos visitarmos. Teria parecido uma invasão de privacidade. Eu gostava dele, no entanto; respeitava-o. Estava do lado dele. Se foi assassinado, espero que seu assassino apodreça na cadeia pelo resto da vida. Não acontecerá, é claro. Esquecemos e perdoamos os vivos com muita rapidez. Talvez precisemos mostrar piedade por termos uma incômoda consciência de que um dia também poderemos precisar dela. A propósito, aqui estão as chaves. Pediu um molho. Tirei cópia das chaves do carro e do apartamento dele."

"Obrigado", disse Dalgliesh apanhando as chaves. "Nem preciso assegurar-lhe que ficarão em meu poder, ou no poder de alguém de minha equipe. Seu pai já sabe que o filho morreu?"

"Ainda não. Vou de carro até Bradwell-on-Sea no final da tarde. Ele vive como um recluso e não gosta de receber chamadas de fora. Seja como for, eu preferiria dar a notícia pessoalmente. O senhor deseja vê-lo?"

"É importante que o veja. Agradeceria que lhe perguntasse se posso visitá-lo amanhã, à hora que lhe for mais conveniente."

"Perguntarei, mas não estou certa de que concordará. Ele tem grande aversão a visitantes. Vive com uma senhora francesa idosa que toma conta dele. O filho dela — casado com uma moça da região — é seu motorista. Imagino que assumirão o posto da mãe quando Estelle morrer. Não se aposentará, certamente. Considera um privilégio dedicar sua vida a um herói da França. Papai, como sempre, tem sua vida bem organizada. Digo-lhe isso para que saiba o que esperar. Não creio que será bem-vindo. É tudo?"

"Preciso, também, visitar os parentes próximos de Sonia Clements."

"Sonia Clements? Que ligação poderia haver entre seu suicídio e a morte de Gerard?"

"Nenhuma, pelo que sei no momento. Ela tinha parentes ou vivia com alguém?"

"Só a irmã, e fazia três anos que as duas não moravam juntas. É freira, membro de uma comunidade em Kemptown, perto de Brighton. Cuidam de um abrigo para moribundos. Creio que se chama Convento de St. Anne. Estou certa de que a reverenda madre permitirá que fale com ela. Afinal, policiais são como os inspetores da VAT, certo? Por mais desagradável ou inconveniente que seja sua presença, quando batem em nossa porta, precisamos deixá-los entrar. Deseja mais alguma coisa de mim?"

"A salinha de arquivos será lacrada e também gostaria de trancar a própria sala de arquivos."

"Durante quanto tempo?"

"Tanto quanto necessário. Será muito inconveniente?"

"Claro que será inconveniente. Gabriel Dauntsey está trabalhando nos antigos registros. A tarefa já está bastante atrasada."

"Compreendo que será inconveniente. Perguntei se seria muito inconveniente. O trabalho da editora pode continuar sem acesso a essas duas salas?"

"Obviamente. Se o senhor acha importante, teremos de dar um jeito."

"Obrigado."

Ele terminou perguntando sobre o sabotador da Innocent House e as medidas tomadas para descobrir o culpado. A investigação, de modo geral, parecia ter sido tão superficial quanto malsucedida.

"Gerard deixou-a mais ou menos em minhas mãos, mas não fui muito longe. Tudo que pude fazer foi relacionar como os incidentes ocorreram, o número de pessoas que estavam nas dependências na hora e os possíveis responsáveis. Isto é, quase todos, excetos os funcionários que estavam doentes ou de férias. Era quase como se o sabotador deliberadamente escolhesse horários em que todos os sócios e a maioria dos funcionários estavam na empresa e poderiam ser responsabilizados. Gabriel Dauntsey tem um álibi para o último incidente, o fax que foi mandado ontem de sua sala para a Better Books, em Cambridge. Na hora, estava a caminho de um almoço com um de nossos autores no Ivy, mas os outros sócios e os funcionários mais antigos estavam aqui. Gerard e eu apanhamos a lancha até Greenwich e almoçamos num *pub*, o Trafalgar Tavern, mas só saímos daqui à uma e vinte. O fax foi enviado ao meio-dia e meia. Carling deveria começar a sessão de autógrafos à uma hora. O incidente mais recente, é claro, foi o roubo da agenda de meu irmão. Ela pode ter sido tirada da gaveta de sua mesa a qualquer hora na quarta-feira. Ele deu pela falta dela ontem, logo cedo."

"Fale-me sobre a cobra", disse Dalgliesh.

"Hissing Sid? Só Deus sabe quando foi que apareceu aqui. Há cerca de cinco anos, creio eu. Alguém a deixou depois de uma festa de Natal para os funcionários. Costumava ser usada pela srta. Blackett para manter aberta a porta entre sua sala e a de Henry Peverell. Tornou-se uma espécie de mascote do escritório. Por algum motivo, Blackie apegou-se a ela."

"E ontem seu irmão lhe disse para jogá-la fora."

"Suponho que a sra. Demery lhe tenha contado isso. Sim, ele disse. Não estava de muito bom humor após a reunião dos acionistas e, por algum motivo, a visão daquela coisa o irritou. Ela a guardou na gaveta da mesa."

"Viu-a fazendo isso?"

"Sim. Eu, Gabriel Dauntsey e nossa secretária temporária, Mandy Price. Imagino que a notícia correu bem rápido pela editora."

"Seu irmão saiu da reunião de mau humor?", disse Dalgliesh.

"Não disse isso. Disse que não estava de muito bom humor. Nenhum de nós estava. Não é segredo que a Editora Peverell encontra-se em dificuldades. Temos de encarar a possibilidade de vender a Innocent House se quisermos manter alguma esperança de continuar no negócio."

"Deve ser uma perspectiva sombria para a srta. Peverell."

"Creio que nenhum dos sócios gostou da idéia. A sugestão de que algum de nós tentou evitar a venda atacando Gerard é ridícula."

"Não fiz tal sugestão", disse Dalgliesh.

Depois permitiu que ela fosse.

Ela acabara de alcançar a porta quando Daniel apareceu. Abriu-a para ela passar e esperou para falar até que ela tivesse saído da sala.

"O técnico de aquecedores a gás já terminou, senhor. É o que esperávamos. O combustível foi bastante bloqueado. Parece cascalho do revestimento da chaminé, mas houve muita queda de saibro ao longo dos anos. Apresentará um relatório oficial, porém não tem dúvidas sobre o que aconteceu. Com o estado do combustível, o aquecedor tornou-se letal."

"Somente numa sala sem ventilação adequada", disse Dalgliesh. "Já nos disseram isso inúmeras vezes. A combinação letal foi o aquecedor queimando e a janela que não podia ser aberta."

"Havia um pedaço de cascalho particularmente grande socado contra o combustível. Pode ter caído naturalmente do revestimento da chaminé ou ter sido deliberadamente deslocado. Não há meios de saber com certeza. Basta pressionar áreas do revestimento para que porções dele despenquem. Quer dar uma olhada, senhor?"

"Sim, irei agora."

"E quer que o aquecedor bem como o cascalho sejam enviados para análise?"

"Sim, Daniel, tudo." Nem precisava acrescentar: "E quero impressões digitais, fotografias, o de sempre". Trabalhava, como de hábito, com especialistas em mortes violentas.

Enquanto subiam as escadas, ele perguntou: "Alguma pista sobre o gravador desaparecido ou a agenda de Etienne?".

"Por enquanto, não, senhor. A srta. Etienne fez um escarcéu quando quisemos revistar as mesas dos funcionários que foram mandados para casa ou que estão de folga hoje. Não achei que o senhor quisesse pedir um mandado de busca."

"Não é necessário por enquanto. Duvido de que será. A

busca pode acontecer na segunda-feira quando todos os funcionários estiverem aqui. Se o gravador foi levado pelo assassino por um motivo específico, já deve estar no fundo do rio. Se o sabotador o levou, pode surgir em qualquer parte. O mesmo se aplica à agenda."

"Parece que o gravador era o único do seu tipo na editora", disse Daniel. "Era de uso exclusivo do sr. Dauntsey. Todos os outros são maiores e elétricos e utilizam fitas cassetes de tamanho padrão. O sr. De Witt quer saber se ainda demorará a ser interrogado, senhor. Mora com um amigo gravemente doente e prometeu que estaria em casa cedo."

"Tudo bem, ele será o próximo."

O técnico de aquecedores, já de casaco e pronto para partir, não poupou palavras para expressar sua desaprovação, dividido entre o interesse quase possessivo no utensílio e a indignação profissional diante do mal uso.

"Faz quase vinte anos que não vejo um aquecedor desse tipo. Deveria estar num museu. Mas não há nada de errado com o funcionamento do aquecedor em si. É bem-feito, resistente, do tipo que costumavam instalar em quartos de criança. A alavanca é removível, vejam, para impedir que as crianças pudessem ligar o aquecedor acidentalmente. Pode ver com clareza o que aconteceu aqui, comandante. O combustível está totalmente bloqueado. O saibro deveria estar caindo há anos. Sabe Deus a última vez em que este aparelho passou pela manutenção. Só poderia mesmo ter acabado em morte. Já vi acontecer antes, vocês também, sem dúvida. E voltaremos a ver. Mas o público não pode reclamar de que não foi avisado. Aquecedores a gás precisam de ar. Sem ventilação, funcionam mal e produzem monóxido de carbono. O gás é um combustível perfeitamente seguro se usado corretamente."

"Nada teria acontecido a ele se a janela estivesse aberta?"

"Isso mesmo. A janela é alta e um pouco estreita, mas, se estivesse suficientemente aberta, ele estaria bem agora. Como o encontraram? Dormindo na cadeira, imagino. Geralmente é assim que acontece. As pessoas ficam meio sonolentas, dormem e nunca mais acordam."

"Há jeitos piores de morrer", disse Daniel.

"Não se você é um técnico de aquecedores a gás. É um insulto ao produto. Imagino que irá precisar de um relatório, comandante. Pode deixar que aprontarei logo. Era um sujeito jovem, não era? Pior ainda. Não sei por quê, mas é sempre assim." Abriu a porta e deu uma olhada na sala. "Por que será que ele subiu aqui para trabalhar? Escolha estranha. Imagino que existam salas bem melhores num prédio deste tamanho, sem precisar subir até aqui."

28

James de Witt fechou a porta ao passar e apoiou-se negligentemente contra ela, como se decidindo se iria mesmo, afinal, dar-se ao trabalho de entrar. Depois atravessou a sala com passos descontraídos e puxou a cadeira vazia para o lado da mesa.

"Tudo bem se me sentar aqui? Confrontá-lo do outro lado da mesa, como se fôssemos adversários, intimida bastante. Evoca memórias desagradáveis de entrevistas com meu tutor." Vestia roupas confortáveis — jeans azul-escuro e um suéter solto reforçado com apliques de couro nos cotovelos e ombros, que parecia sobra do exército. Nele, estava quase elegante.

Era muito alto, certamente media mais de um metro e oitenta. Tinha membros flexíveis e os longos pulsos ossudos davam-lhe um ar desajeitado. O rosto, com um quê do humor melancólico de um palhaço, era magro e inteligente, suas faces lisas sobre malares proeminentes. Espessa mecha de cabelos castanho-claros caía sobre a testa alta. Os olhos eram estreitos, sonolentos sob as pálpebras pesadas, mas eram olhos que perdiam pouco e nada revelavam. Quando falou, o tom agradável e suave contrastou curiosamente com suas palavras.

"Acabei de ver Claudia. Parece desesperadamente cansada. Precisava mesmo interrogá-la? Afinal, perdeu seu único irmão em circunstâncias consternadoras."

"Não foi bem um interrogatório", disse Dalgliesh. "Se a srta. Etienne tivesse pedido que parássemos, ou se me tivesse dado a impressão de estar muito abalada, evidentemente teríamos adiado a entrevista."

"E Frances Peverell? É igualmente penoso para ela. Não podem entrevistá-la amanhã?"

"Não, a não ser que esteja abalada demais para falar comigo agora. Nesse tipo de investigação, precisamos conseguir o máximo possível de informação o quanto antes."

Kate cogitou que, na verdade, a preocupação dele fora com Frances Peverell e não com Claudia Etienne.

"Suponho que passei à frente de Frances. Sinto muito. Acontece que tive alguns contratempos e meu amigo, Rupert Farlow, ficará sozinho se eu não voltar para casa às quatro e meia. A propósito, Rupert Farlow é meu álibi. Suponho que o principal propósito desta entrevista é pedir-me que apresente um álibi. Voltei para casa, ontem à tarde, na lancha das cinco e meia, e cheguei em Hillgate Village às seis e meia. Peguei a Circle Line de Charing Cross até Notting Hill Gate. Rupert pode confirmar que fiquei em casa com ele durante toda a noite. Ninguém apareceu e, excepcionalmente, ninguém telefonou. Seria útil que marcasse hora antes de procurá-lo para verificar o que digo. Está gravemente doente agora e para ele alguns dias são melhores que outros."

Dalgliesh fez-lhe a pergunta de praxe sobre se ele sabia de alguém que pudesse desejar a morte de Gerard Etienne. "Haveria algum inimigo político, por exemplo? Uso o termo no sentido mais amplo."

"Santo Deus, não! Gerard era impecavelmente liberal; se não nas ações, ao menos nas palavras. E, afinal de contas, são as palavras que interessam. Todas as opiniões liberais corretas. Sabia o que não pode ser dito ou publicado na Grã-Bretanha hoje, e não dizia ou publicava tais coisas. Poderia até pensar nelas, como a maioria de nós, mas por enquanto isso ainda não é crime. Na verdade, duvido de que se interessasse muito por questões políticas ou sociais, mesmo as que afetassem o ramo editorial. Fingia preocupação, se isto fosse conveniente, porém não creio que realmente a sentisse."

"O que o preocupava? O que o tocava fundo?"

"Fama. Sucesso. Ele mesmo. A Editora Peverell. Queria comandar uma das maiores — a maior — e a mais bem-sucedida editora particular da Grã-Bretanha. Música: Beethoven e Wagner, especialmente. Era pianista e tocava bastante bem. É uma pena que com as pessoas não fosse tão sensível. Imagino que sua mulher do momento também fosse importante."

"Era noivo, certo?"

"Da irmã do conde de Norrington. Claudia telefonou para o Dowager. A esta altura, acredito que já tenha dado a notícia à filha."

"Houve problemas em relação ao noivado?"

"Não que eu saiba. Claudia pode saber de algo, mas duvido. Gerard era reticente quanto a lady Lucinda. Todos nós a conhecemos, é claro. Gerard ofereceu uma festa para celebrar ao mesmo tempo o noivado deles e o aniversário dela, aqui, no dia dez de julho, no lugar de nossa usual festa do verão. Creio que a conheceu em Bayreuth no ano passado, mas tenho a impressão — posso estar errado — de que não foi Wagner quem a levou até lá. Acho que ela e a mãe visitavam alguns primos continentais. Na verdade, sei pouco sobre ela. O noivado foi uma surpresa, é claro. Ninguém achava que Gerard tivesse ambições sociais, se essa foi sua motivação. Não se pode dizer que lady Lucinda traria dinheiro para a editora. Linhagem, mas não apadrinhamento. É claro que, quando se queixa de pobreza, essa gente está apenas dizendo que sofre de leve e temporária dificuldade para pagar as anuidades do herdeiro em Eton. Ainda assim, lady Lucinda certamente se inclui entre os interesses de Gerard. Depois, vem o montanhismo. Se perguntasse a Gerard quais eram seus interesses, provavelmente ele incluiria o montanhismo. Que eu saiba, só escalou uma montanha em sua vida."

Kate perguntou subitamente: "Que montanha?".

De Witt virou-se para ela e sorriu. O sorriso foi inesperado e transformou seu rosto. "O Matterhorn, o que provavelmente lhe diz sobre Gerard Etienne tudo o de que precisa saber."

"Presumo que planejava fazer mudanças na editora", disse Dalgliesh. "E nem todas devem ter sido bem recebidas."

"O que não significa que não fossem necessárias. Continuam necessárias, aliás. A manutenção desta casa tem consumido o lucro anual há décadas. Imagino que poderíamos continuar aqui se reduzíssemos à metade nosso catálogo, despedíssemos dois terços dos funcionários, cortássemos nossos salários em trinta por cento e nos contentássemos em ser uma editora cult, menor. E isso não correspondia aos planos de Gerard Etienne."

"E quanto aos demais sócios?"

"Ah, reclamamos e esperneamos às vezes, porém acho que, no fundo, sabíamos que Gerard tinha razão; a questão era expandir ou afundar. Uma editora, hoje em dia, não pode sobreviver só com os títulos de sempre. Gerard queria presidir uma editora com forte catálogo legal — há um maduro para a colheita — e entrar no mercado educacional. Tudo isso levaria dinheiro, para não falar de energia e uma certa dose de agressividade comercial. Duvido de que algum de nós tivesse estômago para isso. Só Deus sabe o que vai acontecer agora. Imagino que faremos uma reunião dos sócios para confirmar Claudia como presidente e diretora comercial e adiar todas as decisões desagradáveis pelo menos por seis meses. Gerard teria achado graça. Teria achado típico."

Dalgliesh, ansioso para não tomar-lhe tempo demais, terminou inquirindo brevemente sobre o sabotador.

"Não tenho idéia de quem seja o responsável. Gastamos muito tempo debatendo a questão, nas reuniões mensais dos sócios, e não chegamos a parte alguma. É muito estranho. Com apenas trinta funcionários, era de se esperar que, a esta altura, tivéssemos alguma pista, nem que fosse por eliminação. É claro que a grande maioria dos funcionários está com a editora há anos, e eu disse que todos eles, novos e antigos, estavam acima de qualquer suspeita. E os incidentes aconteceram quando, praticamente, todos estavam presentes. Talvez essa tenha sido a idéia do sabotador — dificultar a eliminação. Mais sério, naturalmente, foi o desaparecimento das ilustrações do livro de não-ficção sobre Guy Fawkes e a alteração das provas de lord Stilgoe."

"Nenhum dos incidentes, no entanto, foi, de fato, catastrófico", observou Dalgliesh.

"Por acaso, não. O último incidente com Hissing Sid parece pertencer a uma categoria diferente. Os outros foram dirigidos contra a empresa, mas enfiar a cabeça da cobra na boca de Gerard foi, sem dúvida, um ato de malícia contra ele pessoalmente. Para poupar sua pergunta, por que não dizer que eu sabia onde encontrar Hissing Sid? Imagino que a maioria dos funcionários soubesse depois que a sra. Demery terminou suas rondas."

Dalgliesh achou que já era hora de liberá-lo. "Como irá até Hillgate Village?"

"Chamei um táxi, demoraria muito pegar a lancha até Charing Cross. Estarei aqui às nove e meia amanhã, se precisar saber de mais alguma coisa. Não que ache que possa ajudar. Ah, por que não dizer agora que não matei Gerard, nem enrolei a cobra em seu pescoço? Não poderia jamais esperar convencê-lo das virtudes do romance literário sufocando-o com gás."

"Então é assim que acha que ele morreu?", perguntou Dalgliesh.

"Não foi assim? Na verdade, a idéia é de Dauntsey, não posso reclamar crédito por ela. Quanto mais penso a respeito, todavia, mais verossímil me parece."

Saiu, sem pressa, com a mesma elegância com que entrara.

Dalgliesh refletiu que interrogar suspeitos era como entrevistar candidatos como membro de um comitê de seleção. Havia sempre a tentação de avaliar o desempenho de cada um e formular uma opinião provisória antes de convocar o outro candidato. Naquele dia, ele esperou em silêncio. Kate, como sempre, intuiu que era mais sensato calar seu julgamento. Ele desconfiava, contudo, de que havia um ou dois comentários pungentes que ela gostaria de ter feito sobre Claudia Etienne.

Frances Peverell foi a última. Entrou na sala com a docilidade de uma escolar bem-comportada, mas perdeu a compostura quando viu o paletó de Etienne ainda pendurado nas costas de sua cadeira.

"Não pensei que ainda estivesse aqui", disse ela, e começou a andar na direção do paletó, com o braço esticado. Depois se dominou e voltou-se para Dalgliesh. Este viu que os olhos dela estavam rasos d'água.

"Desculpe-me", disse ele. "Acho que deveríamos ter levado embora."

"Claudia poderia ter levado, talvez, mas tinha outras coisas em que pensar. Pobre Claudia. Imagino que terá de cuidar de todos os pertences dele, todas as roupas."

Frances sentou-se e olhou para Dalgliesh como uma paciente que aguardasse a opinião do especialista. Seu rosto era suave, os cabelos castanho-claros, com mechas douradas, caíam em franja acima das sobrancelhas retas e olhos verde-azulados. Dalgliesh percebeu que a expressão de angústia e tensão neles era algo mais duradouro, e não apenas reação ao trauma do momento, e imaginou que tipo de pai teria sido Henry Peverell. A mulher diante dele não tinha a petulância egocêntrica de filha única mimada. Parecia, antes, uma mulher que durante toda a vida sempre atendera as necessidades de outros, mais acostumada a receber críticas implícitas que elogios. Não tinha nem um pouco da segurança de Claudia Etienne ou da elegância *dégagé* de De Witt. Usava uma saia de tweed azul suave e marrom, blusão azul e cardigã combinando, mas não o costumeiro cordão de pérolas. Ela poderia, sem chocar ninguém, ter usado exatamente o mesmo na década de 30 ou 50; as tradicionais roupas para o dia da dama inglesa: de bom gosto, monótonas, convencionais e caras.

"Sempre achei que é a pior tarefa após a morte de alguém. Relógios, jóias, livros, quadros, tudo isso pode ser dado para amigos, e parece correto e apropriado. Roupas, porém, são algo íntimo demais para ser dado como presente. Paradoxalmente, parece que só conseguimos suportar que sejam usadas não por pessoas que conhecemos, mas por estranhos."

"Sim, foi o que senti quando papai morreu", disse ela com sofreguidão, grata por ele entender. "No final, dei todos os seus ternos e sapatos para o Exército da Salvação. Espero que tenham encontrado alguém que precisava deles, mas era como despejá-lo do apartamento, removê-lo da minha vida."

"Você gostava de Gerard Etienne?"

Ela olhou para suas mãos cruzadas e depois direto nos olhos dele. "Estava apaixonada por ele. Queria dizer-lhe eu mesma, porque sei que o descobriria mais cedo ou mais tarde e é melhor que o saiba de mim. Tivemos um caso, mas terminou uma semana antes do noivado dele."

"Por concordância mútua?"

"Não, não por concordância mútua."

Dalgliesh não precisou perguntar o que ela sentira frente a essa traição. O que sentira, e continuava sentindo, estava estampado em seu rosto.

"Sinto muito", disse ele. "Falar sobre a morte dele não deve ser fácil para você."

"Não é tão doloroso quanto não poder falar. Por favor, diga-me, sr. Dalgliesh, acha que Gerard foi assassinado?"

"Não temos certeza, ainda, mas é uma probabilidade mais que uma possibilidade. É por isso que precisamos interrogá-la agora. Gostaria de que explicasse exatamente o que aconteceu ontem à noite."

"Imagino que Gabriel — o sr. Dauntsey — lhe falou que foi assaltado. Não o acompanhei à leitura de poesia porque ele insistiu que preferia ir sozinho. Deve ter achado que eu não iria gostar. Alguém da Editora Peverell, no entanto, deveria ter ido com ele. Era sua primeira leitura depois de quinze anos; o correto seria que não fosse sozinho. Se eu estivesse com ele, talvez não tivesse sido assaltado. Recebi o telefonema do St. Thomas Hospital por volta das onze e meia, dizendo que ele estava lá e teria de esperar por um raio X; perguntaram se eu lhe faria companhia caso o mandassem para casa. Aparentemente, ele insistia em voltar e queriam ter certeza de que não estaria sozinho. Fiquei esperando sua chegada diante da janela da cozinha, mas não consegui ouvir o táxi. A porta da frente dele fica na Innocent Lane e acho que o motorista deve ter feito a volta no final e o deixado lá. Deve ter me ligado assim que entrou em casa. Disse que estava bem, que não havia sofrido nenhuma fratura e que ia tomar um banho. Em seguida, ficaria satisfeito se eu descesse. Acho que, no fundo, não queria ver-me, mas sabia que eu não descansaria se não me certificasse de que estava bem."

"Então não tem a chave do apartamento dele?", perguntou Dalgliesh. "Não poderia ter esperado por ele lá?"

"Tenho a chave do apartamento dele e ele tem a chave do meu. Precaução sensata para quando, no caso de um incêndio ou uma enchente, precisássemos entrar na ausência do outro. Não sonharia em usá-la, porém, se Gabriel não tivesse me pedido."

"Quanto tempo se passou até que se encontrasse com ele?"

A resposta era de importância vital. Gabriel Dauntsey poderia ter matado Etienne antes de partir para a leitura de poesia às sete e quarenta e cinco. O tempo teria sido curto, mas não era algo impossível. Aparentemente, sua única chance, no entanto, de voltar à cena do crime seria depois da uma da manhã.

"Quanto tempo se passou antes que o sr. Dauntsey telefonasse para que você descesse?", ele voltou a perguntar. "Poderia ser razoavelmente precisa?"

"Não deve ter sido muito. Talvez oito ou dez minutos, talvez um pouco menos. Cerca de oito minutos, eu diria, o suficiente para que tomasse um banho. O banheiro dele fica sob o meu. Não escuto quando enche a banheira, mas posso ouvir quando a esvazia. Ontem estava prestando atenção nisso."

"E demorou oito minutos para que escutasse?"

"Não estava olhando para o relógio. Por que deveria? Estou certa, entretanto, de que não demorou excessivamente." Súbito, como se só então lhe ocorresse a possibilidade, ela disse: "Mas não pode estar dizendo que suspeita de Gabriel, que acha que ele voltou para a Innocent House e matou Gerard?".

"O sr. Etienne morreu bem antes da meia-noite. O que estamos considerando agora é a possibilidade de que a cobra tenha sido enrolada em seu pescoço algumas horas depois da morte."

"Isso, porém, quer dizer que alguém subiu até a salinha dos arquivos deliberadamente, sabendo que ele estava morto, sabendo que estava deitado lá. E a única pessoa que sabia disso era o assassino. Está dizendo que pensa que o assassino voltou mais tarde para a salinha dos arquivos."

"Se foi assassinato. Ainda não temos certeza."

"Mas Gabriel estava ferido, havia sido assaltado! E é velho. Está com mais de setenta anos. E tem reumatismo. Costuma andar com uma bengala. Não é possível que tenha feito isso a tempo."

"Tem certeza absoluta, srta. Peverell?"

"Sim, tenho. Além disso, ele tomou mesmo um banho. Ouvi a água escoando da banheira."

"Mas não podia saber se ele tomou mesmo o banho", disse Dalgliesh com delicadeza.

"O que mais poderia ter feito? Não deixou simplesmente a torneira aberta, se é o que está sugerindo. Se assim fosse, eu teria ouvido imediatamente. A água não começou a correr até cerca de oito minutos antes de ele telefonar dizendo que estava pronto para me receber. Desci no mesmo instante. Ele estava com seu roupão. Pude perceber que havia tomado banho. Estava com o cabelo e o rosto úmidos."

"E depois?"

"Ele já havia tomado um uísque e não queria mais nada, portanto insisti em que se deitasse. Estava decidida a passar a noite lá, e ele me disse onde estavam os lençóis limpos para a cama de hóspede. Acho que ninguém dorme naquele quarto há anos, e eu não fiz a cama. Ele adormeceu rapidamente e me acomodei na poltrona da sala de estar, em frente ao aquecedor elétrico. Deixei a porta aberta para ouvir sua voz, mas ele não acordou. Acordei antes dele, pouco depois das sete, e preparei uma xícara de chá. Tentei não fazer barulho, porém ele deve ter ouvido meus movimentos. Eram cerca de oito horas quando acordou. Nenhum de nós estava com pressa. Sabíamos que George abriria a Innocent House. Comemos um ovo cozido como café da manhã e saímos pouco depois das nove horas."

"E não subiram para ver o corpo do sr. Etienne?"

"Gabriel subiu, eu não. Esperei com os outros embaixo, perto da escada. Quando ouvimos aquele uivo alto e terrível, no entanto, acho que soube que Gerard estava morto."

Dalgliesh notou que ela voltava a ficar perturbada. Já ouvira tudo de que precisava naquele momento. Agradeceu afavelmente e deixou que se fosse.

Depois que ela saiu, ficaram em silêncio alguns momentos. Então Dalgliesh disse: "Bem, Kate, apresentaram-nos mais álibis desinteressados e convincentes: o amante de Claudia Etienne, o hóspede doente de De Witt e Frances Peverell, que, evidentemente, é incapaz de acreditar que Gabriel Dauntsey possa ser culpado de um ato mal-intencionado, muito menos de assassinato. Está tentando ser honesta quanto ao tempo que decorreu entre o momento em que ele entrou em casa e o momento em que lhe telefonou. É uma mulher honesta, mas eu diria que seus oito minutos são um cálculo por baixo."

"Será que compreendeu que estava, ao mesmo tempo, fornecendo um álibi para ela e para ele?", disse Kate. "Mas que importância tem isso, não é? Ela poderia ter ido até a Innocent House e feito aquilo com a cobra em qualquer momento antes de Dauntsey voltar para casa. E teve todas as oportunidades de matar Etienne. Não tem nenhum álibi para ontem à noite, anterior a isso. Apressou-se em agarrar-se ao argumento de que ele não poderia simplesmente ter aberto a torneira da banheira e deixado a água escorrer."

"Não, mas há outra possibilidade. Pense a respeito, Kate."

Kate pensou e então disse: "Claro, pode ter sido feito dessa forma".

"Sendo assim, precisamos saber a capacidade da banheira. E cronometrar o tempo. Não use Dauntsey. Robbins terá que imaginar que é um ancião reumático de setenta e seis anos. Veja quanto tempo demora para chegar da porta de Dauntsey na Innocent Lane até a salinha dos arquivos, fazer o que precisava ser feito lá e voltar."

"Usando a escada?"

"Cronometre usando a escada e o elevador. Com aquele elevador, pela escada deve ser mais fácil."

Enquanto reuniam seus papéis, Kate pensou em Frances Peverell. Dalgliesh fora delicado com ela; mas, por outro lado, ele nunca era grosseiro nos interrogatórios. Seu comentário sobre as roupas dos mortos fora sincero. Mesmo assim, tivera notável poder de conquistar a confiança de Frances Peverell. Devia sentir pena da mulher, talvez até gostasse dela, mas nenhum sentimento pessoal influenciaria sua investigação. E quanto a mim?, perguntou-se Kate, não pela primeira vez. Trataria com a mesma neutralidade e comparável inflexibilidade todos os aspectos de sua vida profissional? Pensou: ele me respeita, está satisfeito de ter-me na equipe, confia em mim; às vezes, chego a crer que gosta de mim. Mas, se cometesse um erro grave no trabalho, quanto tempo eu duraria?

"Preciso voltar para a Yard agora por algumas horas", disse Dalgliesh. "Encontrarei você e Daniel no necrotério, para a autópsia, embora, talvez, não possa ficar até o final. Tenho uma reunião com o comissário e o ministro da Casa dos Comuns às oito horas. Não sei quando estarei livre, mas de lá irei direto para Wapping e avaliaremos a situação até o momento."

Seria uma longa noite.

29

Faltavam dois minutos para as três e Blackie estava sozinha diante de sua mesa. Sentia-se oprimida por uma inquietação, em parte, choque retardado, em parte, medo, que tornava qualquer ação intoleravelmente exaustiva. Imaginava que poderia ir para casa, embora ninguém lhe tivesse dito isso. Havia papéis para arquivar, cartas, que Gerard Etienne ditara, para datilografar, mas parecia um tanto indecente e sem sentido arquivar papéis de que ele não mais precisaria e datilografar cartas que sua mão jamais iria assinar. Mandy fora embora havia meia hora, presumivelmente porque lhe comunicaram que não era necessária. Blackie vira quando ela tirara o capacete vermelho da gaveta sob sua mesa e subira o zíper da jaqueta de couro justa. Encimada por aquela cúpula cintilante, seu corpo magro, de longas pernas envoltas em leggings pretos com nervuras, transformava-se, instantaneamente, como sempre, na caricatura de um inseto exótico.

Suas últimas palavras dirigidas a Blackie, com uma ponta de simpatia envergonhada, haviam sido: "Olhe, não vá ficar sem dormir por causa dele. Eu não vou, e até que gostava dele, do que conheci dele. Mas era um completo canalha com você. Tudo bem com você? Ir embora sozinha, quero dizer?".

"Sim. Obrigada, Mandy", respondera. "Estou bem agora. Foi só o choque. Afinal de contas, eu era a secretária particular dele. Você só o conheceu por poucas semanas, e como secretária temporária."

As palavras, na tentativa desajeitada de recuperar a dignidade, soaram aos seus ouvidos repressoras e pomposas.

Mandy deu de ombros e partiu sem dizer mais nada, enquanto suas despedidas à sra. Demery ecoavam pelo corredor.

Mandy ficara bastante animada com sua entrevista com a polícia e, imediatamente depois, fora discuti-la com a sra. Demery, George e Amy na cozinha. Blackie apreciava estar com eles, mas sentiu que não seria condizente com seu status ser vista fofocando com funcionários de posição inferior. Sabia, também, que eles não receberiam bem tal intrusão em suas confidências e especulações. Por outro lado, também não fora convidada para estar ao lado dos sócios quando se fecharam na sala da diretoria e só permitiram a entrada da sra. Demery com café e sanduíches. Parecia-lhe que na Innocent House não havia mais lugar onde a quisessem ou pudesse sentir-se em casa.

Pensou nas últimas palavras de Mandy. Teria sido o que dissera à polícia? Que o sr. Gerard havia tratado a ela, Blackie, como um completo canalha? Claro que sim. Por que Mandy guardaria silêncio em relação a qualquer coisa que acontecesse na Innocent House? Mandy que era de fora, que chegara bem depois do início da série de sabotagens, que poderia nutrir um interesse neutro, quase prazeroso, em toda aquela agitação, salvaguardada na própria inocência, isenta de ligações pessoais, sem dever lealdade a ninguém? Mandy, cujos olhinhos penetrantes nada perdiam, devia ter sido um presente para a polícia. E fora entrevistada durante longo tempo, quase uma hora, bem mais que sua função na empresa poderia justificar. Ainda uma vez, inutilmente, já que nada mais poderia ser mudado, Blackie lembrou-se da própria entrevista. Não fora chamada entre os primeiros. Tivera tempo para preparar-se e pensar no que diria. E ela pensara. O medo aguçara sua mente.

A entrevista acontecera na sala da srta. Claudia e apenas dois policiais haviam estado presentes, a inspetora e um sargento. Por algum motivo, esperara encontrar o comandante Dalgliesh e sua ausência a desconcertara de tal forma que respondera as primeiras perguntas sem saber se a entrevista realmente havia começado, com a impressão de que ele entraria a qualquer momento pela porta. Também ficou surpresa pelo fato de a entrevista não ter sido gravada. Era o que, quase sempre, a polícia fazia na série policial favorita de sua prima no Weaver's Cottage; mas, talvez, essa parte viesse depois, quando tivessem um suspeito principal e o interrogassem para averiguação. E então, naturalmente, ela teria um advogado a seu lado. Naquele momento, estivera sozinha. Não houvera nenhuma sugestão de averiguação ou de que se tratasse de mais que uma conversa preliminar informal. A inspetora fizera a maioria das perguntas, enquanto o sargento tomara notas; este, porém, interviera, de quando em quando, sem subserviência, com tranqüila segurança, o que indicava que estavam acostumados a trabalhar juntos. Ambos haviam sido muito educados, quase gentis, porém ela não se deixou enganar. Continuavam sendo inquisidores, e mesmo suas expressões formais de simpatia, sua gentileza, eram parte da técnica. Relembrando aqueles momentos, ela se surpreendia de ter compreendido isso, vendo-os como os inimigos que de fato eram, mesmo no tumulto de seu medo.

Haviam começado fazendo simples perguntas preliminares sobre seu tempo de serviço na empresa, o método de trancamento das salas à noite, as pessoas que tinham as chaves e controlavam os alarmes anti-roubo, a rotina geral de seu dia, até mesmo onde costumava almoçar. Começou a sentir-se mais à vontade ao respondê-las, mesmo sabendo que era justamente aquele o propósito delas.

Então, a inspetora Miskin disse: "A senhora trabalhou para o sr. Henry Peverell durante vinte e sete anos, até ele morrer, depois foi transferida para o sr. Etienne quando este assumiu como presidente e diretor administrativo em janeiro deste ano. Deve ter sido uma mudança difícil para a senhora e para a empresa".

Ela previra aquilo e estava com a resposta pronta.

"Foi diferente, é claro. Trabalhei para o velho sr. Peverell durante tanto tempo que ele confiava em mim naturalmente. O sr. Gerard era mais novo e tinha métodos diferentes de trabalho. Precisei adaptar-me a uma personalidade diferente.

Acontece com toda secretária particular quando muda de patrão."

"Gostava de trabalhar para o sr. Etienne? Gostava dele?", perguntou o sargento, fixando-a com implacáveis olhos escuros.

"Eu o respeitava", respondeu.

"Não é bem a mesma coisa."

"Não se pode gostar sempre do patrão. Acho que estava me adaptando a ele."

"E ele a você? E quanto ao restante da empresa? Ele fazia mudanças, não é? Mudanças sempre causam algum incômodo, principalmente numa organização antiga. Sabemos disso na Yard. Não houve demissões, ameaças de demissões, uma possível mudança para novas dependências mais abaixo ao longo do rio, a proposta de vender a Innocent House?"

"Pergunte à srta. Claudia", dissera. "O sr. Gerard não discutia a política da empresa comigo."

"Diferentemente do sr. Peverell. A mudança de confidente para secretária comum pode não ter sido agradável."

Ela não respondeu. A inspetora Miskin inclinou-se para a frente e em tom confidencial, quase como se fossem mocinhas prestes a partilhar um segredo feminino, pediu: "Fale-nos da cobra. Fale-nos de Hissing Sid".

Assim, Blackie contou como a cobra fora levada à sua sala cerca de cinco anos antes, no Natal, por uma secretária temporária de cujo nome e endereço ninguém mais se lembrava. Ela a esquecera depois da festa de Natal e a cobra só fora descoberta seis meses depois, no fundo da gaveta de sua mesa. Blackie a usara para enrolar as maçanetas da porta que separava a sua sala da do sr. Peverell. Ele gostava que a porta ficasse aberta, para que pudesse chamá-la quando precisasse dela. O sr. Peverell nunca apreciara usar o telefone. Hissing Sid se tornara um tipo de mascote da casa, participara do passeio no rio no verão e da festa de Natal; ela, porém, já não a usava para manter a porta aberta. O sr. Etienne a preferia fechada.

O sargento perguntou: "Onde a cobra costumava ficar?".

"Geralmente sobre o arquivo da esquerda. Às vezes, ficava pendurada ou enrolada em uma das maçanetas."

"Conte-nos o que aconteceu ontem. O sr. Etienne manifestou o desejo de não ver mais a cobra na sala, não foi?"

Ela respondeu, tentando manter a voz calma: "Ele saiu de sua sala e viu Hissing Sid pendurada na alça do arquivo superior. Achou que não era algo apropriado para estar num escritório e me pediu para sumir com ela".

"E o que a senhora fez?"

"Guardei-a na gaveta da direita de minha mesa."

"Isto é muito importante, srta. Blackett", disse a inspetora Miskin. "Tenho certeza de que é inteligente e entenderá o porquê. Quem estava na sala quando guardou a cobra na gaveta?"

"Apenas Mandy Price, que trabalha na mesma sala que eu, o sr. Dauntsey e a srta. Claudia. Depois ela entrou com o irmão na sala dele. O sr. Dauntsey deu uma carta para Mandy datilografar e então saiu."

"Ninguém mais?"

"Ninguém mais na sala, mas imagino que algumas pessoas que estavam lá comentaram o que aconteceu. Creio que Mandy não ficou quieta. E qualquer um que procurasse pela cobra provavelmente teria pensado em olhar na minha gaveta da direita. Afinal, era o lugar mais natural para guardá-la."

"E não pensou em jogá-la fora?"

Relembrando a conversa, ela percebeu que reagira com exagero diante daquela sugestão, que sua voz revelara uma ponta de mágoa e raiva.

"Jogar fora Hissing Sid? Não, por que pensaria? O sr. Peverell gostava da cobra. Achava-a engraçada. Não causava mal a ninguém na minha sala. Afinal, este não é, normalmente, um lugar a que o público tenha acesso. Simplesmente guardei-a na gaveta da direita. Pensei em, talvez, levá-la para casa."

Perguntaram sobre a visita anterior de Esmé Carling e de sua insistência em falar com o sr. Etienne. Compreendeu que alguém já lhes contara, que nada daquilo era novidade para eles; assim, falou a verdade, ou o tanto dela que suportava revelar.

"A sra. Carling não é nossa autora mais fácil, e estava extremamente zangada. Acho que sua agente lhe contou que o sr. Etienne não desejava publicar seu último livro. Ela insistiu em vê-lo e precisei explicar-lhe que ele estava em reunião com os sócios e que era impossível interrompê-lo. Em represália, foi extremamente ofensiva em relação ao sr. Peverell e nossa relação confidencial. Acho que pensava que eu exercera influência exagerada na editora."

"Ela ameaçou voltar e falar com o sr. Etienne mais tarde naquele dia?"

"Não, não disse nada parecido. Poderia ter insistido em ficar até que a reunião acabasse, porém tinha uma sessão de autógrafos numa livraria em Cambridge."

"Que foi cancelada por um fax enviado pela editora às doze e trinta. A senhora enviou esse fax, srta. Blackett?"

Ela olhou diretamente para os olhos cinzentos da inspetora: "Não, não enviei".

"Sabe quem o fez?"

"Não faço idéia. Foi durante nossa habitual hora de almoço. Eu estava na cozinha, aquecendo uma embalagem de espaguete à bolonhesa da Marks & Spencer. Havia um incessante entra-e-sai de pessoas. Não consigo lembrar-me, porém, onde cada um estava precisamente às doze e trinta. Sei apenas que eu não estava em minha sala."

"E sua sala estava trancada?"

"Claro que não. Nunca trancamos as salas durante o dia."

E, assim, a entrevista prosseguira. Perguntaram sobre as sabotagens anteriores, sobre quando ela saíra da editora na noite anterior, como fora sua volta para casa, a que horas chegara, como passara a noite. Nada que fosse difícil de responder. Finalmente, a inspetora Miskin encerrou a entrevista, deixando a impressão de que ela realmente não terminara. Quando acabou, Blackie descobriu que suas pernas tremiam e precisou segurar firmemente as costas da cadeira durante alguns segundos antes de sentir-se segura para andar até a porta sem vacilar.

Por duas vezes, tentara telefonar para o Weaver's Cottage, mas não obtivera resposta. Joan deveria estar na vila ou fazendo compras na cidade; quem sabe assim fosse melhor.

Aquela era o tipo de notícia que se deveria transmitir pessoalmente, não por telefone. Perguntou-se se deveria ligar de novo e dizer que chegaria cedo. Até levantar o fone do gancho, contudo, pareceu-lhe esforço demasiado. Enquanto tentava forçar-se a se mexer, a porta se abriu e a srta. Claudia colocou a cabeça para dentro.

"Você ainda está aqui? A polícia falou que todos podem ir. Ninguém lhe disse? A editora já fechou. Fred Bowling está pronto para levá-la a Charing Cross na lancha." Olhando o rosto de Blackie, acrescentou: "Você está bem, Blackie? Quer que alguém a acompanhe até em casa?".

A idéia assustou Blackie. Seja como for, quem ainda estava lá? Sabia que a sra. Demery continuava na empresa, preparando intermináveis bules de café para os sócios e para a polícia, mas certamente não gostaria de ser escalada para fazer uma jornada de hora e meia até Kent. Blackie podia imaginar a viagem, a conversa, as perguntas, as duas chegando em Weaver's Cottage, a sra. Demery escoltando-a com relutância, como se ela fosse uma criança delinqüente ou uma prisioneira. Joan, provavelmente, sentir-se-ia na obrigação de servir chá à sra. Demery. Blackie imaginou as três sentadas na sala: a sra. Demery fornecendo sua versão enfeitada dos eventos do dia, tagarela, vulgar; por outro lado, solícita, quase impossível de ser despachada.

"Estou inteiramente bem, srta. Claudia", disse ela. "Desculpe-me por ser tão tola. Foi só o choque."

"Foi um choque para todos nós."

A voz da srta. Claudia estava sem expressão. Suas palavras, talvez, não fossem de censura, mas soaram como tal. Demorou-se como se precisasse dizer mais alguma coisa, ou achasse que deveria dizer. Depois, acrescentou: "Não precisa vir na segunda-feira, se ainda estiver nervosa. Não há necessidade. Se a polícia quiser falar com você de novo, sabe onde encontrá-la". Então, foi embora.

Era a primeira vez que ficavam sozinhas, ainda que brevemente, depois da descoberta do corpo. Blackie desejou ter encontrado algo para dizer, alguma palavra de simpatia. O que poderia dizer que fosse, ao mesmo tempo, oportuno e sincero? "'Nunca o apreciei e ele não gostava de mim, mas sinto muito por sua morte'." Seria mesmo verdade?

Em Charing Cross, estava acostumada a deixar-se levar pelo fluxo de trânsito da hora do rush, confiante e segura. Era estranho estar lá no meio da tarde, com movimento surpreendentemente tranqüilo para uma sexta-feira e o ar abafado de uma ausência de tempo modorrenta. Um casal idoso, em roupas de viagem — a mulher, obviamente, com sua melhor roupa —, perscrutava com ansiedade a plataforma de partida; o homem arrastava, sobre rodas, uma grande mala firmemente presa com correias. Uma palavra da esposa fez com que ele a puxasse para perto, tombando-a. Blackie ficou olhando enquanto ele tentava, sem sucesso, endireitá-la; depois, aproximou-se para ajudá-los. Enquanto se atracava, porém, com seu volume imenso e desajeitado, percebeu seus olhares ansiosos e desconfiados, como se temessem que ela quisesse roubar sua roupa íntima. Completada a tarefa, agradeceram e se afastaram empurrando a mala entre eles e, de vez em quando, dando-lhe tapinhas, como se acalmassem um cão teimoso.

O painel mostrava que Blackie tinha meia hora de espera, tempo de sobra para uma xícara de café. Bebendo-o, sentindo o aroma familiar, aquecendo as mãos ao redor da xícara, ela pensou que aquela viagem precoce e inesperada normalmente teria sido um pequeno presente a si própria, a calma inusitada da estação lembrando-a não do desconforto da hora do rush, mas das férias escolares, o prazer do café, a confortante certeza de chegar em casa antes do anoitecer. Todo esse prazer, no entanto, era agora sobrecarregado com a lembrança do terror, aquele incômodo e persistente amálgama de medo e culpa. Não sabia se, algum dia, ficaria livre daquela sensação. Mas, afinal, estava a caminho de casa. Não decidira, ainda, até onde iriam suas confidências à prima. Havia coisas que não poderia nem deveria lhe contar; poderia, ao menos, entretanto, valer-se do tranqüilizante bom senso de Joan, da paz ordenada e familiar do Weaver's Cottage.

O trem, semivazio, saiu na hora. Mais tarde, porém, ela

não conseguiu lembrar-se de nenhum momento da jornada ou de apanhar o carro no estacionamento em East Marling, nem do percurso até West Marling e o chalé. Tudo de que se lembrou, mais tarde, foi de dirigir até o portão da frente e do que viu então. Contemplou com horror e descrença. Diante dela, sob a luz outonal, o jardim estendia-se violado, devastado, fisicamente destruído, atacado e disperso. De início, desnorteada pelo choque, confusa pela lembrança das grandes tempestades de anos anteriores, ela achou que o Weaver's Cottage fora atingido por um tornado bizarro e localizado. Mas foi uma idéia momentânea. A destruição, mais mesquinha e discriminada, era obra de mãos humanas.

Saiu do carro, seus membros parecendo já não pertencer a ela, e andou rigidamente até o portão, agarrando-se nele para não cair. E pôde ver, então, um por um, cada detalhe da barbaridade. A cerejeira em flor à direita do portão, sua aquarela outonal de tons vibrantes de vermelho e amarelo manchando o céu, tivera arrancados todos os seus galhos inferiores, e as cicatrizes na casca sangravam como ferimentos abertos. A amoreira, no meio do gramado, o maior orgulho de Joan, fora igualmente mutilada, e o banco de ripas brancas ao redor do tronco fora estraçalhado como se pesadas botas o pisoteassem. As roseiras, talvez devido aos espinhos de seus ramos, foram arrancadas inteiras pelas raízes e atiradas numa pilha. E o canteiro de margaridas Michaelmas precoces e crisântemos brancos, que Joan concebera como alvo realce contra a cerca escura, jazia ceifado sobre o caminho. A roseira da varanda os derrotara, mas eles arrancaram tanto as trepadeiras como as glicínias, tornando a fachada do chalé curiosamente nua e vulnerável. O chalé estava vazio. Blackie foi de um cômodo a outro chamando por Joan bem depois de ficar evidente que ela não estava. Começava a sentir a primeira pontada real de angústia quando ouviu o portão da frente bater e viu a prima entrar empurrando sua bicicleta. Saiu correndo ao seu encontro pela porta da frente e gritou: "Que aconteceu? Você está bem?".

A prima não demonstrou a menor surpresa por vê-la em

casa horas antes do habitual. Disse com amargura: "Está vendo o que aconteceu? Vândalos. Quatro vândalos de motocicleta. Quase os peguei com a mão na massa. Fugiam em disparada quando eu voltava da vila, mas sumiram antes que eu pudesse anotar as chapas".

"Ligou para a polícia?"

"Claro. Estão vindo de East Marling e demorando. Isso não teria acontecido se o policial da vila ainda estivesse conosco. Nem precisam se apressar. Não conseguirão pegá-los. Ninguém conseguirá. E se os pegarem, o que lhes acontecerá? Nada além de uma pequena multa ou liberdade condicional. Meu Deus, se a polícia não é capaz de nos proteger, deveria deixar que nos armemos. Se eu tivesse uma arma nas mãos..."

"Não pode atirar em alguém só porque destruiu seu jardim", observou Blackie.

"Você não pode? Eu poderia."

Enquanto entravam no chalé, Blackie viu com surpresa e embaraço que Joan estivera chorando. Os sinais eram inconfundíveis: os olhos, excepcionalmente pequenos e sem vida, ainda injetados; o rosto inchado apresentava um tom cinzento misturado a intensas manchas vermelhas. Fora uma violação contra a qual toda sua calma e estoicismo naturais eram impotentes. Teria sido mais fácil para ela suportar um ataque contra sua própria pessoa. Mas a raiva agora tomara o lugar da dor, e a raiva de Joan era formidável.

"Voltei à vila para ver o que mais haviam feito. Não muito, ao que parece. Foram ao Moonraker's Arms para almoçar, mas fizeram tanta bagunça que a sra. Baker recusou-se a servi-los e Baker os expulsou. Começaram, então, a andar de moto em círculos sobre o gramado do vilarejo, até que a sra. Baker atravessou a rua e lhes disse que era proibido. A essa altura, estavam extremamente agressivos, zombando, acelerando o motor das motos e fazendo bastante barulho. Acabaram indo embora, porém, quando Baker saiu e ameaçou ligar para a polícia. Acho que queriam vingar-se."

"E se voltarem?"

"Ah, não vão voltar. Por que voltariam? Vão procurar

outra coisa bonita para destruir. Meu Deus, que tipo de geração nós criamos? Tiveram melhor alimentação, melhor educação, melhores cuidados que as gerações anteriores, e se comportam como grosseiros malvados. O que nos aconteceu? E não venha me falar de desemprego. Podem ser desempregados, mas puderam pagar aquelas motos caras, e dois tinham cigarros pendurados na boca."

"Nem todos são assim, Joan. Não pode julgar toda uma geração por alguns poucos."

"Tem razão, é claro. Que bom que está em casa."

Era a primeira vez, nos dezenove anos em que moravam juntas, que Joan manifestara necessidade do apoio e do conforto de Blackie. E continuou: "Foi bondade do sr. Etienne deixá-la sair mais cedo. O que aconteceu? Alguém do vilarejo telefonou para avisar-lhe? Não, não pode ter sido. Já deveria estar a caminho na hora em que aconteceu".

Então Blackie lhe contou, concisa mas vivamente.

A notícia do grotesco e terrível assassinato ao menos teve o mérito de desviar a mente de Joan da violação de seu jardim. Afundou na cadeira mais próxima como se suas pernas fraquejassem, mas ouviu em silêncio, sem nenhuma exclamação de repulsa ou surpresa. Quando Blackie terminou, ela se levantou e olhou fixamente, durante um longo quarto de minuto, dentro dos olhos da prima, como para ter certeza de que Blackie ainda estava em seu juízo perfeito. Depois disse vivamente: "É melhor continuar sentada. Vou acender a lareira. Nós duas passamos por um choque terrível e é importante ficarmos aquecidas. E vou buscar o uísque. Precisamos conversar sobre isso".

Enquanto Joan a acomodou mais confortavelmente na cadeira ao lado do fogo, afofando as almofadas e puxando o banquinho para os pés com rara solicitude, Blackie não pôde deixar de notar que a voz e o rosto de sua prima expressavam menos indignação que uma certa satisfação sinistra, e refletiu que não havia nada como o horror vicário do crime para desviar a atenção de nossas infelicidades menores.

Quarenta minutos depois, sentadas em frente à lareira

crepitante, acalentadas pelo calor e o sabor do uísque, que guardavam para as emergências, Blackie sentiu-se pela primeira vez distante dos traumas do dia. Sobre o tapete, a gata Arabella espreguiçou-se delicadamente e dobrou as patas deliciada, seu pêlo branco refletindo o rubor das chamas dançantes. Joan acendera o forno antes de se acomodarem e Blackie aspirava os primeiros aromas do suculento carneiro assado que escapavam da cozinha. Notou que estava mesmo faminta, que até seria capaz de saborear uma refeição. Sentiu o corpo leve, como se o peso da culpa e do medo tivesse sido fisicamente afastado de seus ombros. A despeito de sua resolução, acabou fazendo confidências sobre Sydney Bartrum.

"Veja bem, eu sabia que ele seria despedido. Datilografei a carta do sr. Gerard para uma agência especializada em encontrar profissionais de alto nível. É claro que não podia dizer diretamente a Sydney o que estava sendo planejado. Sempre considerei o serviço de uma secretária particular altamente confidencial, mas achei incorreto não alertá-lo. Casou-se há apenas um ano e pouco e, agora, tem uma filhinha. E passou dos cinqüenta anos. Deve ter passado. Não será fácil para ele conseguir outro emprego. Sendo assim, deixei uma cópia da carta sobre minha mesa; eu sabia que ele deveria falar com o sr. Gerard sobre as estimativas. O sr. Gerard sempre o deixava esperando, portanto saí da sala e lhe dei a chance de ver a carta. Tinha certeza de que a leria. É instintivo tentar ler uma carta que está lá, na sua frente."

Aquele gesto, contudo, tão alheio ao seu caráter e ao seu natural modo de agir não fora motivado pela compaixão. Ela sabia disso agora e perguntava-se por que não compreendera isso antes. Sentira, sim, que partilhava a mesma sorte de Sydney Bartrum; ambos eram vítimas do desdém quase ostensivo do sr. Gerard. Tomara sua primeira pequena atitude de desafio. Fora aquilo que lhe dera coragem para a outra rebelião, posterior e mais desastrosa?

"Mas ele leu?", perguntou Joan.

"Deve ter lido. Não me entregou — ao menos o sr. Gerard nunca tocou na questão comigo nem me censurou pelo meu descuido. Mas no dia seguinte, Sydney marcou hora com ele, acho que para perguntar se seu cargo estava seguro. Não ouvi o que disseram, porém ele não ficou lá muito tempo e, quando saiu, estava chorando. Imagine só, Joan, um homem feito chorando." E acrescentou: "Foi por isso que não contei à polícia".

"Sobre o choro?"

"Não, sobre a carta. Não contei nada a respeito."

"E foi tudo que não lhes contou?"

"Sim", mentiu Blackie. "Foi tudo."

"Acho que fez bem." A sra. Willoughby, com as pernas fortes separadas e plantadas no chão, estendeu a mão para a garrafa de uísque e foi sentenciosa: "Por que oferecer informações que podem ser irrelevantes e até enganosas? Se lhe perguntarem diretamente, é claro que precisará dizer-lhes a verdade".

"Foi o que pensei. E sequer podemos, ainda, ter certeza de que foi assassinato. Ele pode ter morrido de causas naturais, um ataque cardíaco, talvez, e alguém ter enrolado a cobra em seu pescoço depois. É o que a maioria das pessoas parece pensar. É exatamente o tipo de coisa que o sabotador da editora faria."

A sra. Willoughby, todavia, rejeitou, de imediato, aquela teoria conveniente. "Ora, acho que podemos estar razoavelmente seguras de que foi assassinato. Não importa o que aconteceu ao corpo. Policiais de tão alto gabarito não teriam ficado lá tanto tempo se tivessem alguma dúvida real. Já ouvi falar desse comandante Dalgliesh. Não teriam mandado um oficial de seu nível se achassem que a morte foi natural. Você disse que foi lord Stilgoe quem telefonou para a New Scotland Yard. Isso, talvez, tenha influenciado a polícia. Títulos ainda exercem algum poder. Há, também, as hipóteses de suicídio ou acidente, é claro, mas nenhuma me parece provável pelo que você me contou. Não, se quer saber, acho que foi assassinato, e cometido por alguém de dentro da empresa."

"Mas não Sydney", disse Blackie. "Sydney Bartrum não faria mal a uma mosca."

"Talvez. Mas pode ser capaz de esmagar algo bem maior

e mais perigoso. Seja como for, a polícia verificará todos os álibis que vocês deram. Pena que você foi fazer compras à noite no West End ontem e não voltou direto para casa. Suponho que ninguém, na Liberty ou na Jaeger, possa falar a seu favor."

"Creio que não. Além do mais, não comprei nada. Só olhei, e as lojas estavam lotadas."

"Seria totalmente absurdo, é claro, pensar que você tenha qualquer coisa a ver com isso, mas a polícia precisa tratar todos igualmente, pelo menos no início. Bem, é perda de tempo nos preocuparmos até saber a hora exata da morte. Quem o viu pela última vez? Isto já foi esclarecido?"

"Acho que foi a srta. Claudia. Geralmente é uma das últimas a ir embora."

"Com a exceção, é claro, do assassino. Fico pensando em como conseguiu atrair a vítima até a salinha dos arquivos. Imagino que foi onde morreu. Supondo que tenha sido estrangulado ou sufocado com Hissing Sid, o assassino deve tê-lo dominado primeiro. Um homem jovem e forte não fica parado, submisso, esperando ser assassinado. Pode ter sido drogado, naturalmente, ou talvez atingido por uma pancada tão forte que o fez desmaiar, mas não forte o bastante para romper a pele."

A sra. Willoughby, ávida leitora de livros policiais, tinha familiaridade com assassinos de ficção adeptos de procedimentos complexos. Continuou: "A droga pode ter sido administrada no chá da tarde. Precisaria ser sem sabor e de ação muito lenta. Difícil. Ou, é claro, ele pode ter sido sufocado com algo macio que não deixasse marca, como um par de meias-calças. Não teria adiantado nada para o assassino usar uma corda — a marca apareceria claramente sob a cobra. Espero que a polícia tenha pensado em tudo isso".

"Com certeza já pensaram em tudo, Joan."

Bebericando o uísque, Blackie refletiu que havia algo de estranhamente tranqüilizador no interesse desinibido e na especulação de Joan a respeito do crime. Não sem razão, possuía cinco prateleiras cheias de brochuras policiais: Agatha Christie, Dorothy L. Sayers, Margery Allingham, Ngaio Marsh,

Josephine Tey e os poucos escritores modernos que Joan considerava dignos de estar ao lado daquelas peritas na ficção criminal da Idade de Ouro. Afinal, por que Joan deveria sentir um pesar pessoal? Ela estivera na Innocent House apenas uma vez, três anos antes, na festa de Natal dos funcionários. Conhecia poucos deles, exceto pelo nome. E, à medida que especulava, o terrível acontecimento começou a parecer irreal, inofensivo, uma elegante trama literária, sem dor, sem sofrimento, sem perda, a culpa e o horror desinfetados e reduzidos a um engenhoso quebra-cabeça. Contemplava as chamas trêmulas, de onde a imagem da srta. Marple parecia saltar, a bolsa apertada protetoramente contra o peito, os olhos gentis e sábios da prima fitando os dela, garantindo-lhe que não havia o que temer, que tudo acabaria bem.

A combinação do fogo e do uísque induziu-a a uma satisfação sonolenta, e a voz de Joan, ouvida de modo intermitente, parecia vir de uma longa distância. Se não jantassem logo, ela adormeceria. Levantando-se, ela disse: "Não é hora de pensarmos em comer?".

30

Encontraram-se às seis e quinze, no degraus que levavam ao rio ao lado da estação Greenwich, entre um muro alto e a rampa da casa de barcos. Era um lugar bom e secreto para um encontro. Havia uma prainha arenosa e, enquanto dirigia de volta para casa, ele ainda ouvia o suave roçar das ondas pequenas e fracas, o ruído discreto das pedrinhas se chocando, o som da correnteza sendo atraída de volta. Gabriel Dauntsey chegara primeiro ao compromisso, mas não se voltou quando Bartrum se aproximou por trás dele. Quando falou sua voz era gentil, quase humilde.

"Achei que devíamos conversar, Sydney. Vi você entrando na Innocent House ontem à noite. A janela do meu banheiro dá para a Innocent Lane. Olhei para fora por acaso e o avistei. Eram cerca de seis e quarenta."

Sydney sabia o que iria ouvir e, agora que as palavras eram ditas, ouvia-as quase com alívio.

"Mas saí de novo quase imediatamente", disse ele, suplicando a Dauntsey que acreditasse nele. "Juro. Se o senhor tivesse esperado, se tivesse olhado só mais um minuto, teria visto quando saí. Não fui além da sala da recepção. Perdi a coragem. Disse a mim mesmo que não adiantaria nada discutir e implorar. Nada o teria convencido, nada teria feito diferença. Juro para o senhor, sr. Dauntsey, que não pus os olhos nele ontem depois que saí do escritório."

"De fato, não teria adiantado nada. Gerard não era suscetível a súplicas." E acrescentou: "Ou a ameaças".

"Como poderia ameaçá-lo? Eu estava impotente. Ele poderia despedir-me na semana seguinte e eu não teria como impedi-lo. E se fizesse mais alguma coisa que o contrariasse, me daria uma daquelas cartas de referência com termos dissimulados, que não podemos contestar mas que também garantem que jamais conseguiremos outro emprego. Ele me tinha nas mãos. Ainda bem que morreu. Se eu fosse um homem religioso, cairia de joelhos e agradeceria a Deus por ele estar morto. Mas não fui eu que o matei. Precisa acreditar em mim. Se não acreditar, sr. Dauntsey, quem acreditará?"

O vulto a seu lado não se mexeu nem falou, mantendo o olhar fixo no entulho negro do rio. Por fim, Sydney perguntou humildemente: "O que irá fazer?".

"Nada. Precisava falar com você para saber se havia contado à polícia, se tem intenção de contar. É claro que me perguntaram se vi alguém entrando na Innocent House. Perguntaram a todos. Eu menti. Menti e me proponho a continuar mentindo; será inútil, porém, se você lhes contou ou acha que vai acabar se entregando."

"Não, não lhes contei. Disse que cheguei em casa na hora de sempre, um pouco antes das sete. Liguei para minha mulher assim que fiquei sabendo da notícia, antes de a polícia chegar, e lhe pedi para confirmar que chegara em casa na hora se alguém ligasse perguntando. Por sorte fui o primeiro a entrar. Tinha a sala só para mim. Não queria ter de pedir-lhe para mentir, porém ela não achou ruim. Sabia que eu era inocente, que não tinha feito nada de que pudesse me envergonhar. Explicarei melhor hoje à noite. Ela entenderá."

"Ligou para ela antes de saber que a morte dele poderia ter sido assassinato?"

"Desde o começo achei que era assassinato. A cobra, o corpo seminu. Como poderia ter sido morte natural?" Acrescentou com simplicidade: "Obrigado por não dizer nada, sr. Dauntsey. Não me esquecerei".

"Não precisa me agradecer. Era o mais sensato a fazer. Não estou lhe prestando um favor; portanto, não precisa ser grato. É uma questão de bom senso, só isso. Se a polícia perder tempo desconfiando dos inocentes, terá menos chances de prender o culpado. E não tenho mais a mesma confiança de que eles não cometem erros."

Ele ousou dizer: "E o senhor se importa com isso? Quer que prendam o culpado?".

"Quero que descubram quem enrolou aquela cobra no pescoço de Gerard e enfiou a cabeça em sua boca. Aquilo foi uma abominação, uma profanação da morte. Prefiro que os culpados sejam condenados e os inocentes, absolvidos. Acho que assim quer a maioria. Afinal, é isso que significa a palavra 'justiça'. Mas não me sinto pessoalmente indignado com a morte de Gerard, nem com morte alguma, não mais. Duvido, sequer, ser capaz de nutrir sentimentos fortes em relação a qualquer coisa. Não o matei; já cumpri minha cota de matanças. Não sei quem matou, mas o assassino e eu temos algo em comum. Não tivemos que olhar para os olhos de nossas vítimas. Há algo particularmente ignóbil no assassino que sequer precisa encarar a realidade do que fez."

Sydney rebaixou-se até a humilhação final. "Meu emprego, sr. Dauntsey. Acha que está seguro agora? É importante para mim. Não sabe o que a srta. Etienne tem em mente — o que os outros sócios têm em mente? Sei que é preciso haver mudanças. Poderia aprender novos métodos, se acharem necessário. E não me importo se colocarem alguém acima de mim, se for melhor qualificado. Posso ser um subordinado leal." Acrescentou com amargura: "Afinal, o sr. Gerard achava que era só para isso que eu prestava".

"Não sei o que será decidido", respondeu Dauntsey. "Ouso, porém, dizer que não faremos grandes mudanças durante, pelo menos, seis meses. E, se eu tiver alguma influência, o seu emprego estará seguro."

Depois, voltaram-se e caminharam juntos, sem se falar, até a rua ao lado, onde ambos haviam estacionado os respectivos carros.

31

A casa que Sydney e Julie Bartrum haviam escolhido, e que ele estava pagando com a menor amortização que pudera obter, ficava perto da estação de Buckhurst Hill, numa ladeira estreita que parecia mais uma alameda interiorana que uma rua de subúrbio. Era uma casa convencional da década de 30, com uma janela de sacada, varanda e um acanhado jardim nos fundos. Tudo o que havia nela, Julie e ele haviam escolhido juntos. Nenhum dos dois trouxera nada do passado, exceto memórias. Era aquele lar, aquela segurança conquistada a duras penas, que Gerard Etienne ameaçara tirar dele além de tantas coisas mais. Se perdesse seu emprego com cinqüenta e dois anos, que esperança teria de conseguir um salário equivalente? Seu pé de meia se escoaria, mês após mês, e até mesmo pagar a prestação da casa se tornaria um ônus insuportável.

Ela veio da cozinha assim que ouviu a chave girar na fechadura. Como sempre, envolveu-o com os dois braços e o beijou no rosto; naquela noite, porém, seus braços estavam rijos e agarrou-se a ele quase com desespero.

"Querido, o que houve? O que aconteceu? Não liguei de volta porque você falou para não ligar."

"É, não teria sido uma boa idéia. Querida, não há com que se preocupar. Tudo vai dar certo."

"Mas você disse que o sr. Etienne morreu. Assassinado."

"Venha até a sala, Julie, e lhe conto tudo."

Ela sentou-se bem perto dele e ficou imóvel enquanto ele falava. Depois disse: "Eles não podem achar que você tem alguma coisa a ver com isso, querido. Quero dizer, é ridículo, estúpido. Você não faria mal a ninguém. Você é bom, honesto, gentil. Não podem pensar numa coisa dessas".

"É claro que não acharão. Às vezes, porém, pessoas inocentes são importunadas, interrogadas e postas sob suspeita. Às vezes, chegam a ser presas e julgadas. Isso acontece. E eu fui a última pessoa que saiu da editora. Tinha trabalho importante a fazer e fiquei até um pouco mais tarde. Foi por isso que liguei assim que ouvi a notícia. Pareceu-me sensato dizer à polícia que eu estava em casa na hora de sempre."

"Claro que foi sensato, querido. Tem razão. Ainda bem que o disse."

Ele ficou um pouco surpreso ao perceber que pedir-lhe que mentisse não causara a ela nenhuma inquietação, nenhuma culpa. Talvez as mulheres mintam com mais facilidade do que os homens, desde que acreditem que a causa seja justa. Não precisava preocupar-se com ter lhe causado uma crise de consciência. Como ele, ela sabia a quem devia ser leal.

"Alguém ligou?", peguntou ele. "Alguém da polícia?"

"Ligaram. Disse que se chamava sargento Robbins. Perguntou apenas a que horas você voltou ontem à noite. Nada mais. Não me deu nenhuma informação nem disse que o sr. Gerard estava morto."

"E você não deixou transparecer que já sabia?"

"Claro que não, você tinha me avisado. Perguntei o porquê daquilo e ele disse que você me explicaria quando chegasse em casa, que você estava bem e que não devia me preocupar."

Então a polícia não perdera tempo. Bem, era de se esperar. Quiseram verificar antes que ele tivesse tempo de arranjar um álibi.

"Vê o que quero dizer, querida?", disse ele. "Realmente foi sensato estar preparado."

"Claro que foi. Mas acredita mesmo que o sr. Gerard tenha sido assassinado?"

"Parece que não sabem como ele morreu. Assassinato é uma possibilidade, mas apenas uma delas. Pode ter sofrido um ataque cardíaco e mais tarde alguém enrolou a cobra em seu pescoço."

"Querido, que horror! Como alguém pode fazer uma coisa terrível dessas? Foi uma maldade."

"Não pense nisso", tranqüilizou ele. "Não tem nada a ver conosco. Não pode nos atingir. Se permanecermos fiéis à nossa história, ninguém poderá fazer nada."

Ela não tinha idéia do quanto chegara perto de os atingir. Aquela morte fora sua salvação. Ele não lhe confiara o risco de perder o emprego ou o ódio e o medo que sentia por Etienne. Em parte, porque não queria afligi-la; sabia, no entanto, que o principal motivo fora orgulho. Precisava de que ela acreditasse que era bem-sucedido, respeitado, valioso para a empresa. Ela jamais, todavia, precisaria saber da verdade. Decidiu também não dizer nada a respeito do encontro que tivera com Dauntsey. Para que preocupá-la? Tudo acabaria bem.

Como sempre, antes do jantar, subiram a escada juntos para ver a filhinha que dormia. O bebê estava no quarto infantil, nos fundos da casa, que ele decorara com a ajuda de Julie. Era a primeira vez que a via promovida da cestinha para o berço, sem travesseiro e de bruços. Julie explicou que aquela era a posição recomendada. Não proferiu as palavras "para evitar morte de berço", mas os dois sabiam o que quisera dizer. Que algo acontecesse à filha era o maior horror, embora implícito, que nutriam. Ele estendeu a mão e tocou a cabeça macia. Era incrível que algum cabelo humano fosse tão fino, que um couro cabeludo fosse tão vulnerável. Tomado de amor, sentiu vontade de apanhar a criança e encostá-la no rosto, de envolver mãe e filha num abraço que fosse forte, eterno e inquebrantável, de protegê-las contra todos os terrores do presente e de todos os que estavam por vir.

Aquela casa era o seu reino. Dizia a si mesmo que por amor a ganhara, mas a encarava com a feroz possessividade de um conquistador. Era sua por direito, e mataria uma dúzia de Gerard Etienne para não perdê-la. Ninguém, antes de Julie, jamais o achara digno de amor. Apagado, franzino, sem graça e tímido, sabia que não despertava afeto — aprendera essa lição nos anos passados no orfanato. Seu pai não teria morrido nem sua mãe teria ido embora se pudessem amá-lo. Os funcionários da casa faziam o possível segundo a sabedoria popular da época, mas as crianças não recebiam amor. Os cuidados, assim como a comida, eram zelosamente distribuídos de modo a atender a todos. As crianças sabiam que eram rejeitadas. Absorvera esse conhecimento junto com a sopa. Depois do orfanato, houvera uma sucessão de estalagens, pensões, pequenos quartos alugados, aulas noturnas e exames, xícaras de café aguado, refeições solitárias em restaurantes baratos, desjejuns em cozinhas comunitárias, prazeres solitários, sexo solitário, insatisfatório e culpado.

Sentia-se como um homem que a vida toda vivera nas sombras, em escuridão parcial. Com Julie, emergira para a claridade do sol, seus olhos ofuscados por um mundo não imaginado de luz, som, cor e sensações. Ficara satisfeito por Julie já ter sido casada, porém, quando transavam, ela — que conseguia satisfação pela primeira vez — fazia com que parecesse o mais experiente. Ele convenceu-se de que talvez fosse verdade. O sexo com ela fora uma revelação. Ele nunca acreditara que pudesse ser, ao mesmo tempo, tão simples e tão maravilhoso. Estava satisfeito, também, com um alívio semiculpado, pelo fato de o primeiro casamento dela ter sido infeliz e Terry tê-la abandonado. Nunca precisaria temer que ela o comparasse com um primeiro amor romantizado e imortalizado pela morte. Raramente falavam sobre o passado. Para os dois, as pessoas que viveram, agiram e falaram nesse passado eram pessoas diferentes. Certa vez, no início do casamento, ela lhe dissera: "Costumava rezar para encontrar alguém que eu pudesse amar e fazer feliz e que pudesse me fazer feliz. Alguém que me desse um filho. Quase perdera as esperanças. E, então, eu encontrei você. Parece um milagre, querido, uma graça concedida". Suas palavras o exaltaram. Sentiu-se, por um momento, como se fosse o próprio agente de Deus. Ele, que em toda sua vida soubera apenas o que era sentir-se impotente, foi invadido por uma inebriante sensação de poder.

Fora feliz na Editora Peverell até que Gerard Etienne assumira a direção. Sabia que era um contador competente e responsável. Trabalhava longas horas sem receber pagamento extra. Fazia o que Jean-Philippe Etienne e Henry Peverell lhe pediam e o que eles pediam estava perfeitamente dentro de sua capacidade. Então, um se aposentara e outro morrera, e o jovem Gerard Etienne ocupara a cadeira de diretor administrativo. Desempenhara um papel menor na empresa durante os anos anteriores, mas estivera observando, aprendendo, aguardando sua hora, obtendo seu mestrado em administração de empresas, formulando planos que não incluíam um contador de cinqüenta e dois anos, com qualificações mínimas. Gerard Etienne, jovem, bem-sucedido, atraente, rico, que durante toda sua vida privilegiada se apoderara, sem contrição, de tudo que quisera estava prestes a tirar dele, Sydney Bartrum, tudo que fazia sua vida valer a pena. Gerard Etienne estava morto, porém, deitado no necrotério da polícia com uma cobra enfiada na boca.

Deu um abraço apertado em sua esposa e disse: "Querida, vamos descer para jantar. Estou com fome".

32

A rua de acesso à delegacia de polícia de Wapping é tão discreta que pode facilmente passar despercebida para os desavisados. Do Tâmisa, vê-se uma simpática e despretensiosa fachada de tijolos, e o toque doméstico de uma janela com sacada que dá para o rio sugere uma antiga e obsequiosa empresa de serviços públicos, a residência de um mercador do século XVIII que gostava de morar em cima de seu armazém. De pé, diante da janela da sala de ocorrências, Daniel olhava para a larga rampa, as três baías do píer flutuante — com sua frota de lanchas da polícia e o carrinho de aço inoxidável, discretamente estacionado, para a recepção e lavagem de corpos afogados —, e refletia que poucos viajantes perspicazes deixariam de perceber a função da casa.

Estivera ocupado desde que o sargento Robbins chegara, passando pelo pátio de estacionamento e subindo a escada de ferro até a agitação contida da delegacia. Preparara os computadores, limpara mesas para si mesmo, Dalgliesh e Kate, falara com o oficial do necrotério para combinar a autópsia e o inquérito e entrara em contato com o laboratório científico forense. As fotografias tiradas na cena do crime haviam sido fixadas na lousa, sua claridade despojada e sem sombras reduzindo o horror a um exercício de técnica fotográfica. Falara, também, com lord Stilgoe em seu quarto particular na London Clinic. Felizmente, o efeito de uma anestesia geral, os mimos das enfermeiras e a quantidade de visitas que recebera desviaram um pouco a atenção de lord Stilgoe do assassinato; ouvira o relatório de Daniel com surpreendente serenidade e não exigiu, como se previra, o aparecimento imediato de

Dalgliesh ao lado de sua cama. Daniel também trouxera para a cena o *bureau* de imprensa da polícia metropolitana. Quando a história fosse divulgada, eles se responsabilizariam pelas entrevistas coletivas e fariam uma ponte com a mídia. Havia uma série de detalhes que a polícia, para o bem da investigação, não tinha a menor intenção de divulgar, mas o emprego bizarro da cobra seria conhecido por todos na Innocent House o mais tardar no dia seguinte e chegaria às editoras de Londres e aos jornais numa questão de horas. Provavelmente, o *bureau* de imprensa teria muito trabalho.

Robbins aproximara-se dele, obviamente tomando a inatividade de seu superior como desculpa para uma pausa. "É interessante estar aqui, não é?", disse ele. "A mais antiga delegacia do Reino Unido."

"Se está louco para me dizer que a Polícia Fluvial foi criada em 1798, trinta anos antes da metropolitana, já sei."

"Não sei se já viu o museu deles, senhor. Fica na carpintaria da velha casa de barcos. Fui levado lá numa excursão quando estava na Escola Preliminar de treinamento. Há algumas mostras interessantes. Grilhões, cutelos da polícia, velhos uniformes, uma maleta de cirurgião, registros e relatos feitos no século XIX sobre o desastre do *Princess Alice*. É uma coleção fascinante."

"Isso deve explicar nossa recepção nada entusiástica. Devem suspeitar de que o curador da polícia metropolitana deseja colocar as mãos nela, ou desconfiam de que vamos surrupiar suas melhores mostras. Gosto de seus novos brinquedos."

Debaixo deles, o rio explodira num tumulto borbulhante. Dois barcos infláveis de alta velocidade, semi-rígidos, de intensa cor alaranjada, negra e cinza, com dois tripulantes de capacetes e jaquetas verde-fluorescentes, deslizaram à superfície, deram a volta e cercaram as lanchas da polícia como perigosos brinquedos adultos antes de descerem o rio em disparada.

"Não têm assentos", disse Robbins. "Esse balanço para trás deve forçar os músculos. Devem estar indo a quase quarenta nós. Acha que haverá tempo de dar outra olhada no museu, senhor?"

"Não contaria com isso."

Na opinião de Daniel, o sargento Robbins, que entrara para a polícia logo depois de terminar sua universidade cara, com um diploma em história, era quase bom demais para ser verdade. Era, sem dúvida, o protótipo do filho que qualquer mãe desejaria ter: vivaz, ambicioso sem ser cruel, metodista devoto, noivo, dizia-se, de uma moça de sua igreja. Certamente, após um noivado virtuoso, casar-se-iam e conceberiam crianças admiráveis, que freqüentariam as escolas certas, passariam nos exames certos, não causariam nenhuma dor ou preocupação aos pais e acabariam interferindo na vida das pessoas, para o próprio bem delas, como professores, assistentes sociais e, possivelmente, até policiais. Para Daniel, Robbins havia muito deveria ter pedido demissão, desiludido por um *ethos* machista que poderia, facilmente, degenerar para a violência; pelos necessários acordos e acobertamentos; e pelo trabalho em si, com suas evidências diárias da baixeza do crime e da desumanidade do homem para com o próximo. Longe disso, parecia inabalável e idealista. Daniel imaginava que tinha uma vida paralela, como a maioria das pessoas. Era quase impossível viver sem ter uma. Mas Robbins era singularmente hábil em esconder a sua. Daniel refletiu que o Home Office deveria exibi-lo pelo país para convencer jovens idealistas que abandonaram a escola das vantagens da carreira policial.

Acomodaram-se para trabalhar. Não se justificava desperdiçar o pouco tempo que faltava para a hora marcada no necrotério. Daniel começou a examinar os papéis de Etienne. Mesmo num primeiro e rápido olhar, ficara surpreso com o volume de trabalho que Gerard Etienne aceitara. A editora publicava cerca de sessenta livros por ano, com um total de trinta funcionários. O mundo da editoração lhe era estranho. Não fazia a menor idéia sobre se aquela era a média comum, mas a estrutura administrativa era curiosa e o volume de trabalho, desproporcional. De Witt era o diretor editorial e Gabriel

Dauntsey o auxiliava como editor de poesia. Fora isso, aparentemente, fazia pouco mais que seu trabalho nos arquivos. Claudia Etienne era a responsável pelas vendas e publicidade, inclusive contratação de pessoal, e Frances Peverell pelos contratos e direitos autorais. Gerard Etienne, como presidente e diretor administrativo, supervisionava a produção, as contas e o almoxarifado, sendo seu o fardo de maior peso.

Daniel interessava-se, também, em saber até que ponto Etienne levara adiante seus planos de vender a Innocent House. As negociações com Hector Skolling haviam se desenrolado durante alguns meses e estavam em estágio avançado. Examinando as minutas das reuniões mensais dos sócios, observou poucas referências sobre o assunto. Enquanto Dalgliesh e Kate se ocupavam com as entrevistas formais, ele obtivera quase as mesmas informações ouvindo as fofocas da sra. Demery e conversando com George e os poucos funcionários que estavam no prédio. Os sócios podiam querer apresentar a imagem de uma diretoria unida por um propósito comum, mas as evidências, até então, mostravam uma realidade bem diferente.

O telefone tocou. Era Kate. Estava voltando para casa para mudar de roupa. AD fora chamado à Yard. Daniel deveria encontrar-se com eles no necrotério.

33

O necrotério local fora recentemente reformado e modernizado, mas seu exterior permanecia sem alterações. Era um prédio de um só andar e tijolos cinzentos, com acesso por curto beco sem saída e uma entrada cercada por um muro de dois metros e meio. Nenhuma placa ou número indicava sua função; quem tinha negócios ali sabia como encontrar o local. Dava aos curiosos a impressão de uma empresa modesta e não muito próspera, onde as mercadorias eram entregues em furgões simples e descarregadas com discrição. À direita da porta ficava a garagem, grande o bastante para acomodar dois carros funerários; de lá, portas duplas levavam a uma pequena recepção com uma sala de espera à esquerda. Ali, Dalgliesh, que chegara um minuto antes das seis e meia, encontrou Kate e Daniel já esperando. Na tentativa de tornar a sala de espera agradável, havia uma mesa baixa e redonda, quatro cadeiras confortáveis e um grande aparelho de televisão, que Dalgliesh nunca vira desligado. Talvez tivesse mais a função de terapia que de entretenimento; os técnicos do laboratório, durante seus imprevisíveis períodos de lazer, precisavam trocar, ainda que momentaneamente, a corrupção silenciosa da morte pelas imagens vibrantes e efêmeras do mundo vivo.

Viu que Kate trocara o costumeiro *blazer* e as calças de tweed por calças e jaqueta jeans, e que sua grossa trança de cabelo loiro fora enfiada dentro de um boné de jóquei pontudo. Sabia o motivo. Ele também se vestira informalmente. O odor meio doce, meio cítrico do desinfetante tornava-se quase imperceptível depois da primeira meia hora, mas permanecia durante dias nas roupas, impregnando o guarda-roupa com o cheiro da morte. Havia muito aprendera a não usar nada que não pudesse ser jogado na máquina de lavar roupas, enquanto se banhava obsessivamente, levantando o rosto para o jato poderoso como se a pressão da água pudesse remover fisicamente mais que os odores e as visões das duas horas anteriores. Deveria encontrar-se com o comissário na sala do ministro na Casa dos Comuns às oito horas. Precisava arranjar tempo para voltar ao seu apartamento na Queenhithe para tomar uma ducha antes.

Lembrava-se vividamente — como esquecer? — da primeira autópsia a que assistira quando era um jovem policial detetive. A vítima do assassinato era uma prostituta de vinte e dois anos e fora difícil identificar formalmente o corpo, pois a polícia não conseguira descobrir seus parentes ou amigos íntimos. O corpo branco e subnutrido, estendido sobre a mesa, com as marcas das navalhadas roxas como estigmas, parecera, em sua pálida frigidez, a testemunha máxima e silenciosa da desumanidade masculina. Olhando ao redor da sala de autópsias lotada por uma falange de oficiais, ele refletira que Theresa Burns recebia, na morte, muito mais atenção dos agentes do Estado do que em vida. O patologista fora o dr. McGregor, membro da velha escola de egrégios individualistas, um presbiteriano severo que insistia em conduzir todas as autópsias na atmosfera espiritual, se não física, da santidade. Dalgliesh lembrava-se de sua censura a um técnico que rira de uma ironia murmurada por um colega. "Não admito risadas em meu necrotério. Não estou dissecando um sapo aqui."

O dr. McGregor não permitia música secular enquanto trabalhava, preferia os salmos métricos, cujo ritmo lúgubre retardava a velocidade do trabalho e deprimia os espíritos. Mas fora uma das autópsias de McGregor — a de uma criança assassinada —, acompanhada pela *Pie Jesu*, Fauré, que inspirara a Dalgliesh um de seus melhores poemas; supunha que lhe deveria ser grato por isso. Wardle pouco se importava com que música tocasse enquanto trabalhava, desde que não fosse pop, e naquele dia estavam destinados a ouvir as familiares melodias anódinas da Classic FM.

Havia duas salas de autópsia, uma com quatro mesas de dissecação e uma sala isolada. Era esta que Reginald Wardle preferia para seus casos de assassinato, mas a sala era pequena e havia os inevitáveis empurrões enquanto os especialistas em mortes violentas se acotovelavam para abrir espaço: o patologista e seu assistente, os dois técnicos do necrotério, quatro policiais, o coordenador do necrotério, o fotógrafo e o assistente, o oficial da cena do crime e técnicos em impressões digitais e um estagiário em patologia que o dr. Wardle apresentou como sendo o dr. Manning e anunciou que tomaria as notas. Não gostava de usar o microfone acima de sua cabeça. Vestido com aventais de algodão marrom-claro, o grupo parecia, pensou Dalgliesh, uma equipe de encarregados de remoções dilatórias. Somente as galochas de plástico sugeriam que a tarefa deles poderia ser mais sinistra. Os técnicos estavam com as correias na cabeça, mas com os visores ainda levantados. Mais tarde, quando recebessem os órgãos dentro dos baldes e os pesassem, baixariam os visores, protegendo-se contra a AIDS e o risco mais comum da hepatite B. O dr. Wardle, como sempre, usava apenas o avental verde-claro sobre as calças e a camisa. Como a maioria dos legistas, era descuidado em relação à própria segurança.

O corpo, embrulhado e selado dentro de sua mortalha plástica, esperava sobre o carrinho na sala externa. A uma palavra de Dalgliesh, os técnicos cortaram o plástico e o puxaram de lado. Ouviu-se uma pequena explosão de ar, como um suspiro contido, e o plástico crepitou como uma carga elétrica. O corpo jazia exposto como o recheio de um grande biscoito de Natal. Os olhos estavam mais opacos; somente a cobra presa ao rosto com fita adesiva, a cabeça tapando a boca, parecia ter vida ou vitalidade. Dalgliesh foi invadido por um forte desejo de removê-la — só então se devolveria alguma dignidade ao corpo — e especulou por instantes por que insistira em mantê-la intocada até a hora da autópsia. Precisou conter-se para não se inclinar e arrancá-la de onde estava. Em vez disso, procedeu à identificação formal, estabelecendo a cadeia de evidências.

"Este é o corpo que vi pela primeira vez às nove e quarenta e cinco, na sexta-feira, quinze de outubro, na Innocent House, Innocent Walk, Wapping."

Dalgliesh tinha grande respeito por Marcus e Len, como homens e como técnicos. Algumas pessoas, muitas delas policiais, achavam difícil acreditar que alguém pudesse trabalhar voluntariamente num necrotério, a não ser para satisfazer alguma compulsão patológica e até sinistra. Marcus e Len, todavia, receberam a bênção de não possuir sequer o grosseiro humor negro que alguns profissionais usam como defesa contra o horror ou a repugnância; cumpriam sua função com notória competência e impressionantes calma e dignidade. Vira, também, quanto trabalho tinham para tornar o corpo apresentável para os parentes. Muitos corpos que eles viam ser clinicamente desmembrados eram de velhos, doentes ou mortos por causas naturais — pequenas tragédias, talvez, para os entes queridos, mas que não causavam impacto sobre estranhos. Ele se perguntava, no entanto, como lidavam psicologicamente com a morte dos jovens, com as violações, com as vítimas de acidentes ou violência? Numa época em que toda dor, mesmo aquelas naturais à condição humana, não podia ser suportada sem aconselhamento, será que havia alguém que aconselhasse Marcus e Len? Ao menos, porém, escapavam da tentação de endeusar os ricos e famosos. Lá, no necrotério, estava a igualdade final. O que importava para Marcus e Len não era o número de médicos eminentes que haviam se reunido ao redor do leito de morte, nem o esplendor das exéquias, mas o estado de decomposição do corpo e se este precisaria ser acomodado no refrigerador para obesos.

A bandeja que continha o corpo de Gerard, agora nu, fora colocada no chão para que o fotógrafo se movesse com mais facilidade ao seu redor. Quando balançou a cabeça, indicando estar satisfeito com as primeiras chapas, os dois técnicos delicadamente viraram o corpo de bruços, tomando cuidado para não deslocar a cobra. Finalmente, com o corpo de costas, a bandeja foi levantada e depositada sobre os suportes aos pés da mesa de dissecação, com o buraco redondo sobre o escoadouro. O dr. Wardle procedeu ao costumeiro exame geral do corpo e depois voltou a atenção para a cabeça. Puxou a fita adesiva, delicadamente removeu a cobra como se esta fosse um espécime biológico de extraordinário interesse, e começou o exame da boca parecendo, aos olhos de Dalgliesh, um dentista demasiado entusiasta. Lembrou-se do que Kate Miskin lhe segredara uma vez, logo que começara a trabalhar para ele e era mais fácil fazer confidências: que era aquela parte da autópsia — não a posterior remoção e pesagem de todos os principais órgãos — que a deixava aflita, como se os nervos mortos estivessem apenas inativos e ainda pudessem reagir como antes, em vida, à investigação dos dedos enluvados. Percebia a presença de Kate um pouco atrás dele mas não olhou para ela. Podia ter certeza de que não desmaiaria, naquele momento ou mais tarde, mas imaginava que ela, assim como ele, sentia mais que interesse profissional no desmembramento do que fora um homem jovem e saudável — e voltou a sentir uma pontada de remorso pelo fato de o trabalho policial exigir tanto da doçura e da inocência.

Subitamente, o dr. Wardle deu um resmungo baixo que era quase um rosnado, seu ruído característico quando encontrava algo interessante.

"Dê uma olhada nisto, Adam. No céu da boca. Um nítido arranhão. *Post-mortem*, ao que parece."

Na cena do crime o chamara de "comandante", mas no território em que reinava, como sempre, à vontade com seu trabalho, retornara ao primeiro nome de Dalgliesh.

Este se inclinou. "Parece que alguma coisa de bordas duras foi forçada para dentro da boca depois da morte. Digo isso pelo aspecto da marca."

"É difícil ter cem por cento de certeza, é claro, mas é o que me parece também. A direção do arranhão é do fundo do palato até quase os dentes superiores." O dr. Wardle ficou de lado para que Kate e Daniel pudessem por sua vez observar o interior da boca. Acrescentou: "É impossível saber exatamente quando aconteceu, é claro, apenas que foi após a morte. Etienne pode ter posto o objeto, seja qual for, dentro da boca, mas alguém o tirou".

"Com força e, possivelmente, com pressa", disse Dalgliesh. "Se tivesse acontecido antes de o *rigor mortis* se estabelecer, a remoção teria sido mais fácil e rápida. Quanta força teria sido necessária para forçar a abertura do maxilar depois do estabelecimento do *rigor*?"

"Não é difícil, claro, e teria sido mais fácil se a boca estivesse parcialmente aberta e ele pudesse introduzir os dedos e usar as duas mãos. Uma criança não poderia abrir, mas não está procurando por uma criança."

Kate perguntou: "Se a cabeça da cobra tivesse sido enfiada imediatamente depois que o objeto foi removido e logo após a morte, não era de se esperar que houvesse manchas de sangue visíveis no tecido? Quanto sangue pode escorrer depois da morte?".

"Imediatamente depois?", disse o dr. Wardle. "Não muito. Mas ele não estava vivo quando a marca foi feita."

Juntos observaram a cabeça da cobra. Dalgliesh disse: "Esta coisa foi brinquedo dos funcionários da Innocent House durante quase cinco anos. É mais fácil imaginar a mancha que vê-la. Não há sangue evidente. O laboratório pode esclarecer-nos a respeito. Se a cabeça foi introduzida na boca assim que o objeto foi retirado, deveria haver alguma evidência biológica".

"Doutor, tem idéia de que tipo de objeto poderia ter sido?", perguntou Daniel.

"Bem, não posso ver nenhuma outra marca nos tecidos finos ou nas costas dos dentes, o que sugere que era algo que ele podia facilmente acomodar na boca, mas por que diabo teria feito isso, não me pergunte. De qualquer modo, é o departamento de vocês."

"Se era algo que queria esconder", disse Daniel, "por que

não o guardou no bolso da calça? Ao escondê-lo na boca, não pôde mais falar. Não poderia falar normalmente, mesmo com um objeto pequeno entre a língua e o céu da boca. Mas suponha que ele sabia que iria morrer. Suponha que foi encurralado naquela sala com o gás vazando, sem a torneira para fechar o aquecedor a gás, incapaz de abrir a janela..."

Kate interrompeu: "Mas o objeto teria sido encontrado no corpo mais tarde, mesmo se o tivesse apenas guardado no bolso".

"A menos que o assassino soubesse que estava lá e voltou depois para buscá-lo. Então, escondê-lo na boca fazia sentido, mesmo que fosse algo cuja existência o assassino desconhecesse. Ao guardá-lo na boca, garantiu que só seria encontrado durante a autópsia, ou pouco antes."

"Mas ele sabia, o assassino sabia", disse Kate. "Voltou para procurar o objeto e acho que o encontrou. Forçou a abertura do maxilar para retirá-lo, depois usou a cobra para dar a impressão de que era trabalho do sabotador."

Ela e Daniel estavam concentrados um no outro. Era como se não houvesse mais ninguém no recinto, a não ser os dois.

"Mas será que ele achou mesmo que não encontraríamos o arranhão?", disse Daniel.

"Ora, vamos, Daniel. Ele não sabe que arranhou o céu da boca. Só sabe que precisou romper o *rigor* e que isso nós perceberíamos. Então usou a cobra. E somente graças ao arranhão é que não caímos em seu engodo. Estamos procurando um assassino que conhece o tempo do *rigor* e que esperava que o corpo fosse encontrado relativamente rápido. Se o corpo fosse permanecer sem ser perturbado mais um dia, a cobra não teria sido necessária."

Dalgliesh sabia que corriam o risco de teorizar antes de conhecerem os fatos. A autópsia nem terminara. A causa da morte ainda não fora confirmada, mas tinha razoável certeza, e sabia que o dr. Wardle também tinha, de qual acabaria sendo a causa.

"Que tipo de objeto?", perguntou Kate. "Pequeno, de bordas duras? Uma chave? Um molho de chaves? Uma pequena caixa de metal?"

"Ou a fita de um pequeno gravador?", Dalgliesh propôs calmamente.

Dalgliesh saiu antes de a autópsia terminar. O dr. Wardle explicava a seu assistente que as amostras de sangue para o laboratório deviam ser extraídas da veia femoral, não do coração, e por quê. Dalgliesh duvidava de que houvesse mais a ser descoberto pela autópsia e, se isso ocorresse, logo saberia. Precisava examinar alguns papéis antes da reunião às oito horas na Casa, e tinha pouco tempo. Desnecessário passar primeiro na Yard antes de ir para casa. Seu motorista, William, já apanhara sua pasta em sua sala e o esperava no átrio, o rosto gorducho e amável revelando uma ansiedade cuidadosamente controlada.

A chuva forte da tarde diminuíra, dando lugar a uma garoa fina e contínua. Com a janela semi-aberta, aspirou o cheiro salgado do Tâmisa. Os faróis do Embankment manchavam o horizonte de vermelho. Esperando que abrissem, um cavalo da polícia montada, de flancos reluzentes, batia os cascos delicados no asfalto brilhante. A escuridão dominava rapidamente a cidade, transformando-a num cenário fantasmagórico, e as ruas e praças tremiam formando círculos em tons de branco, vermelho e verde. Abriu a pasta e retirou os papéis para uma leitura rápida dos argumentos mais relevantes. Era hora de direcionar as engrenagens de sua mente para uma preocupação mais imediata e talvez, afinal, mais importante. Geralmente, não achava isso difícil; naquele dia, porém, as imagens do necrotério persistiam.

Algo pequeno, talvez áspero, fora arrancado da boca de Etienne depois que o *rigor mortis* se instalara na parte superior do corpo. Era possível que o objeto fosse uma fita cassete; o sumiço do gravador certamente sugeria essa possibilidade. Inferia-se que Etienne ditara o nome de seu assassino, e que este voltara mais tarde para retirar a evidência. Sua mente, contudo, rejeitava essa hipótese simples. O assassino de Etienne tivera o cuidado de que não ficasse, na sala, nada que lhe permitisse deixar uma mensagem. O piso e o consolo da lareira haviam sido limpos e todos os papéis, removidos; a agenda de Etienne, com a caneta de ouro anexa, fora roubada no dia anterior. O assassino pensara até nisso. Etienne não fora capaz sequer de rabiscar o nome dele ou dela no piso de madeira nu. Por que, então, o assassino teria sido tolo a ponto de deixar um gravador pronto para que a vítima o usasse?

Havia, naturalmente, outra explicação. O gravador poderia ter estado lá para um propósito específico. Se fosse assim, o caso prometia ser ainda mais intrigante e complexo do que parecera de início.

34

Passava das dez e meia quando Dalgliesh retornou à sala de ocorrências de Wapping e Robbins foi dispensado. Kate e Daniel haviam comprado sanduíches quando voltavam do necrotério, e se arranjaram com eles e café no decorrer da noite. Já haviam cumprido um expediente de doze horas, mas ainda não terminara. Dalgliesh iria querer avaliar o progresso e ter uma idéia clara do rumo do caso antes de entrarem no próximo passo da investigação.

Passou dez minutos analisando os papéis que Daniel trouxera do estúdio de Gerard Etienne. Então, sem fazer comentários, fechou a pasta, olhou para o relógio e disse: "Certo, quais foram as conclusões provisórias a que chegaram a partir dos fatos que conhecemos até agora?".

Daniel tomou a palavra imediatamente, como Kate esperava que fizesse. Aquilo não a preocupou. Tinham o mesmo posto, mas ela contava mais tempo de serviço e não sentia necessidade de enfatizar isso. Havia uma vantagem em falar primeiro: evitava que outras pessoas assumissem a autoria de suas idéias e demonstrava agudeza. Por outro lado, havia uma certa sabedoria em esperar sua hora. Daniel estava sendo cuidadoso com seu discurso; provavelmente, pensou ela, ficou treinando mentalmente desde que voltaram do necrotério.

"Morte natural, suicídio, acidente ou assassinato?", disse ele. "As primeiras duas hipóteses estão descartadas. Não precisamos dos relatórios do laboratório para ter certeza de que foi intoxicação por monóxido de carbono — a autópsia nos deu essa informação. Também nos disse que, afora isso, ele morreu com saúde. Não há absolutamente nada que indique suicídio, portanto creio que não precisamos perder tempo com esta hipótese.

"Sendo assim, em seguida temos acidente. Se esta morte fosse acidental, o que poderíamos supor? Que Etienne decidiu, por algum motivo, trabalhar na sala dos arquivos, deixou o paletó sobre a cadeira no andar de baixo e as chaves na gaveta da mesa. Que sentiu frio, acendeu o aquecedor com fósforos — que não temos nenhuma evidência de que estivessem com ele — e que depois ficou tão absorto com o trabalho que só percebeu que o aquecedor começara a vazar quando já era tarde demais. Afora as inconsistências óbvias, se foi o que aconteceu, sugiro que ele teria sido encontrado caído sobre a mesa e não deitado de costas, seminu, com a cabeça na direção do aquecedor. Até aqui, não estou levando a cobra em consideração. Acho que temos de estabelecer uma clara distinção entre o que aconteceu na hora da morte e o que aconteceu ao corpo mais tarde. Obviamente, alguém o encontrou depois que o *rigor mortis* se instalou na parte superior do corpo, porém não há evidência de que a pessoa que enfiou a cobra em sua boca tirou sua camisa ou o transferiu da mesa para o lugar onde foi encontrado."

"Ele próprio deve ter tirado a camisa", observou Kate. "Segurava-a firmemente com a mão direita. Parecia tê-la tirado com a intenção de apagar o fogo. Olhem a fotografia. A mão direita ainda está segurando parte da camisa, o restante da peça está estendido sobre o corpo. Parece-me que ele morreu de bruços e o assassino virou o corpo para cima, talvez com o pé, e depois forçou a abertura da boca. Olhem a posição dos joelhos, levemente curvados. Ele não morreu nessa posição. É consistente com a conclusão da autópsia de que ele morreu de bruços. Estava rastejando pela sala em direção ao aquecedor."

"Certo, concordo. Mas era impossível que tivesse esperanças de apagá-lo, não desse jeito. A camisa teria pegado fogo."

"Sei que seria impossível, mas é o que parece. Abafar o fogo pode ter parecido viável para sua mente confusa."

Dalgliesh não intervinha, apenas escutava enquanto eles raciocinavam.

"Isso sugere que ele sabia o que estava acontecendo com ele", falou Daniel. "Se sabia, no entanto, o óbvio a fazer era abrir a porta e arejar a sala; depois, desligar o aquecedor."

"Mas suponha que a porta tenha sido trancada do lado de fora e a alavanca do aquecedor a gás removida. Quando ele tentou abrir a janela alta, o cordão se rompeu porque alguém o desgastara para que isso acontecesse assim que fosse puxado com um mínimo de força. Primeiro, o assassino deve ter tirado as cadeiras e a mesa para que Etienne não pudesse subir nelas para alcançar a janela e quebrar o vidro. A janela estava emperrada. Não poderia abri-la subindo num móvel, a não ser que tivesse algo com que golpeá-la."

"O gravador, talvez?", perguntou Daniel.

"É pequeno demais, frágil demais. Mesmo assim, concordo que ele teria tentado. Poderia ter esmurrado o vidro com as próprias mãos, mas não há a menor evidência de ferimentos em seus dedos. Acho que a mobília deve ter sido retirada antes que ele entrasse na sala. Sabemos, pelas marcas deixadas na parede, que a mesa normalmente ficava alguns centímetros para a esquerda."

"Não é uma prova. A faxineira pode tê-la tirado do lugar."

"Não disse que era uma prova, mas é significativo. Tanto Gabriel Dauntsey como a sra. Demery disseram que a mesa não estava em seu lugar habitual."

"O que não os exclui como suspeitos."

"Não disse que excluía. Obviamente, Dauntsey é um dos suspeitos. Ninguém teve mais oportunidade que ele. Se, no entanto, Dauntsey removeu as cadeiras e a mesa, por certo se preocuparia em devolver a mesa exatamente ao lugar em que estivera antes. A não ser, é claro, que tivesse pressa." Ela se calou e, empolgada, virou-se para Dalgliesh. "E é claro que tinha pressa, senhor. Precisava voltar dentro do tempo que levaria para tomar banho."

"Estamos indo rápido demais", disse Daniel. "Não passam de conjecturas."

"Eu chamaria de dedução lógica."

Dalgliesh falou pela primeira vez. "A teoria de Kate é razoável; está de acordo com todos os fatos conforme os conhecemos. Não temos, todavia, o menor vestígio de sólida evidência. E não nos esqueçamos da cobra. Como se saíram na investigação sobre quem sabia que ela estava na gaveta da mesa da srta. Blackett, fora a srta. Blackett, é claro, Mandy Price, Dauntsey e os irmãos Etienne?"

Foi Kate quem respondeu. "A notícia já havia circulado por toda a editora à tarde, senhor. Mandy contou à sra. Demery — enquanto faziam café na cozinha, pouco depois das onze e meia — que Etienne dissera para a srta. Blackett se livrar da cobra. A sra. Demery admite que pode ter comentado o fato com uma ou duas pessoas quando circulou com o carrinho do chá da tarde. 'Uma ou duas pessoas' deve significar todos os funcionários do prédio. A sra. Demery foi um pouco vaga quanto ao que realmente comentou, mas Maggie FitzGerald, do departamento de publicidade, tem certeza absoluta de que lhe contaram que o sr. Gerard instruíra a srta. Blackett para se livrar da cobra, e que ela a guardara na gaveta de sua mesa. O sr. Sydney Bartrum, o contador, afirma que não sabia. Disse que ele e seus funcionários não tinham tempo a perder com fofocas internas e que, de qualquer forma, não surgira a oportunidade. Seu departamento fica na casa vizinha e eles mesmos preparam o chá da tarde. De Witt e a srta. Peverell admitiram que sabiam. Seja como for, a gaveta da srta. Blackett era o lugar mais óbvio para alguém procurar. Tinha uma ligação sentimental com a cobra e não a jogaria fora."

"Por que a sra. Demery se deu ao trabalho de espalhar a notícia?", perguntou Daniel. "Não se pode dizer que fosse um grande escândalo interno."

"Não, mas evidentemente causou sensação. A maioria dos funcionários sabia, ou disso desconfiava, que Gerard Etienne ficaria feliz de ver a srta. Blackett pelas costas. Provavelmente, esperavam para ver quanto tempo ela suportaria, se pediria as contas antes de ser demitida. Qualquer nova rusga entre os dois despertava curiosidade."

"Entendem a importância da cobra?", lembrou Dalgliesh. "Ou foi enrolada no pescoço de Etienne e enfiada em sua boca pelo assassino, possivelmente para explicar a ruptura do *rigor mortis* no maxilar, ou o sabotador deu com o corpo por acaso e aproveitou a oportunidade de pregar uma peça especialmente desagradável. Se foi o assassino, seria ele ou ela também o sabotador? Seriam essas peças parte de um plano cuidadosamente elaborado que teria sua origem no primeiro incidente? Tal hipótese combinaria com o cordão da janela desgastado. Se foi algo deliberado, transcorreu ao longo de um determinado período. Ou será que o assassino compreendia o significado do maxilar solto e, tomado de um impulso, usou a cobra para dissimular o fato de que efetivamente retirara algum objeto da boca de Etienne?"

"Há outra possibilidade, senhor", ponderou Daniel. "Suponha que o sabotador encontrou o corpo, pensou que se tratasse de morte natural ou acidental e decidiu mexer nas coisas para que parecesse assassinato. Pode ter sido ele quem retirou a mesa da sala e enrolou a cobra no pescoço de Etienne."

Kate objetou. "Ele não poderia ter desgastado o cordão da janela, isso só deveria ter sido feito antes. E por que se incomodar em mudar a mesa de lugar? Só serviria para confundir e fazer com que parecesse assassinato se o sabotador já soubesse que Etienne morrera de intoxicação por monóxido de carbono."

"Ele devia saber. Desligou o aquecedor a gás."

"Teria feito isso de qualquer maneira", disse Kate. "Aquela salinha deveria estar uma fornalha." Dirigiu-se a Dalgliesh. "Senhor, acho que apenas uma teoria harmoniza-se com todos os fatos. A intenção era que a morte parecesse acidental, causada por intoxicação por monóxido de carbono. O assassino planejou que seria ele a encontrar o corpo e o encontraria sozinho. Em seguida, só precisaria reinstalar a alavanca e desligar o gás — uma reação natural, seja como for —, trazer de volta a mesa e a cadeira, levar embora a fita e ligar o alarme. Não conseguiu, porém, encontrar a fita. Quando a descobriu, percebeu que só poderia apoderar-se dela rompendo o *rigor* do maxilar. Sabia que essa circunstância seria detectada por um detetive competente ou pelos legistas, portanto usou a cobra para sugerir que se tratava de morte acidental complicada pelas más intenções do sabotador da editora."

Daniel objetou. "Por que levar o gravador? Estou falando do assassino agora."

"Por que deixá-lo? Já que precisava retirar a fita, por que não levar também o gravador? Veja bem, a atitude natural seria jogá-lo no Tâmisa." Dirigiu-se a Dalgliesh. "Acha que uma busca subfluvial poderia encontrá-lo, senhor?"

"Improbabilíssimo", replicou Dalgliesh. "E, se o encontrassem, a fita não estaria intacta. Certamente, o assassino teria apagado quaisquer mensagens. Duvido de que se justifique a despesa envolvida numa busca, mas é melhor conversar com o pessoal daqui. Descubra qual é o estado do fundo do rio na altura da Innocent House."

"Há outra coisa, senhor", disse Daniel. "Se o assassino queria deixar uma mensagem para a vítima, por que gravá-la numa fita? Por que não transmiti-la por escrito? De qualquer modo, precisaria recuperá-la. Teria sido igualmente fácil retirar um pedaço de papel, talvez até mais fácil."

"Mas não tão seguro", objetou Dalgliesh. "Se Etienne tivesse o tempo necessário, antes de ficar inconsciente, poderia ter rasgado o papel e escondido os pedaços em vários locais. Se não o rasgasse, porém, papel é mais fácil de esconder que uma fita. O assassino sabia que talvez não tivesse muito tempo. Precisava recuperar a mensagem e encontrá-la rapidamente. E há outro aspecto: uma voz gravada não pode ser ignorada, enquanto uma mensagem escrita pode. O que torna esse caso interessante é: por que o assassino precisava deixar uma mensagem?"

"Por orgulho próprio", sugeriu Daniel. "Para ter a última palavra. Para mostrar como foi esperto."

"Ou para explicar a alguém por que ele precisava morrer", disse Dalgliesh. "Se foi essa a razão, então o motivo do assassinato talvez não seja tão óbvio. Pode residir no passado, até mesmo no passado distante."

"Neste caso, por que esperar até hoje? Se o assassino estiver aqui, na Innocent House, poderia ter matado Etienne a qualquer momento nos últimos vinte e tantos anos. Etienne atua na editora desde que se formou em Cambridge. O que aconteceu recentemente para tornar sua morte necessária?"

"Etienne assumiu a presidência e a diretoria administrativa da editora, pressionou para que a Innocent House fosse vendida e ficou noivo."

"Acha que o noivado pode ser relevante, senhor?"

"Qualquer coisa pode ser relevante, Kate. Vou visitar o pai de Etienne amanhã cedo. Claudia Etienne foi até Bradwell-on-Sea no início da noite para dar-lhe a notícia e para pedir-lhe que se encontrasse comigo. Não passará a noite lá. Pedi que se encontrasse com você no apartamento de Etienne, no Barbican, amanhã. A prioridade é verificar todos os álibis, começando pelos sócios e os funcionários da Innocent House. Daniel, você e Robbins irão procurar Esmé Carling. Descubram para onde ela foi quando saiu da livraria Better Books, em Cambridge. Além disso, há a festa de noivado de Gerard Etienne no dia 10 de julho. Precisamos verificar a lista de convidados e entrevistar as pessoas que estiveram lá. Será preciso usar tato. A linha é perguntar se perambularam pela casa e se viram algo de estranho ou suspeito. Mas vamos nos concentrar nos sócios. Alguém viu Claudia Etienne e seu acompanhante no rio? E a que horas? Verifiquem junto ao St. Thomas Hospital a que horas Gabriel Dauntsey foi registrado e a que horas saiu, e, naturalmente, seu álibi. Partirei logo cedo para Bradwell-on-Sea, mas devo estar de volta no início da tarde. Por ora, acho melhor darmos o expediente por encerrado."

35

Os sócios passaram a noite de sexta-feira separados. Parada diante da mesa da cozinha, tentando reunir energia para decidir o que comer, Frances pensava que não deveria estar surpresa. Eles levavam vidas separadas longe da Innocent House e, às vezes, parecia-lhe que faziam um esforço deliberado para não se aproximarem fora da editora, quase como se quisessem demonstrar que o trabalho era tudo o que tinham em comum. Raramente discutiam seus compromissos sociais. Acontecia de ela ser convidada para a festa de outro editor e ficar surpresa ao ver o perfil elegante de Claudia momentaneamente abrindo espaço entre rostos tagarelas, ou estar num teatro com uma amiga dos tempos do colégio religioso e ver Dauntsey penosamente avançando ao longo da fila em frente. Nessas ocasiões, cumprimentavam-se polidamente, como meros conhecidos. Naquela noite, ela sentia que algo mais forte que o hábito os apartava, que gradualmente passaram a relutar em discutir a morte de Gerard à medida que o dia passava e que a franqueza daquela hora, em que ficaram encerrados, juntos, na sala da diretoria, fora eliminada por uma prudente desconfiança da intimidade.

James, ela sabia, não tinha escolha. Precisava voltar e ficar em casa com Rupert, e ela invejava a necessidade que lhe impunha a obrigação. Jamais conhecera seu amigo, nunca fora convidada a visitá-lo desde que Rupert se mudara para sua casa, e perguntou-se, naquele momento, como seria a vida deles juntos. Ao menos, ele teria alguém para dividir as tensões do dia, um dia que parecia ter sido excessivamente longo. Mediante um acordo tácito, eles deixaram a Innocent

House cedo e ela esperara enquanto Claudia trancava a porta e ligava o alarme. "Você vai ficar bem, Claudia?", perguntara. No momento em que dissera essas palavras, porém, fora atingida pela futilidade e banalidade da pergunta. Ficou em dúvida sobre se deveria oferecer-se para acompanhar Claudia até em casa; tinha medo, porém, de que esse gesto fosse interpretado como uma confissão de fraqueza, de sua própria necessidade de companhia. E Claudia, afinal, tinha um noivo — se é que era efetivamente seu noivo. Seria mais provável que recorresse a ele que a Frances.

Claudia replicara: "Tudo de que preciso, no momento, é chegar em casa e ficar sozinha". E acrescentara: "E você, Frances? Vai ficar bem?".

A mesma pergunta vazia de sentido e sem resposta. Imaginava o que Claudia teria respondido se tivesse dito: "Não, não estou bem. Não quero ficar sozinha. Fique comigo esta noite, Claudia. Durma no meu quarto de hóspedes".

Naturalmente, ela poderia telefonar para Gabriel. Tentou imaginar o que ele estaria fazendo, em que estaria pensando naquele apartamento simples e escassamente mobiliado abaixo do seu. Ele também lhe dissera: "Você vai ficar bem, Frances? Telefone-me se precisar de companhia". Ela desejava que tivesse dito: "Importa-se se eu a visitar, Frances? Não quero ficar sozinho". Em vez disso, ele depositara a iniciativa sobre suas costas. Telefonar para ele seria confessar uma fraqueza, uma necessidade que talvez não lhe agradassem. O que havia com a Innocent House, perguntou-se ela, que tornava tão difícil para as pessoas expressarem uma necessidade humana ou proporcionarem umas às outras simples e recíproca amabilidade?

Acabou abrindo um pacote de sopa de cogumelos e colocou um ovo para ferver. Sentia-se extraordinariamente cansada. Dormir encolhida na noite anterior na poltrona de Gabriel, as horas de sono inquietas e intermitentes, não haviam sido o melhor preparo para um dia de traumas quase contínuos. Sabia, no entanto, que não estava pronta para dormir. Em vez disso, após lavar a louça do jantar, entrou no aposento que fora o quarto de seu pai e que ela transformara numa pequena sala de estar, e sentou-se em frente à televisão. Imagens brilhantes desfilaram diante de seus olhos: os noticiários, os documentários, uma comédia, um filme antigo, uma peça moderna. Enquanto apertava os botões, mudando de um canal para outro, os rostos que se sucediam, radiantes, risonhos, sérios, magistrais, as bocas se abrindo e fechando continuamente eram como uma droga visual, sem qualquer sentido, sem evocar emoção alguma, que, ao menos, forneciam uma companhia espúria, um consolo fugaz e irracional.

À uma hora ela foi se deitar, levando consigo um copo de leite quente incrementado com um pouco de uísque. O efeito não tardou e ela mergulhou na inconsciência com o último pensamento de que, afinal, ser-lhe-ia concedida a bênção do sono.

O pesadelo retornou de madrugada, o velho e conhecido pesadelo, porém em nova versão, mais terrível, mais intensamente real. Ela andava pelo túnel de Greenwich entre seu pai e a sra. Rawlings. Eles seguravam sua mão, mas aquele toque era uma prisão e não um conforto. Não podia fugir, nem havia para onde fugir. Atrás de si, podia ouvir o teto do túnel rachar, mas não ousava virar a cabeça, pois sabia que olhar para trás traria a catástrofe. À frente dela, o túnel se estendia, mais longo que na realidade, com um círculo de brilhante luz solar no final. Quanto mais andavam, mais o túnel aumentava e o círculo ficava gradativamente menor, até se tornar apenas um pequeno pires cintilante que, ela sabia, logo se reduziria a um pontinho de luz e depois desapareceria. Seu pai andava muito ereto, sem olhar para ela, sem falar. Vestia o casaco de tweed com a capa curta que sempre usava no inverno, e que ela dera para o Exército da Salvação. Estava zangado por ela o ter dado sem consultá-lo, mas o encontrara e conseguira de volta. Não estava surpresa em ver a cobra enrolada em seu pescoço. Era uma cobra de verdade, imensa como uma naja, expandindo-se e contraindo-se, caindo sobre suas costas, sibilando com sua essência maligna, prestes a esmagá-lo, a tirar-lhe a vida.

Acima, os ladrilhos do teto estavam molhados e as primeiras pesadas gotas já começavam a cair. Ela viu, porém, que não eram gotas de água, mas de sangue. Então, de repente, ela se libertou e começou a correr, gritando, rumo ao inalcançável pontinho de luz, enquanto o teto rachava e despencava sobre ela, rolando em direção a ela, sufocando o último raio de luz, a onda negra e obliterante da morte.

Ao acordar, viu-se estendida contra a janela, batendo no vidro com as mãos. A consciência trouxe o alívio, mas o horror do pesadelo permaneceu como mancha em sua mente. Ao menos, no entanto, ela sabia o que era. Voltou para a cama e acendeu o abajur. Eram quase cinco horas. Inútil tentar dormir outra vez. Em vez disso, vestiu o penhoar, afastou as cortinas e abriu as janelas. Estando o quarto envolto na penumbra, ela podia ver a cintilância luminosa do rio e algumas estrelas altas. O terror do sonho estava passando mas cedia lugar para aquele outro terror do qual não havia como fugir acordando.

Subitamente, pensou em Adam Dalgliesh. Seu apartamento também ficava às margens do rio, em Queenhithe. Estranhou saber onde ele morava; depois, lembrou-se de artigos na imprensa sobre seu último e bem-sucedido livro de poesia. Era um homem muito reservado, mas ao menos aquele fato havia emergido. Era curioso que suas vidas estivessem ligadas por aquela escura corrente da história. Imaginou se ele também estaria acordado, se, alguns quilômetros acima, sua figura alta e misteriosa também observava o mesmo rio sombrio.

Livro três

OBRA EM ANDAMENTO

36

No sábado, dia 16 de outubro, Jean-Philippe Etienne deu sua caminhada matinal, como sempre, às nove horas. Nem o horário nem o trajeto variavam, independentemente da estação ou do tempo. Andava ao longo da estreita cumeeira de pedras, entre os brejos e os campos arados, onde, dizia-se, erguera-se, outrora, o forte romano de Othona, passava pela capela anglo-celta de St. Peter-on-the-Wall e dava a volta pelo promontório até o estuário de Blackwater. Raramente encontrava alguém em suas perambulações matinais, mesmo durante o verão, quando um visitante da capela ou um observador de pássaros podia estar de pé cedo; mas, quando via alguém, limitava-se a saudá-lo cortesmente e seguia em frente. Os moradores sabiam que ele se mudara para Othona House para ficar sozinho e não tinham o menor intuito de violar sua solidão. Não aceitava nenhuma chamada telefônica, não recebia nenhuma visita. Naquela manhã, porém, às dez e meia, receberia uma visita que não poderia recusar.

Naquele momento, sob a crescente luminosidade, olhou além do calmo estreito do estuário para as luzes da ilha Mersea e pensou sobre esse desconhecido comandante Dalgliesh. A mensagem que enviara à polícia através de Claudia não fora nada ambígua: não tinha nenhuma informação a oferecer sobre a morte do filho, nenhuma teoria a propor, nenhuma possível explicação do mistério a sugerir, nenhum suspeito a indicar. Segundo sua opinião, a morte de Gerard fora acidental, por mais estranhas ou suspeitas que fossem algumas circunstâncias. Morte acidental parecia mais plausível que qualquer outra hipótese, certamente bem mais razoável que assassinato.

Assassinato. As pesadas sílabas do horror ecoaram em sua mente, evocando apenas repugnância e descrença.

De pé naquele momento, tão imóvel quanto uma estátua sobre a estreita faixa de praia arenosa — onde minúsculas ondas se quebravam formando uma fina camada de espuma suja — e observando as luzes além da água se apagarem uma a uma com o clarear do dia, ele ofereceu relutante ao filho o tributo da lembrança. As lembranças, em sua maioria, eram perturbadoras, mas, como assediavam sua mente e não podia repeli-las, talvez fosse melhor aceitá-las, compreendê-las e disciplinálas. Gerard entrara na adolescência com uma certeza inabalável: era filho de um herói. Fato importante para um rapaz, para qualquer rapaz, mas principalmente para um jovem tão orgulhoso quanto ele. Sentia mágoa do pai, achava que não o amava do modo certo, que não lhe dava atenção, porém podia passar sem amor se tivesse o orgulho, orgulho do nome e do que aquele nome representava. Sempre fora importante para ele saber que o homem, cujos genes também eram seus, fora testado como poucos de sua geração haviam sido e não decepcionara. Passavam as décadas e apagavam-se as lembranças, mas um homem ainda podia ser julgado pelo que fizera durante os anos turbulentos da guerra. A reputação de Jean-Philippe era sólida, inviolável. A de outros heróis da Resistência havia sido manchada por revelações posteriores; a dele, jamais. As medalhas que deixara de ostentar haviam sido ganhas honestamente.

Jean-Philippe observara o efeito dessa consciência sobre Gerard: a necessidade imperiosa da aprovação e respeito paternos, a necessidade de competir, de se justificar perante os olhos do pai. Não era o que estivera por trás de sua decisão de escalar o Matterhorn quando tinha vinte e um anos? Nunca antes ele mostrara o menor interesse pelo montanhismo. A expedição consumira muito tempo e dinheiro. Contratara o melhor guia Zermatt que, compreensivelmente, exigira alguns meses de treinamento pesado antes de tentar a escalada e estabelecera condições severas. O grupo daria meia-volta antes da última investida rumo ao pico se ele achasse que Gerard era um perigo para si mesmo ou para os outros. Porém eles não precisaram voltar. A montanha foi conquistada. Era algo que Jean-Philippe não havia realizado.

Além disso, havia a Editora Peverell. Em seus últimos anos na empresa, Jean-Philippe sabia que estivera pouco mais que de passagem, que fora tolerado, deixado em paz, sem incomodar ninguém. Quando o poder passasse para suas mãos, Gerard transformaria a Editora Peverell. E Jean-Philippe lhe dera esse poder. Transferira vinte por cento de suas ações na firma para Gerard, e quinze por cento para Claudia. Gerard precisava apenas conservar o apoio da irmã para garantir sua maioria na empresa. E por que não? Os Peverell haviam tido sua época; era hora do controle dos Etienne.

Assim mesmo, mês após mês, Gerard lhe apresentara relatórios, como se fosse um intendente prestando contas a seu patrão. Não pedia conselhos nem aprovação. Não era por conselhos e aprovação que ele o procurava. Às vezes, Jean-Philippe tinha a impressão de que as visitas eram uma forma de reparação, uma penitência auto-imposta, um dever filial assumido só quando o ancião já estava além de cuidados, deixando escapar de suas mãos enrijecidas as frágeis cordas que o ligavam à família, à empresa e à vida. Ouvira o que ele trouxera, fazendo comentários ocasionais, mas nunca tivera a coragem de dizer: "Não quero ouvir. Não me importa mais. Pode vender a Innocent House, mudar-se para as Docklands, vender a empresa, queimar os arquivos. O último interesse meu na Editora Peverell acabou quando atirei os grãos de ossos cremados sobre o Tâmisa. Morri para essas preocupações empresariais tanto quanto Henry Peverell. Ambos passamos do estágio de nos importarmos. Não pense que, porque estou falando com você e ainda executo algumas das funções de um homem, ainda estou vivo". Em vez disso, sentava-se imóvel, às vezes estendendo a mão trêmula para o copo de vinho que, com sua base pesada, passara a ser muito mais fácil de manejar que a taça. A voz do filho soava-lhe distante.

"É difícil decidir entre comprar ou alugar. Em princípio, sou a favor de comprar. Os aluguéis, hoje, estão ridiculamente baixos, mas não estarão quando os contratos expirarem. Por outro lado, faz sentido firmar um contrato curto, para os próximos cinco anos, e liberar o capital para aquisições e melhorias. Publicar diz respeito a livros, não a propriedades. Durante os últimos cem anos, a Editora Peverell desperdiçou recursos na manutenção da Inocent House, como se a casa fosse a editora. Perder a casa era perder a editora. Tijolos e argamassa elevados ao status de um símbolo, até mesmo por escrito."

"Pedras e mármore", dissera Jean-Philippe. E acrescentou, ao ver Gerard franzir a testa inquisidoramente: "Pedras e mármore, e não tijolos e argamassa".

"A fachada dos fundos é de tijolos. A casa é de uma arquitetura bastarda. Todos dizem como Charles Fowler combinou, de modo brilhante, a elegância do final do período georgiano e o estilo gótico veneziano do século xv, mas teria sido melhor se não tivesse tentado. Hector Skolling pode ficar com a Innocent House."

"Frances não vai gostar."

Dissera aquilo só por dizer. Pouco lhe importava o desagrado de Frances. O vinho tinha sabor forte em sua boca. Ainda bem que ainda podia provar os tintos robustos.

"Ela acabará superando", dissera Gerard. "Todos os Peverell se sentem impelidos a amar a Innocent House, mas duvido de que ela se importe muito." Seguindo aquela associação de idéias, ele acrescentou: "Viu o anúncio de meu noivado no *Times* da última segunda-feira?".

"Não. Não me importo mais com jornais. O *Spectator* traz um resumo das principais notícias da semana. Essa meia página me basta para ter certeza de que o mundo continua como sempre. Espero que seja feliz no casamento. Eu fui."

"Sim, sempre achei que o senhor e a mamãe se davam muito bem."

Jean-Philippe sentiu no ar seu embaraço. O comentário, de patente inadequação, pairou sobre eles como uma nuvem de fumaça acre. Jean-Philippe disse calmamente: "Não estava falando de sua mãe".

E agora, contemplando a expansão de água tranqüila, teve a impressão de que somente naqueles dias confusos e turbulentos da guerra ele se sentira realmente vivo. Era jovem, louco de paixão, animado pelo perigo constante, estimulado pelo ardor da liderança, exaltado por um patriotismo simples e inquestionado, que para ele se tornara uma religião. Dentre as confusas lealdades da França de Vichy, a sua fora clara e absoluta. Nada, desde então, se aproximara da maravilha, entusiasmo e *glamour* daqueles anos. Nunca mais vivera cada dia com tanta intensidade. Mesmo depois do assassinato de Chantal, seu ânimo não se abatera, embora tivesse ficado confuso ao compreender que culpava os maquis, tanto quanto os alemães da ocupação, por sua morte. Jamais acreditara que a resistência mais eficaz dependia da ação armada ou do assassinato de soldados alemães. E então, em 1944, vieram a libertação e o triunfo e, junto, uma reação tão inesperada e forte que o deixou desconcertado, quase apático. Só então, no momento do triunfo, foi que teve espaço e tempo para chorar por Chantal. Percebeu-se como alguém totalmente esvaziado da capacidade de sentir qualquer emoção, exceto aquela dor esmagadora que, em sua triste futilidade, parecia parte de um sofrimento maior e universal.

Não tivera muito estômago para a vingança e testemunhara com desgosto e repulsa a raspagem da cabeça das mulheres acusadas de "relações sentimentais com o inimigo", as vendetas, os expurgos pelos maquis, a justiça sumária que executou trinta pessoas no Puy-de-Dôme sem julgamento formal. Ficou feliz, assim como a maioria da população, quando o devido procedimento legal foi estabelecido, mas não sentiu nenhuma satisfação com os processos ou os veredictos. Não experimentava nenhuma simpatia pelos colaboradores que haviam traído a Resistência, ou que haviam torturado ou assassinado. Mas, durante aqueles anos ambíguos, muitos colaboradores do regime de Vichy haviam feito o que julgavam correto pela França; e se as potências do Eixo haviam vencido, talvez fosse bom para o país. Alguns eram homens decentes que haviam escolhido o lado errado por motivos não totalmente ignóbeis, outros eram fracos, outros, ainda, dominados pelo ódio ao comunismo ou seduzidos pelo *glamour* insidioso do fascismo. Não era capaz de odiar nenhum deles. Mesmo sua própria reputação, seu próprio heroísmo, sua própria inocência tornaram-se repugnantes para ele.

Precisara afastar-se da França e mudar-se para Londres. Sua avó era inglesa. Falava a língua impecavelmente e tinha familiaridade com os peculiares costumes ingleses, o que ajudou a suavizar seu exílio auto-imposto. Mas não fora para a Inglaterra movido por nenhum afeto especial pelo país ou sua gente. O campo era bonito, porém o da França também era. Fora necessário partir e a Inglaterra era a escolha óbvia. Em Londres, durante uma festa — não se lembrava mais de quem ou onde — fora apresentado a Margaret, prima de Henry Peverell. Bonita, sensível e atraentemente infantil, apaixonara-se romanticamente por ele, por seu heroísmo, por sua nacionalidade, até por seu sotaque. Tal adoração cega fora lisonjeira para ele, e era difícil não corresponder com, ao menos, um pouco de atenção e ternura protetora ao que via como a vulnerabilidade daquela moça. Nunca a amara, porém. Apenas um ser humano despertara seu amor. Junto com Chantal morrera sua capacidade para abrigar qualquer sentimento mais intenso que o afeto.

Mesmo assim, casou-se com ela, levou-a para viverem em Toronto durante quatro anos e, quando esse exílio auto-imposto se tornou maçante, retornaram a Londres, dessa vez com dois bebês. A um convite de Henry, ingressara na Editora Peverell, investira considerável capital na empresa, apoderara-se de suas ações e passara o restante de sua vida útil naquela extravagante e excêntrica casa às margens de um rio estranho. Fora razoavelmente feliz, supunha. Sabia que as pessoas o achavam bastante tedioso, o que não o surpreendia, pois vivia aborrecido. O casamento perdurara. Tornara sua esposa, Margaret Peverell, tão feliz quanto ela era capaz de ser. Suspeitava de que as mulheres Peverell não eram capazes de muita felicidade. Ela desejara desesperadamente ter filhos e ele obedientemente lhe dera o filho e a filha com que ela sonhara. No passado, como no presente, sempre vira a paternidade como algo que poderia dar para a felicidade de sua esposa e não para a sua; proporcionando-lhe tal presente, como se fosse um anel, um colar ou um carro novo, não precisava mais assumir nenhuma responsabilidade, já que esta fora passada adiante juntamente com a dádiva.

Agora Gerard estava morto. E esse policial desconhecido estava a caminho para lhe dizer que seu filho havia sido assassinado.

37

Kate e Daniel haviam marcado uma entrevista com Rupert Farlow às dez horas. Sabiam que seria quase impossível estacionar em Hillgate Village, portanto deixaram o carro na delegacia de polícia de Notting Hill Gate e subiram a ladeira suave sombreada pelas altas limeiras da avenida Holland Park. Kate pensava em como era estranho estar de volta em tão pouco tempo a essa parte conhecida de Londres. Mudara-se de seu antigo apartamento havia apenas três dias, mas sentia-se tão distante da área, tanto na imaginação quanto de fato, que, naquele momento, subindo a Notting Hill Gate, via o rude conglomerado urbano através dos olhos de uma forasteira. É claro, porém, que nada havia mudado; a arquitetura desarmoniosa e indistinta dos anos 30, a infinidade de placas de rua, as cercas que lhe davam a sensação de ser um animal aprisionado, os longos canteiros de concreto com suas sempre-vivas deslocadas e sujas de poeira, as fachadas das lojas desaguando seus nomes em rios de berrantes luzes vermelhas, verdes e amarelas, o incessante rugido do trânsito. Viu até o mesmo mendigo em frente ao supermercado, com seu grande cachorro alsaciano deitado sobre um tapete a seus pés, apelando aos passantes por trocados para comprar um sanduíche. Por trás dessa agitação toda, estava a Hillgate Village em sua calma multicolorida sobre estuque.

Ao passarem pelo mendigo, pararam no farol e, enquanto aguardavam que abrisse para atravessarem a rua, Daniel comentou: "Perto de onde moro, há alguns tipos como esse. Eu cederia à tentação de entrar no supermercado e comprar-lhe um sanduíche se não tivesse medo de perturbar a paz e se ele e seu cachorro já não parecessem empanturrados. Dá esmolas às vezes?".

"Não para esse tipo de pedinte, e não freqüentemente. Às vezes, mesmo me censurando, eu dou. E nunca mais de uma libra."

"Para gastarem com bebida e drogas."

"Uma doação deve ser incondicional. Mesmo se for apenas uma libra. Mesmo para um mendigo. Tudo bem, sei que significa ser conivente com um delito."

Atravessaram a rua depois que o farol abriu, e então, bruscamente, ele mudou de assunto.

"Preciso ir ao *bar mitzvah* de meu primo sábado que vem."

"Então vá, se é importante."

"AD não verá com bons olhos um pedido de licença. Sabe como ele é quando está no meio de um caso."

"Mas levará o dia todo? Peça a ele. Foi muito decente quando Robbins pediu um dia de folga quando o tio dele morreu."

"Mas foi para um enterro cristão, e não para um *bar mitzvah* judeu."

"Existe outro tipo de *bar mitzvah*? E não seja injusto. Ele não é desse tipo e você sabe disso. Como eu disse, se for importante, peça; se não for, não peça."

"Importante para quem?"

"Como vou saber? Para o menino, imagino."

"Eu mal o conheço. Duvido de que se importará muito se eu for ou deixar de ir. Mas somos uma família pequena, ele só tem dois primos, eu e meu irmão. Creio que, se eu fosse, ele gostaria. Minha tia, provavelmente, preferiria que eu não fosse. Assim, teria mais um motivo para se queixar à minha mãe."

"Não pode esperar que AD decida se agradar seu primo é mais importante que fazer uma desfeita a sua tia. Se for importante para você, vá. Por que fazer um drama por causa disso?"

Ele não respondeu e, enquanto subiam a Hillgate Street, ela pensou que, para ele, talvez fosse um drama. Relembrando suas palavras, a breve conversa a surpreendeu. Fora a primeira vez que Daniel, ainda que hesitante, abrira a porta para sua vida privada. E Kate achara que, assim como ela, ele guardava com zelo quase obsessivo esse portal essencialmente inviolável. Durante os três meses em que estava na equipe, nunca haviam tocado em sua origem judia, nem em outros assuntos afora o trabalho. Será que realmente lhe pedira um conselho ou apenas a usara para clarear seus pensamentos? Se precisava mesmo de conselho, era surpreendente que fosse pedir justamente a ela. Desde o início, percebera nele uma atitude defensiva que, se não fosse levada com tato, poderia tornar-se problemática; e ela sentia um certo desconforto por precisar de tato numa relação profissional. O trabalho policial já era estressante o suficiente sem a necessidade de ter jogo de cintura com um colega. Mas gostava dele ou, seria mais correto dizer, começava a gostar dele sem saber direito por quê. De físico forte, era quase da mesma altura que ela, dono de traços marcantes, cabelos loiros e olhos verdes que brilhavam como pedras polidas. Quando estava zangado, escureciam até ficarem quase negros. Reconhecia sua inteligência e ambição, que refletia a dela. E ao menos não tinha nenhum complexo por trabalhar com uma mulher mais velha que ele no serviço ou, se tivesse, sabia escondê-lo melhor que a maioria de seus colegas. Admitia, também, que estava começando a achá-lo sexualmente atraente, como se esse reconhecimento formal e metódico do fato pudesse protegê-la da loucura de uma aproximação. Já vira muitos colegas tornarem suas vidas pessoal e profissional um caos por arriscar tal tipo de envolvimento, sempre tão mais fácil de começar que de terminar.

Querendo corresponder à sua confidência e temendo ter sido muito fria, Kate falou: "Havia uma dúzia de religiões diferentes entre as crianças no Ancroft Comprehensive. Parecia que todo dia celebrávamos algum tipo de festa ou cerimônia. Geralmente, significava fazer barulho e vestir a melhor roupa. Segundo a diretriz oficial, todas as religiões eram igualmente importantes. Devo dizer que o resultado foi me deixar com a convicção de que todas eram igualmente sem importância. Acredito que, se a religião não for ensinada com convicção, torna-se apenas mais uma matéria chata. Talvez eu seja pagã por natureza. Não engulo toda essa ênfase no pecado, penitência e julgamento. Se eu acreditasse em Deus, gostaria que fosse inteligente, alegre e divertido".

"Duvido de que recebesse muito consolo quando a empurrassem para as câmaras de gás. Talvez preferisse um Deus vingativo. É essa a rua, não é?"

Não sabia se ele se cansara do assunto ou se queria afastá-la de seu território pessoal. "Sim, parece que os números maiores estão no final da rua."

Havia um interfone à esquerda da porta. Kate apertou a campainha, uma voz masculina atendeu e ela disse: "Aqui é a inspetora Miskin e o inspetor Aaron. Viemos falar com o sr. Farlow. Está nos esperando".

Esperou para ouvir o ruído eletrônico que indicava que a porta fora destrancada; em vez disso, a mesma voz respondeu: "Vou descer".

A espera de um minuto e meio pareceu mais longa. Kate consultava o relógio pela segunda vez quando a porta se abriu deixando passar um rapaz atarracado, descalço e usando calças justas xadrez de azul e branco e um blusão branco. Seu cabelo estava cortado muito curto, espetado para cima, o que dava ao rosto redondo o aspecto de uma escova de cerdas. O nariz era largo e rechonchudo e os braços curtos e roliços, com sua penugem castanha, eram gorduchos e macios como os de uma criança. Kate achou que ele tinha o aspecto compacto e aconchegante de um ursinho de pelúcia; só faltava uma etiqueta de preço pendurada no brinco de sua orelha esquerda para que a ilusão fosse completa. Mas os olhos azul-claros, que fitaram os dela, mostraram uma desconfiança inicial que mudou para antagonismo aberto quando ela manteve seu olhar. Quando falou, seu tom não era de boas-vindas. Ignorando o cartão estendido, ele disse: "É melhor subirem".

O corredor estreito estava muito quente, a atmosfera permeada por um aroma exótico, em parte floral, em parte picante, que Kate teria achado agradável se fosse menos forte. Subiram as escadas estreitas atrás de seu guia e viram-se numa sala que ocupava toda a extensão da casa. Um arco curvo mostrava onde, anteriormente, estivera a parede divisória. Nos fundos, fora construída uma pequena estufa dando para o jardim. Kate, que pensava ter levado à perfeição a arte de absorver os detalhes do ambiente sem trair uma curiosidade demasiado óbvia, não reparou, naquele momento, em nada a não ser no homem que foram entrevistar. Deitado numa cama de solteiro, à direita da estufa, apoiava-se sobre travesseiros e, obviamente, estava morrendo. Diversas vezes vira, na tela da televisão, o emaciamento extremo; via, quase diariamente, sentada na sala de estar, os olhos sem vida e os membros atrofiados pela fome. Porém, ao ver o quadro pessoalmente pela primeira vez, admirou-se de como um ser humano podia definhar tanto e ainda respirar, de como os olhos grandes, que pareciam flutuar, soltos, nas órbitas, podiam fixar-se nela com aquela expressão divertida, intensa e um pouco irônica. Estava envolto num roupão de seda escarlate mas o tecido não emprestava nenhuma cor à pele amarelada e doentia. Havia uma mesa de jogo perto da cabeceira da cama, com uma cadeira na frente e dois baralhos prontos para serem usados sobre a superfície de baeta verde. Parecia que Rupert Farlow e seu amigo estavam prestes a começar um jogo de canastra.

Sua voz não era forte mas não vacilava; o eu essencial continuava vivo, ainda se fazia ouvir em tons altos e claros. "Perdoem-me por não me levantar. O espírito deseja mas a carne é fraca. Estou poupando minhas energias para não deixar Ray olhar minhas cartas. Sentem-se, se conseguirem encontrar um lugar. Querem uma bebida? Sei que não podem beber em serviço, porém insisto em tornar este encontro uma ocasião social. Ray, onde você escondeu a garrafa?"

O rapaz, sentado diante da mesa de jogos, não se mexeu. Kate disse: "Não vamos beber, obrigada. E nossa conversa será rápida. É sobre a noite de quinta-feira".

"Como pensei."

"O sr. De Witt afirma que veio direto da editora para casa e ficou com você a noite toda. Pode confirmar isso?"

"Se foi o que James lhes disse, então é verdade. James nunca mente. É uma das suas qualidades que seus amigos acham mais irritante."

"E é verdade?"

"Naturalmente. Ele não lhes disse?"

"A que horas chegou em casa?"

"Na hora de sempre. Por volta das seis e meia, não é? Ele lhes dirá. Já disse, com certeza."

Kate, que empurrara uma pilha de revistas para o lado, sentara-se num sofá vitoriano em frente à cama. "Há quanto tempo mora aqui com o sr. De Witt?"

Rupert Farlow dirigiu seus olhos imensos e cheios de dor, virando a cabeça lentamente como se o peso do crânio despojado fosse grande demais para o pescoço suportar. "Está perguntando há quanto tempo divido com ele esta casa em contraste com, digamos, sua vida, sua cama?"

"Sim, é o que estou perguntando."

"Quatro meses, duas semanas e três dias. Ele me tirou do abrigo para doentes. Não sei bem o motivo. Talvez ficar ao lado de moribundos o excite. Excita algumas pessoas. Não me faltavam visitas no abrigo, acredite. Somos o tipo de necessitados para os quais não faltam voluntários. Sexo e morte, uma grande sensação. Incidentalmente, não éramos amantes. Ele está apaixonado por aquela mulher tediosa e convencional, Frances Peverell. James é desesperadoramente heterossexual. Não precisa ficar com medo de apertar sua mão ou até mesmo permitir-se um contato físico mais íntimo, se quiser arriscar a sorte."

"Ele chegou do trabalho às seis e meia", disse Daniel. "Voltou a sair depois?"

"Não que eu saiba. Subiu para seu quarto por volta das onze horas e estava ao meu lado quando acordei às três e meia, quatro e quinze e cinco e quarenta e cinco da manhã. Anotei cuidadosamente a hora. Ah, e fez vários serviços sujos para mim por volta das sete horas. Certamente não teria tido tempo, entre esses momentos, de voltar à Innocent House e acabar com Gerard Etienne. Mas é melhor avisá-los que não sou lá muito confiável. Diria o que disse de qualquer jeito. Não é exatamente do meu interesse ver James despachado para a prisão, certo?"

"E nem é de seu interesse ser cúmplice de um assassinato", disse Daniel.

"Isso não me preocupa. Se levarem James, podem levar-me também. Eu seria mais um contratempo para a justiça criminal que vocês para mim. Essa é a vantagem de morrer. Não há muitas outras, mas nos coloca além do poder da polícia. Assim mesmo devo tentar ser útil, não é mesmo? Há uma evidência que corrobora o que digo. Você ligou e falou com James por volta das sete e meia, não foi, Ray?"

Ray apanhara um segundo baralho e começou a embaralhá-lo habilmente. "Sim, isso mesmo, às sete e meia. Liguei para saber de você. Ele atendeu."

"Estão vendo? Não foi esperteza da minha parte ter me lembrado?"

Kate disse impulsivamente: "Você é... com certeza deve ser o Rupert Farlow que escreveu *The fruit cage?*".

"Você leu?"

"Um amigo me deu no último Natal. Conseguiu encontrar uma edição de capa dura. Parece que havia muita procura por ela. Disse-me que a primeira edição havia se esgotado e que não haviam lançado uma segunda."

"Uma tira letrada. Pensei que só existissem nos livros. Gostou?"

"Sim, gostei." Ela fez uma pausa e acrescentou: "Achei maravilhoso".

Ele levantou a cabeça e a olhou. Sua voz mudou e falou tão baixo que ela quase não conseguiu entender as palavras. "Também fiquei muito satisfeito com ele."

Olhando nos olhos dele ela notou, chocada, que estavam cheios de lágrimas. O corpo frágil em sua mortalha escarlate tremeu, e ela sentiu um impulso, tão forte que precisou combatê-lo quase fisicamente, de aproximar-se e tomá-lo nos braços. Então, afastou os olhos e disse, tentando fazer a voz soar normal: "Vamos deixá-lo descansar, mas talvez tenhamos que voltar e pedir que assine uma declaração".

"Vão me encontrar em casa. Caso contrário, acho difícil que consigam uma declaração. Ray os levará até a porta."

Os três desceram as escadas em silêncio. Na porta, Daniel se virou e disse: "O sr. De Witt nos disse que ninguém telefonou para a casa dele na noite de quinta-feira, portanto um de vocês está mentindo ou enganado. Seria você?".

O rapaz encolheu os ombros. "Está bem, posso ter me enganado. Grande coisa. Pode ter sido outra noite."

"Ou noite nenhuma. É perigoso mentir numa investigação de assassinato. Perigoso para você e para os inocentes. Se tem alguma influência sobre o sr. Farlow, diga-lhe que o melhor modo de ajudar seu amigo é contando a verdade."

Ray estava com a mão na maçaneta. "Não me venha com essa. Por que eu faria isso? É o que a polícia sempre diz, que ajudamos a nós mesmos e aos outros dizendo a verdade. Contar a verdade aos tiras só interessa aos tiras. Não venha nos dizer que é do nosso interesse também. E se quiser voltar, é melhor telefonar primeiro. Ele está fraco demais para ser amolado."

Daniel abriu a boca, conteve-se e não disse nada. A porta se fechou com firmeza atrás deles. Andaram pela Hillgate Street sem conversar. Então Kate disse: "Não deveria ter falado sobre o romance dele".

"Por que não? Que mal fez? Isto é, se foi franca."

"Foi por ser franca que lhe causei mal. Deixei-o triste." Ela fez uma pausa e disse: "Acha que aquele álibi vale alguma coisa?".

"Não muito. Mas se ele o confirmar, e meu palpite é que o fará, estamos encrencados, por mais elementos que consigamos cavar em relação a De Witt."

"Não necessariamente. Vai depender da força das próximas evidências. E, se achamos o álibi pouco convincente, o júri também achará."

"Se conseguirmos levar aquele sujeito diante de um júri."

"Há outra coisa", disse Kate. "Pode ter sido por acaso mas achei estranho. É óbvio que seu amigo, Ray, estava mentindo, mas como Farlow sabia que De Witt precisava de um álibi para as sete e meia, aproximadamente? Ou teria sido apenas um palpite feliz?"

38

O encontro de Dalgliesh com Jean-Philippe Etienne fora marcado por Claudia Etienne para as dez e meia, um horário que exigia partir de Londres com folgada antecedência. O horário do encontro era surpreendentemente específico para um homem que, presumia-se, tinha o dia só para si. Dalgliesh especulou sobre se fora escolhido para prevenir que, caso a entrevista fosse mais longa que o esperado, Etienne se sentisse obrigado a convidá-lo para almoçar. Isso também lhe convinha. Almoçar sozinho num lugar estranho, onde ninguém o conhecia ou poderia reconhecer, mesmo se a comida não agradasse, um lugar onde pudesse comer com a certeza de que ninguém no mundo sabia quem ele era e nenhum telefone poderia incomodá-lo, era um raro prazer que, após a entrevista, pretendia aproveitar ao máximo. Tinha uma reunião na Yard às quatro horas e, em seguida, iria direto a Wapping para ouvir o relatório de Kate. Não haveria tempo para uma caminhada solitária ou para conhecer alguma igreja interessante. Mas sem comer, afinal, não poderia ficar.

Estava escuro quando partiu, e a manhã nasceu seca e sem sol. Ao deixar para trás, todavia, os últimos bairros a leste e percorrer as cores apagadas do interior de Essex, o céu cinzento ganhou uma névoa branca e transparente, prometendo que o sol acabaria por aparecer. Além das cercas vivas podadas, interrompidas de vez em quando por uma árvore açoitada pelo vento, os campos arados do outono, pontilhados pelos primeiros brotos verdejantes do trigo do inverno, estendiam-se até o horizonte distante. Experimentou uma sensação de liberdade sob o amplo céu de East Anglian, como se o peso de um fardo antigo e familar tivesse sido temporariamente removido.

Pensou no homem que iria encontrar. Dirigia-se à Othona House com poucas expectativas, mas não ia totalmente despreparado. Não tivera tempo para fazer uma pesquisa detalhada sobre sua história. Passara quarenta minutos na biblioteca de Londres e falara ao telefone com um ex-membro da Resistência que morava em Paris, cujo nome fora fornecido por um contato na embaixada francesa. Agora sabia algo de Jean-Philippe Etienne, herói da Resistência na França de Vichy.

O pai de Etienne fora proprietário de próspero jornal e editora em Clermont-Ferrand, e fora um dos primeiros e mais ativos membros da Organisation de Résistance de l'Armée. Morrera de câncer em maio de 1941 e seu único filho, que se casara recentemente, herdara o negócio e assumira o lugar do pai na luta contra as autoridades de Vichy e os ocupantes alemães. Como o pai, era um gaullista fervoroso e fortemente anticomunista, desconfiado da Frente Nacional porque era fundada por comunistas, embora muitos de seus próprios amigos, cristãos, socialistas, intelectuais, fossem membros da Frente. Um solitário por natureza, no entanto, trabalhava melhor com seu próprio grupo pequeno e secretamente recrutado. Sem entrar em conflito aberto com as principais organizações, concentrava-se na propaganda e não na luta armada, circulando seu próprio jornal secreto, distribuindo panfletos aliados jogados por aviões, fornecendo a Londres informações valiosas e regulares e chegando, até, a subornar e desmoralizar soldados alemães infiltrando material de propaganda em seus acampamentos. O jornal de sua família continuou, menos um registro de fatos que um periódico literário, sua postura cuidadosa e apolítica permitindo que Etienne mantivesse mais que sua porção de tinta e papel para impressão, tudo racionado e supervisionado de perto. Graças a uma administração prudente e valendo-se de subterfúgios, foi capaz de desviar recursos para sua editora clandestina.

Durante quatro anos, vivera com sucesso uma vida dupla:

jamais fora alvo da suspeita dos alemães ou denunciado como colaborador por seus companheiros de Resistência. Sua profunda desconfiança dos maquis fora reforçada quando, em 1943, sua esposa fora assassinada na explosão de um trem por parte de um dos grupos mais ativos. Terminara a guerra como herói, não tão conhecido quanto Alphonse Rosier, Serge Fischer ou Henri Martin, mas cujo nome constava do índice de livros sobre a Resistência de Vichy. Ganhara suas medalhas e sua paz.

Menos de duas horas depois de partir de Londres, Dalgliesh saíra da rodovia A12 a sudeste na direção de Maldon e, depois, para leste através de uma paisagem rural monótona e cansativa, e entrara no gracioso vilarejo de Bradwell-on-Sea, com sua igreja de torre quadrada e chalés de sarrafos brancos, rosa e ocre; nos umbrais das portas, cestas de crisântemos tardios. Assinalou o King's Head como um possível restaurante para o almoço. Uma rua estreita tinha indicação para a capela de St-Peter-on-the-Wall, e esta logo surgiu, uma construção distante, alta e retangular, desenhando-se contra o céu. Estava idêntica à época em que, aos dez anos de idade, visitara com o pai, pela primeira vez, aquele vilarejo: de proporções tão simples e rústicas quanto uma casa de bonecas. Um caminho íngreme levava à capela, separado da rua por uma barreira fixa de madeira, mas a trilha para Othona House, algumas centenas de metros à direita, estava aberta. Uma placa, cuja madeira começava a lascar e com dizeres quase indecifráveis, tinha pintado o nome da casa, o que, somado à visão distante do teto e chaminés, confirmava que era a única via de acesso. Dalgliesh refletiu que Etienne não poderia ter imaginado um meio mais eficaz de afastar visitantes; por um momento, pensou se não deveria andar aquela meia milha em vez de arriscar um atraso. Olhou para o relógio e viu que eram dez e vinte e cinco. Chegaria precisamente na hora.

O caminho para Othona House era profundamente sulcado, os buracos ainda contendo a água da chuva que caíra na noite anterior. Limitava-se, de um lado, pelos campos arados que se estendiam a perder de vista, sem cerca ou indícios de vizinhança. Do lado esquerdo, havia um largo fosso cercado por um emaranhado de amoreiras pretas, carregadas de frutos, e, além delas, uma fileira irregular de troncos retorcidos, recobertos com hera. Dos dois lados do caminho, a grama alta e seca, inclinada sob o peso das sementes, agitava-se com a brisa intermitente. Dirigindo seu Jaguar com cuidado, Dalgliesh foi avançando aos solavancos; quando já começava a arrepender-se por não ter estacionado na entrada da propriedade, a trilha tornou-se menos esburacada, as fissuras menos profundas, e ele pôde acelerar ao longo das últimas centenas de metros.

A casa, cercada por um alto muro curvo de tijolos que, comparativamente, parecia moderno, continuava invisível, exceto pelo telhado e chaminés; percebia-se que a frente dava para o mar. Deu a volta com o carro pela direita e viu a construção pela primeira vez.

Era uma casa pequena, de proporções harmoniosas, feita de tijolos vermelhos envelhecidos, a fachada quase certamente do período da rainha Anne. Um parapeito holandês encimava a janela central, sua curva imitando a elegante curva do pórtico da porta da frente. De cada lado, estendiam-se alas idênticas, com suas janelas de oito vidraças sob uma cornija, decoradas com conchas esculpidas. Esses eram os únicos indícios de que a casa fora construída na costa, mas, ainda assim, parecia curiosamente deslocada, sua simetria nobre e a atmosfera suave mais apropriadas ao átrio de uma catedral que àquele promontório deserto e isolado. Não havia acesso imediato ao mar. Entre as ondas que se quebravam e Othona House estendiam-se cem metros de brejo salgado, atravessado por inúmeros cursos d'água, um tapete encharcado e traiçoeiro em tons suaves de azul, verde e cinza, com trechos verde-limão, em que piscinas de água marinha cintilavam como se o brejo tivesse sido ornado com jóias. Podia ouvir o mar, que, naquele dia calmo, com apenas uma leve brisa agitando os juncos, chegou-lhe aos ouvidos com a delicadeza de um suave suspiro final.

Tocou a campainha e ouviu seu repicar abafado dentro da casa, mas demorou um minuto para que percebesse o som de passos se arrastando. Ouviu o raspar de uma tranca sendo puxada e de uma chave girando antes que, lentamente, a porta se abrisse.

A mulher que ficou a examiná-lo com morno desinteresse era velha — devia estar mais próxima dos oitenta do que dos setenta anos — mas nada havia de frágil em sua figura sólida e robusta. Usava um vestido preto, abotoado até o pescoço e preso com um broche de ônix cercado por pérolas miúdas e opacas. Suas pernas surgiam de botas pretas de cadarço e seus seios eram aprumados, informes como um travesseiro, acima de um volumoso avental branco e engomado. Seu rosto era largo, da cor do sebo, as maçãs salientes como montes pontudos sob os olhos desconfiados e enrugados. Antes que ele pudesse falar, ela disse: "*Vous êtes le Commandant Dalgliesh?*".

"*Oui, Madame, je viens voir Monsieur Etienne, s'il vous plaît.*"

"*Suivez-moi.*"

O modo com que ela pronunciara seu nome fora tão bizarro que a princípio ele não o reconheceu, porém sua voz era forte e ressonante, com um tom de confiante autoridade. Podia ser uma serviçal de Othona House mas não era servil. Afastou-se para deixá-lo entrar e ele esperou enquanto ela fechava e trancava a porta. A tranca acima de sua cabeça era pesada, a chave grande e antiquada, e ela teve um pouco de dificuldade para girá-la. As veias de suas mãos descoradas e manchadas pela idade salientaram-se como cordões arroxeados e seus dedos fortes e embrutecidos pelo trabalho eram nodosos.

Conduziu-o por um corredor revestido por painéis até os fundos da casa. Encostando-se à porta aberta como se ele tivesse uma doença contagiosa, ela anunciou "Le Commandant Dalgliesh", e depois fechou a porta firmemente, como se tivesse pressa em afastar-se daquele visitante indesejado.

O aposento estava surpreendentemente claro depois da

escuridão do corredor. Duas janelas altas, envidraçadas e com venezianas, davam para um jardim sem árvores recortado por trilhas de pedra e, aparentemente, entregue aos vegetais e às ervas. O único colorido vinha dos gerânios tardios, plantados em grandes vasos de terracota que se estendiam pela trilha principal. A sala, obviamente, servia tanto como biblioteca quanto como sala de estar. Três paredes eram cobertas por estantes de livros até uma altura fácil de alcançar, com reproduções e mapas dependurados acima. No centro, havia uma mesinha coberta de livros. À esquerda, uma lareira de pedra com um console simples mas elegante. Um fogo baixo crepitava na grelha em forma de cesta.

Jean-Philippe Etienne estava sentado numa cadeira alta de couro verde com botões, à direita do fogo, e não se mexeu até que Dalgliesh praticamente chegasse até ele; só então, levantou-se e estendeu a mão. Dalgliesh sentiu, por dois segundos, o aperto da mão fria. O tempo, pensou ele, é capaz de reduzir toda a individualidade a um estereótipo. As feições se suavizam e arredondam, adquirindo um brando aspecto infantil, ou a pele se funde aos ossos e músculos, de modo que a morte já começa a espreitar por trás dos olhos sem brilho. Pareceu-lhe que podia ver o contorno de cada osso, a contração de cada músculo no rosto de Etienne. Sua figura franzina continuava ereta, embora seus passos fossem rígidos, e sua elegância garbosa não mostrava o menor sinal de decrepitude. O cabelo grisalho era ralo e escovado para trás, revelando a testa alta; o nariz, longo e protuberante, encimava a boca ampla e quase sem lábios; as orelhas grandes colavam-se ao crânio e as veias sob os malares altos pareciam prestes a sangrar. Usava uma jaqueta de veludo com fechos cruzados, lembrando um *smoking* vitoriano, e calças negras de corte justo. Do mesmo modo, um proprietário de terras do século XIX poderia levantar-se rigidamente para saudar um convidado, mas Dalgliesh logo percebeu que, em seu caso, seria tão mal recebido naquela elegante biblioteca como o fora ao chegar.

Etienne fez sinal para que ele se sentasse na cadeira em

frente à sua, voltou a sentar-se e disse: "Claudia me entregou sua carta, mas, por favor, poupe-me de quaisquer pêsames renovados. Não podem ser sinceros. O senhor não conhecia meu filho".

"Não é necessário conhecer um homem para sentir pena por ter morrido tão jovem e sem necessidade."

"Tem razão, é claro. A morte dos jovens é sempre mais amarga pela injustiça da mortalidade: os jovens se vão, os velhos permanecem. Aceita beber alguma coisa? Vinho? Café?"

"Café, por favor, senhor."

Etienne foi até a passagem, fechando a porta atrás de si. Dalgliesh ouviu-o chamar a criada, pensou que em francês. Havia um cordão bordado de uma campainha à direita da lareira; aparentemente, Etienne preferia não usá-lo para convocar seus serviçais. Ao retornar à cadeira, falou: "Compreendo que sua vinda tenha sido necessária, mas não há nada que possa dizer para ajudá-lo. Não tenho a menor idéia de por que meu filho morreu, salvo se tenha sido, como parece, por acidente".

"Várias circunstâncias peculiares de sua morte sugerem que possa ter sido intencional. Sei que isso lhe deve ser doloroso, sinto muito."

"Que circunstâncias são essas?"

"O fato de ter morrido de intoxicação por monóxido de carbono numa sala que raramente visitava. Um cordão de janela quebrado que, possivelmente, partiu-se ao ser puxado, de modo que a janela não pôde ser aberta. Um gravador desaparecido. A alavanca removível do aquecedor a gás, que pode ter sido retirada depois que o aquecedor foi aceso. A posição do corpo."

"Nada do que está me dizendo é novidade", disse Etienne. "Minha filha esteve aqui ontem. As evidências são todas praticamente circunstanciais. Havia alguma impressão digital na alavanca do gás?"

"Somente uma mancha. A superfície é pequena demais para maiores conclusões."

"Mesmo tomadas em conjunto, tais suposições são menos... peculiares — foi a palavra que usou? — do que a sugestão de que Gerard tenha sido assassinado. Estranhezas não são evidências. Estou ignorando a questão da cobra. Sei que há um sabotador malicioso em ação na Innocent House. Suas atividades nem de longe justificam a atenção de um comandante da New Scotland Yard."

"Sim, justificam, senhor, se complicam, obscurecem ou se relacionam com um assassinato."

Ouviram passos no corredor. Etienne dirigiu-se imediatamente à porta e a abriu para a governanta. Ela entrou com uma bandeja que continha um bule de café, um jarro marrom, açúcar e uma grande xícara. Depositou a bandeja sobre a mesa e, após lançar um olhar a Etienne, deixou o recinto imediatamente. Etienne serviu o café e o levou para Dalgliesh. Era evidente que ele não iria beber, e Dalgliesh imaginou se era um estratagema não muito sagaz de deixá-lo pouco à vontade. Não havia mesinha ao lado de sua cadeira, portanto ele colocou a xícara de café sobre a lareira.

Voltando à sua cadeira, Etienne disse: "Se meu filho foi assassinado, quero que seu assassino seja entregue à justiça, por mais falha que seja essa justiça. Talvez minhas palavras sejam desnecessárias, mas é importante que eu as diga e que o senhor me acredite. Se não for de muita ajuda, é porque não tenho muito a oferecer".

"Seu filho tinha algum inimigo?"

"Não sei de nenhum. Sem dúvida, tinha rivais profissionais, autores descontentes, colegas que sentiam antipatia, mágoa ou inveja dele. Qualquer homem de sucesso é alvo desses sentimentos. Não sei de ninguém que desejasse eliminá-lo."

"Aconteceu alguma coisa no passado dele ou no seu? Algum erro ou injustiça antigos ou imaginados que poderiam ter causado uma mágoa que resistisse ao tempo?"

Etienne pensou antes de responder e Dalgliesh percebeu, pela primeira vez, o silêncio que reinava no recinto. Subitamente, o fogo de lenha crepitou com pequena explosão de chamas e um jato de fagulhas caiu sobre a lareira. Etienne olhou para o fogo e disse: "Mágoa? Os inimigos da França outrora foram meus inimigos e os combati do único modo que pude. Os que sofreram podem ter filhos, netos. Parece-me absurdo, todavia, imaginar que estejam executando uma vingança vicária. Fora isso, há minha própria gente, as famílias francesas que foram mortas como reféns devido à atividade da Resistência. Alguns podem achar que nutrem um ressentimento justificado, mas certamente não seria contra meu filho. Sugiro que concentre sua atenção no presente e não no passado, e nas pessoas que normalmente tinham acesso à Innocent House. Parece ser a linha de investigação óbvia".

Dalgliesh apanhou a xícara. O café, preto como ele queria, ainda estava quente demais. Voltou a pousar a xícara sobre a lareira e disse: "A srta. Etienne nos disse que seu filho o visitava regularmente. Conversavam sobre a editora?".

"Não discutíamos nada. Parece que ele sentia a necessidade de manter-me informado sobre o que acontecia lá, mas não me pedia conselhos, e eu tampouco os oferecia. Já não tenho qualquer interesse na editora, e tive pouco nos últimos cinco anos em que trabalhei lá. Gerard queria vender a Innocent House e mudar-se para Docklands. Creio que isso não é segredo. Achava uma medida necessária e o era, sem dúvida. E ainda é. Minhas lembranças sobre nossas conversas é confusa; ele falava de dinheiro, aquisições, mudança de funcionários, contratos, um possível comprador para a Innocent House. Desculpe-me, minha memória já não é precisa."

"Mas os anos que passou na editora foram infelizes?"

Dalgliesh notou que a pergunta fora considerada uma impertinência. Aventurara-se em terreno proibido. "Nem feliz, nem infeliz", disse Etienne. "Dei minha contribuição, embora, como já disse, nos últimos cinco anos ela tenha sido cada vez menos importante. Duvido de que qualquer outra função teria sido mais conveniente para mim. Henry Peverell e eu permanecemos tempo demais. A última vez em que estive na

Innocent House foi para ajudar a espalhar as cinzas de Peverell no Tâmisa. Não mais voltarei lá."

"Seu filho planejava uma série de mudanças, algumas, sem dúvida, indesejáveis", disse Dalgliesh.

"Todas as mudanças são indesejáveis. Felicito-me por ter me distanciado de seu alcance. Alguns, como eu, que não gostam de aspectos do mundo moderno têm sorte. Já não precisam viver nele."

Olhando-o enquanto, enfim, provava o café, Dalgliesh viu que o ancião estava tenso na cadeira, como se prestes a saltar dela. Percebeu que Etienne era um verdadeiro recluso. A companhia humana, salvo a daqueles com quem ele vivia, era-lhe intolerável por mais que breve ínterim, e ele estava no limiar de sua paciência. Era hora de partir, nada mais ficaria sabendo.

Momentos depois, quando Etienne o acompanhava à porta da frente, uma cortesia que Dalgliesh não esperara, este fez comentários sobre a idade e a arquitetura da casa. Foi a única observação que motivou seu anfitrião a uma resposta interessada.

"A fachada é do período da rainha Anne, como deve saber, mas o interior é predominantemente Tudor. A casa original nesta área era bem mais antiga. Como a capela, foi construída sobre as paredes do antigo povoado romano de Othona, daí o nome da casa."

"Gostaria de visitar a capela, se pudesse deixar meu carro aqui."

"É claro."

A permissão, contudo, não foi afável. Até mesmo a presença do Jaguar na entrada da casa parecia uma intrusão incômoda. Mal saíra quando ouviu a porta ser fechada firmemente atrás de si, e o ruído áspero da tranca.

39

Dalgliesh pensou se encontraria a porta da capela trancada, mas abriu quando a empurrou e ele penetrou em seu silêncio e simplicidade. A atmosfera era muito fria e cheirava a terra e a saibro de argamassa, um aroma pouco eclesiástico, doméstico e contemporâneo. A capela era parcamente mobiliada. Havia um altar de pedra com um crucifixo grego pairando acima, poucos bancos, dois grandes vasos de flores secas, um de cada lado do altar, e um escaninho com folhetos e guias. Dobrou uma nota e a colocou na caixa, depois pegou um dos guias e sentou-se num banco para examiná-lo, perguntando-se o motivo daquela sensação de vazio e leve depressão. A capela era, afinal, uma das primeiras igrejas construídas na Inglaterra, talvez a mais antiga, o único monumento restante da Igreja Anglo-Celta naquela região da Inglaterra, fundada por St. Cedd quando este chegou aqui, no velho forte romano de Othona, no remoto ano de 653. Estava lá, diante do frio e inóspito mar do Norte, havia treze séculos. Lá era o lugar onde deveria ouvir os ecos longínquos dos cânticos e a vibração de mil e trezentos anos de preces murmuradas.

Era uma questão subjetiva considerar o prédio sagrado ou destituído de sacralidade, e sua incapacidade, naquele momento, de sentir mais que o extravasamento da tensão que sempre sentia quando totalmente sozinho era uma falha da imaginação, não do lugar. Desejava que, sentado em meio àquele silêncio, pudesse ouvir o mar, uma necessidade que era quase um anseio — aquela incessante elevação e queda que, mais que qualquer outro som natural, tocava coração e mente com a consciência da passagem inexorável do tempo, dos séculos de vidas humanas desconhecidas e além do conhecimento, com suas breves misérias e alegrias ainda mais breves. Mas ele fora até lá não para meditar e, sim, para pensar sobre o assassinato e suas degradações mais imediatas. Baixou o guia e repassou mentalmente a entrevista recente.

Fora uma visita insatisfatória. Necessária, porém mais improdutiva do que temera. Não podia, contudo, livrar-se da convicção de que havia algo importante a ser descoberto, em Othona House, que Jean-Philippe preferira não lhe contar. Era possível, naturalmente, que Etienne se omitira por ser algo de que já se esquecera, algo que considerava insignificante ou, até mesmo, de que não tinha consciência. Dalgliesh voltou a pensar sobre o fato central do mistério, o desaparecimento do gravador, os arranhões na boca de Gerard Etienne. O assassino precisara falar com a vítima antes que esta morresse, até mesmo enquanto morria. Ele ou ela desejara a morte de Etienne, mas também quisera que ele soubesse por que estava morrendo. Esse gesto não passaria de tremenda vaidade do assassino ou houvera outro motivo, enterrado no passado de Etienne? E, caso afirmativo, parte desse passado estava presente lá em Othona House, e ele não conseguira encontrá-la.

Perguntou-se o que teria trazido Etienne, no final de sua vida, para aquela região encharcada de um país estrangeiro, para aquela costa monótona e açoitada pelo vento, onde o brejo estendia-se como uma esponja acre e desintegradora, absorvendo as bordas do frio mar do Norte. Será que não sentia saudades das montanhas de sua província nativa, da tagarelice de vozes francesas nas ruas e nos cafés, dos sons, dos aromas e das cores da França rural? Será que se recolhera àquele lugar desolado para esquecer o passado ou para revivê-lo? O que essas coisas remotas, antigas e infelizes tinham a ver com a morte de seu filho quase cinqüenta anos depois, um filho de mãe inglesa, nascido no Canadá, assassinado em Londres? Que tentáculos, se os havia, se estenderam desde aqueles anos momentosos para se enrolarem no pescoço de Gerard Etienne?

Deu uma olhada no relógio. Ainda faltava um minuto para as onze e meia. Arranjaria tempo para visitar os monumentos na igreja de St. George, em Bradwell. Após aquela breve visita, contudo, não haveria desculpas para não voltar a Londres e almoçar na New Scotland Yard.

Ainda estava sentado, o guia abandonado entre suas mãos, quando a porta se abriu e duas anciãs entraram. Estavam calçadas e vestidas para caminhar e cada uma trazia uma pequena mochila. Pareceram desconcertadas e um pouco apreensivas ao vê-lo. Achando que elas não apreciariam a presença de um homem solitário, disse-lhes um rápido "bom-dia" e saiu. À porta, voltou-se por instantes e viu que as duas já estavam de joelhos. Perguntou-se o que encontravam naquele lugar silencioso e se, caso tivesse mais humildade, também teria encontrado.

40

O apartamento de Gerard Etienne ficava no oitavo andar do prédio Barbican. Claudia Etienne dissera que os estaria esperando às quatro horas. Quando Kate tocou a campainha, abriu a porta prontamente e, sem dizer nada, afastou-se para lhes dar passagem.

O dia começava a escurecer, mas a grande sala retangular continuava repleta de luz, da mesma forma que um aposento retém o calor depois que o sol se pôs. As longas cortinas de cor bege, de um tecido que parecia linho fino, estavam afastadas e revelavam, além da varanda, uma bela vista do lago e a elegante torre de uma igreja da cidade. A primeira reação de Daniel foi desejar que o apartamento lhe pertencesse; a segunda foi que, em todas as suas visitas aos lares de vítimas de assassinato, nunca vira um tão impessoal, tão ordenado, tão destituído dos vestígios da vida que se fora. O lugar se parecia com um *show room*, cuidadosamente mobiliado para atrair compradores. Teria de ser um comprador rico, porém — nada naquele apartamento custara barato. E ele estava errado em considerá-lo impessoal, pois refletia tão claramente seu proprietário quanto a mais mobiliada sala de estar de uma casa de classe média ou o quarto de uma coquete. Masculino, jovem, rico, exigente, organizado, solteiro; nada havia de feminino no ambiente. Obviamente, apreciava música: o caro equipamento estéreo podia ser esperado em qualquer apartamento de um solteirão abastado, mas não o piano de cauda. A mobília, moderna — armários elegantes, estantes e uma mesa de trabalho —, era de madeira clara e rústica. No final da sala, perto de uma porta que levava à cozinha, uma mesa de jantar redonda com seis cadeiras combinando. Não havia lareira. O foco principal da sala era a janela, e um longo sofá e duas poltronas de couro negro e macio se agrupavam ao redor de uma mesa de café.

Havia apenas uma fotografia. No alto de uma estante baixa, numa moldura de prata, via-se o retrato profissional de uma jovem, presumivelmente a noiva de Etienne. Os cabelos lisos e repartidos no meio emolduravam um rosto comprido e de traços delicados, os olhos grandes, a boca um pouco pequena mas com o lábio superior cheio e curvando-se graciosamente. Também ela seria, imaginou Daniel, um objeto caro que ele adquirira? Sentindo que seria inoportuno examinar o retrato de perto, ele se voltou para o único quadro, uma grande tela a óleo de Etienne e sua irmã, dependurado na parede defronte à janela. Durante o inverno, com as cortinas abertas, o vívido quadro seria o foco da sala; as cores, a forma, as pinceladas proclamando quase agressivamente a maestria do artista. Naquela semana, ou na seguinte, talvez o sofá e as poltronas fossem virados para o quadro, e o inverno de Etienne teria começado oficialmente. A identificação com a rotina da vida do morto pareceu a Daniel irracional e um pouco perturbadora. Afinal, lá não havia nenhuma evidência da presença de Etienne, nenhum dos restos pequenos e patéticos de uma vida que inesperadamente se encerrara; uma refeição que não fora terminada, o livro aberto e virado para baixo, o cinzeiro cheio, as pequenas bagunças e confusões da vida ordinária.

Viu que Kate analisava a pintura a óleo. Era natural, sabia que ela gostava de arte moderna. Voltou-se para Claudia Etienne. "É um Freud, certo? É maravilhoso."

"Sim, meu pai mandou pintar esse quadro como presente para Gerard quando fez vinte e um anos."

Todos os traços estavam presentes, pensou Daniel, postando-se ao lado de Kate; a beleza arrogante, a inteligência, a segurança, a certeza de que a vida estava esperando que a conquistasse. Ao lado da figura central, sua irmã, mais jovem e vulnerável, olhava para o pintor com olhos desconfiados, como se o desafiasse a fazer o pior que podia.

"Querem um café?", disse Claudia Etienne. "Não vai demorar. Nunca se podia esperar encontrar comida aqui — Gerard geralmente comia fora —, mas sempre havia café e vinho. Podem vir à cozinha, se quiserem, porém não há nada para ver lá. Os papéis de Gerard estão naquela escrivaninha. Abre do lado, há um trinco escondido. Podem olhar à vontade, mas não acharão graça na xeretagem. Todos os papéis importantes estão guardados no banco e todos os seus documentos comerciais estão na Innocent House. Já estão com esses. Gerard sempre viveu como se esperasse morrer da noite para o dia. Mas há uma coisinha. Achei este envelope fechado sobre o tapete. A data é de 13 de outubro, logo deve ter chegado na quinta-feira, na segunda remessa do correio. Não vi nenhum motivo para não ler."

Entregou-lhes um envelope simples e branco. O papel que havia dentro era da mesma qualidade superior, o endereço gravado em relevo. A letra era grande, um rabisco infantil. Daniel leu por cima do ombro de Kate.

> Caro Gerard,
>
> Venho por meio desta comunicar que desejo romper nosso noivado. Suponho que deveria dizer que sinto muito por magoá-lo, todavia não creio que ficará ferido, exceto em seu orgulho. Vou me importar mais que você, mas não muito e nem por muito tempo. Mamãe acha que devemos publicar um anúncio em *The Times*, visto que anunciamos nosso noivado; isso, porém, não me parece muito importante no momento. Cuide-se bem. Foi divertido enquanto durou, embora não tanto quanto poderia ter sido.
>
> Lucinda
>
> PS: Avise-me se quiser que eu devolva o anel de noivado.

Daniel pensou que, felizmente, a carta fora encontrada fechada. Se Etienne a tivesse recebido, poderia ter sido usada pelo advogado de defesa como motivo para suicídio. Nas circunstâncias, era de pouca importância para a investigação.

"Seu irmão tinha alguma idéia de que lady Lucinda estava prestes a romper o noivado?", perguntou Kate.

"Não que eu saiba. Ela deve estar arrependida por ter escrito a carta. Agora não pode mais posar de noiva arrasada."

A mesa de trabalho era moderna, simples e exteriormente despretensiosa; seu interior, no entanto, tinha um planejamento sofisticado, com numerosas gavetas e cubículos. Tudo estava imaculadamente em ordem: as contas pagas, algumas contas ainda a pagar, canhotos de cheques dos dois anos anteriores presos com um elástico, uma gaveta contendo um *portfolio* de seus investimentos. Era óbvio que Etienne guardava apenas o que era necessário, fazendo limpezas no decorrer de sua vida, descartando o que não era essencial, conduzindo sua vida social, que não era muito intensa, por telefone e não por carta. Fazia apenas poucos minutos que trabalhavam quando Claudia Etienne voltou trazendo uma bandeja com um bule e três canecas. Pousou a bandeja na mesa baixa e eles se aproximaram para se servir. Continuavam de pé, Claudia Etienne segurando sua caneca, quando ouviram o som de uma chave na fechadura.

Claudia emitiu um som extraordinário — algo entre um gemido e uma exclamação —, e Daniel viu que seu rosto se tornara uma máscara de terror. A caneca de café escorregou de suas mãos e a mancha marrom espalhou-se sobre o carpete. Abaixou-se para apanhá-la, suas mãos tateando sobre a superfície macia e tremendo com tanta violência que não conseguiu voltar a apoiar a caneca na bandeja. Aparentemente contaminados pelo seu pavor, Daniel e Kate também olharam horrorizados para a porta fechada.

Esta abriu-se lentamente e o original da fotografia entrou na sala. "Sou Lucinda Norrington", disse ela. "Quem são vocês?" Sua voz era alta e clara, a voz de uma criança.

Kate se aproximara de Claudia instintivamente para ampará-la, e foi Daniel quem respondeu. "Somos da polícia. Inspetora Miskin e inspetor Aaron."

Claudia conseguiu controlar-se rapidamente. Trôpega, recusou a ajuda de Kate e pôs-se de pé. A carta de Lucinda estava ao lado da bandeja, sobre a mesa de café. Daniel teve a impressão de que todos os olhares estavam fixos nela.

A voz de Claudia soou rouca e gutural. "Por que veio aqui?"

Lady Lucinda deu mais alguns passos dentro da sala. "Vim buscar aquela carta. Não quis que achassem que Gerard se matou por minha causa. Afinal de contas, não foi o que aconteceu, não é? Ele não se matou."

Kate perguntou calmamente: "Como pode ter certeza?".

Lady Lucinda dirigiu-lhe os imensos olhos azuis. "Porque ele gostava demais de si mesmo. Gente que gosta de si mesma não comete suicídio. Seja como for, não teria se matado porque eu o dispensei. Não me amava e, sim, apenas uma idéia de mim."

Claudia Etienne recuperara sua voz normal. "Disse-lhe que o noivado era uma tolice, que você era uma garota egoísta, mimada e um tanto quanto tola, mas acho que posso ter sido injusta. Não é tão boba quanto pensei. Na verdade, Gerard não chegou a receber sua carta. Encontrei-a aqui, fechada."

"Então, por que a abriu? Não está endereçada a você."

"Alguém tinha de abri-la. Poderia tê-la devolvido a você, mas não sabia quem a tinha mandado. Nunca havia visto sua letra antes."

"Posso levar minha carta?", perguntou lady Lucinda.

"Gostaríamos de ficar com ela por enquanto, se possível", disse Kate.

Lady Lucinda pareceu interpretar a frase como uma ordem, não como um pedido. "Mas me pertence. Eu a escrevi."

"É possível que só precisemos ficar com ela por pouco tempo e não pretendemos publicá-la."

Daniel, em dúvida sobre o que a lei dizia quanto à propriedade de uma carta, perguntou-se se tinham efetivamente o direito de ficar com ela e o que Kate faria se lady Lucinda insistisse na questão. Perguntou-se, também, por que Kate estava tão ansiosa para apoderar-se da carta. Afinal, Etienne não a havia recebido. Que provas tinham disso no entanto? Apenas a palavra da irmã dele de que achara a carta sobre o capacho e fechada. Lady Lucinda não levantou mais objeções. Encolheu os ombros e voltou-se para Claudia.

"Sinto muito por Gerard. Foi um acidente, certo? Pelo menos, foi a impressão que transmitiu à mamãe ao telefone. Mas esta manhã alguns jornais insinuaram que o caso pode ser mais complicado. Ele não foi assassinado, não é?"

"Pode ter sido", respondeu Kate.

Novamente os olhos azuis se voltaram pensativos para ela. "Que bizarro. Acho que nunca conheci ninguém que tenha sido assassinado. Pessoalmente, quero dizer."

Andou até a fotografia e tomou-a nas mãos, examinando-a tão de perto que era como se nunca a tivesse visto antes e não estivesse muito satisfeita com o trabalho do fotógrafo. Depois disse: "Vou levar isto. Afinal, não vai querer ficar com a foto, Claudia".

"Estritamente falando, nenhum de seus bens deve ser retirado daqui, salvo por seus testamenteiros ou a polícia", disse Claudia.

"Bem, a polícia também não vai querer isto. Não quero que fique neste apartamento vazio, agora que Gerard foi assassinado."

Quer dizer que era supersticiosa. A descoberta intrigou Daniel. Destoava de sua calma autoconfiança. Observou-a enquanto examinava a fotografia e passava os dedos com longas unhas rosadas carinhosamente sobre o vidro, como se procurando poeira. Então virou-se e disse para Claudia: "Será que tem algo com que eu possa embrulhar este retrato?".

"Acho que há uma sacola de plástico na gaveta da cozinha, dê uma olhada. E se há outras coisas que lhe pertençam, talvez seja uma boa hora para levá-las."

Lady Lucinda nem sequer se incomodou em passar os olhos pelo recinto. "Não há mais nada."

"Se quiser café, traga outra caneca. Acabei de fazer."

"Não quero café, obrigada."

Esperaram em silêncio até que, em menos de um minuto, ela voltou trazendo o retrato dentro de uma sacola plástica da Harrods. Dirigia-se para a porta quando Kate disse: "Lady Lucinda, será que poderíamos fazer-lhe algumas perguntas? De qualquer forma, teríamos pedido para vê-la, mas já que está aqui, vai economizar tempo para os dois lados".

"Vai demorar? Quanto tempo?"

"Não muito." Kate voltou-se para Claudia. "Incomoda-se se usarmos o apartamento para a entrevista?"

"Não sei como poderia impedir. Creio que não esperam que me retire para a cozinha."

"Não será necessário."

"Ou para o quarto? Pode ser mais confortável."

Olhava fixamente para lady Lucinda, que replicou calmamente: "Não posso lhe dizer. Nunca estive no quarto de Gerard".

Sentou-se na poltrona mais próxima e Kate sentou-se na frente dela. Daniel e Claudia sentaram-se entre eles, no sofá.

"Quando viu seu noivo pela última vez?", perguntou Kate.

"Não é meu noivo. Mas era na época. Vi-o pela última vez no sábado."

"Sábado, dia 9 de outubro?"

"Creio que sim, se sábado passado foi dia 9. Íamos para Bradwell-on-Sea para visitar o pai dele, mas o dia estava chuvoso e Gerard disse que a casa de seu pai já era tristonha o bastante num dia de sol, imagine na chuva, e que era melhor irmos em outra hora. Em vez disso, fomos, à tarde, à ala Sainsbury Wing, na National Gallery, porque Gerard queria ver outra vez o Wilton Diptych, e depois tomamos chá no Ritz. Não o vi naquela noite, porque mamãe quis que a acompanhasse até Wiltshire para passar a noite e o domingo com meu irmão. Queria conversar sobre acordos matrimoniais antes que falássemos com os advogados."

"E como estava o sr. Etienne quando você o viu no sábado, fora estar deprimido devido ao clima?"

"Não estava deprimido devido ao clima. Não havia nenhuma pressa para ver seu pai. Gerard não ficava deprimido com coisas que não podia mudar."

"E as coisas que ele podia mudar? Ele mudava?", disse Daniel.

Ela virou-se, o olhou e, subitamente, sorriu. "Isso mesmo." E acrescentou: "Foi a última vez que o vi, mas não foi a última vez que falei com ele. Conversamos ao telefone na quinta-feira à noite".

Kate controlou a voz cautelosamente. "Falou com ele dois dias atrás, na noite em que morreu?"

"Não sei quando ele morreu. Foi encontrado morto ontem de manhã, não é? Falei com ele, pela sua linha particular, na noite anterior."

"A que horas, lady Lucinda?"

"Por volta das sete e vinte, creio eu. Pode ter sido um pouco mais tarde, mas com certeza foi antes das sete e meia, porque mamãe e eu precisávamos sair de casa às sete e meia para jantar com minha madrinha, e eu já estava vestida. Achei que teria o tempo certinho de ligar para Gerard. Tinha uma desculpa para encurtar a conversa. Por isso posso ter certeza de que horas eram."

"Sobre que assunto? Já tinha rompido o noivado."

"Eu sei. Achei que já tivesse recebido a carta naquela manhã. Queria saber se concordava com mamãe quanto a publicarmos um anúncio no *The Times* ou se preferia que escrevêssemos aos nossos amigos pessoais e deixássemos a notícia se espalhar. É claro que agora mamãe quer que eu destrua a carta que escrevi a Gerard e fique calada. Não farei isso. E nem posso, agora que já a viram. Mas ao menos ela não precisará preocupar-se com o anúncio no *Times*. Assim economizará algumas libras."

A pontada de veneno foi tão súbita e tão rapidamente disfarçada que Daniel quase pensou que não a ouvira. Como se não tivesse ouvido, Kate perguntou: "O que ele falou sobre o anúncio, sobre o rompimento do noivado? Não perguntou se tinha recebido sua carta?".

"Não perguntei nada. Não conversamos nada. Disse que não podia falar no momento porque estava com uma visita."

"Tem certeza?"

A voz alta e cristalina era quase inexpressiva: "Não tenho certeza se tinha uma visita. Como poderia ter? Não ouvi ninguém nem falei com ninguém a não ser com Gerard. Talvez tenha sido apenas uma desculpa para não falar comigo, mas tenho certeza de que foi isso que me falou".

"E com essas palavras exatamente? Preciso ter clareza absoluta sobre esse ponto, lady Lucinda. Não disse que não estava sozinho ou que tinha alguém com ele? Usou a palavra 'visita'?"

"Já falei. Disse que estava com uma visita."

"E isso foi entre, digamos, sete e vinte e sete e trinta?"

"Mais perto das sete e trinta. O carro chegou para apanhar-nos, mamãe e eu, às sete e meia."

Uma visita. Com grande esforço, Daniel evitou olhar para Kate, mas sabia que os pensamentos deles estavam em sintonia. Se Etienne efetivamente usara aquela palavra — e a moça parecia certa de que a usara —, sem dúvida implicava que Etienne estava com alguém de fora da editora. Não teria usado essa palavra para descrever um sócio ou um funcionário. Neste caso, não teria sido mais natural dizer "Estou ocupado", ou "Estou em reunião", ou "Estou conversando com um colega"? E se alguém o procurara naquela noite, convidado ou não, ele ou ela ainda não havia manifestado suas intenções. Por que não, se a visita fora inocente, se tivesse deixado Etienne vivo e bem? Não havia sido encontrada nenhuma anotação quanto a um encontro naquela noite na agenda profissional de Etienne, mas isso não era conclusivo. O visitante poderia ter telefonado para ele pela linha particular a qualquer hora durante o dia ou começo da noite, ou aparecido sem ser convidado ou esperado. Mas a evidência era precária e circunstancial, como tantas outras evidências naquele caso cada vez mais desnorteante.

Kate continuava insistindo, perguntando a lady Lucinda quando estivera pela última vez na Innocent House.

"Não estive lá depois da festa no dia 10 de julho. Foi em parte pelo meu aniversário — fiz vinte anos — e em parte pelo nosso noivado."

"Temos a lista dos convidados", disse Kate. "Tinham liberdade para andar por toda a casa se quisessem, imagino."

"Alguns tinham, acho. Sabe como os casais se comportam nas festas, gostam de se afastar para ficar sozinhos. Acho que nenhuma sala estava trancada, embora Gerard me tenha dito que os funcionários haviam sido orientados para guardarem todos os seus papéis em local seguro."

"Por acaso viu se alguém subiu para os andares de cima, em direção à sala de arquivos?"

"Bem, para falar a verdade, vi. Foi um pouco estranho. Eu precisava ir ao banheiro, mas o do primeiro andar, que estava sendo usado pelas convidadas, estava ocupado. Então me lembrei de que havia um banheiro pequeno no último andar e decidi usá-lo. Subi pelas escadas e vi duas pessoas descerem. Eram do tipo que não se esperava ver juntas. Além disso, pareciam tão culpadas. Foi realmente esquisito."

"Quem eram, lady Lucinda?"

"George, o velho que trabalha como telefonista na recepção, e aquela mulherzinha sem graça que se casou com o contador, esqueci o nome dele, acho que é Sydney Bernard, algo assim. Gerard me apresentou para todos os funcionários e suas esposas. Foi uma chatice terrível."

"Sydney Bartrum?"

"Isso mesmo, a mulher dele. Ela usava um vestido extravagante, de tafetá azul-claro com uma faixa rosa." Virou-se para Claudia Etienne. "Lembra-se, não é, Claudia? Uma saia muito rodada, coberta de tela rosa e mangas bufantes. Medonho!"

Claudia replicou brevemente: "Eu me lembro".

"Algum dos dois disse o que faziam no último andar?"

"O mesmo que eu, imagino. Ela ficou roxa e murmurou algo sobre usar o toalete. Pareciam extraordinariamente semelhantes, com os mesmos rostos arredondados, o mesmo constrangimento. Pela cara de George, era como se eu os tivesse pego furtando a caixinha. Não é mesmo esquisito? Aqueles dois juntos, quero dizer. George não era convidado, é claro. Estava lá apenas para ajudar a guardar os casacos dos homens e mandar embora os bicões. E se a sra. Bartrum queria ir ao banheiro, por que não pediu a Claudia ou a uma das funcionárias?"

"Mencionou isso a alguém depois?", perguntou Kate. "Ao sr. Etienne, por exemplo."

"Não, não era importante, apenas curioso. Nunca mais pensei no assunto até hoje. Ouçam, querem saber de mais alguma coisa? Acho que já fiquei aqui bastante tempo. Se quiserem falar comigo de novo, é melhor me escrever e tentarei conseguir um encontro."

"Gostaríamos que prestasse uma declaração, lady Lucinda", disse Kate. "Talvez possa ir até a delegacia de polícia de Wapping assim que achar conveniente."

"Com meu advogado?"

"Se preferir ou julgar necessário."

"Não creio que seja. Mamãe disse que talvez eu precisasse de um advogado para proteger meus interesses na investigação, se o rompimento do noivado viesse a público, mas não creio que eu tenha algum interesse agora, já que Gerard morreu antes de ler minha carta."

Levantou-se e apertou formalmente a mão de Kate e Daniel, mas não fez nenhum gesto na direção de Claudia Etienne. Ao chegar à porta, porém, virou-se e foi a Claudia que se dirigiu.

"Ele nunca se importou de fazer amor comigo quando éramos noivos, portanto não acho que o casamento teria sido muito divertido para qualquer um de nós, concorda?" Daniel suspeitou de que, se os dois oficiais de polícia não estivessem presentes, ela teria usado uma expressão mais grosseira. "Ah, é melhor ficar com isto", acrescentou, e depositou uma chave sobre a mesinha de café. "Creio que não verei este apartamento de novo."

Ela saiu fechando a porta firmemente e, um segundo depois, ouviram a porta da frente se fechar com igual decisão.

"Gerard era um romântico", disse Claudia. "Ele classificava as mulheres em duas categorias: as que eram para 'caso' e as que eram para casar. A maioria dos homens supera essa ilusão sexual antes dos vinte e um anos. Provavelmente, ele reagia contra um excesso de conquistas sexuais, feitas com muita facilidade. Imagino quantos anos esse casamento teria durado. Bem, ao menos ele foi poupado de uma desilusão. Ainda irão demorar muito?"

"Agora falta pouco", disse Kate.

Minutos depois, estavam prontos para partir. A última imagem de Claudia Etienne foi a de uma figura alta, de pé na varanda, contemplando os espigões da cidade mergulharem na escuridão. Despediu-se dos policiais sem voltar a cabeça, e eles a deixaram com o silêncio e o vazio do apartamento, silenciosamente fechando a porta atrás de si.

41

Saindo da Hillgate Street, Daniel e Kate pegaram o carro na delegacia de polícia de Notting Hill e percorreram a curta distância até a loja de Declan Cartwright. Estava aberta e, na sala da frente, um ancião barbado, usando um barrete e um longo casaco preto, desbotado de tão velho, mostrava a um cliente uma escrivaninha do período vitoriano, enquanto seus dedos amarelos e esqueléticos acariciavam a marchetaria da tampa. Aparentemente estava absorto demais para ouvir a entrada deles, mesmo depois de tocarem a campainha, mas o cliente se virou, e o velho olhou ao redor.

"Sr. Simon?", disse Kate. "Temos um encontro com o sr. Declan Cartwright."

Mesmo antes de ela mostrar o cartão do mandado, ele falou: "Está nos fundos. É só seguir reto. Está nos fundos". E retornou rapidamente para a escrivaninha, suas mãos tremendo com tanta violência que os dedos tamborilavam sobre a tampa. Kate imaginou o que houvera em seu passado que despertasse tamanho medo da autoridade, tamanho pavor da polícia.

Atravessaram a loja, desceram três degraus e entraram numa espécie de estúdio nos fundos. Em meio a uma miscelânea de objetos variados, Declan Cartwright orientava um cliente. Era corpulento, muito moreno e usava um casaco com gola de astracã arrematado por um chapéu vistoso; examinava um camafeu através de uma lupa. Kate só pôde pensar que um homem capaz de optar por parecer-se tanto com a caricatura de um criminoso dificilmente ousaria tornar-se um de verdade. Assim que apareceram, Cartwright disse: "Charlie, por que não vai tomar uma bebida e pensa a respeito? Volte dentro de meia hora. A polícia está chegando. Fui me envolver com um assassinato. Não faça essa cara de preocupado, não fui eu. Preciso apenas fornecer um álibi para alguém que pode ter matado".

O cliente, lançando um olhar para Kate e Daniel, saiu simulando indiferença.

Kate mais uma vez tirou o cartão de mandado, mas Declan acenou indicando que o guardasse. "Tudo bem, não se incomode. Sei reconhecer a polícia."

Ele deveria ter sido uma criança excepcionalmente bela, pensou Kate, e ainda restava algo de infantil no rosto de moleque, com sua franja de cachos rebeldes sobre a testa alta, os olhos imensos e a boca bem formada mas petulante. Havia, porém, uma sexualidade muito adulta no olhar apreciador que dirigiu tanto a ela quanto a Daniel. Sentiu que este ficou tenso ao seu lado, e pensou: "Não faz o tipo dele e, com certeza, nem o meu".

Tal como Farlow, ele respondeu às perguntas deles com uma despreocupação levemente zombeteira, contudo havia uma diferença essencial. No caso de Farlow, haviam estado diante de uma inteligência e um poder que ainda dominavam o corpo pateticamente emaciado. Declan Cartwright era fraco e medroso, tão medroso quanto o velho Simon parecera, embora por uma razão diferente. Sua voz era frágil, suas mãos nervosas e suas tentativas de fazer troça tão inconvincentes quanto seu sotaque. "Minha noiva me disse que vocês viriam", disse ele. "Creio que não vieram ver antigüidades, mas acabei de receber algumas belas peças estilo Staffordshire. Todas legalmente adquiridas. Poderia fazer um ótimo preço se não acharem que seria subornar a polícia durante o cumprimento de seu dever."

"Você e a srta. Etienne estão noivos e vão se casar?", perguntou Kate.

"Sou noivo dela, mas não tenho certeza de que ela é minha noiva. Perguntem a ela. Ser noiva, para Claudia, é um status flutuante. Depende de como está se sentindo na hora.

Mas ficamos noivos — ao menos foi o que achei — quando fomos passear no rio na noite de quinta-feira."

"Quando combinaram esse passeio?"

"Na verdade, há bastante tempo. Na noite após o funeral de Sonia Clements. Ouviu falar de Sonia Clements, naturalmente."

"Não é um pouco estranho combinar um passeio no rio com tanta antecedência?", perguntou Kate.

"Claudia gosta de combinar as coisas com uma semana ou mais de antecedência. É uma mulher muito organizada. Na verdade, havia uma razão. Na manhã de quinta-feira, 14 de outubro, aconteceu a reunião dos sócios. Ela ia me contar tudo a respeito."

"E contou?"

"Bem, ela me disse que os sócios iriam vender a Innocent House e se mudar para as Docklands, e que iriam despedir alguém, o contador, eu acho. Não consigo me lembrar dos detalhes. Foi tudo muito chato."

"Não valeu o esforço de um passeio no rio", observou Daniel.

"Ora, há outras coisas a fazer num barco além de discutir negócios, mesmo quando a cabine é um pouco apertada. Aqueles grandes painéis de aço da barreira do Tâmisa são muito eróticos. Vocês dois deviam pedir emprestada uma lancha da polícia. Poderiam se surpreender."

"Quando começaram o passeio e quando terminaram?", perguntou Kate.

"Começamos às seis e meia, quando a lancha voltou de Charing Cross e nós assumimos o comando. Terminou por volta das dez e meia, quando voltamos para a Innocent House e Claudia me levou de carro para casa. Acho que chegamos aqui por volta das onze horas. Espero que lhes tenha contado que não foi embora antes das duas horas da manhã."

"Será que o sr. Simon poderá confirmar isso? Ou ele não mora aqui?"

"Na verdade, acho que não poderá. Sinto muito. O pobre

velhinho está ficando terrivelmente surdo. Sempre subimos de mansinho para não incomodá-lo, mas é uma precaução totalmente desnecessária. Na verdade, talvez possa confirmar quando chegamos. Pode ter deixado a porta aberta. Dorme mais tranqüilo quando sabe que o menino voltou para casa e está seguro em sua caminha. Duvido, porém, de que tenha ouvido alguma coisa depois."

"Então não foi com seu carro para a Innocent House?", interveio Kate.

"Não dirijo, inspetora. Acho deplorável a poluição causada pelos carros e não colaboro com ela. Não é uma atitude filantrópica da minha parte? Fora isso, quando tentei aprender a dirigir achei a experiência tão aterrorizante que tinha de ficar com os olhos permanentemente fechados e nenhum instrutor me aceitou. Fui até a Innocent House de metrô. Muito maçante. Peguei a Circle Line de Notting Hill Gate até Tower Hill e depois entrei num táxi. É mais fácil ir pela Central Line até a Liverpool Street e de lá pegar um táxi, mas o fato é que não fiz isso, se por acaso tiver alguma importância."

Kate lhe pediu que desse detalhes sobre a noite e não ficou surpresa quando ele confirmou a versão de Claudia Etienne.

"Então passaram toda a noite juntos, das seis e meia até as primeiras horas da manhã?", disse Daniel.

"Isso mesmo, sargento. É sargento, não é? Se não for, queira me desculpar. Mas é que você se parece tanto com um sargento. Ficamos juntos das seis e meia até cerca de duas da manhã. Não creio que esteja interessado no que fizemos entre, digamos, onze e duas horas. Se estiver, é melhor perguntar para a srta. Etienne. Ela poderá fazer um relato apropriado aos seus castos ouvidos. Suponho que irão querer tudo isso na forma de uma declaração, não é?"

Kate sentiu imensa satisfação ao informar-lhe que, de fato, precisariam, e que ele poderia ir prestá-la na delegacia de Wapping.

Ao ser interrogado por Kate, com tanta gentileza e paciência, o que só serviu para aumentar o seu pavor, o sr. Simon confirmou que os ouvira chegar às onze horas. Ficara esperando por Declan porque sempre dormia mais tranqüilo quando sabia que havia alguém na casa. Fora em parte por isso que sugerira ao sr. Cartwright que fosse morar nas dependências da loja. Assim que ouviu a porta se abrir, no entanto, caíra no sono. Não teria ouvido se um dos dois tivesse saído em seguida.

Destrancando a porta do carro, Kate falou: "Estava morrendo de medo, não acha? Cartwright, quero dizer. Acha que ele é um pilantra, um idiota ou ambos? Ou apenas um garoto bonito que tem gosto para quinquilharias? Que diabo uma mulher inteligente como Claudia Etienne vê nele?".

"Ora, vamos, Kate. Desde quando a inteligência tem alguma coisa a ver com sexo? Não afirmaria que os dois são incompatíveis. Sexo e inteligência, quero dizer."

"Para mim, não são. Inteligência me deixa excitada."

"Sim, eu sei."

"Como assim?", perguntou ela, rispidamente.

"Nada. Descobri que me dou melhor com mulheres bonitas, bem-humoradas, cordatas e não muito brilhantes."

"Como, aliás, a maioria dos homens. Deveria tentar condicionar-se a sair dessa. Acha que o álibi dele vale alguma coisa?"

"Vale tanto quanto o de Rupert Farlow. Claudia Etienne e Cartwright poderiam ter matado Etienne, ido de lancha até o píer de Greenwich e facilmente estar no restaurante às oito horas. O tráfego no rio não é intenso depois do anoitecer e as chances de alguém tê-los visto não é muito grande. Mais uma tarefa aborrecida de verificar."

"Ele tem um motivo, os dois têm", disse Kate. "Se Claudia Etienne for burra a ponto de se casar com ele, será um homem rico."

"Acha que ele tem estômago para matar alguém?", disse Daniel.

"Não precisaria de muito estômago, não é? Tudo o que

teria de fazer seria atrair Etienne para aquela sala da morte. Não precisou esfaquear, sufocar ou estrangular. Nem sequer precisou olhar nos olhos da vítima."

"Um deles teria voltado mais tarde e feito essa parte usando a cobra. Isso, sim, exigiria coragem. Não consigo imaginar Claudia Etienne fazendo isso com o próprio irmão."

"Ora, como saber? Se estava disposta a matá-lo, por que recuar diante da profanação do corpo? Quer dirigir ou eu dirijo?"

Enquanto Kate sentava-se ao volante, Daniel telefonou para Wapping. Havia novidades por lá. Devolvendo o fone ao gancho após alguns minutos, ele disse: "O laboratório entregou o relatório. Robbins acabou de me informar, com uma profusão enfadonha de detalhes, a análise do sangue. A saturação era de setenta e três por cento. Provavelmente, morreu muito rápido. Quase certo que por volta das sete e meia. A vítima sente tontura e dor de cabeça ao nível de trinta por cento, falta de coordenação e confusão mental a quarenta, exaustão a cinqüenta, e inconsciência a sessenta por cento. A fraqueza pode ocorrer subitamente devido à hipoxia muscular".

"Disse algo sobre o cascalho que bloqueava o canal do gás?", perguntou Kate.

"Veio da chaminé. O mesmo material, como esperávamos."

"Já sabemos que o aquecedor a gás não estava defeituoso e não conseguimos nenhuma impressão digital significativa", disse Kate. "E quanto ao puxador da janela?"

"Isso é mais difícil. A probabilidade é de que foi deliberadamente gasto com algum instrumento afiado, e durante certo período de tempo, porém eles não podem ter cem por cento de certeza. As fibras estavam esmagadas e rompidas mas não cortadas. O resto do cordão era velho, e frágil em algumas partes; os técnicos, no entanto, não vêem motivo para que partisse naquele ponto, a não ser que isso tivesse sido deliberadamente planejado. Ah, e descobriram outra coisa. Havia uma mancha minúscula de muco na cabeça da cobra. Significa que foi socada dentro da boca imediatamente ou pouco tempo depois que o objeto de bordas ásperas foi removido."

42

No domingo, dia 17 de outubro, Dalgliesh resolveu levar Kate com ele para entrevistar a irmã de Sonia Clements, irmã Agnes, no convento de Brighton. Preferiria ir sozinho, mas um convento — ainda que anglicano e ainda que para o filho de um reitor com tendências favoráveis à Igreja Anglicana — era terreno estranho e a abordagem deveria ser circunspecta. Sem uma mulher como acompanhante, talvez não obtivesse permissão para ver irmã Agnes, salvo na presença da madre superiora ou de outra freira. Não sabia bem o que esperava conseguir com a visita, porém, seu instinto — de que às vezes duvidava mas aprendera a não ignorar — dizia-lhe que havia alguma coisa por descobrir. As duas mortes, tão diferentes, estavam ligadas por algo mais que aquela despida sala superior que uma pessoa escolhera para morrer e na qual outra lutara para viver. Sonia Clements trabalhara para a Editora Peverell durante vinte e quatro anos; fora Gerard Etienne quem a despedira. Tal decisão impiedosa teria sido motivo suficiente para seu suicídio? E, caso negativo, por que ela decidira morrer? Sentira-se alguém tentado a vingar sua morte?

O tempo permaneceu firme. A névoa matinal se dissipara, prometendo outro dia de sol brando, ainda que intermitente. Até mesmo a atmosfera londrina tinha algo da doçura do verão e uma brisa suave arrastava farrapos de nuvens esguias pelo céu cor de anil. Percorrendo o caminho circular e tedioso nos subúrbios do sul de Londres com Kate a seu lado, Dalgliesh sentiu voltar o anseio infantil pelos sons e cores do mar e torceu para que o convento ficasse na costa. Falaram pouco durante a viagem. Dalgliesh preferia dirigir em silêncio e Kate era capaz de suportar até uma atmosfera taciturna sem a necessidade de tagarelar. Não era a menor de suas virtudes, pensou ele. Passara em seu novo prédio para apanhá-la, porém esperara no Jaguar que ela descesse, em vez de pegar o elevador e tocar a campainha, pois poderia constrangê-la a convidá-lo a entrar. Valorizava demais sua privacidade para arriscar invadir a dela. Kate surgiu pontualmente, como ele esperara. Parecia diferente, e ele percebeu como era raro vê-la usando saia. Sorriu intimamente e imaginou a hesitação dela ao escolher o que vestir, antes de decidir que as habituais calças poderiam ser impróprias para visitar um convento. Desconfiou de que, apesar de seu sexo, ele poderia sentir-se mais à vontade do que Kate.

Sua esperança, nunca realista, de ter cinco minutos para uma rápida caminhada ao longo da praia estava fadada a não se concretizar. O convento ficava sobre um terreno elevado, ao lado de uma estrada principal monótona mas movimentada, separado por um muro de tijolos de dois metros e meio. O portão principal estava aberto e, ao entrarem, viram um prédio pomposo, de tijolos vermelhos rústicos, de estilo obviamente vitoriano e planejado para ser uma instituição, provavelmente para abrigar as primeiras irmãs da ordem. Os quatro andares de janelas idênticas, juntas uma da outra e alinhadas com precisão, deram a Dalgliesh a desconfortável impressão de um presídio, idéia que talvez tivesse ocorrido ao arquiteto, já que a incongruente adição de um fino espigão em uma extremidade do prédio e de uma torre na outra parecia feita, posteriormente, para humanizar e embelezar. Um ampla rua de cascalho levava até a porta da frente, em carvalho quase negro e ferro, que melhor serviria de entrada para uma prisão normanda. À direita, via-se uma igreja feita de tijolos, grande o suficiente para servir uma paróquia, com uma torre deselegante e estreitas janelas lancetadas. À esquerda, o contraste: um prédio baixo e moderno, com um terraço coberto e um pequeno jardim convencional, que ele adivinhou ser o abrigo para os doentes terminais.

Defronte ao convento, havia apenas um carro, um Ford, e Dalgliesh estacionou cuidadosamente ao seu lado. Parando junto ao carro por um momento, ele relanceou os olhos pelos gramados em plataforma e conseguiu, enfim, avistar o Canal Inglês. Ruas curtas — com pequenas casas coloridas em azul-claro, rosa e verde, os telhados decorados pela frágil geometria das antenas de televisão — corriam em linhas paralelas até o mar de diferentes tons de azul; sua domesticidade, alinhada com precisão, contrastava com a pesada construção vitoriana ao fundo.

Não havia sinal de vida no prédio principal, mas, quando ele se virou para trancar a porta do carro, viu uma freira dobrar uma esquina do abrigo com um paciente numa cadeira de rodas. O paciente usava um boné listrado de azul e branco, com um pompom vermelho, e estava coberto até o queixo por uma manta. A freira se inclinou para cochichar algo e o paciente riu, um débil trinado de notas alegres pairando no ar silencioso.

Puxou a corrente de ferro para a esquerda da porta e ouviu seu clangor ecoando mesmo através do espesso carvalho revestido de ferro. A grade quadrada deslizou e abriu, revelando o rosto gentil de uma freira. Dalgliesh disse seu nome e mostrou o cartão de mandado. Imediatamente, a porta se abriu e a freira, sem dizer palavra mas ainda sorrindo, fez um gesto para que entrassem. Encontravam-se num corredor amplo, que recendia suavemente a desinfetante. O piso xadrez, de lajotas pretas e brancas, parecia ter sido recentemente esfregado e as paredes eram despojadas, exceto por um retrato de sépia, obviamente vitoriano, de uma enorme freira de rosto grave, que Dalgliesh imaginou ser a fundadora da ordem, e uma reprodução da tela de Millais, *Christ in the carpenter's shop,* numa moldura de madeira entalhada. A freira, ainda sorrindo, ainda silenciosa, conduziu-os até uma pequena sala à direita do corredor e, com um gesto um pouco teatral, silenciosamente convidou-os a se sentarem. Dalgliesh perguntou-se se ela seria surda-muda.

A sala tinha pouca mobília, mas não deixava de ser acolhedora. A mesa central, tão polida que brilhava, sustentava um vaso com rosas tardias, e duas espreguiçadeiras, cobertas com capas de cretone desbotado, voltavam-se para as janelas duplas. Estas eram nuas, salvo por um grande e trabalhado crucifixo de madeira e prata, de um realismo assustador, à direita da lareira. Parecia ser espanhol, pensou Dalgliesh, e seu lugar, outrora, deveria ter sido numa igreja. Sobre a lareira, havia uma cópia em óleo de uma madona oferecendo um cacho de uvas ao Menino Jesus; Dalgliesh levou algum tempo para identificá-la como a tela de Mignard, *La Vierge à la grappe*. Uma placa de bronze informava o nome do doador. Havia quatro cadeiras de jantar, de espaldar reto, enfileiradas de modo pouco convidativo contra a parede da direita, mas Dalgliesh e Kate permaneceram de pé.

Não precisaram esperar muito tempo. A porta se abriu e uma freira entrou, com vivacidade e segurança, estendendo-lhes a mão.

"São o comandante Dalgliesh e a inspetora Miskin? Bem-vindos ao convento de St. Anne. Sou a madre Mary Clare. Falou comigo quando telefonou, comandante. O senhor e a inspetora gostariam de tomar um café?"

A mão que apertou brevemente a sua era gorducha, porém fria. "Não, obrigado, madre", disse ele. "É bondade sua, mas esperamos não ter de incomodá-la por muito tempo."

Nada nela intimidava. Seu corpo pequeno e forte ganhava dignidade graças ao longo hábito azul-cinzento, preso com um cinto de couro, e ela parecia tão confortável dentro dele como se o traje formal fosse roupa de trabalho. Uma única e pesada cruz, de madeira escura, pendia de seu pescoço por um cordão, e seu rosto, suave e pálido como neve, surgia como o de um bebê da touca que o cingia. Mas os olhos por trás da armação de metal eram astutos e a boca pequena, a despeito de sua delicadeza e suavidade, prometia uma honestidade inflexível. Dalgliesh sabia que ele e Kate eram alvo de um exame penetrante embora discreto.

Então, com um pequeno aceno de cabeça, ela disse: "Mandarei chamar a irmã Agnes para vocês. O dia está adorável, talvez prefiram andar juntos no roseiral".

Dalgliesh compreendeu que era uma ordem, não uma sugestão, mas sabia que, naquele primeiro e breve encontro, haviam passado por um teste secreto. Se a madre não tivesse ficado satisfeita, ele não tinha a menor dúvida de que a entrevista se teria dado naquela sala, sob sua supervisão. Deu um puxão no cordão da campainha e a pequena freira sorridente, que abrira a porta para eles, voltou a aparecer.

"Quer pedir à irmã Agnes que tenha a bondade de vir até aqui?"

Novamente esperaram em silêncio, ainda de pé. Em menos de dois minutos, a porta se abriu e uma freira alta entrou sozinha. A madre superiora disse: "Esta é a irmã Agnes. Irmã, estes são o comandante Dalgliesh, da New Scotland Yard, e a inspetora Miskin. Sugeri que talvez vocês prefiram conversar passeando no roseiral".

Despedindo-se com um aceno de cabeça, mas sem formalidade, ela deixou a sala.

A freira que os examinava com olhos cautelosos não podia ser mais diferente da madre superiora. O hábito era o mesmo, a não ser pela cruz, menor, que, no seu caso, lhe conferia uma dignidade hierática, remota e um pouco misteriosa. A madre superiora parecera estar vestida para enfrentar o fogão, mas era difícil imaginar a irmã Agnes em outro local que não fosse o altar. Era muito magra, dona de membros longos e traços fortes, e a touca enfatizava as maçãs do rosto salientes, a curva forte das sobrancelhas e a expressão inflexível da boca ampla.

"Então, vamos ver as rosas, comandante?", disse ela. Dalgliesh abriu a porta e ele e Kate a seguiram, saindo da sala de recepção e atravessando quase sem ruído o corredor.

Ela os conduziu pelo caminho ao longo do pátio principal até o roseiral em plataforma. Os canteiros distribuíam-se em três longas filas, separadas por caminhos paralelos de cascalho, cada um quatro degraus de pedra abaixo do de cima. O espaço que havia era justo para que os três andassem lado a lado, primeiro ao longo do caminho superior, depois descendo as escadas, em seguida voltando ao longo do outro caminho até o segundo lance de degraus e os quarenta metros do caminho inferior antes de retornarem, uma desolada perambulação exercida em plena vista de todas as janelas do convento. Dalgliesh considerou se haveria um jardim mais secreto nos fundos do convento. Mesmo que houvesse, aparentemente não lhes permitiriam caminhar lá.

A irmã Agnes andava entre eles, com seu quase um metro e noventa de altura, a cabeça erguida. Usava um longo cardigã cinza sobre o hábito e escondera as mãos profundamente dentro das mangas, como se buscasse calor. Com os braços dobrados pressionados contra o corpo, fazia Dalgliesh lembrar com desconforto das antigas fotografias que vira de pacientes psiquiátricos em camisas-de-força. Parecia andar entre eles como uma prisioneira sob escolta e ele especulou sobre se era essa a impressão que os três dariam a algum observador oculto por trás das altas janelas. A idéia, não muito agradável, parecia também ter ocorrido a Kate, pois, murmurando um pedido de desculpas, ficou um pouco para trás e ajoelhou-se, parecendo estar amarrando o cadarço dos borzeguins. Quando voltou a alcançá-los, ficou ao lado de Dalgliesh.

Foi este quem rompeu o silêncio. "Bondade sua recebernos, irmã Agnes. Desculpe-nos por incomodá-la, principalmente pelo que pode parecer uma invasão na privacidade de sua dor. Preciso fazer perguntas sobre a morte de sua irmã."

" 'Invasão na privacidade da dor?' Foi esse o recado que recebi da madre superiora. Imagino que sejam palavras que precise usar com freqüência, comandante."

"A invasão, às vezes, é inseparável de meu trabalho."

"E o senhor tem perguntas específicas que espera que eu possa responder ou se trata de uma invasão mais geral?"

"Um pouco dos dois."

"Mas sabe como minha irmã morreu. Sonia se suicidou,

não há dúvida possível. Deixou um bilhete na cena do crime. Além disso, enviou-me uma carta na manhã em que morreu. Não achou que a notícia valia um selo de primeira classe. Recebi-a três dias depois."

"A senhora se importaria de me dizer o conteúdo da carta? É claro que sei o que estava escrito no bilhete endereçado à polícia."

Ela não disse nada durante alguns segundos, que pareceram muito longos, e depois falou com voz sem expressão, como se recitasse um texto em prosa que sabia de cor. "'O que estou prestes a fazer parecerá um pecado aos seus olhos. Por favor, tente entender que aquilo que vê como pecado para mim é natural bem como correto. Fizemos escolhas diferentes, mas que levam ao mesmo fim. Após tantos anos de indecisão, ao menos posso estar certa quanto à morte. Tente não sofrer por mim durante muito tempo; o sofrimento não passa de uma indulgência. Eu não poderia ter tido uma irmã melhor.'"

"Era isso o que queria ouvir, comandante?", disse ela. "Certamente não é muito relevante para sua atual investigação."

"Precisamos examinar tudo que aconteceu na Innocent House nos meses que antecederam a morte de Gerard Etienne, fatos que podem ter relação, ainda que remota, com o ocorrido. Um deles é o suicídio de sua irmã. Fala-se, nos círculos literários de Londres e na Innocent House, que Gerard Etienne a levou a cometer o ato. Se foi assim, algum amigo dela — um amigo especial — poderia ter desejado fazer mal a ele."

"Eu era a amiga especial de Sonia", disse ela. "Não tinha amigos especiais a não ser eu e não tenho motivos para desejar a morte de Gerard Etienne. Estava aqui no dia ou na noite em que ele morreu. Esse fato pode ser facilmente verificado."

"Irmã, não sugeri que a senhora estivesse, de maneira alguma, relacionada pessoalmente com a morte de Gerard Etienne. Estou perguntando se a senhora conhecia qualquer outra pessoa íntima de sua irmã que pudesse estar magoada pelo modo como ela morreu."

"Ninguém, a não ser eu mesma. Mas fiquei magoada, comandante. O suicídio é o desespero final, a rejeição final da graça divina, o pecado final."

Dalgliesh disse calmamente: "Então, talvez, irmã, ele receberá a piedade final".

Haviam chegado ao final do primeiro caminho e, juntos, desceram os degraus e viraram para a esquerda. De repente, ela disse: "Não gosto de rosas no outono. São essencialmente flores do verão. As rosas de dezembro são as mais deprimentes, botões escuros e mirrados num emaranhado de espinhos. Mal posso suportar andar aqui em dezembro. Como nós, as rosas não sabem quando morrer".

"Mas hoje podemos quase acreditar que é verão", disse ele. Depois de uma pausa, acrescentou: "Creio que sabe que Gerard Etienne morreu de intoxicação por monóxido de carbono e na mesma sala em que sua irmã morreu. No caso dele, é pouco provável que tenha sido suicídio. Pode ter sido morte acidental, um bloqueio do gás que causou um defeito no aquecedor, mas precisamos considerar uma terceira possibilidade: o aquecedor pode ter sido deliberadamente sabotado".

"Está dizendo que acredita que ele foi assassinado?"

"É uma possibilidade que não pode ser descartada. Preciso perguntar-lhe se tem qualquer motivo para acreditar que sua irmã tivesse mexido no aquecedor. Não estou sugerindo que fosse um estratagema para matar Etienne. Seria possível, porém, que ela tivesse planejado um suicídio que parecesse morte acidental e depois mudado de idéia?"

"Como poderia dar-lhe essa informação, comandante?"

"Era uma possibilidade muito remota, mas eu precisava perguntar. Se alguém for levado a julgamento por assassinato, essa possibilidade será, sem dúvida, levantada pelo advogado de defesa."

"Ela teria poupado uma boa dose de angústia a muita gente se tivesse se dado ao trabalho de fazer sua morte parecer acidental, mas é tão raro que suicidas o façam. Afinal, é o ato supremo de agressão, e que satisfação traria a agressão se ferisse somente o agressor? Não teria sido muito difícil fazer um suicídio parecer acidental. Seria capaz de pensar em algumas maneiras, mas não incluem desmontar um aquecedor a gás e bloquear o abastecimento. Não sei se Sonia saberia como fazer isso. Se não tinha jeito para mecânica em vida, por que teria na morte?"

"E não disse mais nada na carta que lhe mandou? Não deu nenhum motivo, nenhuma explicação?"

"Não", disse ela. "Nenhuma razão ou explicação."

Dalgliesh foi em frente. "Parece ser opinião geral que sua irmã se matou porque Gerard Etienne lhe dissera que precisava mandá-la embora. Essa explicação lhe parece provável?"

Ela não respondeu e, depois de um minuto, ele insistiu delicadamente. "Como irmã dela, como alguém que a conhecia bem, essa explicação a satisfaz?"

Ela se virou para ele e, pela primeira vez, olhou-o diretamente no rosto. "Essa pergunta é relevante para sua investigação?"

"Pode ser. Se a srta. Clements sabia de algo sobre a Innocent House, ou sobre alguma pessoa que trabalha lá, algo que lhe causou tanta angústia que contribuiu para sua morte, isso também pode ser relevante para a morte de Gerard Etienne."

Mais uma vez ela o olhou. "Há alguma chance de a questão da morte de minha irmã ser reaberta?"

"Formalmente? Nenhuma. Sabemos como a srta. Clements morreu. Eu gostaria de saber por que, mas o veredicto do inquérito foi correto. Legalmente, o caso está encerrado."

Caminharam em silêncio. Ela parecia estar decidindo que conduta tomar. Ele sentiu, ou, quem sabe, imaginou sentir, os músculos dela rígidos e tensos quando nele esbarrou ligeiramente. Ao falar, tinha a voz rouca.

"Posso satisfazer sua curiosidade, comandante. Minha irmã morreu porque as duas pessoas de quem mais gostava, talvez as únicas duas pessoas de quem gostou na vida, abandonaram-na e de modo definitivo. Fiz meus votos uma semana antes de sua morte; Henry Peverell morrera oito meses antes."

Até aquele momento, Kate permanecera em silêncio. Então disse: "Quer dizer, então, que ela estava apaixonada pelo sr. Peverell?".

A irmã Agnes virou-se e olhou para ela como se notasse sua presença pela primeira vez. Depois voltou a olhar para a frente e, com um tremor quase imperceptível, enlaçou os braços com mais força sobre o peito. "Foi amante dele nos últimos oito anos de sua vida. Chamava isso de amor. Eu chamava de obsessão. Não sei de que ele o chamava. Nunca foram vistos juntos em público. O caso foi mantido em absoluto sigilo por insistência dele. A sala em que faziam amor é a mesma em que ela morreu. Eu sempre sabia quando haviam estado juntos. Eram as noites em que ela ficava até tarde na empresa. Quando chegava, exalava o cheiro dele."

"Mas por que o sigilo?", protestou Kate. "O que ele temia? Nenhum deles era casado, eram ambos adultos. O caso era da conta deles e de mais ninguém."

"Quando eu lhe fazia essa pergunta, ela sempre tinha sua resposta pronta, ou melhor, a resposta dele. Dizia que ele não tinha a menor vontade de se casar novamente, que desejava permanecer fiel à memória da esposa, que não gostava da idéia de seus assuntos pessoais serem alvo de fofocas internas, que o relacionamento deles magoaria a filha. Ela aceitava todas as desculpas. Bastava-lhe que ele, aparentemente, precisasse do que ela lhe podia dar. É claro que o motivo podia ser bem mais simples: ela era adequada para satisfazer uma necessidade física, mas não era bonita, jovem ou rica o bastante para tentá-lo a se casar com ela. E, para ele, acho que o sigilo proporcionava um *frisson* a mais ao caso. Talvez fosse disso que ele gostasse: de humilhá-la, de testar os limites de sua devoção, de ir às escondidas para aquela salinha humilde, como um patrão vitoriano se deitando com a copeira. Não era a situação pecaminosa que mais me afligia e, sim, a vulgaridade do relacionamento."

Dalgliesh não esperara tanta franqueza, tanta confiança. Mas talvez não fosse caso para surpresa. Ela deveria ter suportado meses de silêncio auto-imposto e, naquele momento, junto a dois estranhos que talvez jamais precisasse tornar a ver, a mágoa represada fora liberada. "Sou apenas dezoito meses mais velha que ela. Sempre fomos muito íntimas. Ele destruiu essa amizade. Ela não podia ficar com sua religião e com ele e, assim, optou pelo amante. Destruiu a confiança que havia entre nós. Como restaria confiança quando uma desprezava o deus da outra?"

"Ela não simpatizava com sua vocação?", perguntou Dalgliesh.

"Não tinha o menor entendimento dela. Nem ele. Considerava-a uma fuga do mundo e das responsabilidades, da sexualidade e do envolvimento, e o que ele achava ela achava também. Ela sabia, é claro, havia algum tempo, o que eu tinha em mente. Suponho que torceu para nenhum convento me aceitar. Poucas comunidades recebem postulantes de meia-idade. A finalidade de um convento não é ser refúgio para as fracassadas e desiludidas. E ela também sabia que eu não tinha nenhum conhecimento prático a oferecer. Eu fui — sou — uma restauradora de livros. A madre reverenda ainda me libera de vez em quando para trabalhar em bibliotecas de Londres, Oxford e Cambridge, desde que haja uma casa adequada — quero dizer, um convento — que possa me alojar. Mas o trabalho tem se tornado raro. Leva muito tempo para restaurar e reencadernar um livro ou manuscrito valioso, mais tempo do que podem conceder-me."

Dalgliesh lembrou-se de uma visita que fizera havia três anos à biblioteca do Corpus Christ College, em Cambridge, onde lhe mostraram a Bíblia de Jerusalém, que fora escoltada até a Abadia de Westminster para sucessivas coroações, junto com uma das mais antigas cópias iluminadas do Novo Testamento. A relíquia recém-encadernada fora retirada carinhosamente de seu estojo especial, instalada sobre o atril acolchoado em formato de V, as páginas viradas com uma espátula de madeira para evitar contato com as mãos. Maravilhado, ele contemplara por sobre cinco séculos aqueles desenhos meticulosos, ainda tão luminosos como no dia em que as cores haviam fluído com delicada precisão da pena do artista, desenhos que, em sua beleza e humanidade essencial, o deixaram à beira das lágrimas.

"Seu trabalho aqui é considerado mais importante?", perguntou.

"É julgado segundo critérios diferentes. E aqui minha falta de conhecimentos práticos mais ordinários não é desvantagem. Qualquer um, com um pouco de treinamento, pode operar uma máquina de lavar, empurrar pacientes até o banheiro, distribuir comadres. Não sei com certeza nem mesmo até quando esses serviços serão requisitados. O padre, que é nosso capelão aqui, está se convertendo ao catolicismo romano, depois da decisão da Igreja da Inglaterra de ordenar mulheres. Metade das irmãs quer imitá-lo. O futuro da ordem de St. Anne, como ordem anglicana, está em jogo."

Àquela altura já haviam percorrido os três caminhos e voltaram-se para reiniciar o percurso. A irmã Agnes disse: "Henry Peverell não foi a única pessoa que se colocou entre nós nos últimos anos de vida da minha irmã. Havia, também, Eliza Brady. Não precisa incomodar-se em procurá-la, comandante; ela morreu em 1871. Li a respeito dela no relatório de um inquérito publicado num jornal vitoriano que encontrei num sebo na Charing Cross Road, e que, infelizmente, passei para Sonia ler. Eliza Brady tinha treze anos. Seu pai trabalhava para um mercador de carvão e sua mãe morrera durante um parto. Eliza se tornou a mãe de quatro irmãos mais novos além do bebê. No inquérito, seu pai forneceu evidências de que Eliza era a mãe de todas as crianças. Ela trabalhava catorze horas por dia. Lavava as roupas, acendia o fogo, cozinhava, fazia as compras, cuidava de todos naquela pequena família. Certa manhã, quando secava as fraldas do bebê diante do fogo, apoiou-se sobre a guarda do fogão e esta despencou sobre as chamas. Ficou horrivelmente queimada e morreu em meio a grande sofrimento três dias depois. A história exerceu enorme impacto sobre minha irmã. Ela disse: "Então é essa a justiça de seu deus supostamente amoroso. É assim que ele recompensa os inocentes e os bons. Não se contentou apenas em matá-la. Deixou-a morrer de modo horrível, lentamente e com muita dor". Minha irmã tornou-se quase obcecada por Eliza Brady. Fez dela uma espécie de figura *cult*. Se tivesse uma imagem da criança, provavelmente teria rezado diante dela, embora eu não saiba para quem."

Kate protestou: "Mas se ela precisava de um motivo para abandonar a fé em Deus, por que voltar ao século XIX? O que não falta são tragédias contemporâneas. Bastaria que assistisse à televisão ou lesse os jornais. Bastava que lembrasse da Iugoslávia. Eliza Brady morrera havia mais de cem anos".

"Foi o que lhe disse, mas Sonia respondeu que a justiça nada tinha a ver com o tempo. Não devíamos nos deixar dominar pelo tempo. Se Deus é eterno, então Sua justiça também é. Assim como sua injustiça."

"Antes de afastar-se de sua irmã, costumava visitar a Innocent House?", perguntou Kate.

"Não com freqüência, mas fui lá algumas vezes. Na verdade, meses antes de me decidir pela minha vocação apareceu para mim uma oportunidade de trabalho em meio período na Innocent House. Jean-Philippe Etienne estava muito ansioso para que os arquivos fossem examinados e catalogados e achou que eu seria a pessoa adequada para o serviço. Os Etienne sempre tiveram olho para bons negócios e ele deve ter achado que eu trabalharia tanto pelo interesse quanto pelo dinheiro. Henry Peverell, contudo, enterrou a idéia e, evidentemente, entendi o motivo."

"Conheceu Jean-Philippe Etienne?", perguntou Dalgliesh.

"Cheguei a conhecer razoavelmente bem todos os sócios. Os dois velhos, Jean-Philippe e Henry, pareciam apegar-se quase teimosamente a um poder que nenhum dos dois parecia capaz ou disposto a exercer. Gerard Etienne era, obviamente, o jovem turco, o herdeiro aparente. Nunca me dei especialmente bem com Claudia Etienne, mas gostava de James de Witt. É o exemplo de um homem que vive uma vida positiva sem a ajuda da crença religiosa. Há aqueles que, aparentemente, nascem deficientes do pecado original. A bondade neles não é um mérito."

"É certo que a crença religiosa não é necessária para uma vida virtuosa."

"Talvez não. A crença numa religião pode não influenciar o comportamento. A prática da religião certamente deveria."

"Naturalmente, não esteve na última festa que ofereceram", disse Kate. "Foi a alguma das festas anteriores? Os visitantes podiam andar livremente pela casa toda?"

"Fui a apenas duas festas. Organizavam uma no verão e uma no inverno. Com certeza, nada havia que impedisse os visitantes de passear pela casa. Creio que poucas pessoas o faziam. Não é muito cortês aproveitar a oportunidade de uma festa para explorar aposentos que todos sabem serem particulares. É claro que a Innocent House, hoje em dia, é, principalmente, um prédio comercial, o que talvez tenha influído. Mas as festas na Innocent House eram ocasiões bastante formais. A lista de convidados era controlada e Henry Peverell detestava receber mais de oitenta pessoas de cada vez. A Editora Peverell nunca adotou o estilo comum de festa literária: em que se convida gente demais para não ofender nenhum autor ao deixá-lo de fora; com salas lotadas e excessivamente aquecidas, em que os convidados tentam equilibrar pratos de comida fria e beber vinho branco, morno e de qualidade inferior, enquanto vociferam para se fazer ouvir. A maioria dos convidados chegava de barco; e imagino que, assim, era mais fácil evitar os bicões."

Restava pouco a averiguar. Por consenso, deram meia-volta no final do caminho seguinte e retornaram. Em silêncio, acompanharam irmã Agnes até a porta da frente e lá se despediram, sem entrar de novo no convento. Ela olhou para Dalgliesh e Kate com grande intensidade, o olhar prolongado obrigando-os a um momento de atenção concentrada, como se pudesse, por obra de sua vontade, forçá-los a respeitar suas confidências.

Mal haviam saído da passagem para carros, e esperavam o primeiro semáforo abrir, quando a indignação que Kate viera reprimindo explodiu.

"Então é por isso que havia aquela cama na salinha dos arquivos, por isso que a porta tinha uma tranca. Meu Deus, que canalha! A irmã Agnes tem razão, ele subia sorrateiramente para aquela sala como um vulgar déspota vitoriano. Sim, ele a humilhou e usou. Posso imaginar o que acontecia lá em cima. Era um sádico."

Dalgliesh disse calmamente: "Não tem evidências disso, Kate".

"Por que diabo ela tolerou essa situação? Era uma editora experiente e respeitada. Podia ter ido embora."

"Estava apaixonada por ele."

"E a irmã, apaixonada por Deus. Se está procurando paz, não me pareceu que a encontrou. Até mesmo o futuro do convento está correndo risco."

"O fundador de sua religião não prometeu paz. 'Vim não para dar paz, mas uma espada.'" Olhando-a de soslaio, notou que a citação não lhe dizia nada. Prosseguiu. "Foi uma visita útil. Agora sabemos por que Sonia Clements morreu, e não teve nada, ou muito pouco, a ver com o modo com que Gerard Etienne a tratava. Aparentemente, não existe ninguém sobre a Terra com motivo para vingar sua morte. Já sabíamos que os visitantes podiam vagar livremente pela Innocent House, mas foi útil ter a confirmação da irmã Agnes. Além disso, há a interessante informação sobre os arquivos. Segundo a irmã Agnes, foi Henry Peverell quem se apressou em proibir que ela trabalhasse junto aos arquivos. Foi somente após sua morte que Jean-Philippe Etienne concordou que Gabriel Dauntsey se encarregasse do serviço."

"Teria sido mais interessante se os Etienne quisessem deixar os arquivos em paz", observou Kate. "Está claro por que Henry Peverell não queria que a irmã de Sonia Clements trabalhasse lá em cima. Teria atrapalhado seus arranjos com a amante."

"Essa é a explicação óbvia e, como a maioria das explicações óbvias, deve ser a correta", disse Dalgliesh. "Mas poderia haver algo mais nos arquivos que Henry Peverell desejasse proteger, algo que ele sabia ou desconfiava de que estivesse lá. Mesmo assim, é difícil entender que relevância isso teria para a morte de Gerard Etienne. Como você disse, teria sido mais interessante se os Etienne tivessem insistido para que os arquivos fossem deixados em paz. Mesmo assim, acho que teremos de dar uma olhada naqueles documentos."

"Todos eles, senhor?"

"Se necessário, Kate, todos eles."

43

Às nove e meia da manhã do domingo, Daniel e Robbins trabalhavam juntos no último andar da Innocent House, examinando as pastas dos arquivos. Ocupavam a mesa e a cadeira da salinha dos arquivos. O método que Daniel decidira usar era percorrer as prateleiras, retirando qualquer pasta que parecesse promissora e depois levando-a à salinha dos arquivos para uma investigação mais demorada. Era uma tarefa desanimadora, já que nenhum dos dois sabia o que estavam procurando. Daniel estimara que o trabalho demoraria semanas, com os dois trabalhando, todavia estavam progredindo mais rápido do que ele imaginara. Se o palpite de AD estivesse correto e existissem documentos capazes de lançar luz sobre o assassinato de Etienne, alguém certamente deveria tê-los consultado recentemente. Sendo assim, os arquivos mais antigos, datando do século XIX, muitos dos quais não eram abertos havia um século, podiam ser ignorados com segurança, pelo menos em princípio. A iluminação não causou problemas; as lâmpadas sem cobertura ficavam poucos metros acima. Mas era um trabalho poeirento, cansativo e tedioso, e ele o executava sem esperanças.

Pouco depois das nove e meia, ele resolveu que bastava por aquela noite. Sentiu-se pouco atraído a voltar ao seu apartamento em Bayswater, uma relutância tão forte que quase qualquer alternativa parecia preferível. Passava nele o mínimo de tempo possível desde que Fenella partira para os Estados Unidos. Compraram o apartamento juntos havia apenas dezoito meses e ele descobrira, poucas semanas depois de começarem a viver juntos, que fora um erro combinarem de dividir as parcelas do imóvel e unir suas vidas.

Ela dissera: "É claro que teremos quartos separados, querido. Nós dois precisamos de privacidade".

Mais tarde ele ficou imaginando se realmente ouvira aquelas palavras. Não só Fenella não precisava de privacidade como não tinha a menor intenção de respeitar a sua, nem tanto por uma atitude deliberada, pensava ele, quanto pelo total desconhecimento do significado da palavra. Lembrou-se, tarde demais, do que poderia ter sido uma salutar lição da infância, uma amiga de sua mãe dizendo-lhe complacentemente: "Sempre tivemos respeito por livros e pelo conhecimento em casa", enquanto seu filho de seis anos, inabalável, rasgava sistematicamente as páginas do exemplar da *Treasure island* de Daniel. O episódio deveria ter lhe ensinado que aquilo que as pessoas pensavam de si mesmas raramente se assemelhava ao seu comportamento na realidade. Assim mesmo, Fenella atingira um recorde em termos de incompatibilidade entre autojulgamento e ação. O apartamento vivia cheio de gente; amigos que passavam, comiam em sua cozinha, brigavam e se reconciliavam em seu sofá, tomavam banho em seu banheiro, faziam chamadas internacionais em seu telefone, limpavam sua geladeira e bebiam sua cerveja. Nunca havia paz no apartamento, jamais estavam sozinhos. Seu quarto transformara-se no quarto do casal, principalmente porque o de Fenella estava geralmente ocupado por um amigo sem-teto. Ela atraía gente como uma taberna acesa. Seu principal atrativo era um bom humor inquebrantável. Provavelmente, teria cativado sua mãe, se tivesse permitido que se conhecessem, sem dúvida mediante promessa de conversão imediata ao judaísmo. Fenella era, acima de tudo, uma pessoa cordata.

Seu gregarismo compulsivo era complicado por um comportamento desordeiro que nunca deixou de surpreendê-lo, durante os dezoito meses que passaram juntos, e que nunca conseguiu conciliar com sua preocupação exagerada com pequenos detalhes de decoração. Lembrava-se dela segurando contra a parede da sala de estar três pequenas gravuras, verticalmente instaladas sobre uma faixa e encimadas por um laço. "Aqui, querido, ou dois centímetros para a esquerda? O que você acha?"

Pouco parecia importar-lhe se a pia da cozinha estivesse abarrotada de louça suja, se para abrir a porta do banheiro era preciso empurrar uma pilha de toalhas sujas e malcheirosas, se as camas estavam desarrumadas e as roupas espalhadas por todo o quarto. Esse desleixo com as atividades domésticas era compensado por uma necessidade compulsiva de tomar banho e lavar suas roupas. Ouvia-se perpetuamente no apartamento o sacolejo da máquina de lavar roupas e o esguicho da ducha.

Lembrava-se de como ela anunciara o final do relacionamento: "Querido, Terry quer que eu me encontre com ele em Nova York. Quinta-feira que vem, na verdade. Mandou-me uma passagem de primeira classe. Achei que você não se importaria. Não temos nos divertido muito nos últimos tempos, não é mesmo? Não acha que algo de fundamental morreu no nosso relacionamento? Que perdemos algo de precioso que um dia tivemos? Não sente que algo simplesmente se esvaiu durante esse tempo?".

"Além das minhas economias?"

"Ora, querido, não seja mesquinho. Você não é disso."

E ele perguntara: "E o seu emprego? Como irá trabalhar nos Estados Unidos? Não é fácil conseguir um *green card*".

"Ah, não vou me preocupar com trabalho por enquanto. Terry está cheio da grana. Disse que posso me distrair decorando seu apartamento."

A despedida não fora amarga. Brigar com Fenella, percebeu ele, era quase impossível. Foi com resignação, e até um bom humor contrariado, que descobriu que toda aquela amabilidade não se separava de um senso comercial mais agudo do que ele suspeitara.

"Querido, acho melhor você me pagar metade do que

pagamos pelo apartamento até agora, não metade do que vale agora. Desvalorizou-se terrivelmente, como tudo o mais. Com certeza conseguirá uma hipoteca maior. E, se me pagar metade do valor da mobília, pode ficar com todos os móveis. Não pode ficar sem ter onde sentar, docinho."

Na hora, não lhe pareceu valer a pena lembrar que fora ele quem pagara quase toda a mobília, embora não fosse de sua escolha e nem de seu gosto. Notou, também, que uma de suas pequenas aquisições mais valiosas desaparecera com ela e, naquele momento, deveria estar em Nova York. As bugigangas ficaram, e ele não tivera tempo nem vontade de jogá-las fora. Ela o deixara com uma hipoteca sufocante, um apartamento cheio de mobília que detestava, uma conta telefônica astronômica — consistindo, principalmente, de ligações para Nova York — e uma dívida com o advogado que só poderia pagar em prestações. E o mais irritante de tudo era perceber o quanto ele, às vezes, sentia sua falta.

Havia um pequeno banheiro e lavabo no patamar ao lado da sala dos arquivos. Enquanto Robbins lavava de suas mãos a poeira acumulada em décadas, Daniel obedeceu a um impulso e telefonou para a delegacia de Wapping. Kate não estava. Hesitou não mais que um segundo e discou o número da casa dela.

Quando ela atendeu, perguntou: "O que está fazendo?".

"Arrumando uns papéis. E você?"

"Desarrumando papéis. Ainda estou na Innocent House. Gostaria de tomar um drinque?"

Ela hesitou alguns segundos e depois disse: "Por que não? Sugere algum lugar?".

"The Town of Ramsgate. Fica no jeito para nós dois. Encontro você lá daqui a vinte minutos."

44

Kate estacionou no final da Wapping High Street e andou cinqüenta metros até o *pub*. Estava chegando quando Daniel surgiu da travessa que levava às Velhas Escadarias de Wapping.

"Estava dando uma olhada no Cais das Execuções. Na sua opinião os piratas ainda estavam vivos quando os amarravam às estacas na vazante e os deixavam até serem cobertos por três montantes sucessivas?"

"Creio que não. Provavelmente os enforcavam primeiro. O sistema penal do século XVIII era bárbaro, mas nem tanto."

Empurraram a porta do *pub* e foram recebidos pelo calor multicolorido e a sociabilidade típica das noites de domingo nos *pubs* londrinos. A apertada taverna do século XVII estava lotada e Daniel precisou abrir caminho de lado através da multidão de fregueses habituais para conseguir sua caneca de Charrington's Ale e uma tulipa para Kate. Um casal estava deixando dois lugares no final da sala, perto da porta que dava para o jardim, e Kate rapidamente apoderou-se deles. Se Daniel a chamara mais para conversar que beber, aquele era o melhor lugar de todos. O *pub* era comportado, mas o nível de ruído era alto. Abafados pelo murmúrio de vozes e as repentinas risadas explosivas, poderiam conversar com mais privacidade e chamando menos atenção que no caso de o bar estar vazio.

Kate intuiu que Daniel estava num estado emocional delicado, e se perguntava se, ao lhe telefonar, estava mais à procura de alguém para desabafar que uma parceira para beber. A ligação, no entanto, fora bem-vinda. Alan não lhe telefonara e, estando o apartamento quase arrumado, a tentação de procurá-lo, de vê-lo ainda uma vez antes que partisse, fora forte a ponto de incomodá-la. Ficou contente por sair de casa e fugir da tentação.

O humor de Daniel provavelmente se deteriorara depois da noite frustrante trabalhando nos arquivos. A noite seguinte seria a vez dela, provavelmente com a mesma desesperança de conseguir algo. Mas se o objeto arrancado da boca de Etienne fora, de fato, uma fita cassete, se o assassino precisara dizer à vítima por que fora atraído até sua morte, então era bem possível que o motivo residisse no passado, até mesmo no passado distante; um antigo malefício, uma ofensa imaginada, um perigo oculto. A decisão de examinar os antigos registros podia ser um dos famosos palpites de AD, mas, como todos os seus palpites, tinha raízes na razão.

Com os olhos fixos na cerveja, Daniel disse: "Você trabalhou com John Massingham no caso Berowne, não foi? Gostou dele?".

"Era um bom detetive, embora menos do que ele próprio se achava. Não, não gostava dele. Por quê?"

Ele preferiu não responder. "Eu também não. Trabalhamos juntos na divisão H. Ele me chamava de 'judeuzinho'. Não era para eu ouvir, é claro, ele acharia muito desagradável insultar um sujeito na cara. Os termos exatos que usava eram 'nosso judeuzinho esperto', mas, devo reconhecer, algo me diz que não eram propriamente elogiosos."

Como ela não fizesse comentários, ele continuou: "Quando Massingham usa a expressão 'quando eu vencer', logo sabemos que não está se referindo ao posto de superintendente-chefe. Está falando é de herdar o título de seu pai. Chefe de polícia, lord Dungannon. O que não será para ele nenhuma desvantagem. Chegará lá antes de nós".

Certamente antes de mim, pensou Kate. Para ela, a ambição deveria ser governada pela razão. Alguém precisava ser a primeira mulher a assumir o cargo de chefe de polícia. Poderia ser ela, mas seria loucura contar com isso. Provavelmente, deveria ter entrado para a polícia dez anos mais tarde para essa conquista.

"Vai chegar lá, se quiser de verdade", disse ela.

"Talvez. Não é fácil ser judeu."

Kate poderia ter retrucado que não era fácil ser mulher no mundo machista da polícia, mas teria sido uma queixa batida e não tinha a menor intenção de choramingar para Daniel. Preferiu dizer: "Não é fácil ser ilegítima".

"É o seu caso? Pensei que estivesse na moda."

"Não o meu tipo de ilegitimidade. Assim como ser judeu — dá prestígio, seja como for."

"Não o meu tipo de judaísmo."

"Por que é difícil?"

"Não se pode ser ateu alegremente como os outros. Sentimos sempre a necessidade de explicar a Deus por que já não podemos ter fé. E, além disso, temos uma mãe judia, o que é absolutamente essencial, vem com o pacote. Se não tem uma mãe judia, então você não é judeu. Mães judias querem que os filhos se casem com boas moças judias, gerem netos judeus e apareçam com todos eles na sinagoga."

"Poderia fazer isso ocasionalmente, sem agredir muito sua consciência, se é que ateus têm consciência."

"Ateus judeus têm. É esse o problema. Vamos sair e olhar o rio?"

Havia um pequeno jardim nos fundos da taverna que dava para o rio e que, em noites de verão, atraía uma multidão incômoda. Mas, naquela noite de outubro, poucos fregueses sentiram vontade de saborear os drinques ao ar livre. Kate e Daniel penetraram numa silenciosa atmosfera impregnada pelos aromas do rio. A única lâmpada brilhando na parede transmitia um suave fulgor às cadeiras viradas e às cubas com emaranhados de gerânios com suas hastes nodosas. Caminharam juntos e pousaram os copos sobre o muro que dava para o rio.

Fez-se silêncio. Daniel o rompeu bruscamente: "Não vamos pegar esse sujeito".

"Por que tem tanta certeza?", disse ela. "E por que 'sujeito'? Pode ser uma mulher. Não entendo tanto derrotismo. Provavelmente AD é o detetive mais inteligente de toda a Grã-Bretanha."

"É mais provável que tenha sido um homem. Desmontar e reinstalar o aquecedor a gás parece mais obra de um homem. De qualquer modo, vamos supor que seja um homem. Não vamos pegá-lo porque é tão inteligente quanto AD e porque tem uma grande vantagem: o sistema judiciário criminal está do lado dele, não do nosso." Era uma reclamação familiar. A desconfiança quase paranóica que Daniel nutria pelos advogados era uma de suas obsessões, bem como a aversão que sentia quando encurtavam seu nome para "Dan". Kate estava acostumada aos seus protestos contra o sistema judiciário criminal que, segundo ele, se importava menos em condenar os culpados do que em planejar um obstáculo engenhoso e lucrativo para que os advogados mostrassem sua esperteza.

"Nada disso é novidade", disse ela. "O sistema judiciário criminal tem favorecido criminosos durante os últimos quarenta anos. É um fato com que convivemos. Policiais tolos tentam superá-lo exagerando evidências quando sabem muito bem que o cliente é culpado. Tudo isso colabora para desacreditar a polícia, libertar culpados e produzir novas leis que pesam ainda mais na balança contra as condenações. Você sabe, todos sabemos disso. A solução é conseguir evidências válidas e honestas e impô-las no tribunal."

"Evidências válidas quando o caso é realmente sério muitas vezes são fornecidas por informantes e agentes secretos. Pelo amor de Deus, Kate, você sabe disso. Hoje precisamos passá-las para a defesa antecipadamente para não a usarmos arriscando vidas. Sabe quantos casos importantes tivemos de abandonar nos últimos seis meses, só na polícia metropolitana?"

"Mas não será assim neste caso, certo? Quando conseguirmos as evidências, iremos apresentá-las."

"Mas não vamos consegui-las, não é? A não ser que um deles abra o bico, e não vão abrir. É tudo circunstancial. Não temos um único fato que possamos relacionar com um dos suspeitos. Qualquer um pode ser o assassino. Um deles é. Poderíamos compor uma acusação contra qualquer um deles. Nem sequer chegaria aos tribunais. O DPP a jogaria fora. E, mesmo que chegasse ao tribunal, pode imaginar o que a defesa faria com a acusação? Etienne pode ter subido até aquela sala por motivos próprios. Não podemos provar o contrário. Pode ter ido procurar qualquer coisa nos arquivos, como um antigo contrato, por exemplo. Como não esperava ficar muito tempo, deixou o paletó e as chaves em sua sala. Mas então encontrou algo mais interessante do que esperava e resolveu sentar-se para examinar com calma. Ao sentir frio, fechou a janela, rompendo o puxador, e acendeu o aquecedor. Quando, finalmente, percebeu o que acontecia, estava desorientado demais para alcançar o aquecedor e desligá-lo. E, então, morreu. Horas depois, o sabotador da empresa encontrou o corpo e resolveu acrescentar um toque de mistério e morbidez no que era, de fato, um infeliz acidente."

"Já discutimos tudo isso", disse Kate. "E, realmente, não se sustenta, não é verdade? Por que ele desfaleceu perto do aquecedor? Por que não saiu pela porta? Etienne era inteligente, deveria saber dos riscos oferecidos por um aquecedor a gás em recintos mal ventilados. Por que fecharia a janela?"

"Certo, então ele tentava abrir a janela, e não fechá-la, quando o puxador se rompeu."

"Dauntsey disse que estava aberta quando esteve na sala pela última vez."

"Dauntsey é o principal suspeito. Podemos desprezar essa evidência."

"Seu advogado não a desprezará. Não podemos mover um processo ignorando evidências indesejáveis."

"Está bem, ele tentava fechar ou abrir a janela. Vamos deixar isso de lado."

"Mas, para começar, por que acendeu o aquecedor? Não fazia tanto frio assim. Onde estão esses registros que o interessaram tanto? Os que estavam sobre a mesa eram antigos contratos de cinqüenta anos atrás, com escritores mortos e esquecidos. Por que ele teria interesse em examiná-los?"

"O sabotador os substituiu. Não temos como saber que registros ele estava, de fato, examinando."

"Mas por que ele os substituiria? E, se Etienne subiu até aquela sala para trabalhar, onde estavam sua caneta, seu lápis, suas esferográficas?"

"Subiu para ler, não para escrever."

"Não podia escrever, não é mesmo? Não pôde sequer rabiscar o nome de seu assassino. Não tinha nada com que escrever. Alguém roubara sua agenda com a caneta anexa. Não podia nem escrever o nome na poeira. Não havia poeira. E quanto ao arranhão no palato? É algo indiscutível, um fato."

"Ligado a ninguém. Não conseguiremos provar como o arranhão foi feito, a menos que consigamos apresentar o objeto que o produziu. E não sabemos qual foi. Provavelmente nunca saberemos. Tudo que temos são suspeitas e evidências circunstanciais. O que temos não é suficiente nem para prender um dos suspeitos para averiguação. Pode imaginar o escândalo se o prendêssemos? Cinco pessoas respeitáveis, nenhuma delas com passagem pela polícia. E duas com álibis."

"Que de nada valem", disse Kate. "Rupert Farlow admitiu francamente que juraria que De Witt estava com ele, sendo ou não verdade. E aquela história de ter precisado dele durante a noite? Tomou cuidado em nos dizer as horas exatas, não foi?"

"Imagino que passamos a prestar atenção no tempo quando estamos morrendo."

"E Claudia Etienne afirma que estava com o noivo. Ele vai se casar com uma mulher muito rica, bem mais rica do que era uma semana atrás. Acha que hesitaria em mentir se ela lhe pedisse?"

"Está certo, é fácil duvidar dos álibis", disse Daniel. "Mas será que podemos desacreditá-los? Além disso, os dois podem estar falando a verdade. Não podemos concluir que estão mentindo. E, se estão falando a verdade, Claudia Etienne e De Witt estão limpos. O que nos leva de novo a Gabriel Dauntsey. Tinha os meios e a oportunidade, e não tem álibi para a meia hora anterior à sua partida para a leitura no *pub*."

"O mesmo, porém, se aplica a Frances Peverell, e é ela quem tem o motivo. Etienne a deixou por outra mulher, propôs vender a Innocent House contrariando sua vontade. Tinha mais motivos para desejar sua morte que ninguém. E tente convencer um júri de que um velho reumático de setenta e seis anos poderia subir aquelas escadas ou pegar o elevador lento e estalante, fazer o que tinha de fazer na sala dos arquivos e voltar ao seu apartamento em cerca de oito minutos. Certo, Robbins cronometrou o percurso e verificou que era possível, embora apertado; não, entretanto, se ele precisou descer ao andar térreo para buscar a cobra."

"Só a palavra de Frances Peverell nos garante que foram oito minutos. E eles podem ter sido cúmplices. Essa sempre foi uma das possibilidades. E a água correndo na banheira não quer dizer nada. Vi a banheira, Kate. É daquelas antiquadas, grandes e sólidas. Daria para afogar dois adultos dentro dela. Tudo o que ele precisou fazer foi deixar a água escorrendo bem devagar, de modo que a banheira se enchesse enquanto estava fora. Depois, entrou nela para ficar convincentemente molhado e telefonou para Frances Peverell. Mas meu palpite é que conspiraram."

"Daniel, não está pensando com clareza. É a história da água na banheira que livra Frances Peverell. Se eram cúmplices, por que maquinar uma história complicada envolvendo banheira, água corrente, oito minutos? Por que não dizer simplesmente que ela esperava chegar o táxi que o traria, estava preocupada com seu atraso e, quando o viu chegar, levou-o para seu próprio apartamento e ficou com ele a noite toda? Ela tem quarto de hóspedes, não tem? Trata-se de assassinato, afinal de contas. Ela não se preocuparia em levantar fofocas."

"Poderíamos provar que ele não dormiu naquela cama. Se ela contasse essa história, mandaríamos os técnicos investigarem. Não se pode dormir a noite toda numa cama sem deixar alguma evidência, desde fios de cabelo até suor."

"Bem, eu acho que ela está falando a verdade. O álibi é complicado demais para não ser genuíno."

"Provavelmente é o que queriam que acreditássemos. Santo Deus, esse assassino é esperto. Esperto e sortudo. Pense um pouco em Sonia Clements. Ela se matou naquela sala. Por que não poderia ter desgastado o puxador da janela e bloqueado o gás do aquecedor?"

"Olhe, Daniel, AD e eu verificamos essa parte hoje de manhã, pelo menos até onde pudemos. A irmã diz que ela não tinha jeito para mecânica. E por que ela mexeria no aquecedor? Na esperança de que alguém, semanas depois, misteriosamente o acendesse, atraísse Etienne para a salinha e o trancasse lá para ser intoxicado com monóxido de carbono?"

"Claro que não. Mas ela poderia ter planejado matar-se dessa maneira para que parecesse acidente e assim proteger a editora. Quem sabe começou a pensar nisso logo que o velho Peverell morreu. Então, quando Gerard Etienne a despediu de modo tão brutal..."

"Se é que foi brutal."

"Suponhamos que tenha sido. Depois disso, ela não se importou mais se prejudicaria ou não a empresa, provavelmente até quis prejudicá-la ou, ao menos, prejudicar Etienne. Sendo assim, não se incomodou mais em simular um acidente, matou-se de modo mais agradável com drogas e bebida e deixou um bilhete suicida. Kate, gosto dessa explicação. Tem uma espécie de lógica maluca."

"Mais maluca que lógica. Como o assassino poderia saber que Sonia Clements havia sabotado o aquecedor? É muito improvável que ela lhe tenha contado. Tudo que você fez foi tornar mais plausível a teoria de morte acidental. Sua teoria não passa de mais um presente para a defesa. Posso até ouvir o advogado de defesa explorando-a ao máximo. 'Senhoras e senhores do júri, Sonia Clements teve tanta chance quanto meu cliente de sabotar o aquecedor a gás, e Sonia Clements está morta.' "

"Certo, sejamos otimistas", disse Daniel. "Se conseguirmos prendê-lo, o que lhe acontecerá? Pegará dez anos de detenção, se tiver azar, menos se tiver bom comportamento."

"Será que gostaria de pendurá-lo numa corda?"

"Não. E você?"

"Não, não desejo a volta do enforcamento. Não tenho, porém, certeza de que minha posição seja muito racional. Não sei nem se é honesta. Por acaso acredito que a pena de morte ajuda a deter o crime; sendo assim, estou dizendo que aceito que pessoas inocentes tenham mais chances de serem assassinadas para que eu possa aliviar minha consciência dizendo que deixamos de executar assassinos."

"Assistiu àquele programa de televisão semana passada?", perguntou Daniel.

"Sobre o instituto correcional nos Estados Unidos?"

"Correcional... essa é boa. Pode acreditar que os detentos são corrigidos. Assassinados com uma injeção letal depois de sei lá quantos anos no corredor da morte."

"É, eu assisti. Muita gente poderia argumentar que tiveram um fim bem mais fácil que o de suas vítimas. Por falar nisso, um fim bem mais fácil que o da maioria dos seres humanos."

"Então aprova a morte por vingança?"

"Daniel, não disse isso. Mas é que não consegui sentir muita pena. Mataram num estado onde vigora a pena de morte e depois pareciam magoados porque o estado resolvera cumprir suas leis. Nenhum deles mencionou suas vítimas. Nenhum deles mencionou a palavra 'arrependimento'."

"Um deles mencionou."

"Então perdi essa parte."

"Não foi só essa."

"Está a fim de discutir?"

"Não, só de saber em que acredita."

"Isso é da minha conta."

"Mesmo em questões que dizem respeito ao trabalho?"

"Principalmente nessas questões. Seja como for, esse assunto não diz respeito ao trabalho, a não ser indiretamente. A intenção do programa era causar indignação. Tudo bem, foi habilmente apresentado. O produtor não trabalhou a questão. Não se pode dizer que foi injusto. Mas no final apresentaram um número de telefone aos espectadores para que pudessem ligar e expressar sua indignação. Só estou dizendo que não senti tanta indignação quanto obviamente esperavam. Seja como for, detesto programas de televisão que tentam me dizer o que devo sentir."

"Nesse caso, é melhor parar de assistir a documentários."

Uma lancha da polícia, veloz e luzidia, surgiu navegando rio acima, o holofote da proa vasculhando a escuridão, sua esteira como a espuma branca da cauda de um peixe. Quando desapareceu, a superfície revolta do rio serenou assumindo sua calma ondulosa e refletindo as luzes dos *pubs* à beira-rio em poças de luz prateada. Pequenas borbulhas de espuma emergiam da escuridão e se quebravam contra o muro que dava para o rio. O silêncio imperou. Estavam a poucos centímetros de distância, contemplando o rio. Voltaram-se, então, ao mesmo tempo, e seus olhares se encontraram. Kate não conseguia ver a expressão dele sob a luz da lâmpada externa, mas sentia sua força e ouvia sua respiração se acelerando. Subitamente, sentiu uma descarga de desejo físico tão intensa que precisou estender a mão e se apoiar na parede para não dar um passo e cair em seus braços.

"Kate...", disse ele, e avançou de repente para ela, mas Kate sabia o que viria a seguir e afastou-se agilmente. O movimento foi discreto, porém inconfundível. "Qual é o problema, Kate?", perguntou ele suavemente. Mas sua voz se tornou sardônica. "AD não iria gostar?"

"Não conduzo minha vida pessoal para agradar AD."

Ele não a tocou. Teria sido mais fácil se o fizesse, pensou ela, e disse: "Olhe, rompi com o homem que amo por causa do trabalho. Por que o prejudicaria por alguém que não amo?".

"Acha que prejudicaria seu trabalho ou o meu?"

"Ora, Daniel, não é o que acontece sempre?"

"Mas você não disse que eu deveria condicionar-me a gostar de mulheres inteligentes?", disse ele, provocando-a.

"Porém não me ofereci para ser parte do treinamento."

A risada baixa de Daniel quebrou a tensão. Ela gostava dele imensamente, mais ainda porque, ao contrário da maioria dos homens, era capaz de aceitar a rejeição sem rancor. E por que não? Nenhum deles poderia fingir que estava apaixonado. Nós dois somos vulneráveis, pensou ela, estamos um pouco solitários, mas isso não resolve nada.

Quando voltavam para dentro do *pub*, ele perguntou: "Se fosse AD que estivesse com você agora e lhe pedisse para ir à casa dele, você iria?".

Ela pensou um pouco e decidiu que ele merecia honestidade. "Provavelmente. Sim, iria."

"E seria amor ou sexo?"

"Nem um, nem outro", disse ela. "Pode chamar de curiosidade."

45

Na manhã de segunda-feira, Daniel ligou para a recepção da Innocent House e pediu a George Copeland que comparecesse à delegacia de Wapping durante a hora do almoço. Chegou pouco depois da uma e meia, trazendo consigo uma carga de apreensão e tensão que pareceu pesar sobre o ambiente. Quando Kate sugeriu que a sala estava quente e se preferia tirar o casaco, ele o fez imediatamente, como se a sugestão fosse uma ordem, mas acompanhou com olhar ansioso quando Daniel o recebeu e pendurou, como se temendo tratar-se do primeiro estágio de um confisco de bens premeditado. Olhando para o rosto infantil, Daniel achou que pouco deveria ter mudado desde que era garoto. As faces redondas com seus círculos rosados, destacados como emplastros, tinham a maciez da borracha, o que contrastava com os cabelos grisalhos e secos como palha. Nos olhos, uma expressão esperançosa e tensa, e a voz, agradável mas acanhada, parecia mais propensa a conciliar que afirmar. Provavelmente, fora molestado na escola, pensou Daniel, e depois nunca mais parou de ser chutado. Mas, aparentemente, encontrara seu nicho na Innocent House, numa função que parecia agradar-lhe e que cumpria de modo satisfatório. Quanto tempo seu emprego teria durado sob a nova administração?, perguntou-se Daniel.

Kate o acomodou numa cadeira em frente à dela com mais cortesia que a que teria prestado a Claudia Etienne ou a qualquer outro suspeito do sexo masculino, porém ele sentou-se e a olhou por cima da mesa petrificado de tanto nervosismo, com as mãos apertadas como patas sobre o colo.

Kate começou. "Sr. Copeland, na noite da festa de noivado do sr. Etienne, 10 de julho, o senhor foi visto ao lado da sra. Bartrum descendo as escadas do andar dos arquivos na Innocent House. O que faziam lá em cima?"

A pergunta fora feita com gentileza, mas o efeito foi tão devastador quanto se Kate o tivesse encostado fisicamente à parede e gritado na sua cara. Pareceu literalmente encolher na cadeira, e os círculos rosados se salientaram e brilharam para, depois, se apagarem, deixando-o tão pálido que Daniel instintivamente aproximou-se achando que fosse desmaiar.

"O senhor admite que subiu ao último andar?", perguntou Kate.

Ele recuperou a voz. "Mas não fui à sala dos arquivos, isso não. A sra. Bartrum queria usar o banheiro. Levei-a ao do último andar e esperei na porta."

"Por que ela não usou os banheiros no vestiário feminino do primeiro andar?"

"Ela tentou, mas os dois reservados estavam ocupados e havia fila. Ela estava... apertada."

"Então levou-a até o andar de cima. Mas por que ela pediu ao senhor e não a alguma funcionária?"

Era uma pergunta que seria mais razoável fazer à sra. Bartrum, pensou Daniel. Sem dúvida, seria feita a seu tempo.

Copeland ficou em silêncio. Kate insistiu: "Não teria sido mais natural que tivesse pedido a alguma mulher da editora?".

"Teria, mas ficou com vergonha. Não conhecia nenhuma funcionária, e eu estava lá, na recepção."

"E ela o conhecia, certo?" Ele não respondeu mas acenou de leve com a cabeça. "Ela o conhece muito bem?", perguntou Kate.

E então, olhando-a direto no rosto, ele respondeu: "Ela é minha filha".

"O sr. Sydney Bartrum é casado com sua filha? Então está explicado. Foi perfeitamente natural e compreensível. Procurou o senhor porque é o pai dela. Mas este fato não é de conhecimento geral, não é? Por que o segredo?"

"Se eu contar para a senhora, vai ficar só aqui? Precisará dizer que eu contei?"

"Não precisaremos dizer a mais ninguém, a não ser para o comandante Dalgliesh, e não irá adiante, a menos que seja relevante para a investigação. Só poderemos saber se o senhor se explicar."

"Foi o sr. Bartrum — Sydney — quem pediu para eu ficar de bico calado. Queria que fosse segredo, ao menos no começo. É um bom marido, ama minha filha, estão felizes juntos. O primeiro marido dela era um patife. Ela tentou fazer o casamento funcionar, mas acho que foi um alívio quando ele foi embora. Sempre teve outras mulheres e se mandou com uma delas. Conseguiram o divórcio, porém ela ficou muito abalada. Perdeu toda a confiança. Ainda bem que não tiveram filhos."

"Como ela conheceu o sr. Bartrum?"

"Ela foi me apanhar no trabalho um dia. Geralmente sou o último a sair, portanto ninguém a viu a não ser o sr. Bartrum. O carro dele não pegava e, assim, eu e Julie lhe oferecemos uma carona. Quando chegamos em sua casa, ele nos convidou para entrar e tomar um café. Deve ter achado que era sua obrigação. Foi daí que começou. Passaram a se escrever. Nos fins de semana, ele ia vê-la em Basingstoke, onde ela morava e trabalhava."

"Mas o pessoal da Innocent House deveria saber que você tinha uma filha..."

"Não sei, não. Sabiam que sou viúvo, porém nunca perguntaram sobre minha família. Afinal, Julie não morava comigo. Trabalhava no departamento de arrecadação em Basingstoke e não passava muito tempo em casa. Talvez soubessem mas nunca perguntaram sobre ela. Por isso foi fácil manter segredo quando se casaram."

"Por que as pessoas não deveriam saber?"

"O sr. Bartrum — Sydney — disse que queria preservar sua vida particular, que seu casamento não tinha nada a ver com a Editora Peverell, que não queria que os funcionários subalternos fofocassem sobre seus assuntos pessoais. Não convidou ninguém para o casamento, mas contou aos diretores que havia se casado. Bem, é claro que precisava, por causa da mudança do código do imposto de renda. E mais tarde lhes falou do bebê e mostrou a fotografia para todo mundo. Tem muito orgulho da filha. Acho que, para começar, não queria que as pessoas soubessem que ele havia se casado... Bem, que havia se casado com a filha do recepcionista. Talvez achasse que ia perder a pose junto aos funcionários. Foi criado num orfanato, e há quarenta anos essas instituições eram diferentes do que são agora. Era desprezado na escola, sentia-se inferior, acho que nunca esqueceu isso. Sempre teve uma preocupação um pouco exagerada com seu status na empresa."

"E o que sua filha acha disso tudo, desse sigilo, para que ninguém saiba que o sr. Bartrum é seu genro?"

"Acho que não está preocupada. Já deve ter esquecido a esta altura. Afinal, a empresa não é parte de sua vida. Só esteve na Innocent House uma vez desde que se casaram, e foi no dia da festa de noivado do sr. Gerard. Queria ver o interior da casa, a casa de número 10 e a sala onde ele trabalha. Ela o ama. Agora têm uma filhinha e estão felizes juntos. Ele mudou a vida dela. E não pensem que não os vejo fora do trabalho. Visito-os quase todo fim de semana. Vejo Rosie — a nenê — sempre que tenho vontade."

Olhou de Daniel para Kate, implorando que entendessem, e depois disse: "Sei que parece estranho, e acho que Sydney está arrependido disso agora. Ele mais ou menos me disse. Mas posso entender como aconteceu. Pediu-nos, num impulso, para mantermos segredo e, quanto mais o tempo passava, mais difícil se tornava dizer a verdade. E ninguém perguntou. Ninguém estava interessado em saber com quem ele se casou. Ninguém perguntou sobre minha filha. As pessoas só se interessam pela nossa família quando falamos dela e, mesmo assim, só por educação. No fundo, não se importam. Seria muito prejudicial para o sr. Bartrum — para Sydney — se ficassem sabendo agora. E não gostaria que ele achasse que eu lhes contei. Precisam levar isso adiante?".

"Não", disse Kate. "Acho que não é necessário."

Isso pareceu tranqüilizá-lo. Daniel ajudou-o a vestir o casaco e o acompanhou até a porta. Quando voltou, encontrou Kate andando de um lado para outro, furiosa.

"Mas que maldito esnobe, pomposo, imbecil! Esse homem vale dez Bartrum. Ora, também entendo muito bem como aconteceu toda essa insegurança social. Ele é o único funcionário superior que nunca foi a Oxbridge, não é? São coisas que importam para os homens, sabe Deus por quê. E também nos diz algo sobre a Editora Peverell, não é? O homem trabalha lá há — quanto tempo? — quase vinte anos e nunca sequer lhe perguntaram sobre a filha."

"Se tivessem perguntado, ele teria dito que ela estava casada e muito feliz, obrigado", disse Daniel. "Mas por que deveriam perguntar? AD não faz perguntas sobre a vida doméstica. Gostaria que ele fizesse? Posso entender como começou: o primeiro impulso esnobe de manter segredo, e depois a compreensão de que teria de continuar mantendo para não fazer papel de bobo. Gostaria de saber quanto Bartrum pagaria para impedir que se ficasse sabendo. Ao menos sabemos agora por que Copeland e a sra. Bartrum foram juntos ao último andar. Não que ele precisasse de uma desculpa para subir até lá; pode ir quando quiser. Um probleminha a menos em nosso caminho."

"Será mesmo?", disse Kate. "Todos foram muito discretos na Innocent House, principalmente os sócios, mas a sra. Demery e os funcionários subalternos nos contaram o bastante para termos uma boa idéia do que estava acontecendo. Com Gerard Etienne na presidência, quanto tempo acha que Bartrum e também Copeland conservariam seus empregos? Copeland ama a filha e ela ama o marido — sabe Deus por que, mas parece que ama. Estão felizes juntos, têm uma filha. Havia muito em jogo para os dois, para Bartrum e para Copeland, não é? E não se esqueça de uma coisa a respeito de George Copeland. É ele quem faz os reparos na casa. É uma das pessoas na Innocent House que não teriam a menor dificuldade em desmontar o aquecedor a gás, com segurança e a qualquer hora. A única pessoa que ocupa a salinha dos arquivos regularmente é Gabriel Dauntsey e ele nunca acende o aquecedor. Leva o próprio aquecedor elétrico quando precisa. Não é mais um probleminha fora do caminho. É mais uma baita complicação."

Livro quatro

EVIDÊNCIAS EM PROSA

46

Na noite de quinta-feira, 21 de outubro, Mandy saiu do trabalho uma hora mais tarde que o normal. Ficara de encontrar a amiga que morava com ela, Maureen, no *pub* White Horse, na Wanstead Road, para uma refeição seguida de show. O programa era uma dupla comemoração; Maureen fazia dezenove anos e o baterista do conjunto The Devils on Horseback era seu atual namorado. O show estava programado para começar às oito, mas o grupo se encontraria no *pub* uma hora antes para uma refeição preliminar. Mandy levara uma muda de roupas para o trabalho no cesto da motocicleta, planejando ir direto para o White Horse. A perspectiva da noite, especialmente de encontrar de novo o líder do conjunto, Roy, que ela decidira paquerar, ou estaria pronta para paquerar se a noite fosse boa, lançara um brilho de feliz expectativa sobre o dia, que nem sequer a concentração silenciosa e quase maníaca da srta. Blackett no trabalho conseguira apagar. A srta. Blackett agora trabalhava para a srta. Claudia, que se mudara para a sala do irmão que morrera. Três dias após sua morte, Mandy ouvira o sr. De Witt incentivando-a.

"É o que ele teria desejado. Agora você é presidente e diretora administrativa, ou será quando, finalmente, passarmos a necessária resolução. Não podemos simplesmente deixar a sala vazia. Gerard não gostaria que fosse transformada num altar."

Alguns poucos funcionários haviam saído imediatamente da empresa, mas os que permaneceram, por opção ou necessidade, sentiram-se ligados por tácita camaradagem e experiência compartilhada. Juntos esperavam e cogitavam e, quando nenhum sócio estava presente, especulavam e fofocavam. Mandy, com seus olhos vivos e ouvidos atentos, não perdia nada. Tinha a impressão de que a Innocent House a mantinha sob misteriosa servidão. Ia para o trabalho, a cada manhã, energizada por um misto de empolgação e expectativa, temperada com um toque de medo. Aquela pequena e modesta salinha onde, em seu primeiro dia, ela se vira diante do corpo de Sonia Clements dominava sua imaginação tão fortemente que todo o andar de cima, ainda interditado pela polícia, assumira o poder aterrorizante de um conto de fadas: o covil de Barba Azul, o território proibido do terror. Ela não vira o corpo de Gerard Etienne, porém, em sua imaginação, ele surgia com toda a nitidez fantasiosa de um sonho. Às vezes, antes de dormir, ela imaginava os dois corpos juntos na sala, a srta. Clements em sua triste decrepitude; o corpo masculino e seminu estendido no chão a seu lado, e via, aterrorizada, os olhos opacos e sem vida piscarem e luzirem, e a cobra que pulsava ganhando vida repulsiva, a língua vermelha dardejando em busca da boca do morto, tensionando os músculos para sufocar a respiração. Ela sabia, no entanto, que essas fantasias ainda eram controláveis. Segura na certeza da própria inocência, nunca se sentindo seriamente ameaçada, podia aproveitar a satisfação semiculpada do terror simulado. Sabia também, contudo, que a Innocent House estava contaminada por um medo que ia além de suas fantasias auto-indulgentes. Começava a sentir o medo no ar, como a neblina do rio quando desmontava da motocicleta todas as manhãs, e ele crescia e a engolia quando passava pelo portal. Via o medo no olhar ansioso de George quando a cumprimentava, no rosto tenso e nos olhos inquietos da srta. Blackett, nos passos do sr. Dauntsey quando, subitamente ancião destituído de todo vigor, arrastava-se penosamente escada acima. Ouvia o medo nas vozes de todos os sócios.

Na manhã da quarta-feira, pouco antes das dez horas, a srta. Claudia convocara os funcionários para uma reunião na sala da diretoria. Todos compareceram, até mesmo George, que deixara a central telefônica ligada na secretária eletrônica, e Fred Bowling, o barqueiro. Trouxeram cadeiras para formar um semicírculo diante da mesa ocupada pelos sócios — a srta. Claudia com a srta. Peverell à sua direita e o sr. De Witt e o sr. Dauntsey à sua esquerda. Quando as chamaram para a reunião, a srta. Blackett desligou o telefone e disse "Você também, Mandy. É uma de nós agora", e Mandy, a contragosto, sentira uma onda de satisfação. Os funcionários se sentaram, um pouco constrangidos, preenchendo primeiro a segunda fileira, e Mandy percebeu a atmosfera de empolgação, expectativa e ansiedade.

Quando a última a chegar apressou-se, afogueada, a ocupar seu lugar na fileira da frente e a porta foi fechada, a srta. Claudia disse: "Onde está a sra. Demery?".

Foi Blackie quem respondeu: "Talvez pense que não foi incluída".

"Todos estão incluídos. Encontre-a, por favor, Blackie."

A srta. Blackett correu para fora e, após alguns minutos, durante os quais todos permaneceram em total silêncio, surgiu com a sra. Demery ainda de avental. Abriu a boca, como se fosse fazer um comentário depreciativo, então, evidentemente pensando melhor, fechou-a e sentou-se na última cadeira vazia no meio da primeira fileira.

A srta. Claudia deu início à reunião. "Em primeiro lugar, gostaria de agradecer a todos pela lealdade. A morte de meu irmão, suas circunstâncias, foi um choque para todos nós. A Editora Peverell passa por um momento difícil, que, espero e acredito, superaremos juntos. Temos uma responsabilidade para com nossos autores e com os livros que esperam que publiquemos dentro do mesmo alto padrão que vem caracterizando a Editora Peverell há mais de dois séculos. Acabei de ser informada do resultado do inquérito. Meu irmão morreu intoxicado por monóxido de carbono, obviamente oriundo do aquecedor a gás da salinha dos arquivos. Como a morte ocorreu precisamente, a polícia ainda não tem condições de dizer. Sei que o comandante Dalgliesh, ou um de seus assistentes, já conversou com todos vocês. Provavelmente haverá outras entrevistas, e sei que todos farão o que puderem para ajudar a polícia em sua investigação, assim como nós, os sócios."

"Uma palavra sobre o futuro. É provável que já tenham ouvido boatos sobre os planos de vender a Innocent House e mudar para uma região mais abaixo. Todos esses planos estão em suspenso. Tudo continuará como está, ao menos até o final do ano financeiro, no mês de abril. Muito irá depender do sucesso de nosso catálogo de outono e de nossas vendas durante o Natal. O catálogo está especialmente forte este ano e todos estamos otimistas. Preciso dizer-lhes, porém, que não há a menor perspectiva de aumento de salário até o final do ano, e todos os sócios concordaram com um corte de dez por cento. Não haverá mais mudanças no atual quadro de funcionários, ao menos até abril, mas inevitavelmente deverá ocorrer alguma reorganização. Eu irei assumir os cargos de presidente e diretora administrativa, de início interinamente. Isso significa que serei responsável pela produção, contabilidade e estoque, como foi meu irmão. A srta. Peverell assumirá minhas atuais responsabilidades como diretora de vendas e publicidade e o sr. De Witt com o sr. Dauntsey somarão os contratos e direitos autorais a suas responsabilidades editoriais. Recrutamos Virginia Scott-Headley, da editora Herne & Illingworth, para ajudar Maggie no setor de publicidade. É muito competente e experiente, e também ajudará a lidar com a enchente de perguntas de repórteres e outras pessoas de fora sobre a morte de meu irmão. George tem enfrentado a maioria maravilhosamente, mas quando a srta. Scott-Headley chegar, todos essas ligações serão transferidas para a publicidade. Acho que não há mais nada a dizer, exceto que a Editora Peverell é a mais antiga editora independente do país, e todos os sócios estamos dispostos a fazê-la sobreviver e prosperar. É tudo. Obrigada pela presença. Alguma pergunta?"

Fez-se um silêncio embaraçado, enquanto as pessoas pareciam estar reunindo coragem para falar. A srta. Claudia aproveitou para levantar-se da mesa e conduzir rapidamente os participantes para fora da sala.

Depois, na cozinha, enquanto preparava o café da srta. Blackett, a sra. Demery fora mais eloqüente.

"Nenhum deles tem a menor idéia do que fazer. Está na cara. O sr. Gerard podia ser um verdadeiro canalha, mas ao menos sabia o que queria e como conseguir. Não vão vender a Innocent House, graças à srta. Peverell, imagino, e ao sr. De Witt que a apoiou. Se não venderem a casa, no entanto, como vão mantê-la? Digam-me. Se o pessoal daqui tiver juízo, ligará as antenas para conseguir outro emprego."

Naquele momento, sozinha na sala, arrumando sua mesa, Mandy pensava que diferença faziam aqueles sessenta minutos a mais. Innocent House de repente parecia esvaziada. Enquanto subia a escada até o vestiário feminino do primeiro andar, onde trocaria de roupa, seus passos ecoavam fantasmagoricamente sobre o mármore, como se alguém invisível estivesse andando pouco atrás dela. Parando no patamar para olhar para baixo sobre a balaustrada, viu os dois globos luminosos, acima das escadas, brilhando como luas flutuantes sobre um corredor que se tornara soturno e misterioso. Apressou-se em mudar de roupa; enfiou as roupas de trabalho na bolsa bordada, vestiu por cima da cabeça a saia curta de algodão, de várias camadas em *patchwork*, e a blusa que combinava, e calçou as botas de cano alto e brilhantes. Talvez fosse uma pena pilotar com elas, mas eram resistentes, e era mais fácil que levá-las no cesto da moto.

Como tudo estava silencioso! Até mesmo a descarga do banheiro rugiu como uma avalanche. Foi confortador ver George, com seu casaco e o velho chapéu de tweed, ainda atrás da mesa da recepção e trancando no armário de segurança três encomendas que alguém viria buscar. O sabotador não voltara a atacar depois do crime, mas as precauções ainda vigoravam.

"Não é engraçado como este lugar fica silencioso depois que todos vão embora?", disse Mandy. "Sou a última?"

"Restamos apenas eu e a srta. Claudia. Estou de saída agora. A srta. Claudia ligará os alarmes."

Saíram juntos, e George fechou a porta firmemente ao passar. A chuva grossa e incessante caíra o dia todo, dançando no átrio de mármore, escorrendo nas janelas, quase toldando a ondulação cinzenta do rio. Agora, porém, a chuva havia parado e, sob o brilho dos faróis traseiros do carro de George, as pedras do calçamento da Innocent Passage cintilavam como fileiras de castanhas-do-pará recém-descascadas. Sentia-se no ar gelado a primeira ferroada do inverno. O nariz de Mandy começou a escorrer e ela remexeu dentro da bolsa em busca do cachecol e do lenço. Esperou para montar na moto até que George, com lentidão exasperante, começou a descer a passagem em marcha à ré com seu velho Metro. Pensou um segundo e correu para sinalizar que a Innocent Walk estava livre. Sempre estava livre, mas George invariavelmente dava essa marcha à ré como se a manobra fosse seu esbarrão diário com a morte. Depois que ele acenou em agradecimento e adeus e acelerou, Mandy pensou que ao menos o emprego dele estava a salvo agora, e ficou contente. A sra. Demery lhe dissera que ouvira boatos de que o sr. Gerard planejara colocá-lo na rua.

Mandy avançou costurando em meio ao trânsito dos retardatários que voltavam para casa, com sua costumeira habilidade e alegre desprezo pelas ocasionais buzinas de motoristas indignados. Pouco menos de meia hora depois, ela já tinha diante de si a fachada imitando o período Tudor do White Horse, enfeitada com luzes coloridas. Ficava afastada da rua, num trecho de cem metros onde a série de casas classe média cedia lugar a uma orla de arbustos e moitas à beira da Epping Forest. O pátio de entrada já estava lotado de carros, incluindo o furgão do conjunto e o Fiesta de Maureen. Rodou lentamente até o menor espaço para estacionar, atrás do *pub*, e, tirando a bolsa bordada do cesto da moto, abriu caminho pela passagem que levava ao toalete feminino e juntou-se ao caos ruidoso das garotas que penduravam os casacos e trocavam os sapatos, sob uma placa informando que a casa não se responsabilizava por eles. Formavam fila para usar um dos quatro banheiros e espalhavam seus produtos de maquiagem sobre a estreita prateleira sob o longo espelho. Quando conseguiu arranjar um lugar e revirava a bolsa em busca do estojo plástico de maquiagem, Mandy fez uma descoberta paralisante. Sua bolsinha havia desaparecido, a bolsinha de couro preta que também servia de carteira e continha seu dinheiro, seu único cartão de crédito e o cartão do banco, símbolos valiosos de independência financeira, além da chave Yale da porta de casa. Suas altas exclamações de desalento chamaram a atenção de Maureen, que passava cuidadosamente o delineador.

"Esvazie a bolsa. É o que sempre faço", aconselhou, e retomou, despreocupada, a tarefa de delinear as pálpebras com um traço negro.

"Não está nem aí", murmurou Mandy, empurrando a maquiagem de Maureen para o lado e esvaziando a bolsa sobre a prateleira. A bolsinha não estava. Lembrou-se, então. Deveria ter ficado presa no cachecol e no lenço quando saía da Innocent House. Provavelmente ainda estaria lá, caída sobre o calçamento de pedras. Teria de voltar. O único consolo era saber ser muito improvável que um transeunte tivesse passado e encontrado a bolsinha. A Innocent Walk e a Innocent Lane, em particular, ficavam sempre desertas depois do anoitecer. Precisaria perder a refeição mas, com sorte, não mais que meia hora do show.

Então, ocorreu-lhe telefonar para o sr. Dauntsey ou para a srta. Peverell. Ao menos, assim, saberia se a bolsinha estava lá. Eles poderiam pensar que era muita ousadia dela, porém tinha certeza de que nenhum dos dois se importaria de verdade. Trabalhara pouco para o sr. Dauntsey ou a srta. Peverell, mas, nas vezes em que o fizera, os dois foram decentes e pareceram gratos. Seria apenas uma caminhada de alguns metros e um minuto para procurar. E a chuva já havia parado. A maior atrapalhação era a chave. Se a bolsinha estivesse lá, seria tarde demais para buscá-la depois do show. Precisaria voltar para casa com Maureen ou, se ela tivesse outros planos para a noite, acordar Shirl ou Pete. Mas eles não poderiam reclamar; já acordara para abrir a porta para eles várias vezes.

Demorou para convencer Maureen a lhe dar as fichas para a ligação, demorou enquanto esperava uma das duas cabines telefônicas ficar livre e desperdiçou mais um minuto ao descobrir que a lista telefônica de que precisava estava na outra cabine. Ligou primeiro para a srta. Peverell e ouviu apenas a habitual mensagem da secretária eletrônica na sua voz discreta e quase apologética. Havia pouquíssimo espaço para manusear a lista, que acabou caindo no chão. Do lado de fora, dois homens impacientes gesticulavam com irritação. Bem, teriam de esperar. Se o sr. Dauntsey estivesse em casa, ela não desligaria até que ele fosse verificar. Encontrou o número e teclou os dígitos. Ninguém atendeu. Ficou ouvindo o som da chamada, até bem depois de não mais restar qualquer esperança, e desligou. Não havia escolha. Não suportaria passar a noite toda em suspense. Precisaria voltar à Innocent House.

Daquela vez, dirigia contra o fluxo de trânsito, mas não se deu conta dos detalhes da jornada — sua mente era um turbilhão de ansiedade, impaciência e irritação. Maureen bem que poderia tê-la levado até Wapping no seu carro, mas era famosa por jamais dispensar uma refeição. Começava, também, a perceber sua própria fome e convenceu-se de que, com sorte, ainda conseguiria passar no bar e apanhar um sanduíche antes de o show começar.

A Innocent Walk, como sempre, estava deserta. Os fundos da Innocent House erguiam-se como um bastião sombrio contra o céu noturno. Então, ao olhar para cima, jogando a cabeça para trás, a casa se tornou tão frágil e instável como uma figura recortada em papelão, rodopiando contra as nuvens baixas varridas pelo vento, manchadas de rosa pelas luzes da cidade. As poças na sarjeta da travessa haviam secado e uma brisa congelante a atingiu no final da Innocent Lane, levandolhe o cheiro forte do rio. Os únicos sinais de vida eram as janelas iluminadas no apartamento superior do prédio número 12. Parecia que ao menos a srta. Peverell agora estava em casa.

Desmontou da moto no final da Innocent Lane, preocupada em não perturbá-los com o barulho do motor, não querendo atrasar-se mais com perguntas e explicações. Percorreu a travessa sorrateiramente como um ladrão, dirigindo-se ao fulgor do rio, ao lugar onde estacionara sua Yamaha. A luz dos postes na entrada do prédio bastavam para ajudá-la em sua busca, porém não foram necessárias. A bolsinha estava exatamente onde ela esperara encontrá-la. Deu um gritinho quase inaudível de alegria e a guardou no fundo do bolso com zíper de sua jaqueta.

Foi mais difícil enxergar o relógio de pulso e, para isso, ela chegou mais perto do rio. De cada lado do átrio, os dois grandes globos de luz amparados por golfinhos de bronze lançavam poças luminosas sobre a superfície ondulante da água, que cintilava como um imenso manto de cetim negro, sacudido, alisado e delicadamente encrespado por mão invisível. Mandy olhou para o relógio: 8h20. Era mais tarde do que pensara e, de repente, percebeu que seu entusiasmo pelo show havia diminuído. O alívio que sentira ao encontrar a bolsinha a induziu a não desejar fazer mais esforços e, nesse espírito de satisfeita letargia, a perspectiva de sentir a confortável claustrofobia de seu quarto-sala, de ter a cozinha só para si uma vez na vida, de passar o resto da noite em frente à televisão, tornava-se mais atraente a cada segundo. Havia aquele vídeo para ver, *Cape fear,* dirigido por Scorsese, que precisava devolver no dia seguinte; jogaria duas libras fora se não assistisse a ele naquela noite. Então, sem nenhuma pressa, virou-se quase sem pensar para olhar a fachada da Innocent House.

Os dois andares inferiores estavam fracamente iluminados pelas luzes do átrio e os esguios pilares de mármore reluziam suavemente contra as janelas escuras, aberturas lúgubres e soturnas para um interior que agora ela já conhecia tão bem, mas que se tornara misterioso e ameaçador. Que estranho, pensou, que tudo lá dentro estivesse do jeito que estava quando ela saíra: os dois processadores de texto debaixo das capas, a organizada mesa da srta. Blackett, com suas caixas de entrada e saída de papéis, a agenda colocada precisamente do lado direito, o armário de arquivos trancado, o mural de avisos à direita da porta. Todos esses objetos familiares continuavam lá, mesmo quando já não havia ninguém para vê-los. E não havia ninguém, ninguém mesmo. Pensou naquela salinha modesta no último andar da casa, a sala onde duas pessoas haviam morrido. A cadeira e a mesa ainda estariam em seus lugares, porém não mais a cama, o corpo feminino, o homem nu arranhando o assoalho despido. De repente, voltou a ver o corpo de Sonia Clements, mas de modo mais real e assustador que quando o vira pessoalmente. E então se lembrou do que Ken, o empacotador, lhe contara quando fora levar um recado até a casa número 10 e ficara para tagarelar: como lady Sarah Peverell, esposa do Peverell que construíra a Innocent House, atirara-se da varanda superior e se espatifara no mármore embaixo.

"Ainda dá para ver a marca do sangue", dissera Ken, transferindo uma caixa de livros da prateleira para o carrinho. "Mas não deixe que a srta. Peverell a veja procurando pela mancha. Não é uma história que a família gosta de contar. Mesmo assim, não conseguem limpar a mancha e não haverá sorte nesta casa até o dia em que o conseguirem. E ela ainda anda por aí, a lady Sarah. Pergunte a qualquer barqueiro do rio."

É claro que a intenção de Ken fora amedrontá-la, mas a conversa se dera no final de setembro, em dia de sol brando, e ela se deliciara com a história, acreditando só pela metade, sentindo um agradável tremor de medo forjado. Perguntara, porém, a Fred Bowling, e lembrava-se da resposta: "Há vários fantasmas no rio, mas nenhum deles assombra a Innocent House".

Aquilo fora antes da morte do sr. Gerard. Quem sabe haviam passado a assombrar.

E o medo começou a se tornar real. Olhou para a varanda superior e imaginou o horror daquela queda, os membros agitando-se no ar, o único grito — certamente ela deve ter gritado —, o baque nauseante do corpo contra o mármore. Subitamente, ouviu um grito selvagem e sobressaltou-se; era apenas uma gaivota, porém o pássaro precipitou-se sobre ela, empoleirou-se por um momento sobre a grade e depois bateu asas rio abaixo.

Percebeu que estava ficando gelada. O frio não parecia natural: subia do mármore como se estivesse pisando em gelo, e a brisa do rio também esfriara, soprando contra seu rosto com o primeiro arrepio do inverno. Dirigiu um último olhar ao rio, contemplando o local em que a lancha esperava silenciosa e vazia, quando avistou o lampejo de algo branco no topo da grade, à direita dos degraus de pedra que levavam ao Tâmisa. De início, pareceu-lhe que alguém amarrara um lenço à grade. Curiosa, andou até lá e viu que se tratava de uma folha de papel, cravada numa das estreitas pontas da grade. E havia algo mais, o brilho de um metal dourado na parte inferior da grade. Acocorando-se, um pouco desorientada pelo medo que há pouco alimentara, Mandy levou alguns segundos para reconhecer o que era: a fivela de uma estreita tira de couro, a alça de uma bolsa a tiracolo marrom. A tira se estendia, esticada, até a superfície crispada da água; sob esta superfície, algo mal se deixava ver, algo grotesco e irreal como a cabeça arredondada de um inseto gigantesco, com seus milhões de pernas peludas mexendo-se suavemente na correnteza. E então Mandy percebeu que estava olhando para o cabelo de uma cabeça humana. No final da tira de couro, havia um corpo humano. E, enquanto o fixava com olhos aterrorizados, o corpo foi empurrado pela correnteza e uma mão pálida emergiu lentamente da água, o pulso pendente como o caule de uma flor agonizante.

Durante alguns segundos, a incredulidade lutou com a certeza dentro de Mandy que, quase desmaiando de choque e terror, caiu de joelhos, agarrando-se às grades de ferro. Deu-se conta do metal frio raspando suas mãos e depois de sua solidez contra a testa. Ficou ajoelhada, incapaz de um movimento, com o terror esmagando seu estômago e petrificando seus membros. Nesse vácuo gelado, somente seu coração estava vivo, um coração que se tornara uma grande bola de ferro incandescente, palpitando contra suas costelas como se pudesse fazê-la atravessar as grades e projetá-la no rio. Não ousava abrir os olhos; abri-los seria tornar a ver aquilo em que mal podia acreditar: o couro duplo da tira esticada até a cena abominável em sua ponta.

Mandy não saberia dizer quanto tempo ficou ajoelhada lá antes de recuperar a capacidade de sentir e se movimentar, mas aos poucos começou a perceber o forte cheiro do rio em suas narinas, a frieza do mármore contra seus joelhos, seu coração acelerado. Suas mãos continuavam agarrando as grades tão rigidamente que somente depois de alguns segundos dolorosos conseguiu desvencilhar os dedos. Levantou-se com esforço e, só então, reencontrou a força e o propósito.

Correndo pelo pátio sem proferir uma palavra, bateu na primeira porta, a de Dauntsey, e apertou a campainha. Acima, as janelas estavam escuras, e ela não perdeu tempo esperando pela resposta que, obviamente, não viria; rodeou a casa até a Innocent Walk e apertou a campainha da casa de Frances Peverell, sem tirar o polegar direito do botão enquanto brandia a aldrava com a mão esquerda. A resposta foi quase imediata. Não ouviu os passos apressados na escada, mas a porta foi aberta bruscamente e ela viu James de Witt com Frances Peverell logo atrás. Gaguejou inarticuladamente, apontando para o rio, e começou a correr, percebendo que a seguiam de perto. Agora estavam juntos olhando para o rio. Mandy se pegou pensando, não sou louca. Não era um sonho, continua ali.

Ouviu a srta. Peverell exclamar: "Oh, não! Por favor, meu Deus, não!". Depois voltou-se quase desmaiando e foi amparada pelos braços de De Witt, não antes de Mandy vê-la fazer o sinal-da-cruz.

"Tudo bem, querida", disse ele. "Está tudo bem."

A voz dela saiu abafada pelo tecido do paletó. "Não está tudo bem. Como pode estar?" Em seguida, ela se afastou e disse, com surpreendente força e tranqüilidade: "Quem é?".

De Witt não voltou a olhar para o que havia no rio. Preferiu, cuidadosamente, despregar a folha de papel da grade e examiná-la de perto. "Esmé Carling", disse ele. "E isso parece o bilhete de uma suicida."

"De novo, não!", exclamou Frances. "Mais um? O que diz?"

"Não está fácil de ler." Ele se virou e ergueu o papel, de modo que a luz do globo na extremidade da grade incidisse sobre ele. Não havia quase margem alguma, como se a página tivesse sido aparada de modo a acomodar as palavras, e o remate aguçado da grade furara e rasgara o papel. "Parece que foi escrito com sua própria letra", disse ele. "E endereçado a todos nós."

Alisou o papel e leu em voz alta: "Aos sócios da Editora Peverell. Que todos apodreçam pela mão de Deus! Durante trinta anos exploraram meu talento, ganharam dinheiro comigo, desprezaram-me como escritora e como mulher, trataram-me como se meus livros não fossem dignos de apresentar sua preciosa impressão. O que sabem sobre a criatividade literária? Apenas um de vocês escreveu uma palavra, e seu talento, qualquer que fosse, morreu anos atrás. Sou eu, e escritores como eu, que mantêm viva sua editora. E agora me atiraram fora. Depois de trinta anos, estou acabada, sem explicação, sem direito a apelação, sem a oportunidade de reescrever ou revisar. Acabada. Dispensada, assim como os Peverell, durante gerações, dispensaram negligentemente seus servos indesejados. Não percebem que isso me arrasa como ser humano e também como escritora? Não sabem que uma escritora, que não consegue mais ser publicada é como se estivesse morta? Ao menos, porém, posso fazer que o mau cheiro do seu nome espalhe-se por toda Londres, e, acreditem-me, é o que acontecerá. Isto é apenas o começo".

"Pobre mulher", disse Frances Peverell. "Oh, pobre mulher. James, por que ela não veio conversar conosco?"

"Teria adiantado alguma coisa?"

"Aconteceu o mesmo com Sonia. Se não havia outro jeito, poderia ter sido feito de outra maneira, com mais compaixão, com um pouco de bondade."

James de Witt disse delicadamente: "Frances, não podemos fazer mais nada por ela agora. É melhor chamarmos a polícia".

"Mas não podemos deixá-la assim! É horrível demais. É obsceno! Precisamos puxá-la para fora... tentar respiração artificial."

"Frances, ela está morta", disse ele, pacientemente.

"Mas não podemos deixá-la. Por favor, James, precisamos tentar."

Mandy tinha a impressão de que haviam se esquecido de sua presença. Agora, que já não estava sozinha, o medo terrível e paralisante se evaporara. O mundo se tornara, se não corriqueiro, ao menos familiar, controlável. Pensou: ele não sabe o que fazer. Deseja agradá-la mas não quer encostar no corpo. Não pode puxá-lo para fora sozinho e não suporta que ela o ajude. Disse: "Se queriam tentar a respiração boca a boca, deveriam tê-la tirado da água imediatamente. Agora vai ser tarde demais".

Com grande tristeza, pareceu a Mandy, ele disse: "Sempre foi tarde demais. Seja como for, a polícia não vai gostar se molestarmos o corpo".

Molestar o corpo? As palavras soaram engraçadas a Mandy. Reprimiu a vontade de rir, sabia que, se cedesse ao riso, acabaria chorando. Meu Deus, pensou ela, por que ele não faz alguma coisa, droga?

"Se vocês dois ficarem aqui, posso ligar para a polícia", disse ela. "Dêem-me a chave e digam-me onde está o telefone."

Frances disse monotonamente: "No corredor. E a porta está aberta — ao menos, acho que está". Virou-se para De Witt, subitamente frenética: "Meu Deus, James, será que tranquei nós dois do lado de fora?".

"Não", disse ele, pacientemente. "Estou com a chave. Estava na porta da frente."

Estava a ponto de entregá-la a Mandy quando ouviram o som de passos se aproximando pela Innocent Lane e Gabriel Dauntsey e Sydney Bartrum surgiram. Ambos usavam capas de chuva e tinham a aura serena do mundo normal. Algo nas três figuras imóveis, com os rostos voltados na direção deles, alarmou-os e fez com que acelerassem o passo.

"Ouvimos vozes. Algo errado?", disse Dauntsey.

Mandy pegou a chave mas não se mexeu. Já não havia pressa mesmo; a polícia não poderia salvar a sra. Carling. Ninguém mais poderia ajudá-la. E lá estavam mais dois rostos inclinados para o corpo, mais duas vozes murmurando, horrorizadas.

"Ela deixou um bilhete", disse De Witt. "Aqui, na grade. Uma fulminação contra todos nós."

"Por favor, tirem-na de lá", repetiu Frances.

E então foi Dauntsey quem assumiu o controle da situação. Olhando para ele, para a pele que, sob a luz dos globos, tinha um tom de verde tão doentio como o das ervas fluviais, para as rugas que rasgavam o rosto como ferimentos sinistros, Mandy pensou: ele é velho, muito velho. Não deveria passar por isso. O que pode fazer?

"Você e Sydney poderiam levantá-la apoiando-se nos degraus", disse ele a De Witt. "Não tenho forças."

Suas palavras galvanizaram James, que não levantou mais nenhuma objeção e logo começou a descer cuidadosamente os degraus limosos agarrando-se às grades. Mandy notou seu tremor involuntário, quando a água fria e cortante atingiu suas pernas. Pensou que a melhor maneira seria se o sr. De Witt sustentasse o corpo nos degraus e o sr. Dauntsey e o sr. Bartrum puxassem a tira de couro, mas não iriam querer fazer assim. E, realmente, a idéia de ver o rosto da afogada emergir lentamente da água, enquanto os homens puxavam a tira como se a enforcassem deliberadamente outra vez, era tão horrível que ela estranhou que a idéia tivesse passado por sua cabeça. Voltou a ter a impressão de que se haviam esquecido de sua presença. Frances Peverell se colocara um pouco de lado, agarrando a grade com as mãos, os olhos fixos no rio. Mandy adivinhou um pouco do que sentia. Queria que o corpo fosse tirado da água, que a tira horrenda fosse removida, precisava permanecer lá até que isso fosse feito, mas não suportava assistir à cena. Para Mandy, no entanto, desviar o olhar era mais terrível que enfrentar. Se precisava ficar lá, melhor que imaginar era saber o que aconteceria. E era claro que precisava ficar. Ninguém se lembrara de sua oferta de apanhar a chave e chamar a polícia. E não havia pressa. Poderiam chegar mais cedo ou mais tarde, que diferença faria? Nada que trouxessem consigo, nada que fizessem, poderia reavivar a sra. Carling.

De Witt, descendo os degraus cautelosamente, já estava com a água na altura dos joelhos. Com a mão direita, agarrou a parte inferior da grade e, com a esquerda, tateou em busca das roupas ensopadas e começou a puxar o corpo para si. A superfície do rio dissolveu-se em ondas, e a tira de couro afrouxou e depois voltou a esticar-se. Ele disse: "Se um de vocês puder abrir a fivela, acho que poderei levantá-la sobre os degraus".

A voz de Dauntsey era calma. Ele também se segurava às grades, como que buscando apoio. "Não deixe que seja levada pela correnteza, James. E segure firme nas grades. Não queremos que caia no rio."

Foi Bartrum quem desceu os dois primeiros degraus e se inclinou para abrir a fivela. Suas mãos eram pálidas sob a luz dos globos, seu dedos parecendo lingüiças inchadas. Demorou bastante, atrapalhado, sem saber como abrir a fivela.

Quando, finalmente, o conseguiu, De Witt disse: "Vou precisar das duas mãos. Segure meu paletó, por favor".

Em seguida, Dauntsey juntou-se a Bartrum no segundo degrau. Juntos, seguraram firme no paletó de De Witt para manter o equilíbrio, enquanto este puxava com as duas mãos o corpo para si e libertava o pescoço da tira. E lá estava o cadáver, estirado de bruços sobre os degraus. De Witt o segurou pelas pernas, que surgiam da saia como finas estacas, enquanto Bartrum e Dauntsey puxavam os braços. O fardo encharcado foi puxado para cima dos degraus e debruçado sobre o mármore. Delicadamente, De Witt o virou. Mandy apenas vislumbrou o rosto, medonho na morte, a boca aberta e a língua protraída, os olhos semi-abertos sob as pálpebras escuras, os pavorosos estigmas da morte ao redor do pescoço, antes que Dauntsey, com agilidade surpreendente, despisse o casaco e o usasse para cobrir o corpo. Escapando debaixo do tecido, um filete de água, fino, de início, depois espesso, serpenteou sobre o mármore, escuro como sangue.

Frances Peverell aproximou-se do corpo e ajoelhou-se a seu lado. "Pobre mulher", disse ela. "Ah, pobre mulher." Mandy viu seus lábios movendo-se silenciosamente e imaginou se estaria rezando. Aguardaram em silêncio, suas respirações arfantes soando estranhamente altas na atmosfera serena. O esforço de resgatar o corpo da água pareceu ter exaurido a força e a iniciativa de De Witt e Bartrum. Foi Gabriel Dauntsey quem assumiu o controle.

"É melhor que alguém fique ao lado do corpo", disse ele. "Sydney e eu esperaremos aqui. James, leve as mulheres para dentro e chame a polícia. E todos nós precisaremos de café quente, ou algo mais forte. Em quantidade."

47

A porta da frente da casa número 12 abria-se para um corredor estreito e retangular e Mandy seguiu Frances Peverell e James De Witt quando subiram um lance íngreme de escadas, revestidas de carpete verde-claro. A escada terminava em outro corredor, mais quadrado e maior, com uma porta imediatamente à frente. Mandy se viu numa sala que se estendia por toda a parte dianteira da casa. As duas janelas altas, que levavam à varanda, separavam-se do rio e da noite por cortinas. Havia uma pilha de carvão que não produz fumaça na cesta ao lado da chaminé. O sr. De Witt afastou a treliça de proteção de bronze e acomodou Mandy numa das cadeiras de costas altas. Subitamente, começaram a tratá-la com tanta solicitude como se fosse uma convidada — talvez, pensou ela, porque desdobrar-se por sua causa ao menos lhes dava algo para fazer.

Olhando-a de cima, a srta. Peverell disse: "Mandy, sinto muito, de verdade. Foram dois suicídios e você descobriu os dois. Primeiro, a srta. Clements e agora este. O que podemos oferecer-lhe? Café? *Brandy*? Ou, então, vinho tinto? Suponho que ainda não jantou, acertei? Está com fome?".

"Sim, um pouco."

Na verdade, repentinamente, sentia avidez por comida. O aroma quente e suculento que permeava o apartamento era quase intolerável. A srta. Peverell olhou para o sr. De Witt e depois falou: "Íamos comer pato com laranja no jantar. O que acha, James?".

"Não estou com fome, porém tenho a certeza de que Mandy está."

Mandy adivinhou que ela só preparara o bastante para

dois. Provavelmente, comprara o prato principal numa rôtisserie chique. Quem pode, pode! A srta. Peverell havia planejado um jantar íntimo e aconchegante. E Mandy percebia que se empenhara nos preparativos. Uma mesa redonda no canto da sala fora arrumada com toalha de linho branco, três copos cintilantes para cada lugar posto e dois pequenos candelabros de prata com as velas ainda apagadas. Aproximando-se, viu que a salada já fora servida em pequenas cumbucas de madeira — verduras delicadas em tons variados de verde e vermelho, pequenas nozes tostadas, pedacinhos de queijo. Dentro de um balde de gelo, descansavam uma garrafa aberta de vinho tinto e outra de vinho branco. A salada não despertou em Mandy o menor apetite. Necessitava era de comida quente e saborosa.

Podia ver, também, que a srta. Peverell não se preocupara apenas com o jantar. O vestido estampado em tons de verde e azul, com a saia pregueada e a blusa de cima amarrada com um laço lateral, era de seda pura e combinava com o tom de sua pele. Antiquado demais para ela, naturalmente, convencional demais, um pouco apagado, a saia longa demais. Não favorecia muito suas formas, que poderiam ser espetaculares se a srta. Peverell soubesse vestir-se. As pérolas que brilhavam em cima da seda deviam ser autênticas. Mandy esperava que o sr. De Witt soubesse apreciar aquele capricho. A sra. Demery lhe dissera que ele estava apaixonado pela srta. Peverell havia anos. Com o sr. Gerard fora do caminho, parecia que, finalmente, ele estava chegando a algum lugar.

O pato foi servido com ervilhas e batatinhas. Mandy, esquecendo a insegurança social em seu surto de fome, atacou o prato avidamente. Eles lhe fizeram companhia à mesa. Não comeram, mas cada um tomou um copo de vinho tinto. Serviram-na com zelo e ansiedade, como se, por algum motivo, se sentissem responsáveis pelo que acontecera e tentassem compensá-la. A srta. Peverell insistiu para que se servisse de mais legumes e o sr. De Witt encheu seu copo. De quando em quando, iam juntos ao que deveria ser a cozinha, e que dava para a Innocent Passage, e ela podia ouvir o murmúrio contido de suas vozes, sabendo que diziam coisas que não queriam que ouvisse, enquanto prestavam atenção à chegada da polícia.

A ausência temporária deles permitiu que ela examinasse a sala com mais atenção enquanto comia. Sua simplicidade elegante era formal e convencional demais para o gosto mais excêntrico e iconoclasta de Mandy, mas esta admitiu para si mesma que estava bem, se era daquilo que alguém gostava e tinha dinheiro para comprar. O padrão de cores era bastante convencional, um suave tom azul-esverdeado com toques de rosa-carmim. As cortinas de cetim drapeado pendiam de batentes simples. De cada lado da lareira, havia um nicho contendo prateleiras de livros, as lombadas cintilando com o fulgor das chamas. No alto de cada prateleira, havia um objeto em mármore que parecia a cabeça de uma menina, com uma coroa de rosas e um espesso véu. É provável que reproduzissem noivas, mas os véus, maravilhosamente delicados e realistas, lembravam mais mortalhas. Que mórbido, pensou Mandy, enchendo a boca com uma porção de pato. O quadro sobre a lareira, possivelmente original, retratava uma mãe do século XVIII, segurando as duas filhas. Havia, também, a curiosa tela de uma mulher num quarto, deitada na cama, que lembrou Mandy de sua visita a Veneza quando era uma colegial. As duas poltronas de braço, uma de cada lado da lareira, eram revestidas de linho claro sobre um rosa desbotado, mas só uma cadeira, com seu assento e costas amarrotados, parecia ter sido bastante usada. Então era lá que a srta. Peverell se sentava, pensou Mandy, tendo diante de si uma cadeira vazia e, além desta, o rio. Supôs que a tela da direita fosse um ícone, mas não conseguia imaginar por que alguém iria querer uma Virgem Maria que parecesse tão velha e sinistra, ou um bebê com cara de adulto que, obviamente, não tivera uma refeição decente havia semanas.

Mandy não sentiu inveja da sala nem de nada que ela continha, e pensou com satisfação no grande sótão que era seu reino na casa alugada da Stratford East. Na parede defronte à cama, os chapéus pendurados num cabideiro formavam um revolto e caótico conjunto de fitas, flores e feltro colorido; a cama de solteiro, que mal dava para dois quando um namorado passava a noite com ela, com o cobertor listrado; a prancheta de desenho, que ela usava para seus projetos; as almofadas, recheadas de feijão, que se amontoavam pelo piso; o aparelho de som e a televisão, e o profundo armário embutido que guardava suas roupas. Era o único aposento em que mais desejaria estar.

Subitamente estacou, com o garfo a caminho da boca, e apurou os ouvidos. Com certeza, eram pneus raspando o calçamento que ela ouvia lá fora. Segundos depois, James e Frances voltaram da cozinha.

"A polícia chegou", disse James de Witt. "Em dois carros. Não pudemos ver quantos oficiais vieram." Voltou-se para Frances Peverell, pela primeira vez parecendo inseguro, precisando de apoio. "Será que devo descer?"

"Ah, certamente que não. Não irão querer mais ninguém lá. Gabriel e Sydney poderão contar-lhes os fatos. Seja como for, creio que subirão até aqui quando tiverem terminado. Vão querer conversar com Mandy. É a testemunha mais importante. Chegou lá primeiro." Voltou a sentar-se à mesa e disse gentilmente: "Imagino que não veja a hora de chegar em casa, Mandy. Eu ou o sr. De Witt iremos levá-la mais tarde, mas acho que deveria ficar e esperar a polícia".

Nunca ocorrera a Mandy fazer algo diferente. "Por mim, tudo bem", disse ela. "Pensarão que só dou azar, não é? Onde vou, encontro um suicida."

Não falara totalmente a sério, mas, para sua surpresa, a srta. Peverell exclamou: "Não diga isso, Mandy! Não deve nem pensar numa coisa dessas. Não passa de superstição. É claro que ninguém vai achar que você dá azar! Ouça, Mandy, não gosto de pensar em você sozinha nesta noite. Gostaria de ligar para seus pais, talvez sua mãe? Não seria melhor ir para casa esta noite? Ela poderia vir buscar você".

Como um embrulho idiota, pensou Mandy. "Não sei onde

ela está", disse ela, e ficou tentada a acrescentar: "Se quiser, tente ligar para o Red Cow, na Hayling Island".

Mas as palavras de Frances e a bondade que havia por trás delas despertaram em Mandy uma necessidade de conforto feminino que até então não admitira, do aconchego da sala superior do sobrado na travessa da Whitechapel Road. Queria sentir a conhecida combinação do cheiro da bebida e do perfume da sra. Crealey, encolher-se em frente do aquecedor a gás, na cadeira baixa que a envolvia como um útero, ouvir do lado de fora o reconfortante ruído do trânsito na Whitechapel Road. Não estava à vontade naquele apartamento elegante, e aquelas pessoas, por mais bondosas, não eram sua gente. Ela queria a sra. Crealey.

"Poderia telefonar para a agência", disse ela. "A sra. Crealey ainda pode estar lá."

Frances Peverell pareceu surpresa, mas conduziu Mandy, escada acima, até seu quarto. "Aqui você terá mais privacidade, Mandy, e o banheiro fica ao lado, se precisar."

O telefone ficava na mesinha-de-cabeceira e, acima dela, pendia um crucifixo. Mandy já vira crucifixos antes, geralmente na fachada das igrejas, mas aquele era diferente. O Cristo, quase sem barba, parecia muito jovem, e sua cabeça, em vez de pender agonizante, estava jogada para trás, a boca aberta como se clamasse por vingança ou piedade diante de seu Pai. Mandy pensou que não era o tipo de objeto que ela gostaria de ter pendurado ao lado de sua cama, contudo sabia que era poderoso. Pessoas religiosas rezavam diante de crucifixos e, quando tinham sorte, suas preces eram atendidas. Valia a pena tentar. Apertando os números do telefone do escritório da sra. Crealey, obrigou-se a olhar firme para a figura prateada, com sua coroa de espinhos, e silenciosamente articulou as palavras: "Por favor, fazei com que ela atenda, por favor, fazei com que ela esteja lá. Por favor, fazei com que ela atenda, por favor, fazei com que ela esteja lá". Mas o telefone continuou seu toque intermitente e não houve resposta.

Menos de cinco minutos depois, a campainha tocou. James de Witt desceu e voltou com Dauntsey e Bartrum.

"O que aconteceu, Gabriel?", perguntou Frances Peverell. "O comandante Dalgliesh chegou?"

"Não, somente a inspetora Miskin e o inspetor Aaron. Ah, e também um jovem sargento e um fotógrafo. Estão esperando que o médico-legista chegue para certificar que está morta."

"Mas é claro que está morta!", exclamou Frances. "Não precisam que um médico-legista lhes diga isso."

"Eu sei, Frances, mas parece que é o procedimento normal. Não, obrigado, não quero vinho. Sydney e eu estivemos bebendo no Sailor's Return desde as sete e meia."

"Café, então. Que tal um café? Quer, Sydney?"

Sydney Bartrum parecia constrangido. "Não, obrigado, srta. Peverell. Realmente preciso ir. Disse à minha mulher que tomaria um drinque rápido com o sr. Dauntsey e me atrasaria um pouco, mas sempre chego em casa antes das dez."

"Claro, precisa ir. Vai ficar preocupada. Telefone para ela daqui."

"Sim, acho melhor. Obrigado." Seguiu-a até o outro cômodo.

De Witt perguntou: "Como reagiram? A polícia, quero dizer".

"Profissionalmente. Como esperava que reagissem? Não disseram muita coisa. Tive a impressão de que não ficaram muito satisfeitos por termos mexido no corpo e, até mesmo, por termos lido o bilhete."

De Witt se serviu de outro copo de vinho.

"Que diabos esperavam que fizéssemos? E o bilhete estava endereçado a nós. Se não tivéssemos lido, será que nos teriam dito o que dizia? Não nos têm dado muitas informações sobre a morte de Gerard."

"Virão até aqui assim que o furgão chegar para levá-la", disse Gabriel. Depois de uma pausa, acrescentou: "Acho que posso tê-la visto chegando. Sydney e eu combinamos de nos encontrar no Sailor's Return às sete e meia e, quando cheguei a Wapping Way, vi um táxi entrando na Innocent Walk".

"Viu o passageiro?"

"Eu não estava perto o bastante. Seja como for, é possível que não tivesse reparado nela. Mas vi o motorista. Era alto e negro. A polícia acha que isso ajudará a encontrá-lo. Os motoristas negros ainda são minoria."

Bartrum fizera sua ligação e retornava. Depois de limpar a garganta nervosamente, como de hábito, ele disse: "Bem, é melhor eu ir. Obrigado, srta. Peverell, não ficarei para o café. Preciso ir para casa. A polícia disse que não preciso ficar. Já lhes disse tudo que sabia, que estava no *pub* com o sr. Dauntsey a partir das sete e meia. Se quiserem voltar a falar comigo, estarei no escritório amanhã cedo. Trabalho, como sempre".

A falsa vivacidade de sua voz desconcertou a todos. Por um momento, levantando os olhos do prato, Mandy teve a impressão de que ele apertaria a mão de cada um. Então voltou-se para ir embora e Frances Peverell o acampanhou até a porta. Mandy desconfiou que todos ficaram contentes em livrar-se dele.

Fez-se um silêncio desconfortável. Assuntos corriqueiros, a conversa fiada de uma reunião social, comentários sobre o trabalho, tudo parecia impróprio, quase indecente. A Innocent House e o horror da morte eram tudo o que tinham em comum. Mandy intuiu que estariam mais à vontade sem ela por perto, que os laços do choque e terror compartilhados se afrouxavam e que eles se lembravam de que ela era apenas a secretária temporária, a companheira de fofoca da sra. Demery, que a história toda estaria circulando pela Innocent House no dia seguinte e quanto menos se comentasse naquele momento, melhor.

De quando em quando, um deles ia telefonar para Claudia Etienne. As breves conversas subseqüentes indicavam a Mandy que ela não estava em casa. Podiam tentar outro telefone, mas James de Witt disse: "É melhor esquecer. Falaremos com ela depois. Seja como for, não há nada que possa fazer aqui".

Frances e Gabriel saíram para fazer café. Dessa vez, James

ficou com Mandy. Perguntou onde ela morava e ela lhe disse. Ele falou que achava que ela não deveria ficar em casa sozinha. Alguém estaria em casa quando chegasse? Mentindo para evitar explicações e problemas, Mandy respondeu que sim. Depois ele pareceu não conseguir lembrar de outra pergunta e permaneceram em silêncio, ouvindo os sons distantes que vinham da cozinha. Mandy pensou que era como esperar no hospital por uma notícia temida, como quando fora com sua mãe aguardar o resultado da última operação de sua avó. Esperaram numa sala parcamente mobiliada, de aspecto anônimo, em silêncio incômodo, empertigadas na ponta da cadeira, com a desconfortável sensação de que não tinham o menor direito de estar lá. Sabiam que, em algum lugar além do alcance de seus olhos e ouvidos, os especialistas nos assuntos de vida e morte estavam exercendo suas misteriosas atividades, enquanto elas não tinham poder para fazer nada a não ser esperar. Daquela vez, a espera não foi longa. Mal haviam acabado o café quando ouviram o aguardado toque da campainha da porta da frente. Menos de um minuto depois, a inspetora Miskin e o inspetor Aaron juntaram-se a eles. Ambos traziam o que, aparentemente, eram grandes pastas. Mandy imaginou se eram seu equipamento especial para assassinatos.

A inspetora Miskin disse: "Conversaremos com mais demora depois que recebermos os resultados da autópsia. Por ora, precisamos fazer apenas algumas perguntas. Quem encontrou o corpo?".

"Fui eu", disse Mandy, desejando que não estivesse mais sentada à mesa, com o prato besuntado e limpo diante de si. Parecia haver algo de indecente naquela evidência de seu apetite. E por que a pergunta, afinal, pensou ela com um ímpeto de rancor. Àquela altura, ela já sabia muito bem quem havia encontrado, bolas!

"O que fazia aqui? Era tarde para estar trabalhando", disse o inspetor Aaron.

"Não estava trabalhando." Mandy percebeu que sua voz

soou emburrada e tratou de se controlar. Descreveu brevemente os eventos de sua noite malfadada.

"Quando encontrou sua bolsinha no lugar onde esperava que estivesse, o que a fez ir até o rio?", perguntou a inspetora Miskin.

"Como vou saber? Porque eu estava lá perto, acho." E acrescentou: "Queria ver que horas eram no meu relógio. Estava mais claro perto do rio".

"E não viu ou ouviu ninguém mais naquele momento ou quando chegou?"

"Escute, se tivesse visto, já teria dito. Não vi ninguém nem ouvi nada, a não ser o papel nas grades. Cheguei mais perto para dar uma olhada; foi então que vi a bolsa a tiracolo estirada na base da grade e as alças estendidas dentro do rio. Quando olhei para baixo, vi o que estava no final da alça, certo?"

Frances Peverell interrompeu delicadamente: "É instintivo aproximar-se para ver o rio, principalmente à noite. É o que sempre faço quando estou perto dele. A srta. Price precisa mesmo responder a mais perguntas agora? Já lhes contou tudo que sabia. Deveria estar em casa. Teve uma experiência terrível".

O inspetor Aaron não olhou para ela, mas a inspetora Miskin falou com mais suavidade: "Sabe que horas eram quando voltou à Innocent House?".

"Oito e vinte. Vi que horas eram quando cheguei perto do rio."

"A distância do White Horse até aqui é um pouco longa", disse o inspetor Aaron. "Não pensou em telefonar para a srta. Peverell ou o sr. Dauntsey e pedir-lhes para procurar a bolsinha?"

"Pensei. Ninguém atendeu na casa do sr. Dauntsey e na da srta. Peverell a secretária eletrônica é que atendeu."

"Faço isso, às vezes, quando estou com uma visita", explicou Frances Peverell. "James chegou de táxi pouco depois das sete horas, e creio que o sr. Dauntsey estava no Sailor's Return com Sydney Bartrum."

"Foi o que ele já nos disse. Algum de vocês viu ou ouviu algo fora do comum, algum som vindo da Innocent Lane, por exemplo?"

Eles se entreolharam. Frances Peverell disse: "Acho que não ouvimos passos sobre o calçamento, não aqui desta sala. Fiquei pouco tempo na cozinha, por volta das oito horas, para preparar as saladas. Sempre as deixo para a última hora. A janela da cozinha dá para a Innocent Lane e eu teria ouvido o táxi chegando se ela houvesse descido na porta que geralmente se usa para entrar na Innocent House. Não ouvi nada."

"Não ouvi o táxi, nem a srta. Peverell", disse James de Witt. "Nem vi ou ouvi ninguém ou nada na Innocent Lane após minha chegada. Havia os sons costumeiros vindos do rio, mas abafados pelas cortinas. Acho que ouvi um certo volume de barulho no começo da noite, porém não me lembro quando. Certamente não era fora do comum a ponto de nos fazer sair para a sacada e ver o que acontecia. A gente se acostuma aos barulhos do rio."

"Como chegou aqui hoje, senhor?", perguntou o inspetor Aaron. "De carro?"

"De táxi. Não dirijo em Londres. Deveria ter dito antes que vim de casa. Não estive na editora esta tarde. Fiz um check-up dentário."

Subitamente, Frances Peverell perguntou: "O que havia na bolsa dela? Parecia pesada".

"Está pesada", disse a inspetora Miskin. "Eis o motivo."

Ela tomou o saco plástico do inspetor Aaron e sacudiu-o, derrubando a bolsa a tiracolo sobre a mesa.

Ficaram olhando enquanto abria as fivelas. O manuscrito estava encadernado com capa azul-clara de papel manilha, com o nome do romance e do autor em letras maiúsculas: MORTE NA ILHA PARAÍSO, DE ESMÉ CARLING. E, rabiscadas por cima da capa com tinta vermelha e espessa, liam-se as palavras: "REJEITADA — DEPOIS DE TRINTA ANOS", seguidas por três grandes pontos de exclamação.

Frances Peverell disse: "Então ela trouxe isso com ela,

junto com o bilhete de suicida. Todos temos um pouco de culpa. Deveríamos ter agido com mais bondade. Mas se matar... E desse jeito... Que solidão, que horror! Pobre mulher!".

Ela se virou e James de Witt chegou perto dela, porém não a tocou. Olhando para a inspetora Miskin, ele falou: "Olhe, será que temos de conversar mais hoje à noite? Estamos todos chocados e parece que não restaram muitas dúvidas".

A inspetora Miskin voltou a guardar o manuscrito na bolsa. Disse calmamente: "Sempre restam dúvidas até conhecermos os fatos. Quando a srta. Carling ficou sabendo que a editora rejeitara seu romance?".

"*Sra.* Carling", disse James de Witt. "Ela é viúva. Divorciou-se há algum tempo e depois o marido morreu. Ficou sabendo na manhã do dia em que Gerard morreu. Foi à editora para falar com ele, mas estávamos em reunião de diretoria e ela precisou sair para uma sessão de autógrafos em Cambridge. Sabem de tudo isso."

"A sessão que foi cancelada antes da chegada dela?"

"Sim, essa mesma."

"E ela entrou em contato com algum de vocês depois da morte do sr. Etienne, ou com alguém da empresa, pelo que souberam?"

Mais uma vez De Witt e Frances Peverell se entreolharam. "Comigo, não", disse De Witt. "Entrou em contato com você, Frances?"

"Não, nem uma palavra. Pensando bem, é muito estranho. Se ao menos tivéssemos podido falar com ela, explicar, talvez isso não tivesse acontecido."

Foi o inspetor Aaron quem, subitamente, quebrou o silêncio: "Quem foi que decidiu tirá-la do rio?".

"Fui eu." Frances Peverell dirigiu-lhe seu olhar brando, mas reprovador.

"Certamente não achou que fossem capazes de ressuscitá-la..."

"Não, não foi o que pensei, mas era tão terrível vê-la pendurada daquele jeito, tão..." Ela fez uma pausa e prosseguiu: "Tão desumano".

"Nem todos são oficiais de polícia, inspetor", disse De Witt. "Alguns ainda possuem instintos humanos."

O inspetor Aaron corou, olhou de lado para a inspetora Miskin e, com dificuldade, controlou o gênio.

"Esperemos que consigam conservar tais instintos", disse a inspetora Miskin serenamente. "Creio que a srta. Price queira ir para casa agora. O inspetor Aaron e eu a levaremos de carro."

Mandy replicou com obstinação infantil: "Não quero que me levem. Quero ir para casa sozinha, de moto".

"Sua moto ficará em total segurança aqui, Mandy", disse Frances Peverell bondosamente. "Se quiser, podemos trancá-la na garagem da casa número 10."

"Não quero deixá-la na garagem. Quero voltar para casa com ela."

No final, acabou conseguindo o que queria, mas a inspetora Miskin insistiu em segui-la no carro da polícia. Mandy achou até divertido costurar no trânsito e dificultar o máximo possível que a acompanhassem.

Quando chegaram à casa dela, na Strattford High Street, a inspetora Miskin, olhando para as janelas escuras, observou: "Pensei que havia dito que haveria alguém em casa".

"Há gente em casa. Estão todos na cozinha. Escute, sei cuidar de mim. Não sou criança, tá bom? Agora, dá para largar do meu pé?"

Desceu da moto e o inspetor Aaron saiu do carro e a ajudou a levantar a Yamaha através da porta da frente e levá-la até o corredor. Sem dizer palavra, ela fechou a porta firmemente depois que ele saiu.

48

"Não custava nada agradecer", observou Daniel. "Mas que osso duro de roer é essa menina."

"Está chocada."

"Não a ponto de perder a fome."

A delegacia de Wapping estava em silêncio e eles viram apenas um oficial enquanto subiam a escada até a sala de ocorrências. Ficaram por um momento diante da janela antes de fechar as cortinas. As nuvens haviam se dispersado e o rio corria, amplo e calmo, carregando seus desenhos e espirais de luz sob o piscar das altas estrelas. Havia sempre uma falsa sensação de paz e isolamento numa delegacia à noite. Mesmo quando movimentada e a calma momentaneamente rompida por altas vozes masculinas e passos pesados, o ar mantinha uma peculiar imobilidade, como se o mundo exterior, com sua violência e seus terrores, pudesse aguardar em suspenso, mas não fosse capaz de perturbar aquela tranqüilidade essencial. Havia, também, uma camaradagem mais intensa; os colegas falavam com menos freqüência, mas com mais liberdade. Eles, porém, não podiam esperar nenhuma camaradagem em Wapping. Sabiam que eram, de certa maneira, intrusos. A delegacia de polícia oferecia-lhes hospitalidade e fornecia-lhes todas as facilidades de que precisavam; ainda assim, eram intrusos.

Dalgliesh estava visitando o Comissariado de Durham para tratar de algum assunto misterioso dos comissários. Kate não sabia se já partira para Londres. Deu um telefonema e lhe informaram que era provável que ele ainda estivesse lá. Tentariam encontrá-lo e lhe pediriam que ligasse de volta.

Enquanto esperava, ela disse: "Não teve dúvidas quanto ao álibi dela? Estou falando de Esmé Carling. Estava em casa na noite em que Etienne morreu?".

Daniel sentou-se à sua mesa e começou a brincar com o computador. Respondeu, tentando afastar a irritação da voz: "Não, não tive. Leu meu relatório. Ela estava com a menina, Daisy Reed, que mora no mesmo bloco de apartamentos. Ficaram juntas a noite toda até depois da meia-noite. A menina confirmou. Não fui incompetente, se é o que está sugerindo".

"Não é isso. Esfrie a cabeça, Daniel. Ela nunca foi uma das suspeitas, foi? O gás bloqueado, o cordão gasto, tudo precisou de muito planejamento antecipado. Nunca a consideramos uma possível assassina."

"Está sugerindo, portanto, que fiquei satisfeito com muita facilidade?"

"Não, só estou verificando que ficou satisfeito."

"Veja, fui até lá com Robbins e um oficial do Juizado de Menores. Entrevistei Esmé Carling e a menina separadamente. Estavam juntas naquela noite, para falar a verdade, quase todas as noites. A mãe fica fora, trabalhando — fazendo *strip-tease*, ou prostituição nas casas noturnas, ou sei lá —, e a menina espera até que ela vá embora para dar no pé e passar a noite com Carling. Ao que parece, o arranjo convinha às duas. Verifiquei todos os detalhes a respeito daquela noite de quinta-feira; os relatos das duas batem. A princípio, a menina não queria admitir que havia estado com Carling. Tinha receio de que a mãe acabasse com o arranjo ou que o Juizado de Menores entrasse em contato com o Serviço Social e ela terminasse sob custódia. Foi o que fizeram, é claro — entraram em contato com o Serviço Social. Não podiam fazer mais nada, considerando a situação. A menina estava falando a verdade. Por que a dúvida agora?"

"Mas é estranho, não é? Temos uma mulher cujo livro foi rejeitado depois de trinta anos na mesma editora. Ela chega à Innocent House fervendo de raiva para ter uma conversinha com Gerard Etienne. Não a deixam falar com ele porque está em reunião de diretoria. Então ela sai para uma sessão de autógrafos e descobre, ao chegar, que alguém da Innocent House a cancelara. A esta altura, suponho que estivesse fora de si de ódio. Então, o que se esperaria que fizesse? Que fosse para casa tranqüilamente e escrevesse uma carta ou que voltasse naquela noite para enfrentar Gerard Etienne? Provavelmente sabia que ele trabalhava até tarde às quintas. Quase todas as pessoas ligadas à Innocent House parecem saber disso. E seu comportamento, a partir de então, também é curioso. Sabia que Gerard Etienne era o principal responsável pela rejeição de seu manuscrito. Então ele morre. Por que ela não voltou para tentar outra vez que aceitassem o livro?"

"Possivelmente porque sabia que não adiantaria nada. Os sócios não gostariam de reverter uma decisão de Etienne tão pouco tempo após a sua morte. De qualquer maneira, devem ter concordado com a decisão."

"E há várias coisas estranhas nesta noite também, não acha?", prosseguiu Kate. "É quase certo que Frances Peverell e De Witt teriam ouvido o táxi, se este tivesse subido a Innocent Lane até a entrada principal. Então onde exatamente ela pediu para ser deixada?"

"Em algum ponto da Innocent Walk, talvez, e depois prosseguiu a pé até o rio. Sabia que Dauntsey ou a srta. Peverell eram capazes de ouvir o táxi sobre o calçamento de pedras da Innocent Lane. Ou pode ter descido no final da Innocent Passage. É o acesso mais próximo do local onde foi encontrada."

"O portão no final da passagem, no entanto, fica trancado. Se ela chegou ao rio por esse caminho, quem abriu o portão para ela e voltou a trancá-lo? E quanto ao bilhete? Achou mesmo que parecia a mensagem de uma suicida?"

"Talvez não seja típica, mas existe uma mensagem suicida típica? Um júri não teria muita dificuldade em se convencer de que é genuína."

"E quando teria sido escrita?"

"Creio que pouco antes de ela se matar. Não é o tipo de

coisa que se planeje com antecedência para estar no jeito caso se precise, de repente."

"Por que, então, a morte de Gerard Etienne não foi mencionada? Ela devia saber que ele fora o principal responsável pela rejeição do romance. Ora, é lógico que sabia. Mandy Price e a srta. Blackett descreveram como ela invadiu a editora para falar com ele. Certamente a morte dele deve ter influenciado seus sentimentos em relação à Editora Peverell. E, mesmo que não tenha, mesmo que ela sentisse a mesma revolta, não é estranho que o bilhete nem sequer mencione a morte dele?"

Naquele momento, o telefone tocou. Era Dalgliesh. Kate lhe transmitiu seu relatório de modo claro e conciso, explicando que não haviam conseguido chamar o dr. Wardle, que saíra para cuidar de um caso, mas que não haviam tentado encontrar um substituto visto que o corpo havia sido mudado de lugar. Já estava no necrotério. Daniel teve a impressão de que ela ficou ouvindo bastante tempo sem falar, a não ser um ocasional "Sim, senhor".

Finalmente, ela colocou o fone no gancho e disse: "Ele voltará de avião esta noite. Não devemos entrevistar ninguém da Innocent House até recebermos o resultado da autópsia. Eles podem esperar. Amanhã você deve tentar encontrar o táxi e verificar se alguém no rio viu alguma coisa naquela noite, inclusive um barco com passageiros que passou entre as sete horas e o momento em que Mandy encontrou o corpo. As chaves do apartamento de Carling estavam em sua bolsa e, como parece que não tem parentes, iremos lá amanhã cedo. Fica em Hammersmith. Mount Eagle Mansions. Quer que a agente da sra. Carling nos encontre lá às onze e meia. Logo de manhã, ele e eu entrevistaremos Daisy Reed. E mais uma coisa... Droga, Daniel, por que nós mesmos não pensamos nisso? AD quer que a perícia técnica esteja aqui logo cedo amanhã para examinar a lancha. A Editora Peverell terá de arrumar outro jeito de buscar os funcionários em Charing Cross. Meu Deus, sinto-me uma idiota. AD deve estar imaginando se alguma vez enxergamos um metro adiante de nossos narizes".

"Quer dizer que acha que ela usou a lancha para se enforcar. Certamente teria sido o modo mais fácil."

"Carling a usou... ou outra pessoa."

"Mas a lancha estava amarrada no local de sempre, do outro lado da escada."

"Exatamente. Então, se foi usada, alguém a fez funcionar antes e depois da morte. Se provarmos isso, estaremos mais perto de alegar que foi assassinato."

49

Às dez horas, Gabriel Dauntsey já havia descido para o próprio apartamento e James de Witt e Frances ficaram sozinhos. Perceberam que estavam famintos. Mandy acabara com as duas porções de pato, mas eles não teriam sido capazes de comer algo tão substancial. Estavam no desconfortável estado de precisar de alimento sem conseguir pensar em algo que realmente quisessem comer. Por fim, Frances preparou uma grande omelete com ervas, que comeram com mais prazer do que julgaram possível experimentar. Como se por um acordo tácito, pouco falaram sobre a morte de Esmé Carling.

Antes de Dauntsey sair, Frances perguntara: "Somos todos responsáveis, não somos? Nenhum de nós realmente enfrentou Gerard. Deveríamos ter insistido em discutir o futuro de Esmé. Alguém deveria tê-la procurado, falado com ela".

"Frances, não poderíamos ter publicado aquele livro", respondera James suavemente. "Não por ser comercial; afinal, precisamos de literatura popular. Mas era má literatura popular. Era um livro ruim."

E Frances replicara: "Um livro ruim? O crime máximo, um pecado contra o Espírito Santo. Bem, com certeza ela pagou um preço alto".

O azedume, a ironia, o surpreenderam. O comentário fora tão impróprio dela. Ela perdera, porém, parte de sua antiga doçura e passividade desde o rompimento com Gerard. Ele assistira à mudança com um pouco de pena e reconhecera que se tratava de mais uma manifestação de sua recorrente necessidade psicológica de buscar e amar os vulneráveis, os inocentes, os magoados e os fracos, de dar ao invés de receber. Sabia que isso não levava a um relacionamento equilibrado, que uma bondade constante e sem críticas poderia, em sua sutil condescendência, ser tão opressora para o ser amado quanto a crueldade ou a negligência. Seria assim que ele massageava seu ego, com a certeza de que precisavam e dependiam dele, de que era admirado por uma compaixão que, quando a analisava com olhos honestos, era uma forma particularmente sutil de superioridade emocional e orgulho espiritual? Seria melhor que Gerard, para quem o sexo fazia parte de um jogo particular de poder e que se divertia seduzindo uma virgem apaixonada porque sabia que, para ela, a entrega fora um pecado mortal? Ele sempre amara Frances, ainda a amava. Queria-a em sua vida, em sua casa, em sua cama, bem como em seu coração. Talvez fosse possível, agora, amarem-se em igualdade de condições.

Naquela noite, ele relutou em deixá-la, mas não havia opção. Ray, o amigo de Ruppert, precisava ir embora por volta das 11h30, e Rupert estava doente demais para ficar sozinho, ainda que por pouco tempo. E havia outra dificuldade. Sentia que não poderia sugerir passar a noite no quarto de hóspedes sem ser atrevido. Afinal, ela poderia preferir enfrentar seus demônios particulares sozinha em vez de ter a inconveniência de sua presença. E não era só isso. Queria fazer amor com ela, no entanto, era algo importante demais para acontecer e ele não desejava que Frances, vulnerável pelo choque e pela dor, viesse à sua cama não pelo mesmo desejo e, sim, pela necessidade de ser confortada. Pensou: em que bagunça estamos todos metidos! Como é difícil conhecermos a nós mesmos e, quando o conseguimos, como é difícil mudar!

O problema se resolveu, todavia, quando ele disse: “Tem certeza de que ficará bem sozinha, Frances?”.

“Claro que sim”, respondeu ela com firmeza. “Seja como for, Rupert precisa de você em casa. Gabriel está em casa, se eu precisar de companhia; mas não precisarei. Estou acostumada a ficar sozinha, James.”

Ela chamou um táxi pelo telefone e ele foi para casa pelo

caminho mais curto, descendo no Bank e pegando o metrô Central Line até Notting Hill Gate.

Avistou a ambulância assim que dobrou a esquina da Hillgate Street. Seu coração deu um salto. Começou a correr. Viu que os paramédicos já estavam descendo os degraus da frente com Rupert numa maca. Seu corpo inteiro estava coberto, exceto o rosto que, mesmo naquele momento extremo de fraqueza e definhamento mortais, não perdera sua beleza aos olhos de James. Observando os dois paramédicos que manobravam a maca com mãos experientes, teve a impressão de que eram seus próprios braços que podiam sentir a insuportável leveza daquele fardo.

"Vou com você", disse ele.

Mas Rupert sacudiu a cabeça. "É melhor não. Não querem muita gente na ambulância. Ray irá comigo."

"Isso mesmo, vou com ele", disse Ray.

Estavam ansiosos por partir. Já havia dois carros esperando para passar. Subiu na ambulância e ficou olhando o rosto de Rupert em silêncio.

"Desculpe a sujeira em sua sala de estar", disse Rupert. "Não voltarei mais. Poderá arrumá-la e convidar Frances sem precisar esterilizar toda a louça."

"Para onde o estão levando?", perguntou James. "Para o abrigo?"

"Não, para o Middlesex."

"Irei visitá-lo amanhã."

"É melhor não."

Ray já estava sentado dentro da ambulância, sólida e confortavelmente, como se fosse seu lugar de direito. E era mesmo. E Rupert voltou a falar. James inclinou-se para ouvi-lo. "Aquela história sobre Gerard Etienne... Sobre mim e Eric... Não acreditou nela, certo?"

"Sim, Rupert, acreditei."

"Não era verdade. Como poderia ser? Foi uma bobagem. Já deve ter ouvido falar de períodos de incubação. Acreditou porque precisava acreditar. Pobre James! Como deve tê-lo odiado. Não fique com essa cara. Não fique tão chocado."

James teve a impressão de que perdera a voz. E, quando conseguiu falar, as palavras o horrorizaram por sua banalidade. "Vai ficar bem, Rupert?"

"Sim, eu ficarei bem. Ficarei bem, enfim. Não se preocupe e não me visite. Lembre-se do que G. K. Chesterton disse: 'Precisamos aprender a amar a vida sem jamais confiar nela'. Eu nunca confiei."

James não se lembrava de ter descido da ambulância, mas ouviu a suave batida das portas duplas fechando-se firmemente em sua cara. Em questão de segundos, já dobrara a esquina. Ele ficou bastante tempo olhando na direção em que sumira, como se estivesse percorrendo uma estrada longa e reta e pudesse vê-la desaparecer de vista.

50

As Mount Eagle Mansions, perto da Hammersmith Bridge, revelavam-se como amplo quarteirão vitoriano em grandes tijolos vermelhos aparentes, com o aspecto desleixado e decadente de um prédio que definhava entre um proprietário e outro. O imenso pórtico italiano, exageradamente decorado, o estuque começando a descascar, destoava da fachada simples e conferia ao bloco uma atmosfera de ambigüidade excêntrica, como se ao arquiteto houvesse faltado dinheiro ou inspiração para completar o projeto inicial. A julgar pelo pórtico, Kate considerou que aquilo talvez fosse uma sorte. Os habitantes, obviamente, não haviam abandonado as esperanças de preservar o valor da propriedade. As janelas, ao menos as do andar térreo, estavam limpas, e as cortinas de padrões variados pendiam em dobras regulares; alguns dos parapeitos exibiam caixas de onde hera e gerânios contorcidos colavam-se aos tijolos imundos. A caixa de correspondência e a aldrava da porta, na forma de imensa cabeça de leão, eram brancas de tanto polimento. Havia, também, um grande tapete de junco, evidentemente novo, com as palavras "Mount Eagle Mansions" tecidas entre as cerdas. À direita da porta, uma fileira de campainhas, cada uma com o nome do morador numa plaqueta sobre a fenda adjacente. A plaqueta do apartamento 27, recortada de um cartão de visitas, dizia "Sra. Esmé Carling", em letras floreadas. O cartão do apartamento 29 tinha apenas uma palavra, "Reed", em letras maiúsculas. Kate tocou a campainha e foi atendida, depois de alguns segundos, por uma voz de mulher, cujo tom de resignação e desagrado era nitidamente discernível sobre o ruído do interfone.

"Tudo bem, pode subir."

Não havia elevador, embora o tamanho do hall marchetado sugerisse que haviam planejado colocar um. Ao longo de uma parede, havia uma fileira dupla de caixas postais claramente numeradas e, contra a outra, uma pesada mesa de mogno com pernas elaboradamente talhadas. Sobre ela, uma coleção de circulares, cartas devolvidas e um fardo de jornais velhos amarrados com barbante. Estavam caprichosamente arrumados; acima deles, as espirais de espuma de sabão seca indicavam que alguém havia tentado limpar a pintura, embora o resultado apenas realçara a sujeira. O ar cheirava a limpa-móveis e desinfetante. Kate e Dalgliesh não falaram nada e, ao subirem a escada, passando pelas portas pesadas, com seus olhos mágicos e trancas duplas de segurança, Kate sentiu-se excitada e levemente apreensiva, e perguntou-se se a serena figura ao seu lado compartilhava das mesmas sensações. A entrevista seria importante. Quando descessem aquelas escadas, o caso poderia estar resolvido.

Kate achou surpreendente que Esmé Carling não pudesse pagar uma moradia melhor que aquele apartamento num quarteirão tão modesto. Estava longe de ser um endereço de prestígio para receber repórteres ou jornalistas, supondo, é claro, que ela os tivesse recebido. O pouco que sabiam sobre ela, entretanto, não sugeria que fosse uma literata reclusa, e, afinal de contas, era razoavelmente conhecida. Mesmo Kate já ouvira falar dela, embora nunca tivesse lido nada de sua autoria. É claro que isso não significava que seus livros garantissem um bom rendimento. Kate lera um artigo numa revista que dizia que, enquanto alguns romancistas muito bem-sucedidos eram milionários, a maioria, mesmo os conceituados, tinha dificuldade em viver dos seus direitos autorais. A agente literária os encontraria dentro de uma hora, porém, e era inútil ficar especulando sobre Esmé Carling, a escritora de suspense, quando todas as perguntas em breve seriam respondidas pela pessoa mais indicada.

Dalgliesh resolvera falar com Daisy mesmo antes de examinar o apartamento da sra. Carling, e Kate achava que sabia o motivo. As informações da menina eram vitais. Se algum segredo havia por trás da porta do número 27, poderia esperar. Os vestígios de uma vida ceifada falavam por si sós. A evidência do patético legado da vítima, cartas, contas, poderia ser mal interpretada, mas objetos não mentiam, não mudavam sua história, não forjavam álibis. Eram os vivos que precisavam ser entrevistados enquanto o choque do crime ainda estivesse vívido em suas mentes. Um bom detetive respeitava a dor, às vezes também a sentia, mas nunca hesitava em explorá-la, ainda que fosse a dor de uma criança.

Chegaram à porta e, antes que ela pudesse levantar a mão para tocar a campainha, Dalgliesh disse: "Você fala, Kate".

Ela respondeu: "Sim, senhor", mas seu coração deu um salto. Dois anos antes, teria quase se surpreendido rezando — "Meu Deus, fazei com que eu acerte" — mas, naquele dia, com toda sua experiência, tinha certeza de que acertaria.

Não perdera tempo imaginando como seria a mãe da menina, Shelley Reed. No trabalho policial, a prudência mandava não precipitar a realidade com noções prematuras e preconceituosas. Mas, quando ela puxou a corrente e abriu a porta, Kate teve dificuldade em disfarçar sua surpresa. Era difícil acreditar que aquela moça de rosto gorducho, encarando-os com o ressentimento emburrado de uma adolescente, fosse mãe de uma menina de doze anos. Não deveria ter mais que dezesseis anos quando Daisy nascera. O rosto, sem maquiagem, ainda retinha um pouco da suavidade não definida da infância. A boca amuada era muito cheia, e caía nos cantos. O nariz largo tinha uma pedra brilhante incrustada, combinando com as pedras que enfeitavam suas orelhas pequenas. O cabelo loiro-claro contrastava com as sobrancelhas escuras; a franja quase cobria os olhos e emoldurava o rosto em cachos artificiais. Os olhos eram muito separados e oblíquos sob pálpebras tão pesadas que pareciam inchadas. Apenas sua silhueta sugeria maturidade. Os seios pesados pendiam soltos sob uma comprida camiseta de algodão branco, rústico, e as pernas, longas e bem-feitas, estavam envoltas por um fusô preto. Calçava chinelos caseiros bordados com linha brilhante. Os olhos duros e inflexíveis mudaram para um respeito cuidadoso quando deram com Dalgliesh, como se reconhecesse uma autoridade mais difícil de lidar que a de uma assistente social. E, quando falou, Kate percebeu uma nota de cansada resignação na provocação ritual.

"Podem entrar, embora eu não saiba de que adiantará. Seus rapazes já falaram com Daisy uma vez. A menina lhes falou tudo que sabe. Colaboramos com a polícia e o que ganhamos em troca? O maldito Serviço Social pegando em nosso pé. Não é da conta deles como ganho a vida. Tudo bem, faço *strip-tease*, e que mal há nisso? Ganho meu dinheiro e sustento minha filha. Tenho um emprego, e é legal, certo? Os jornais vivem reclamando das mães solteiras que vivem de seguro social. Bem, eu não vivo de nenhuma droga de Serviço Social, mas vou acabar vivendo se tiver de ficar aqui o dia inteiro respondendo a perguntas idiotas E não queremos nenhum oficial do Juizado de Menores. Aquela que veio da última vez com o tira judeu era uma vaca perfeita."

Ela não se mexeu durante essas boas-vindas; por fim, com relutância, deu um passo para o lado e eles entraram num hall tão pequeno que mal podia conter os três.

Dalgliesh disse: "Sou o comandante Dalgliesh e esta é a inspetora Miskin, que não é do Juizado de Menores. É detetive como eu. Desculpe-nos por incomodá-la de novo, sra. Reed, mas precisamos conversar com Daisy. Ela sabe que a sra. Carling morreu?".

"Sabe, sim. Todos sabem, não é? Saiu no jornal. Aposto que vão dizer que não foi suicídio e que nós a matamos."

"Daisy está abalada?"

"Como vou saber? Não está dando risada. Nunca sei o que aquela menina está sentindo. Estará bem abalada quando vocês tiverem acabado de falar com ela. Está aqui dentro... liguei para a escola dizendo que ela só chegará à tarde. E, façam-me um favor, sejam rápidos, está bem? Preciso sair para fazer compras. E alguém tomará conta da menina hoje à noite. Não comecem a implicar com Daisy. A faxineira vai passar a noite aqui. Depois, podem muito bem pedir para o serviço social tomar conta dela, já que estão tão preocupados."

A sala de estar era estreita. Dava a impressão de desconforto desordenado e uma estranheza que confundiu Kate até que ela notou uma lareira artificial — o console repleto de cartões de boa sorte e pequenos bibelôs de cerâmica — que havia sido instalada na parede externa e sem chaminé. À direita, uma porta aberta revelava uma cama de casal parcialmente feita e coberta de roupas espalhadas. A sra. Reed foi até lá e fechou-a rapidamente. À direita da porta, fora instalado um varão com uma cortina, e Kate avistou uma fileira de vestidos comprimidos uns aos outros. Havia um imenso aparelho de televisão à esquerda da porta, defronte de um sofá, e, em frente da janela dupla, uma mesa quadrada com quatro cadeiras. Sobre a mesa havia pilhas altas do que pareciam ser livros escolares. Uma menina de uniforme com saia pregueada azul-marinho e blusa branca virou a cabeça para olhá-los.

Ocorreu a Kate que nunca vira uma criança mais sem graça. Era patente que era filha de sua mãe, mas, por um truque genético, as feições maternas foram sobrepostas de modo incongruente sobre seu rosto frágil e magro. Os olhos, por trás das lentes dos óculos, eram pequenos e espaçados demais; o nariz, largo como o da mãe; os lábios, igualmente cheios, e as curvas dos cantos mais pronunciadas. Mas a pele delicada tinha uma cor extraordinária, um tom dourado levemente esverdeado, como maçãs vistas sob a água. Os cabelos, cuja cor hesitava entre o loiro e o acobreado-claro, escorriam em mechas sedosas e emolduravam um rosto que parecia mais maduro que infantil. Kate lançou um olhar para Dalgliesh e desviou rapidamente os olhos. Sabia que o que ele sentia era piedade e ternura. Já vira antes aquela expressão, por mais rapidamente que fosse controlada, por mais fugaz. Ficou surpresa com a onda de ressentimento que ela suscitou. Por mais sagaz que fosse, ele não era diferente dos outros homens. Sua primeira reação diante de um ser do sexo feminino era estética — prazer ante a beleza e compaixão pesarosa ante a feiúra. Mulheres sem atrativos acostumavam-se com aquele olhar — não tinham alternativa. Mas uma criança, certamente, deveria ser poupada daquela brutal revelação de uma injustiça humana universal. Seria possível legislar sobre todo tipo de discriminação, mas não daquela. Em todos os aspectos, do profissional ao sexual, as mulheres atraentes levavam vantagem, enquanto as feiosas eram denegridas e rejeitadas. E a menina nem sequer prometia aquela feiúra marcante e investida de sexualidade que, quando acompanhada de inteligência e imaginação, podia ser muito mais erótica que a simples beleza física. Nada jamais poderia ser feito para alterar a curva descendente daqueles lábios pesados, para aproximar aqueles olhos bovinos. Durante os poucos segundos antes que ela falasse, Kate vivenciou um turbilhão de emoções, entre as quais sobressaía a auto-recriminação. Se Dalgliesh sentira uma compaixão instintiva, quase como se a menina fosse aleijada, o mesmo sentira ela, mas como mulher. Ao menos ela poderia ter julgado por critérios diferentes. Respondendo a um aceno da mãe de Daisy, Dalgliesh sentou-se no sofá e Kate ocupou uma cadeira em frente à da menina. A sra. Reed se acomodou, beligerantemente, na extremidade oposta do sofá e acendeu um cigarro.

"Vou ficar aqui mesmo. Não vão entrevistar a menina sem que eu esteja por perto."

Ao que Dalgliesh replicou: "Não podemos conversar com Daisy a não ser que a senhora fique, sra. Reed. Existem procedimentos especiais para entrevistar menores. Seria útil se a senhora não interrompesse, a não ser que discorde de nossa atitude".

Kate sentou-se numa cadeira junto à mesa encarando a criança e disse gentilmente: "Sentimos muito pelo que aconteceu com sua amiga, Daisy. A sra. Carling era sua amiga, não era?".

Daisy abriu um de seus livros escolares e fingiu que estudava. Sem levantar os olhos, disse: "Ela gostava de mim".

"Quando as pessoas gostam da gente, geralmente gostamos delas. Eu, pelo menos, gosto. Sabe que a sra. Carling morreu. Talvez tenha se matado, mas ainda não temos certeza. Queremos descobrir como e por que ela morreu. E precisamos que nos ajude. Concorda?"

Daisy, então, olhou para ela. Os olhos pequenos, perturbadoramente inteligentes, tinham ao mesmo tempo a dureza de um olhar adulto e a expressão crítica que só uma criança pode ter. "Não quero conversar com você", disse ela. "Quero conversar com o chefão." Olhou na direção de Dalgliesh e disse: "Quero falar com ele".

"Bem, aqui estou eu", disse Dalgliesh. "Mas dá no mesmo com quem você falar, Daisy."

"Só falo se for com você."

Kate ficou desconcertada e, tentando dissimular sua decepção e dissabor, levantou-se da cadeira, mas Dalgliesh acenou para que ela ficasse e trouxe uma cadeira para o lado dela.

Daisy disse: "Você acha que a tia Esmé foi assassinada, não é? O que vão fazer com ele quando o prenderem?".

"Se o tribunal decidir que é culpado, ele irá para a prisão. Mas não temos certeza de que a sra. Carling foi assassinada. Ainda não sabemos como ou por que ela morreu."

"A sra. Summers, da escola, diz que colocar as pessoas na cadeia não as ajuda nem um pouco."

"A sra. Summers tem razão", disse Dalgliesh. "Porém as pessoas geralmente não vão para a prisão para serem ajudadas. Às vezes, é necessário proteger outras pessoas, ou deter, ou porque a sociedade se importa muito com o que a pessoa culpada fez e a punição reflete essa preocupação."

Santo Deus, pensou Kate, será que agora teremos de perder tempo discutindo o caso a favor de sentenças em custódia e a filosofia da punição judicial? Mas Dalgliesh obviamente estava preparado para ser paciente.

"A sra. Summers diz que executar as pessoas é um ato bárbaro."

"Não executamos mais as pessoas neste país, Daisy."

"Executam na América."

"Sim, em algumas partes dos Estados Unidos, e também em outros países, mas isso já não acontece na Grã-Bretanha. Acho que sabe disso, Daisy."

A criança, pensou Kate, estava sendo deliberadamente obstrutiva. Imaginou o que Daisy achava que estava fazendo, exceto, é claro, tentando ganhar tempo. Amaldiçoou em silêncio a sra. Summers. Conhecera algumas professoras daquele tipo em seus tempos de colégio. A srta. Crighton, que fizera o possível para dissuadi-la de entrar para a polícia, com o argumento de que os policiais eram os agentes fascistas opressores da autoridade capitalista. Gostaria de ter perguntado à criança o que a sra. Summers faria com o assassino da sra. Carling, se houvesse um assassino, além de, naturalmente, oferecer-lhe simpatia, conselhos e pagar-lhe um cruzeiro pelo mundo. Melhor ainda, teria sido agradável levar a sra. Summers para ver algumas vítimas de assassinato e confrontar as cenas de assassinato que ela, Kate, tivera de presenciar. Irritada pelo ressurgimento de antigos preconceitos, velhos ressentimentos que ela julgara vencidos, e das lembranças que preferia esquecer, fixou os olhos no rosto de Daisy. A sra. Reed não dizia nada, mas dava tragadas vigorosas no cigarro. O ar se tornou desagradavelmente enfumaçado.

Sentando-se perto da menina, Dalgliesh disse: "Daisy, precisamos descobrir como e por que a sra. Carling morreu. Pode ter sido por suas próprias mãos, e é possível, apenas possível, que tenha sido assassinada. Se foi, precisamos descobrir quem foi o responsável. É o nosso trabalho. É por isso que estamos aqui. Viemos porque achamos que você pode ajudar".

"Contei para aquele inspetor e a comissária tudo o que eu sabia."

Dalgliesh não respondeu. O silêncio, e suas implicações, sem dúvida desconcertaram Daisy. Depois de uma pequena pausa, ela disse, na defensiva: "Como vou saber que não vão tentar culpar a tia Esmé pela morte do sr. Etienne? Ela disse que poderiam tentar, achava que podiam incriminá-la".

"Achamos que a sra. Carling não teve nada a ver com a morte do sr. Etienne", disse Dalgliesh. "E não jogaremos a culpa do crime em ninguém. O que estamos tentando é descobrir a verdade. Acho que sei duas coisas a seu respeito, Daisy, que é inteligente e que, se prometer contar a verdade, será a verdade. Promete?"

"Como vou saber se posso confiar em vocês?"

"Estou pedindo que confie em nós. Você precisa decidir sozinha se pode. É uma decisão importante para você fazer, mas não pode fugir dela. Apenas não minta. Prefiro que você não nos diga nada a que minta."

É uma estratégia de alto risco, pensou Kate. Torceu para que não estivessem prestes a ouvir que a sra. Summers alertara as crianças para nunca confiar num policial. Os olhos pequeninos de Daisy fixaram diretamente os de Dalgliesh. O silêncio parecia interminável.

Então Daisy disse: "Está certo. Vou dizer a verdade".

A voz de Dalgliesh não se modificou. "Quando o inspetor Aaron e a comissária do Serviço Social vieram aqui, você lhes disse que vinha passando as noites no apartamento da sra. Carling para fazer a lição de casa e jantar com ela. É verdade?"

"Sim. Às vezes, eu ia dormir em seu quarto de hóspedes, outras vezes, no sofá; depois, a tia Esmé me acordava e me trazia para casa antes que mamãe voltasse."

"Olhe, a menina estava segura aqui", interrompeu a sra. Reed. "Sempre passo a tranca dupla na porta quando saio e ela tem suas próprias chaves. E deixo o telefone de onde estou. O que esperavam que eu fizesse, droga? Que a levasse comigo para o clube?"

Dalgliesh a ignorou. Continuava olhando para Daisy.

"O que faziam juntas?"

"Eu fazia minha lição de casa e às vezes ela escrevia um pouco. Depois, a gente assistia à televisão. Ela me deixava ler seus livros. Ela tem um monte de livros sobre assassinos, e sabia tudo sobre assassinos de verdade. Eu costumava levar meu jantar para a casa dela e, às vezes, comia um pouco do jantar dela."

"Parece que passavam noites felizes juntas. Suponho que ficava contente com sua companhia."

"Ela não gostava de ficar sozinha à noite. Dizia que ouvia barulhos nas escadas e não se sentia segura nem com a porta fechada com tranca dupla. Dizia que alguém com um segundo par de chaves podia perdê-las e então um assassino podia encontrá-las e subir as escadas de fininho e entrar no apartamento. Ou, dizia ela, ele podia estar sobre o telhado depois do anoitecer e descer por uma corda e entrar pela janela. Às vezes, de noite, ela podia ouvi-lo dando pancadinhas na vidraça. Era sempre pior quando havia algum filme assustador na televisão. Ela não gostava de assistir à televisão sozinha."

Pobre menina, pensou Kate. Então era daqueles terrores, vividamente imaginados, que Daisy, deixada sozinha noite após noite, buscara refúgio no apartamento da sra. Carling. Do que, perguntou-se, Esmé Carling estaria fugindo? Do tédio, da solidão, de seus próprios medos imaginados? Era uma amizade pouco verossímil, mas cada uma satisfizera a necessidade da outra de companhia, da sensação de segurança, dos pequenos confortos domésticos de um lar.

Dalgliesh prosseguiu: "E você disse ao inspetor Aaron e à policial do Juizado de Menores que esteve no apartamento da sra. Carling das seis da tarde da quinta-feira, 14 de outubro, a noite em que o sr. Etienne morreu, até que ela a levasse para casa por volta da meia-noite. É verdade?".

Lá estava, enfim, a pergunta crucial. Kate teve a impressão de que esperaram pela resposta com a respiração suspensa. A criança ainda olhava calmamente para Dalgliesh. Podiam ouvir a mãe tragando o cigarro, mas não falou nada.

Os segundos se passaram e, então, Daisy disse: "Não, não é verdade. A tia Esmé me pediu que mentisse".

"Quando ela pediu que fizesse isso?"

"Na sexta-feira, no dia seguinte ao do assassinato do sr. Etienne, quando foi me encontrar na saída da escola. Estava esperando no portão. Depois voltou de ônibus comigo para casa. Sentamos no andar de cima do ônibus, onde não havia muita gente, e ela me disse que a polícia viria me perguntar onde ela estava e que eu deveria dizer que passamos a noite juntas. Disse que poderiam pensar que ela havia matado o sr. Etienne, porque ela era uma escritora de livros policiais e sabia tudo sobre assassinato e porque era muito boa em inventar planos. Disse que a polícia podia tentar jogar a culpa nela porque tinha um motivo. Todos na Editora Peverell sabiam que ela odiava o sr. Etienne porque recusara seu livro."

"Mas você não achou que tivesse sido ela, não é, Daisy? Por quê?"

Os penetrantes olhinhos ainda fixavam os dele. "Você sabe o motivo."

"Sim, e a inspetora Miskin também. Mas diga-nos."

"Se tivesse sido ela, teria vindo aqui mais tarde naquela noite, antes que mamãe chegasse, e, então, pedido o álibi. Só pediu depois que o corpo foi descoberto. E ela não sabia quando foi que o sr. Etienne morreu. Disse para eu tomar cuidado para dar um álibi para ela desde o início da noite até o final. A tia disse que precisávamos contar a mesma história, porque a polícia tentaria nos pegar em contradição. Então eu disse para aquele inspetor tudo que acontecera, menos o que vimos na televisão, mas tudo tinha acontecido na noite anterior."

"É o modo mais seguro de forjar um álibi", disse Dalgliesh. "Essencialmente está dizendo a verdade, portanto não precisa temer que a outra pessoa diga algo diferente. Foi essa a sua idéia?"

"Sim."

"Vamos torcer, Daisy, para que você não entre para o crime de um jeito mais sério. Agora isso é muito importante e quero que pense bem antes de responder a qualquer uma das minhas perguntas. Fará isso?"

"Sim."

"Sua tia Esmé lhe contou o que aconteceu na Innocent House naquela noite de quinta-feira, a noite em que o sr. Etienne morreu?"

"Ela não me disse muita coisa. Disse que havia estado lá

e conversado com o sr. Etienne, mas que estava vivo quando foi embora. Alguém lhe telefonou para subir ao andar de cima e ele lhe disse que não demoraria. Mas ele demorou tanto que ela se cansou de esperar. Disse que acabou indo embora."

"Foi embora sem voltar a vê-lo?"

"Foi o que ela disse. Disse que esperou e depois ficou assustada. A Innocent House fica terrível depois que todos os funcionários vão embora, fica fria e silenciosa. Uma mulher se matou lá e a sra. Carling disse que, às vezes, seu fantasma aparece. Então ela não esperou que o sr. Etienne voltasse. Perguntei se ela tinha visto o assassino e ela falou: 'Não, não o vi. Não sei quem foi, mas sei quem não foi'."

"Ela disse quem?"

"Não."

"Ela disse se era homem ou mulher a pessoa que não foi quem matou?"

"Não."

"Daisy, você teve alguma impressão de que ela se referia a um homem ou a uma mulher?"

"Não."

"Ela lhe contou mais alguma coisa sobre aquela noite? Tente lembrar suas palavras exatas."

"Ela disse mesmo alguma coisa, mas não fez sentido, não no dia. Ela disse: 'Ouvi a voz, mas a cobra estava do lado de fora da porta. Por que a cobra estava do lado de fora? E era uma hora estranha para apanhar um aspirador de pó'. Ela disse muito devagar, como se estivesse falando consigo mesma."

"Perguntou o que ela queria dizer?"

"Perguntei que tipo de cobra. Era venenosa? A cobra picou o sr. Etienne? E ela disse: 'Não, não era uma cobra de verdade, mas talvez fosse bastante letal, de certa maneira'."

Dalgliesh repetiu: "'Ouvi a voz, mas a cobra estava do lado de fora da porta. E era uma hora estranha para apanhar um aspirador de pó.' Tem certeza de que foram essas as palavras?".

"Sim."

"Ela não disse voz 'dele' ou voz 'dela'?"

"Não. Ela disse o que lhe contei. Acho que queria deixar uma parte em segredo. Gostava de segredos e mistérios."

"Quando foi a última vez que vocês conversaram sobre o assassinato?"

"Anteontem, quando eu estava aqui, fazendo minha lição de casa. Disse que ia na quinta-feira à noite até a Innocent House para falar com alguém. Disse: 'Terão de continuar publicando meus livros agora. Posso garantir isso'. Disse que podia precisar que eu lhe desse outro álibi, mas que ainda não tinha certeza. Perguntei com quem ia falar, mas ela me disse que por enquanto não me contaria, precisava ser segredo. Não acho que depois me contaria. Acho que era importante demais para contar para alguém. Eu disse: 'Se vai ver o assassino, ele pode matar você também', e ela respondeu que não era tão boba assim, que não ia ver assassino nenhum. Falou: 'Não sei quem é o assassino, mas posso ficar sabendo depois da noite de amanhã'. Não disse mais nada."

Dalgliesh estendeu a mão sobre a mesa e a criança a apertou. "Obrigado, Daisy. Você foi de muita ajuda. Precisaremos pedir que escreva o que disse e assine, mas não agora."

"E não vão me colocar sob custódia?"

"Acho que não há nenhuma possibilidade de que isso aconteça, há?" Dalgliesh olhou para a sra. Reed, que disse ferozmente: "Essa menina só vai ser colocada sob custódia sobre o meu cadáver".

Acompanhava-os até a porta quando, aparentemente num impulso, esgueirou-se atrás deles e fechou a porta. Ignorando Kate, falou diretamente com Dalgliesh: "O sr. Mason, o diretor da escola de Daisy, disse que ela é inteligente. Quero dizer, inteligente de verdade".

"Acho que é mesmo, sra. Reed. Deve ter orgulho dela."

"Ele acha que pode conseguir uma dessas bolsas do governo para mandá-la para uma outra escola, um internato."

"O que Daisy acha?"

"Disse que não se importaria. Não está contente na escola em que está. Acho que gostaria de ir, mas não quer dizer."

Kate sentiu uma onda de irritação. Precisavam seguir em frente. Ainda havia o apartamento da sra. Carling para examinar e a agente literária chegaria às onze e meia.

Mas Dalgliesh não demonstrou o menor sinal de impaciência. "Por que a senhora e Daisy não conversam mais demoradamente com o sr. Mason? Daisy é que precisa decidir."

A sra. Reed ainda se demorou, olhando-o como se precisasse ouvir mais alguma coisa, uma palavra de conforto que só poderia vir dele.

"Não deve pensar que será necessariamente ruim para Daisy só porque é conveniente para a senhora. Pode ser a decisão certa para as duas."

"Obrigada, obrigada", sussurrou ela, e voltou a entrar no apartamento.

51

O apartamento da sra. Carling ficava um andar abaixo, na frente do prédio. A pesada porta de mogno tinha um olho mágico e duas trancas de segurança, uma Banham e uma Ingersoll. As chaves giraram com facilidade e Dalgliesh abriu a porta empurrando o peso mal equilibrado de uma pilha de correspondência. O hall cheirava a mofo e era muito escuro. Tateou para encontrar o interruptor de luz e, ao apertá-lo, revelou de um só lance a disposição simples do apartamento: um corredor estreito com duas portas diante dele e uma de cada lado. Abaixou-se para apanhar os vários envelopes e viu que eram apenas circulares, com duas contas e um envelope que exortava a sra. Carling a abri-lo imediatamente e ter a chance de ganhar meio milhão de libras. Havia também um pedaço de papel dobrado, com uma mensagem escrita numa letra laboriosa. "Desculpe, não posso vir amanhã. Preciso ir até a clínica com Tracey porque estou com pressão alta. Espero ver a senhora na próxima sexta. Sra. Darlene Morgan."

Dalgliesh abriu a porta que ficava logo à frente e acendeu a luz. Estavam na sala de estar. As duas janelas que davam para a rua estavam bem fechadas, as cortinas de veludo vermelho semi-abertas. Àquela altura, não havia o menor risco de que olhos curiosos espiassem, mesmo do andar superior dos ônibus, mas as metades inferiores das duas janelas eram cobertas com uma rede desenhada. A principal luz artificial vinha de um globo de vidro pintado com um desbotado desenho de borboletas, pendurado do teto por uma peça central, o vidro manchado pelos corpos negros e engelhados de moscas presas ali. Havia três abajures de mesa cujas cúpulas tinham franjas cor-de-rosa: um sobre uma mesinha ao lado de uma cadeira perto da lareira, outro sobre uma mesa quadrada colocada entre as duas janelas e o terceiro sobre uma imensa escrivaninha de tampo rolante junto à parede da esquerda. Como se ansiosa por luz e ar, Kate afastou as cortinas e abriu uma das janelas, e depois percorreu o recinto acendendo todas as luzes. Respiraram o ar frio, que transmitia a ilusão do frescor campestre, e olharam ao redor do aposento que, enfim, podiam ver claramente.

A primeira impressão, enfatizada pela luminosidade rosada dos abajures, era de um aconchego suave e antiquado, que era ainda mais atraente porque a proprietária não fizera nenhuma concessão ao gosto contemporâneo e popular. Era como se a sala tivesse sido mobiliada nos anos 30 e deixada virtualmente intocada. A maioria das peças parecia ter sido herdada: a escrivaninha com a máquina de escrever portátil, as quatro cadeiras da mesa de jantar feitas de mogno, de tamanhos e épocas diferentes, uma cristaleira eduardiana de porta de vidro, em que variados objetos de cerâmica e parte de um jogo de chá haviam sido empilhados de qualquer jeito em vez de arrumados, dois tapetes descorados, sobre locais tão inapropriados que Dalgliesh desconfiou de que disfarçassem furos no carpete. Apenas o sofá e as duas poltronas combinando, dispostas ao redor da lareira, eram comparativamente novos, guarnecidos com almofadas macias e cobertos de linho com desenhos de rosas amarelas e vermelho-claras. A lareira em si parecia original, um elemento ornamentado em mármore cinzento com pesado console superior, a grelha rodeada por uma fileira dupla de mosaicos decorativos, mostrando flores, frutas e pássaros. Nas duas extremidades do console, dois cães Staffordshire, com coleiras e correntes douradas, contemplavam a parede oposta com olhos intensos e brilhantes. Alinhados entre eles, havia um amontoado de objetos decorativos: uma caneca comemorativa da coroação de George VI e da rainha Elizabeth, uma caixa negra laqueada, dois diminutos castiçais de bronze, uma estatueta moderna de porcelana de uma mulher de saia armada segurando um cachorrinho no colo, um vaso de cristal lapidado contendo um maço de primaveras artificiais. Por trás dos objetos decorativos, havia duas fotografias coloridas. Uma parecia ter sido tirada durante uma entrega de prêmios. Esmé Carling empunhava uma arma de brinquedo, cercada por rostos sorridentes. Na segunda, ela estava autografando livros. A fotografia fora inequivocamente forjada com cuidado. Um leitor aguardava com expectativa ao seu lado, dobrando a cabeça de modo forçado para sair na foto, enquanto a sra. Carling, levantando a caneta da página, mostrava um sorriso artificial para a câmera. Kate a examinou brevemente, tentando sobrepor sobre as feições quadradas e marsupiais, a boca pequena e o nariz levemente adunco, aquele rosto aterrador e violado de afogada, que fora a primeira imagem que vira de Esmé Carling.

Dalgliesh podia entender a atração que aquela sala doméstica e aconchegante exercera sobre Daisy. Naquele sofá amplo a menina lera, vira televisão, dormira um pouco antes de ser levada de volta para seu quarto. Era lá que se refugiava do terror de suas fantasias, do terror simulado, seguramente contido dentro das capas de um livro, sanitizado, ficcionalizado, para ser saboreado, compartilhado e colocado de lado; tão irreal quanto, e tão facilmente extinto quanto as chamas dançantes do fogo artificial. Lá encontrara segurança, companheirismo e, sim, um tipo de amor, se o amor era a satisfação de uma necessidade mútua. Dalgliesh olhou para os livros. As prateleiras continham exemplares de capa mole de romances policiais e de suspense, e ele notou que poucos autores ainda estavam vivos. A sra. Carling gostava das escritoras da Idade de Ouro. Todos os livros pareciam bastante lidos. Abaixo havia uma prateleira com livros sobre criminosos verdadeiros: o caso Wallace, Jack, o Estripador, os mais famosos assassinos vitorianos, Aldelaide Barlett e Constance Kent. As prateleiras inferiores continham exemplares com encadernação de couro e títulos dourados de suas próprias obras; uma extravagância, pensou ele, que dificilmente teria sido patrocinada pela Editora

Peverell. O espetáculo daquela inofensiva vaidade o deprimiu e motivou um espasmo de piedade. Quem herdaria aqueles registros acumulados de uma vida, mantida pelos crimes e encerrada por um crime? Em que prateleira de que sala, quarto ou banheiro encontrariam um lugar honrado ou tolerado? Ou seriam comprados como um pacote pelo proprietário de um sebo e vendidos como uma coleção, valorizada pelo horror e pela espantosa conveniência de sua morte? Examinou os títulos, que traziam tantas lembranças da década de 30, de policiais de vilarejo indo de bicicleta à cena do crime, prestando contas aos poderosos locais, de autópsias realizadas por excêntricos clínicos gerais depois da cirurgia noturna e de desfechos inverossímeis na biblioteca, apanhando-os e folheando-os a esmo. *Morte no baile*, aparentemente ambientado no mundo das competições de dança; *Navegando rumo à morte*, *Morte por afogamento*, *Os assassinos natalinos*. Voltou a guardá-los cuidadosamente, sem nenhum sentimento de superioridade. Por que sentiria? Disse com seus botões que, provavelmente, ela dera prazer a mais gente com seus mistérios que ele, com seus poemas. E, se eram tipos diferentes de prazer, quem poderia dizer que um era inferior ao outro? Ela, ao menos, respeitara a língua inglesa e a usara tão bem quanto pudera. Numa época que rapidamente se tornava iletrada, já era alguma coisa. Durante trinta anos, havia alimentado as fantasias criminais, a face aceitável da violência, o terror controlável. Esperava que quando, enfim, ela se visse face a face com a realidade, o encontro fosse breve e misericordioso.

Kate entrara na cozinha. Ele a seguiu e, juntos, contemplaram a desordem: a pia coberta de louça suja, a frigideira engordurada sobre o fogão e a lixeira transbordando de latas e caixas amassadas sobre o chão imundo. "Ela não teria apreciado que víssemos sua cozinha deste jeito", disse Kate. "Que pena que a faxineira dela, a sra. Morgan, não tenha podido vir esta manhã."

Olhando-a de soslaio, viu o rubor subindo pelo seu pescoço e percebeu que a observação subitamente lhe parecera irracional e tola, e que desejou ter ficado de boca fechada.

Mas as mentes deles estavam em sintonia. "Senhor, permiti-me conhecer meu fim e o número dos meus dias; que eu possa ter certeza do quanto me resta de vida." Certamente poucas pessoas seriam capazes de dizer essa oração com um mínimo de sinceridade. O melhor que poderíamos desejar ou esperar era ter tempo suficiente para remover os entulhos pessoais, consignar às chamas ou ao cesto de lixo nossos segredos e deixar a cozinha arrumada.

Durante alguns segundos, enquanto abria as gavetas e os armários da cozinha, Dalgliesh retornou àquele cemitério de Norfolk e ouviu a voz de seu pai, uma imagem instantânea e de poderosa intensidade, que evocou o cheiro do feno cortado, da terra revolvida de Norfolk, do embriagante aroma dos lírios. Os paroquianos gostavam de ver o filho do reitor presente aos enterros do vilarejo e, durante as férias escolares, ele sempre comparecia, achando aquelas cerimônias mais interessantes que impositivas, participando do chá que era oferecido em seguida, tentando conter sua fome juvenil enquanto os pranteadores empurravam-lhe o tradicional presunto cozido e o substancioso bolo de frutas, murmurando seus agradecimentos.

"Foi gentileza sua ter vindo, sr. Adam. Papai teria ficado contente. Gostava muito do senhor, o papai."

Com a boca cheia de bolo, ele murmurava a mentira esperada: "E eu gostava muito dele, sra. Hodgkin".

Ele ficava ali, assistindo, enquanto o velho Goodfellow, o coveiro, e os funcionários da funerária baixavam o caixão dentro da cova aberta com capricho e conforto, ouvindo o ruído suave da terra de Norfolk caindo sobre a tampa, escutando a voz grave e erudita de seu pai enquanto a brisa agitava seus cabelos grisalhos e enrugava sua sobrepeliz. E imaginava o homem ou a mulher que conhecera, o corpo dentro da mortalha fechado em acolchoada imitação de seda, no leito luxuoso que jamais ocupara em vida, e imaginava cada estágio de sua decomposição: a mortalha apodrecendo, a carne lentamente se deteriorando e, finalmente, a queda da tampa do caixão sobre os ossos desnudos. E, nunca, desde a infância, fora capaz de acreditar naquela magnífica proclamação de imortalidade: "E embora os vermes destruam o corpo, em minha carne verei a Deus".

Passaram para o quarto da sra. Carling, mas não se demoraram lá. Era grande, mobiliado demais, desarrumado e não muito limpo. Sobre a penteadeira da década de 30, com seu espelho triplo, havia uma bandeja plástica, com desenhos de violetas, que continha uma profusão de frascos usados de loções para o corpo e as mãos, potes engordurados, batons e maquiagem para os olhos. Sem pensar, Kate abriu o pote maior de creme para a pele e viu um único traço, onde a sra. Carling passara o dedo sobre a superfície. A marca, embora tão efêmera, pareceu, por um momento, permanente e indelével, e trouxe a imagem da morta tão vivamente que ela ficou paralisada, com o pote na mão, como se tivesse sido surpreendida num ato de violação de intimidade. Os olhos no espelho a fitavam de volta, culpados e um pouco constrangidos. Forçou-se a andar até o armário e abriu a porta. O roçar das roupas penduradas deixou escapar um odor que evocou outras buscas, outras vítimas, outros quartos; o odor agridoce e embolorado reminiscente da velhice, fracasso e morte. Fechou a porta rapidamente, mas não antes de ver as três garrafas de uísque escondidas entre a fileira de sapatos. Pensou, há momentos em que odeio meu emprego. Tais momentos eram poucos, porém, e nunca duravam muito tempo.

O quarto de hóspedes era uma cela estreita e malproporcionada, a única janela alta oferecendo a vista de uma parede de tijolos aparentes, coberta por décadas de poeira londrina e cercada de pesados canos de esgoto. Alguma tentativa, ainda que fracassada, havia sido feita, no entanto, para tornar o quarto convidativo. O papel das paredes e do teto tinha desenhos de madressilvas e rosas entrelaçadas com hera. As cortinas, de pregas esmeradas, em tecido que combinava, e o único divã, colocado sob a janela, era coberto por uma colcha rosa-clara, obviamente escolhida para combinar com a cor das rosas. A tentativa de embelezar, de impor sobre um vácuo melancólico uma intensidade feminina, apenas realçava os defeitos do quarto. A decoração, sem dúvida, fora planejada para uma hóspede, mas Dalgliesh não conseguia imaginar uma mulher dormindo tranqüilamente naquela cela claustrofóbica e decorada em excesso. Certamente nenhum homem poderia, pressionado pela doçura sintética do teto, a cama estreita demais para oferecer conforto, a mesa-de-cabeceira, uma reprodução frágil que mal dava para sustentar o abajur.

O tempo que passaram examinando o apartamento não fora em vão. Kate lembrava-se de uma das primeiras lições que aprendera no início de sua formação policial: conheça a vítima. Toda vítima morre devido a quem ela é, o que ela é, onde ela está em determinado momento. Quanto mais se sabe sobre a vítima, mais perto se está do assassino. Quando, porém, se sentaram diante da escrivaninha de Esmé Carling, estavam em busca de evidências mais específicas.

Foram recompensados assim que a abriram. A escrivaninha estava mais arrumada e menos apinhada do que esperavam. Sobre o topo de uma pilha de contas recentes e que não haviam sido pagas, estavam duas folhas de papel. A primeira, um óbvio rascunho da carta encontrada na Innocent House presa às grades. Eram poucas as alterações; a versão final da sra. Carling pouco diferia do seu primeiro desabafo de dor e raiva. Mas a letra era um garrancho, comparada com a caligrafia firme e cuidadosa da versão final. Lá estava a confirmação, se fosse necessária, de que aquelas palavras eram suas, escritas com a sua letra. Sob essa folha, havia um rascunho de uma carta com a mesma letra. A data era 14 de outubro, quinta-feira.

Prezado Gerard,

Acabei de receber a notícia através da minha agente. Sim, através da minha agente! Você não teve sequer a decência ou a coragem de me contar diretamente. Poderia ter me pedido para conversar com você na editora, ou não teria feito mal em me levar para almoçar ou jantar para dar a notícia. Ou será que é tão avarento quanto é desleal e covarde? Talvez tivesse medo de que eu o envergonhasse chorando com o rosto na sopa. Sou muito mais forte do que pensa, como vai perceber. Sua rejeição de *Morte na ilha Paraíso* ainda assim teria sido injusta, injustificada e ingrata, mas ao menos teria falado tudo isso na sua cara. E agora nem sequer consigo falar com você pelo telefone. Não me surpreende. Aquela desgraçada, a srta. Blackett, é boa para bloquear chamadas. No mínimo, demonstra que até mesmo você é capaz de sentir um pouco de vergonha.

Tem alguma idéia do que eu fiz pela Editora Peverell, muito antes que assumisse o poder? E que dia desastroso para a empresa foi aquele! Tenho produzido um livro por ano há trinta anos, todos venderam bem, e se as vendas do último decepcionaram, de quem é a culpa? O que vocês já fizeram para me promover com o vigor e entusiasmo que minha reputação exige? Vou fazer uma sessão de autógrafos em Cambridge esta tarde. Quem convenceu a livraria a organizá-la? Fui eu. Irei sozinha, como sempre. A maioria das editoras providencia para que seus principais autores sejam acompanhados e assessorados. Mas meus fãs estarão lá e comprarão o livro. Tenho leitores fiéis, que esperam que eu lhes proporcione o que, aparentemente, nenhum outro escritor de suspense é capaz — um mistério honesto e bem escrito, sem a exploração do sexo, da violência e da linguagem suja que você acha que as pessoas querem hoje em dia. Bem, não é assim. Se você faz tão pouca idéia do que os leitores realmente querem, acabará levando a Editora Peverell à falência mais rápido que o mercado editorial prevê.

Naturalmente, considerarei a melhor forma de proteger meus interesses. Se mudar para outra editora, vou querer levar comigo minha lista de livros. Não pense que pode me colocar na rua e ainda explorar esse patrimônio valioso. E tem mais. Esses acidentes misteriosos que têm acontecido na Editora Peverell só começaram depois que você assumiu como diretor administrativo. Se fosse você, tomaria cuidado. Já aconteceram duas mortes na Innocent House.

"Será que isto é apenas um rascunho ou ela também enviou a versão final?", disse Kate. "Ela costumava datilografar as cartas, mas não estou vendo carbono aqui. Se chegou a enviá-la, pode ter pensado que seria mais contundente escrita a mão. Esta pode ser a cópia."

"A carta não estava entre a correspondência na sala dele. Meu palpite é que não foi mandada. Em vez disso, ela apareceu na Innocent House exigindo vê-lo. Quando isso não deu certo, ela foi para sua sessão de autógrafos em Cambridge, ficou sabendo que havia sido cancelada por alguém da Editora Peverell, voltou a Londres num estado de intensa indignação e decidiu visitar Etienne naquela noite. Parece que a maioria das pessoas sabia que ele trabalhava até tarde às quintas-feiras. É possível que lhe tenha telefonado informando que estava a caminho. Afinal de contas, como poderia impedi-la? E se ela ligou para seu número particular, a ligação não passou pela srta. Blackett."

"É estranho, se ela levou o primeiro papel com ela, que não tenha levado esta carta e a deixado com ele", disse Kate. "É possível que a tenha levado e que Etienne a rasgou ou o assassino a encontrou e destruiu."

"Acho improvável", disse Dalgliesh. "Parece mais viável que tenha levado com ela o protesto endereçado aos sócios, talvez com o propósito de fixá-lo no mural da recepção. Desta forma, os sócios o veriam, bem como todos os funcionários e visitantes."

"Não o teriam deixado afixado, senhor."

"Claro que não. Mas, sem dúvida, ela torceu para que um bom número de pessoas o visse antes que chamasse a atenção dos sócios. Ao menos, causaria um rebuliço. Provavelmente, planejou o protesto como o primeiro ato de sua campanha de vingança. Deve ter passado por maus bocados logo que ficou sabendo da morte de Gerard. Se, de fato, deixou o bilhete na recepção, e possivelmente também o manuscrito do romance, isso provaria que ela havia estado na Innocent House naquela noite, depois que a maioria dos funcionários havia saído. Deve ter aguardado que nós a procurássemos, sabendo que a presença do bilhete a tornava uma das principais suspeitas. Então consegue um álibi com Daisy. E, quando a polícia chega, nada é dito a respeito do bilhete. Portanto, ou não percebemos sua importância, o que é improvável, ou alguém o retirou. Daí, a pessoa que o tirou do quadro de avisos telefona para tranqüilizá-la. Ele ou ela é capaz de tranqüilizá-la porque Carling está confiante de que falou com um aliado, não com um assassino."

"A teoria se sustenta, senhor. É lógica e plausível."

"São conjecturas, Kate, do começo ao fim. Não podem ser provadas. Nada disso se sustentaria no tribunal. É uma teoria engenhosa, que se ajusta a todos os fatos conforme se apresentaram até agora, mas é circunstancial. Uma pequena evidência, apenas, a corrobora. Se ela afixou a falsa mensagem suicida no quadro de avisos antes de sair da Innocent House, veríamos as marcas de um ou mais alfinetes no papel. Seria por essa razão que as bordas do papel foram cortadas antes de ser espetado nas grades?"

Pouco restava de interesse na escrivaninha. A sra. Carling recebia poucas cartas ou, então, as destruía. As que conservava incluíam um maço de aerogramas amarrados com uma fita e guardados num dos pequenos compartimentos. Eram de uma amiga que morava na Austrália, uma tal de sra. Marjorie Rampton, mas a correspondência tornara-se, gradualmente, mais esporádica e parecia ter sido interrompida. Afora isso, havia maços de cartas de fãs, todas com uma cópia da resposta anexada à carta original. Era evidente que a sra. Carling se empenhara para satisfazer seus admiradores. Na gaveta superior da escrivaninha, havia uma pasta com o título "Investimentos", cheia de cartas de seu corretor na Bolsa. Possuía um capital de pouco mais de trinta e duas mil libras cuidadosamente investido em ações de empresas públicas e privadas. Em outra pasta, encontraram uma cópia de seu testamento.

Era um documento curto, por meio do qual deixava um legado de cinco mil libras para a Fundação dos Autores e para um clube de escritores de romances policiais; o grosso do seu patrimônio ficava para a amiga que vivia na Austrália. Outra pasta continha documentos relacionados ao seu divórcio, ocorrido quinze anos antes. Examinando-os rapidamente, Dalgliesh notou que fora amargo e, do ponto de vista dela, não muito vantajoso. A pensão fora pequena e interrompera-se com a morte de Raymond Carling, cinco anos antes. E era tudo. O conteúdo da escrivaninha confirmava as suspeitas de Dalgliesh. Fora uma mulher que vivera para seu trabalho. Sem ele, o que lhe teria restado?

52

Velma Pitt-Cowley, a agente literária da sra. Carling, combinara de encontrá-los no apartamento às onze e meia e chegou seis minutos atrasada. Mal chegara, deixou claro que não estava de muito bom humor. Quando Kate abriu a porta, entrou com uma pressa que sugeria que fora ela quem estivera esperando e jogou-se na poltrona mais próxima; depois inclinou-se para tirar do ombro a corrente dourada da bolsa e depositar uma pasta bojuda sobre o carpete ao seu lado. Só então dignou-se a conceder alguma atenção a Kate ou a Dalgliesh. Quando o fez e seus olhos se encontraram com os de Dalgliesh, seu humor mudou sutilmente e suas primeiras palavras mostraram que estava preparada para ser cortês.

"Desculpem-me pelo atraso e pela pressa, mas sabem como é. Precisei passar antes no escritório e tenho um convidado para almoçar comigo no Ivy às doze e quarenta e cinco. A propósito, é um almoço muito importante. O autor que vou encontrar veio de Nova York esta manhã especialmente para isso. Como sempre acontece, é só mostrar a cara no escritório para os problemas começarem a aparecer. Hoje em dia, não se pode confiar nem as tarefas mais simples para as pessoas. Saí de lá o mais rápido que pude, mas o táxi ficou preso num engarrafamento na Theobalds Road. Meu Deus, foi horrível o que aconteceu com a pobre Esmé. Realmente terrível! O que houve? Ela se afogou, não foi? Afogou-se ou se enforcou ou os dois. Puxa, isso é mesmo doentio."

Tendo expressado a indignação apropriada, a sra. Pitt-Cowley acomodou-se com mais elegância na cadeira e subiu a saia de seu conjunto preto formal quase até a virilha, revelando um par de pernas muito longas e torneadas, envoltas em meias de nylon tão finas que pareciam uma camada de lustre sobre os ossos angulosos. Era óbvio que se vestira com esmero para seu almoço das doze e quarenta e cinco, e Dalgliesh perguntou-se que cliente privilegiado, atual ou virtual, justificava uma elegância que combinava cuidadosamente competência profissional com sedução. Sob o *blazer* bem cortado, com uma fileira de botões de metal, usava uma blusa de seda de gola alta. Um chapéu de veludo negro, espetado na frente com uma flecha dourada, cobria seus cabelos castanho-claros, que caíam em feixes bem escovados quase até os ombros e cuja franja mal tocava as sobrancelhas espessas e delineadas. Gesticulava ao falar, os dedos longos, com anéis pesados, riscando o ar impacientemente como se estivesse se comunicando com surdos; de vez em quando seus ombros se curvavam em súbitos espasmos. Os gestos pareciam estranhamente dissociados de suas palavras e, para Dalgliesh, tal afetação era menos um sintoma de nervosismo ou insegurança que um recurso, originalmente usado para chamar atenção para suas mãos admiráveis, que se tornara um hábito irreversível. Sua impaciência inicial o surpreendera. A experiência lhe ensinara que pessoas envolvidas com um assassinato espetacular, desde que não estivessem de luto pela vítima nem se sentissem pessoalmente ameaçadas pela investigação policial, geralmente gostavam da emoção vicária proporcionada pelo esbarrão com a morte violenta e a notoriedade de estar por dentro do ocorrido. Estava acostumado a encontrar olhos ligeiramente envergonhados, mas ávidos e curiosos. Mau humor e preocupação com os próprios assuntos ao menos variava um pouco.

Olhou ao redor da sala, para a escrivaninha aberta e a pilha de papéis sobre a mesa e disse: "Meu Deus, é terrível estar aqui no apartamento de Esmé, com vocês remexendo em seus pertences. Sei que precisam fazer isso, é o seu trabalho, mas é um pouco sinistro. Ela parece mais presente agora que quando estava aqui de fato. Fico esperando ouvir a chave dela girar na fechadura e vê-la entrando, encontrando-nos aqui, sem termos sido convidados, e fazer um escândalo".

"Infelizmente, a morte violenta destrói a privacidade", disse Dalgliesh. "Ela fazia escândalo habitualmente?"

Como se não o tivesse ouvido, a sra. Pitt-Cowley disse: "Sabem do que eu realmente gostaria agora? De uma boa xícara de café forte. Acho que é querer demais, não é?".

Foi para Kate que ela olhou e esta respondeu: "Há um pote de grãos de café na cozinha e uma embalagem fechada de leite na geladeira. Estritamente falando, teríamos de obter uma permissão, mas duvido de que alguém se opusesse". Como Kate não fizesse nenhum movimento imediato em direção à cozinha, Velma lançou-lhe um olhar demorado e especulativo, como se avaliasse o risco de aborrecer uma jovem datilógrafa. Então, encolhendo os ombros e fazendo um gesto com os dedos, optou pela prudência.

"Acho melhor deixar para lá, embora ela não precise mais de café, certo? Mas não posso dizer que gostaria de usar uma de suas xícaras."

Dalgliesh disse: "Obviamente, é importante para nós sabermos o máximo possível a respeito da sra. Carling. Por isso lhe agradecemos por vir conversar conosco aqui esta manhã. A morte dela deve ter sido um choque e compreendo que não deve ser fácil para a senhora vir aqui. Mas é importante".

A voz e o olhar da sra. Pitt-Cowley expressavam uma intensidade apaixonada. "Sim, compreendo. Quero dizer, entendo absolutamente que precisem fazer perguntas. É claro que ajudarei como puder. O que desejam saber?"

"Quando soube da notícia?", perguntou ele.

"Esta manhã, pouco depois das sete, antes de seu pessoal me ligar para pedir que os encontrasse aqui. Claudia me telefonou. Acordou-me, na verdade. Não é exatamente uma notícia agradável para começar o dia. Ela poderia ter esperado, mas acho que não quis que eu soubesse pelo jornal ou quando chegasse ao escritório. Sabe como as fofocas se espalham rápido nesta cidade. Afinal eu sou — ou melhor, era —

a agente de Esmé. Suponho que ela achou que eu deveria ser uma das primeiras a saber e que caberia a ela me contar. Estranho, no entanto, que tenha sido suicídio. É a última coisa que eu esperaria que Esmé fizesse. Bem, naturalmente *foi* a última coisa que fez. Meu Deus, sinto muito. Nada que dizemos parece adequado num momento desses."

"Quer dizer que a notícia a surpreendeu?"

"Não surpreende sempre? Mesmo quando as pessoas que ameaçam se suicidar realmente se suicidam é sempre surpreendente e um pouco irreal. Mas justo Esmé! E matar-se daquele jeito! Quero dizer, não foi a maneira mais confortável de sair deste mundo. Claudia não parecia ter muita certeza de como, exatamente, ela morreu. Disse, apenas, que Esmé se enforcou nas grades da Innocent House e que o corpo foi encontrado debaixo d'água. Ela se afogou, se enforcou, fez exatamente o quê?"

"É possível que a sra. Carling tenha morrido por afogamento, mas só saberemos a causa da morte, porém, depois da autópsia."

"Mas foi suicídio? Têm certeza disso?"

"Ainda não temos certeza de nada. Será que sabe de alguma razão que levaria a sra. Carling a querer pôr fim à vida?"

"Estava transtornada porque a Editora Peverell rejeitara *Morte na ilha Paraíso*. Já sabem disso, suponho. Estava mais zangada, no entanto, que abatida. Furiosa, na verdade. Posso imaginá-la procurando vingar-se da empresa de alguma forma, mas não se matando. No mínimo, porque exige coragem. Não estou dizendo que Esmé era uma covarde, só não consigo imaginá-la se estrangulando ou se atirando no rio. Que jeito de morrer! Se realmente queria matar-se, havia métodos mais fáceis. Vejam Sonia Clements, por exemplo. Sabem o que aconteceu, é claro. Sonia se matou com drogas e bebida. Seria meu método. Imaginaria que também seria o de Esmé."

"Mas é menos eficaz como protesto público", disse Kate.

"Concordo, não é tão dramático. Porém, qual é a graça de um protesto público dramático se não estamos presentes para desfrutá-lo? Não, se Esmé decidisse matar-se seria na cama, com lençóis limpos, flores espalhadas pelo quarto, sua melhor camisola, um digno bilhete de adeus sobre a mesa-de-cabeceira. Ela dava muito valor para as aparências."

Kate, lembrando-se dos quartos de suicidas que precisara examinar, do vômito, das roupas de cama manchadas, do corpo grotesco enrijecido pela morte, refletiu que o suicídio raramente era tão digno na prática como era na imaginação. "Quando a viu pela última vez?", perguntou.

"Na noite do dia que se seguiu à morte de Gerard Etienne. Foi 15 de outubro, sexta-feira."

"Aqui ou em seu escritório?", perguntou Dalgliesh.

"Aqui, nesta sala. Na verdade, foi um encontro fortuito. Não planejei aparecer. Estava indo jantar com Dicky Mulchester, da Herne & Illingworth, para falar sobre um cliente, quando me ocorreu que a empresa poderia interessar-se por *Morte na ilha Paraíso*. Era uma hipótese remota, mas eles estão contratando alguns escritores de suspense. Passava de carro por aqui, a caminho do restaurante, quando notei que havia vagas para estacionar na rua lateral; pensei em entrar e emprestar a cópia do manuscrito de Esmé. O trânsito estava mais tranqüilo do que eu esperava e eu tinha dez minutos disponíveis. Não havíamos conversado depois da morte de Gerard. É curioso como pequenos detalhes decidem nossas ações, não é mesmo? Provavelmente eu não teria me dado ao trabalho se não tivesse visto a vaga para estacionar. Além disso, estava interessada em ouvir a reação de Esmé à morte de Gerard. Não conseguira extrair muita coisa de Claudia. Achei que Esmé pudesse ter pescado alguns detalhes. Ela era uma grande fofoqueira. Não que eu tivesse muito tempo naquele momento. A principal razão para vir aqui foi apanhar o manuscrito."

"Como ela lhe pareceu?", perguntou Dalgliesh.

A sra. Pitt-Cowley não respondeu imediatamente. Sua expressão ficou pensativa e as mãos inquietas momentaneamente sossegadas. Dalgliesh adivinhou que ela avaliava a conversa sob a luz de eventos posteriores, percebendo que, talvez, tivesse sido mais significativa do que lhe parecera então. Finalmente, respondeu: "Pensando bem agora, acho que se comportou de modo bastante estranho. Pensei que ela iria querer falar sobre Gerard, como ele morreu, por que morreu, se fora assassinado. Não. Ela simplesmente negou-se a discutir o assunto. Disse que era terrível e doloroso demais, que a Editora Peverell havia publicado seus livros durante trinta anos e, mesmo que a houvessem tratado mal, a morte dele a chocara profundamente. Ora, chocou a todos nós, mas não esperei que Esmé sentisse muita dor pessoal. Chegou a me dizer que tinha um álibi para a noite anterior. Parece que a filha de uma vizinha havia ficado aqui com ela. Lembro-me que achei um pouco estranho, na hora, que ela se incomodasse em dizer-me isso. Afinal, ninguém iria suspeitar que Esmé tivesse estrangulado Gerard com uma cobra, ou seja lá como foi que ele morreu. Ah, e me lembro que ela perguntou se eu achava que os sócios mudariam de idéia a respeito de *Ilha Paraíso* agora que Gerard estava morto. Sempre o considerou o principal responsável pela rejeição do livro. Não lhe dei muitas esperanças. Observei que, provavelmente, havia sido uma decisão tomada pelo conselho editorial e que, afora isso, os sócios não iriam contrariar a vontade de Gerard depois que ele morrera. Sugeri, então, que Herne & Illingworth poderia interessar-se e pedi-lhe emprestado o manuscrito. Ela voltou a agir de modo estranho. Disse que não sabia direito onde o guardara. Procurara por ele naquela manhã e não o encontrara. Depois disse que estava perturbada demais para pensar no livro tão pouco tempo depois da morte de Gerard. Aquilo estava longe de parecer verdade. Afinal, havia acabado de me perguntar, minutos antes, se achava que os sócios mudariam de idéia e o aceitariam. Acho que não estava com o manuscrito. Ou, então, não queria que eu o levasse. Fui embora logo depois. Não fiquei mais que dez minutos aqui".

"E falou com ela depois disso?"

"Não, nem uma vez, o que também é estranho, pensando

bem. Afinal, Gerard Etienne era seu editor. Esperava que ela fosse ao meu escritório ao menos para fofocar. Geralmente era difícil livrar-me dela."

"Durante quanto tempo foi sua agente? Conhecia-a bem?"

"Na verdade, menos de dois anos. Mesmo nesse curto tempo, todavia, cheguei a conhecê-la bem. Graças a ela mesma. Na verdade, eu a herdei. Sua antiga agente era Marjorie Rampton, que cuidou de seu primeiro livro. Isso há trinta anos. Elas eram muito amigas. Muitas vezes, cria-se uma amizade pessoal entre autor e agente — não podemos fazer o melhor pelo nosso cliente se não nos entendemos bem e não respeitamos seu trabalho. No caso de Marge e Esmé, porém, a amizade era mais profunda. Não me entendam mal, estou falando de amizade. Não estou sugerindo nada, digamos... sexual. Imagino que tinham muito em comum, sendo ambas viúvas e sem filhos. Costumavam viajar juntas nas férias, e acho que Esmé pediu a Marge que fosse sua testamenteira literária. Alguém se aborrecerá com isso, se ela não alterou o testamento. Marge mudou-se para a Austrália para ficar com suas sobrinhas logo que vendeu a agência para mim, e, pelo que sei, continua lá."

"Fale-nos sobre Esmé Carling", disse Dalgliesh. "Que tipo de mulher era ela?"

"Meu Deus, isso é horrível. O que posso dizer? Parece tão desleal, quase indecente, criticá-la depois de morta, mas não posso fazer de conta que era uma pessoa fácil. Era o tipo daqueles clientes que não param de telefonar ou aparecer no escritório. Nada nunca está direito. Sempre acham que você pode fazer mais por eles, arrancar um adiantamento maior do editor, vender os direitos para o cinema, conseguir uma série para a televisão. Acho que ficou magoada por perder Marge e achava que eu não lhe dava a atenção que seu gênio merecia. Na verdade, dava-lhe mais tempo que o necessário. Afinal, tenho outros clientes, e a maioria deles bem mais lucrativa."

"Mais trabalho do que ela merecia?", disse Kate.

A sra. Pitt-Cowley lançou-lhe um olhar especulativo e,

depois, de menosprezo. "Eu não usaria esses termos, mas se quiser saber a verdade, não teria ficado desolada se ela tivesse decidido procurar outra agente. Olhe, detesto dizer isso, mas qualquer um no escritório lhe diria o mesmo. Em grande parte, foi por solidão, falta de Marge, mágoa por tê-la abandonado. Mas Marge era durona. Quando se tratou de decidir entre suas preciosas sobrinhas e Esmé, não teve dúvidas. E acho que Esmé sabia que seu talento estava se esgotando. Estávamos a caminho de sérios problemas. A rejeição de *Morte na ilha Paraíso* por parte da Editora Peverell foi apenas o começo."

"Foi Gerard Etienne?"

"Basicamente, sim. O que Etienne queria era lei na Editora Peverell. Duvido, no entanto, de que alguém realmente quisesse continuar com ela, exceto, talvez, James de Witt, mas ele não apita muito na editora. Telefonei e fiz um escarcéu, é claro, assim que recebi a carta de Gerard. Não cheguei a lugar algum. E, sinceramente, o novo livro, de fato, não correspondia aos padrões, nem mesmo aos padrões de Esmé. Conheciam o trabalho dela?"

Dalgliesh respondeu cuidadosamente: "Ouvi falar dela, é claro, mas nunca li nada do que escreveu".

"Não era muito ruim. Quero dizer, sabia escrever uma prosa de boa qualidade, e isso é raro hoje em dia. Caso contrário, a Editora Peverell não teria publicado seus livros. Ela não tinha consistência. Justamente quando se pensava: 'Meu Deus, não vou conseguir continuar lendo esta baboseira chata', ela produzia uma passagem realmente boa e o livro, de repente, ganhava vida. E teve uma idéia original para criar seu detetive — detetives, na verdade. Era um casal aposentado, os Mainwarings, Malcolm e Mavis. Ele era um gerente de banco aposentado e ela tinha sido professora. Era bem bolado. Caía bem para o público mais velho. Um casal aposentado e entediado correndo atrás de pistas, com tempo de sobra para fazer dos crimes seu hobby, usando a experiência de uma vida para passar a perna na polícia, a sabedoria da idade triunfando sobre a imaturidade crassa da juventude, esse tipo de coisa. Era bom variar com um detetive sofrendo um pouco de artrite. Mas estavam se tornando um pouco cansativos — os Mainwarings, quero dizer. Esmé teve a brilhante idéia de envolver Malcolm com jovens suspeitas e obrigar Mavis a salvá-lo de seus embaraços. Imagino que o propósito dela fosse tornar a trama mais leve, todavia tornara-se uma chatice. Quero dizer, não há nada de errado com sexo geriátrico para quem se excita com isso, mas os leitores não o querem em livros populares, e Esmé estava ficando mais explícita a cada livro. Corpetes rasgados e sujos de sangue... Esse não era o mercado dela. Não fazia parte do caráter de Malcolm Mainwaring. E, naturalmente, ela não era capaz de criar enredos. Odeio dizer isso, mas não era. Vocês disseram que queriam a verdade. Costumava roubar idéias de outros escritores — somente escritores mortos, é claro — e acrescentar seus próprios desvios. Estava ficando um pouco óbvio. Foi o que deu a Gerard Etienne a chance de recusar *Morte na ilha Paraíso*. Disse que era uma leitura aborrecida e que as únicas partes que se salvavam pareciam-se demais com *Morte sob o sol*, de Agatha Christie. Creio que proferiu até a temível palavra 'plágio'. E havia, é claro, o outro problema de Esmé que não tornava mais fácil lidar com ela."

Velma desenhou no ar a silhueta da Catedral de São Paulo, com cúpula e tudo, e terminou com a pantomima de levar um copo aos lábios.

"Está dizendo que era alcoólatra?"

"Estava chegando lá. Não se conseguia muita coerência de Esmé depois do meio-dia. Piorou nos últimos seis meses."

"Então ela não estava ganhando muito dinheiro?"

"Jamais ganhou. Esmé nunca esteve no primeiro escalão. Ainda assim estava indo bem, até três anos atrás. Era capaz de viver de seu trabalho, fato que a maioria dos escritores não pode apresentar. Tinha um grupo bastante fiel de antigos fãs, que haviam crescido com os Mainwarings, mas à medida que foram morrendo, ela não conseguiu atrair leitores mais jovens.

No ano passado, houve grande queda nas vendas de edições populares. Temi que perdêssemos seu contrato."

"Isso talvez explique este apartamento. Não é exatamente um endereço elegante."

"Mas lhe convinha. Era uma inquilina com regalias e o aluguel era baixo. Quero dizer, baixo de verdade. Seria louca de se mudar daqui. De fato, ela me disse que pretendia comprar uma casa de campo nos Cotswolds ou Herefordshire, e estava economizando para isso. Imaginava-se entre rosas e trepadeiras, creio. Particularmente, acho que morreria de tédio. Já vi acontecer antes."

"Ela escrevia romances policiais, histórias de detetive", disse Dalgliesh. "Poderia ter tentado dar uma de detetive particular? Experimentar solucionar um crime, se aparecesse no seu caminho?"

"Quer dizer, meter-se com um assassino de verdade, com seja quem for que matou Gerard Etienne? Só se fosse louca. Esmé não era uma grande inteligência mas também não era burra. Não estou dizendo que lhe faltava coragem, tinha até bastante ousadia — principalmente depois de alguns uísques —, mas isso teria sido total idiotice."

"Talvez ela não soubesse que estava se metendo com um assassino. Suponha que ela tivesse uma teoria quanto ao assassinato. Acha que a exporia para nós ou ficaria tentada a fazer uma pequena investigação por conta própria?"

"Talvez, se achasse que não corria perigo e pudesse tirar algum ganho pessoal. Teria sido uma glória e tanto, não é mesmo? Em termos de publicidade, quero dizer. 'Escritora de romances policiais resolve crime para a Scotland Yard.' Sim, posso imaginar a mente dela funcionando dessa maneira. Mas está sugerindo que ela tenha tentado fazer algo parecido?"

"Gostaria de saber se acha que seria de seu feitio agir assim."

"Digamos que não me surpreenderia. Ela sentia fascínio pelos crimes da vida real, investigações, julgamentos de homicídio, esse tipo de coisa. Ora, basta olhar para sua estante de livros. E tinha em alta conta a própria esperteza. E talvez não enxergasse o perigo. Acho que não tinha muita imaginação no que diz respeito à vida real. Certo, sei que deve parecer estranho quando se trata de uma romancista, porém ela conviveu com crimes fictícios durante tanto tempo que, possivelmente, não percebia que os crimes da vida real são diferentes, que não são algo que se possa controlar e conter dentro de uma trama e resolver racionalmente no último capítulo. E ela não viu o corpo de Gerard Etienne, certo? Acho que nunca viu um cadáver de verdade. Era apenas capaz de imaginar como seria. É provável que a morte não lhe parecesse mais real ou assustadora que suas outras fantasias. Estou sendo sofisticada demais? Por favor, digam-me se o que estou falando é muito absurdo."

Executando uma complicada manobra com as mãos, a sra. Pitt-Cowley lançou a Dalgliesh um olhar de sinceridade histriônica que não chegou a dissimular uma expressão mais aguda e interrogatória. Dalgliesh lembrou-se de não subestimar a inteligência dela. "Não está falando absurdos. E o que acontecerá agora com o último livro dela?"

"Ah, duvido que a Editora Peverell o aceite. É claro que será diferente caso Esmé tenha sido assassinada. Um duplo assassinato, editor e autora brutalmente mortos no intervalo de duas semanas. Contudo, mesmo um suicídio tem valor publicitário, ainda mais quando é sensacional. Devo conseguir negociar um contrato bastante satisfatório com alguém."

Dalgliesh sentiu a tentação de dizer: "Pena que não existe mais a pena de morte. Você poderia marcar o lançamento do livro de modo a coincidir com a data da execução".

Como se lesse seus pensamentos, a sra. Pitt-Cowley pareceu por um momento levemente constrangida. Depois, encolheu os ombros e prosseguiu: "Pobre Esmé, se por acaso teve a brilhante idéia de conseguir um pouco de publicidade gratuita, certamente conseguiu. Pena que não se beneficiará com isso. Será bom, no entanto, para seus herdeiros".

E para você também, pensou Kate. "Quem ficará com o dinheiro dela? Você sabe?", perguntou.

"Não, ela nunca me contou. Como disse, Marge era sua testamenteira, ou uma delas. E estou feliz em dizer que ela jamais sugeriu transferir esse privilégio desde que assumi a agência. Não que eu tivesse aceitado. Fiz muito por Esmé, mas há limites. Francamente, vocês não têm idéia do que certos autores esperam que eu faça — que lhes consiga comissões, coloque-os em programas de entrevistas na televisão, alimente o gato quando saem de férias, ofereça-lhes um ombro amigo nos seus divórcios... Em troca de dez por cento das vendas nacionais, esperam que eu seja agente, enfermeira, confidente, amiga e mais alguma coisa. O que sei é que ela não tinha parentes — ao menos, seu ex-marido tinha uma filha e netos em algum lugar do Canadá, creio eu. Não consigo imaginar Esmé deixando alguma coisa para eles. Porém ela tem algum dinheiro, com toda a certeza, e meu palpite é que Marge o herdará. Talvez eu consiga negociar uma reedição de seus livros antigos."

"Acabou tornando-se uma cliente lucrativa depois de morta, se não o foi em vida", disse Dalgliesh.

"Vejam só como são as coisas."

E, com essa reação por parte de uma mulher com quem tinha pouco em comum, a sra. Pitt-Cowley olhou de relance para o relógio e inclinou-se para apanhar a pasta e a bolsa.

Dalgliesh, porém, ainda não estava disposto a dispensá-la. "Suponho que a sra. Carling lhe tenha falado sobre o cancelamento de sua sessão de autógrafos em Cambridge."

"E como falou! De fato, ela me ligou da livraria. Tentei telefonar para Gerard Etienne mas acho que tinha saído para almoçar. Consegui entrar em contato à tarde. Esmé estava simplesmente fora de si de ódio. Realmente fora de si. Com toda a razão, é claro. A Editora Peverell tem muitas explicações a dar. Senti pena do pessoal da livraria, era óbvio que era neles que ela descarregava sua raiva, mas não era culpa deles. Podem argumentar que, ao menos eles, deveriam ter telefonado para a Editora Peverell assim que receberam o fax e verificar se não se tratava de uma brincadeira; provavelmente teriam ligado se a editora não tivesse sido tão sigilosa em relação aos problemas que vinham tendo. O gerente estava fora quando o fax chegou, e a moça que o recebeu naturalmente supôs que fosse genuíno. Bem, era genuíno no sentido de que viera da Editora Peverell. Para acalmar Esmé, disse-lhe que iria tirar satisfação pessoalmente com Gerard. E teria feito isso, não fosse pelo crime. Esse fato realmente colocou a queixa de Esmé em outra perspectiva. Ainda pretendo tratar da questão com a editora, mas no momento e no lugar certos. Posso ir agora? Tenho de ir àquele almoço."

"Só preciso fazer mais algumas perguntas", disse Dalgliesh. "Qual era seu relacionamento com Gerard Etienne?"

"Quer dizer, meu relacionamento profissional?"

"Seu relacionamento."

Velma Pitt-Cowley ficou, por um momento, em silêncio total. Viram que sorria suavemente, uma expressão de quem recorda momentos lúbricos. Depois disse: "Era profissional. Acho que nos falávamos ao telefone em média duas vezes por mês. Fazia quatro meses que não o encontrava. Chegamos a dormir juntos uma vez. Foi há quase um ano. Nós dois fomos à mesma festa numa lancha. Nós dois ficamos até o amargo fim. Era quase meia-noite e eu estava um tanto bêbada. Bebida não era com ele. Gerard odiava perder o controle. Ofereceu-se para me levar para casa e a noite terminou como de hábito. Foi um desses casos que duram somente uma noite. Nunca voltou a acontecer".

"Você ou ele quiseram continuar?", perguntou Kate.

"Acho que não. Ele me mandou um buquê de flores espetacular no dia seguinte. Gerard não era muito sutil, mas creio que isso é um progresso em relação a deixar cinqüenta pratas na beira da cama. Não, eu não queria que fosse em frente. Tenho um saudável senso de autopreservação. Não fico por aí procurando sofrimento. Mas achei melhor contar o que aconteceu. Havia bastante gente na festa que pode ter adivinhado como a noite terminou. Só Deus sabe como essas coisas se espalham, mas é sempre assim. Caso estejam se perguntando, os eventos daquela noite e, principalmente, da manhã seguinte, que me lembro com mais clareza, fizeram com que eu simpatizasse mais com ele que o contrário. Não tanto, porém, a ponto de me levar a procurar outro encontro. Imagino que queiram saber onde eu estava na noite em que ele morreu."

Dalgliesh disse gravemente: "Ajudaria, sra. Pitt-Cowley".

"Curiosamente, estava naquela leitura de poesia no Connaught Arms, em que Gabriel Dauntsey leu seus poemas. Fui embora pouco depois que ele terminou sua parte. Estava com um poeta, ou com alguém que se descreve como poeta, e ele quis ficar, mas eu já não agüentava mais o barulho, as cadeiras desconfortáveis e a fumaça de cigarro. Todo mundo já estava bem alto então, e a festa não mostrava sinais de terminar. Acho que saí por volta das dez horas e fui para casa de carro. Não tenho álibi para o resto da noite."

"E para a noite de ontem?"

"Quando Esmé morreu? Mas foi suicídio, você mesmo disse."

"Seja como for que morreu, sempre ajuda saber onde as pessoas estavam na hora."

"Mas não sei a que horas ela morreu. Fiquei no escritório até seis e meia e depois fui para casa. Permaneci em casa a noite toda e estava sozinha. Era isso que queria saber? Olhe, comandante, realmente preciso ir."

"Só mais duas últimas perguntas", disse Dalgliesh. "Quantas cópias do manuscrito de *Morte na ilha Paraíso* existiam? Havia algo que distinguisse o exemplar da sra. Carling?"

"Acho que havia oito ao todo. Precisei mandar cinco para a Editora Peverell, uma para cada sócio. Não sei por que eles mesmos não podiam tirar cópias do manuscrito, mas é assim que preferem. Eu só tinha duas cópias. Esmé sempre encadernava o exemplar dela com uma capa azul-clara. Uma cópia encadernada não é muito útil no trabalho de editoração; para falar a verdade, é um aborrecimento. Editores e revisores preferem que os manuscritos sejam entregues com as páginas presas em capítulos ou simplesmente soltas. Mas Esmé sempre queria que sua cópia fosse encadernada."

"E quando passou por aqui para ver a sra. Carling no dia 15 de outubro, na noite seguinte à morte de Gerard Etienne, teve a impressão de que ela relutou em entregar o manuscrito, talvez fingindo que não conseguia encontrá-lo, ou de que ele, de fato, não estava mais com ela?"

Como se reconhecendo a importância da pergunta, a sra. Pitt-Cowley demorou a responder. Então disse: "Como saber? Mas lembro-me bem de que o pedido a desconcertou. Acho que estava alvoroçada. E é difícil entender como pôde ter realmente perdido o manuscrito. Não era descuidada com pertences importantes para ela. Além disso, o apartamento não é tão grande assim. Ela nem sequer se incomodou em procurá-lo. Se quiser um palpite, eu diria que o manuscrito não estava mais com ela".

53

Quando voltaram ao carro, Dalgliesh disse: "Eu dirijo, Kate".

Ela sentou-se no banco esquerdo e afivelou o cinto de segurança em silêncio. Gostava de dirigir e sabia que era boa motorista, mas quando, como então, ele preferia assumir o volante, ficava satisfeita em sentar-se ao seu lado em silêncio e, ocasionalmente, observar as mãos fortes e sensíveis pousadas levemente sobre a direção. Quando atravessavam a Hammersmith Bridge, ela o olhou rapidamente de lado e viu uma expressão bem conhecida: um ensimesmamento austero e distante, como se estivesse suportando estoicamente uma dor secreta. Logo que fora recrutada para sua equipe, achava que a expressão era de raiva controlada e temia a súbita ferroada de um frio sarcasmo — uma de suas defesas, suspeitava, contra a falta de controle — que seus subordinados haviam aprendido a respeitar. Haviam coletado evidências vitais nas últimas duas horas e meia e ela estava ansiosa para ouvir sua reação; sabia, porém, que era melhor não romper o silêncio. Ele dirigia com a habitual e calma competência e era difícil acreditar que parte de sua mente estava longe dali. Estaria preocupado com a vulnerabilidade daquela criança, repassando mentalmente as evidências que ela fornecera? Estaria contendo severamente a indignação diante daquela barbaridade planejada que fora a morte de Esmé Carling, uma morte, agora sabiam, por assassinato?

Em outros oficiais superiores, aquela expressão de introspecção severa poderia ter significado raiva da incompetência de Daniel. Se Daniel houvesse extraído a verdade da menina sobre o que acontecera naquela noite de quinta-feira, Esmé Carling ainda poderia estar viva. Mas será que a falta podia mesmo ser chamada de incompetência? Tanto Carling quanto a menina haviam contado a mesma história, e era convincente. Crianças eram boas testemunhas, e raramente mentiam. Se ela tivesse entrevistado Daisy, teria sido melhor? Como se sairia, naquela manhã, se Dalgliesh não tivesse estado lá para intervir? Duvidava de que Dalgliesh proferisse uma só palavra de recriminação; o que não impediria, entretanto, que Daniel se recriminasse. Sentia um enorme alívio por não estar no seu lugar.

Só depois que atravessaram a Hammersmith Bridge, ele falou.

"Acho que Daisy nos contou tudo que sabia, mas as omissões são frustrantes, não? Uma palavrinha que faltou teria feito toda a diferença. A cobra estava do lado de fora da porta. Que porta? Ela ouviu uma voz. De homem ou de mulher? Alguém estava carregando um aspirador de pó. Homem ou mulher? Ao menos, não precisamos basear-nos apenas na implausibilidade daquela mensagem de suicida para ter certeza de que foi assassinato."

Na sala de ocorrências de Wapping, Daniel trabalhava sozinho. Kate, constrangida, queria deixá-lo sozinho com Dalgliesh, mas era difícil sem que o ardil parecesse óbvio demais. Dalgliesh relatou sucintamente o resultado das visitas matinais. Daniel levantou-se. O gesto, que lembrava o de um prisioneiro sentenciado, pareceu instintivo. Seu rosto forte estava muito pálido.

"Sinto muito, senhor. Eu deveria ter derrubado aquele álibi. Foi uma falta grave."

"Certamente foi uma falta infeliz."

"Devo dizer, senhor, que o sargento Robbins não ficou convencido. Achou, desde o início, que Daisy estava mentindo e quis pressioná-la."

"Nunca é fácil fazer isso com uma criança, não é mesmo?", disse Dalgliesh. "Caso se tratasse de uma batalha entre Daisy e o sargento Robbins, não tenho certeza de que não apostaria nela."

Era interessante, pensou Kate, que Robbins não tivesse acreditado na menina. Parecia ser capaz de combinar a crença na nobreza essencial do homem com a relutância em acreditar em tudo que qualquer testemunha dissesse. Talvez, por ser religioso, estava mais disposto que Daniel a acreditar no pecado original. Mas havia sido um gesto generoso de Daniel dizer o que dissera. Talvez fosse cinismo de sua parte, mas, conhecendo AD, além de generoso fora prudente.

Daniel prosseguiu obstinadamente, como se determinado a tornar sua situação ainda pior: "Mas, se eu não tivesse ficado satisfeito, Esmé Carling estaria viva hoje".

"Talvez. Não exagere no sentimento de culpa, Daniel. A pessoa responsável pela morte de Esmé Carling foi aquela que a matou. E quanto à autópsia? Surgiu algo inesperado?"

"Morte por inibição do nervo vago, senhor. Ela morreu assim que a alça apertou ao redor de seu pescoço. Estava morta quando foi posta na água."

"Bem, ao menos foi rápido. E quanto à lancha? Ferris mandou alguma notícia?"

"Sim, senhor, boas notícias." O rosto de Daniel se iluminou. "Ele encontrou fibras minúsculas de tecido presos a uma pequena lasca de madeira no chão da cabine. São cor-de-rosa, senhor. Ela estava usando um *blazer* de tweed rosa e marrom. Com sorte, o laboratório conseguirá provar que são dele."

Eles se olharam. Kate sabia que os dois sentiam a mesma exultação contida. Enfim, uma pista física, algo que podia ser etiquetado, medido, examinado cientificamente, apresentado no tribunal como evidência. Já haviam confirmado com Fred Bowling que Esmé Carling não estivera na lancha desde o verão anterior. Se as fibras fossem de sua roupa, então teriam a prova de que fora morta na lancha. E, se fosse assim, quem a teria posteriormente transferido para o outro lado dos degraus? Quem, a não ser o assassino?

Dalgliesh disse: "Se as fibras se combinarem, poderemos

provar que ela esteve na cabine da lancha ontem à noite. A inferência óbvia é que ela morreu lá. Teria sido um plano sensato da parte do assassino. Ele poderia esperar com o corpo escondido até que o rio estivesse tranqüilo e escolher o momento de pendurá-la nas grades sem ser observado. Mas, mesmo se as fibras a ligarem à lancha, isso não significa que a ligarão ao assassino. Precisamos recolher os casacos e paletós de todos os suspeitos que estavam na cena do crime e levá-los ao laboratório. Pode providenciar isso, Daniel?".

"Inclusive de Mandy Price e Bartrum?"

"De todos."

"Tudo o de que precisamos agora é encontrar uma diminuta fibra cor-de-rosa num dos casacos", disse Kate.

"Não é tudo", disse Dalgliesh. "Há um fato deprimente, Kate. A maioria deles poderá afirmar que ajoelhou perto do corpo de Esmé Carling, que até a tocou. Uma fibra poderia prender-se às suas roupas de mais de uma forma."

Daniel acrescentou: "E quem quer apostar que o assassino sabia muito bem o que estava fazendo? Pode ter tirado o casaco antes de ter chegado perto dela e ter tomado todo o cuidado depois para que estivesse limpo".

54

Mandy planejara sair cedo para o trabalho na manhã seguinte mas, para seu espanto, ao acordar descobriu que dormira demais e que já eram oito e quarenta e cinco. Provavelmente teria dormido até mais se Maureen e Mike não estivessem empenhados em mais uma de suas discussões sobre a disponibilidade e o estado do banheiro, como sempre com Maureen gritando do alto da escada e Mike gritando de volta da cozinha. Um minuto depois, ouviu uma batida na porta do seu quarto logo seguida pela entrada intempestiva de Maureen. Era óbvio que acordara com o pé esquerdo.

"Mandy, aquela maldita moto sua ocupa todo o corredor. Por que não a deixa no jardim da frente como todo mundo?"

Tratava-se de uma reclamação perene. Mandy sentiu uma indignação instantânea.

"Porque algum cretino pode roubá-la, só por isso. Minha moto vai ficar no corredor." Acrescentou com mau humor: "Acho que é querer demais que o banheiro esteja livre".

"Está, se conseguir suportar o estado em que Mike o deixou. Imundo, como sempre. Se quiser tomar um banho, você é que vai ter de limpar. E ele esqueceu que é a semana dele de comprar o papel higiênico. Não sei por que tenho de pensar em tudo e fazer tudo nesta casa."

Estava na cara que seria um dia daqueles. Nem Maureen nem Mike estavam em casa quando ela chegara na noite anterior. Fora para a cama mas tentara ficar acordada, esperando-os entrar, ansiosa para despejar sua história. Não fora assim, porém. Ela adormecera sem querer. Então, ouviu-os partir, pois a porta batera com força duas vezes em rápida sucessão.

Maureen nem sequer se incomodara em perguntar-lhe por que não voltara para o show.

As coisas não melhoraram quando chegou à Innocent House. Esperara ser a primeira a chegar com a notícia mas não fora possível. Todos os sócios haviam chegado cedo. George, ocupado com uma ligação, lançou-lhe um olhar de apelo desesperado quando ela entrou, como se qualquer auxílio fosse bem-vindo. Era claro que a notícia já se espalhara além da Innocent House.

"Sim, infelizmente é verdade... Sim, parece que foi suicídio... Não, infelizmente não sei nenhum detalhe... Não sabemos ainda como foi que ela morreu... Sinto muito... Sim, a polícia esteve aqui... Desculpe... Não, a srta. Etienne não pode atender no momento... Não, o sr. De Witt também não pode atender... Talvez um deles possa telefonar-lhe depois... Não, sinto muito. Não sei quando poderão atender."

Desligou o telefone e disse: "Um dos autores do sr. De Witt. Não sei como ficou sabendo da notícia. Talvez tenha ligado para a publicidade e Maggie ou Amy lhe contou. A srta. Etienne me instruiu para dizer o mínimo possível, mas não é fácil. As pessoas não se contentam em falar comigo. Querem falar com um dos diretores".

"Não se incomode com eles", disse Mandy. "Diga apenas: 'Foi engano', e desligue. Se continuar fazendo isso, logo vão se encher."

O saguão estava vazio. A casa parecia estranhamente diferente, excepcionalmente silenciosa, uma casa onde reinava o luto. Mandy pensara que a polícia estaria lá, contudo não viu sinal de sua presença. Na sala, a srta. Blackett estava sentada diante de seu processador de texto, olhando o monitor fixamente como se hipnotizada. Mandy nunca a vira com um aspecto tão doentio. Estava muito pálida e seu rosto, subitamente, tornara-se o de uma velha.

"Tudo bem?", perguntou Mandy. "Está com uma cara horrível."

A srta. Blackett esforçou-se para aparentar controle e dignidade. "Claro que não está tudo bem, Mandy. Como pode estar bem para qualquer um de nós? Esta é a terceira morte que ocorre em dois meses. Estou arrasada. Não sei o que está acontecendo com a editora. Nada vai bem aqui desde que o sr. Peverell morreu. E fico surpresa por conseguir parecer tão alegre. Afinal de contas, você a encontrou."

Parecia à beira das lágrimas. E não era só isso. A srta. Blackett estava com medo. Mandy podia quase sentir no ar seu pavor. Disse com desconforto: "Bem, sinto muito por ela ter morrido. Mas, afinal, eu não a conhecia. E era velha. E foi ela quem se matou. A escolha foi dela. Deve ter querido morrer. Quero dizer, não foi como a morte do sr. Gerard".

A srta. Blackett, vermelha, gritou: "Não era velha! Como pode dizer isso? E se fosse? Os velhos têm tanto direito à vida como você".

"Não disse que não tinham."

"Foi o que insinuou. Deveria pensar antes de falar, Mandy. Disse que era velha e que sua morte não importava."

"Não disse que não importava."

Mandy sentiu que estava começando a se perder num redemoinho de emoções irracionais, que não tinha a menor esperança de entender ou controlar. E então viu que a srta. Blackett estava quase chorando. Sentiu alívio quando a porta se abriu e a srta. Etienne entrou.

"Ah, você está aí, Mandy. Imaginávamos se iria aparecer. Você está bem?"

"Sim, obrigada, srta. Etienne."

"Parece que na próxima semana estaremos desfalcados de funcionários. Suponho que também preferirá ir embora depois que a agitação inicial terminar."

"Não, srta. Etienne, gostaria de ficar." E, com um ímpeto de sagacidade financeira: "Se alguns funcionários irão embora e haverá mais trabalho, acho que eu deveria receber um aumento".

A srta. Etienne lançou um olhar a Mandy que esta interpretou como sendo mais cínico e divertido que de censura.

Após uma pausa de alguns segundos, ela disse: "Está bem, falarei com a sra. Crealey. Receberá um extra de dez libras por semana. O aumento, porém, não será uma recompensa por ficar. Não subornamos funcionários para trabalhar na Editora Peverell, tampouco nos dobramos a chantagens. Terá o aumento porque seu trabalho merece". Virou-se para a srta. Blackett. "A polícia provavelmente virá aqui à tarde. Talvez queiram usar a sala do sr. Gerard — ou melhor, a minha sala. Se for assim, vou ficar no andar de cima com a srta. Frances."

Depois que ela saiu, Mandy disse: "Por que não pediu um aumento também? Precisaremos dar conta de um volume extra de trabalho, a não ser que contratem alguns substitutos, o que pode não ser fácil. Como você disse, foram três mortes em dois meses. As pessoas podem pensar duas vezes antes de trabalhar aqui".

A srta. Blackett começou a digitar, com os olhos fixos no caderninho de taquigrafia. "Não, obrigada, Mandy. Não me aproveito dos meus patrões na hora da necessidade. Tenho princípios."

"Bem, parece que pode dar-se ao luxo de tê-los. O que eu acho é que eles têm se aproveitado de você durante os últimos vinte e tantos anos. Mas faça como quiser. Vou dar uma palavrinha com a sra. Crealey antes de fazer o café."

Mandy tentara ligar para a sra. Crealey antes de sair de casa, mas ela não estava. Daquela vez a encontrou e deu-lhe a notícia sucintamente, atendo-se apenas aos fatos e omitindo qualquer referência às próprias emoções. A srta. Blackett ouvia com ar de censura repressora, portanto era sensato falar do modo mais breve e neutro possível. Os detalhes poderiam esperar para quando se encontrassem à noite no "cantinho".

"Pedi um aumento", disse ela. "Receberei dez libras a mais por semana. É, foi o que pensei. Não, disse que continuaria aqui. Irei direto para o escritório quando sair e poderemos conversar."

Desligou o telefone. Era sintomático do estranho estado

de espírito da srta. Blackett que esta tivesse deixado de lembrar-lhe que não deveria usar o telefone do escritório para suas chamadas particulares.

Havia mais gente na cozinha que normalmente antes das dez horas. Os funcionários que preferiam preparar seu café, em vez de pagar a cota semanal pelos serviços de copeira da sra. Demery, raramente apareciam antes das onze. Parando em frente à porta, Mandy ouviu o murmúrio abafado dos mexericos. Cessou quando ela abriu a porta e eles levantaram os olhos culpados; depois, saudaram-na com alívio e atenção lisonjeira. A sra. Demery estava lá, naturalmente, assim como Emma Wainwright, a antiga secretária anoréxica da srta. Etienne que agora trabalhava para a srta. Peverell, Maggie FitzGerald e Amy Holden, da publicidade, o sr. Elton, do setor de contratos e direitos, e Dave, do depósito, que aparentemente viera da casa número 10 com a desculpa pouco convincente de que o depósito estava sem leite. Sentia-se um forte aroma de café e torradas. A cozinha tinha uma atmosfera de aconchego e conspiração mas, mesmo lá, Mandy podia sentir o medo pairando no ar.

"Pensamos que talvez não viesse", disse Amy. "Pobre Mandy! Deve ter sido simplesmente horripilante. Eu teria morrido. Sempre que há um corpo por perto, pode deixar que você o encontra. Vamos, conte. Ela se afogou, se enforcou ou fez o quê? Nenhum dos sócios informa nada."

Mandy poderia ter observado que não fora ela quem encontrara o corpo de Gerard Etienne. Em vez disso, preferiu fazer seu relato da noite anterior mas, enquanto falava, percebeu que os estava decepcionando. Esperara com ansiedade aquele momento e agora, que era o centro da atenção deles, sentiu uma curiosa relutância em alcovitar, quase como se houvesse algo de indecente em tornar a morte da sra. Carling objeto de mexericos. A imagem daquele rosto encharcado e sem vida, indefeso e com sua feiúra exposta depois que a maquiagem se fora, flutuava entre ela e os olhos ávidos dos ouvintes. Não entendia o que lhe acontecia, por que suas emoções estavam tão confusas, tão perturbadoras em sua perplexidade. Dissera a verdade à srta. Blackett: nem sequer conhecera a sra. Carling. Não poderia estar sentindo pesar. Não tinha motivo para sentir culpa. O que, então, estava sentindo?

A sra. Demery estava inexplicavelmente quieta. Distribuía silenciosamente xícaras e pires no carrinho, mas seus olhinhos penetrantes corriam de um rosto a outro, como se cada um escondesse um segredo que pudesse escapar num momento de desatenção.

"Leu a mensagem dela, Mandy?", perguntou Maggie.

"Não, mas o sr. De Witt leu. Era sobre como os sócios haviam agido mal com ela e que ia vingar-se. 'Fazer seus nomes cheirarem mal', acho que foi isso que escreveu. Não me lembro bem."

"Você a conhecia melhor que a maioria, Maggie", disse o sr. Elton. "Fez aquela grande turnê publicitária com ela há dezoito meses. Como ela era?"

"Não causou problemas. Dei-me muito bem com Esmé. Às vezes, era um pouco exigente, mas já fiz turnês com autores bem piores. E era bastante atenciosa com seus fãs. Não media esforços para agradá-los. Sempre dava uma palavrinha com cada um que se enfileirava por um autógrafo e personalizava cada livro escrevendo a mensagem que lhe pediam. Bem diferente de Gordon Holgarth. Tudo que os leitores conseguiam dele era um garrancho como assinatura, uma carranca e uma baforada de charuto no rosto."

"Acha que era do tipo suicida?"

"Existe um tipo suicida? Não sei direito o que a expressão significa. Mas se está perguntando se estou surpresa por ela ter se matado, a resposta é sim. Estou surpresa. Muito surpresa."

Finalmente, a sra. Demery falou. "Se é que se matou."

"Deve ter se matado, sra. Demery. Deixou uma mensagem."

"Uma mensagem bem esquisita, se o que Mandy se lembra está correto. Eu precisaria ler essa mensagem com os próprios olhos antes de me dar por satisfeita. E está na cara que a polícia não está satisfeita. Se estivesse, por que teria levado a lancha?"

"Foi por isso que fomos apanhados em Charing Cross de táxi e não de lancha esta manhã?", perguntou Maggie. "Pensei que a lancha estivesse quebrada. Fred Bowling não disse nada sobre a polícia quando nos encontrou."

"Devem ter falado para ele ficar quieto. Mas que levaram a lancha, isso levaram. Chegaram logo cedo e a rebocaram. Achei que era isso que tinha acontecido quando não a vi aqui e perguntei a Fred. Está na delegacia de Wapping."

Maggie estava despejando água quente sobre o pó de café. Parou, com a chaleira no ar.

"Não está dizendo que a polícia acha que a sra. Carling foi assassinada, está, sra. D?"

"Não sei o que a polícia acha. Sei o que eu acho. Esmé Carling não teria cometido suicídio. Não ela."

Emma Wainwright estava sentada na ponta da mesa, seus dedos esqueléticos ao redor de uma xícara de café. Em vez de beber, olhava fixamente para a fina espuma rodopiante do leite, como se paralisada por uma onda de náusea.

Então levantou os olhos e disse em sua voz rouca e gutural: "É o segundo corpo que encontra, Mandy, desde que chegou à Innocent House. Nunca tivemos esse tipo de problema antes. Vão apelidá-la de Datilógrafa da Morte. Se continuar assim, vai ser difícil conseguir outro emprego".

Mandy, irada, disparou sua resposta. "Menos difícil que para você. Ao menos não pareço que vim de um campo de concentração. Por que não se olha no espelho? Está medonha."

Durante alguns segundos fez-se um silêncio horrorizado. Seis pares de olhos fixaram Emma de relance e logo se desviaram. Ela ficou sentada, imóvel. Então, subitamente, levantou-se com dificuldade e atirou a xícara de café na pia, do outro lado da cozinha, onde espatifou-se espetacularmente. Depois soltou um uivo agudo, explodiu em lágrimas e saiu correndo dali. Amy deu um gritinho e limpou uma mancha de café que espirrara em seu rosto.

Maggie estava chocada. "Não devia ter dito isso, Mandy. Que crueldade. Emma é doente. Não pode fazer nada."

"Claro que pode. Só faz isso para incomodar os outros. E foi ela quem começou a discussão. Chamou-me de Datilógrafa da Morte. Não trago azar. Não foi culpa minha se encontrei os corpos."

Amy olhou para Maggie. "Acha que devo falar com ela?"

"É melhor deixá-la em paz. Sabe como ela é. Está contrariada porque a srta. Claudia escalou Blackie, e não ela, como sua secretária particular. Já disse para a srta. Claudia que vai se demitir no final da semana. Se quer saber, acho que está apavorada. E eu não a censuro."

Dividida entre a justa indignação pessoal e o remorso, ainda mais desagradável porque sofria dele tão raramente, Mandy sentiu que também precisava do alívio de atirar louça na pia e sair em prantos. O que estava acontecendo com todos eles, com a Innocent House, com ela mesma? Era aquilo que a morte violenta fazia com as pessoas? Achara que o dia seria emocionante e agradável, repleto de mexericos e especulações confortáveis, ela como o centro das atenções. Mas fora um inferno desde o início.

A porta se abriu e a srta. Etienne entrou. Disse com frieza: "Maggie, Amy e Mandy, há trabalho a ser feito. Se não têm a intenção de fazê-lo, seria melhor admitir francamente e voltar para casa".

55

Dalgliesh avisara que queria falar com todos os sócios na sala da diretoria às três horas e que a srta. Blackett também deveria estar presente. Ninguém fez objeção à convocação ou à presença dela. Haviam entregue as roupas que estavam usando quando o corpo de Esmé Carling fora descoberto sem perguntas ou discussão. Mas todos eram pessoas inteligentes, refletiu Kate, e não precisaram perguntar o motivo daquilo. Nenhum deles solicitou a presença de um advogado, e Kate especulava sobre se temiam que a medida parecesse suspeita e prematura, se confiavam em sua capacidade de cuidar dos próprios interesses ou sentiam-se seguros na certeza de que eram inocentes.

Ela e Dalgliesh sentaram-se de um lado da mesa, tendo os sócios e a srta. Blackett à sua frente. Na primeira reunião que haviam tido na sala da diretoria, após a morte de Gerard Etienne, Kate sentira uma mistura de emoções emanando deles: curiosidade, choque, dor e apreensão. Naquele dia, tudo o que conseguia perceber era medo. Parecia contagioso. Era como se um contaminasse o outro e, até mesmo, a atmosfera da sala. Só a srta. Blackett o demonstrava abertamente. Dauntsey parecia muito velho e esperava com a resignação de um paciente geriátrico prestes a ser internado. De Witt sentara-se ao lado de Frances Peverell. Seus olhos estavam alertas sob as pálpebras pesadas. A srta. Blackett inclinava-se para a frente na cadeira, com a atenção trêmula de um animal acuado. Seu rosto estava muito pálido mas, de vez em quando, manchas febris se espalhavam sobre suas faces e testa como se estivesse doente. O rosto de Frances Peverell estava tenso e ela passava a língua nos lábios. A seu lado, Claudia

Etienne era a que parecia mais composta exteriormente. Estava tão elegante como sempre. Kate notou que aplicara a maquiagem com cuidado e imaginou se tal gesto expressava desafio ou uma pequena mas galante tentativa de impor um toque de normalidade ao caos psicológico da Innocent House.

Dalgliesh colocara sobre a mesa a mensagem final de Esmé Carling. Estava encapada com um plástico. Leu-a até o final com voz quase sem expressão. Ninguém disse nada. Então, sem comentar o que lera, falou calmamente: "Cremos agora que a sra. Carling veio à Innocent House na noite da morte do sr. Etienne".

A voz de Claudia era ríspida. "Esmé veio aqui? Por quê?"

"Presumivelmente, para falar com seu irmão. Seria muito improvável? Acabara de saber, no dia anterior, que seu último romance fora rejeitado pela Editora Peverell. Tentara falar com o sr. Etienne logo cedo naquele dia, mas fora impedida de chegar a ele pela srta. Blackett."

Blackie gritou: "Mas ele estava na reunião de diretoria! Ninguém interrompe uma reunião de diretoria! Recebi instruções específicas para nem sequer passar telefonemas urgentes".

"Ninguém a está culpando, Blackie", disse Claudia com impaciência. "É claro que acertou não a deixando entrar."

Como se não tivesse sido interrompido, Dalgliesh prosseguiu: "Daqui ela foi direto para a Liverpool Street e a sessão de autógrafos em Cambridge, mas descobriu que alguém da editora telefonara cancelando-a. Seria de se esperar que fosse tranqüilamente para casa e não fizesse nada? Todos vocês a conheciam. Não era muito mais provável que voltasse para cá e fizesse outra tentativa de apresentar suas queixas ao sr. Etienne, chegando numa hora em que esperava encontrá-lo sozinho, sem a proteção de sua secretária? Parece que era sabido que ele trabalhava até tarde às quintas-feiras".

"Mas vocês devem ter investigado, perguntado onde ela havia estado naquela noite", disse De Witt. "Se supõem seriamente que Gerard foi assassinado, Esmé Carling só poderia estar entre os suspeitos."

"Realmente investigamos. Ela forneceu um álibi muito convincente, uma criança que afirmou ter ficado desde as seis e meia até a meia-noite com ela em seu apartamento. Chama-se Daisy, e depois disso nos contou tudo que sabe. A sra. Carling a convenceu a lhe fornecer um álibi para aquela noite e admitiu que estivera na Innocent House."

"E agora está fazendo o favor de nos comunicar", disse Claudia. "Bem, parece que as coisas mudaram, comandante. Já era tempo que nos desse alguma informação concreta. Gerard era meu irmão. Desde o início, tem sugerido que a morte dele não foi acidental e não parece estar mais perto de explicar como ou por que ele morreu."

"Não seja ingênua, Claudia", disse De Witt. "O comandante não está nos fazendo confidências em consideração aos seus sentimentos de irmã. Está nos dizendo que a menina, Daisy, foi interrogada e contou tudo que sabe, portanto é inútil tentar encontrá-la, suborná-la, comprá-la ou silenciá-la de qualquer outra forma."

A implicação do que ele dissera era tão transparente e chocante que Kate preparou-se para ouvir um coro de protestos indignados. Ninguém disse palavra. Claudia corou e pareceu prestes a rebater, mas achou melhor calar-se. Os outros sócios ficaram rigidamente em silêncio, evitando olhar uns para os outros. A observação parecia haver descortinado possibilidades e conjecturas tão desagradáveis e aterradoras que era melhor ignorá-las.

Dauntsey, com uma voz talvez controlada demais, perguntou: "Sendo assim, há uma suspeita que sabemos ter estado aqui e, provavelmente, no momento relevante. Se ela não tinha nada a esconder, por que não se manifestou?".

De Witt acrescentou: "E é estranho pensar que, desde então, ela estivesse tão reservada. Suponho que você não esperou por uma carta de pêsames, Claudia, mas seria previsível que nos procurasse, ao menos para tentar oferecer-nos seu romance mais uma vez".

"Pode ter achado de bom-tom esperar um pouco", disse

Frances. "Pareceria muita insensibilidade de sua parte começar a atormentar-nos logo depois da morte de Gerard."

"Sem dúvida, teria sido o momento menos propício para tentar fazer-nos mudar de idéia", concordou De Witt.

Claudia retrucou asperamente: "Nós não teríamos mudado de idéia. Gerard tinha razão, o livro era ruim. Não teria contribuído em nada para nossa reputação, e nem para a dela, a propósito".

Frances argumentou: "Mas poderíamos ter rejeitado o livro com mais delicadeza, conversado com ela, tentado explicar".

"Pelo amor de Deus, Frances, não me venha de novo com essa velha discussão", disse Claudia. "De que teria adiantado? Ou se aceita um livro ou não. Ela teria ficado magoada com a notícia mesmo que a tivesse recebido no Claridge's, bebendo champanhe e comendo lagosta à Thermidor."

Dauntsey parecia seguir seu próprio fio de raciocínio. E disse: "Não vejo como Esmé Carling poderia ter tido qualquer relação com a morte de Gerard, mas seria possível que tenha enrolado a cobra ao redor de seu pescoço. Pareceria mais do seu estilo".

"Quer dizer que ela teria encontrado o corpo e resolvido dar um toque pessoal à cena?", disse Claudia.

Dauntsey prosseguiu: "Acha a hipótese pouco provável, certo? Gerard deveria estar vivo quando ela chegou. Presumivelmente, atendeu à porta".

"Não necessariamente", disse Claudia. "Talvez tenha deixado a porta da frente aberta naquela noite. Gerard não costumava descuidar da segurança, mas não é impossível. Esmé pode ter dado um jeito de entrar no prédio depois que ele morreu."

De Witt argumentou: "Mesmo que tivesse entrado, por que teria subido até a salinha dos arquivos?".

Por um momento, pareciam ter se esquecido da presença de Dalgliesh e Kate.

"Para procurá-lo", sugeriu Frances.

"Mas não é mais provável que ela tenha esperado por Gerard na sala dele?", opinou Dauntsey. "Imaginando que estivesse em algum lugar do prédio. Seu paletó ainda estava dependurado na cadeira. Mais cedo ou mais tarde voltaria. E quanto à cobra? Teria sabido onde encontrá-la?"

Depois de derrubar a alegação de De Witt, Dauntsey voltou a se recolher em seu silêncio. Claudia olhou de soslaio para seus colegas, como se buscando o consenso para o que tencionava dizer. Em seguida, olhou em cheio para Dalgliesh.

"Compreendo que essa nova informação, de que Esmé Carling esteve na Innocent House na noite em que Gerard morreu, coloca o suicídio dela sob nova luz. Mas, não importa como tenha morrido, sua morte não diz respeito a nós, sócios. Todos nós podemos dar conta de nossos atos."

Ela não quer usar a palavra "álibi", pensou Kate.

Claudia prosseguiu: "Eu estava com meu noivo, Frances e James estavam juntos, Gabriel estava com Sydney Bartrum". E dirigiu-se a Dauntsey, bruscamente endurecendo a voz: "Foi muita coragem de sua parte, Gabriel, andar sozinho até o Sailor's Return logo depois de ter sido assaltado".

"Tenho andado sozinho na capital onde cresci durante mais de sessenta anos. Não é um assalto que vai me impedir de continuar."

"Mas não foi conveniente que tenha saído justamente quando o táxi de Esmé estava chegando?"

"Foi casual, Claudia, e não conveniente", apaziguou De Witt.

Claudia, porém, olhava para Dauntsey como se fosse um estranho: "E o *pub* talvez possa confirmar quando você e Sydney chegaram. Mas acontece que é um dos mais concorridos às margens do rio, e tem um dos balcões mais compridos, e pode-se chegar até lá pela passarela do rio, e vocês entraram separadamente. Duvido muito de que alguém seja capaz de precisar o tempo em que estiveram lá, mesmo que consiga se lembrar de dois clientes em particular. Suponho que não tenham chamado a atenção, certo?"

Dauntsey replicou calmamente: "Não fomos até lá com essa intenção".

"E por que foram? Não sabia que freqüentava o Sailor's Return. Nunca teria imaginado que era lá que você matava a sede. É barulhento demais. E não havia notado que você e Sydney eram colegas de copo."

Kate teve a impressão de que, subitamente, os dois haviam iniciado uma guerra particular. Ouviu o protesto angustiado e suave de Frances: "Não, por favor, parem com isso".

"Será que seu álibi é mais confiável, Claudia?", disse De Witt.

"E o seu, falando nisso?", revidou ela. "Ou Frances não mentiria para protegê-lo?"

"Pode ser, não sei. Acontece que não precisa fazer isso. Estávamos juntos desde as sete horas."

"Sem perceber, ver ou ouvir nada", disse Claudia. "Totalmente imersos um no outro." Antes que De Witt pudesse replicar, ela continuou: "Não acham curioso como acontecimentos de tal seriedade começam com coisas tão pequenas? Se alguém não tivesse enviado o fax cancelando a sessão de autógrafos de Esmé, talvez ela não tivesse voltado aqui naquela noite, não teria visto o que viu e não estaria morta".

Blackie não suportava mais aquela antipatia que mal conseguiam disfarçar, e agora aquele horror. Saltou da cadeira e gritou: "Parem, por favor, parem! E não é verdade. Ela se matou. Mandy encontrou o corpo. Mandy viu. Sabem que ela se matou. O fax não tem nada a ver com isso".

"Claro que se matou", retrucou Claudia asperamente. "Qualquer outra hipótese é otimismo por parte da polícia. Por que se conformar com suicídio quando se pode optar pelo mais empolgante? E o fax pode ter sido a gota d'água para Esmé. Quem o enviou tem uma tremenda responsabilidade."

Claudia mantinha os olhos fixos em Blackie e todos viraram a cabeça em sua direção como se ela tivesse puxado um cordão invisível.

"Foi você", exclamou Claudia de repente. "Foi o que achei. Foi você, Blackie, quem mandou o fax!"

Todos olharam, consternados, enquanto Blackie abria a

boca lenta e silenciosamente. Durante segundos que pareceram minutos, ela prendeu a respiração e, em seguida, explodiu em soluços incontroláveis. Claudia levantou-se e segurou-a pelos ombros. Por um momento, pareceu que iria sacudi-la.

"E o que diz das outras sabotagens? Das provas alteradas, das ilustrações roubadas? Foi você também?"

"Não, eu juro que não. Foi só o fax, nada mais. E foi só aquele. Ela foi tão injusta quando falou do sr. Peverell. Disse coisas terríveis. É mentira que ele me achava uma chata. Ele gostava de mim. Confiava em mim. Ah, meu Deus, por que não morri junto com ele..."

Levantou-se tremulamente e, ainda soluçando, andou às tontas até a porta, estendendo a mão como uma cega incerta de seu caminho. Frances fez menção de se levantar, enquanto De Witt já estava de pé, mas Claudia segurou seu braço.

"Pelo amor de Deus, James, deixe-a em paz. Nem todos querem chorar em seu ombro. Alguns preferem suportar sozinhos seu sofrimento."

James ficou vermelho e imediatamente se sentou.

"Acho melhor pararmos agora", disse Dalgliesh. "Quando a srta. Blackett estiver mais calma, a inspetora Miskin conversará com ela."

"Meus parabéns, comandante", ironizou De Witt. "Foi muita astúcia de sua parte levar-nos a fazer o *seu* trabalho. Teria sido mais amável interrogar Blackie em particular, mas teria sido mais demorado e menos proveitoso, não é mesmo?"

"Uma mulher morreu e meu trabalho é descobrir como e por que ela morreu", argumentou Dalgliesh. "Infelizmente, minha prioridade não é ser amável."

Frances, quase em prantos e olhando para De Witt, perguntou: "Pobre Blackie! Meu Deus, coitada da Blackie! O que farão com ela?".

Foi Claudia quem respondeu. "A inspetora Miskin irá confortá-la e Dalgliesh a colocará contra a parede. Ou, se tiver sorte, será o contrário. Não precisa preocupar-se com Blackie.

O envio do fax não a mandará para a forca; nem sequer é um delito indiciável." Virou-se violentamente para Dauntsey e disse: "Gabriel, sinto muito. Estou tão arrependida. Peço muitas desculpas. Não sei o que deu em mim. Meu Deus, temos de ficar unidos". Como ele não respondesse, ela disse, quase em tom suplicante: "Não acha que foi assassinato, não é mesmo? A morte de Esmé. Acha que alguém a matou?".

Dauntsey respondeu serenamente: "Ouviu o comandante ler a mensagem que ela escreveu para nós. Acha, mesmo, que pareciam as palavras de uma suicida?".

56

O sr. Winston Johnson, o taxista, era grande, negro, amigável, aparentemente despreocupado por estar no ambiente de uma delegacia policial e sereno mesmo perdendo possíveis corridas devido à necessidade de comparecer a Wapping. Sua voz era grave e atraente, mas o sotaque era puro *cockney*. Quando Daniel lhe pediu desculpas por terem precisado usar seu tempo de trabalho, ele disse: "Acho que não perdi muito. Peguei uns passageiros querendo ir para Canary Wharf no caminho para cá. Dois turistas americanos. Dão boas gorjetas. Por isso cheguei um pouco atrasado".

Daniel lhe entregou uma fotografia de Esmé Carling: "É nesta passageira que estamos interessados. Foi para a Innocent Walk na noite de quinta-feira. Reconhece-a?".

O sr. Johnson pegou a foto com a mão esquerda. "Essa mesmo. Fez sinal na Hammersmith Bridge por volta das seis e meia. Disse que precisava estar no número 10 da Innocent Walk às sete e meia. Não tinha problema. Não levaria tanto tempo assim, a não ser que o trânsito estivesse ruim demais ou um alerta de bomba tivesse feito vocês da polícia fecharem uma das ruas. Foi uma corrida boa."

"Quer dizer que chegaram lá antes das sete e meia?"

"Teríamos chegado, mas ela bateu no vidro na altura da Tower e disse que não queria chegar cedo. Pediu que eu matasse tempo. Perguntei aonde gostaria de ir e ela falou: 'Não importa, desde que cheguemos à Innocent Walk às sete e meia'. Então fomos até a Isle of Dogs, dirigi por lá um pouco e depois voltei pela Highway. Essa volta toda aumentou a tarifa, mas acho que essa não era sua preocupação. Ficou em dezoito libras e ela ainda me deu gorjeta."

"Por onde entrou na Innocent Walk?"

"Saí da Highway pela Garnet Street e daí segui direto ao lado do Wapping Wall."

"Viu alguém em especial?"

"Alguém em especial? Tinha uns sujeitos por ali, mas não posso dizer que notei alguém especial. Estava prestando atenção na rua, não?"

"A sra. Carling conversou com você durante a corrida?"

"Só o que já falei, que ela não queria chegar à Innocent Walk antes das sete e meia e para eu dar umas voltas por aí."

"E tem certeza de que queria ir para o número 10 da Innocent Walk, e não para a Innocent House?"

"Foi no número 10 que pediu para ir e foi lá que desceu. Perto dos portões de ferro, no final da Innocent Passage. Tive a impressão de que estava preocupada em não descer mais a Innocent Walk. Bateu na divisória assim que eu entrei nela e disse que só queria ir até ali."

"Notou se o portão da Innocent Passage estava aberto?"

"Não estava escancarado, o que não quer dizer que estivesse trancado."

Daniel fez a pergunta seguinte sabendo qual seria a resposta, mas precisava constar do depoimento. "Ela não falou por que estava indo à Innocent Walk, se iria encontrar-se com alguém, por exemplo?"

"Não era da minha conta, companheiro, certo?"

"Talvez não, mas os passageiros gostam de conversar às vezes."

"E alguns falam até demais. Mas essa não falou nada. Só ficou sentada lá, agarrada na sua bolsona a tiracolo."

Daniel lhe passou outra fotografia. "Esta bolsa?"

"Pode ser. Parece. Veja bem, eu não poderia jurar."

"A bolsa parecia cheia, como se ela estivesse levando algo pesado ou volumoso?"

"Não posso ajudá-lo neste ponto, colega. Mas notei que estava a tiracolo e que era grande."

"E pode jurar que levou esta mulher de Hammersmith até a Innocent Walk na quinta-feira e que a deixou viva no final da Innocent Passage às sete e meia?"

"Bem, com certeza não a deixei morta. Isso eu posso jurar, sim. Quer que eu faça uma declaração?"

"O senhor ajudou muito, sr. Johnson. Sim, gostaríamos que fizesse uma declaração. Irá prestá-la na sala ao lado."

O sr. Johnson saiu acompanhado por um policial. Logo em seguida, a porta se abriu e o sargento Robbins pôs a cabeça para dentro. Nem sequer tentou disfarçar seu entusiasmo.

"Estava verificando o movimento de barcos no rio, senhor. Acabamos de receber um telefonema da Jurisdição do Porto de Londres respondendo àquela ligação que eu fiz há cerca de uma hora. A lancha deles, *Royal Nore*, passou pela Innocent House ontem à noite. O diretor deles estava oferecendo um jantar particular a bordo. O jantar estava marcado para as oito. Três convidados estavam ansiosos para ver a Innocent House e foram até o convés. Calculam que eram vinte para as oito. Podem jurar, senhor, que o corpo não estava suspenso nessa hora, e que não viram ninguém no átrio. E não é só, senhor. Eles têm certeza absoluta de que a lancha estava à esquerda dos degraus, e não à direita. Quero dizer, à esquerda olhando do rio."

Daniel disse lentamente: "Maldição! Quer dizer que o instinto de AD estava correto. Ela foi morta na lancha. O assassino ouviu a lancha da Jurisdição do Porto de Londres se aproximando e manteve o corpo escondido antes de suspendê-lo".

"Mas por que naquele lado da grade? Por que mudar o barco de lado?"

"Na esperança de que nós não percebêssemos que ela foi morta no barco. A última coisa que queria era ver aquela lancha pululando de técnicos da perícia. E tem mais. Ele a encontrou depois das grades de ferro fundido, no final da Innocent Passage. Ele tinha a chave e estava esperando por ela, de pé na porta lateral. Era mais seguro manter-se naquele lado do átrio, o mais longe possível da Innocent House e da casa número 12."

Robbins pensara numa objeção. "Não era arriscado mudar a lancha de lugar? A srta. Peverell e o sr. De Witt poderiam ouvir o barulho do apartamento dela. Se ouvissem, certamente teriam descido para investigar."

"Afirmaram que não poderiam sequer ouvir um táxi, a não ser que rodasse sobre o calçamento da Innocent Passage. É algo que poderemos verificar, é claro. Se ouviram um motor, provavelmente pensaram que era qualquer lancha passando no rio. Estavam com as cortinas fechadas, lembra-se? Mas não podemos nos esquecer de outra possibilidade."

"Qual é, senhor?"

"A de que foram eles que mudaram a lancha de lugar."

57

Eram apenas cinco e meia da tarde de sábado, normalmente um dia movimentado, mas a loja estava trancada, com a placa de "Fechado" aparecendo atrás do vidro. Claudia tocou a campainha ao lado e, em questão de segundos, a silhueta de Decan apareceu e destrancou a porta. Logo que ela entrou, ele olhou rapidamente para os dois lados da rua e depois voltou a trancar a porta.

"Onde está o sr. Simon?", perguntou ela.

"No hospital. Era lá que eu estava. Está muito doente. Acha que é câncer."

"O que os médicos dizem?"

"Vão fazer alguns exames. Percebi que acham que é grave. Hoje de manhã obriguei-o a chamar o dr. Cohen — é o médico dele — e este falou: 'Pelo amor de Deus, por que não me consultou antes?'. Disse-me que Simon sabe que não vai sair do hospital. Olhe, vamos para a sala de trás, está bem? Lá é mais confortável."

Ele não a beijou ou tocou.

Está me tratando como se eu fosse uma cliente, pensou Claudia. Algo acontecera com ele, e não era só a doença do velho Simon. Nunca o vira daquele jeito antes. Parecia possuído por um misto de excitação e pavor. Seus olhos eram quase selvagens e sua pele brilhava de suor. Podia sentir o cheiro dele — um cheiro estranho e animal. Seguiu-o até a sala dos fundos. As três barras do aquecedor elétrico instalado na parede estavam ligadas e o cômodo estava muito quente. Os objetos familiares pareciam estranhos, diminuídos, os insignificantes restos de vidas extintas e anônimas.

Em vez de sentar-se, ficou de pé, observando-o. Incapaz de ficar parado, ele percorria os poucos metros de espaço livre como um animal enjaulado. Vestia-se mais formalmente que o normal e o paletó e gravata desconhecidos contrastavam com sua inquietação quase doentia e o cabelo em desalinho. Imaginou há quanto tempo estaria bebendo. Havia uma garrafa de vinho, um terço cheia, e um único copo manchado entre a desordem de uma das mesas. Subitamente, ele interrompeu seus passos inquietos e virou-se para ela, que viu em seus olhos uma expressão que combinava súplica, vergonha e medo.

"A polícia esteve aqui. Olhe, Claudia, tive de contar a eles o que aconteceu na quinta-feira, a noite em que Gerard morreu. Tive de lhes contar que você me deixou no Tower Pier, que não ficamos juntos o tempo todo."

"Teve de contar?", disse ela. "Como assim?"

"Eles me obrigaram."

"Com o quê? Com alicates e tenazes quentes? Dalgliesh torceu seus braços e lhe bateu na cara? Levaram você para a prisão de Notting Hill e lhe deram uma surra, espertamente sem deixar marcas? Sabemos como são bons nisso, nós vemos TV."

"Dalgliesh não veio. Vieram aquele judeuzinho e um sargento. Claudia, não imagina como foi. Acham que aquela romancista, Esmé Carling, foi assassinada."

"Não podem ter certeza."

"Estou lhe dizendo, é o que pensam. E sabem que eu tinha um motivo para matar Gerard."

"Se é que foi assassinato."

"Sabiam que eu precisava de dinheiro e que você prometera consegui-lo para mim. Poderíamos ter amarrado a lancha na Innocent House e cometido o crime juntos."

"Só que não foi o que aconteceu."

"Eles não acreditam."

"Disseram tudo isso assim, diretamente?"

"Não, e nem precisavam. Dava para ver o que estavam pensando."

Pacientemente, ela disse: "Veja, se suspeitassem de você

seriamente, teriam de interrogá-lo sob caução judicial numa delegacia e gravar a entrevista. Foi o que fizeram?".

"Claro que não."

"Não o convidaram para acompanhá-los até a delegacia, não lhe disseram que podia chamar um advogado?"

"Nada parecido. Só falaram, no final, que preciso ir até a delegacia de Wapping e prestar uma declaração."

"Então, o que fizeram afinal?"

"Ficaram perguntando se eu tinha certeza absoluta de que ficamos juntos o tempo todo e que você me trouxe da Innocent House até aqui. Como foi melhor contar a verdade! O inspetor usou as palavras 'cúmplice de assassinato', tenho certeza de que usou."

"Tem mesmo? Eu, não."

"Seja como for, eu contei."

Ela disse controladamente e através de lábios que já não pareciam ser seus: "Compreende o que você fez? Se Esmé Carling foi assassinada, Gerard provavelmente também foi, e, nesse caso, a mesma pessoa foi responsável pelas duas mortes. Seria coincidência demais existirem dois assassinos na mesma empresa. Tudo o que você fez foi tornar-se suspeito de duas mortes, não de uma".

Ele estava quase chorando. "Mas estávamos juntos, aqui, quando Esmé morreu. Veio para cá logo depois do trabalho. Abri a porta para você. Ficamos juntos a noite toda. Fizemos amor. Contei tudo isso a eles."

"Só que o sr. Simon não estava aqui quando cheguei, estava? Ninguém me viu. Então, que prova temos?"

"Mas estávamos juntos! Temos um álibi... nós dois temos um álibi!"

"Acha mesmo que a polícia vai acreditar nele agora? Você confessou que mentiu sobre o que aconteceu na noite em que Gerard morreu; por que não estaria mentindo de novo quanto à noite em que Esmé morreu? Estava tão ansioso para salvar a própria pele que não teve o bom senso de ver que se afundava ainda mais na merda."

Dando as costas para Claudia, ele colocou mais vinho no copo. Ergueu a garrafa e perguntou: "Quer um pouco? Vou buscar um copo".

"Não, obrigada."

Voltando-lhe as costas outra vez, ele disse: "Olhe, acho que não devemos nos ver mais. Ao menos, durante um bom tempo. Quero dizer que é melhor que não nos vejam juntos até que tudo isso se esclareça".

"Aconteceu mais alguma coisa, não é?", disse ela. "O problema não é só o álibi."

Foi quase cômico o modo como o rosto dele mudou. A expressão de vergonha e medo deu lugar a um rubor de agitação e satisfação marota. Parece uma criança, pensou ela, especulando sobre que novo brinquedo havia chegado a seu alcance. Sabia, porém, que o desprezo que sentia era mais por si mesma que por ele.

Esforçando-se para que ela entendesse, Declan prosseguiu: "Tem outra coisa, bastante boa, na verdade. É o Simon. Mandou chamar o advogado. Vai fazer um testamento me deixando todo o negócio e a propriedade. Afinal, não tem mais para quem deixar, certo? Ele não tem parentes. Sabe que não vai mais ficar bom, então por que não deixar tudo para mim? Prefere que seja meu a que fique para o governo".

"Entendo", disse ela. E entendia mesmo. Não era mais necessária. O dinheiro que herdara de Gerard podia ser dispensado. Mantendo a voz calma, ela falou: "Se a polícia suspeita realmente de você, o que duvido muito, deixarmos de nos ver não fará a menor diferença. No máximo, parecerá ainda mais suspeito. Seria exatamente assim que duas pessoas culpadas se comportariam. Mas você tem razão. Nunca mais nos veremos, no que depender de mim. Não precisa de mim e, certamente, não preciso de você. Tem um certo charme selvagem e um moderado valor como passatempo, mas não se pode dizer que seja o melhor amante do mundo, certo?".

Claudia ficou surpresa por ter conseguido andar até a porta sem vacilar, mas teve um pouco de dificuldade para abrir as trancas. Percebeu que ele estava bem atrás dela. Disse, com voz quase suplicante: "Será que não entende o que eu imaginei? Você pediu que eu fosse passear no rio com você. Disse que era importante".

"Era importante. Eu ia falar com Gerard depois da reunião de diretoria, lembra-se? Pensei que teria algo de bom para lhe contar."

"E depois me pediu que lhe fornecesse um álibi. Pediu que eu dissesse que ficamos juntos até as duas horas. Ligou-me da sala dos arquivos assim que ficou sozinha com o corpo. Teve o tempo exato. E foi a primeira coisa em que pensou. Disse o que eu deveria falar. Obrigou-me a mentir."

"E foi o que contou à polícia, é claro."

"Entende o que eles devem pensar, o que todos irão pensar? Você voltou sozinha com a lancha. Esteve sozinha na Innocent House com Gerard. Herdou seu apartamento, suas ações, o dinheiro de seu seguro de vida."

Ela sentiu a dureza da porta contra as costas. Virou-se para encará-lo e viu o medo despontar em seus olhos enquanto falava.

"Então não tem medo de estar comigo? Não está apavorado de estar sozinho comigo aqui? Já matei duas pessoas. Por que hesitaria em matar uma terceira? Talvez eu seja uma maníaca homicida, não é? Como pode saber? Meu Deus, Declan! Acredita mesmo que matei Gerard, um homem que valia dez de você, apenas para comprar esta loja e aquela patética coleção de porcarias que você adquire para tentar se convencer de que sua vida tem um sentido, de que você é um homem?"

Ela não se lembrou, depois, de abrir a porta, mas ouviu-a fechar-se firmemente atrás de si. A noite lhe pareceu muito fria e percebeu que tremia violentamente. Então estava terminado, pensou ela, e terminara com rancor, amargura, humilhação, insultos sexuais baratos. Mas não era assim sempre? Meteu as mãos no fundo dos bolsos do casaco e, encolhendo o pescoço na gola, caminhou rapidamente até onde havia estacionado o carro.

Livro cinco

A PROVA FINAL

58

No começo da noite de segunda-feira, Daniel trabalhava sozinho na sala dos arquivos. Não sabia bem por que voltara àquelas prateleiras apertadas e cheirando a mofo, a não ser para se autopenitenciar. Por um momento nem sequer conseguira tirar da cabeça o erro que cometera em relação ao álibi de Esmé Carling. Não fora só Daisy Reed quem o enganara. Esmé Carling também, e esta ele poderia ter pressionado com mais força. Dalgliesh não voltara a mencionar o engano, mas era do tipo que não se esquecia facilmente. Daniel não sabia o que era pior — a indulgência de Dalgliesh ou o tato de Kate.

Seguiu trabalhando, levando uma pilha com dez pastas de cada vez até a salinha dos arquivos. Estava quente o bastante; haviam lhe arranjado um pequeno aquecedor elétrico. Mas a sala não era confortável. Sem o aquecedor, o frio o atingia de imediato, com intensidade quase sobrenatural; com ele, a sala logo se tornava desagradavelmente quente. Ele não era supersticioso. Não tinha a sensação de que os fantasmas dos mortos sem descanso observavam sua busca solitária e metódica. A sala era gélida, desolada, banal e evocava apenas uma vaga inquietação, paradoxalmente causada não pela presença do terror e, sim, pela sua ausência.

Ele retirara a próxima leva de pastas de uma das prateleiras superiores quando viu, por trás delas, um pequeno pacote embrulhado em papel marrom e amarrado com um barbante velho. Levou-o até a mesa e lutou com os nós até que finalmente o desamarrou. Era um antigo livro de orações encadernado em couro, medindo cerca de quinze por dez centímetros, com as iniciais F. P. gravadas em letras douradas sobre a capa. Era óbvio que o livro de orações fora bastante usado; as iniciais estavam quase ilegíveis. Abriu a primeira página rígida e amarelada e viu um sobrescrito em letra grosseira: "Publicado por John Baskett, Tipógrafos de Sua Excelentíssima Majestade Real e Fiéis Depositários de Thomas Newcomb e Henry Hills, falecido em 1716. *Cum privilegio*". Daniel virou as páginas com certo interesse. Finas linhas vermelhas margeavam cada borda e o meio da página. Conhecia pouco o Livro de Orações Anglicano e virou as páginas envelhecidas com curiosidade, notando que havia uma especial, a "Oração de Ação de Graças para ser usada anualmente no dia cinco de novembro, pela feliz Libertação do Rei James I e o Parlamento do mais Traiçoeiro e Sangrento Massacre planejado pelo Poder do Fogo". Daniel duvidou de que esse trecho fizesse parte da liturgia anglicana.

Foi, então, que a folha de papel que estava no final do livro caiu. Dobrada ao meio, era mais clara que as páginas do livro de orações, porém igualmente espessa. Não havia nenhum sobrescrito. A mensagem estava em tinta preta e letra vacilante, mas as palavras eram tão claras como o dia em que haviam sido escritas.

> Eu, Francis Peverell, escrevo esta de punho próprio, no dia 4 de setembro de 1850, na Innocent House, em minha agonia final. A doença, que se apoderou de mim durante os últimos dezoito meses, em breve terminará seu trabalho e, com a graça de Deus, estarei livre. Minha própria mão escreveu as palavras "com a graça de Deus", e não hei de apagá-las. Faltam-me forças e tempo para reescrever, mas o máximo que posso esperar de Deus é a graça da aniquilação. Não espero ser aceito no Céu e nem temo os sofrimentos do Inferno, já que tenho vivido meu Inferno aqui neste mundo durante os últimos quinze anos. Recusei todos os paliativos para minha presente agonia. Não toquei no láudano do oblívio. A morte dela foi mais misericordiosa que a minha. Esta minha confissão não pode trazer nenhum alívio para a mente ou para

o corpo, já que não busquei a absolvição nem confessei meu pecado a vivalma. Tampouco fiz compensações. Que compensação pode um homem oferecer pelo assassinato da própria esposa?

Escrevo estas palavras porque a justiça à sua memória exige que a verdade seja dita. Ainda assim, falta-me coragem de fazer uma confissão pública e limpar de sua memória a mancha do suicídio. Matei-a porque precisava de seu dinheiro para terminar a construção da Innocent House. Já havia gasto o que ela trouxera como dote de casamento, mas havia fundos bloqueados e negados a mim, que me seriam entregues quando de sua morte. Ela me amava, mas recusava-se a me entregá-los. Via meu amor pela casa como uma obsessão e um pecado. Achava que me importava mais com a Innocent House que com ela ou com as crianças, e tinha razão.

O feito não poderia ter sido mais fácil. Era uma mulher reservada, cuja timidez e aversão ao convívio social fizeram com que tivesse poucas amizades íntimas. Todos os seus parentes haviam morrido. Os criados sabiam que era infeliz e, como preparativo para sua morte, confidenciei a alguns colegas e amigos que estava preocupado com sua saúde e estado de espírito. No dia vinte e quatro de setembro, em uma calma noite de outono, chamei-a até o terceiro andar dizendo que tinha algo a lhe mostrar. Estávamos sozinhos na casa, salvo pelos criados. Ela aproximou-se de mim no balcão. Era uma mulher frágil, e não levei mais que um segundo para erguê-la nos braços e atirá-la em direção à morte. Então, sem me apressar, desci prontamente até a biblioteca e estava lá, lendo tranqüilamente, quando vieram me trazer a terrível notícia. Nunca suspeitaram de mim. E por que suspeitariam? Ninguém desconfiaria de que um homem respeitável tivesse assassinado a esposa.

Vivi e matei pela Innocent House mas, desde que ela morreu, a casa não me trouxe nenhuma alegria. Deixo esta confissão para que seja passada de geração a geração ao filho mais velho. Imploro, a todos que a lerem, que não revelem meu segredo. Passará primeiro a meu filho, Francis Henry, e ao filho deste a seu tempo, e a todos os meus descendentes. Nada espero deste mundo ou do próximo, e não deixo nenhuma mensagem. Escrevo porque é necessário que conte a verdade antes de morrer.

No final, estavam a assinatura e a data.

Depois de ler a confissão, Daniel permaneceu imóvel durante dois minutos, pensativo. Perguntava-se por que aquelas palavras, escritas havia um século e meio, o afetavam tão intensamente. Sentia que não tinha o menor direito de lê-las, que a atitude correta seria devolver a folha ao Livro de Orações, voltar a embrulhá-lo e guardá-lo na prateleira. Supunha, no entanto, que deveria, ao menos, comunicar a Dalgliesh o que havia encontrado. Seria aquela confissão o motivo pelo qual Henry Peverell impedira que a sala de arquivos fosse examinada? Deveria saber de sua existência. Será que a havia recebido quando atingira a maioridade ou se extraviara no passado e depois se tornara parte do folclore familiar, algo sobre o que se murmurava mas que nunca fora admitido? Frances Peverell a teria recebido quando chegou à maioridade, ou será que as palavras "filho mais velho" sempre foram tomadas literalmente? De qualquer forma, a carta não tinha a menor relevância para o assassinato de Gerard. Tratava-se de uma tragédia da família Peverell, uma vergonha da família Peverell, tão antiga quanto o papel em que fora revelada. Podia entender que a família desejasse manter o segredo. Seria desagradável, sempre que a casa fosse admirada, precisar confessar que fora construída com dinheiro oriundo de um assassinato. Depois de pensar um pouco, ele guardou o papel, voltou a embrulhar cuidadosamente o Livro de Orações e o deixou de lado.

Ouviu passos, leves mas decididos, aproximando-se pela sala dos arquivos. Então, por um momento, lembrando-se da esposa assassinada, foi percorrido por um ligeiro calafrio de temor supersticioso. Em seguida, recuperou o bom senso. Aqueles passos eram de uma mulher viva, e ele sabia quem.

Claudia Etienne apareceu à porta. Disse sem preâmbulos: "Vai demorar?".

"Não muito. Mais uma hora, talvez menos."

"Vou embora às seis e meia. Apagarei as luzes, exceto as das escadas. Pode apagá-las e ligar o alarme quando sair?"

"É claro."

Abriu a pasta mais próxima e fingiu que a examinava. Não queria falar com Claudia. Seria insensato, naquele momento, ser atraído para qualquer conversa sem a presença de uma terceira pessoa.

"Desculpe-me por ter mentido quanto a meu álibi para a morte de Gerard", disse ela. "Em parte, foi por medo mas, principalmente, pelo desejo de evitar complicações. Mas não o matei, nenhum de nós o matou." Ele não respondeu, nem olhou para ela. Com uma nota de desespero na voz, ela prosseguiu: "Quando isso vai acabar? Pode me dizer? Tem alguma idéia? A polícia nem sequer liberou o corpo de meu irmão para que seja cremado. Não entende como estou me sentindo?".

Então ele a olhou. Se fosse capaz de sentir pena dela, vendo seu rosto, teria sentido naquele momento. "Desculpe-me, não posso discutir isso agora."

Sem dizer mais nada, ela virou-se bruscamente e saiu. Ele esperou até que os passos sumissem para sair e trancar a porta da sala dos arquivos. Deveria ter lembrado que Dalgliesh queria que permanecesse bem fechada o tempo todo.

59

Às seis e vinte e cinco, Claudia trancou as pastas com que estivera trabalhando e subiu para lavar as mãos e apanhar o casaco. A casa estava inundada de luz. Depois da morte de Gerard, ela detestava trabalhar sozinha na escuridão. Agora todos os lustres, as arandelas de parede e os grandes globos na base das escadas iluminavam o esplendor dos tetos cobertos de pinturas, os intricados desenhos talhados na madeira e os pilares de mármore colorido. O inspetor Aaron poderia apagar as luzes quando descesse. Arrependia-se de ter cedido ao impulso de subir até a salinha dos arquivos. Esperara que, estando a sós com ele, pudesse extrair alguma informação sobre o andamento da investigação, alguma previsão de quando terminaria. A idéia fora uma tolice, e o resultado, humilhante. Não era uma pessoa para ele. Não a via como um ser humano, uma mulher sozinha, amedrontada, sobrecarregada de responsabilidades inesperadas e onerosas. Para ele, bem como para Dalgliesh e Kate Miskin, ela não passava de uma suspeita, talvez a principal. Imaginava se toda investigação de assassinato desumanizava os que se envolviam nela.

A maioria dos funcionários estacionava os carros atrás do portão que fechava a Innocent Passage. Claudia era a única que usava a garagem. Tinha muito carinho por seu Porsche 911. Comprara-o havia sete anos mas não desejava substituí-lo e não gostava de deixá-lo ao ar livre. Destrancou a porta da casa número 10, atravessou o corredor e abriu a porta da garagem. Levou a mão até o interruptor e o pressionou. Nada aconteceu; obviamente, a lâmpada estava queimada. Então, enquanto decidia o que fazer, ouviu o som de uma respiração suave e teve a consciência, imediata e aterrorizadora, de que havia mais alguém em meio à escuridão. No momento seguinte, sentiu o laço de couro passar por sua cabeça e apertar-se em volta de seu pescoço. Foi puxada para trás com violência e sentiu o impacto do concreto, que a atordoou momentaneamente, e a aspereza arranhando a parte posterior de sua cabeça.

Era uma tira comprida. Tentou estender os braços e lutar com quem a segurava, mas faltavam-lhe forças e, toda vez que tentava se mexer, o laço se apertava e sua mente rodava numa agonia de dor e medo, caindo em breve inconsciência. Debatia-se debilmente no final da tira, como um peixe morrendo no anzol, os pés deslizando sobre o concreto áspero, em inútil busca de apoio.

Então ouviu a voz dele. "Não se mexa, Claudia. Não se mexa e ouça. Nada acontecerá enquanto ficar imóvel."

Cessou de lutar e, imediatamente, a cruel pressão sobre seu pescoço relaxou. Ele falava com voz calma e persuasiva. Ela ouviu o que estava dizendo e sua mente entorpecida finalmente entendeu. Ele estava lhe dizendo que precisava morrer, e por quê.

Claudia quis gritar que era um terrível engano, que não era verdade, mas sua voz estava estrangulada. Sabia que só ficando totalmente imóvel continuaria viva. Ele passou a explicar-lhe que pareceria suicídio. A tira seria amarrada à direção fixa do carro, o motor ficaria ligado. Ela já estaria morta nessa hora, mas era importante para ele que a garagem se enchesse de um gás letal. Explicou-lhe tudo isso com paciência, quase com bondade, como se fosse fundamental que ela entendesse. Disse-lhe que ela já não tinha álibi para nenhum dos assassinatos. A polícia pensaria que se suicidara por medo da prisão ou por remorso.

Então ele parou de falar. Não vou morrer, pensou ela. Não deixarei que me mate. Não vou morrer aqui, deste jeito, abatida como um animal sobre este chão de garagem. Reuniu toda sua força de vontade. Pensou: preciso fingir que estou morta, desmaiada, semimorta. Se conseguir baixar sua guarda, poderei me torcer e agarrar a tira. Poderei dominá-lo, basta conseguir me levantar.

Reuniu as forças para esta última tentativa, mas ele estivera esperando que fizesse exatamente aquilo e estava pronto. Assim que ela se mexeu, a tira foi esticada e apertada novamente e, dessa vez, não afrouxou.

Esperou até que, finalmente, o corpo cessasse suas horríveis contorções e os últimos ruídos gorgolejantes silenciassem. Então largou a tira e, inclinando-se, tentou ouvir a respiração. Levantou-se e, tirando a lâmpada do bolso, esticou-se e voltou a atarrachá-la no teto baixo. Com a garagem iluminada, podia enxergar para tirar as chaves do bolso dela, abrir o carro e amarrar a ponta da tira na direção. Suas mãos enluvadas trabalhavam com ligeireza e precisão. Por último, ligou o motor. O corpo estava esparramado no chão como se tivesse se atirado de dentro do carro aberto, sabendo que ou a tira de couro, ou os vapores fatais do motor, acabariam com ela. Foi nesse momento que ele ouviu passos aproximando-se pelo corredor em direção à porta da garagem.

60

Eram seis e vinte e sete. O telefone tocou no apartamento de Frances Peverell. Assim que James pronunciou seu nome, ela percebeu que algo havia acontecido.

"James, o que houve?", perguntou.

"Rupert Farlow está morto. Morreu no hospital há uma hora."

"Ah, sinto muitíssimo, James. Estava a seu lado?"

"Não. Ray estava. Ele só queria Ray. É tão estranho, Frances. Quando ele morava aqui, a casa estava quase intolerável. Às vezes eu temia voltar para casa e encontrar a bagunça, os odores, a desordem. Mas, agora que ele morreu, gostaria que ela estivesse como antes. Odeio-a. É afetada, pomposa, tediosamente convencional, nada mais que uma vitrine para alguém que morreu por dentro. Tenho vontade de arrebentá-la."

"Ajudaria se eu fosse até aí?"

"Viria mesmo, Frances?" Ela ouviu a nota de alívio em sua voz com alegria. "Tem certeza de que não será incômodo?"

"Claro que não será incômodo. Irei agora mesmo. Ainda não são seis e meia, Claudia ainda pode estar aqui. Se estiver, pedirei que me deixe no Bank e pegarei a Central Line do metrô. É o jeito mais rápido. Se ela já tiver ido embora, chamarei um táxi."

Desligou o telefone. Sentia pela morte de Rupert, embora o tivesse visto somente uma vez, havia anos, quando ele fora à Innocent House. E com certeza, para ele, aquela morte, há tanto esperada e suportada numa agonia tão paciente, deveria ter sido uma libertação. Agora James a chamara, precisava dela, queria que estivesse a seu lado. Ela transbordava de alegria. Apanhando o casaco e a echarpe, que estavam no cabide da parede, quase se atirou escada abaixo e correu pela Innocent Lane. Mas a porta da Innocent House estava trancada e nenhuma luz brilhava através da vidraça da recepção. Claudia já saíra. Correu até a Innocent Walk, torcendo para encontrá-la ainda tirando o carro, porém a porta da garagem estava fechada. Chegara tarde demais.

Decidiu chamar um táxi do telefone preso à parede do corredor da casa número 10. Seria mais rápido que voltar para o apartamento. Foi quando se aproximou da porta da garagem que ouviu o som inconfundível de um motor ligado. Aquilo a surpreendeu e desconcertou. O Porsche de Claudia, seu amado 911, era antigo demais para ter um conversor catalítico. Será que ela não sabia que era perigoso ficar com o motor ligado dentro de uma garagem fechada? Não era do feitio de Claudia ser descuidada.

A porta da casa número 10 estava trancada, o que não era de estranhar. Claudia sempre passava por ali para chegar à garagem e trancava a porta depois. Estranho era encontrar a luz ainda acesa no corredor e a porta lateral da garagem aberta. Chamando por Claudia, precipitou-se até ela e a escancarou.

A luz estava acesa, uma luz cruel, implacável, sem sombras. Ela se deteve, petrificada, todos os nervos e músculos paralisados por um segundo de instantânea e terrível revelação. Ele estava ajoelhado ao lado do corpo, mas levantou-se e aproximou-se dela serenamente bloqueando a saída. Ela o olhou nos olhos. Eram os mesmos olhos, sábios, um pouco cansados, olhos que haviam visto demais e durante tempo demasiado longo.

"Oh, não!", sussurrou ela. "Não pode ser você, Gabriel. Não pode ser."

Ela não gritou. Era incapaz tanto de gritar como de se mover. Quando ele falou, foi com a mesma voz gentil de que se lembrava.

"Sinto muito, Frances. Mas entende que agora não posso deixar que se vá, não é?"

Então ela cambaleou, sentindo que mergulhava na escuridão misericordiosa.

61

Na salinha dos arquivos, Daniel olhou para o relógio. Seis horas. Fazia duas horas que estava lá. Mas o tempo não fora desperdiçado. Finalmente, descobrira alguma coisa. Fora recompensado em sua busca. Poderia não ser relevante para a investigação, porém tinha algum interesse. Quando mostrasse a confissão à equipe, talvez AD concluísse que seu palpite se confirmara, ainda que de modo menos frutífero do que esperava, e cancelasse a busca. Já não havia motivos para Daniel prosseguir.

O sucesso, contudo, renovava seu interesse e faltava pouco para terminar de investigar a prateleira superior. Por que não retirar e examinar as, aproximadamente, trinta últimas pastas que faltavam? Preferia desincumbir-se de suas tarefas até o fim com método e organização; e ainda era cedo. Se fosse embora, sentir-se-ia obrigado a retornar a Wapping. E, no momento, não se sentia disposto a enfrentar a compreensão ou a pena de Kate. Empurrou a escada de mão um pouco mais ao longo da estante.

A pasta, que não era excepcionalmente volumosa, estava estreitamente encaixada entre duas outras. Ao mexer nestas, ela despencou da prateleira. Alguns papéis soltos caíram sobre sua cabeça como pesadas folhas de árvore. Desceu cuidadosamente da escada e os apanhou. Os outros papéis estavam presos e arrumados, provavelmente em ordem cronológica. Dois detalhes chamaram sua atenção. A capa da pasta era de cartolina grossa e, obviamente, muito antiga, ao passo que alguns dos papéis pareciam novos e limpos o bastante para terem sido arquivados nos cinco últimos anos. A pasta não tinha título mas, entre as folhas mais antigas, a palavra "judeu" destacou-se várias vezes. Levou tudo para a mesa da salinha dos arquivos.

As folhas não eram numeradas e ele apenas podia supor que estavam na ordem certa, porém uma, sem data, chamou sua atenção. Era uma proposta para a publicação de um romance, mal datilografada e sem assinatura, com o cabeçalho: *Proposta à diretoria da Editora Peverell.*

> O pano de fundo e o tema universal e unificador deste romance, provisoriamente intitulado *Pecado original,* é a colaboração do regime Vichy francês com a deportação de judeus da França entre 1940 e 1944. Durante esses quatro anos, quase setenta e seis mil judeus foram deportados, a grande maioria para morrer em campos de concentração na Polônia e na Alemanha. O livro contará a história de uma família dividida pela guerra, em que uma jovem mãe judia e seus gêmeos de quatro anos de idade são encurralados na França pela invasão alemã. Amigos os escondem e eles conseguem documentos falsos; posteriormente, são traídos, deportados e mortos em Auschwitz. O romance explorará a conseqüência dessa traição — uma pequena família entre os milhares de vítimas — para o marido da jovem judia, para os traídos e para os traidores.

Folheando os papéis, Daniel não encontrou nenhuma resposta a essa proposta, nenhuma mensagem da Editora Peverell. A pasta continha o que, inequivocamente, eram papéis de trabalho e de pesquisa. O romance fora extraordinariamente bem pesquisado para uma obra de ficção. O escritor visitara ou escrevera para um número notável de organizações nacionais e internacionais ao longo dos anos. Os Archives Nationales, em Paris e Toulouse, o Centre de Documentation Juive Contemporaine, em Paris, a Universidade de Harvard, o Cartório de Registros Públicos e o Instituto Real para Assuntos Internacionais, em Londres, e os Arquivos Federais da Alemanha Ocidental, em Koblenz. Havia, também, recortes de jornais ligados ao movimento da Resistência francesa, como *L'Humanité*, *Témoignage Chrétien* e *Le Franc-Tireur*, além de minutas das prefeituras da zona não ocupada. Diante dos olhos de Daniel, desfilaram cartas, relatórios, trechos de documentos oficiais, cópias de minutas, relatórios de testemunhas oculares. O material era amplo e singularmente preciso em certos tópicos: o número de deportados, os horários dos trens, o papel desempenhado pela política de Pierre Laval, até mesmo mudanças na hierarquia do poder germânico na França durante a primavera e o verão de 1942. Logo ficou claro que o pesquisador tomara o cuidado de garantir que em parte alguma seu nome aparecesse. As cartas que escrevia tinham a assinatura e o endereço recortados ou rasurados; cartas dirigidas a ele traziam o nome e o endereço do remetente, mas todos os outros traços identificadores haviam sido eliminados. Não havia qualquer indício de que todo aquele material de pesquisa fora utilizado, ou de que o livro tivesse sido começado e, menos ainda, terminado.

Aos poucos, foi ficando evidente que o pesquisador estava especialmente interessado em determinada região e determinado ano. O romance, se é que disso se tratava, foi ganhando mais foco. Era como se vários holofotes iluminassem, de início, um extenso terreno — destacando um incidente, uma configuração interessante, uma única figura, um trem em movimento — e, depois, coordenassem seus fachos dirigindo-os para um único ano: 1942. Fora naquele ano que os alemães exigiram da zona não ocupada um grande aumento no número de deportações. Os judeus, após serem recolhidos, eram levados ou para Vel d'Hiv ou para Drancy, um imenso complexo de apartamentos num subúrbio a nordeste de Paris. Esse campo servia de parada obrigatória no caminho para Auschwitz. Havia, na pasta, relatórios de três testemunhas oculares: o de uma enfermeira francesa que trabalhara com um pediatra em Drancy durante catorze meses, até não suportar mais presenciar tanto sofrimento, e de dois sobreviventes, aparentemente em resposta a perguntas específicas do pesquisador. Uma mulher escreveu:

> Fui recolhida no dia 16 de agosto de 1942 pelas *Gardes Mobiles*. Fiquei tranqüila porque eram franceses e foram muito corretos quando fui presa. Ainda não sabia o que me aconteceria, mas lembro-me que senti que não seria nada de muito ruim. Disseram-me quais pertences poderia levar comigo e passei por um exame médico antes de partir. Fui mandada para Drancy; foi lá que conheci a jovem mãe com os gêmeos. Seu nome era Sophie. Não consigo me lembrar do nome das crianças. Ela estivera antes em Vel d'Hiv e depois fora transferida para Drancy. Lembro-me bem dela e das crianças, apesar de não termos conversado muitas vezes. Falou-me pouco sobre si mesma, contou que estivera vivendo com um nome falso perto de Aubière. Preocupava-se apenas com os filhos. Na época, estávamos no mesmo galpão com cinqüenta outros internos. Vivíamos na imundície. Faltavam camas e palha para usar como colchões, o único alimento era sopa de repolho e sofríamos de disenteria. Muitas pessoas morreram em Drancy, creio que cerca de quatrocentas nos primeiros dez meses. Lembro-me dos lamentos das crianças e dos gemidos dos moribundos. Para mim, Drancy foi tão ruim quanto Auschwitz. Simplesmente passei de uma sala do inferno para outra.

O segundo sobrevivente do mesmo campo escreveu relatando idênticos horrores, só que em cores mais vivas, todavia não tinha a menor lembrança de uma jovem mãe ou de seus gêmeos.

Daniel virava as folhas como que em transe. Sabia, agora, aonde a jornada o conduzia. Finalmente, viu-se diante da prova: uma carta escrita por uma tal de Marie-Louise Robert, de Quebec. Fora escrita a mão, em francês, e uma tradução a acompanhava.

Meu nome é Marie-Louise Robert e sou cidadã canadense, viúva de Emile Edouard Robert, um franco-canadense. Conheci-o e me casei com ele no Canadá em 1958. Morreu há dois anos. Nasci em 1928, portanto tinha catorze anos em 1942. Vivia com minha mãe viúva e com meu avô no sítio dele na área de Puy-de-Dôme na França, além dos limites de Aubière, que fica logo a sudeste de Clermont-Ferrand. Sophie e os gêmeos chegaram a nossa casa em abril de 1941. Agora que estou velha, é difícil lembrar do quanto sabia na época e do quanto fiquei sabendo mais tarde. Era uma garota curiosa, que não gostava de ser excluída dos assuntos dos adultos nem de ser tratada como criança, porém imatura demais para merecer confiança. Não me disseram, então, que Sophie e as crianças eram judias, o que só fiquei sabendo mais tarde. Havia muitas pessoas e organizações na França, nesse tempo, que ajudavam os judeus, mesmo correndo grande risco pessoal. Sophie e as crianças foram confiadas aos meus pais por uma organização cristã desse tipo. Nunca soube como se chamava. Na época, disseram-me, apenas, que era uma amiga da família que nos procurara para fugir dos bombardeios. Meu tio Pascal trabalhava para monsieur Jean-Philippe Etienne em sua gráfica e editora, que ficava em Clermont-Ferrand. Acho que eu sabia, então, que tio Pascal era membro da Resistência, mas não estou certa de saber que monsieur Etienne era o chefe da organização. Foi em julho de 1942 que a polícia apareceu para levar Sophie e os gêmeos embora. Logo que chegaram, minha mãe me mandou sair de casa e ficar no celeiro até que me chamasse de volta. Fui para o celeiro, mas voltei de mansinho e fiquei escutando. Ouvi gritos e o choro das crianças. Depois ouvi um carro e um caminhão se afastando. Quando voltei para dentro de casa, minha mãe também estava chorando, mas não quis me contar o que acontecera.

Naquela noite, tio Pascal foi até nossa casa e desci às escondidas para escutar a conversa. Minha mãe estava zangada com meu tio, mas ele dizia que não havia traído Sophie e os gêmeos, que ele não teria colocado minha mãe e meu avô em perigo, que deveria ter sido *monsieur* Etienne. Esqueci de dizer que foi tio Pascal quem forjou documentos falsos para Sophie e os gêmeos. Era sua função na Resistência, embora eu não tenha certeza de saber disso na época. Disse para minha mãe não fazer ou dizer nada. Havia razões para tudo aquilo. Minha mãe, contudo, foi falar com *monsieur* Etienne no dia seguinte e, quando voltou, conversou com meu avô. Acho que nessa hora não se importaram que eu ouvisse. Estava lendo tranqüilamente na sala quando conversaram. Ela disse a meu avô que *monsieur* Etienne havia admitido que entregara Sophie às autoridades, mas que isso fora necessário. Que somente graças à confiança que depositavam nele e ao valor que atribuíam à sua amizade minha mãe não seria castigada por abrigar judeus. Que, graças ao seu relacionamento com os alemães, Pascal não fora deportado como mão-de-obra escrava. Perguntou a minha mãe o que achava mais importante: a honra da França, a segurança de sua família ou três judeus. Depois disso, ninguém jamais voltou a falar de Sophie e dos gêmeos. Era como se nunca tivessem existido. Quando eu perguntava deles, minha mãe simplesmente dizia: "Este assunto está encerrado". O dinheiro da organização continuava entrando, embora não fosse muito, e meu avô dizia que devíamos ficar com ele. Éramos muito pobres na época. Acho que alguém chegou a escrever perguntando sobre Sophie dezoito meses depois que ela e as crianças foram levadas embora, mas minha mãe respondeu dizendo que as autoridades haviam começado a ficar desconfiadas e que Sophie partira para ficar com amigos em Lyon, e que não sabia o endereço. Então o dinheiro não veio mais.

Sou o único membro da família que restou. Meu avô faleceu em 1946 e minha mãe morreu de câncer um ano depois. Pascal foi morto em sua motocicleta em 1954. Depois de meu casamento, nunca mais voltei a Aubière. Não consigo me lembrar de mais nada sobre Sophie e as crianças, exceto que senti muitas saudades delas depois que foram embora.

A carta fora escrita no dia 18 de junho de 1989. Dauntsey passara mais de quarenta anos de sua vida investigando até encontrar Marie-Louise Robert e sua prova final. Mas fora ainda além. A data do último documento da pasta era 20 de julho de 1990. Estava escrito em alemão e também traduzido. Conseguira encontrar um dos oficiais alemães que haviam estado em Clermont-Ferrand: um militar reformado que vivia na Bavária. Usando frases áridas e linguagem oficial, revivera em poucas linhas um pequeno incidente de um passado quase esquecido. A verdade da traição estava confirmada.

Restava uma última evidência na pasta, e estava dentro de um envelope. Daniel o abriu e encontrou uma fotografia desbotada, em preto-e-branco, tirada havia mais de cinqüenta anos, mas ainda nítida. Obviamente obra de um amador, mostrava uma moça sorridente, de cabelos escuros e olhos suaves, com um braço ao redor de cada filho. As crianças, sérias, apoiavam-se na mãe e fitavam a câmera com olhos arregalados, como se percebessem a importância daquele momento, em que o clique da máquina fotográfica fixaria para sempre sua frágil mortalidade. Virando a foto, Daniel leu: "Sophie Dauntsey. 1920-1942. Martin e Ruth Dauntsey. 1938-1942".

Fechou a pasta e permaneceu na cadeira por um momento, tão imóvel que parecia uma estátua. Então levantou-se e, passando para a sala dos arquivos, começou a andar de um lado para outro entre as estantes, parando às vezes para golpear com a palma da mão as estruturas de metal. Estava possuído por uma emoção que reconhecia como raiva, mas era uma raiva como nunca sentira antes. Ouviu um estranho grunhido animal e depois percebeu que viera dele o lamento por toda aquela dor e monstruosidade. Não pensou em destruir as evidências; aquilo ele não poderia fazer, e nem por um momento o cogitara. Mas poderia alertar Dauntsey, avisá-lo de que estavam chegando perto e que, finalmente, tinham o motivo que faltava para o crime. Por alguns instantes, ficou surpreso por Dauntsey não ter levado e destruído os papéis. Não eram mais necessários. Nenhum tribunal os veria. Não haviam sido reunidos com tanta paciência e cuidado, ao longo de mais de meio século, para serem apresentados a um tribunal. Dauntsey fora juiz e jurado, promotor e queixoso. Teria, talvez, destruído os papéis se a sala não tivesse sido interditada, se Dalgliesh não tivesse concluído que o motivo do crime tinha raízes no passado e que a evidência que faltava poderia estar por escrito.

De repente, o telefone tocou, estridente e repetitivo como um alarme. Daniel interrompeu seu passeio frenético e ficou imóvel, como se atender à chamada pudesse romper sua concentração com as ruidosas irrelevâncias do mundo externo. Mas o telefone continuou a tocar e ele foi até o aparelho instalado na parede e ouviu a voz de Kate.

"Você demorou para atender."

"Desculpe-me, estava retirando algumas pastas."

"Tudo bem, Daniel?"

"Sim, sim, tudo bem."

"Recebemos notícias do laboratório", disse ela. "As fibras correspondem. Carling foi assassinada na lancha. Mas não encontraram nenhuma fibra nas roupas dos outros suspeitos. Acho que seria querer demais. Avançamos, portanto, mas não muito. AD está pensando em interrogar Dauntsey amanhã — com gravador e sob caução judicial. Não chegaremos a lugar algum, mas acho que precisamos tentar. Ele não se dobrará. Nenhum deles, aliás."

Pela primeira vez, Daniel ouviu na voz dela um leve tom de dúvida e desespero. "Encontrou algo interessante?", perguntou.

"Não", disse ele. "Não encontrei nada interessante. Estou indo para casa agora."

62

Ele guardou a fotografia no envelope e este no bolso, depois recolocou todas as pastas na prateleira superior, inclusive a de cartolina. Apagou as luzes, destrancou e voltou a trancar a porta. Claudia Etienne deixara todas as luzes da escada brilhando para ele e, ao descer, foi apagando-as uma a uma. Acendeu as luzes do andar térreo para enxergar por onde ia. Cada ação era deliberada, solene, como se tivesse valor único. Lançou um último olhar ao grande teto abobadado, mergulhou o salão na escuridão, ligou os alarmes; finalmente, apagou a luz da recepção e deixou a Innocent House, trancando a porta ao sair. Imaginou se voltaria a entrar lá e sorriu ironicamente ao perceber que ele, mesmo tendo optado pela perfídia imperdoável, pelo grande iconoclasmo, podia ainda ser tão meticuloso em relação a detalhes que não importavam.

Não havia sinal de vida por trás das janelinhas laterais da casa número 12. Tocou a campainha de Dauntsey olhando para as janelas escuras. Ninguém respondeu. Podia estar com Frances Peverell. Correu pela alameda até a Innocent Walk. Foi então que, olhando para a esquerda, viu o Rover cor de creme de Dauntsey acabando de sair da frente da garagem. Instintivamente, correu alguns passos em sua direção, mas percebeu que era inútil chamá-lo. Dauntsey não o ouviria devido ao barulho do motor e das rodas sobre o calçamento de pedras.

Correu até a Innocent Lane, onde estacionara seu Golf GTI, e começou sua perseguição. Precisava falar com Dauntsey naquela noite. Poderia ser tarde demais no dia seguinte. Dauntsey tinha apenas meio minuto de vantagem, mas essa diferença seria crucial se o trânsito estivesse livre no final da

Garnet Road e para entrar na Highway. Teve sorte, no entanto. Deu tempo de ver o carro virando à direita, rumando para leste, na direção dos subúrbios de Essex e não do centro de Londres.

Durante os oito quilômetros seguintes, conseguiu não perder o Rover de vista. O volume de trânsito no sentido bairro ainda estava grande, uma massa de metal brilhante e lenta. Mesmo costurando habilmente e dirigindo de modo mais egoísta que ortodoxo, ele avançava lentamente. Às vezes, perdia Dauntsey de vista; depois, quando o trânsito se abria um pouco, descobria que continuava à sua frente. Daniel já adivinhara para onde ele ia. Sua certeza aumentava a cada quilômetro e, quando finalmente se acercaram da rodovia A12, não teve mais dúvidas. A cada farol, cada pausa, cada trecho de estrada livre, sua mente se voltava para os dois assassinatos que o levaram àquela caçada, àquela resolução.

Agora via todo o plano com seu brilho, sua simplicidade inicial. Dauntsey planejara o assassinato de Etienne de modo a parecer acidental, pensara em todos os seus detalhes durante semanas, provavelmente meses, esperara pelo momento ideal pacientemente. A polícia sempre achara que Dauntsey era o suspeito óbvio. Ninguém tinha mais facilidade que ele para agir na salinha dos arquivos sem ser perturbado. Provavelmente trancara a porta enquanto desmontava o aquecedor, raspava o cascalho do revestimento da chaminé e voltava a instalar o aquecedor com o fornecimento de gás devidamente bloqueado. O cordão da janela fora deliberadamente desgastado durante semanas. E ele escolhera a noite perfeita para o assassinato, uma quinta-feira, quando sabia-se que Etienne trabalhava até tarde e sozinho. Marcara o crime para as sete e meia, pouco antes de partir para o *pub* Connaught Arms. Aquele compromisso teria sido fortuito, surgindo por sorte na noite que ele escolhera? Ou será que escolhera aquela noite em especial devido à leitura de poesia? Teria sido bastante fácil planejar qualquer outro compromisso e sempre parecera estranho que ele se incomodasse em participar da leitura de poesia. Nenhum outro poeta famoso estivera presente e o evento não era de grande importância literária. Ele deveria ter esperado o momento para entrar às escondidas na Innocent House depois que todos, menos Etienne, tivessem ido embora, e subido silenciosamente até a salinha dos arquivos. Mesmo que tivesse saído inesperadamente de sua sala e visto Dauntsey, Etienne não teria feito nenhum comentário. Por que o faria? Dauntsey tinha a chave do prédio, era um dos sócios, podia entrar e sair quando quisesse. Etienne teria pensado que ele subia até sua sala no terceiro andar para buscar alguns papéis necessários antes de ir para o Connaught Arms.

E depois? Os preparativos finais deveriam ter sido feitos cerca de uma hora antes. Daniel imaginava cada ato e sua seqüência. Dauntsey levara a mesa e a cadeira para fora da salinha — era importante que Etienne não tivesse como alcançar a janela. A sala fora limpa. Não poderia haver nenhum pó ou sujeira onde Etienne escrevesse o nome de seu assassino. A agenda com a caneta anexa já fora roubada, na hipótese de que Etienne subisse com ela no bolso do paletó ou da calça. Em seguida, Dauntsey ligara o aquecimento e o regulara na capacidade máxima antes de retirar a torneira para que o gás começasse a se acumular antes que a vítima chegasse. Por último, o gravador fora colocado no chão e ligado na tomada. Dauntsey quisera que Etienne soubesse que estava prestes a morrer, que não teria como escapar, que naquele prédio isolado e vazio ninguém o ouviria gritar e socar a porta — esforço que só apressaria o fim —, que sua morte era tão inevitável quanto se tivesse sido atirado numa câmara de gás em Auschwitz. Acima de tudo, precisara que Etienne soubesse por que tinha de morrer.

A cena do crime estava montada. Então, pouco antes das sete e meia, Dauntsey ligou para a sala de Etienne do telefone ao lado da porta da salinha de arquivos. O que teria dito? "Suba agora mesmo, encontrei uma coisa importante." Etienne teria subido, é claro. Por que não? Ao subir, talvez tenha imaginado que Dauntsey encontrara uma pista para descobrir a identidade do sabotador. Mas isso não importava. Quem o chamara era um homem em quem confiava e a quem não tinha o menor motivo de temer. Sua voz teria transmitido urgência, a mensagem teria sido intrigante. É claro que Etienne subiria.

O local do assassinato fora preparado, limpo e esvaziado. E em seguida? Dauntsey esperaria ao lado da porta. Não haveria mais que uma breve troca de palavras.

"O que foi, Dauntsey?", perguntaria Etienne em tom arrogante, um pouco impaciente.

"Está aqui dentro, na salinha dos arquivos. Veja você mesmo. Há uma mensagem naquele gravador. Ouça-a e entenderá."

E Etienne, sem entender ou de nada suspeitar, entraria na sala para encontrar a morte.

Dauntsey trancou a porta rapidamente e retirou a chave. Já escondera a cobra de pano no meio das pastas na sala dos arquivos. Estendeu-a ao longo da fresta embaixo da porta, bloqueando até mesmo aquele pequeno canal de ventilação. Por ora, nada mais havia a fazer. Podia partir para sua leitura de poesia.

Planejara estar de volta do *pub* por volta das dez horas para completar o serviço. E não teria de se apressar. Só precisaria deixar a porta aberta por alguns minutos para que o gás se dispersasse. Então reajustaria a torneira ao aquecedor e deixaria a sala com seu aspecto anterior. Carregaria de volta a mesa e as cadeiras, com as pastas dispostas como antes sobre a mesa. E havia outra coisa em que teria pensado. Seria sensato acrescentar outra pasta à pilha existente, papéis que pudessem compreensivelmente interessar Etienne levando-o a procurá-los até achá-los. Uma pasta que pudesse tê-lo atraído à salinha dos arquivos, como um antigo contrato, talvez algum papel relativo a Esmé Carling. Dauntsey poderia tê-lo retirado previamente e escondido entre outros papéis, pronto para ser usado. Em seguida, teria ido embora, deixando a chave do lado de dentro da porta e levando a cobra consigo.

Poderia ter agido tranqüilamente, talvez atravessando a Innocent House com uma lanterna, mas sabendo que poderia acender a luz com segurança assim que chegasse à salinha dos arquivos. Teria descido até a sala de Etienne e levado seu paletó e chaves para cima, pendurado o paletó na cadeira e colocado as chaves em cima da mesa. É claro que não poderia devolver a poeira ao console sobre o aquecedor e ao chão. Mas alguém notaria a limpeza anormal da sala se a morte, desde o início, parecesse acidental?

E a cena teria falado por si. Etienne subira à salinha dos arquivos para examinar uma pasta que, por certo, o interessava. Preparara-se para ficar lá durante algum tempo, já que subira com o paletó e as chaves e acendera o aquecedor. Fechara a janela, rompendo o cordão. O corpo seria encontrado tombado sobre a mesa ou de bruços, no chão, como se rastejando em direção ao aquecedor. O único enigma era: por que ele não percebeu o que estava acontecendo e abriu imediatamente a porta? Um dos primeiros sintomas da intoxicação por monóxido de carbono, entretanto, era confusão mental. Não seria necessário romper o *rigor mortis* do maxilar, nem enfiar a cabeça da cobra na boca de Etienne. Teria sido um exemplar quase perfeito de morte acidental.

Tudo, porém, dera terrivelmente errado para Dauntsey. O assalto, bem como as horas perdidas no hospital e a demora para voltar, estragaram todos os seus planos. Finalmente chegara em casa, mas Frances o esperava. Tinha pouquíssimo tempo e devia agir com rapidez extraordinária, justo quando estava fisicamente fraco. Sua mente, no entanto, ainda funcionava. Abriu a torneira da banheira deixando que esta se enchesse bem lentamente, o que lhe daria algum tempo. Possivelmente, deve ter tirado as roupas e usado apenas o roupão; seria mais seguro entrar nu na salinha dos arquivos. Contudo, precisava voltar, e tinha de ser naquela noite. Depois do acidente, seria muito suspeito se fosse o primeiro a chegar à Innocent House na manhã seguinte. Mas era fundamental recuperar a fita, a maldita fita que o incriminava.

Etienne ouvira a fita. Dauntsey, ao menos, tivera aquela satisfação. Sua vítima soubera que estava condenada, mas conseguira uma pequena e brilhante vingança. Decidido a fazer com que a evidência fosse encontrada, escondera a fita na boca. E depois, desorientado, obviamente passara-lhe pela cabeça tentar apagar o fogo do aquecedor abafando-o com a camisa; arrastava-se pelo chão quando a inconsciência sobreveio. Quanto tempo Dauntsey levara para encontrar a fita? Certamente não muito, mas precisou romper o *rigor mortis* do maxilar para retirá-la, com isso acabando com qualquer chance de que a morte fosse considerada acidental. Teria sido esse o motivo por que, mais tarde, colaborara tanto com a polícia, chamando a atenção para o desaparecimento do gravador e até para a limpeza da sala? A polícia descobriria esses fatos por meio de outras pessoas; era prudente antecipar-se. Restara-lhe tempo apenas para, apressadamente, trazer de volta a mesa e a cadeira. Nem sequer notou que encostara a mesa na parede do lado errado, alterando assim a posição das pastas, nem que uma pequena marca na parede indicava que a mesa havia mudado de lugar. E não havia mais tempo para buscar o paletó e as chaves de Etienne.

Mas que fazer quanto à abertura forçada da boca? A cobra de pano deve ter-lhe inspirado. Lá estava ela, à mão. Não precisava nem perder tempo indo buscá-la. Bastava enrolá-la no pescoço de Etienne e enfiar a cabeça em sua boca. Iniciara a série de brincadeiras maldosas na editora para confundir a investigação, caso a morte de Etienne não fosse aceita como suicídio. Não podia imaginar, então, como essa estratégia acabaria se tornando vital.

Ao sair, todavia, notou o manuscrito de capa azul, deixado por Esmé Carling sobre a mesinha da recepção, e viu a mensagem que fixara à parede. Deve ter sido um momento de pânico, mas que não demorou a superar. Era quase certo que Esmé Carling havia ido embora antes que ele chamasse Etienne para o terceiro andar. Talvez tenha perdido alguns minutos, decidindo se deveria verificar ou não, mas depois resolveu que era inútil. Com certeza ela fora embora deixando o manuscrito e a mensagem como proclamação pública de sua revolta. Diria à polícia que estivera lá ou ficaria em silêncio? Dauntsey concluiu que era mais provável que não dissesse nada; mesmo assim, decidiu levar o manuscrito e o bilhete. Era um assassino que enxergava longe — longe a ponto de ver que Esmé Carling precisava morrer.

63

Frances oscilava entre a consciência e a inconsciência; sua mente despertava para um entendimento toldado e voltava a submergir após resvalar na realidade, rejeitando seu horror e voltando a se refugiar no esquecimento. Quando despertou totalmente, ficou imóvel durante alguns minutos, sem mexer um músculo, mal ousando respirar, avaliando sua situação passo a passo, como se este exame gradual tornasse a realidade mais aceitável. Estava viva. Fora deitada de lado sobre o chão de um carro, coberta por uma manta. Seus tornozelos estavam atados e as mãos haviam sido amarradas atrás das costas. Fora amordaçada com um tecido macio; pensou na sua echarpe de seda. O carro avançava de modo irregular, e uma vez ela sentiu o suave sacolejo da brecada. Provavelmente tinha parado num semáforo, o que indicava que andavam em meio ao trânsito. Tentou deslocar o cobertor de cima de si contorcendo-se, mas ele fora firmemente arrumado ao seu redor e, com as mãos e pés amarrados, nada conseguiu. Ao menos, no entanto, podia mover o corpo vigorosamente. Se estavam no trânsito, era possível que um motorista passasse por eles, olhasse pela janela e estranhasse aquele cobertor sacolejante. Mal o pensamento lhe ocorrera, o carro voltou a andar e seguiu livremente.

Ela estava viva. Precisava agarrar-se àquele pensamento. Talvez Gabriel tencionasse matá-la, mas poderia ter feito isso facilmente enquanto ela estava desmaiada na garagem. Por que não a matara? Não para ser misericordioso com ela, por certo. Fora, por acaso, misericordioso com Gerard, com Esmé Carling, com Claudia? Estava nas mãos de um assassino. A palavra repercutiu em sua mente despertando o terror que estivera adormecido desde que recobrara a consciência. O medo a invadiu, primitivo, incontrolável, numa onda humilhante, que aniquilava o raciocínio e a vontade. Compreendia agora por que ele não a matara na garagem. O assassinato de Claudia, como os outros dois, deveria parecer acidente ou suicídio. Ele não poderia deixar dois corpos no chão da garagem. Precisava livrar-se dela, mas de um modo diferente. O que teria em mente? Sumir completamente com ela? Um crime que Dalgliesh jamais solucionaria porque ninguém encontraria o corpo? Lembrava-se de ter lido em algum lugar que não era necessária a presença do corpo para que um homicídio fosse provado, mas Gabriel talvez não se desse conta disso. Estava louco, só podia estar. Naquele exato momento, ele talvez estivesse pensando, imaginando, planejando o melhor modo de acabar com ela. Se a levaria até a beira de um penhasco e a atiraria ao mar, se a enterraria em alguma vala, ainda amarrada, se a jogaria no poço abandonado de uma mina, onde morreria de sede e fome, sozinha, para nunca ser encontrada. As imagens se sucediam, cada qual mais aterradora que a outra. A queda vertiginosa através da noite até as ondas que arrebentavam nos rochedos, a terra e as folhas molhadas sufocando-a ao cair sobre seus olhos e boca, o túnel vertical do poço da mina, onde morreria de fome lentamente, numa agonia claustrofóbica.

Passaram a avançar em ritmo mais uniforme. Deviam ter deixado para trás os últimos tentáculos de Londres e entrado em campo aberto. Por um esforço da vontade, ela se acalmou. Estava viva. Precisava agarrar-se àquele pensamento. Ainda havia esperança. Se, no final, tivesse de morrer, tentaria fazê-lo bravamente. Gerard e Claudia, ambos agnósticos, deveriam ter morrido com coragem, embora não lhes fosse concedido morrer com dignidade. De que serviria sua religião se não a ajudasse a fazer o mesmo?

Depois de um ato de contrição, ela rezou pelas almas de Gerard e de Claudia. Por último, rezou por si mesma e pela própria segurança. As palavras batidas e reconfortantes trouxeram-lhe a certeza de que não estava sozinha. Depois tentou planejar. Sem saber o que ele pensava em fazer com ela, era difícil imaginar alternativas de ação. Uma coisa era certa: não acreditava que ele tivesse forças para carregá-la sem ajuda. Sendo assim, precisaria ao menos desamarrar seus tornozelos. Era mais jovem e mais forte que ele. Poderia facilmente deixá-lo para trás. Se tivesse uma chance, correria para salvar-se. Mas, não importava o que acontecesse, não pediria misericórdia.

Nesse meio tempo, era preciso impedir que seus membros ficassem muito rígidos. Suas mãos estavam amarradas atrás das costas com um tecido macio, provavelmente a gravata ou as meias dele. Afinal, ele não saíra de casa preparado para mais de uma vítima. Fora eficiente, porém. Ela se contorcia mas não conseguia se soltar. Os tornozelos estavam fortemente presos, embora de modo mais confortável. Mesmo amarrada, no entanto, ela podia contrair e relaxar os músculos das pernas. Esse pequeno exercício lhe deu força e coragem. Lembrou, também, que não podia perder a esperança de ser salva. Quanto tempo James esperaria antes de concluir que ela desaparecera? Provavelmente não tomaria nenhuma atitude durante uma hora, imaginando que se atrasara no trânsito ou no metrô. Daí, então, telefonaria para a casa dela e de Dauntsey e, quando ninguém atendesse, tentaria o apartamento de Claudia. Ainda assim, poderia não ficar seriamente preocupado. Mas, certamente, não esperaria mais de uma hora e meia. Talvez pegasse um táxi e fosse até a casa número 12. Talvez, se ela tivesse sorte, até ouvisse o barulho do motor ligado dentro da garagem. Depois que descobrissem o corpo de Claudia e percebessem a ausência de Dauntsey, toda a força policial ficaria alerta para interceptar o carro. Ela precisava agarrar-se àquela esperança.

Ele prosseguia. Impossibilitada de olhar o relógio, Frances tentava calcular que horas eram. Não tinha a menor idéia da direção que haviam tomado. Não perdeu tempo imaginando por que Gabriel havia matado. Seria inútil; só ele poderia dizer-lhe, e talvez dissesse, no final. Preferiu pensar em sua própria vida. O que fora sua vida a não ser uma série de concessões? O que oferecera a seu pai, afora uma tímida obediência que apenas reforçava a insensibilidade e o desprezo dele? Por que entrara tão docilmente na editora, cumprindo a vontade dele, para aprender a assumir o setor de contratos e direitos? Cumpria sua função muito bem; era conscienciosa e metódica, escrupulosa quanto aos detalhes, mas não fora o que planejara para sua vida. E Gerard? No fundo do coração, sempre soubera que ele a usava sexualmente. Tratara-a com desprezo porque ela se fizera desprezível. Quem era ela? Quem era ela? Frances Peverell, submissa, prestativa, doce, conformada, um apêndice de seu pai, de seu amante, da editora. No entanto, no momento em que sua vida podia estar próxima do fim, ela era capaz de dizer: "Sou Frances Peverell. Sou eu mesma". Se sobrevivesse e se casasse com James, poderia ao menos oferecer-lhe uma parceria de igual para igual. Encontrara a coragem para enfrentar a morte. Mas isso, afinal de contas, não era tão difícil. Milhares de pessoas, inclusive crianças, enfrentavam a morte todos os dias. Era hora de encontrar coragem semelhante para enfrentar a vida.

E então Frances se sentiu curiosamente em paz. De vez em quando, fazia uma prece, recitava mentalmente os versos de um poema, relembrava momentos de alegria. Tentou até adormecer, e o teria conseguido se o carro não começasse a sacolejar subitamente. Deveriam ter entrado numa estrada de terra. O Rover desviava-se abruptamente, derrapava, passava sobre buracos, jogava de um lado para outro, e ela era jogada com ele. Entraram em outro trecho menos acidentado, talvez uma estrada vicinal. Então o carro parou e ela ouviu Gabriel abrir a porta.

64

Em Hillgate Village, James olhou para o relógio do console sobre a lareira. Eram sete e quarenta e dois. Fazia pouco mais de uma hora que ligara para Frances. Já deveria ter chegado. Voltou a fazer o rápido cálculo que repetira várias vezes durante os últimos sessenta minutos. Havia dez estações entre Bank e Notting Hill Gate. Digamos que leve dois minutos entre uma estação e outra e vinte minutos em todo o trajeto, além de quinze minutos para chegar até Bank. Mas se não tivesse alcançado Claudia, poderia ter precisado chamar um táxi. Mesmo assim, o percurso não teria durado sessenta minutos, nem mesmo durante a hora do rush, no centro de Londres, a não ser que algo inesperado a tivesse atrasado, como ruas bloqueadas ou um alerta terrorista. Voltou a ligar para o apartamento de Frances. Como esperava, ninguém atendeu. Depois tentou ligar para Claudia, mais uma vez sem sucesso, o que não o surpreendeu. Ela poderia ter ido direto para a casa de Declan Cartwright, ou ao teatro ou, talvez, a um jantar. Não havia motivo para Claudia estar em casa. Ligou o rádio e sintonizou a estação londrina local. Passaram-se dez minutos antes do intervalo para as notícias. O locutor alertou os ouvintes para que evitassem a linha central do metrô. Não deu nenhuma explicação, o que geralmente significava um alerta do IRA. Quatro estações, entre Holborn e Marble Arch, haviam sido interditadas. Então estava explicado. Frances ainda podia demorar mais uma hora para chegar. Nada havia a fazer, a não ser esperar pacientemente.

Começou a andar de um lado para outro da sala. Frances sofria de leve claustrofobia. Sabia como ela detestava usar a passagem subterrânea de Greenwich para pedestres. Não gostava de andar de metrô. Estava presa lá, naquele momento, porque quisera estar ao seu lado depressa. Torceu para que as luzes estivessem acesas no trem, para que não estivesse sozinha em meio à total escuridão. Subitamente, veio-lhe uma imagem extraordinariamente vívida e perturbadora de Frances, abandonada e sozinha, morrendo dentro de um túnel escuro e sufocante, num lugar remoto onde não podia alcançá-la. Expulsou da mente essa fantasia mórbida e voltou a olhar para o relógio. Esperaria mais uma hora e depois entraria em contato com a London Transport para saber se a linha fora aberta e de quanto seria o atraso. Foi até a janela, afastou as cortinas e, contemplando a rua iluminada, desejou com todo seu ser que ela aparecesse.

65

Quando Daniel finalmente chegou à via A12, o trânsito estava melhor. Ele não ultrapassou o limite de velocidade; seria desastroso ser parado por uma patrulha policial. Mas Dauntsey deveria estar tomando o mesmo cuidado para evitar chamar a atenção e ser detido. Nesse ponto estavam quites, mas o carro de Daniel era mais veloz. Ele já planejara o melhor modo de ganhar a dianteira assim que avistasse seu alvo. Em circunstâncias normais, era quase certo que Dauntsey teria reconhecido seu carro, até mesmo com um simples olhar; mas era improvável que soubesse que estava sendo seguido. Não estaria atento a possíveis perseguidores. O melhor plano era esperar que o trânsito se intensificasse para depois arriscar-se a ultrapassá-lo em meio ao fluxo de carros.

Pela primeira vez, então, lembrou-se de Claudia Etienne. Ficou horrorizado ao perceber que ficara tão preocupado em alcançar Dauntsey e alertá-lo que nem pensara no possível risco que ela corria. Mas ela deveria estar bem. Quando a vira pela última vez, dissera que logo iria para casa e, provavelmente, estava a salvo. Dauntsey continuava à sua frente. O único risco era que ela tivesse resolvido visitar o pai e pudesse estar, naquele momento, a caminho de Othona House. Mas aquilo lhe dava mais um motivo para chegar primeiro. De nada adiantaria tentar deter Dauntsey, acenando-lhe, pedindo para que parasse. Dauntsey não pararia a não ser que o obrigassem. Daniel precisava falar com ele e alertá-lo, mas com calma, sem forçar seu carro para fora da estrada. O último ato daquela tragédia deveria ser vivido em paz.

Avistou o carro de Dauntsey quando se aproximavam do

desvio de Chelmsford e o trânsito ficava mais intenso. Esperou o momento certo para se juntar ao fluxo de carros na faixa de velocidade e ultrapassar o Rover.

Esmé Carling deveria ter vivido dias bem difíceis após a descoberta do corpo. Provavelmente, achou que a polícia chegaria a qualquer momento, fazendo perguntas sobre o bilhete preso à parede e o manuscrito deixado sobre a mesa. Mas ele e Robbins a procuraram com a inofensiva exigência de que fornecesse um álibi, e ela já tinha um. Daniel precisava reconhecer que seu autocontrole fora admirável, pois nem por um momento suspeitara de que tivesse mais a revelar. Mas, e depois? Que pensamentos teriam passado por sua cabeça? Dauntsey lhe teria telefonado primeiro ou ela o procurara? A segunda hipótese era quase certa. Se ela não tivesse dito a Dauntsey que o vira descendo as escadas com o aspirador de pó, ele não teria tido a menor necessidade de matá-la. Dauntsey também devia ter passado por maus pedaços. Ele também manteve o controle. Esmé Carling não disse nada e ele deve ter se sentido seguro.

Teriam, então, falado ao telefone, combinado de se encontrar, e Esmé teria insinuado que iria à polícia a não ser que seu livro fosse publicado. A ameaça, é claro, não tinha fundamento. Não poderia procurar a polícia sem revelar que ela também havia estado na Innocent House naquela noite. Tinha um motivo tão forte para acabar com Etienne quanto os outros. Era, porém, uma mulher cuja mente, engenhosa, maquinadora, um pouco obsessiva, tinha suas limitações. Não pensava com clareza, nem era extremamente inteligente.

Como exatamente, perguntou-se Daniel, Dauntsey a atraíra para aquele encontro? Teria dito que sabia ou suspeitava de quem havia matado Etienne e que, juntos, poderiam descobrir a verdade e dividir o sabor do triunfo? Teriam chegado, ao menos, a um acordo provisório — ela ficaria em silêncio e ele devolveria o manuscrito e o bilhete e faria com que seu livro fosse publicado? Ela dissera a Daisy Reed que a Editora Peverell teria de publicá-lo. Quem mais, a não ser um dos sócios, poderia dar-lhe essa garantia? Ele se apresentara, durante aquela breve conversa, como seu defensor e salvador ou como parceiro de conspiração? Jamais saberiam agora, a não ser que Dauntsey decidisse contar-lhes.

Uma coisa era certa: Esmé Carling fora até o encontro sem temer. Não sabia quem era o assassino, mas estava confiante de que sabia quem não era. Fora a visita que estivera com Etienne quando este recebeu a chamada; de início, esperou que ele voltasse. Depois, perdendo a paciência, decidira subir até a salinha dos arquivos e, ao sair da sala da srta. Blackett, avistou Dauntsey trazendo o aspirador de pó para baixo. Vira a cobra do lado de fora da porta e ouvira a voz. Alguém lá dentro estava falando. A porta não era sólida, e ela deve ter percebido que a voz não era de Etienne. Quando o corpo foi descoberto, ela teve certeza de que Dauntsey, ao menos, era inocente. Ela o vira descendo a escada quando Etienne ainda estava vivo, conversando com o assassino dentro da salinha dos arquivos.

Como ele conseguira o álibi para o assassinato de Esmé Carling? Mas era claro: ele e Bartrum haviam sido os únicos que ficaram sozinhos com o corpo antes que a polícia chegasse. Não fora Dauntsey quem sugerira que as mulheres fossem levadas para dentro, que ele e Bartrum esperariam ao lado do corpo? Deve ter obtido o álibi então. Mas era surpreendente que Bartrum tivesse concordado. Será que Dauntsey prometera ajudá-lo a manter seu emprego? A conseguir uma promoção? Ou será que Bartrum lhe devia um favor? Não importava a razão, ganhara um álibi. E o *pub* onde se encontraram meia hora depois do que afirmaram fora bem escolhido. Ninguém no Sailor's Return fora capaz de dizer precisamente quando dois clientes específicos haviam entrado naquele taverna grande, barulhenta e lotada.

O assassinato em si não teria apresentado muitos problemas. O único momento arriscado fora ao mudar a lancha de lugar. Mas fora necessário. Precisava da lancha; só na segurança da cabine ele poderia matar, sem ser visto da terra ou do rio. Esmé Carling era uma mulher magra e leve, mas Dauntsey tinha setenta e seis anos, e teria sido mais fácil suspendê-la estando dentro da lancha que carregar seu corpo, com ou sem vida, pelos degraus escorregadios e molhados. E seria bastante seguro mudar a lancha de lugar se mantivesse o motor em baixa rotação. A única pessoa que morava perto era Frances, e Dauntsey sabia, por experiência, que pouco se podia ouvir da sala dela com as cortinas fechadas. E, mesmo que ela tivesse ouvido o barulho de um motor, teria mesmo se incomodado em verificar? Afinal de contas, era um som normal do rio. Mas, após o crime, a lancha precisava ser levada de volta. Ele não podia ter certeza de que não haveria vestígios da presença dela, ainda que minúsculos, na cabine, principalmente se houvera luta. Era importante que ninguém associasse a morte dela com a lancha.

Ela chegara de táxi a esse encontro fatal. Deve ter sido sugestão de Dauntsey, bem como que descesse no final da Innocent Passage. Ele a esperaria nas sombras, na soleira de uma porta. O que lhe teria dito? Que conversariam com mais privacidade se fossem até o rio? Já teria deixado o manuscrito e o bilhete para os sócios na cabine. O que mais teria levado? Uma corda para o estrangulamento, uma echarpe, um cinto? Mas ele deve ter esperado que ela estivesse com sua costumeira bolsa a tiracolo, de alça resistente. Devia tê-la visto com ela várias vezes.

Com os olhos fixos na estrada, segurando frouxamente o volante, Daniel imaginou a cena que se passou na estreita cabine. Durante quanto tempo teriam conversado? Talvez tempo nenhum. Ela já teria contado a Dauntsey pelo telefone que o vira na Innocent House, descendo a escada com o aspirador de pó. Aquilo bastou para condená-la. Não precisava saber mais nada dela. Seria mais fácil e seguro não perder tempo. Daniel podia imaginar Dauntsey ficando um pouco de lado, educadamente esperando que ela entrasse na cabine primeiro, com a alça da bolsa sobre o ombro. Em seguida, o rápido movimento de suspender a alça, a queda e a luta no chão, as velhas mãos agarrando inutilmente o laço de couro enquanto ele o apertava. Deve ter havido ao menos um segundo de compreensão e terror antes que a inconsciência misericordiosa toldasse sua mente para sempre.

E era aquele homem que ele perseguia para alertar, não porque houvesse escapatória para ele, mas porque o horror da morte de Esmé Carling parecia apenas uma parte pequena e inevitável de uma tragédia maior e mais universal. Durante toda a vida, ela tecera mistérios, explorara coincidências, dispusera os fatos para que se ajustassem à teoria; manipulara suas personagens, sentindo a sensação de importância advinda do poder vicário. Sua tragédia fora, afinal, ter confundido ficção com realidade.

Depois que deixou Maldon e virou ao sul pela via B1018, Daniel se perdeu. Antes, parara um minuto no acostamento para consultar o mapa, lamentando cada segundo que perdia. O caminho mais curto para Bradwell-on-Sea era virando à esquerda na B1018 e atravessando os vilarejos de Steeple e St. Lawrence. Dobrou o mapa e prosseguiu pela paisagem escura e desolada. Mas a estrada, mais ampla do que esperara, prolongava-se com duas curvas para a esquerda que ele não se lembrava de ter visto no mapa, e nem sinal do primeiro vilarejo. Um instinto incapaz de explicar disse-lhe que estava indo para o sul, não para leste. Parou num cruzamento para consultar uma placa e, com a ajuda dos faróis, leu o nome Southminster. Não sabia como acabara na estrada mais longa e mais ao sul. A escuridão era intensa, espessa como uma neblina. Então, as nuvens se afastaram da lua e ele viu um *pub* de beira de estrada, fechado e abandonado, dois chalés de tijolos à vista, com luzes fracas por trás das cortinas e uma única árvore torta pelo vento, com o fragmento de um anúncio branco pregado ao tronco, agitando-se como um pássaro de asas podadas. Dos dois lados da estrada, as terras desoladas se estendiam, varridas pelo vento e fantasmagóricas sob o luar frio.

Ele foi em frente. A estrada tortuosa parecia interminável. O vento estava aumentando de intensidade e golpeava levemente o carro. Finalmente, surgira a placa indicando a entrada à direita para Bradwell-on-Sea e ele viu que passava pelas cercanias do vilarejo, rumo à torre atarracada e às luzes do *pub*. Fez outra curva, em direção ao brejo e ao mar. Não viu sinal do carro de Dauntsey. Não sabia quem chegaria primeiro a Othona House. Sabia, apenas, que seria o fim da linha para os dois.

66

Ele abriu a porta traseira. Depois da escuridão envolvente, do cheiro da manta, de seu próprio medo, o fresco ar enluarado tocou seu rosto como uma bênção. Nada ouvia, a não ser o sopro do vento, nada via, a não ser a silhueta dele inclinada sobre ela. Estendeu as mãos para ela e mexeu na mordaça. Sentiu os dedos dele tateando seu rosto brevemente. Depois, abaixou-se e desamarrou seus tornozelos. Os nós não estavam difíceis. Se suas mãos estivessem livres, ela mesma poderia tê-los desamarrado. Não precisou cortar o tecido. Será que era porque não tinha uma faca? Mas ela já não se preocupava com sua segurança. Subitamente, compreendeu que ele não a levara até lá para matá-la. Tinha outras preocupações mais importantes.

Com a voz costumeira e branda que ela conhecia, em que confiava, que gostava de ouvir, ele falou: "Frances, se você se virar, vai ser mais fácil desamarrar suas mãos".

Parecia que era seu salvador quem falava, não seu carcereiro. Ela se virou e em poucos segundos ele a libertou. Tentou passar as pernas para fora do carro, mas estavam doloridas, e ele estendeu a mão para ajudá-la.

"Não me toque", disse ela.

As palavras foram indistintas. A mordaça estivera mais apertada do que ela julgara, e seu maxilar estava imobilizado num ricto doloroso. Mas ele entendeu. Afastou-se imediatamente e ficou olhando enquanto ela se arrastava para fora e se levantava apoiando-se no carro. Era por aquele momento que ela esperara; era a chance para fugir, não importava para onde. Mas ele lhe dera as costas, e ela percebeu que não precisava correr nem tentar escapar. Levara-a até lá por necessidade, mas ela não apresentava mais risco, não era importante. Sua mente estava em outro lugar. Ela poderia tentar correr, mesmo com cãibras nas pernas, que ele não a impediria, nem a perseguiria. Afastava-se dela, os olhos fixos no contorno escuro de uma casa, e ela podia sentir a intensidade de seu olhar. Para ele, uma longa jornada chegara ao fim.

"Onde estamos?", perguntou ela. "Que lugar é este?"

Com a voz cuidadosamente controlada, ele disse: "Othona House. Vim falar com Jean-Philippe Etienne".

Caminharam juntos até a porta da frente. Ele tocou a campainha. Ela ouviu seu som mesmo através do carvalho espesso. A espera não foi longa. Ouviram o ruído áspero da tranca se abrindo, a chave girando na fechadura, e a porta se abriu. A figura atarracada de uma velha vestida de negro recortava-se contra a luz do vestíbulo.

"*Monsieur Etienne vous attend*", disse ela.

Gabriel voltou-se para Frances. "Acho que não conhece Estelle, a governanta de Jean-Philippe. Está tudo bem agora. Dentro de poucos minutos, poderá telefonar e pedir ajuda. Estelle cuidará de você enquanto isso, se for com ela."

"Não preciso de que cuidem de mim", disse ela. "Não sou uma criança. Trouxe-me contra a minha vontade. Agora que estou aqui, vou ficar a seu lado."

Estelle os conduziu por um longo corredor calçado com pedras até os fundos da casa. Ficou de lado e fez sinal para que entrassem. O aposento era uma sala de leitura, revestida de painéis escuros. Tinha a atmosfera estagnada pelo cheiro doce e pungente de madeira queimada. Na lareira de pedra, as chamas moviam-se como línguas e a madeira crepitava e chiava. Jean-Philippe Etienne estava sentado numa cadeira alta, de braços, à direita do fogo. Não se levantou. De pé, ao lado da janela, olhando para a porta, estava o inspetor Aaron. Usava uma jaqueta de pele de carneiro, cujo volume destacava seu físico forte. Seu rosto estava muito pálido, mas quando uma acha de madeira escorregou e incendiou-se, as chamas lhe emprestaram rubor e vida. Seu cabelo estava despenteado e revolto pelo vento. Devia ter chegado um pouco antes deles, pensou Frances, e estacionado do lado de fora.

Ignorando-a, ele falou diretamente com Dauntsey: "Segui você. Precisamos conversar".

Tirou um envelope do bolso, puxou uma fotografia para fora e pousou-a sobre a mesa. Observou em silêncio o rosto de Dauntsey. Ninguém se mexeu.

"Sei o que veio me dizer", disse Dauntsey. "Mas o tempo de conversar acabou. Está aqui para ouvir, não para falar."

E então, pela primeira vez, Aaron pareceu dar-se conta da presença de Frances. Disse asperamente, quase acusando-a: "Por que veio aqui?".

A boca de Frances ainda doía, mas sua voz estava forte e clara. "Porque fui trazida à força. Fui amarrada e amordaçada. Gabriel matou Claudia. Estrangulou-a na garagem. Vi o corpo dela. Não vai prendê-lo? Matou Claudia e também os outros dois."

Etienne se levantou mas, em seguida, emitiu um som curioso, algo entre gemido e suspiro, e voltou a afundar na cadeira. Frances correu para ele. "Sinto muito", disse ela. "Sinto muitíssimo. Deveria contar-lhe com mais delicadeza." Então, levantando os olhos, viu a expressão horrorizada de Aaron.

Ele se virou para Dauntsey e disse, quase num sussurro: "Quer dizer que terminou seu trabalho".

"Não se culpe, inspetor. Não poderia tê-la salvo. Já estava morta quando saiu da Innocent House."

E depois falou diretamente com Jean-Philippe Etienne. "Levante-se, Etienne. Quero que fique de pé."

Etienne levantou-se lentamente da cadeira e estendeu a mão para a bengala. Com a ajuda desta, manteve-se de pé. Esforçou-se para se equilibrar, mas cambaleou e poderia ter caído se Frances não se aproximasse e o abraçasse pela cintura. Ele não falou, mas encarou Dauntsey.

"Fique atrás da cadeira", disse Dauntsey. "Poderá apoiar-se nela."

"Não preciso de apoio." Afastou com firmeza o braço de Frances. "Foi só uma rigidez temporária por ter ficado sentado. Não vou ficar atrás da cadeira como se estivesse no banco dos réus. E, se veio aqui no papel de juiz, pensei que normalmente a acusação fosse julgada no tribunal e que só houvesse castigo se houvesse condenação."

"Já houve um julgamento. Eu conduzi o processo durante os últimos quarenta anos. Agora estou pedindo que admita ter entregado minha mulher e meus filhos aos alemães, que de fato os mandou para serem assassinados em Auschwitz."

"Como se chamavam?"

"Sophie Dauntsey, Martin e Ruth. Estavam usando o sobrenome Loiret. Tinham documentos forjados. Você era um dos poucos que sabiam disso. Sabia que eram judeus e onde viviam."

"Esses nomes não me dizem nada", disse Etienne calmamente. "Como espera que me lembre? Não foram os únicos judeus que denunciei ao governo de Vichy e aos alemães. Como espera que me lembre de nomes de indivíduos ou de famílias? Fiz o que era necessário na época. Um grande número de vidas francesas dependia de mim. Era importante que os alemães continuassem a acreditar em mim se quisesse ganhar minha quota de papel, tinta e recursos para a gráfica clandestina. Como posso me lembrar de uma mulher e duas crianças depois de cinqüenta anos?"

"Eu me lembro deles", disse Dauntsey.

"E agora veio vingar-se. Ainda é doce, depois de cinqüenta anos?"

"Não se trata de vingança, Etienne, e sim de justiça."

"Ora, não se iluda, Gabriel. É vingança, sim. A justiça não exigia, afinal, que viesse dizer-me o que fez. Chame de justiça, se isso alivia sua consciência. É uma palavra forte, espero que saiba o que significa. Não sei bem se eu sei. Quem sabe o representante da lei possa nos dizer."

"Significa olho por olho, dente por dente."

Dauntsey continuava olhando fixamente para Jean-Philippe. "Não lhe tomei mais do que você me tomou, Etienne. Um filho e uma filha por um filho e uma filha. Matou minha mulher, mas a sua já estava morta quando eu soube da verdade."

"Sim, estava além da sua malignidade. E da minha."

As duas últimas palavras foram ditas com voz tão baixa que Frances se perguntou se realmente as ouvira.

"Matou meus filhos", prosseguiu Dauntsey. "Matei os seus. Não tenho posteridade e você também não terá. Depois da morte de Sophie, nunca pude amar outra mulher. Não acredito que nossa existência tenha sentido, ou que existe vida depois da morte. Já que não existe Deus, não pode haver justiça divina. Precisamos fazer justiça com as próprias mãos e aqui na terra. Demorou quase cinqüenta anos, mas consegui fazer justiça."

"Teria sido mais eficiente se tivesse agido antes. Meu filho gozou sua juventude, sua maturidade como homem. Teve sucesso, o amor das mulheres. Não podia tirar isso dele. Seus filhos não tiveram nada disso. A justiça precisa ser veloz, além de eficaz. A justiça não espera cinqüenta anos."

"O que o tempo tem a ver com justiça? O tempo leva nossa força, nosso talento, nossas lembranças, nossas alegrias, até mesmo nossa capacidade de sofrer. Por que permitir que leve também o imperativo da justiça? Eu precisava ter certeza, e isso também foi justiça. Levei mais de vinte anos para encontrar duas testemunhas vitais. Mesmo então não me apressei. Não teria suportado dez anos ou mais na prisão e, agora, não precisarei ficar tanto. Nada é impossível de suportar aos setenta e seis anos. Então seu filho ficou noivo. Poderia ter um filho. A justiça exigia que somente dois morressem."

"Foi por isso que deixou seus antigos editores e foi para a Editora Peverell em 1962?", perguntou Etienne. "Já desconfiava de mim?"

"Começava a desconfiar. Os fios de minha investigação começavam a se cruzar. Parecia sensato aproximar-me de você. E, pelo que me lembro, você ficou bem satisfeito de ficar comigo e com meu dinheiro."

"É claro. Henry Peverell e eu achamos que tínhamos conseguido um grande talento. Deveria ter empregado suas energias com poesia, Gabriel, em vez de tê-las desperdiçado com uma obsessão inútil, fruto de sua própria culpa. Não foi culpado por sua mulher e filhos terem ficado presos na França. Foi imprudência sua tê-los deixado na época, é claro, mas foi tudo. Deixou-os e eles morreram. Por que tentar purgar sua consciência assassinando inocentes? Matar inocentes, no entanto, é seu forte, não é mesmo? Participou do bombardeio de Dresden. Nada que fiz pode se comparar ao horror e à magnitude desse feito."

"Isso é diferente", disse Daniel, quase num sussurro. "Foi uma terrível exigência da guerra."

Etienne o olhou. "Como para mim também. Foi uma exigência da guerra." Fez uma pausa e, quando voltou a falar, Frances distinguiu em sua voz uma nota de triunfo quase incontrolável. "Se queria agir como Deus, Gabriel, deveria antes ter pensado se tinha a sabedoria e o conhecimento de Deus. Nunca tive um filho. Sofri uma infecção viral quando tinha treze anos; sou totalmente estéril. Minha mulher precisava de um filho e uma filha para satisfazer sua obsessão maternal; concordei com ela. Gerard e Claudia foram adotados no Canadá e trazidos conosco para a Inglaterra. Não têm laços de sangue nem entre si nem comigo. Prometi a minha mulher que a verdade nunca seria publicamente desvendada, mas Gerard e Claudia ficaram sabendo quando tinham catorze anos. O efeito sobre Gerard foi devastador. Devíamos ter contado aos dois mais cedo."

Frances sabia que Gabriel não precisava perguntar se era verdade. Foi com esforço que olhou para ele. Por um instante, ela o viu desmoronar fisicamente; os músculos do rosto e do corpo pareciam desintegrar-se diante de seus olhos. Embora velho, era dotado de vigor, inteligência, força de vontade. Toda a vida que o animava, porém, esvaía-se visivelmente. Ela andou rapidamente em sua direção, mas ele levantou a mão, detendo-a. Então, lenta e penosamente, ele se obrigou a ficar ereto. Tentou falar mas não conseguiu emitir uma só palavra. Em seguida, virou-se e caminhou para a porta. Os outros não disseram nada, apenas o seguiram pelo corredor. Saíram para a noite e o viram caminhar em direção à estreita faixa de pedra às margens do pântano.

Frances correu atrás dele e, ao alcançá-lo, agarrou-o pelo paletó. Ele tentou libertar-se, porém ela não o largou. Suas forças se esgotavam. Foi Daniel quem correu atrás deles e, prendendo-a nos braços, arrastou-a para longe. Ela tentou soltar-se, mas os braços dele eram como tenazes. Sem poder fazer nada, viu Gabriel entrar no pântano.

"Deixe-o", disse Daniel. "Deixe-o."

Ela gritou para Jean-Philippe Etienne: "Vá atrás dele! Segure-o! Convença-o a voltar!".

"Voltar para o quê?", disse Daniel brandamente.

"Mas ele nunca alcançará o mar."

Foi Etienne quem, juntando-se a eles, respondeu: "Ele não precisa chegar ao mar. Aquelas poças são profundas. Um homem pode afogar-se em meio metro d'água quando quer morrer".

Ficaram parados, olhando. Frances continuava presa nos braços de Daniel. De repente, deu-se conta do coração dele, batendo contra o seu. Dauntsey avançava, vacilante, sua silhueta recortada contra o céu noturno. Levantava-se, caía, voltava a erguer-se e seguia em frente penosamente. As nuvens se dispersaram, e o luar os ajudou a ver com mais clareza. De quando em quando, ele caía, mas punha-se de pé, parecendo imenso como um gigante, os braços levantados como num gesto final de maldição ou de súplica. Frances sabia que ele lutava para alcançar o mar, que ansiava para entrar em sua imensidão fria, cada vez mais fundo, até que pudesse mergulhar naquele esquecimento derradeiro e abençoado.

Então ele voltou a cair. Desta vez, não se levantou. Frances achou que podia ver o brilho do luar sobre a superfície da água. Parecia que quase todo o corpo dele estava submerso. Não podia mais, porém, vê-lo claramente. Não passava de mais uma moita baixa entre as touceiras daquelas terras encharcadas. Esperaram em silêncio, mas nada mais se moveu. Ele se tornara parte do pântano e da noite. Então Daniel a soltou e ela se afastou um pouco. O silêncio era absoluto. E ela acreditou que podia ouvir o mar, um suave sussurro, menos um som do que um pulsar no ar silencioso.

Caminhavam de volta para a casa quando a noite vibrou com um rugido áspero e metálico, que aumentou até tornar-se um estrondo. Viram as luzes duplas de um helicóptero que se aproximava. Contornou três vezes o campo ao lado de Othona House antes de pousar. Então encontraram o corpo de Claudia, pensou Frances. James cansara de esperar por ela e acabara voltando à Innocent House para procurá-la.

Ela esperou na orla do campo, ainda um pouco afastada dos outros, e viu três figuras correndo, curvadas, sob as grandes hélices; depois se endireitaram e avançaram em sua direção, sobre o terreno saibroso e a grama destruída pelo vento. Eram o comandante Dalgliesh, a inspetora Miskin e James. Etienne foi ao encontro deles. Ficaram conversando em grupo. É melhor que Etienne lhes conte, pensou ela. Eu esperarei.

Então Dalgliesh destacou-se do grupo e aproximou-se dela. Não a tocou, mas, devido à sua altura, precisou inclinar-se para examinar atentamente seu rosto.

"Você está bem?"

"Agora estou."

Ele sorriu e disse: "Conversaremos muito em breve. De Witt insistiu em vir conosco. Foi menos trabalhoso fazer a vontade dele".

Dalgliesh juntou-se a Etienne e Kate e, juntos, caminharam para Othona House.

"Sou eu mesma, afinal", pensou Frances. "Tenho algo valioso para dar a ele." Ela não correu em direção à silhueta que a aguardava. Não chamou seu nome. Foi lentamente, mas com toda a intensidade de seu ser, que andou sobre a grama varrida pelo vento e se jogou nos braços que a esperavam.

Daniel ouviu a aproximação do helicóptero, mas não se

mexeu. Permaneceu sobre a estreita faixa pedregosa, ainda olhando para o oceano. Esperou com paciência, solitário, até ouvir passos que se aproximavam. Dalgliesh estava a seu lado.

"Deu-lhe voz de prisão?", perguntou.

"Não, senhor. Não vim para prendê-lo. Vim para alertá-lo. Não o adverti. Falei com ele, mas não foram as palavras que o senhor teria dito. Deixei-o ir."

"Deixou-o ir deliberadamente? Ele não se libertou?"

"Não, senhor. Ele não se libertou." Depois acrescentou, tão baixinho que duvidou de que Dalgliesh tivesse escutado: "Mas está livre agora".

Dalgliesh virou-se e voltou para a casa. Já ouvira o que precisava saber. Ninguém mais se aproximou. Daniel sentiu-se isolado numa quarentena moral, parado às margens do pântano, às margens do mundo. Pensou ver uma luz trêmula, brilhante como fósforo, ardendo e se movendo rapidamente entre os outeiros de vegetação alta e as poças escuras de água estagnada. Não conseguia ver as ondas pequenas que se quebravam, mas podia ouvir o mar, um gemido doce e eterno, como um lamento universal. E então as nuvens se dispersaram e a lua, com sua borda lascada, quase cheia, enviou sua luz fria sobre o pântano e aquela distante figura tombada. Percebeu alguém ao seu lado. Voltando-se, viu Kate. Com espanto e pena, notou que seu rosto estava coberto de lágrimas.

"Não tentei ajudá-lo a escapar. Sabia que não havia fuga possível. Mas não suportaria vê-lo algemado, no banco dos réus, na prisão. Queria dar-lhe a chance de escolher seu próprio caminho de volta."

"Daniel, seu tolo", disse ela. "Seu maldito tolo."

Virou-se para ela e perguntou: "O que ele fará?".

"AD? O que acha que fará? Ah, Daniel, você podia ter sido tão bom. Você era tão bom."

"Etienne nem sequer se lembrava do nome deles. Mal se lembrava do que havia feito. Não sentiu nenhuma culpa, nenhum remorso. Uma mãe e duas crianças pequenas. Era como se não existissem. Como se não fossem humanos. Ele teria mais escrúpulos para matar um cachorro. Não as considerava pessoas. Eram descartáveis. Não importavam. Eram judias."

"E Esmé Carling?", gritou ela. "Velha, sem graça, sem filhos, sozinha, uma escritora medíocre. Também era descartável? Tudo bem, ela não tinha muito. Um apartamento, a filha de outra mulher com quem passar as noites, algumas poucas fotografias, seus livros. Que direito tinha ele para decidir que a vida dela não contava?"

"Você é tão segura, não é, Kate?", disse ele com amargura. "Está tão certa de que sabe o que é certo. Deve ser confortante nunca precisar enfrentar um dilema moral. A lei criminal e as normas policiais lhe proporcionam tudo de que precisa, não é?"

"Tenho certeza de algumas coisas", replicou ela. "Tenho certeza do que fazer com assassinos. Como poderia ser uma policial se não tivesse?"

Dalgliesh aproximou-se deles. Com voz serena, como se estivessem juntos, amistosamente, na sala de ocorrência em Wapping, disse: "A polícia de Essex tentará resgatar o corpo somente ao amanhecer. Quero que leve Kate de volta a Londres. Sente-se capaz de fazer isso?".

"Sim, senhor. Estou perfeitamente apto a dirigir."

"Se não estiver, Kate assumirá. O sr. De Witt e a srta. Peverell voltarão comigo de helicóptero. Querem voltar o mais rápido possível. Encontrarei vocês mais tarde em Wapping."

Daniel ficou com Kate ao seu lado até que os três se juntassem ao piloto e entrassem no helicóptero. O motor rugiu e as grandes hélices giraram lentamente, aceleraram até se tornarem indistintas e depois invisíveis. O helicóptero levantou vôo rumo ao céu. Etienne e Estelle estavam na orla do campo, olhando-o afastar-se. Pensou amargamente: parecem turistas. Só falta acenarem em adeus.

"Preciso buscar algo que deixei na casa", disse a Kate.

A porta da frente estava aberta. Juntos atravessaram o corredor e entraram na sala de leitura. Kate ia atrás, para que ele não se sentisse um prisioneiro sendo escoltado. A luz da sala fora apagada, mas as chamas, que dançavam na lareira, lançavam sombras vermelhas sobre as paredes e o teto e tingiam a superfície lustrosa da mesa com um brilho avermelhado, como se tivesse sido manchada de sangue.

A fotografia continuava lá. Por um momento Daniel ficou surpreso por Dalgliesh não a ter levado. Mas então lembrou-se. Não importava. Não haveria mais julgamento, nem provas, nem a necessidade de apresentar evidências no tribunal. A fotografia não era mais necessária. Não tinha a menor importância.

Deixou-a sobre a mesa e, indo ao encontro de Kate, caminhou junto com ela em silêncio até o carro.

ESTA OBRA FOI COMPOSTA PELA TYPE-LASER DESENVOLVIMENTO EDITORIAL EM GARAMOND LIGHT E IMPRESSA PELA GRÁFICA CÍRCULO EM OFF-SET SOBRE PAPEL IMPRESSIO DA VOTORANTIM PARA A EDITORA SCHWARCZ EM FEVEREIRO DE 1996.